Constanze Wilken

Das Erbe von Carreg Cottage

Roman

GOLDMANN

Sollte diese Publikation Links auf Webseiten enthalten, so
übernehmen wir für deren Inhalte keine Haftung,
da wir uns diese nicht zu eigen machen, sondern lediglich auf
deren Stand zum Zeitpunkt der Erstveröffentlichung verweisen.

Dieses Buch ist auch als E-Book erhältlich.

Verlagsgruppe Random House FSC® N001967

4. Auflage
Taschenbuchausgabe März 2017
Copyright © 2017
by Goldmann Verlag, München,
in der Verlagsgruppe Random House GmbH,
Neumarkter Str. 28, 81673 München
Umschlaggestaltung: UNO Werbeagentur München
Umschlagfoto: FinePic®, München
Redaktion: Regine Weisbrod
BH · Herstellung: Str.
Satz: omnisatz GmbH, Berlin
Druck und Bindung: GGP Media GmbH, Pößneck
Printed in Germany
ISBN: 978-3-442-48476-8
www.goldmann-verlag.de

Besuchen Sie den Goldmann Verlag im Netz

für Karola

In einer Vielzahl von Formen erschien ich,
bevor ich meine endgültige Gestalt annahm.
Ich war der fernste der Sterne,
ich war Wort in der Botschaft ...
Lang irrte ich auf der Erde umher,
bevor ich Wissen erlangte.
Ich wanderte,
ich schlief auf hundert Inseln,
ich trieb mich an hundert Orten herum ...

Taliesin, *Der Kampf der Bäume* (6. Jh.)

Hauptpersonen

Gegenwart

Lilian Gray – schottische Erbin von Carreg Cottage auf der Llŷn Halbinsel

Stanley Edwards – Anwalt aus Llanbedrog

Katie Edwards – Anwältin, Stans Tochter

Collen Thomas – Historiker in Nefyn

Marcus Tegg – Tischler mit Firma in Abersoch

Cheryl und Lewis Olhauser – Pfarrerehepaar von St. Hywyn in Aberdaron

Seth Raines – Cheryls Bruder

Miles Folland – Immobilienhändler

Emma und Dewi Stephans – Inhaber des »Tearooms« in Aberdaron

Elen Rynallt – Inhaberin des Pendragon Hotel in Aberdaron

Vergangenheit
(*historische Personen)

Meara/Lileas – Heilerin und Tochter des Druiden Ruan ap Bodnan

Nimne – Mearas Mutter

Cadeyrn – Mönch, Sohn des Jodocus up Dyfnallt

Elis – Mönch und Cadeyrns Freund in Bangor-is-y-Coed

Abt Dinoot – Abt im Kloster von Bangor-is-y-Coed am
   Fluss Dee

Braen – Mönch

Æthelfrith* – König von Northumbria (gest. 616 n. Chr.)

Alpin – Heerführer von Æthelfrith

Fercos – Soldat von Alpin

Brioc – römisch-katholischer Priester

Edwin* – im Exil lebender König von Deira (ca. 584–633
   n. Chr.)

Raedwald* – König von East Anglia (lebte bis ca. 627
   n. Chr.)

Fychan – Schäfer auf der Llŷn

Elffin – Fischer am Daron, Llŷn

Sessylt – Fischer am Daron, Llŷn

Abt Mael – Abt der Gemeinschaft auf Ynys Enlli/Bardsey
   Island

Tathan – Bruder Krankenwärter auf Ynys Enlli

Iago ap Beli* – König von Gwynedd

Cadfan ap Iago* – Sohn des Iago ap Beli

Prolog

Gelbe Blüten raschelten im warmen Sommerwind. Die junge Frau ging langsam durch den verwinkelten Klostergarten und ließ sich von der Wärme liebkosen. Ihre Haut hatte eine gesunde Bräune angenommen, ihre Wangen waren voller geworden und die dunklen Ränder unter den Augen verschwunden. Ihre schönsten Erinnerungen verband sie mit Gärten, ihre schlimmsten mit Ozeandampfern und Städten. Und hier stand sie nun, nach allem, stolz, allein und mittellos.

Sie konnte sich nicht sattsehen an dem prächtigen gelben Blütenrausch des Goldregens. So wunderschön und so giftig. Was für eine seltsame Laune der Natur war es, vollkommene Schönheit mit dem Tod zu verpaaren. Oder war es nicht vielmehr so, dass jedes glitzernde, verführerische Ding eine Schattenseite hatte, dass man für jedes kleine Glück, das man dem Leben abtrotzte, mit einem Stück seines Herzens bezahlen musste? Und irgendwann blieb nichts mehr übrig, denn ein Herz war kleiner, als man dachte, und es schmerzte mit jedem Stück, das ihm entrissen wurde, mehr.

Ihre kastanienbraunen Haare waren glanzlos geworden, und ihre Lippen, die ihn verführt hatten, trocken und rissig. Die kostbare Seide, in die er sie gekleidet hatte, die anfangs kühl und schmeichelnd gewesen war, hatte sich in ein scharfkantiges Netz verwandelt, das erst ihre Haut und schließlich ihre Seele zerschnitten hatte.

Ein Schmetterling umflatterte die goldenen Blütenstauden und schien sich nicht entscheiden zu können, wo er den süßen Nektar trinken sollte. Vielleicht sollte sie ihn auch kosten und vergessen, wer sie war und wie sie hierhergekommen war. Sie streckte eine Hand nach dem tödlichen Gold aus und wurde sanft zurückgezogen.

»Nicht. Du würdest nicht nur dich, sondern auch das Leben, das in dir wächst, töten. Kannst du dafür die Verantwortung übernehmen?«

Die junge Frau hob benommen den Blick und sah in die mitfühlenden Augen der Schwester, die in ihrem schwarzweißen Habit wie ein seltsamer Vogel inmitten des Gartens wirkte.

Tränen schossen ihr in die Augen, und sie griff nach der Hand der Ordensschwester. »Es tut mir leid. Ich hatte sündige Gedanken, aber …«

Die Schwester drückte ihre Hand und führte sie zu einer Bank, auf der sie sich niederließen. Vor ihnen breitete sich eine ovale Rasenfläche aus, die von blühenden Sträuchern gesäumt wurde. In der Mitte plätscherte ein Brunnen, dahinter erhoben sich die grauen Mauern des alten Klostergebäudes. Spitze Giebel und schmale Fensterschlitze zeugten von der langen Geschichte des schottischen Ordenshauses.

»Du bist nicht die erste Frau, die in eine solche Situation geraten ist. Ein Kind ist ein Geschenk Gottes, und du solltest dankbar sein.«

»Das sollte ich, aber ich kann nicht, weil ich weiß, dass ich diesem armen Wurm nichts außer meiner Liebe geben kann, und das ist nun einmal nicht genug, denn davon wird es nicht satt werden.« Die junge Frau streichelte ihren gewölbten Leib, der sich deutlich unter dem blauen Kleid abzeichnete.

»Es gibt verschiedene Möglichkeiten, für die Zukunft des Kindes zu sorgen. Hast du dich einmal entschieden, gibt es kein Zurück. Vergiss das nicht.« Die Schwester erhob sich und machte das Kreuzzeichen über der Stirn der werdenden Mutter. »Gott segne dich.«

Sich die Tränen von den Wangen wischend sah die junge Frau der Nonne nach. Sie hatte ihre Entscheidung schon lange getroffen. Deshalb war sie nach Schottland zurückgekehrt.

I

Cop y Goleuni, Nordwales,
Anno Domini 614

> Hear the voice of the Bard
> Who present, past and future sees
> Whose ears have heard
> The holy Word
> That walked among the ancient trees ...
>
> William Blake, first »Song of Experience«

Der Morgennebel lag über Wald und Hügeln. Knorrige Eichen wanden ihre Zweige im Zwielicht des anbrechenden Tages. Auf den uralten Bäumen wuchsen die heiligen Misteln. Die junge Frau stand am Fuße des Hügels, kalte, feuchte Luft haftete schwer an ihrem Umhang, doch sie hing ihren Gedanken nach und sog den Duft von Gras, Erde und Wald ein. Sie war eine Tochter der Muttergöttin, eine Gefährtin des Windes, ein Geschöpf des Meeres. Langsam breitete sie die Arme aus und ließ die Kräfte der Elemente durch sich hindurchströmen. Heute Nacht begann die dunkle Zeit des Jahres, der Winter löste die Herrschaft des Sommers ab.

Eine prickelnde Vorfreude floss durch ihre Adern. Heute Nacht lösten sich Zeit und Raum auf und öffneten die Tore zur Zwischenwelt. In dieser einen Nacht gab es weder Sommer noch Winter, die Oberwelt kam mit der Anderwelt in Berührung, die Geister der Toten mischten sich unter die

Lebenden. Sie feierten Nos Calan Gaeaf, die Nacht des Winteranfangs, die erste der drei Geisternächte.

In der Ferne erwachte der Weiler. Die Bewohner entzündeten die Torffeuer, deren Qualm aus den Hütten stieg, ein Hund bellte, und Schafe blökten. Die Menschen fürchteten die Geisternächte, denn sie hatten Angst vor dem Tod, der doch nur ein Übergang in eine andere Welt war.

Die junge Frau warf die Kapuze zurück und strich sich lange rotbraune Haarsträhnen aus dem Gesicht. Der Blick ihrer dunklen Augen heftete sich auf den heiligen Hügel, glitt über den Wald, kehrte sich nach innen, und sie sah die Felder, das Moor und endlich die Klippen, hinter denen das Meer toste. Ihre Lider senkten sich, und während das Meer in ihren Ohren rauschte, roch sie Salz und Seetang und spürte die Gischt auf dem Gesicht.

Ein heiseres Krächzen riss sie aus ihren träumerischen Gedanken. Vor ihr hatte sich auf dem Ast einer Eibe ein Rabe niedergelassen und beäugte sie.

»Was bringt uns dieser Winter?« Sie zog den wollenen Umhang enger um sich. An ihren Oberarmen wanden sich frisch gestochene Schlangen, die ihre Zugehörigkeit zur Druidenkaste symbolisierten.

»Krah!«, rief der Rabe, schüttelte den Kopf und schwang sich in die Luft. Zweimal kreiste er über der jungen Frau, bis er über den Hügel Richtung Küste davonflog.

»Lileas!«, ertönte eine helle Stimme, die ihrer kleinen Schwester Beca gehörte.

Zwei Mal war er über ihr gekreist, zwei Mal von rechts nach links. Das bedeutete Unglück. Lileas schlug die Kapuze wieder über die Haare, auf die sich bereits ein feuchter Nebelfilm gelegt hatte. Ihre ledernen Stiefel waren ebenfalls durchnässt, doch sie war es gewohnt, bei jeder Witterung in der Natur zu sein. Ihr Vater war ein Druide, der letzte einer langen Reihe von gelehrten Männern. Seit die fremden Priester die neue Religion verbreiteten, hatte sich alles verändert. Furcht ersetzte das Vertrauen in die alten Götter, die eins waren mit der Natur, aus deren Schoß sie alle stammten. Die Priester betrachteten das alte Wissen als Bedrohung, und die Menschen waren ängstlich und wandten sich den neuen Heilsbringern zu.

Es raschelte im Unterholz, und dann kam ein kleines Mädchen durch das hohe Gras gerannt. Ein Lächeln huschte über Lileas' Gesicht. Ihre Schwester war zart wie ein Reh. Mit ihren goldblonden Locken war Beca wie ein Sonnenstrahl, der die Herzen wärmt, und ihre blauen Augen schauten voller Vertrauen in eine Welt, die im Umbruch begriffen war. Wenn es eine Verkörperung des Guten geben konnte, einen Ausdruck reiner Liebe, dann war Beca das Gefäß dafür.

Kleine Füße trampelten die Halme nieder, und mit einem Jauchzer warf Beca sich Lileas in die Arme. Lileas hielt den warmen Körper fest und begann sich zu drehen.

»Ja!«, quietschte Beca und bog den Kopf nach hinten, um ihre Schwester anzusehen. »Schneller!«

Die Mädchen drehten sich, bis sie lachend ineinander verknäult zu Boden taumelten. Bevor Beca sich losmachen konnte, drückte Lileas ihre Nase in die nach Honig und Äpfeln duftenden Haare. Ihre kleine Schwester würde einmal eine wundervolle Ehefrau abgeben. Aber bevor es dazu kam, würde sie mit ihrem Liebreiz und ihrer Schönheit viele Männerherzen brechen. Im Gegensatz zu mir, dachte Lileas und nahm die Hand ihrer Schwester, um sich auf den Weg zum Haus zu machen. *Wir sind wie Licht und Schatten, wie Sonne und Mond. Ich bin die dunkle Seite, die stets Fragende, die Rastlose, deren Geist immer auf der Suche ist.*

Sie war die Tochter ihres Vaters und Beca das Ebenbild ihrer Mutter – der sanften Nimne, einer Fürstentochter, die gegen den Willen ihres Vaters einen Druiden geheiratet hatte. Nimne hatte ihre Familie und ein Leben in Wohlstand aufgegeben und war dem Barden, der an ihrem Hof gesungen hatte, in eine ungewisse Zukunft gefolgt. Der gutaussehende Ruan war einer der obersten Druiden des alten Glaubens. Es gab nicht viele Orte in Wales, in denen sie unbehelligt leben konnten.

Nach dem Abzug der Römer vor zweihundert Jahren war das alte Britannien in eine Zeit der Dunkelheit und des Chaos gestürzt. Die Königreiche auf der Insel waren miteinander verfeindet und boten allzu leichte Beute für die Invasoren vom Kontinent. Die Völker der Angeln und Sachsen eroberten vom Süden her die Territorien, die einstmals von den Römern verwaltet worden waren. In Northumbria, den nördlichen Territorien, herrschte der kriegerische König Æthelfrith. Die Menschen in den westlichen Königreichen nannten sich Cymry, und immer öfter hörte man, dass das Land Cymru, Wales, genannt wurde.

Lileas schnaufte, und ihre Schwester sah sie fragend an. »Was ist? Du ziehst wieder eine krause Stirn. Mam sagt, das gibt hässliche Linien, und dann kriegst du überhaupt keinen Mann mehr.«

»Das ist mir egal. Ich heirate nicht, sondern werde eine Druidin. Außerdem mache ich mir Sorgen um unser Land.«

»Hast du ein Zeichen gesehen?« Becas Stimme zitterte. »Müssen wir wieder weiterziehen?«

Der Pfad führte sie durch einen Birkenhain, hinter dem ein Flussarm des vom Clwyd gespeisten, weit verzweigten Wassersystems lag.

»Der Rabe hat mir gezeigt, dass Unheil zu erwarten ist«,

sagte Lileas unbestimmt. Schon tauchten die ersten Hütten der kleinen Siedlung unterhalb des heiligen Hügels, Cop y Goleuni, auf. Hier oben im unwirtlichen, kargen Norden, nur einen Fußmarsch von der Küste entfernt, hatten sie nach langer Wanderschaft ein Dorf gefunden, das sie willkommen geheißen hatte.

Das Gefühl drohenden Unheils wurde stärker, doch Lileas konnte nichts sehen. Manchmal trafen die Bilder sie mit voller Wucht, und sie wünschte sich, sie hätte die Zukunft nicht gesehen. Aber sie konnte die Visionen nicht kontrollieren, noch nicht. Und jetzt, da sie wissen wollte, was der Tag bringen würde, hob sich der Vorhang nicht. Aber etwas würde geschehen. Sie zitterte – und es waren nicht die Geister der Toten, vor denen sie sich fürchtete.

»Lileas!« Beca zerrte an ihrem Umhang. »Was denn? Sag mir, was du gesehen hast!«

Die junge Frau schüttelte die düsteren Ahnungen ab und tippte sich vielsagend an die Stirn. »Der Festbraten wird verbrennen, dein Festkleid wird zerreißen, und die Milch ist sauer …«

Beca lachte. »Du redest Unsinn! Mam!« Das Mädchen winkte und hüpfte auf die erste Hütte am Rande des Weilers zu.

Eine schlanke Frau mit weizenblonden Haaren kam mit zwei Händen voller Hühnereier vom Verschlag herüber. Nimne hatte die stolze Haltung einer Königin und trug das Gewand einer einfachen Frau. »Wo hast du nur gesteckt, Lileas? Ich brauche dich bei den Vorbereitungen für das Essen.«

Ziegen meckerten, zwei struppige Hunde sprangen um sie herum, und ein Huhn stob gackernd davon. Sie waren nicht reich, aber sie hatten alles, was man zum Leben benötigte.

Nach mittlerweile zehn Jahren war Ruan ein geehrtes Mitglied der Gemeinschaft geworden. Seine Kenntnisse in der Heilkunst hatten sich herumgesprochen, und man dankte ihm seine Hilfe mit Geschenken.

»Ha, gleich bist du tot!« Ein kleiner Junge kam mit einem Holzschwert aus dem Haus und hätte beinahe seine Mutter zu Fall gebracht, welche die Hände mit den Eiern gerade noch fortziehen konnte. »Loel, Fioled, spielt draußen weiter!«

Ihre jüngeren Geschwister grinsten und rannten davon. Lileas trat hinter der Mutter in die schlichte Behausung, die aus einem zweigeteilten Raum im Untergeschoss und einem Schlafboden bestand. Eine Wand war mit Regalen bestückt, in denen ihr Vater seine Tinkturen, Pulver, Kräuter und Messer verwahrte. Über der Feuerstelle hing ein Kessel, und auf einem Rost stand ein Topf, in dem Lileas die morgendliche Graupengrütze zubereiten würde. Während sie ihren Umhang ablegte und die Ärmel aufschlug, fragte sie: »Wo ist Dafydd?«

Vorsichtig legte Nimne die Eier in einen Weidenkorb. »Beim Fischen.«

»Also mit Arven Schwertkampf üben.« Arven war der Sohn des Schmieds und Dafydds bester Freund.

Gemäß der Tradition hätte Dafydd bei Ruan in die Lehre gehen sollen. Die geheimen Lehren der Druiden wurden nur von Druidenmund zu Druidenohr weitergegeben, schriftliche Aufzeichnungen waren verboten. Nur so war es möglich gewesen, das Wissen der Gelehrten über Jahrhunderte vor den Feinden zu bewahren. Die Ausbildung eines Druiden dauerte zwanzig Jahre. Doch schon als Junge hatte Dafydd keinerlei Neigung zum Lernen der alten Weisheiten gezeigt. Lileas dagegen hatte ihren Vater schon als Kind angefleht, sie als seinen Lehrling anzunehmen. Und von dem Tag an, als Ruan endlich hatte einsehen müssen, dass sein Sohn zum Krieger bestimmt war, war Lileas ihrem Vater nie von der Seite gewichen und merkte sich jedes seiner Worte.

Nimne schlug die Eier in einer Holzschale auf. »Vielleicht ist es gut, einen Krieger in der Familie zu haben. Es gefällt mir nicht, wie uns die Leute seit dem Fortgang des Priesters ansehen. Ich mochte diesen Brioc nie. Etwas hat sich verändert.«

»Ich habe ein Vorzeichen gesehen, Mam«, sagte Lileas leise.

»Was, Kind?« Alarmiert hielt Nimne in der Bewegung inne. Alle in der Familie wussten, dass Lileas das zweite Gesicht hatte.

»Ich kann es nicht sehen. Aber das Gefühl von Gefahr ist stark. Wo ist Tad?«

»Er bereitet das Ritual für heute Nacht vor.«

Vor großen Festen begab sich Ruan in den Wald, um Kraft zu sammeln. Bäume besaßen besondere Kräfte und galten als Tore in die Anderwelt. Es hatte Zeiten gegeben, in denen die Übergänge zur Anderwelt durchlässiger gewesen waren. Damals zweifelte niemand daran, dass das Feenvolk in Hügeln und unter Bäumen lebte. Die Welt der Feen hatte ihren eigenen Raum und ihre eigene Zeit. Menschen konnten dorthin gelockt werden, und das Leben im Feenreich war sorglos. Doch ein Tag bei den Feen kam Jahren in der Welt der Menschen gleich. Lileas wusste, dass die Feen gern Schabernack trieben, aber nicht bösartig waren. Und trotzdem wetterten die Priester mit ihren Kreuzen gegen die kleinen Wesen.

Lileas rührte die Graupen in Wasser und ließ die Mischung langsam kochen.

Während Nimne mit geübten Handgriffen den Kuchen zubereitete, sagte sie zu Beca: »Lauf zu Fioled und sag ihr, sie soll den Ofen aufheizen.« Brot und Kuchen wurde draußen im Steinofen gebacken.

Als sie allein waren, wandte sich Nimne an ihre älteste Tochter: »Ich habe dir immer ein anderes Leben gewünscht, Lileas. Ein guter Mann, der dich versorgt und dir Sicherheit bieten kann. Aber ich sehe, dass das nicht dein Weg ist.«

»Mam, lass doch. Es ist entschieden.«

Nimne streichelte ihre Wange. »Das sind die Sorgen einer Mutter. Du bist klug, Lileas. Ruan und mich macht es stolz, so wie das alte Volk stolz auf seine starken, klugen Töchter war. Aber es hat sich vieles geändert. Sei vorsichtig.«

Lileas' Augen leuchteten kämpferisch. »Ich soll mich verstecken? Es hat immer weibliche Druiden gegeben!«

»Kind, versteh doch, Brioc hat Einfluss auf die Menschen. Er verdammt alles, was gegen seine Religion ist – und dazu gehören auch weibliche Gelehrte. Und vergiss nicht, dass du Pyrs abgewiesen hast.«

»O nein, hör auf mit diesem dreisten Kerl!«, stöhnte Lileas. Der Schäfer Pyrs hatte sie umworben und auf einigen Festen bedrängt. In der Mittsommernacht dann hatte Dafydd sie vor dem liebestollen und gewalttätigen Schäfer bewahren müssen. Von Dafydds Schlägen hatte Pyrs eine schiefe Nase behalten und fluchte, wenn er sie oder ihren Bruder sah.

Fioled rief von draußen: »Der Ofen ist heiß genug!«

Die Sonne war seit Stunden untergegangen, und ein Fackelzug machte sich vom Dorf auf zum heiligen Hügel. Lileas stand stolz an der Seite ihres festlich gewandeten Vaters, der den Opferstein im Innern des Hügels geweiht hatte. Eine weiße Ziege sollte den Göttern geopfert werden, und weiß waren die Gewänder des Druiden und seiner Tochter.

»In der Stille, dem Schweigen, dem bloßen Sein siehst du alles. Ich sehe dich, und ich sehe auf den Grund aller Dinge«, murmelte Ruan, ein großer Mann von hagerer Statur, dessen langes Haupthaar und Bart von grauen Strähnen durchzogen war. Bis eben hatte Lileas keine Gelegenheit gehabt, mit ihrem Vater zu sprechen, der sich an wichtigen Festtagen in meditatives Schweigen vergrub. Sein Zorn über Missachtungen der Gebote war fürchterlich, und sie wollte sein Vertrauen nicht verlieren.

Plötzlich veränderte sich die Atmosphäre. Der Rauch der Fackeln und die in den Nachthimmel zuckenden Flammen vermengten sich vor ihren Augen zu einem wirbelnden Sog. Ein Rauschen und Murmeln erhob sich, schwoll an zu einem Schreien und Brüllen, das an ihren Sinnen zerrte, ihre Haut war dünn, und sie spürte, wie sich jedes einzelne Haar darauf schmerzhaft aufstellte. Als der erste Reiter auf sie zusprengte, in einer Hand ein blutiges Schwert, in der anderen einen abgeschlagenen Kopf, entfuhr ihr ein Schrei. Der Reiter hatte Briocs Gesicht, und in der Hand schwenkte er Dafydds Kopf.

Starke Hände packten sie und schüttelten sie unsanft. »Lileas! Sieh mich an!«

»Tad«, flüsterte sie und sah ihren Vater an. »Wir müssen fliehen! Sie werden uns töten!«

»Heute feiern wir den Winteranfang. Selbst die Römer haben das respektiert.« Zweifelnd sah er von ihr zu den näher kommenden Fackeln.

»Es ist der Priester, Tad. Ich habe es eben gesehen.« Die Stimme versagte ihr.

Ruans Lippen wurden schmal, und er sah zum Himmel. »Nackt stehen wir vor dir, große Göttin, und schenken dir unser Leben.«

»Nein!«, rief Lileas. »Komm, lass uns Mutter und die Geschwister warnen …«

Doch ihr Vater rief weiter die Götter an. »Nehmt unser Opfer und gewährt uns euren Schutz. Wir geben uns in eure Hand.«

Lileas verließ ihren Vater, dessen imposante Gestalt vom Hügel in den Nachthimmel aufragte. Dieses eine Mal widersetzte sie sich seinem Befehl und lief auf den Fackelzug zu, der zu einem unerwarteten Halt gekommen war.

Große Dôn, steh uns bei, dachte Lileas und rannte auf die Menschen zu.

1

Llŷn Peninsula, April 2016

Lilian Gray steckte den Stutzen zurück in die Tanksäule. Sie wollte nicht auf den letzten Kilometern ohne Benzin liegen bleiben. Seit Penygroes war die Landschaft einsamer und karger geworden. Der Blick von den Klippen auf das Meer war von jedem Aussichtspunkt spektakulär, aber zum Teufel, es war hier so ausgestorben wie auf den Hybriden.

»Das macht dreißig Pfund«, sagte der junge Mann hinter dem Tresen und riss den Kassenbon ab.

Sie zog ihre Kreditkarte hervor. »Wo ist die nächste Bank, bitte? Ich brauche Bargeld.«

Der junge Mann trug Jeans und ein ölverschmiertes Shirt. Das Basecap hatte er nach hinten gedreht. Grinsend hob er die Schultern. »Schottland, eh? In Pwllheli. Auf dieser Seite ist nicht viel los. Wo wollen Sie denn hin?«

Ihr schottischer Akzent war unüberhörbar. Lilian nahm die Karte entgegen und seufzte. »Nach Aberdaron. Ich bin zum ersten Mal hier und überhaupt in Wales.«

»Wer's mag. Land's End eben. Schreiben Sie ein Buch oder so was?«

»Lieber Himmel, das fehlte mir noch!« Sie strich sich über den Pferdeschwanz. Verwaschene Kakihosen, derbe Wanderstiefel, Shirt und eine Daunenweste waren ihre Standardbekleidung. Ihre Hände waren es gewohnt anzupacken und ihre Figur nicht mädchenhaft zart, sondern kräftig wie die einer Frau, die körperlich arbeitete. Sie konnte tischlern, Gemüse anbauen und zur Not einen Kurzschluss beheben. Wenn sie praktisch arbeitete, fühlte sie sich sicher, ein Schreibtisch war Lilians Vorstellung von Strafarbeit.

»Lassen Sie mich raten. Für einen Badeurlaub ist es zu früh. Ah!« Er nahm einen Schokoriegel aus einem Korb und riss die Verpackung auf. »Sie pilgern nach Ynys Enlli, ja? Pilgern ist der neue Trend und …«

»Nein!«, unterbrach Lilian den redseligen Tankwart, verstaute ihr Portemonnaie und griff nach den Autoschlüsseln. »Pilgern und womöglich beten? Phhh! Wenn Gebete helfen würden, wäre ich nicht pleite. Schönen Tag noch.«

Das Lachen des freundlichen Mannes im Ohr, stieg Lilian in ihren klapprigen Land Rover und streckte die Hand nach ihrem Beifahrer aus. »Aye, Fizz, dann lass uns mal sehen, was da auf uns zukommt.«

Der graubraune Border Terrier leckte ihr die Hand und sah sie aus intelligenten braunen Augen an. Kleine schwarze Knickohren und ein krauser Schnauzbart verliehen ihm einen weisen und verschmitzten Ausdruck. Ihre beste und einzige Freundin Tasha hatte ihr den Welpen vor drei Jahren geschenkt. Dr. Natasha Shaw war in allem das Gegenteil von ihr, und aus einem unerfindlichen Grund verband sie seit ihrer Kindheit eine tiefe, ehrliche Freundschaft. Und sogar diese Person hatte sie durch ihr unüberlegtes, stures Verhalten verprellt.

Lilian startete den Wagen und warf einen kurzen Blick auf die Landkarte. »Hinter Nefyn links abbiegen und dann nur noch runter bis zur Küste. Das dürfte nicht allzu schlimm sein.«

Fizz rollte sich gähnend in seiner Decke zusammen. Lilian stellte das Radio an und lauschte einem melancholischen Lied von Adele. Verlorene Liebe, wenn es nur das wäre, dachte Lilian. Mit fünfunddreißig Jahren stand sie vor dem Nichts.

Sie hatte keine abgeschlossene Ausbildung, war in keiner Anstellung länger als sechs Monate geblieben und hatte ihr Café in Greenock verloren, in das sie all ihre Ersparnisse und ihre Energie investiert hatte. Vielleicht hätte ihr Plan aufgehen können. Doch dann war das Haus verkauft worden, der neue Besitzer hatte die Miete erhöht, und vom Gesundheitsamt war eine Klage wegen Nichteinhaltung diverser Vorschriften gekommen. Die Erfüllung der Auflagen hätte Unsummen gekostet, und nachdem Lilian ausgezogen war, ließ der Investor das Haus abreißen. Wenn das kein Zufall war. Da Lilian unerlaubterweise in einem Hinterzimmer des Cafés gelebt hatte, war sie auch noch obdachlos geworden. Ihre gesamte Habe befand sich in diesem alten Wagen.

Die Straßen wurden schmaler, die Hecken und Steinwälle zu beiden Seiten höher. Nach den Worten des Tankwarts hatte sie Ödnis erwartet, doch die Landschaft war abwechslungsreich und charmant: sanfte Hügel mit spärlicher werdendem Baumbestand, weiße Häuschen, die nach Ferienunterkünften aussahen, Farmhäuser und hier und dort ein Pub und eine Töpferwerkstatt in einem der kleinen Dörfer. Nach manch einer Kurve wurde sie mit einem weiten Ausblick auf die Klippen und das Meer belohnt.

Sie war in dem kleinen schottischen Küstendorf Skelmorlie aufgewachsen und hatte das Landleben immer der Großstadt vorgezogen. Ihre Kindheit war nicht unbedingt glücklich gewesen, aber es hätte schlimmer kommen können. Immerhin hatte sie ihre Großeltern gehabt. Fiona und Duncan Gray hatten sich mehr um sie gekümmert als ihre Mutter Maud, an die Lilian nur wenige gute Erinnerungen hatte. So war das Leben, man konnte sich nicht aussuchen, wer einen zur Welt brachte.

»Sarn Mellteyrn« stand auf einem Schild. Von hier waren es nur noch wenige Kilometer bis Aberdaron. Land's End, hatte der Tankwart gesagt, und irgendwie passte das zu einer Gestrandeten wie ihr. In ihrem Wagen sah es so chaotisch aus wie in ihrem Leben. Sie warf einen Blick auf den zerknitterten Brief, der aus ihrer Umhängetasche ragte. Edwards & Jones prangte in goldenen Lettern auf dem Umschlag aus teurem Leinenpapier. Natürlich, Anwälte ließen sich nicht lumpen, der erste Eindruck zählte, obwohl vor Gericht am meisten gelogen wurde.

Sie kannte den Inhalt auswendig. Eine Erbschaft. Ausgerechnet sie erbte ein kleines Vermögen von einem unbekannten Gönner. Sie hatte keine reichen Verwandten, und sie kannte niemanden, der sie so ins Herz geschlossen haben könnte, um ihr ein Haus auf einer verdammten Landzunge in Nordwales zu vermachen. Fizz regte sich und gähnte.

Der Anwalt Stanley Edwards teilte ihr in gesetztem Juristenjargon mit, dass sie ein Haus in Aberdaron erbte. Natürlich gab es einen Haken, denn das Erbe war an Bedingungen geknüpft. Bei dem Haus handelte es sich um eine alte Pilgerraststätte. Der geheimnisvolle Erblasser verlangte, dass das Haus bewohnt und bewirtschaftet wurde. Da das Gebäude lange Zeit leer gestanden hatte, war es vermutlich in keinem guten Zustand. Eine geringe Summe Bargeld stand ihr zur Verfügung, sollte sie das Erbe antreten. Entschied sie sich dagegen, fiel der gesamte Besitz an den National Trust. Wäre Lilian nicht in der aussichtslosen Lage, in der sie nun einmal steckte, hätte sie den Brief zerrissen und auf die unverschämten Forderungen gepfiffen. Wer konnte erwarten, dass sie alles stehen und liegen ließ, um einen alten Schuppen irgendwo im Nirgendwo zu renovieren?

Allerdings gehörte zu dem Anwesen ein großer Garten direkt an den Klippen mit einem eigenen Zugang zum Strand. Womöglich hätte sie auch allein die Aussicht auf einen eigenen Garten überzeugt. Seit ihrer frühesten Kindheit verband sie die schönsten und friedlichsten Momente in ihrem Leben mit der Zeit, die sie im Garten ihrer Großeltern oder im Wald verbracht hatte. Sie war ein eigenartiges kleines Mädchen gewesen, zumindest hatte ihre Mutter das immer behauptet. Pflanzen und Tieren hast du mehr zu sagen als mir, hatte sich Maud oft beschwert.

Lilians Lippen wurden zu einem schmalen Strich. Sie hatte ihre Mutter in jeder Hinsicht enttäuscht. Ein hübsches, puppenhaftes Mädchen hatte die sich gewünscht und ein wildes, ungezähmtes Etwas erhalten. Es war nicht einmal so gewesen, dass sie ein Junge hätte sein wollen. Mode war ihr einfach gleichgültig. Sie benötigte nur robuste, wetterfeste Kleidung, um sich dort aufzuhalten, wo sie am liebsten war – in der Natur.

»Dabei wollte ich nur meine Ruhe«, murmelte Lilian und trat auf die Bremse, weil die Straße vor ihr plötzlich rechtwinklig und mit einem Gefälle von dreißig Grad verlief. Vor einer alten, einspurigen Brücke musste sie kurz anhalten, um einen Lastwagen passieren zu lassen.

Der Fahrer winkte, und Lilian setzte ihren Weg langsam fort. Aberdaron war tatsächlich nicht groß, wenn sich das hier als Zentrum bezeichnete. Zögerlich folgte sie der schmalen Straße, die vor einem weiß getünchten Hotel zu enden schien. Der winzige Dorfplatz, auf dem man nicht wenden konnte, wurde von windschiefen, historisch anmutenden Häusern gerahmt. Eines war ein Bed & Breakfast, gegenüber befand sich ein Tearoom. Ein kleiner Souvenirladen klebte am größten Hotel, dessen Front direkt auf den Strand zeigte. Die Straße machte eine scharfe Linkskurve und führte den Hügel wieder hinauf. Auf halbem Weg befand sich eine Kirche, deren Friedhof mit alten keltischen Kreuzen sich malerisch über den Hügel zur Bucht hinunter erstreckte.

Fizz schien die salzige Brise zu riechen, die selbst für eine rudimentär ausgestattete menschliche Nase zu spüren war.

Der kleine Hund stellte die Pfoten auf die Armlehne und hechelte aufgeregt.

»Ich weiß sowieso nicht genau, wo wir hinmüssen. Wir parken, und du kannst dir die Pfoten vertreten.« Kurzentschlossen fuhr Lilian auf den engen Parkplatz vor der Kirche. Es war früher Abend und unwahrscheinlich, dass noch ein Gottesdienst stattfand.

Vor dem Wagen reckte sie die Arme, dehnte sich und sog die frische, salzige Luft ein. Immerhin, das schmeckte wie in Schottland. Und der Wind ließ sich auch nicht lumpen und fegte um die Hausecke. Das Meer brandete unter ihr auf den Strand, der mit feinem Sand und Steinen in der Nähe der Felsen gesäumt war. Fizz hatte einen Weg nach unten entdeckt und flitzte davon.

Ein kleiner Spaziergang würde auch ihr guttun, dachte Lilian und folgte ihrem Hund.

»St. Hywyn« stand auf einer Tafel. Lilian interessierte sich weder für Heilige noch für alte Kirchen, aber diese hier war zumindest hübsch. Während sie den steilen Klippenpfad hinunterlief, hörte sie ihr Mobiltelefon klingeln.

»Gray?«

»Schön, dass ich Sie erreiche, Miss Gray. Stanley Edwards. Sie erinnern sich?«

Lilian lachte rau. »Wie könnte ich Sie vergessen haben! Ihretwegen bin ich gerade acht Stunden gefahren und am Ende einer ziemlich einsamen Halbinsel angekommen.« Sie sprang auf den Sand. Etwa fünfzig Meter trennten sie noch vom Meer. Die Bucht zog sich hufeisenförmig um den Strand, eingefasst von Klippen, hinter denen grüne Hügel aufstiegen. Am dunkler werdenden Horizont ragten zwei kleine Inseln aus dem Meer. »Idyllisch ist es hier, das muss ich zugeben. Aber wenig los. Liegt das an der Jahreszeit?«

30

Edwards räusperte sich. »An den Wochenenden wird es voller, und im Sommer ist Aberdaron ein beliebter Badeort. Haben Sie Carreg Cottage schon gefunden?«

»Was habe ich gefunden?«

»Das alte Pilgerhaus. Carreg Cottage. Ach, hatte ich Ihnen den Namen nicht geschrieben?«

»Nein. Das ist aber nicht die Insel der Pilger? Die heißt Ynys Enlli, soweit ich weiß.«

Fizz sprang immer wieder bellend in das auflaufende Wasser und biss in die Gischt.

»O nein. Carreg Ddu wird der Fels in der Meerenge zwischen Ynys Enlli und dem Festland genannt. Man kann ihn von Ihrem Cottage aus sehen. Es liegt oben auf der Klippe, rechts von Ihnen, wenn Sie Richtung Meer schauen.«

Lilian drehte sich um und suchte die Hügelkette nach einem Haus ab. »Da ist nichts.«

»Von unten können Sie es nicht sehen. Die Insel liegt auf der anderen Seite der Klippen und das Haus quasi gegenüber. So konnten die Pilger die heilige Insel sehen und sich in ihre Gebete vertiefen«, erläuterte der Anwalt. »Carreg Ddu, der schwarze Felsen, liegt mitten in den gefährlichen Strömungen, die viele Schiffe zum Kentern gebracht haben. Noch heute ist die Überfahrt gefährlich und nicht immer möglich.«

»Klingt nach einem besonders romantischen Flecken … Wie komme ich also dorthin?« Lilian entdeckte zwei Strandwanderer, die von einem schwarzen Labrador begleitet wurden, und winkte ihnen ermutigend zu, denn Fizz hatte den Artgenossen ebenfalls entdeckt.

»Sie fahren über die kleine Brücke und biegen dahinter sofort scharf links ab. Dann folgen Sie der Straße den Hügel hinauf und biegen, wann immer möglich, links ab. Nicht zu verfehlen. Ich treffe Sie oben in einer Stunde, in Ordnung?«

»Okay. Dann kann ich noch etwas essen. Bis gleich, Mr Edwards.«

Als das Gespräch beendet war und sie das Telefon in ihre Hosentasche steckte, drehte sie sich langsam zum Friedhof um. Sie wurde das Gefühl nicht los, dass sie beobachtet wurde. Und tatsächlich. Neben einem verwitterten keltischen Kreuz stand ein älterer Herr und sah unverwandt zu ihr hinüber.

Sie pfiff ihren Hund herbei und kletterte die Klippen wieder hinauf. Hier und dort musste sie sich am Fels festhalten. Oben wurde sie bereits von ihrem Beobachter erwartet. Der Mann musterte sie durch eine Hornbrille und wirkte verärgert. Graues Haar wurde ihm vom Wind um den Kopf geweht, während er anklagend mit einem hageren Finger auf ihr Auto deutete. »Ihrer?«

»Entschuldigung. Ich bin gerade erst angekommen und wusste nicht …«

»Interessiert mich nicht. Da steht ein Schild. Der Parkplatz ist Mitgliedern dieser Kirche vorbehalten. Sind Sie ein Mitglied?«, schnarrte der große Mann, dessen Glieder in einem grauen Pullover, Cordhosen und einem knielangen Mantel steckten. Sie schätzte ihn auf Ende sechzig.

Lilian verdrehte die Augen. »Du meine Güte. Da steht doch sonst keiner. Wozu die Aufregung …«

»Aber es hätte sein können, dass jemand von der R.-S.-Thomas-Society den Platz benötigt. Sie kennen natürlich den berühmten Reverend Thomas?«

»Ja, sicher. Ganz großes Licht. Dann noch einen schönen Abend. Komm, Fizz.« Sie ließ den empörten Mann stehen und stieg mit Fizz in ihren Wagen.

Wenn das ein Vorgeschmack auf die Bewohner hier war, musste das Haus schon ein Knaller sein …

2

Carreg Cottage

Lilian fuhr zurück auf den winzigen Marktplatz von Aberdaron und überquerte die alte Brücke, hinter der sie einen öffentlichen Parkplatz entdeckte. Der National Trust unterhielt direkt am Strand das Informationszentrum Porth y Swnt. Auf dem weitläufigen Parkplatz, der mit Sand und Steinen befestigt war, standen nur wenige Wagen. Ein Surferbus war darunter, davor pellten sich zwei Männer aus ihren Neoprenanzügen.

Fizz lief schwanzwedelnd auf die Surfer zu, die ihn freundlich begrüßten. »Hey, was bist du denn für einer …«

Der Ältere der beiden zog sich ein Kapuzenshirt über und strich sich nasse, dunkle Locken aus dem Gesicht.

»Fizz, lass sie in Ruhe!«, rief Lilian.

Doch der Mann lachte und sah zu, wie Fizz auf seinem Wellenreiter herumtappte. »Kann er surfen?« Der Mann sprach Englisch im weichen Singsang der Waliser.

»Keine Ahnung. Haben wir noch nicht versucht. Wie ich Fizz kenne, lernt er das sicher schnell. Ist der Tearoom gut für einen schnellen Imbiss?«

Der Jüngere der beiden rieb sich die Haare mit einem Handtuch trocken. »Emma macht die besten Sandwiches zu einem fairen Preis. Die beiden Hotels zocken dich ab. Bist nicht von hier, eh?«

»Nicht zu überhören, ich weiß. Okay, danke.« Lilian nickte

den beiden Surfern zu. Wenn sie sich darüber wunderten, dass sie so kurz angebunden war, ließen sie es sich nicht anmerken.

Als sie mit Fizz die Tür zum Tearoom aufstieß, schlugen ihr Wärme, fröhliches Stimmengewirr und der Duft von Essen entgegen. Trotz der verlockenden Speisekarte beschränkte sie sich auf ein Käsesandwich mit Kresse und Chutney und ein Glas Leitungswasser. Sie gab Fizz, der sich artig unter den Tisch legte, einen Hundekeks und machte sich hungrig über das Essen her.

Der Tearoom wurde von einem jungen Paar geführt. Emma und Dewi schienen fast alle Gäste zu kennen und servierten abwechselnd Speisen und Getränke.

Emma trat mit einem strahlenden Lächeln noch mal zu ihr an den Tisch und fragte: »Haben Sie noch einen Wunsch? Darf ich Ihrem Hund etwas geben? Bei uns wird jeder Gast versorgt.«

Lilian erwiderte überrascht das Lächeln. »Fizz sagt sicher nicht nein. Das ist sehr freundlich. Für mich nur die Rechnung, bitte. Ich habe gleich noch eine Verabredung oben an Carreg Cottage. Scheint mir weiter als gedacht.«

»Da wollen Sie noch hin? Doch nicht wandern, oder? Es wird bald dunkel.« Emma trug ein buntes Strickkleid, unter dem sich eine leichte Wölbung abzeichnete. Und da sie immer wieder unbewusst über den leicht gerundeten Leib strich, nahm Lilian an, dass sie guter Hoffnung war.

Die Tür wurde aufgestoßen, und die beiden Surfer kamen herein. Als sie Emma mit Lilian sahen, winkten sie.

»Emma ist die Beste, oder? Nimm's nicht tragisch, Dewi, aber ohne deine Frau ...« Die restlichen Worte des jungen Surfers gingen in Gelächter und allgemeiner Begrüßung unter.

»Sie kennen Collen und Phil?«, erkundigte sich Emma.

»Wen? Äh, nein. Die beiden haben mir auf dem Parkplatz

Ihr Restaurant empfohlen. Ich fahre mit dem Auto den Hügel hinauf.«

»Ah, das ist vernünftig. Die Entfernung täuscht von hier, und die Steigung ist erheblich, wenn man kein geübter Wanderer ist. Für jemanden wie mich ist momentan alles anstrengend.« Emma legte sich erneut die Hand auf den Bauch.

Lilian war so viel spontane Offenheit nicht gewohnt und nickte verlegen. »Gratuliere. Ja, ich muss wirklich los.«

»Ich rede immer zu viel. Natürlich wollen Sie weiter. Dewi!« Sie winkte ihrem Mann. »Alles Gute!«

Als Lilian wenig später den Parkplatz in ihrem Wagen verließ, war es bereits dunkel, und sie hatte Mühe, die Abzweigungen nicht zu verpassen, die sich oft hinter überhängenden Zweigen und schiefen Steinwällen verbargen. Für eineinhalb Kilometer brauchte sie über zehn Minuten, weil die Straße teilweise unbefestigt und so eng war, dass ihr Wagen an beiden Seiten von Gräsern und Zweigen gestreift wurde. Doch nun schien ihr Ziel endlich erreicht.

Die Scheinwerfer einer parkenden Limousine waren auf ein langgestrecktes Cottage gerichtet, dessen Dach dringend geflickt werden musste. Lilians Hoffnungen sanken. Sie stellte den Motor ab und öffnete die Tür, um zuerst Fizz hinauszulassen.

Eine Gestalt löste sich aus dem Schatten der Limousine. »Mrs Gray, nehme ich an? Ich bin Stanley Edwards.« Ein mittelgroßer Herr in Anzug und Mantel trat auf sie zu. Sein spärliches weißes Haupthaar war kurz geschnitten, freundliche Augen blitzten hinter einer Brille, und er trug einen weißen Kinnbart.

Eine Windböe fegte über den Hügel, und ganz in der Nähe hörten sie das Meer rauschen. Lilian schüttelte die dargereichte Hand. »Lilian Gray, freut mich.« Sie deutete auf das Haus. »Das ist es also?«

Fizz legte die Nase auf den Boden und lief schnüffelnd davon.

Der Anwalt nickte. »Kommen Sie, ich führe Sie kurz herum. Von hier wirkt es nicht besonders einladend. Und natürlich kann man in der Dunkelheit die spektakulären Ausblicke nicht würdigen. Glauben Sie mir, allein deswegen ist der Grund hier Gold wert.« Edwards schaltete eine große Taschenlampe ein und ließ den Lichtkegel vom Haus über eine Hecke zu ihrer Rechten wandern.

»Der Garten zieht sich vorn bis an die Klippen. Und von dort können Sie Ynys Enlli sehen oder Bardsey, wie die Engländer unsere Pilgerinsel nennen.«

Sie folgten einem kleinen Trampelpfad über eine Wiese. Das Haus, das von vorn wie ein kleines Cottage wirkte, erstreckte sich über zwei unterschiedlich hohe aneinandergefügte Bauteile. Einige Fenster hatten Läden, von denen einer im Wind klapperte. Die Rahmen waren aus Holz und landestypisch schwarz gestrichen, genau wie die Fachwerkbalken.

»Holzbalken, hm, wenn die nicht regelmäßig gestrichen wurden, können die ziemlich morsch sein«, merkte Lilian an.

»Es gibt ja noch den Fonds, mit dem Sie renovieren können. Dieses Haus ist etwas ganz Besonderes. Der vordere Bau wurde im zwölften Jahrhundert errichtet. Pilger kamen schon viel länger hierher. Haben Sie sich mit der Geschichte von Ynys Enlli befasst?«

»Nein. Es kam alles sehr überraschend. Ich hatte vor meiner Abreise noch eine Menge zu regeln.« Lilian stieß einen überraschten Laut aus, denn die Wolken rissen auf, und das Mondlicht schien auf die Klippen und das Meer vor ihnen. Unwillkürlich beschleunigte sie ihre Schritte und hielt erst inne, als sie steinigen Grund unter den Schuhen spürte.

36

Gebannt sah sie in die Ferne, wo auf dem Meer ein unförmiger Buckel auszumachen war. Unter ihr warfen sich die Wellen gegen die Felsen, Gischt brandete auf, und weiße Schaumkrönchen tanzten im silbrigen Mondlicht auf der schwarzen See. Ein unbestimmtes Gefühl nagender Sehnsucht machte sich in Lilian breit, verbunden mit dem seltsamen Bewusstsein, dass sie genau hier sein sollte.

»I would still go there, if only to await the once-in-a-lifetime opening of truth's flower.« Stanley Edwards war neben sie getreten und schaute ebenfalls auf das Meer. »Das ist nicht von mir, sondern von R. S. Thomas. Ein großer walisischer Dichter und Reverend. Die Kirche in Aberdaron war seine.«

»Man wollte mich seinetwegen jedenfalls sofort vom Parkplatz der Kirche jagen.« Lilian beobachtete, wie Fizz die Felsen untersuchte.

Edwards lachte. »Dann haben Sie wohl schon Bekanntschaft mit Seth Rains gemacht. Er ist der Schwager des jetzigen Pfarrers und schreibt eine Ortschronik. Die Leute hier sind sehr stolz auf ihren Dichter.«

»Hm, gibt es von hier oben einen Weg hinunter? Sind die Pilger von hier mit dem Boot hinübergefahren?« Lilian hielt nach einem Abstieg Ausschau.

»O nein. Etwas unterhalb führt ein Wanderweg um den Hügel herum, aber nur von Porth Meudwy laufen Boote aus.« Der Anwalt deutete nach hinten, wo sich das Haus befand. »Wenn Sie zurückfahren und die erste Abzweigung nach rechts nehmen, kommen Sie zu einer kleinen Bucht, wo die Hummerfischer anlegen. Und einer von ihnen bringt auch die Besucher nach Enlli.«

Sie leckte sich das Salz des Meeres von den Lippen und richtete den Blick zur anderen Seite, wo ein Hügel massig und dunkel aufragte. Ein Schauer überlief ihren Körper, und in ihrem Innern glaubte sie ein dunkles Singen zu hören. Sie schüttelte sich. »Was ist dort hinten?«

»Der Berg Anelog.« Edwards Stimme klang feierlich. »Eigentlich ein Hügel von knapp zweihundert Metern. Aber wenn man dort steht, wirkt er wesentlich höher. In den alten Legenden heißt es, dass dort die Feen gelebt haben. Lange Zeit haben die Menschen den Berg nachts und besonders an keltischen Feiertagen gemieden.«

Das Profil des älteren Mannes neben ihr zeichnete sich scharf gegen das Mondlicht ab. Man brauchte nur etwas Phantasie, um ihn sich als Druiden mit langen weißen Haaren und einer Kutte vorzustellen. »Glauben Sie an solche Dinge?«

»Ich bin Anwalt. Die Märchen, die ich vor Gericht hören muss, sind mir genug. Tja, so sieht es hier aus. Ich zeige Ihnen noch das Innere des Hauses. Und danach wollen Sie sicher in Ihr Hotel.«

Daran hatte Lilian noch nicht gedacht, vielmehr hatte sie den Gedanken verdrängt, denn ein Hotel konnte sie sich nicht leisten. Sie räusperte sich. »Gibt es hier ein günstiges Bed & Breakfast, besser wäre noch ein Zeltplatz?«

Edwards warf ihr einen prüfenden Blick zu. »Das kommt nicht infrage. Da kommen Sie den ganzen Weg von Schottland herunter und sollen nach einem Zeltplatz suchen? Ich reserviere Ihnen ein Zimmer im Pendragon Hotel. Die Rechnung begleicht die Kanzlei.« Er zog einen Schlüssel aus der Manteltasche und öffnete eine Tür an der Längsseite des Hauses.

»Wie lange stand das Haus denn leer? Gibt es Strom?« Lilian fuhr mit der Hand durch die Dunkelheit, um ein Spinnennetz zu entfernen.

»Ah, hier ist es ...« Es klickte, und eine Deckenleuchte erhellte den Eingangsbereich und das angrenzende Zimmer.

Ein alter Steinfußboden, Deckenbalken, weiß verputzte Wände, die stellenweise abbröckelten, und einfache Ferienhausmöbel fielen Lilian ins Auge. Über allem hing ein leicht modriger Geruch, und etwas Weiches flatterte an ihr vorbei ins Freie.

»Fledermäuse? Die haben ihre eigenen Ein- und Ausgänge. Gibt es vielleicht auch noch einen Hausgeist? Warum steht so ein Haus leer?« Sie trat in den größeren Raum, der sich über die gesamte Breite des Hauses erstreckte. Verschlissene Vorhänge mit Blumenprint verströmten Siebziger-Jahre-Flair.

Die Haustür war nur angelehnt und wurde von einer Windböe aufgestoßen. Fizz jaulte erschrocken und bellte in die Dunkelheit hinaus. Es war einsam hier draußen, aber das störte Lilian nicht.

»Es muss natürlich einiges getan werden. Aber Sie sind jung und haben gewiss viele Ideen für eine Neugestaltung. Schauen Sie, hier vorn könnten Sie einen Speiseraum einrichten, oben vielleicht selbst wohnen. Und im hinteren Gebäudeteil sind vier Gästezimmer. Klein, aber mit …«

»Einem großartigen Blick aufs Meer«, ergänzte Lilian. »Haben Sie Erkundigungen über mich eingezogen? Ich habe keinen Penny Eigenkapital. Das sage ich gleich. Aber ich bin nicht arbeitsscheu und handwerklich durchaus begabt. Der Garten interessiert mich. Dort könnte ich Kräuter anbauen. Das wollte ich immer schon machen …« Sie hielt inne.

Edwards hatte lächelnd zugehört. »Sie haben sich entschieden. Ich wusste es. Der alte Fuchs hatte den richtigen Riecher, wie immer.«

Verärgert runzelte Lilian die Stirn. »Na sicher. Sie wussten, dass ich pleite bin, oder? Das hier ist eine verdammt unglaubliche Chance für mich. Und trotzdem kann man mich nicht kaufen. Wenn ich nicht will, will ich nicht. So einfach ist das.«

»Das verstehe ich. Niemand will Sie zu etwas zwingen. Die Entscheidung liegt allein bei Ihnen.«

»Und wer ist denn nun mein unbekannter Gönner? Ist meine Mutter fremdgegangen, oder wie? Zugetraut hätte ich es ihr.« Lilian steckte die Hände in die Hosentaschen und wartete auf eine Antwort.

Der Anwalt schlenderte durch den Raum und rüttelte an einem Stützbalken. »Solide. Was siebenhundert Jahre überdauert hat, wird nicht morgen zusammenbrechen. Der Erblasser hat mich zur Wahrung seiner Anonymität verpflichtet. Wenn Sie morgen früh pünktlich um elf Uhr in meinem Büro erscheinen, verlese ich die Einzelheiten des Testaments. Mein Mandant war wohlhabend und exzentrisch. Ich genoss das Privileg seines Vertrauens und seiner Freundschaft. Sie werden verstehen, dass ich ihn auch nach seinem Ableben nicht enttäuschen möchte.«

Wahrscheinlich verdiente der Anwalt selbst eine hübsche Summe an dieser Erbschaftsgeschichte.

»Was ist mit dem Rest des Hauses?«

Edwards ging zur Haustür. »Wenn Sie annehmen, erhalten Sie morgen die Schlüssel. Es gibt keine bösen Überraschungen, falls Sie das befürchten.«

»Wenn Sie wüssten, wie oft ich das schon gehört habe. Na schön, komm Fizz. Pendragon Hotel?«

»Ja, Mrs Gray. Ich fahre mit Ihnen zurück, und Sie stellen Ihren Wagen auf dem großen Parkplatz vor dem National Trust Zentrum ab. Das Hotel liegt auf der anderen Seite der Brücke. Ich freue mich, Sie morgen bei mir empfangen zu dürfen!«

Bevor Lilian zu ihrem Wagen ging, drehte sie sich noch einmal um. Sie war gerade eben zum ersten Mal hier gewesen, und dennoch war ihr dieser Ort vertraut. Berichteten nicht

40

immer wieder Menschen, dass sie irgendwohin kamen und sofort das sichere Gefühl hatten, dorthin zu gehören? Vielleicht lag es auch nur an ihrer verzweifelten Lage. Da würde sich jeder über einen alten Kasten freuen und sich Holzwurm, Wasserschaden und Fledermäuse schönreden.

II

Bangor-is-y-Coed, Nordwales,
Anno Domini 614

»Cadeyrn! Hör auf, sie anzustarren! Wenn Bruder Braen das
sieht! Er wird dich schlagen. Darauf wartet er doch nur.«

Der junge Mönch zog seine Angelschnur ein und blieb auf
einem der großen Steine am Flussufer stehen. Auf den Feldern lag bereits Schnee, und der Frost biss ihnen in die nackten Füße und Arme. Seine Kutte war bis zu den Knien durchnässt und der dunkle Überwurf mit Schlamm verschmiert.

Cadeyrn lachte und sprang behände über drei Steine ans
Ufer. »Sieh dich an, Elis. Das ist viel schlimmer! Wie willst du
Braen deine verdreckte Kleidung erklären? Du hast ja noch
nicht einmal einen Fisch gefangen.«

Die beiden Männer gehörten zum nahe gelegenen Clas
von Bangor-is-y-Coed, dem größten Kloster im Norden Britanniens. Allerdings war nur einer von ihnen freiwillig dort.
Während Elis aus einer Bauernfamilie stammte und auf die
Gnade des Abtes angewiesen war, der ihn aufgrund einer
Empfehlung und eines mitgebrachten Schweins aufgenommen hatte, wartete Cadeyrn auf eine Nachricht, die ihn von
der erdrückenden Enge des Klosterlebens erlösen würde.

»Das ist leicht. Ich sage, dass ich dich aus dem Fluss retten
musste, weil du dir den Hals nach Weiberröcken verrenkt
hast.« Elis grinste. Er hatte ein breites, offenes Gesicht, war
kräftig und eher gedrungen gebaut. Das Rad eines Karrens
zu wechseln war für ihn keine Schwierigkeit, und er konn-

te Schafe so schnell scheren, dass sie gar nicht wussten, was ihnen widerfahren war. Was ihm an Lateinkenntnissen fehlte, machte er durch eine rasche Auffassungsgabe wett, und seine Handschrift war zwar ungelenk, aber auch darin wurde er besser.

In einiger Entfernung schlenderte ein blondes Mädchen mit verlockendem Hüftschwung davon. Bevor sie zwischen den Hütten des ersten Weilers verschwand, warf sie noch einen koketten Blick zurück.

Cadeyrn raufte sich die Haare und klopfte sich auf die Tonsur. »Wenn ich nicht bald eine Frau fühlen darf, werde ich verrückt! Das ist doch nicht normal! Wer denkt sich denn so ein Leben aus? Keuschheit, Askese, Selbstbeschränkung! Das ist doch nur etwas für vertrocknete alte Männer.«

Er bückte sich und hob eine Schnur mit zwei Fischen auf. Der größere war silbrig mit rötlichen Brustflossen. Cadeyrn wusste aus Erfahrung, dass die Fische im Winter träge waren und sich gern im stillen Wasser unter Ästen und Baumstämmen versteckten. »Hier, nimm du den fetten Döbel und gib ihn in der Küche Bruder Curig. Dann übersehen sie deine schmutzige Kutte.«

Elis sprang ans Ufer. Sein struppiges rotes Haar stand rund um seine Tonsur ab. »Du bist ein echter Freund.« Er schlug Cadeyrn kameradschaftlich auf die Schulter. »Nicht jeder ist so selbstlos wie du. Vor allem nicht die Eiferer, die von sich glauben, dass sie Gott näher sind als wir.«

Cadeyrn machte einen der Fische los und gab ihn seinem Freund. »Lass sie. Wenn sie dadurch zufriedener sind und uns in Ruhe lassen ... Ich habe genug Probleme mit dem absoluten Gehorsam. Nicht sprechen, wenn einem doch so viele Fragen auf der Seele brennen, keine Regel hinterfragen, dieses dauernde Beten, bis einem die Knie schmerzen und die Augen vor Tränen brennen. Das soll uns Gott näherbringen? Er sieht doch, wie sehr wir uns anstrengen, wenn er tatsächlich so allmächtig ist, wie Abt Dinoot uns täglich versichert.«

Ängstlich sah Elis sich um, doch die verschneite Wiese bis zum Waldrand vor ihnen war menschenleer. »Hör auf, so zu reden, Cadeyrn. Ich weiß ja, dass du es nicht bös meinst, aber ich will ein guter Mönch werden und Heil für meine Familie erwirken.«

Ein eisiger Windstoß fegte vom oberen Flusslauf herunter, und Cadeyrn schlug seine Kapuze über. Er war es nicht gewohnt, Befehle klaglos hinzunehmen. Als Sohn eines Edelmanns hatte man ihm Respekt erwiesen, er hatte Latein und Griechisch gelernt und die Schriften von Platon und Aristoteles gelesen. Auch Priester waren an ihren Hof in Deira an der Nordostküste Northumbrias gekommen. Sein Vater, Jodocus up Dyfnallt, hing dem alten Glauben an, während seine Mutter Elen eine Christin war. Sie vertrat die Auffassungen des Augustinus von Hippo, doch zu Streitigkeiten war es deswegen nie gekommen. Vielmehr hatte auch Cadeyrns Mutter Verständnis für die Kraft und das Wirken der alten Götter. Wenn er an seine schöne Mutter dachte, lächelte Cadeyrn. Sie war so klug, dass sie den Bauern und Gefolgsleuten nicht in deren heilige Bräuche hineinredete. Das Leben war für alle schwer genug. Der Kampf gegen Naturkatastrophen, die Ernten und Viehbestände vernichteten, hörte nicht auf. Da musste man sich nicht auch noch das eigene Volk zum Feind machen.

Nebeneinander stapften die jungen Männer barfuß bis zu dem Felsen, auf dem sie ihre Schuhe abgestellt hatten. Notdürftig streiften sie den Flussschlamm im Schnee ab und zogen die Filzschuhe über. Immerhin hielten die unförmigen

Gebilde warm, dachte Cadeyrn. Längst verfluchte er den Tag, an dem er Blane begegnet war. »Bei allen Göttern, verflucht soll er sein!«, murmelte Cadeyrn und stockte.

»Bruder, nicht, du musst besser aufpassen!«, ermahnte Elis ihn. Der einfache Bauernsohn war besonnener und weitsichtiger als Cadeyrn. »Wen verfluchst du? Aber erzähl es mir nur, solange wir durch den Wald gehen. Auf der anderen Seite werden wir beobachtet.«

Hinter dem schmalen Waldstück, das den Fluss in der Biegung vom Klostergrund trennte, erstreckten sich Wiesen und Felder, die zum Besitz des Clas gehörten. Mittlerweile hatten sich über eintausend Mönche und Mönchsanwärter am Fluss Dee eingefunden, die nach den strengen Regeln des heiligen Columban leben und arbeiten wollten.

»Du kannst es nicht verstehen, Elis, und eigentlich wollte ich dich damit verschonen. Aber du bist mir ein guter Freund geworden, der Einzige, dem ich mein Geheimnis anvertrauen kann.« Cadeyrn seufzte. In Gedanken weilte er oft in seiner Heimat, die seine Familie auch durch seine Unachtsamkeit hatte verlassen müssen.

»Ich werde dich nicht verraten, das weißt du, Bruder«, beteuerte Elis mit feierlichem Ernst.

»Ich habe dir nur erzählt, dass mein Vater ein Adliger ist, Elis, und dass ich hier eine einjährige Ausbildung absolvieren soll. Doch Cadeyrn ist nicht mein richtiger Name, zumindest nicht mein Rufname. Ich bin der Sohn von Jodocus up Dyfnallt. Mein Vater war einer der Edlen am Hof Edwins up Deira.«

Elis blieb stehen und sah ihn mit großen Augen an. »Der König Edwin, der ins Exil nach Gwynedd fliehen musste?«

»Ja, mein Freund, genau der. Ach, es waren gute Zeiten in Deira bis zu jenen unseligen Tagen. Mein Vater hatte König

Edwin die Treue geschworen. Als der mit dem mächtigen König Æthelfrith in Streit geraten war und König Edwin um sein Leben fürchten musste, wurde eine Flucht unausweichlich. Mein Vater hätte seinen König niemals im Stich gelassen, aber es gab noch einen schwerwiegenderen Grund, aus dem wir Deira verlassen mussten. Ich habe große Schuld auf mich geladen, Elis.«

»Aber was sollst du getan haben? Was kann schlimmer sein als der Streit der Könige?«

»Durch meine Schuld ist der Sohn von Alpin, dem Heerführer Æthelfriths, ums Leben gekommen. Du kannst dir nicht vorstellen, was für ein grausamer Mann Alpin ist. Weit über die Grenzen hinaus eilt ihm der Ruf eines Schlächters voraus. Er trennt seinen Feinden mit Vorliebe Köpfe und Gliedmaßen ab, und wer sich ihm widersetzt, hat einen unerbittlichen Feind bis zum blutigen Ende.«

Erschüttert stand der junge Bauerssohn vor ihm. »Nur Gott darf richten. Kein Mensch darf solche Sünden auf sich laden.«

Bitter erwiderte Cadeyrn: »Alpin kennt nur die Rachegöttin und ist das todbringende Schwert im Namen König Æthelfriths. Ich wusste ja nicht einmal, wer dieser Blane war! Der Junge war im Tross einer wohlhabenden Reisegruppe unterwegs in die Nordreiche. Sie machten Rast an Edwins Hof.« Ein Falke erhob sich klagend in die Lüfte, und Cadeyrn zuckte unwillkürlich zusammen.

»Es war noch warm in jenen späten Sommertagen vor zwei Jahren, und wir Jungen wollten am Abend zum Strand. Wir machten uns oft einen Spaß daraus, wer von der höchsten Klippe in die See springt. Nun, Blane war schmächtig von Gestalt, aber schnell mit der Zunge. Er tönte, was für ein Kämpfer er doch sei, wie schnell er laufen könne und dass er tiefer tauchen könne als wir alle. Und irgendwie gerieten wir aneinander. Wir rauften, und ich forderte ihn heraus. Ich ging davon aus, dass er sich nicht von der Klippe wagen würde. Die See war rau an jenem Abend, und selbst mir war nicht ganz wohl, als wir dort oben standen. Aber ich kannte die Strömungen und die Felsen. Ich wollte ihn noch warnen, doch er stieß mich einfach zur Seite, schimpfte mich einen Feigling und sprang hinunter. Er hatte nur seine Schuhe ausgezogen.«

Elis schluckte. »Er ist ertrunken.«

»Wir haben ihn aus dem Wasser gezogen, aber er war tot. Seine Mutter schrie und tobte und schwor uns Rache. Wäre Alpin selbst dabei gewesen, er hätte mich und meine Familie sofort getötet.«

Die beiden jungen Männer gingen in ihr Gespräch vertieft durch den Wald und bemerkten nicht, dass sie auf der anderen Seite bereits erwartet wurden.

»Wir sind nach Gwynedd gezogen, wo König Iago ap Beli uns Zuflucht gewährt hat. Edwin und Iago waren über Jahre in Freundschaft verbunden. Auf dem Weg in unser Exil beschloss mein Vater, mich hier in Bangor zu verstecken. Er hielt es für besser, wenn mein Name nicht mehr genannt würde. Sie wollten sogar das Gerücht von meinem Tod streuen, damit Alpin seine Suche nach mir aufgibt.« Die letzten Worte sagte Cadeyrn mit gesenkter Stimme, so als fürchte er den rachsüchtigen Heerführer noch immer.

»Weiß der Vater Abt das?«

»Nicht die Geschichte mit Alpin, nur dass wir mit König Edwin ins Exil gegangen sind. Mein Vater hat dem Kloster ein großzügiges Geschenk gemacht: den Codex mit den Abschriften der platonischen und aristotelischen Aufsätze. Ich weiß, wie viel meinem Vater dieses Werk bedeutet. Wir konnten wenig genug aus Deira mitnehmen. Aber er hat den Codex gegen mein Leben eingetauscht.«

Was sind ein paar beschriebene Pergamentseiten gegen das Leben meines Sohnes, hatte sein Vater gesagt und seinen geliebten Codex in ein Tuch geschlagen.

Elis betrachtete seinen Freund mit neu gewonnener Ehrfurcht. »Dann bist du ein Prinz ...«

»Aber nein! Mein Vater ist doch kein König«, lachte Cadeyrn, wurde jedoch sofort ernst. »Und jetzt kein Wort mehr darüber ...« Er packte Elis am Arm, denn eine große, dunkle Gestalt hatte sich am Waldrand aufgebaut.

»Ich hab's geahnt!« Schicksalsergeben sanken Elis' Schultern herab.

»Lass mich das machen«, sagte Cadeyrn leise, um anschließend freudig seinen Fisch in die Luft zu halten. »Seht nur, Bruder Braen! Wir haben einen guten Fang gemacht!«

Der hochgewachsene Mönch stand wie der Racheengel schnaufend im Schnee. Unter buschigen Brauen starrte Braen den beiden jungen Männern entgegen. Er hatte seine groben Pranken in die Hüften gestemmt, und die nackten Füße steckten selbst im Winter nur in Sandalen. Widrigkeiten der Natur schienen dem knochigen Mönch nichts anhaben zu können, der sich nach dem Abt als wichtigsten Mann im Clas von Bangor verstand. Doch aus irgendeinem Grund hatte Abt Dinoot nicht Braen, sondern den bedächtigen alten Bruder Petrog zu seinem Stellvertreter ernannt. Braen bekleidete das Amt des Subpriors, aber es war deutlich, dass er nach Höherem strebte.

»Schweig!«, donnerte Braen, der im Kloster von Derry im Norden Irlands die Lehren des heiligen Columban studiert hatte. Nach diesen Regeln lebten auch die Mönche in Bangor.

»Ihr habt gefehlt. Zum wiederholten Male. Selbst der Abt

kann euch nicht mehr beschützen.« Hämisch streckte Braen die Hand aus. »Die Fische!«

»Aber …«, protestierte Elis, wurde jedoch von Braens finsterem Gesichtsausdruck zum Schweigen gebracht.

»Ich weiß genau, was ihr vorhattet. In der Küche wolltet ihr euch beliebt machen, euch besserstellen, weil ihr Döbel fangen könnt, wenn es anderen nicht gelingt.« Braen deutete auf den Weg vor ihm. »Ihr geht voraus.«

»Und Novizen verfolgen, um sie vorzuführen, ist keine Art von Hervortun …«, murmelte Cadeyrn gerade so laut, dass Braen ihn noch hören konnte.

»Ich werde dir deinen Hochmut austreiben. Seit deiner Ankunft bist du mir ein Dorn im Auge. Und ich finde schon noch heraus, warum der Abt mit dir so nachsichtig ist.« Braen reckte das kantige Kinn. Kleine fleischige Ohren standen unter einem schmalen Haarkranz ab. Seine Augen lagen tief in den Höhlen, und Cadeyrn verglich den unliebsamen Bruder in Gedanken gern mit dem schwarzgesichtigen Herrn der Anderwelt.

Braens glühender Blick schien ihn von hinten zu durchbohren. »Durch die Mühe des Gehorsams werdet ihr lernen, zu Gott zurückzukehren, den ihr durch euren Ungehorsam verlassen habt!«

Cadeyrn verkniff sich Widerworte und stapfte mit gesenktem Haupt durch den Schnee. Das Clas von Bangor schmiegte sich in eine Biegung des Dee und dehnte sich mit Feldern, Weideland und den Behausungen der Kleinbauern, die für das Kloster arbeiteten, ständig weiter aus. Den Mittelpunkt des Ordenshauses bildete das große Skriptorium mit seiner Bibliothek. Hier waren Hunderte von Mönchen mit der Herstellung von Pergament, dem Kopieren alter Handschriften und dem Binden von Codices befasst. Die

49

bescheidene Kirche, das Skriptorium und das Refektorium waren auf den Fundamenten und mit den Mauerresten eines ehemaligen Römerlagers errichtet worden. Alle übrigen Gebäude waren aus Schiefer oder Feldsteinen, Holz und Lehm gebaut, die Dächer mit Reet gedeckt. Aus den Löchern an beiden Enden der Firste quoll der Rauch. Die Klostermauer war stellenweise gerade mannshoch und hatte kaum wehrhafte Funktion, sondern diente den Mönchen lediglich als Abgrenzung zur Außenwelt. Militärischen Schutz erhielt das Ordenshaus im Kriegsfall von den Soldaten Selyf ap Cynans, dem König von Powys.

Vor dem Tor der Klostermauer war der Schnee schmutzig vom regen Durchgangsverkehr. Als er sie kommen sah, trat der Pförtner aus seiner Hütte, in der er auch nächtigte. »Sei gegrüßt, Bruder Braen. Der Vater Abt erwartet dich in seinen Räumen.«

Der Subprior schubste die Novizen vor und beugte sich zum Pförtner vor, der einen Kopf kleiner als er war. »Was ist los?«

»Ein Bote kam mit einer Nachricht aus Gwynedd. Er sah besorgt aus. Mehr weiß ich nicht, Bruder.«

Braen schnaufte, schien erst jetzt die Fische wieder zu bemerken, die er noch immer hielt, und zitierte Elis zu sich. »Hier, bring sie in die Küche. Anschließend erscheint ihr zum Mittagsgebet, und danach entscheiden wir über eure Strafe.«

Cadeyrn hatte den Wortwechsel verfolgt und runzelte die Stirn. Und wenn die Nachricht seine Familie betraf?

Das Gebet und auch das Mittagessen waren vergangen, ohne dass Cadeyrn und Elis zum Abt gerufen worden wären. Schweigend schritten die Brüder nun durch das Dormitorium, wo sie sich für eine kurze Bettruhe niederlegten.

50

Cadeyrn hatte sich kaum auf seine Strohstatt gelegt, als ein junger Mönch ihn am Ärmel berührte und ihm zu folgen bedeutete. Lautlos verließen sie den Schlafsaal und eilten zu den Räumen des Abtes. Pracht und Glanz suchte man in diesem Clas vergeblich. Bescheidenheit, Demut und ein Leben im Dienste des Herrn waren die Ziele des Ordens, die Abt Dinoot streng vorlebte.

Und so war auch das Empfangszimmer des Abtes spartanisch eingerichtet. Ein Tisch, vier Stühle, eine massive Truhe und ein Pult mit einem Evangeliar. Ein Becken mit glühenden Kohlen verströmte eine schwache Wärme, der einzige Luxus, den sich der Abt aufgrund seiner knotigen Gelenke zugestand. Die Fensteröffnung war mit Pergament verdichtet, welches das Eindringen von Kälte und Feuchtigkeit nicht verhindern konnte.

Abt Dinoot saß hinter dem Tisch in seinem Armlehnstuhl. Seine Kukulle war aus dicker Wolle, und seine Füße steckten in wärmenden Filzschuhen. Sein zerfurchtes Gesicht sprach von vielen Wintern, die er bereits erlebt hatte, und seine gütigen Augen hefteten sich voller Mitgefühl auf den jungen Besucher.

»Setz dich, Cadeyrn.« Der Abt gab dem schweigenden Mönch ein Zeichen, woraufhin dieser den Raum verließ.

Mit einem Gefühl unheilvoller Erwartung setzte sich Cadeyrn auf einen Stuhl. Normalerweise wurden Strafen oder Anweisungen stehend entgegengenommen. Cadeyrns Beine fühlten sich plötzlich taub an, und seine Hände begannen unkontrolliert zu zittern.

»Von Bruder Braen habe ich erfahren müssen, dass du erneut gefehlt hast. Und darüber hinaus hast du den jungen Elis verleitet. Ihr habt euch unerlaubt von den Ställen entfernt und seid fischen gegangen«, begann der Abt ernst.

Die Stille, die in der Stunde nach der Sext über dem Clas lag, war drückend. Nur die Tiere gaben die üblichen Laute von sich, denn sie waren Gottes unschuldige Geschöpfe, frei von Sünde.

»Aber wir hatten unsere Arbeiten ausgeführt. Uns blieb noch eine Stunde, und in der haben wir zwei prächtige Döbel gefangen«, erwiderte Cadeyrn leise, denn er fürchtete sich vor dem, was er noch erfahren sollte.

»Das ist unerheblich. Du hast die Bedeutung von Gehorsam nicht verstanden, Cadeyrn. Was aber viel schwerer wiegt, ist die Tatsache, dass du Elis verleitest. Der Junge hat eine gute Natur und wird ein braver Mönch werden, der seiner Familie Ehre macht. Doch er schaut zu dir auf und eifert dir nach, wo er Gott gefallen sollte und nicht dir.« Der Abt lehnte sich zurück und schloss für einen Moment die Augen.

»Als du zu uns kamst, sah ich in deinen Augen, dass du niemals ein demütiger Mönch werden kannst. Es brennt ein Feuer in dir, das allein die Liebe zu Gott nicht löschen kann. Askese und Keuschheit sind Gebote, die gegen deine Natur sind, und dennoch ... Vielleicht ist es alles, was dir bleibt.« Der Abt schien nach Worten zu ringen, erhob sich schwerfällig und kam langsam um den Tisch herum.

Cadeyrn war ebenfalls aufgestanden und verstand nicht, was der Abt ihm sagen wollte. Erst als sich die Augen des älteren Mannes mit Tränen füllten, ahnte er das Ausmaß der Katastrophe, die ihn heute heimsuchen sollte.

»Der Bote brachte Nachricht aus Gwynedd. Deine Familie, mein junger Bruder, deine Familie war auf dem Weg nach Caergybi. Sie waren auf einem Schiff, das in Caernarfon abgelegt hatte. Ein Sturm brach los.« Dinoots Stimme wurde brüchig, und er legte Cadeyrn die Hände auf die Schultern.

»Nein, nein! Mein Vater wollte mich zu sich holen! Meine Mutter und meine Geschwister, wir …«, schluchzte Cadeyrn und suchte nach einem Hoffnungsschimmer in Dinoots Augen.

Doch der Abt schüttelte traurig den Kopf. »Es gab keine Überlebenden. Edwin ap Deira hat den Boten zu uns gesandt und darum gebeten, dass du bei uns bleibst. Er sagt, das sei der Wunsch deines Vaters gewesen.«

Dinoot drückte ermunternd Cadeyrns Schultern, ließ die Hände sinken und trat an das Pult. »Es gibt viele Arbeiten, die deinen wachen und scharfen Geist fordern können, Cadeyrn. Du bist des Lateinischen und des Griechischen mächtig. Wenn es dir gelingt, deinen Hochmut und deinen Stolz zu zügeln, warten anspruchsvolle Aufgaben auf dich.«

Doch Cadeyrn hörte nur noch halb hin. Vor seinem inneren Auge sah er seinen Vater, stark und unverwundbar, lachend und auf seinem Pferd durch die Hügel reitend. Er spürte die Wärme seiner Mutter, wenn sie ihn umarmte, ihn auf die Haare küsste und ihm ins Ohr flüsterte, dass sie ihn liebte. Und seine Geschwister! Sie alle sollten nicht mehr da sein? Er war allein, plötzlich gab es nichts mehr, für das es sich zu leben und zu hoffen lohnte. Worauf sollte er noch warten?

Der Abt hatte ihn beobachtet und sagte: »Du bist heute von allen Pflichten befreit, Cadeyrn. Geh in dich und frage dich, wohin dein Weg dich führen soll. Zur Vigil erwarte ich dich im Oratorium, und nach der Prim teilst du mir deine Entscheidung mit. Gott segne dich.«

III

Bangor-is-y-Coed, Nordwales, Anno Domini 615

Gott befiehlt Krieg, um den Stolz
der Sterblichen auszutreiben, zu
zerschmettern und zu unterwerfen.

Augustinus von Hippo (354–430 n. Chr.)
Patrologia Latina, Band 42

Das Kratzen der Federn auf dem Pergament und ein gelegentliches Murmeln der schreibenden Mönche waren die einzigen Geräusche im Skriptorium. Cadeyrn stand vor seinem Pult und markierte mit dem Zirkel die Zeilenabstände auf einem leeren Pergamentbogen. Obwohl die Fenster offen waren, strömte die drückende Augusthitze in den großen Raum. Mücken kreisten sirrend um die Schreiber, denen der Schweiß über die Stirn rann. Cadeyrn hatte sich ein feuchtes Leinentuch um den Hals gelegt, mit dem er sich regelmäßig Nacken und Stirn abwischte. Schweiß war salzig und hinterließ hässliche Flecken auf dem kostbaren Pergament. Heute würde er mit der Abschrift des Markusevangeliums beginnen. Das Ordenshaus war im Besitz einer Kopie der Vulgata, einer lateinischen Bibelübersetzung.

Im Winter hatte ihn das schreckliche Unglück seiner Familie beraubt und alle seine Hoffnungen und Träume zunichtegemacht. Nachdem Abt Dinoot ihn damals vor die Wahl gestellt hatte, war er ins Oratorium gegangen und hatte Zwiesprache mit sich und Gott gehalten. Seine Augen hatten von ungeweinten Tränen gebrannt, sein Herz war im Schmerz der Trauer versteinert. Als er verzweifelt die Hände gerungen und vergeblich auf ein Zeichen gewartet hatte, hätte er sich beinahe für den Weg des Soldaten entschieden. Er war der Sohn eines Edelmanns und hätte sich im Dienst des Königs von Gwynedd oder Powys verdingen können. Gute Krieger waren immer willkommen, und er konnte reiten, mit Schwert und Bogen umgehen und war des Schreibens und Lesens mächtig.

Für einen Moment war er versucht gewesen, den gewaltsamen Weg einzuschlagen. Er hätte sich in die nächste Schlacht gestürzt und sein Leben einem fremden Herrn geopfert. Doch dann hatte er das sanfte Antlitz seiner Mutter vor sich gesehen, ihre gefalteten Hände, wenn sie vor ihrem Altar kniete, die Augen auf etwas Unsichtbares gerichtet, das ihr anscheinend tiefe Zufriedenheit verschaffte. Er hatte nie verstanden, nicht begreifen können, was sie in diesem Glauben fand, einem Gott, der seinen Sohn auf die Erde geschickt hatte, um sich für sie zu opfern. Die Menschen hatten das Opfer nicht verdient. Sie waren grausam, rachsüchtig und gierig. Eifersucht, Neid und Lust waren die Triebfedern menschlichen Seins. Und er selbst war davon nicht ausgenommen.

Er wäre ein Heuchler, wenn er von sich behaupten würde, frei von triebhaften Gedanken, Schuldgefühlen und dem Wunsch nach Vergeltung zu sein. In seinen Träumen stand er Alpin auf dem Schlachtfeld gegenüber. Ihre Schwerter waren blutbesudelt, und auf einem Hügel saß König Æthelfrith auf seinem Ross und lachte.

Doch in jener Nacht war ihm eine Gnade zuteilgeworden, die Erkenntnis, dass der Weg des Kriegers seiner Seele keinen Frieden schenken würde.

Cadeyrn zog sich das Leinentuch vom Hals und tupfte sich die Stirn ab. Er hatte sich dem einen Gott zugewandt, der Erlösung und Heil versprach. Die Aussicht auf Vergebung schien ihm ein Versprechen, für dessen Erfüllung er zu arbeiten und zu beten bereit war. Abt Dinoot war ein strenger, aber gerechter Vater und der zweite Grund, der Cadeyrn zum Bleiben bewogen hatte. Einzig Braen war ein steter Dorn unter seinem Fußballen. Der ehrgeizige Bruder machte ihm das Leben schwer, wo immer er konnte, und schien Gefallen daran zu finden, die Schwächen der ihm untergebenen Brüder auszunutzen.

Und seine Schwäche war die Freundschaft mit Elis. Der junge Bauernsohn war der dritte Grund für Cadeyrns Hiersein. Allerdings verboten die Regeln des Columban enge Bindungen innerhalb des Ordens. Alle Brüder sollten einander respektieren, doch keinem sollte man enger verbunden sein. Es war nichts Frevelhaftes an dieser Freundschaft, die keinerlei Körperlichkeiten einschloss. Doch Braen schien seine Spione überall zu haben. Wann immer Elis, der vor allem an der Herstellung der Pergamenthäute arbeitete, mit ihm gesprochen hatte, wurden sie spätestens nach der nächsten Prim abgestraft.

Jeder Schreiber hatte einige Gänsefedern vor sich liegen, die je nachdem, ob man Rechts- oder Linkshänder war, aus dem rechten oder linken Flügel der Gans stammten. Bevor er mit dem Schreiben beginnen konnte, musste er die Linien mit dem Griffel ziehen. Eine Arbeit, die ihm schnell und akkurat von der Hand ging. Für diese Kopien wurde Tinte aus den Dornenzweigen der Schlehe verwendet, die über Wochen in verschiedenen Arbeitsschritten hergestellt und schließlich in einem Rinderhorn bereitgestellt wurde.

Ein Geräusch auf dem Hof ließ Cadeyrn aufhorchen. Seit

Tagen kursierten Gerüchte um die Zusammenkunft der Bischöfe in Derwen Austin, der Augustinus-Eiche, und alle fieberten den Ergebnissen der Gespräche entgegen. Vor wenigen Jahren war Augustinus, ein Gesandter Papst Gregors, in die nördlichen Territorien gekommen und hatte die Bischöfe aufgefordert, sich den Regeln der römisch-katholischen Kirche zu unterwerfen. Seine Drohung hing seitdem als dunkle Prophezeiung über ihnen: »Wenn ihr keinen Frieden mit uns macht, werdet ihr durch die Hände der Sachsen sterben.«

Nicht nur Bischöfe, auch Gelehrte der Ordenshäuser waren nun erneut gerufen worden, sich einzufinden, um den Gesandten aus Rom zu hören. Bonifatius, der neue Papst, war besessen davon, die Britischen Inseln zu missionieren, und schickte ständig Priester aus, um die Menschen im Sinne seiner Kirche zu bekehren. Dieser Gesandte schien ganz in die Fußstapfen des unerbittlichen Augustinus treten zu wollen, denn er duldete keinerlei Widerspruch und war zu keinem Kompromiss bereit. Soterus war der Name des gefürchteten Mannes, zu dem sich auch Abt Dinoot mit einigen Brüdern aufgemacht hatte.

Zu Fuß hätte Dinoot die Strecke nach Worcester, in dessen Nähe sich Derwen Austin befand, nicht bewältigen können. Und so kündigte Getrappel von Pferdehufen die Rückkehr der kleinen Reisegruppe an. Doch wie alle anderen Brüder auch musste Cadeyrn seine Neugier bis nach dem Abendessen zügeln.

Der Abt hatte die abendliche Tafel aufgehoben, und die Brüder begaben sich in Gruppen zur Abendlektion in den Garten. Je nach Rangordnung folgten die Brüder, Novizen und Laienbrüder einem Bruder, der für das Erteilen der Lektion abgestellt worden war. Abt Dinoot hatte Cadeyrn einen

Wink gegeben, ihm, dem Prior und einigen anderen ranghöheren Brüdern zu einer Esche zu folgen, unter der eine Bank und einige Baumstümpfe als Sitzgelegenheiten aufgestellt waren. Der Klostergarten bedurfte noch vieler Arbeit, doch der Sommer ließ über fehlende Begrenzungen der Beete und wild wuchernde Beerensträucher hinwegsehen. Die Rosen blühten und verströmten einen leicht süßlichen Duft, Grillen zirpten, Mücken umschwirrten die Laternen, und hin und wieder hörte man eine Ziege meckern.

Der schwache Schein der Abendglut hüllte den Himmel in ein Feuerwerk aus Violett- und Orangetönen und warf letzte Strahlen auf die geistlichen Männer, die sich mit ernsten Mienen unter dem Baum niederließen.

Abt Dinoot wirkte erschöpft, und seine Hände zitterten leicht, als er den Zeigefinger hob, um die Aufmerksamkeit der Brüder einzufordern. »Der Herr segne euch. Ihr seht mich in einem Zustand tiefster Besorgnis. Was wir während der Zusammenkunft erlebt haben, lässt mich daran zweifeln, ob unsere Entscheidung richtig gewesen ist.«

Prior Petrog schüttelte den Kopf. »Nein! Es war richtig! Wir lassen uns nicht unter die Knute des Papstes zwingen!«

Dinoot richtete sich auf und warf Petrog einen nachdenklichen Blick zu. »So habe ich bis vor kurzem auch gedacht, aber nun, nachdem wir wieder hier sind und ich die vielen wehrlosen Menschen sehe, die unseres Schutzes bedürfen, zweifle ich. Wie können wir sie vor der Armee der Sachsen schützen?«

Ein erschrockenes Murmeln ging durch die Mönche. Bruder Braen saß schräg gegenüber von Cadeyrn und musterte ihn lauernd.

»Vater, warum fürchtet Ihr einen Angriff?«, fragte einer der älteren Mönche.

»Lasst mich kurz berichten, und sagt dann selbst, was ihr denkt.« Der Abt rieb sich übers Knie und trank dankbar einen Schluck Ale, das ihm von einem jungen Mönch gereicht wurde.

»Einige von euch haben mich schon damals mit zu Augustinus begleitet«, begann Dinoot und erntete ein zustimmendes Nicken vom Prior und von Braen. »Nun, im Vergleich mit Augustinus ist Soterus ein Kriegshetzer!«

Man konnte die Mönche förmlich erschrocken die Luft anhalten sehen. Der Benediktinermönch Augustinus hatte durch seine Missionserfolge das Wohlwollen des Papstes erlangt und war zum Erzbischof von Canterbury aufgestiegen. Allerdings beanspruchte er, genau wie der Papst, die Alleingültigkeit der römisch-katholischen Kirche. Anfänglich hatte der Papst den primitiven Menschen – so nannte er diejenigen, die sich noch nicht zu seiner Kirche bekannt hatten – gestattet, an hohen Festtagen Gelage zu feiern und Tiere zu schlachten. Das langfristige Ziel blieb jedoch die Einheit von keltischer und römischer Kirche in der Liturgie. Und Augustinus suchte nun mit allen Mitteln diese Einheit durchzusetzen, die sich vor allem in der Berechnung des Osterfestes und der Taufweise manifestierte.

»Soterus hat keinen von uns begrüßt. Er hat uns keinerlei Respekt gezollt, sich nicht erhoben, als der ehrwürdige Bischof von Llandaff vor seinen Stuhl trat, und auch nicht, als der Bischof von Holyhead ihm seine Ehrerbietung erwies. Dieser Soterus ist stolz und kalten Herzens. Wie sonst kann er einen so ehrwürdigen Mann wie den christlichen Vertreter der heiligen Insel derart beleidigen? Weiß er nicht, dass dort noch immer Druiden lehren und verehrt werden? Dass auch wir den alten Glauben nicht verdammen, sondern den Menschen Zeit geben, sich mit unserer Lehre vertraut zu machen?«

59

Dinoot verschränkte die Hände im Schoß und seufzte. »Soterus hat uns abschätzig gemustert und dann Folgendes gesagt: ›Brüder, ich weiß, ihr stimmt in vielem nicht mit unseren Glaubensregeln überein, doch wir können die Kluft, die zwischen uns besteht, überwinden. Der Heilige Vater erwartet, dass ihr Ostern feiert, genau wie die Kirche in Rom, dass ihr des Weiteren die Taufe vollzieht wie die Kirche in Rom und dass ihr uns helft, den einzig wahren reinen Glauben, jenen der römischen Kirche, zu den Sachsen zu tragen. Wie ist eure Antwort?‹«

Eine nervöse Unruhe befiel die Mönche, die an den Lippen ihres Abtes hingen.

»Es bedurfte keiner Beratung. Die Antwort kam einstimmig, und sie war eine Absage an diese unverschämten Forderungen. In der Gegenwart dieses stolzen, anmaßenden päpstlichen Gesandten fühlte ich eine ehrliche Entrüstung genau wie die Bischöfe und alle unsere Glaubensbrüder. Doch hört, was dann geschah. Soterus ist ein Mann von dreißig Lenzen, nicht gebrechlich, sondern viril und voller Leidenschaft. Zornig glühten seine Augen, und er ballte die Hände zu Fäusten. Ein Gebaren, unwürdig eines Geistlichen, dem Demut die oberste Tugend sein soll. Wütend erhob er sich von seinem Stuhl und zeigte mit dem Finger auf uns wie der Ankläger des Jüngsten Gerichts. ›Das ist eure Antwort? Mit diesen nichtigen Widerworten soll ich zum Heiligen Vater in Rom zurückkehren? Nun, vielleicht überdenkt ihr eure Weigerung, uns bei der Missionierung der Sachsen zu helfen, wenn ihr nämlich aus den Händen ebenjener Sachsen den Tod durch das Schwert erfahrt!‹«

»Ähnliches hat Augustinus schon gesagt, und nichts ist geschehen«, wandte Petrog ein.

Der Abt hielt sich an der Bank fest und sagte mit heiserer

Stimme: »Aber Augustinus war nicht kurz zuvor bei einem heimlichen Treffen mit König Æthelfrith gewesen.«

»Das muss nichts bedeuten. Soterus will doch die Sachsen bekehren. Deshalb war er dort«, sagte Braen.

Dinoot ignorierte die Bemerkung. »Ich habe erst auf der Rückreise von Soterus' konspirativem Treffen mit Æthelfrith erfahren. Wäre mir das bekannt gewesen – ich hätte mich Rom gebeugt.« Müde sank der Abt in sich zusammen. »Sei es, wie es sei. Unser Leben liegt in Gottes Hand.«

An diesem Abend wurde auf das Lesen von Psalmen verzichtet, und die Brüder gingen einer nach dem anderen bedrückt durch den Garten, um sich den noch ausstehenden Aufgaben zu widmen. Das letzte Gebet, die Komplet, wurde im Dormitorium vor dem Schlafengehen gehalten.

»Psst!«

Cadeyrn drehte sich suchend um und entdeckte Elis zwischen dem Efeu, der die Kräutergartenmauer überwucherte. »Hast du es gehört?«, flüsterte Cadeyrn und folgte seinem Freund in den Schutz des Küchengartens, in dem um diese Zeit nicht mehr gearbeitet wurde.

Elis trug einen Lederschurz über seiner Tunika, und in seinem Gürtel steckte ein sichelförmiges Schabeisen, das er zum Reinigen der Tierhäute benötigte. »Nicht alles. Erzähl!«

Sie hockten sich dicht nebeneinander hinter einen Lorbeerstrauch, und Cadeyrn berichtete leise von Dinoots Reise.

»Aber warum sollte König Æthelfrith ein Kloster angreifen? Das passt nicht zu seinem sonstigen Vorgehen, aber du kennst ihn besser.« Elis hob fragend die Brauen.

»Nein, er zieht nicht mordend und plündernd durch die Lande. Seine Kriege haben nur ein Ziel – die Eroberung eines neuen Königreichs. Er will der mächtigste Herrscher des

Nordens werden und schaltet jeden Widersacher aus. Mönche haben ihn nie interessiert. An seinem Hof trieben sich Druiden und Priester herum, er benutzt sie wie Figuren in einem Spiel.« Cadeyrn riss nachdenklich ein Lorbeerblatt ab und rieb es zwischen den Fingern.

»Und wenn er diesen Edwin erwischen will, mit dem ihr damals geflohen seid?«

Cadeyrn schüttelte den Kopf. »Æthelfrith und Iago ap Beli lagen nicht im Zwist miteinander. Deshalb hat Edwin Gwynedd für sein Exil gewählt.«

»Und wer ist mächtig und bietet Æthelfrith die Stirn?«

»Selyf ...«, murmelte Cadeyrn, und eine furchtbare Ahnung stieg in ihm auf. »Der König von Powys ist der einzige ernstzunehmende Gegner für Æthelfrith, und Powys ist reich. Die Eroberung von Powys wäre ein Triumph für Æthelfrith, und auf dem Weg dorthin ...«

Elis griff nach Cadeyrns Arm. »... muss er den Dee überqueren und könnte unseren Clas im Vorbeigehen vernichten. Heilige Mutter Gottes! Was tun wir?«

»Einen Boten zum König von Powys senden? Bitte, schickt uns Soldaten, weil uns ein römischer Priester mit den Sachsen gedroht hat?«

Elis biss sich auf die Unterlippe. »Ich kann mit dem Stock kämpfen.«

Cadeyrn sprang auf und reichte seinem Freund lächelnd die Hand. »Dann kann uns ja nichts passieren.«

Es war heiß und das Geschrei so durchdringend, dass es jeden bisherigen Albtraum übertraf. Cadeyrn riss die Augen auf und rang keuchend nach Luft. Beißender Qualm hing im Schlafsaal. Draußen schienen alle durcheinanderzulaufen, Schweine quiekten in Panik, und jemand rief nach Wasser.

Die Hitze der vergangenen Tage hatte die Felder ausgetrocknet, und der Hof musste mit Wasser besprengt werden, damit der Staub nicht ins Skriptorium drang. Noch dazu war der Wasserstand im Dee niedrig, und wenn der Wald brannte, konnten leicht das gesamte Dorf und die Stallungen von der wütenden Glut erfasst werden.

Cadeyrn warf sich sein Skapulier über die Tunika und gürtete sie. Falls er jemanden aus den Flammen retten musste, konnte er sich zumindest die Kapuze überstülpen. Da ertönten Schreie. Die älteren Mönche, die an den Fenstern schliefen, standen in ihren weißen Tuniken in den Rauchwolken und starrten entsetzt auf einen Feuerball, der zu einem der Strohsäcke gerollt war und in Sekunden eine Feuersbrunst entzündete, die nicht nur die Lager, sondern auch die langen Hemden der Männer erfasste.

Panisch drängten die anderen aus dem Schlaf gerissenen Ordensbrüder zu den Ausgängen. Keiner schien die menschlichen Fackeln zu bemerken, die eine nach der anderen zum Fenster torkelten.

»Helft mir!«, schrie Cadeyrn, riss die Decke von seinem Lager und warf sie über einen der brennenden Mönche, der wimmernd zu Boden ging.

»Elis!«, rief Cadeyrn, konnte seinen Freund jedoch nicht entdecken.

»Geht es? Ich hole Hilfe, Bruder«, versuchte er den röchelnden Verletzten zu beruhigen, sprang auf die Füße und trat an die Fensteröffnung.

Der Qualm hatte sich verzogen, und die schrecklichen Schreie waren verstummt. Nur noch einzelne, beißende Rauchwolken zogen über den Hof, auf dem sich ein Bild des Grauens bot. Zerstückelte Leiber von Tieren und Menschen lagen durcheinander, Blut tränkte den Boden und die weißen

Tuniken der Ordensbrüder. Verantwortlich für dieses Massaker waren die Krieger von Æthelfrith, allen voran Alpin, der auf seinem weißen Streitross sein Schwert in die Luft streckte und brüllte: »Macht sie alle nieder! Keiner darf entkommen!«

Cadeyrn sah, wie sich zwei junge Mönche mit vor der Brust gefalteten Händen dem Heerführer näherten. Sie beteten! Diese Irrsinnigen glaubten tatsächlich, dass eine Kriegsbestie wie Alpin sich von plappernden Jünglingen aufhalten ließe. Alpins Schwert sauste todbringend herab und trennte zuerst den einen und dann den anderen Kopf vom Rumpf.

Triumphierend fletschte Alpin die Zähne, Blut tropfte von der Klinge auf seinen Bart und seine langen Haare, die vorn zu dünnen Zöpfen gebunden waren. Er trug einen ledernen Brustpanzer, und lange lederne Manschetten schützten seine Unterarme vor Schwerthieben. Doch hier gab es keinen Gegner, der ihm mit einer Waffe entgegentreten würde. In diesem Gemetzel führten nur die Angreifer Waffen und mordeten ohne Gnade unschuldige Seelen.

Innerlich verfluchte Cadeyrn den Tag, an dem er sein Schwert abgegeben hatte, doch was hätte es für einen Sinn gehabt, sich gegen die Übermacht der Angreifer zu stellen? Das Heer von König Æthelfrith musste bereits in der Nähe auf die Weisung des päpstlichen Gesandten gewartet haben. Wo war der Abt? Sie mussten Dinoot in Sicherheit bringen. Auf dem Gang begegnete er Elis, der den Prior beim Gehen stützte.

»Wo wollt ihr hin?«, fragte Cadeyrn.

Petrog, der aschfahl war, brachte flüsternd hervor: »Der Vater Abt wird von seinen Brüdern zum Druidenhügel im Wald gebracht worden sein. Dorthin haben wir uns bei Gefahr stets geflüchtet.«

Cadeyrn überlegte, während das Inferno um sie herum tobte. »Die anderen Mönche, die Laienbrüder, wissen davon nichts?«

»Nein, nur der Abt und seine Vertrauten.«

»Gut, denn wenn alle dorthin flüchten, werden sie ihn finden.« Sie hörten das Tor des Oratoriums bersten. Jetzt würde es nicht mehr lange dauern, bis die Soldaten ins Dormitorium gelangten.

Der alte Petrog hustete und machte eine schwache Handbewegung. »Der Römergraben. Hinter dem Friedhof verläuft der alte Festungsgraben. Er führt die Abwässer und ist abgedeckt.«

Cadeyrn nickte. »Gehen wir. Die Abwässer werden in den Fluss geleitet. Zur Not können wir schwimmen.«

Zwei Brüder mit Brandwunden kamen aus dem Dormitorium und folgten ihnen.

»Tomos, Grigor, greift Brot und Wasserschläuche!«, befahl Cadeyrn, riss eine Lanze von der Wand, die einem Heiligen gehört hatte, und rannte voraus.

Außer ihnen hatten nur wenige Brüder den hinteren Ausgang genommen. Die meisten waren anscheinend in die Kirche geflohen, in der irrigen Hoffnung, dass Gott sie beschützen würde. Als Cadeyrn das kleine Tor aufstieß, hörte er die Glocken Sturm läuten, Pferde wieherten, und Alpins Stimme dröhnte über das Klostergelände. »Lasst keinen dieser winselnden Hunde am Leben! Für jeden Kopf gibt es eine Belohnung!«

»Barmherzige Mutter Gottes, gebenedeit sei dein Leib …«, betete Petrog heiser, während Elis ihn stützte und in die warme Morgenluft hinausschleppte.

»Hier entlang!« Cadeyrn senkte die Stimme. Sie befanden sich im Schutz einer Reihe von Schlehenbüschen, deren dornige Zweige für die Tinte benötigt wurden. Rechter Hand fiel das Gelände ab, und hinter einer Baumgruppe begann der Friedhof. Aus der oberhalb liegenden Kirche waren erstickte Schreie zu vernehmen, und Petrog brach in Tränen aus. »Lasst mich zu ihnen, ich will mit ihnen sterben.«

»Prior, wir müssen stark sein. Im Namen Gottes, weiter!«, ermahnte Cadeyrn den verzweifelten Mann.

»Wartet, so wartet doch!« Braen kam humpelnd herbeigelaufen. In den Armen hielt er in Leder geschlagene Schriftrollen und Codices.

Da brach ein Reiter durch die Schlehenbüsche, der sein aufgebrachtes Pferd, das sich an den Dornen verletzt hatte, kaum halten konnte. Mann und Pferd drehten sich im Kreis, das Pferd stieg, und ein Schwert blitzte im Licht der ersten Morgensonne. Cadeyrn drängte Elis, den Prior und die beiden jungen Mönche den Hügel hinunter und wandte sich zu Braen um, der wie erstarrt auf das verängstigte Pferd starrte, dessen Hufe über ihm schlugen. Ohne zu zögern warf sich Cadeyrn auf Braen und rollte mit ihm außer Reichweite der Hufe, die donnernd neben ihnen zu Boden gingen.

Als Cadeyrn sich aufrappelte, blickte er in das Gesicht eines Mannes, den er zum letzten Mal vor drei Jahren am Hof von Deira gesehen hatte. Die von zahlreichen Faustkämpfen mehrfach gebrochene Nase und die eng stehenden Augen waren unverkennbar – Fercos war ein Freund Alpins und hatte die Reisegruppe mit dessen Frau und Sohn Blane begleitet. Dass Alpin Fercos nach dessen Versagen am Leben gelassen hatte, konnte nur einen Grund haben – Fercos hatte Alpin geschworen, den Tod von Blane zu rächen. Für den Bruchteil einer Sekunde trafen sich ihre Augen.

Blitzschnell riss Cadeyrn Braen auf die Füße und rannte mit ihm den Hügel zum Friedhof hinunter. Der Reiter verfolgte sie bis zu den Bäumen, drehte dann ab und ritt parallel zum eingezäunten Friedhof. Wahrscheinlich dachte er, dass er sie auf der anderen Seite stellen konnte. Doch der alte Römergraben begann auf halber Strecke unterhalb des Friedhofs. Elis hockte hinter einem Holzstapel und winkte ihnen. Der Gestank, der von unten heraufstieg, war bestialisch.

»Hölle und Pestilenz!«, fluchte Braen und drückte das Bündel, das er gerettet hatte, fester an sich. »Da sollen wir hinein?«

»Bleib doch hier und nimm es mit den Soldaten auf …«, schlug Cadeyrn vor und sprang zu Elis in die Jauche.

Während sie durch die stinkende Brühe wateten, hatte Cadeyrn nur einen Gedanken: »Herr, lass Fercos mich nicht erkannt haben. Ich bitte nicht für mich, sondern für meine Brüder, die durch meine Schuld in doppelter Gefahr wären.«

3

Das Erbe, Llŷn Peninsula, 2016

»Na komm, Fizz, wir sind spät dran!« Lilian wartete, bis der kleine Hund die Stufen vom Strand heraufgesprungen kam.

Noch hatte die Badesaison nicht begonnen, doch die idyllische Bucht wirkte auch jetzt einladend mit den bunten viktorianischen Badehäuschen und einem weißen Feriencottage direkt am Strand. Llanbedrog war ein überschaubarer Badeort, dessen wenige Straßen sich um eine Kirche und die Bucht konzentrierten. Ein weiterer Anziehungspunkt schien ein altes Herrenhaus zu sein, auf das mit Hinweisschildern verwiesen wurde.

Fizz, der ein Bad im Meer genommen hatte, schüttelte sich direkt vor ihr und sah sie erwartungsvoll an. »Ich hatte dich gewarnt«, sagte Lilian. »Jetzt musst du eben nass mit in die feine Anwaltspraxis.«

Die Sonne schien von einem strahlend blauen Himmel, und das Meer rauschte sanft auf den Strand. Lilian betrachtete die Klippen, die sich um die Bucht schmiegten. Wenn sie die Schilder richtig deutete, gehörten die Klippen und die anschließende Parklandschaft zu dem alten Herrenhaus, in dem sich eine Kunstgalerie befand. Für Kunst hatte Lilian nichts übrig, für Gartenanlagen schon. Eine schmale Straße führte unterhalb des Herrenhauses vorbei und gabelte sich nach einem halben Kilometer.

»Pantre Llan« stand auf einem Schild, und Lilian bog in die

Straße, die zu beiden Seiten von gepflegten Villen gesäumt wurde. Nur vor wenigen Häusern stand ein Wagen, was Lilian vermuten ließ, dass die meisten Besitzer nur in den Ferien hier herauskamen. Vor einem einstöckigen beigefarbenen Bau blieb sie stehen. Weiße Säulen rahmten den Eingang und weiße Läden die Fenster. Der Rasen war genauso akkurat gestutzt wie die Buchskugeln, an denen Fizz schnupperte und das Bein hob.

»Psst, Fizz, komm her!« Lilian stieg die Stufen hinauf und drückte auf die Klingel neben dem Messingschild, auf dem »Stanley Edwards – Anwalt und Notar« stand. Auf dem Brief hatte Edwards & Jones gestanden, wo war die zweite Hälfte der Kanzlei geblieben?

Die Tür wurde geöffnet, und eine blonde junge Frau begrüßte sie mit einem einladenden Lächeln. »Hallo, Mrs Gray, nehme ich an? Mein Vater hat gleich Zeit für Sie. Oh, was für ein niedlicher Hund. Mein Sohn ist ganz verrückt nach Hunden und liegt mir dauernd in den Ohren, dass ich ihm endlich einen schenke. Bitte!«

Überrascht von dem herzlichen Empfang trat Lilian mit Fizz in einen lichtdurchfluteten Vorraum. Edwards Tochter bewegte sich mit geschmeidiger Eleganz, und die glatten blonden Haaren fielen weich über ihren Rücken. Sie war so attraktiv, dass Lilian sich klein und schäbig neben ihr fühlte.

»Elijah! Komm runter, hier ist ein Hund, der dich sehen möchte!«, rief Katie die gewundene Treppe hinauf. »Verzeihen Sie, ich hoffe, das ist Ihnen recht?«

Lilian lächelte, denn Katies Charme war entwaffnend. »Fizz mag Kinder, kein Problem.«

Ein etwa vierjähriger Junge kam die Treppen heruntergelaufen und zog dabei einen Teddy hinter sich her, der mindestens so groß war wie er selbst. Elijah hatte große dunkle

Augen und braunes Haar und lachte, als Fizz wedelnd auf ihn zusteuerte. Fizz ließ sich von dem Kind umarmen, wich jedoch zurück, als der Junge ihn anheben wollte.

»Elijah, das ist kein Teddy. Du kannst ihn streicheln, aber wenn er nicht mehr möchte, dann lass ihn bitte in Ruhe«, sagte seine Mutter. »Bitte, kommen Sie doch mit in den Wintergarten, Mrs Gray.«

Während sie den halbrunden Raum betraten, der einen atemberaubenden Blick über die Bucht bot, fragte Lilian: »Das ist aber nicht die Kanzlei Edwards & Jones?«

Katie bot ihr einen Sessel an und goss Tee aus einer bereitstehenden Silberkanne ein. »Mein Vater ist nur noch stiller Teilhaber der Kanzlei in Caernarfon. Neil Jones leitet die Kanzlei allein. Vielleicht steige ich irgendwann ein, obwohl ich es mir nicht vorstellen kann. Zucker?«

»Nein, danke.« Fizz und Elijah stürmten in den Raum. Die zwei schienen sich bestens zu verstehen, denn der Junge schaute begeistert zu, wie Fizz sich auf den Teddy stürzte und sich an der Amputation eines Ohrs versuchte.

»Ich bin zwar Anwältin, habe mich aber lange nicht zwischen der Liebe zur Kunst und der Juristerei entscheiden können. Eine Kunstversicherung schien mir ein guter Kompromiss. Ich arbeite als Beraterin, prüfe Policen und Ähnliches. Kennen Sie die Galerie oben im Herrenhaus?«

In diesem Moment betrat Stanley Edwards mit einer Mappe den Raum und warf seiner Tochter einen warnenden Blick zu, die sofort verstummte und sich erhob. »Vater, ich habe Mrs Gray ein wenig unterhalten und hoffentlich nicht allzu sehr gelangweilt.«

Katie nahm ihren Sohn auf den Arm, der sich nicht von Fizz trennen wollte, obwohl der Hund seinen Teddy weiter attackierte.

»Oh, tut mir leid, ich werde Ihnen einen neuen Teddy kaufen müssen«, sagte Lilian angesichts des zerrupften Stofftiers.

Doch Katie winkte lächelnd ab. »Machen Sie sich keine Gedanken. Elija hatte Spaß, das ist die Hauptsache. Vielleicht sehen wir uns noch. Bleiben Sie länger?«

»Kann sein. Hängt von dem ab, was Ihr Vater mir gleich offenbaren wird«, erwiderte Lilian.

Katie nickte verständnisvoll und verließ mit ihrem Sohn den Raum. Stanley Edwards setzte sich Lilian gegenüber aufs Sofa und schlug die Mappe auf. Sein Hemd wirkte teuer, genau wie die goldenen Manschettenknöpfe und der perlmutterne Füllfederhalter, der in der Ledermappe auf den Papieren lag.

Für diese Menschen war Besitz etwas Selbstverständliches, etwas, worüber man nicht nachdachte, weil Geld einfach immer da war. Lilian verdrängte den Anblick ihrer abgetragenen Wanderstiefel und die fleckige Jeans und sah Edwards direkt in die Augen. »Okay, was ist drin, und wo ist der Haken?«

Der erfahrene Anwalt schmunzelte. »Sie verschwenden keine Zeit, nicht wahr? Der Austausch von Höflichkeiten und diplomatisches Geplänkel sind zwar nicht nach Ihrem Geschmack, Mrs Gray, aber gewisse Umgangsformen machen das Leben angenehmer.«

»Es kommt auf den Standpunkt an. Wenn man nicht weiß, wie man die nächste Rechnung bezahlen soll und wann man die nächste anständige Mahlzeit bekommt, verliert man ein gewisses Feingefühl«, erwiderte sie bissiger als beabsichtigt.

Der Anwalt blieb unbeeindruckt von ihrer Schroffheit. »Haben Sie gut im Pendragon Hotel genächtigt? Ich schicke meine Bekannten gern dorthin, denn das Frühstück ist exzellent.«

Beschämt sagte Lilian: »Danke. Ich habe schon lange nicht mehr so gut geschlafen. Verzeihen Sie, ich …«

»Schon gut. Lassen Sie uns zur Sache kommen. Diese ganzen juristischen Formalia muss ich nicht verlesen. Ihre Identität steht fest. Hier steht das Wesentliche. Die Begünstigte, Mrs Lilian Gray, gelangt auf Lebenszeit in den Besitz von Carreg Cottage und dem angrenzenden Land. Da das Cottage unter Denkmalschutz steht, sind bei geplanten Umbauten die entsprechenden Verordnungen zu beachten. Bei Zuwiderhandlung fällt das Cottage an den National Trust. Sollte die Begünstigte keine Nachkommen haben, fällt das Cottage nach deren Tod ebenfalls an den Trust, andernfalls geht es in den Besitz des Erbberechtigten über. Die Auflagen sind dieselben.«

Edwards hob den Kopf.

»Das Cottage ist sozusagen eine Leihgabe auf Lebenszeit?«

»Ja, so kann man es sagen. Sie können es nicht veräußern, aber es kann Ihnen auch nicht genommen werden. Es sei denn, Sie verletzen eine der Bedingungen des Erblassers.«

»Und das Land?«

Edwards lächelte. »Das gehört Ihnen, und Sie können damit machen, was Sie wollen.«

»Wie viel ist es?«

»Der Garten gehört dazu, und die Wiesen rund um das Cottage. Zwei Wiesen sind als Weideland an die Nachbarfarm verpachtet. Es ist kein Bauland, falls Sie darauf spekulieren.«

Lilian schüttelte den Kopf. »O nein. Ich mag Pflanzen lieber als Beton. Bäume leben und atmen, Steine nicht. Ich wollte einfach nur wissen, was mir gehört, verstehen Sie? Mir gehörte nämlich noch nie etwas richtig.«

»Sie haben einen Wagen und einen Hund«, stellte Edwards sachlich fest.

»Fizz gehört mir nicht. Wir sind Freunde. Wenn er gehen will, kann er gehen«, sagte Lilian erstaunt.

»Ob er das weiß? Eine interessante Einstellung. Ach ja, der Fonds. Sie erhalten einen Betrag von einhunderttausend Pfund für Ihren persönlichen Bedarf. Weitere zweihunderttausend Pfund stehen für die Renovierung von Carreg Cottage zur Verfügung. Im Notfall – Sturmschäden, Feuer oder Wasserschäden fallen darunter – sind weitere Mittel einforderbar. Ansonsten erwartet der Erblasser, dass Sie das Cottage bewirtschaften und sich der Bedeutung des Hauses als Raststätte für Pilger bewusst sind. Hier sind detaillierte Vorschläge. Sie haben ein Jahr Zeit, etwas aus dem Cottage zu machen. Der Erblasser war ein sehr traditionsbewusster Mann, der die Geschichte seiner Heimat nicht nur bewahrt, sondern auch gelebt sehen wollte. Ich darf sagen, dass er viele Jahre im Ausland weilte und erst im Alter zurückkehrte. Er bedauerte sehr, vieles an Entwicklungen hier verpasst zu haben, und wollte durch großzügige Spenden nachholen, was er in seiner Jugend versäumt hatte.«

Lilian hob skeptisch die Augenbrauen. »Ach, erzählen Sie mir was … Aber gut, so soll es sein. Einem geschenkten Gaul schaut man nicht … oder so ähnlich. Ein Jahr habe ich Zeit, und dann? Wo ist der Haken?«

Edwards schraubte den Füllfederhalter auf. »Aus meiner Sicht gibt es keinen Haken, wenn Sie auf die Bedingungen eingehen wollen. Sie müssten das Cottage bewirtschaften und für Gäste öffnen. Innerhalb eines Jahres sollte das durchaus zu bewältigen sein. Die Frage ist vielmehr, ob Sie das wollen?«

Lilian streckte die Hand nach dem Füller aus. »Ich hatte ein kleines Café, das gar nicht schlecht lief. Warum soll ich das hier nicht schaffen? Die Lage ist top, und die Leute sind wild auf die heilige Insel, das wird schon.«

Edwards schmunzelte und gab ihr den Füller. »Unterschreiben Sie hier und hier.«

Doch plötzlich zögerte Lilian. »Aber ich muss keine Kreuze aufhängen und Gebete sprechen und solchen Unsinn?«

Jetzt lachte Edwards herzlich. »Um Himmels willen, nein!

Wenn Sie den Erblasser gekannt hätten, wüssten Sie, dass er das als Letztes von irgendjemandem erwarten würde.«

Lilian unterschrieb. »Um noch mal auf meine Frage zurückzukommen. Wenn ich versage, was passiert dann?«

»Dann geht das Cottage an den Trust. Wenn Sie erfolgreich sind, sehen wir uns hier in einem Jahr wieder, und ich darf Ihnen einen persönlichen Brief des Erblassers übergeben.«

Sie reichte Edwards den Füllfederhalter und runzelte die Stirn. »Warum macht der Mann so ein Geheimnis um sich?«

Die verschlossene Miene des Anwalts sagte ihr, dass weitere Fragen zwecklos waren. »Tut mir leid. Das sind die Anweisungen. Aber glauben Sie mir, er hat seine Gründe.«

Er wartete, bis die Tinte trocken war, schob die Blätter zusammen und griff hinter sich in eine Schale, in der ein Schlüsselbund lag. »Herzlichen Glückwunsch, Mrs Gray. Carreg Cottage ist ab heute Ihr neues Heim.«

Mit feuchten Augen nahm Lilian die Schlüssel entgegen. »Lilian, bitte, Mr Edwards. Ich danke Ihnen für alles. Das kam so unerwartet. Ich …«

Der Anwalt erhob sich, und Lilian stand ebenfalls auf. Als sie ihm die Hand geben wollte, nahm er sie in den Arm und drückte sie kurz an sich. »Sie werden das schon machen, Lilian. Und wenn Sie Hilfe brauchen, rufen Sie mich an.« Er nahm eine Karte aus der Mappe. »Hier steht auch meine private Nummer drauf.«

Sie wischte sich eine Träne von der Wange. »Danke, Mr …«

»Stanley.« Er klopfte ihr ermunternd auf die Schulter. »Ich glaube, dass Sie genau die Richtige für Carreg Cottage sind. Eine starke, unabhängige Frau kann viel bewegen. Da muss ich mir nur meine Tochter ansehen.« Lächelnd brachte er sie zur Tür. »Jetzt muss ich nur noch die zweite Erbin ausfindig machen.«

»Es gibt noch eine Erbin? Sollen wir uns das Cottage teilen?«

Der Anwalt lachte. »O nein! Das ist eine andere Geschichte.«

»Über die Sie nichts sagen dürfen, verstehe.«

»Noch nicht, Lilian. Aber ich freue mich wirklich sehr, dass Sie es sind, die in das Cottage zieht. Auf Wiedersehen.«

4

Der Einbruch

Am Himmel waren Wolken aufgezogen, und der Wind hatte zugenommen, doch es regnete nicht. Die Sonne fand immer wieder eine Lücke und sandte ihre wärmenden, frühsommerlichen Strahlen auf die Klippen. Bei Tag war der Weg hinauf zum Cottage wesentlich leichter zu finden, und Lilian konnte die grandiosen Ausblicke genießen, die sich ihr überall entlang des Weges boten.

»Fizz, wir hätten es schlechter treffen können. So übel hat das Cottage gar nicht ausgesehen, und mit dem Geld, das uns zur Verfügung steht, machen wir ein Schmuckstück aus diesem Pilgerhäuschen.« Sie brachte den Wagen in der Einfahrt vor dem Cottage zum Stehen und spürte den Schlüsselbund in ihrer Tasche.

Als Fizz aus dem Wagen sprang und wedelnd durchs Gras davonstob, warf sie die Autotür zu und ließ den Blick über ihr neues Zuhause schweifen. Die Wiesen gehören mir, dachte sie, ich bin jetzt Landbesitzerin, wer hätte das gedacht. Ein seltsames Gefühl machte sich in ihr breit, eine Mischung aus Freude und Beklemmung. Seit sie mit siebzehn Jahren das Haus ihrer Großeltern verlassen hatte, war sie nur mit leichtem Gepäck gereist. Kein Besitz, keine Bindungen, beides brachte nur Komplikationen und Kummer. War es nicht mit dem Café in Greenock genauso gewesen? Kaum hatte sie sich etwas aufgebaut, kam eine unerwartete Katastrophe und machte alles zunichte.

Lilian nahm die Schlüssel und ging durch hohes Gras über Schieferplatten auf das Cottage zu. Der weiße Putz sah ordentlich aus, das Dach gar nicht so übel, wenn man von den eingesunkenen Stellen absah. In einiger Entfernung hörte sie Menschen lachen und reden. Sie schaute um die Ecke und entdeckte eine Gruppe von Wanderern, die von Osten über die Landzunge gekommen waren.

Als sie den Türknauf anfasste, gab die Tür nach, und Lilian bemerkte das zerkratzte Schloss. Nervös stieß sie die Holztür auf und pfiff nach ihrem Hund, der sofort herbeigelaufen kam und sich vor ihr ins Haus drängte. Aufgeregt schnüffelte er den Boden im Windfang ab, bellte jedoch nicht.

»Okay, vielleicht war das Schloss defekt und ich …«, doch weiter kam sie nicht. Was gestern noch ein etwas schäbiges, aber bewohnbares Kaminzimmer gewesen war, zeigte sich heute als verwüstete Katastrophe!

»Verfluchter Mist! Was ist denn hier passiert?« Fassungslos starrte sie auf umgestürzte Möbel und einen herabhängenden Tapetenstreifen. Warum tat jemand so etwas?

Langsam ging sie durch die Räume, in denen sich ähnliche mutwillige Zerstörung zeigte. Schränke waren von der Wand gerückt und Holzvertäfelungen aufgebrochen worden. Als hätte jemand nach etwas gesucht. Aber das Cottage hatte lange leer gestanden. Wollte sie jemand vertreiben, ihr Angst einjagen? Lilian betrat die kleinen Gästezimmer, die sie gestern nicht gesehen hatte, und schlug sich erschrocken die Hand vor den Mund. Eine rote Lache breitete sich auf dem Holzfußboden und einem ehemals beigefarbigen Teppich aus. Sie atmete tief ein und trat näher, um zu prüfen, worum es sich handelte.

»Farbe …«, murmelte sie und tippte mit dem Finger in den noch feuchten Fleck.

»Kein Haken, ey?« Stanley würde ihr das hier erklären müssen.

Sie lief die Treppen hinunter, durch das Kaminzimmer und in den Raum mit den bodentiefen Terrassentüren. Die stieß sie weit auf, um die frische Seeluft hereinzulassen, und trat in den verwilderten Garten hinaus. Das Meer rauschte vor den Klippen, und eine Windböe wirbelte ihre locker zurückgebundenen rotbraunen Haare um ihr Gesicht.

Sie ging bis zu der verwitterten Steinmauer, die den Garten von einer Wiese abgrenzte. Dort drehte sie sich um, riss die Arme in die Luft und sah das Cottage an, dessen Fenster sie neugierig zu mustern schienen.

»Ich bleibe hier!«, schrie sie. »Da muss euch schon was anderes einfallen! Zum Teufel!«

Doch dann sank sie auf die Mauer und ließ ihren Tränen freien Lauf. »Ach, was mache ich nur …«

Eine kalte Hundeschnauze stupste sanft ihre Hände, entfernte sich, und dann knurrte Fizz kurz warnend.

»Hallo, kann ich helfen? Ist etwas passiert? Wir haben Sie schreien gehört.« Die Stimme war männlich und klang ehrlich besorgt.

Lilian sprang auf, drehte sich um und fand sich einem der Surfer vom Parkplatz gegenüber. Ihr Hund war auf die Mauer gesprungen und ließ sich von dem Fremden das Kinn kraulen.

Als sie nicht sofort antwortete, fügte er hinzu: »Collen, ich bin mit meiner Gruppe unterwegs. Schüler aus dem Zentrum für walisische Geschichte und Sprache in Nefyn.«

Dunkle Locken, an den Schläfen von erstem Grau durchzogen, und eine gerade Nase, die beinahe klassisch wirkte, ergaben mit den sie interessiert musternden braunen Augen eine anziehende Mischung. Er trug Outdoorkleidung und hatte einen kleinen Rucksack geschultert.

»Entschuldigung, Lilian. Ich wohne jetzt hier, also eigentlich wollte ich heute einziehen, aber es hat einen Einbruch gegeben.« Sie machte eine ratlose Handbewegung. »Wer bricht denn hier ein, verwüstet alles und kippt mir noch rote Farbe vors Bett?«

Collens Miene wurde ernst. »Moment bitte. Ich bin gleich wieder bei Ihnen.« Er ging zu der wartenden Gruppe, die aus acht Männern und Frauen unterschiedlicher Altersgruppen bestand. Nachdem er mit ihnen gesprochen hatte, winkten sie in Lilians Richtung und gingen hinunter zum Klippenpfad.

»Hey, Collen, das ist nicht nötig, ich brauche keine Hilfe. Ich kann das allein regeln, das mache ich immer«, sagte Lilian, als er mit einem Satz über die Mauer sprang.

Er warf ihr einen Seitenblick zu. »Ja, glaube ich. Aber Sie sind neu hier, und ein Einbruch ist was anderes. Also, zeigen Sie mir den Schaden?«

»Hmpf«, war alles, was Lilian erwiderte, doch sie ging voraus zum Cottage.

»Ich habe mich schon lange gefragt, wer hier wohl einzieht. Carreg Cottage ist eine lokale Legende. Es stand nie zum Verkauf, obwohl die Immobilienmakler wahrscheinlich dafür getötet hätten.« Er hielt inne. »Entschuldigung.«

»Ich bin nicht zart besaitet. Hier, bitte.« Sie hielt ihm die Terrassentür auf.

Er war einen Kopf größer als sie und kam gerade noch durch die niedrige Tür. »Mann, was für eine Sauerei!«, entfuhr es ihm.

An der gegenüberliegenden Wand hing die Tapete herab, und die Holzverkleidung dahinter war eingeschlagen.

»Gestern Abend sah es noch nicht so aus. Der Anwalt hat mir das Cottage gezeigt, und ich dachte noch, alles klar, bisschen renovieren, das passt schon. Aber so …« Sie bückte sich nach einem Sessel.

Collen begutachtete das Loch in der Holzverkleidung. »Und so sieht das überall aus?«

»Hmm, und oben noch die Farbe. Vandalismus? Gibt es Leute, die was gegen einen Mieter im Cottage haben? Was denken Sie?«

Er fuhr sich über sein unrasiertes Kinn. »Habe nichts in der Richtung gehört. Ab und an haben hier mal Jugendliche übernachtet. Aber irgendwie genoss das Cottage immer einen besonderen Status, eben wegen seiner besonderen Geschichte. Die Leute hier schätzen Traditionen und können ziemlich ungemütlich werden, wenn man ihnen in die Quere kommt.«

Sie stiegen die Treppe in das Gästehaus hinauf. »Wen könnte ich schon stören! Ich wusste ja selbst bis vor kurzem nicht, dass ich mal hier am Ende der Welt landen würde.«

»Wo haben Sie denn vorher gelebt?«

»Greenock, ja, okay, ist auch keine Großstadt, aber eine Tankstelle und eine Bank gab es da schon.« Sie trat in das Zimmer mit dem Farbfleck.

Collen ging in die Knie und schnupperte an der Farbe. »Normale Wandfarbe, würde ich sagen. Tja.« Er stand auf und rieb sich den Staub von den Händen. »An Ihrer Stelle würde ich die Polizei informieren und dann die Versicherung. Ich kenne ein paar gute Handwerker, die Sie nicht über den Tisch ziehen.« Er zog sein Mobiltelefon hervor. »Wo wohnen Sie, solange das Haus renoviert wird?«

Sie grinste. »Hier.«

Er sah vom Display auf. »Wurde das Türschloss aufgebrochen? Zumindest das sollten Sie reparieren lassen. Ich meine, hier draußen ist sonst niemand. Millers Farm ist hinter dem Hügel und das nächste Haus an der Kreuzung unten.«

»Jetzt machen Sie mir Angst.« Es sollte scherzhaft klingen,

doch Lilian bekam tatsächlich Bedenken, ob sie hier draußen sicher war.

Bevor Collen etwas erwidern konnte, klingelte sein Telefon. »Ja?«

Lilian wollte nicht lauschen und verließ das Zimmer, doch Collen folgte ihr ins Erdgeschoss, wo Fizz an einem unappetitlichen Tuch zerrte, das unter einem Schrank steckte.

»Das passt mir gut. Heute Abend in Pwllheli. Bis dann, ich freue mich.« Er beendete das Gespräch.

Lilian ging zur Spüle in der angrenzenden offenen Küche. Sie drehte den Wasserhahn auf und war erleichtert, dass nach anfänglichem Stottern klares Wasser herauslief.

»Was sagen Sie, Lilian, ich benachrichtige die Polizei und gebe Ihnen die Nummer eines echten Allroundtalents. Marcus kann fast alles, wenn es um Arbeiten im Haus geht.« Er sah sich zweifelnd um. »Ich würde mit Ihnen auf die Polizei warten, aber ich muss los. Haben Sie Freunde hier in der Nähe?«

»Nein, aber das ist schon in Ordnung. Danke für Ihre Hilfe. Vielleicht bleibe ich noch im Hotel, zumindest bis das Schloss repariert ist.« Sie lachte, als Fizz rücklings mit einem Fetzen seiner Beute über den Boden kugelte.

Er nahm seinen Rucksack von der Schulter und setzte ihn auf einem Tisch nahe der Terrassentür ab. »Der Ausblick ist unübertroffen. Ich hoffe, dass Sie sich einleben können.«

»Nach diesem Start kann es eigentlich nur besser werden.« Lilian beobachtete ihn beim Notieren der Kontaktdaten. Seine Hände waren schlank und gebräunt. »Was unterrichten Sie?«, sprach sie ihren Gedanken laut aus.

»Walisisch. Haben Sie von unserem Institut in Nefyn gehört? Nant Gwrtheyrn, Zentrum für walisische Sprache und Geschichte. Kommen Sie uns doch mal besuchen. Ynys Enlli können Sie von uns aus zwar nicht sehen, aber die Bucht hat eine eigene faszinierende Geschichte.« Er reichte ihr einen Zettel. »Bitte. Ich informiere die Polizei von unterwegs. Es tut mir wirklich leid, aber ich bin spät dran.«

»Danke. Nein, nein, gehen Sie nur. Ich habe genug zu klären.«

Er schwang sich den Rucksack über die Schulter und reichte ihr die Hand. »Passen Sie auf sich auf, Lilian.«

Sein Händedruck war fest und warm und ein wenig länger als notwendig, dachte Lilian, ohne es zu bedauern.

An der Tür drehte Collen sich noch einmal um und sagte: »Immerhin haben Sie einen wachsamen Begleiter.«

»Fizz, mein furchteinflößender Beschützer.« Sie lächelte zum Abschied und sah ihm nach, bis er hinter der Hügelkuppe verschwunden war.

5

Die Insel der Seelen

»Für wen darf ich die Rechnung ausstellen?«, fragte Elen Rynallt, die Inhaberin des Pendragon Hotels.

In Gegenwart der gut gekleideten, erfahrenen Geschäftsfrau fühlte Lilian sich unsicher und zweifelte daran, ob sie ihr Bed & Breakfast mit gleicher Effizienz betreiben könnte.

»Auf meinen Namen, bitte.« Stanley hatte zwar angeboten, auch für diese Nacht aus dem Nachlass aufzukommen, doch Lilian wollte klare Verhältnisse und bestand darauf, von nun an für alle Unkosten selbst geradezustehen. Der Anwalt hatte ihr sofort einen großzügigen Betrag auf ihr Konto überwiesen und versprochen, sich um die Versicherung zu kümmern. Carreg Cottage war allem Anschein nach gegen diverse Schadensfälle, darunter auch Einbruch und Vandalismus, versichert.

»Sehr gern, Miss Gray. Verzeihen Sie meine Neugier, aber Aberdaron ist klein und Polizeieinsätze selten. Werden Sie tatsächlich in unserem Pilgerhaus wohnen?« Elen Rynallt lächelte gewinnend. Bei jeder ihrer Bewegungen schimmerten kostbare Ohrringe zwischen ihren kastanienbraunen Haaren, und ihren perfekt geschminkten Augen entging nichts. Während sie mit Lilian an der Rezeption stand, begrüßte sie andere Gäste, korrigierte das Menü für den Abend und hakte eine Änderung im Personalplan ab.

»Ja, das werde ich. Mir wurde schon von der Bedeutung

des Cottage für den Ort berichtet. Können Sie mir etwas erzählen?« Lilian steckte ihre Kreditkarte in die kleine Maschine und freute sich, als das Gerät sie akzeptierte.

»Nur das, was auch in jedem Reiseführer steht. Wenn Sie es genau wissen wollen, sprechen Sie mit Pfarrer Olhauser. Der kennt sich mit allem rund um seine Kirche und die Pilger aus. Und wenn ich Ihnen einen Rat geben darf, vermeiden Sie seinen Schwager.« Sie zwinkerte Lilian zu.

»Und wer ist das?«

Elen verdrehte die Augen. »Ein pensionierter Geschichtslehrer und selbsternannter Hüter der Ortsgeschichte. Seth Rains heißt der Mann. Gern maßregelt er auch Falschparker auf dem Kirchengelände.«

»Ach ja! Das Vergnügen hatte ich gleich bei meiner Ankunft. Vielen Dank, Mrs Rynallt. Ich habe lange nicht so gut geschlafen wie in Ihrem schönen Hotel.«

Die Inhaberin nickte. »Das will ich doch hoffen, die neuen Matratzen haben ein Vermögen gekostet. Haben Sie schon ein Unternehmen, das sich um den Umbau kümmert?«

»Umbau?«

»Nun ja, wollen Sie etwa so in das verschimmelte Gemäuer einziehen und womöglich Gäste beherbergen?« Elen riss den Beleg vom Kartengerät ab und reichte ihn Lilian. »John Simcock hat ein Bauunternehmen und eine Dachdeckerei. Man kommt an den Lagerhallen vorbei, wenn man durch Sarn Mellteyrn fährt.«

Lilian bedankte sich für die Auskunft und verließ das noble Hotel. Eine weitere Nacht dort hielt sie für blanke Verschwendung. Sie würde einen Weg finden, sich im Cottage einzurichten, auch während der Renovierungsarbeiten. Der Versicherungsagent hatte sich für den frühen Nachmittag angekündigt, und sie wartete auf den Rückruf von Marcus Tegg.

Sie trat auf den schmalen Bürgersteig vor dem Hotel und pfiff den Möwen jagenden Fizz vor einem vorbeifahrenden Lieferwagen zurück. Auf der gegenüberliegenden Seite, direkt am Strand, lag das zweite größere Hotel des Ortes, das Sandcastle. Mit dem Tearoom von Emma und Dewi auf der Seite bildeten diese drei Gebäude das Zentrum von Aberdaron. Hinter der alten Steinbrücke über den Daron gab es einen Supermarkt, in dem Lilian noch einkaufen wollte, und der Souvenirladen neben dem Sandcastle bot beim Zahlen mit Karte auf Wunsch Cashback.

Bevor sie sich den anstehenden Aufgaben widmete, wollte sie der Kirche einen Besuch abstatten. Vielleicht traf sie den Pfarrer an und erfuhr etwas über Carreg Cottage.

»Na, dann los!« Fizz lief über die Straße und direkt neben dem Souvenirshop die Treppen hinunter zum Strand. Lilian zog die Kapuze ihres Sweatshirts über den Kopf, denn vom Meer wehte ein starker Wind herauf.

In der Bucht waren außer ihr nur zwei Spaziergänger zu sehen. Am Horizont ragten die beiden unbewohnten Inseln aus dem Meer, und Lilian konnte ihren Blick nicht von der archaischen Kulisse wenden, die sich seit Hunderten von Jahren nicht geändert hatte. Der grobe Sand knirschte unter ihren Stiefeln, und sie hob eine Muschel auf, um sie für Fizz zum Wasser zu werfen.

Die Wellen rauschten gleichmäßig auf den Sand und hinterließen einen Schaumteppich, dessen zarte Luftblasen langsam zerplatzten. Sie schloss die Augen, atmete die raue salzige Luft ein und roch plötzlich etwas anderes – fremd und torfig war der Geruch und verwandelte sich in beißenden Rauch. Flammen und Schreie, das Geräusch von aufeinanderschlagenden Schwertern, von scharfen Klingen, die sich in warmes Fleisch bohren. Der Gestank von verbranntem Fleisch und Blut, das ihre Hände verklebt, ihr Kleid besudelt, aber es ist nicht ihr Blut, sondern …

Ihr Herzschlag raste, als sie die Augen aufriss und panisch um sich blickte. Aber die Wellen spülten in stetig gleichem Rhythmus auf den Strand, Fizz kratzte an einem Stock, und Möwen kreisten über den Felsen am östlichen Ende des Strandes. Ein Fischerboot steuerte Porth Meudwy, die Hummerbucht, an. Lilian schlug die Kapuze zurück. Da war noch etwas anderes. Wie schon bei ihrer Ankunft hatte sie das Gefühl, beobachtet zu werden, und wandte sich um.

Neben dem alten keltischen Kreuz auf dem Friedhof von St. Hywyn stand regungslos eine Frau und sah in ihre Richtung. Als Lilian den Arm hob und winkte, drehte sie sich um und verschwand zwischen den Grabsteinen.

»Fizz! Entweder, ich werde langsam wahnsinnig, oder mit den Leuten hier stimmt was nicht.« Und weil Lilian ein pragmatischer Mensch war, stapfte sie entschlossen durch den Sand auf den Treppenaufgang unterhalb des Friedhofs zu.

Die Kirche schmiegte sich malerisch an den Hügel, umgeben von verwitterten Grabsteinen und Kreuzen mit walisischen Namen und Jahreszahlen aus vergangenen Jahrhunderten. Bescheiden lehnten zwei niedrige, aus Feldsteinen errichtete Gebäude aneinander, als hielten sie sich an den Händen, um Sturm und Gezeiten zu trotzen. Über dem Haupteingang saß auf dem Dach ein rechteckiger Aufsatz, in dem eine kleine Glocke Platz gefunden hatte.

Fizz war neben sie getrottet, legte seinen Stock vor der Kirchentür ab und schüttelte sich. Eine Windböe fegte um die Ecke, und kurz entschlossen hob Lilian den Riegel und schob die Tür auf.

»Wenn sie dich nicht hineinlassen, gehen wir gleich wieder …«, sagte Lilian und spähte in den Kirchenraum.

Anfangs musste sie sich an das schummrige Halbdunkel gewöhnen. Nur das Licht der beiden großen Fenster an der Stirnwand der zweischiffigen Kirche erhellte die Räumlichkeiten. Links von ihr gab es eine Ecke mit Literatur. Doch bevor Lilian sich dorthin wenden konnte, kam eine Frau mittleren Alters hinter der Holzwand hervor, die den Eingangsbereich vom Hauptschiff trennte.

»Guten Tag, sind Sie zum ersten Mal hier? Haben Sie Fragen? Wir helfen Ihnen gern. Und wenn Sie nur schauen möchten, bitte, nehmen Sie sich Zeit. Die erste Messe ist erst in einer Stunde.«

Die Frau hatte eine freundliche, mütterliche Ausstrahlung, dachte Lilian, während sie sich von hellblauen Augen interessiert gemustert fühlte.

»Danke, äh, wenn Sie nichts gegen meinen Hund haben?« Sie sah zu Fizz, der sich auf die Korbmatte am Eingang gelegt hatte.

Die Frau lächelte. »Warum sollte ich? Er scheint mir ein lieber kleiner Kerl zu sein, der weiß, wie man sich in einem Haus Gottes benimmt. Was führt Sie zu uns, wenn ich fragen darf?«

In der Gegenwart dieser Frau fühlte Lilian sich seltsam verletzlich, so als würde diese Fremde in ihr lesen wie in einem offenen Buch. Erst die albtraumhafte Erfahrung am Strand unten, und jetzt schien sie so nah am Wasser gebaut wie seit Jahren nicht mehr. Aber was an ihrer Situation war schon normal? Da mussten einem ja die Nerven blankliegen.

»Carreg Cottage«, sagte sie, holte Luft und fügte hinzu: »Ich bin dort eingezogen. Genauer gesagt bin ich gerade dabei, es herzurichten. Und ich bin hergekommen, weil …« Sie machte eine hilflose Handbewegung.

»Kommen Sie, trinken Sie eine Tasse Tee. Ich habe hier eine Thermoskanne stehen.« Die Frau legte ihr den Arm um die

Schultern und führte sie zu einer Nische hinter der Holzwand, in der ein Tisch und mehrere Stühle standen.

Gehorsam setzte sich Lilian auf den angebotenen Stuhl und nippte an einem Becher mit süßem schwarzen Tee.

»Ich heiße Cheryl«, sagte die Frau und gab zwei Löffel Zucker in ihre Tasse, bevor sie Milch und Tee hinzufügte. »Mein Mann ist der Pfarrer dieser Kirche, Lewys Olhauser.«

»Lilian Gray. Der Tee ist sehr gut.« Sie nahm einen zweiten Schluck. »Außergewöhnlich gut.«

»Ich gebe immer ein wenig Kardamom hinzu.« Cheryl Olhauser trug einen blauen Pullover, und ihre hellbraunen Haare fielen weich bis auf Kinnlänge. Ihr breites, offenes Gesicht war von zahlreichen feinen Linien durchzogen, die verrieten, dass sie gern lachte. Doch hinter dem ersten Eindruck verbarg sich mehr, dachte Lilian, die vor allzu freundlichen Menschen auf der Hut war.

»Es kam alles sehr überraschend für mich, deshalb hatte ich noch keine Gelegenheit, mich mit der Pilgergeschichte des Ortes vertraut zu machen. Aber natürlich möchte ich wissen, was das Cottage damit zu tun hat. Hatte«, fügte sie hinzu.

Cheryl schmunzelte. »Hier hat alles mit den Pilgern und mit Ynys Enlli zu tun. Das war so, und das wird so bleiben. Solange es die heilige Insel gibt, suchen die Menschen dort nach Erlösung.«

»Hmm.« Lilian trank von ihrem Tee und streichelte Fizz, der seinen Kopf an ihr Knie drückte.

»Das muss nichts mit Gott zu tun haben. Menschen sind aus den unterschiedlichsten Gründen auf der Suche.« Cheryl hatte eine sanfte Stimme und schien gern zu erzählen. »Ich bin zwar die Frau eines Pfarrers, aber glauben Sie nicht, dass wir in derselben Kirche sind! Ich bin katholisch aufgewachsen, und mein Mann ist Anglikaner. Was ich sagen will – diese Kirche ist offen für alle, die hier Schutz suchen. So ist das seit ihrer Gründung vor beinahe tausend Jahren.«

»So alt ist diese Kirche?«

»Nicht ganz, nein. Im fünften Jahrhundert nach Christus kamen christliche Priester von Irland und Britannien nach Wales, die ersten Missionare. Einer von ihnen war Cadfan. St. Cadfan, aber der Titel Heiliger bedeutet nichts anderes, als dass es sich um Christen handelte. Damals war Wales noch von Kelten besiedelt, und man sprach das alte Walisisch oder Britannisch. Jedenfalls kam Cadfan mit anderen Missionaren hierher. Bis ins achte Jahrhundert gab es hier nur eine hölzerne Gebetshütte. Cadfan setzte über nach Ynys Enlli und baute dort ein Kloster auf. Diese Männer lebten asketisch und nur für ihren neuen Glauben. Sie müssen einen ungeheuren Eindruck auf die Menschen gemacht haben, denn die Botschaft von einer heiligen Insel, auf der man Erlösung von den Sünden der Welt finden könne, verbreitete sich und zog bald Pilger aus allen Teilen Britanniens an.«

»Aber die Überfahrt nach Ynys Enlli war gefährlich. Ob das den Mythos beflügelt hat?«, überlegte Lilian.

»Vielleicht. Ich weiß es nicht. Waren Sie schon drüben?«

Lilian schüttelte den Kopf.

»Nun, dann urteilen Sie, wenn Sie dort waren. Die Pilger mussten manchmal Wochen auf das richtige Wetter warten, um sich übersetzen lassen zu können. Die Wartezeit haben sie hier in Aberdaron und oben in Ihrem Cottage zugebracht. Von dort hat man einen einmaligen Blick auf die Insel. Ein magischer Ort. Sie haben Glück, wissen Sie? Lange Zeit schien niemand mehr dort leben zu wollen, es wechselte die Besitzer, und niemand kümmerte sich richtig darum. Ich habe immer gedacht, dass Carreg Cottage auf jemanden wartet. Und nun sind Sie hier.« Cheryl betrachtete Lilian nachdenklich, doch

89

bevor sie etwas sagen konnte, knarrte die Kirchentür, und verhaltene Stimmen erklangen.

Cheryl erhob sich. »Entschuldigung, ich bin gleich wieder bei Ihnen.«

Lilian leerte ihre Tasse und gab Fizz einen Hundekeks. Futter musste sie auch noch kaufen. Sie kramte in ihrer Tasche nach einem Zettel, als ihr Telefon klingelte. »Ja?«, sagte sie leise und erhob sich.

»Sie hatten mir eine Nachricht hinterlassen, Marcus Tegg. Ich bin der Handwerker, Collens Freund«, meldete sich der Anrufer.

»Oh, einen Moment, ich bin gerade in einer Kirche.« Sie schnappte sich ihre Tasche und ging zu Cheryl, die mit zwei älteren Damen sprach.

»Ich muss los, aber ich komme gern wieder«, sagte Lilian mit entschuldigendem Lächeln.

»Wir erwarten Sie«, antwortete Cheryl kryptisch.

Vor der Kirche setzte Lilian das Telefongespräch fort. »Tut mir leid. Ich wollte nicht unhöflich sein. Könnten Sie vorbeikommen und sich den Schaden ansehen?«

Marcus klang sympathisch, und Lilian hielt grundsätzlich mehr von kleinen Handwerksbetrieben als von großen Firmen wie die von John Simcock. »Heute Abend bin ich in Abersoch und könnte vorher bei Ihnen vorbeischauen.«

»Großartig. Bis später!«

IV

Mynydd Anelog,
Anno Domini 615

Sonnenschein leuchte in deinem Herzen
und erwärme es, bis es glüht
wie ein großes Torffeuer.
Mag der Fremde dann eintreten
Und sich daran erwärmen.

Irischer Segen

Die letzten wärmenden Strahlen der Oktobersonne fielen auf Lileas' rotbraune Locken und ließen sie golden schimmern, während sie sich zum Bach bückte, um frisches Wasser zu schöpfen. Eine kleine Schafherde graste friedlich zwischen Felsen und Steinhaufen, die hier und dort auf den Feldern zu finden waren. Lileas spritzte sich das klare Wasser ins Gesicht und spülte sich den Mund aus. Nach allem, was geschehen war, konnte sie von Glück sagen, dass sie noch am Leben war, auch wenn sie den Willen der Muttergöttin nicht verstand.

Der Wind blies kalte salzige Luft über die Klippe bis zu dem Hügel, an dem sie Zuflucht gefunden hatte. »Warum mussten sie mich verschonen, große Dôn? Ich bin nichts, ein Sandkorn, eine flüchtige Brise, die vergeht, ohne Spuren zu hinterlassen.« Lileas streckte die Arme aus und bog den Leib zurück, schloss die Augen und spürte Sonne und Wind auf ihrem Gesicht. »Warum hast du mir das angetan? Was habe ich getan, dass ich diese Strafe verdiene?«

Bei den letzten Worten rannen ihr Tränen über die Wangen. Tränen, die nicht zu versiegen schienen, so wie die Trauer um den Verlust ihrer Familie nicht weniger wurde. Wenn sie nachts allein in ihrer Hütte auf dem Stroh lag und sich zitternd unter dem Fell verkroch, das ihr einer der Männer aus der Siedlung geschenkt hatte, wurde sie von den furchtbaren Bildern heimgesucht.

Niemals würde sie die grässliche Fratze des Priesters vergessen, wie er triumphierend vor der aufgebrachten Meute am Opferplatz gestanden hatte. »Er ist schuld an eurem Elend! Die Druiden sind mit dem Teufel im Bunde!«, hatte Brioc gekreischt, während er wild mit den Armen fuchtelte. Und mit einem Mal spuckte er Ruan ins Gesicht.

Ihr Vater, der große Druide, ein Weiser, kundig in der Lehre der Sterne, der Elemente, der Pflanzen und der Heilkunst, musste sich von dem verblendeten Diener einer neuen Religion mit Geifer besudeln und beschimpfen lassen. Aufrecht hatte er sich dem aufgebrachten Gesindel gestellt, das einen Schuldigen für die Missernte suchte. Das Getreide war nicht aufgrund eines Fluchs verhagelt worden, und die Ratten waren schon immer da. Aber der Priester hatte sich mit seinen hinterlistigen Worten bei den Dorfbewohnern eingeschlichen, ihnen einen Platz im Himmel versprochen, wenn sie nur den Teufel vernichteten, der sie alle mit seinen heidnischen Reden und Bräuchen vergiftete.

Lileas schluchzte. Sie hatte es gespürt, aber weder ihre Mutter, die kluge, schöne Nimne, noch ihr Vater hatten auf sie hören wollen. Bis es an jenem grauenvollen Festtag zur Katastrophe gekommen war. Das Anspucken Ruans durch den Priester hatte den Bann gebrochen, der die Kriegsknechte bis dahin zurückgehalten hatte. Die Soldaten waren sächsische Söldner des Königs Cearl von Mercia. Immer wieder fielen Horden aus Mercia in die umliegenden Königreiche ein. Cearl war Sachse und dem Bischof von Canterbury und der römischen Kirche verpflichtet. Wenn sich eine Gelegenheit bot, Druiden und Anhänger der alten Götter zu töten, schlug Cearl zu.

Sie hatten ihren Vater auf den Opferhügel geführt. Doch obwohl der Priester sie angestachelt hatte, wagten sich die Menschen, von denen manch einer Ruan sein Leben verdankte, nicht näher, und einige sahen beschämt zu Boden, als der Anführer der Soldaten sein Schwert hob. Ihre Mutter war mit den Kindern im Haus geblieben, um das Nötigste für eine Flucht zusammenzupacken. Doch Lileas hatte es nicht ausgehalten und war ihrem Bruder Dafydd gefolgt, der mit gezogenem Schwert auf die heilige Stätte zugelaufen war. Bevor er auch nur zum Schlag hatte ausholen können, hatte ihn ein heranreitender Soldat mit einem Hieb niedergestreckt. Lileas war in den Wald gelaufen, wo der Soldat bald ihre Spur verlor, und hatte sich von der anderen Seite an den Hügel herangeschlichen. Niemand aus der geifernden Meute hatte sie entdeckt, doch ihr Vater hatte seine Augen auf die Dunkelheit geheftet und direkt in sie hineingesehen.

Seine Worte klangen tief in ihr. »Geh, meine Tochter, sieh nicht zurück. Finde im Norden eine neue Heimat. Hier ist kein Platz mehr für uns. Die große Göttin wird dich beschützen, Tochter der Sonne.«

Ihre Augen waren feucht, doch sie verbot sich zu blinzeln, sondern starrte auf den Hügel, wo im Fackelschein das Schwert des Soldaten aufblitzte. Als die Klinge mit einem dumpfen Laut, den sie nie vergessen würde, den Kopf ihres Vaters vom Rumpf trennte, schrie sie stumm auf.

Der Priester bückte sich, packte die langen, blutigen Haare des Druiden und hielt Ruans Kopf triumphierend in die Höhe. Ein ängstliches Raunen ging durch die Menge.

»Wo ist deine Macht, Druide? Wo sind deine Götter? Sie haben Angst vor uns! Sie fürchten sich vor unserem einzigen wahren Gott!«, brüllte Brioc.

In diesem Moment stieg eine Feuersäule krachend in die Luft, und Lileas wusste, dass das ihr Haus war. Ein Soldat kam auf den Platz geritten und schrie: »Die Brut ist ebenfalls tot! Sie sind alle vernichtet.«

Nach der Mordnacht hatte Lileas sich tagelang im Wald versteckt und auf eine Gelegenheit gewartet, nach den sterblichen Überresten ihrer Familie zu sehen. Als die Soldaten endlich abgezogen waren und die Dorfbewohner alles geraubt und geplündert hatten, was noch von Wert war, schlich sie eines Nachts zu den verkohlten Trümmern ihres ehemaligen Hauses, fand jedoch keine Spuren ihrer Liebsten. Erst als sie um das Haus herumging, entdeckte sie an der Stelle des niedergebrannten Ziegenstalls einen kleinen Hügel aus Steinen und Erde, hastig aufgetürmt. Immer in der Furcht entdeckt zu werden, räumte sie die Steine fort und grub mit den Händen nach den Leichen ihrer Familie.

Sie fand ihre Mutter, die kleinen Geschwister, die hübsche Fioled, Dafydd und sogar ihren Vater hatte man dazugelegt. Weinend schob Lileas die Erde wieder über die Körper und murmelte einen Racheschwur. »Mächtiger Cernunnos, vergib meine Schwäche und nimm mein Leben für das von Brioc, dem Mörder meiner Familie. Gib ihm bösen Sinn und bösen Tod, lass ihn …«

Sie war gerade dabei, die letzten Steine wieder auf das Grab zu legen, als sie Schritte hörte.

»Keine Angst, Lileas, ich bin es, Glema«, flüsterte die Frau, deren Kinder Ruan von einem schweren Fieber geheilt hatte. Lileas war oft bei der stillen Frau gewesen, deren Mann mit Korbwaren über Land zog.

Lileas zuckte zusammen und sprang auf. Nur das Mondlicht erhellte den Ort der Tragödie.

»Es tut mir so leid, Lileas, bitte, glaub mir! Ich weiß nicht, warum die Leute diesem Brioc nachgelaufen sind und ihm mehr glauben als deinem Vater.« Die Frau hielt inne. Ihre rauen Hände umklammerten einen durchlöcherten Schal, mit dem sie sich gegen die Kälte schützte.

»Du hast sie begraben?«, fragte Lileas heiser.

Gema nickte. »Ich konnte es nicht mitansehen. Das kann Gott nicht wollen. Keine Seele soll ohne Grab sein. Ich bin gekommen, um zu sehen, ob Tiere hier waren. Brioc wird wiederkommen, Lileas, und Pyrs wollte dich suchen. Ich weiß nicht, was sie dir antun, fänden sie dich hier.« Sie nahm ihren Schal von den Schultern. »Hier. Nimm ihn. Ich habe nichts anderes. Geh fort, Lileas. Rette dich. Es sind böse Zeiten.« Und Lileas war gegangen.

Böse Zeiten, dachte Lileas und wischte sich die Augen. Es war noch früh am Tag. In der Ferne hörte sie einen Schäfer rufen. Einige Familien hatten sich rund um die kleine Gebetshütte eines Heiligen angesiedelt. Obwohl sie sich geschworen hatte, niemals einem Priester zu trauen und die Christen zu meiden, war sie geblieben. Sie nannte sich nun Meara. Lileas gab es nicht mehr. Als die Leute erfuhren, dass Meara eine Heilerin war, hatten sie ihr eine verfallene Hütte am Berg Anelog gezeigt, die den Schäfern als Unterschlupf gedient hatte.

Das war mehr, als sie erwartet und zu hoffen gewagt hätte. Die strapaziöse Flucht hatte an ihren Kräften gezehrt, und der nächste Winter stand vor der Tür. Meist war sie nur nachts gewandert und hatte von Beeren und Pilzen gelebt. Manchmal hatte sie sich ein Stück Brot gestohlen oder heimlich aus dem Euter einer Kuh getrunken. Sie war der Küste nach Westen gefolgt, bis ans Ende der Welt.

Sie hatte keine Vorstellung von der Ausdehnung des Landes gehabt. In Cop y Goleuni war die Küste im Norden gewesen, und nach Norden wollte sie. Aber sie musste das große Meer überqueren, um in die Länder des alten Volkes zu gelangen. Inzwischen herrschte König Æthelfrith von Northumbria über weite Teile des Nordens, ein grausamer, kriegerischer Herrscher. Hier schien es friedlicher. Die Priester, die von den Leuten Heilige genannt wurden, kamen nicht aus dem Süden, sondern von der großen Insel im Westen.

Capel Anelog war von Martin gegründet worden, einem kleinen Mann mit einer großen Nase und breiten Händen. Wenn man ihn zum ersten Mal sah, hielt man ihn für einen Bauern. Und meist war er von der Arbeit in seinem Garten mit Erde verschmutzt. Martin war ein in sich gekehrter alter Mann, der den Menschen Geschichten von Jesus und seinen Aposteln erzählte und zuhören konnte. Die Leute hingen an seinen Lippen und verließen seine Gebetsstunden mit einem Lächeln auf den Lippen.

Meara löste ihr Haarband, kämmte die langen Locken grob mit den Fingern und flocht sie zu einem festen Zopf. Dann klopfte sie ihren Umhang aus, sammelte Strohhalme von ihrem Kleid und hängte sich ihren Lederbeutel über die Schulter. Sie sah hinüber zu ihrer Hütte, die sich unter den Zweigen einer windgeschüttelten Fichte am Fuße des Berges duckte. Das Dach musste sie vor dem nächsten Unwetter unbedingt mit Reisig verstärken. Vielleicht konnte sie ihre Heilkunst gegen einen Gefallen tauschen. Sie benötigte noch verschiedene Kräuter, um ihre Salben und Elixiere herstellen zu können. Einige Kräuter würde sie im nahe gelegenen Wald finden. Das Land hier auf den Klippen am Meer

96

war karg, die Weiden gaben gerade genug Gras für die mageren Schafe und Ziegen. Nur zwei Kühe gab es im Dorf. Das Hauptnahrungsmittel der Leute hier war der Hering.

Meara fürchtete Einsamkeit nicht, und sie wusste sich zu verteidigen, aber auch sie war manchmal auf die Hilfe anderer angewiesen. Sie schaute über die kargen Hügel bis hinunter nach Capel Anelog, wo aus den Hütten Rauch aufstieg und die Glocke zum zweiten Gebet des Tages rief. Folgte man dem Weg bis ganz hinunter zum Strand, kam man zur Mündung des Daron. Dort hatten sich Fischerfamilien angesiedelt, die mit ihren Booten die Mönche nach Ynys Enlli überführen. Der heilige Cadfan hatte auf der Insel ein spartanisches Clas errichtet, in dem sich Mönche zusammenfanden, die sich ganz der Askese, der Einsamkeit und dem Gebet widmeten.

Zügig lief Meara die leicht abfallende Wiese hinunter und betrachtete den Himmel, an dem der Wind graue Wolken vor sich hertrieb. Das Meer brauste bereits wilder als sonst, und sie spürte das nahende Unwetter. Das Wetter schlug hier schnell um, nur windig war es fast immer. Wenn sie sich beeilte, konnte sie es noch bis zu den Fischern schaffen und sich einen Hering mitnehmen. Fischer Elffin war ihr gegenüber großzügig, seit sie seiner Frau Gaenor einen von Fäulnis befallenen Fuß gerettet hatte.

Am Waldrand nahm sie eine Bewegung wahr. Es war nicht Fychan mit seinen Schafen, der dort zwischen den Nadelbäumen hervorkam, sondern drei Fremde. Zwei Männer schleppten den Dritten mit sich. Alle wirkten abgezehrt und erschöpft.

Meara blieb zögernd stehen und tastete nach ihrem Messer. Die drei hatten sie entdeckt, ließen ihren Kumpan zu Boden gleiten und winkten. Etwa fünfzig Schritte trennten sie von den Männern.

»Wer seid ihr?«, rief Meara.

»Wir kommen vom Clas Bangor-is-y-Coed«, erwiderte der Größere der beiden und machte einen Schritt auf sie zu. »Habt ihr nicht von dem großen Unglück gehört? König Æthelfrith hat unser Clas nach der Bischofskonferenz niedermetzeln lassen. Mit uns haben es nur noch ein Dutzend Brüder geschafft, den grausamen Schergen zu entkommen.«

Während er sprach, kam er langsam auf sie zu, und Meara las in den ausgezehrten Gesichtszügen, dass er wohl die Wahrheit sprach.

»Ich bin Bruder Braen, das ist Bruder Elis, und der dort liegt ist Bruder Cadeyrn. Er atmet kaum noch und wird wohl bald sterben. Aber wir wollten ihn auf die heilige Insel bringen. Ynys Enlli, wo das Clas des heiligen Cadfan ist. Es ist doch nicht mehr weit, oder?«

Verzweifelt irrten die Augen des hageren Mönchs umher. Seine Haut klebte an den Knochen, das Gewand war verdreckt und durchlöchert, die bloßen Füße aufgesprungen und seine Unterarme und Hände mit Narben übersät, die von Brandwunden herrühren konnten. Seine rechte Gesichtshälfte war ebenfalls von wulstigen roten Narben entstellt.

Meara griff in ihren Lederbeutel, in dem ein Stück hartes Fladenbrot lag, und reichte es dem Mönch. »Hier, nimm. Mehr habe ich nicht. Dort oben ist ein Bach, da könnt ihr trinken. Lass mich nach eurem Bruder sehen.«

»Gottes Segen sei mit dir!«, flüsterte Braen und drehte sich mit dem Brot zu Elis um.

Der junge Mönch war neben Cadeyrn in die Hocke gegangen, erhob sich nun und kam humpelnd auf Meara zu. »Du bist ein Abbild der heiligen Mutter Gottes!«

Sein linkes Bein schien steif zu sein, und an einer Hand

fehlte der kleine Finger. Sein Anblick war nicht weniger erbärmlich als der von Braen, doch als Meara zu dem Sterbenden trat, sog sie erschüttert die Luft ein. Der junge Mönch lag mit geschlossenen Augen auf dem Rücken, sein Atem ging nur noch rasselnd und war sehr schwach. Tiefe, dunkle Schatten zeichneten sein Gesicht und sprachen vom nahenden Tod.

Mit zittrigen Fingern hatte Elis sich ein Stück Brot abgebrochen und kaute langsam daran. »Siehst du den Fleck an seiner Hüfte? Da haben sie ihn erwischt.«

Meara berührte vorsichtig die Stirn des Kranken, die fiebrig heiß war, und schob die zerschlissene Tunika auseinander. »Oh, große Dôn!«, entfuhr es ihr.

Ein Schwerthieb hatte eine klaffende Wunde oberhalb des Beckenknochens hinterlassen, die dunkelrot und schwärend war. Der Gestank zeugte von fortgeschrittener Fäulnis. Sacht tastete sie die Umgebung der Wunde ab, und der Verwundete zuckte zusammen und stöhnte. »Er spürt noch etwas. Das ist gut. Vielleicht kann ich ihm helfen.«

Fragend sah sie die beiden Mönche an, die hastig die letzten Krumen des Brotes verspeisten. Der Größere, der auch der Älteste der drei war, hatte sich eine Lederrolle über den Rücken gegürtet. Meara nahm an, dass sich Manuskripte darin befanden, wertvolle Schriften, die er vor den Angreifern hatte retten können.

»Wir müssen auf die Insel«, sagte Braen und fixierte Elis, der sich mehr um den Verwundeten zu sorgen schien als sein Bruder.

»Euer Freund wird sterben, wenn ich mich nicht sofort um ihn kümmern kann. Eine Überfahrt im Boot überlebt er nicht.« Eine kräftige Böe fuhr vom Meer über die Hügel. »Und es gibt Sturm. Da fährt euch niemand rüber. Meine

Hütte ist dort oben. Bringt ihn dorthin, und ich werde tun, was ich kann.«

Elis nickte. »Danke, das ist sehr freundlich von dir. Wie heißt du?«

»Meara«, antwortete sie und zeigte in die Richtung, in der ihre Hütte lag.

Die beiden Mönche hoben den Kranken hoch und schleppten ihn langsam den Hügel hinauf. Als sie bei Mearas bescheidener Behausung ankamen, schnaufte Braen. »Da ist kaum Platz für alle.«

»Nein. Ihr müsst euch ein anderes Quartier suchen. Seht ihr dort die Rauchfahnen? Das ist Capel Anelog. Der Priester dort heißt Martin und wird euch helfen. Und wenn ihr euch beeilt, könnt ihr mir vor dem Sturm noch etwas Huhn oder Fisch holen, damit ich eurem Freund etwas Kräftigendes geben kann. Ich wollte gerade zu den Fischern gehen.«

Wieder war es Elis, der sofort zustimmte. »Aber sicher, das machen wir. Na komm, Braen. Cadeyrn ist hier besser aufgehoben als in der feuchten Kälte da draußen.«

Der große Mönch brummte in seinen Bart: »Wir müssen auf die Insel. Die Manuskripte sind hier nicht sicher.«

»Wir haben es bis hierher geschafft, Braen. Nun kommt es auf einen Tag nicht an, und denk doch an Cadeyrn!«

Sie legten Cadeyrn auf das Strohlager, auf dem sonst Meara schlief. Meara warf Reisig in die Glut ihrer Feuerstelle und griff sich einen Ledereimer. Sie benötigte heißes Wasser und mehr Holz. »Und bringt Holz auf dem Rückweg mit, hört ihr?«

Die beiden Mönche verabschiedeten sich und machten sich auf den Weg. Meara tauchte den Eimer in den kleinen Bach und ging in ihre Hütte, wo sie einen Topf füllte und übers Feuer hängte. Der Verwundete stöhnte und riss sich das Gewand auf, so dass sie zu ihm eilte und sich neben ihn hockte.

Sanft streichelte sie über die fiebrige Stirn und die blonden Locken und bemerkte die ebenmäßigen Gesichtszüge des jungen Mannes. »Warum wird so ein hübscher Kerl Priester?«, murmelte sie und hielt seine Hand, bis er sich entspannte.

V

Die fremden Mönche, Mynydd Anelog, Anno Domini 615

Ich kenne die Fährten
der Eber und der Hirsche,
ich weiß, welch unendliche Macht
in den Gezeiten des Meeres schlummert,
aber niemand weiß, warum das Herz
der Sonne rot ist.

Taliesin 6. Jh.

Zehn Fuß von ihrer Hütte entfernt wuchs ein Holunderbaum. Meara sah das als gutes Omen, denn der Holunder war nicht nur reich an Heilkräften, sondern auch Heimat der Feen. Der Durchgang zur Anderwelt war hier durchlässiger als andernorts, und wer die Rituale kannte, konnte hier mit den Toten sprechen. Heute benötigte sie nur die Blätter des schwarzen Holunders. Sorgfältig suchte sie die saftigsten Blätter aus und schnitt sie vorsichtig ab. Sie murmelte ein Dankgebet und ging ins Haus.

Seufzend betrachtete sie die wenigen Schalen und Tiegel, die auf einem Brett an der Wand neben der Feuerstelle standen. An einem Holzbalken hatte sie Lavendel, Minze, Rosmarin und weitere Kräuter aufgehängt. Von der wertvollen Sammlung an Heilmitteln, einst der Stolz ihres Vaters, war sie weit entfernt.

Sie hatte Wasser über dem Feuer zum Sieden gebracht

und Schafgarbe hineingegeben. Im Idealfall kochte die Schafgarbe länger, und man seihte mehrfach ab, aber der Sud würde auch so helfen, die schlechten Flüssigkeiten aus der Wunde zu spülen. Die Holunderblätter zerstampfte sie in einer Schale mit etwas Salz zu einem Brei, den sie für die Umschläge benötigte.

Mit einer Holzschale voll heißem Schafgarbensud und einem Tuch trat sie an das Lager des fiebernden Mönchs. Draußen heulte der Wind zunehmend lauter um die Hütte, Regen prasselte auf das Dach. Durch die schmalen Fensteröffnungen fiel noch Tageslicht, doch die dunklen Wolken ließen die Sonnenstrahlen kaum hindurch. Meara hatte den Oberkörper des Mannes entkleidet und rieb die Haut mit dem feuchten Tuch ab. Ihr Vater hatte sie gelehrt, dass gewaschene Körper besser heilten als schmutzige. Auf der rechten Brust des Mannes war eine Stichwunde zu sehen, die jedoch gut abheilte. Am linken Arm entdeckte sie eine vernarbte Brandwunde, überhaupt war der Oberkörper von einigen älteren Narben bedeckt, die von Schwertkämpfen herrührten.

»Was bist du für ein Mensch, Mönch?«, fragte sie sich, während sie den Arm neben seinen Körper legte, so dass sie besser an die Wunde gelangte.

Auch wenn sein Körper schon viele Narben trug und sich eine tiefe Stirnfalte über seiner Nase zeigte, so mochte er kaum das zweite Jahrzehnt vollendet haben.

Der jüngere der beiden anderen Brüder mit Namen Elis hatte erzählt, dass er die Wunde notdürftig genäht hatte. Kopfschüttelnd betrachtete Meara den zu dicken Faden, der bereits mit der Haut verwachsen war, doch die Einstichlöcher waren gerötet und die Wundränder dunkel. Kurzentschlossen nahm sie ihr Messer und trennte den Faden auf. Der Verwundete zuckte im Fieberwahn, und unter den geschlossenen Lidern rollten die Augäpfel hin und her. Sie brauchte die geschwollene Wunde, die eine Handspanne lang war, nur leicht zu drücken, um den schwärenden Ausfluss herauszulassen.

Zügig wusch sie die Wunde mehrfach mit dem Sud aus, stand auf, wechselte das Wasser und wiederholte die Prozedur. Als der Gestank verschwunden war, legte sie den Brei aus Holunderblättern auf die Wunde, legte ein Stück Tuch darauf und umwickelte den Körper mit Gemas Schal. Während sie die Handgriffe mit ritueller Demut ausführte, sprach sie leise den Heilzauber: »Heilige Dôn, Urmutter, große Bewahrerin aller Geheimnisse der Erde und des Feuers, dir und deinen Töchtern des Lichts übergebe ich das Leben dieses Mannes. Die Wunde war rot, der Schnitt war tief und das Fleisch faulig, doch es wird kein weiteres Blut fließen, und die Schmerzen vergehen, bis die Götter auf der Erde sich zeigen.«

Zufrieden betrachtete sie ihr Werk und legte eine Hand auf die Stirn des Mannes und eine auf seine Brust. Mit geschlossenen Augen sprach sie: »Großer Beli, Herr der Toten, öffne deine Tore noch nicht, sondern gib diesem Fremden die Kraft deiner lichten Kinder.«

Meara erhob sich, goss den Rest Schafgarbensud vor der Tür aus und stellte erleichtert fest, dass es nicht mehr regnete. Wenn nur die beiden Mönche noch vor der Dunkelheit mit etwas Essbarem zurückkehrten. In den Wochen, die sie hier lebte, hatte sie gelernt, dass die teils extremen Wetterumschwünge mit den Gezeiten zusammenhingen. Sie hatte viel Zeit bei den Fischern unten an der Flussmündung verbracht, denn eines Tages wollte sie weiter in den Norden ziehen, dorthin, wo der alte Glaube noch geachtet und offen gelebt wurde. Doch wenn diese Priester weiterhin wie die Ameisen alle Landstriche überfielen und die Seelen der Menschen mit ihrem engstirnigen, angsteinflößenden Glauben von der Gnadenlehre und der Erbsünde verklebten, würde ihre Reise weit werden.

Ihr Vater hatte sie gelehrt, dass die Menschen so unterschiedlich waren, wie die Blätter an einem Haselstrauch verschieden. Und die Natur war ihrerseits so wundersam und unergründlich in all ihrer Vielfalt, dass ein Gott allein sich nicht um alle Belange kümmern konnte. Meara stand noch immer in der Türöffnung und lauschte in den sich neigenden Tag hinaus. Es gab so vieles, was sie zu verstehen versuchte. »Vater, warum hast du mich allein gelassen …«

Hinter ihr stöhnte der Kranke und riss sie aus ihren trüben Gedanken. Sie zog die Holztür zu und ging zu ihrem Patienten. Zumindest wusste sie mehr über die Heilkunst als die Menschen hier, und zu helfen war ein gutes Gefühl. Sie betrachtete die kleinen Säcke mit getrockneten Blüten und Kräutern und die wenigen Tiegel mit Salben, von denen sie noch viel mehr herstellen musste. Sie benötigte welche gegen Schorf und Flechten, für Brandwunden und Ausschlag. Die Rezepturen hatte sie im Kopf. Seit sie denken konnte, hatte sie ihren Vater begleitet und alles aufgesogen, was er ihr zeigte.

Der Mönch griff nach dem Verband, und Meara eilte zu ihm und packte seine Hand. »Nicht, Bruder, das ist ein Umschlag, der das Gift aus der Wunde zieht. Das faulige Sekret verursacht das Fieber.«

Sie strich ihm über die fiebrige Stirn, die noch nicht kühler war, doch die roten Flecken auf seinen Wangen verblassten ein wenig. Nach der heutigen Nacht würde sich zeigen, ob Beli sein Tor öffnen musste oder nicht.

Die Hand des Mönchs entspannte sich, und plötzlich schlug er die Augen auf. Sie waren blau wie der Himmel im Sommer und grau wie die aufgewühlte See. Seine Pupillen waren geweitet, und sein Blick irrte umher. Die trockenen Lippen bewegten sich. Meara benetzte sie mit etwas Wasser. Er schien etwas sagen zu wollen, doch seine Zunge klebte am Gaumen, und er brachte nur unverständliches Stammeln hervor.

»Schsch, es ist gut. Du musst ruhen und schlafen, Bruder.«

Ihre sanften Worte und das Streicheln seiner Stirn schienen ihn zu beruhigen, und die Lider fielen ihm zu. Trotz aller Strapazen hatten die Mönche sich unterwegs rasiert und sogar die Tonsur auf ihrem Schädel nachgeschnitten. Meara wartete, bis die regelmäßigen Atemzüge des Kranken seinen Schlaf bezeugten, und wechselte erst dann den Umschlag.

Bevor sie die Decke über ihn zog, schob sie seine Tunika hinauf, um seine Beine auf Verletzungen zu untersuchen. Die muskulösen, behaarten Beine eines Kämpfers, dachte sie. Warum fand ein Krieger zum Glauben der römischen Kirche? Was bewegte diese Männer, sich vom Leben abzuwenden, Tage und Nächte im Gebet zu verbringen? Sie zog das Gewand wieder über die Beine, die zerkratzt und mit blauen Flecken übersät, doch ohne schwerwiegende Wunden waren. Kopfschüttelnd deckte sie den Kranken zu und erhob sich.

Zwei Wochen nach ihrer Ankunft hier hatte der Fischer Elffin sie in seinem Boot mit auf die heilige Insel genommen. Auf diesem öden, düsteren Felsen im Meer hausten ein Dutzend Mönche in Hütten rund um einen steinernen Bau, der einmal ihr Gebetshaus werden sollte. Der Älteste von ihnen nannte sich Mael und bekleidete das Amt des Abtes, was einem Vorsteher gleichkam. Die Glaubensbrüder sprachen nur wenig, einige hatten ein Schweigegelübde abgelegt und schienen bewusst zu hungern. Kein Gott wollte kranke, schwache Schafe in seiner Herde, hatte Meara gedacht, als man sie zu einem alten Mönch in einer Hütte führte, die er sich mit drei Brüdern teilte.

Sie hatte sofort erkannt, dass dieser Mann schon auf dem Weg in die Anderwelt war. Sein Schädel zeichnete sich unter der dünnen Haut ab, die porös wirkte. Er hatte einen großen Abszess am Nacken und zwei weitere in den Weichteilen.

Der Abt stand mit strenger Miene vor dem Lager und sagte: »Kannst du die Beulen entfernen, Frau?«

Elffin hatte den Mönchen von ihrer Heilkunst berichtet und dachte, er täte ihr einen Gefallen, wenn sie ihr Wissen hier anwenden konnte.

»Ja, das kann ich, Herr, aber es wird dem alten Mann nicht helfen, ihm nur Schmerzen bereiten. Seine Seele ist bereits auf dem Weg in eine andere Welt.«

Die Augen des Abtes wurden klein, und sein Blick schien sie zu durchbohren. »Was meinst du mit einer anderen Welt? Es gibt nur das Reich Gottes. Du weigerst dich also?«

»Das habe ich nicht gesagt. Ich kann es tun, aber es wird sein Leben nicht verlängern«, stellte Meara sachlich fest.

»Welche Überheblichkeit spricht aus deinen Worten, Weib! Nur Gott allein weiß, wann seine Zeit gekommen ist. Ich verlange von dir, dass du ihn von den bösen Beulen befreist. Und dann werden wir sehen, ob Gott seinen treuen Diener schon zu sich befiehlt.«

Nachdem der Abt gegangen und sie mit Elffin und dem Sterbenden allein war, hatte Meara geflüstert: »Werden sie mich töten, wenn ihr Bruder stirbt? Er wird sterben, Elffin.«

Elffin, ein kleiner, kräftiger Mann mit einem breiten Lachen und Sommersprossen, die sie bei all seinen Kindern festgestellt hatte, knirschte mit den Zähnen. »Tut mir leid, Meara. Ich wollte dir helfen, dich nicht in Schwierigkeiten bringen.«

Meara fühlte den kaum noch vorhandenen Puls und hörte den rasselnden Atem, der sich quälend dem Brustkorb entrang. »Er hat noch wenige Stunden, nicht mehr.«

»Diese Mönche töten niemanden, Meara.« Elffin sah sie unglücklich an. Er war ein arbeitsamer Mann, der seine Familie liebte und das Meer kannte wie nur ein Fischer, der dort zu Hause war.

Meara seufzte und kämpfte die aufkeimende Furcht nieder. »Diese vielleicht nicht ...«, flüsterte sie.

Während sie Briocs teuflische Fratze aus ihrem Gedächtnis zu verbannen suchte, bäumte sich der alte Mönch auf und sank mit einem heiseren Stöhnen zurück.

Meara beugte sich zu ihm, fühlte lange den Puls und horchte den Brustkorb ab. Schließlich nickte sie. »Er ist von uns gegangen. Große Dôn, danke, dass du ihn erlöst hast.«

»Pst, danke der Heiligen Jungfrau und denk dabei an deine Göttin, Meara. Dann bekommst du keine Scherereien, und ich glaube, dass Götter Notlügen verstehen«, sagte Elffin mit einem verschmitzten Grinsen.

»Was für ein gerissener Mann du bist, Elffin.«

Eine Stunde vor Einbruch der Dunkelheit kamen die Brüder in Begleitung von Fychan an ihre Tür. Der Schäfer hatte sich erboten, die Brüder im Dunkeln nach Capel Anelog zu führen.

Elis trat an das Krankenlager und legte seinem Bruder die Hand auf den Arm. »Deine Behandlung hat wahre Wunder bewirkt, Meara, er sieht viel besser aus.«

»Von Wundern zu sprechen ist wohl etwas übertrieben,

Elis. Ein Wunder ist …«, begann Braen, wurde jedoch barsch von Elis unterbrochen.

»Ich habe verstanden. Wir danken dir sehr, Meara. Ohne dich wäre er dem Tod jetzt noch näher als heute Morgen. Daran ändern auch deine Gebete nichts, Braen!«

Der große Mönch hob das kantige Kinn und versteckte die Hände in seiner Kukulle. »Wir haben viel durchgemacht, Bruder. Aber glaub mir, sobald wir auf Ynys Elli sind, weht ein anderer Wind, und Abt Mael wird diejenigen züchtigen, die sich nicht in Demut vor Gott beugen!«

»Und du bist dann bestimmt schnell sein Liebling, weil du ganz allein die Manuskripte aus den Flammen gerettet hast«, knurrte Elis.

Fychan, der sich bescheiden im Hintergrund gehalten hatte, trat nun in die Raummitte und reichte Meara ein Bündel. »Bitte, das sendet dir Martin, und von uns ist das Bier.«

Er nahm einen Tonkrug aus seinem Lederbeutel und stellte ihn auf den Tisch. Meara hob die gefalteten Hände und neigte den Kopf. »Ich danke euch!«

Erleichtert schlug Meara das Tuch auseinander und fand einen Laib Brot, ein Stück Käse und ein Stück Hammelkeule. »Die werde ich gleich kochen, dann bekommt der Kranke einen kräftigen Fleischsaft.«

Der ältere Mönch warf nur einen Blick auf das Lager und sagte: »Wir bleiben heute Nacht bei Bruder Martin und setzen morgen nach Ynys Enlli über.«

»Aber ihr könnt euren Bruder nicht mitnehmen! Er ist viel zu schwach!«, warf Meara ein.

»Das haben wir auch nicht vor. Du versorgst ihn so lange, bis er reisefähig ist oder …«, entschied Braen.

Elis räusperte sich. »Cadeyrn wird nicht sterben. Gott schützt die, die er liebt.«

Braen berührte seine vernarbte Wange und verzog den Mund. »Gott gewährt seine Gnade jenen, die sie verdienen. Qui vos audit me audit.«

»Schäfer, werden wir morgen früh auf unserem Weg zum Boot hier vorbeikommen?«, wollte Elis wissen, die mahnenden Worte des Älteren ignorierend.

»Nein, wir gehen nach Porth Meudwy. Von dort wird Sessylt euch übersetzen. Er hat ein größeres Boot als Elffin. Das Meer wird morgen noch aufgewühlt sein, aber der Sturm zieht vorbei«, antwortete Fychan. »Ich bringe dir morgen Fisch von unten mit, Meara.«

»Danke, Fychan.«

Erst nachdem die Männer gegangen waren, ärgerte sich Meara über den Befehlston von Braen. Niemals hätte sie den Kranken ihrer Hütte verwiesen, aber es bedurfte keiner Anweisung vonseiten eines Mönchs, sie an ihr Mitgefühl zu erinnern.

»Wie selbstgefällig ihr Brüder doch seid …« Doch sie würde sich unauffällig verhalten, um kein Aufsehen zu erregen.

VI

Die Heilerin, Mynydd Anelog, Anno Domini 615

Es roch nach Kräutern und Rauch, und jemand sang eine schöne Melodie in einer ihm unbekannten Sprache. War er schon tot und im Himmel? Cadeyrn bewegte sich leicht, und ein scharfer Schmerz fuhr von seiner Hüfte durch den ganzen Körper. Nicht im Himmel, dachte er, doch er wurde auch nicht mehr von Braen und Elis wie ein Sack herumgeschleppt, sondern lag auf einem Strohlager. Langsam öffnete er die Augen und drehte den Kopf. Seine Glieder fühlten sich bleiern an, und die Hitze der Wunde hatte sich in ihm ausgebreitet. Er wusste, was das bedeutete. Oft genug hatte er kraftvolle, muskelbepackte Krieger gesehen, die verwundet aus einer Schlacht zurückgekehrt waren, nur um Tage oder Wochen später am Wundbrand zu sterben.

Er blinzelte, denn der Qualm der Feuerstelle biss in seinen Augen. Züngelnd wie die Flammen war ihr rotes Haar, das sich über ihren feuchten Rücken ergoss. Ihre weiße Haut war makellos, genau wie ihr zarter Körper. Doch die Zartheit täuschte. Während sie sich an einem Bottich wusch, spielten Muskeln unter ihrer Haut und ließen die Bilder der Schlangen an ihren Oberarmen lebendig erscheinen. Die Leiber schienen einander aufzufressen und sich neu zu gebären, doch seine Sinne spielten ihm Streiche. Die Bewegungen der Frau waren geschmeidig wie die einer Katze, und als sie sich bückte, um das Tuch ins Wasser zu tauchen, erblickte er ihre Scham.

111

Beschämt schloss er die Augen, um sie sofort wieder zu öffnen. Nur einen Blick noch auf dieses sündhafte, engelsgleiche Wesen erhaschen, und er wurde mit dem Anblick knospender Brüste belohnt, unter denen sich der Rippenbogen abzeichnete. Sein Atem wurde schneller, und er spürte eine Regung in seinen Lenden. Wäre er nicht so schwach und fiebrig, würde er lachen, doch er wandte den Blick von der Fremden und starrte auf den Holzbalken über sich.

Aus den Augenwinkeln nahm er eine Veränderung in ihren Bewegungen wahr. Langsam streifte sie sich ein helles Untergewand über und schlüpfte in einen wollenen Überwurf. Als sie sich umdrehte, vergaß er ihren Körper, denn in ihren Augen lagen das Alpha und das Omega, der Anfang und das Ende. Delirierte er im Fieberwahn? Warum lag er hier allein und in Gegenwart einer Nymphe, einer Fee aus der Anderwelt, die ihn mit ihrer schwarzen Magie vom rechten Glauben abbringen wollte?

»Lass mich, geh von mir …«, stammelte er, doch die Fremde musterte ihn mit einem spöttischen Lächeln und trat mit einem Becher an sein Lager.

Als sie vor ihm in die Hocke ging, verströmte sie einen so weiblichen Duft von Honig und Lavendel, dass er an seine Mutter dachte und die Tränen nicht zurückhalten konnte.

»Hast du Schmerzen?« Mit gerunzelter Stirn untersuchte sie seine Wunde, schien zufrieden und schob den Verband wieder an seinen Platz. »Hier, trink das.«

Sie hielt ihm den Becher an die Lippen. Zuerst konnte er nur kleine Schlucke nehmen, doch das würzige Bier schmeckte gut, und er wollte mehr, doch sie entzog ihm den Becher.

»Nicht so gierig. Das verträgt dein Magen noch nicht. Jetzt iss!« Sie erhob sich und ging zur Feuerstelle, über der ein Kochtopf hing.

Mit einer Schale Suppe kehrte sie zurück, hockte sich erneut neben ihn und tauchte den Löffel in die fettige Brühe. Es roch nach Hammel.

»Morgen gibt es Fisch, heute musst du Fleischbrühe trinken.«

Er konnte sie verstehen. Was hatte sie vorhin gesungen? »Ich bin Cadeyrn«, wollte er sagen, doch seine Stimme war nur ein heiseres Flüstern.

»Ich weiß, wie du heißt. Deine Brüder haben es mir gesagt. Sie haben dich hier abgeladen und sind nach Ynys Enlli gefahren. Sie hatten es eilig, deine Brüder. Eiliger, sich beim Abt beliebt zu machen, als sich um ihren Bruder zu kümmern.«

Die heiße Brühe erwärmte seinen Magen, und obwohl er mehr wollte, spürte er die Gegenwehr seines Körpers. Sein Magen fing an zu krampfen, und er musste würgen. Sie schien darauf vorbereitet, denn sie hielt ihm eine große Holzschale hin, in die er sich erbrach.

»Wir versuchen es später noch einmal. Du musst schlafen.«

Als er irgendwann spät in der Nacht erwachte, spürte er einen warmen, menschlichen Körper neben sich. Draußen heulte der Wind um die Hütte, und in der Ferne glaubte er, das Meer zu hören. Natürlich, sie waren immer weiter nach Westen gelaufen, bis die Landschaft karger und die Besiedlung spärlich wurde. Eines Nachts hatten sie in einem Waldstück ihr Lager aufgeschlagen und waren von einer Bande von Dieben und Halsabschneidern überfallen worden. Einer von ihnen hatte ihm den Schwerthieb verpasst.

Cadeyrn lag still, um das süße Gefühl ihrer Nähe nicht zu verlieren. Es war lange her, dass er einer Frau nahe gewesen war. Die Ordensregeln verboten jegliche körperliche Nähe zwischen Männern und Frauen. Er hatte sich für dieses Leben entschieden, und im Clas von Bangor hatte er eine Gemeinschaft gefunden, die ihn nach dem Verlust seiner Familie aufgefangen hatte. Abt Dinoot war ihm ein zweiter Vater geworden, und er wusste nicht einmal, ob er noch lebte. Die Ungewissheit nagte an ihm, und er machte sich Vorwürfe, den alten Mann nicht besser beschützt zu haben. Die Gnade Gottes zu erlangen verlangte Opfer, und er war ein sündiger Mensch. Mit diesen Gedanken dämmerte er in einen fiebrigen Schlaf hinüber und erwachte erst, als die Sonne warm durch eine Fensteröffnung auf sein Lager fiel.

Der Platz neben ihm war leer, nur eine Kuhle in der Decke auf dem Stroh zeugte von ihrer Anwesenheit. Sein Körper fühlte sich zwar noch fiebrig an, doch seine Sinne klärten sich, und er nahm die scharfen Umrisse seiner Umgebung wahr. Ein Druck in seiner Blase erinnerte ihn an das Bier, das er gestern getrunken hatte. Wie lange er hier schon liegen mochte? Sie hatte davon gesprochen, dass seine Brüder ihn hiergelassen und auf eine Insel gezogen waren.

Unruhig versuchte er, sich aufzurichten und die Füße auf den Boden zu stellen. »Ahh!«

Der Schmerzenslaut rief seine Pflegerin ins Haus. Ihr dichtes rotbraunes Haar war zu einem Zopf geflochten und schimmerte kupfern im Sonnenlicht, als sie durch die Tür kam. Sie stellte einen Korb ab, in dem sie Moos und Wurzeln gesammelt hatte.

»Was versuchst du da? Du hast Fieber und kannst von Glück sagen, dass du noch am Leben bist. Wäre es nach deinen Brüdern gegangen, sie hätten dich der Obhut eures barmherzigen Gottes überlassen.« Abfällig schürzte sie die Lippen.

»Er hat mich nicht sterben lassen oder?«, erwiderte er verärgert und wollte sich auf einem Schemel abstützen, doch sie drückte ihn an der Schulter zurück.

»Ich habe dich nicht sterben lassen.« Sie ging vor die Tür

und kam mit einem Holzeimer zurück. »Wenn du dich erleichtern willst, nimm den Eimer hier.«

Unschlüssig starrte er auf den Eimer.

»Mach, was du willst. Steh auf und geh nach draußen, wo der kalte, feuchte Wind dein Fieber erneut anfachen wird. Wenn du fällst, kann ich dich allein nicht wieder hineintragen. Vielleicht bricht auch die Wunde wieder auf. Es liegt bei dir.« Sie drehte sich um, kippte den Inhalt des Korbes auf den Tisch und verließ die Hütte.

Vorsichtig tastete er nach der Wunde und schob den Verband so weit zur Seite, dass er die Wundränder sehen konnte. Es stank nicht, und das Dunkelrot, welches sonst den Wundbrand begleitete, hatte sich verzogen. Die Wunde nässte und schmerzte noch, doch die bösen Säfte waren entwichen. Wer diese Frau auch war, sie verstand sich auf die Heilkunst.

Er sah ein, dass sie recht hatte, und folgte ihrer Anweisung. Nach der Verrichtung seiner Notdurft war er zutiefst erschöpft und schlief erneut ein. Die Berührung warmer Hände weckte ihn aus tiefem traumlosen Schlaf.

»Du bist wach, gut. Dreh dich auf die Seite, damit ich deinen Verband leichter wechseln kann.«

Gehorsam drehte er sich und sah, dass die Fensterläden geschlossen waren und ein munteres Feuer brannte. Auf dem Tisch, der aus zwei Holzblöcken und einer Platte mit Astlöchern bestand, stand ein Talglicht. Schnuppernd bewegten sich seine Nasenflügel. »Fisch.«

Sie nahm den Breiumschlag ab und wusch die Wunde mit einer trüben Flüssigkeit aus. »Schafgarbe säubert.«

»Meine Mutter kannte sich mit Heilpflanzen aus«, sagte er. »Aber sie trieb keine schwarze Kunst.«

Die junge Frau lachte rau und kehlig. »Und du meinst, dass ich eine Zauberin bin?«

Er überlegte, denn er wollte sie nicht beleidigen. »Ich weiß nicht. Aber du glaubst nicht an Christus und den Gottvater.«

»Ist deshalb mein Wissen weniger wert?« Sie richtete einen neuen Breiumschlag her und drückte ihn auf die Wunde, so dass er zusammenzuckte.

»Nein.« Doch sie schien das Zögern in seiner Stimme wahrgenommen zu haben.

»Jetzt hör mir mal zu, du Mönch. Ich entstamme einer Familie von gelehrten Männern und Frauen, von Weisen, die Könige beraten haben, und Heilern, die Tausenden von Menschen geholfen haben. Mein Vater war der letzte große Druide von ...« Sie biss sich auf die Zunge. »Er war ein großer Gelehrter und Heilkundiger. Sein Vater hat ihm über zwanzig Jahre lang beigebracht, was er wusste, und so hätte es mein Vater mit mir gehalten, wenn ...« Hier machte sie eine Pause und sah ihn wütend an. »Wenn nicht ein Priester gekommen wäre, der die Menschen gegen uns aufgehetzt hat. An Samhain sind sie gekommen, in der Nacht des großen Winterfestes fielen die Soldaten ein. Sie hatten solche Angst vor der Macht meiner Familie, dass sie meine Mutter und meine Geschwister fesselten und in unserem Haus verbrannten. Und meinem Vater haben sie den Kopf abgeschlagen.«

Sie legte ihm den Schal wieder um den Körper und zog den Knoten zu. »Morgen kannst du aufstehen.«

Bevor sie sich erhob, ergriff er ihr Handgelenk. »Es tut mir leid. Und ausgerechnet du pflegst einen Mönch.«

»Ich heile Menschen. Wir alle entstammen der großen Erdmutter und sind dem Kosmos und damit den vier Elementen Feuer, Erde, Luft und Wasser unterworfen.« Sie machte sich von ihm los und ging zur Feuerstelle.

Er war noch zu schwach, um sich mit ihr zu streiten, und

vielleicht wollte er es auch gar nicht. »Dieser Priester, woher kam er?«

»Aus dem Süden. Er brüstete sich damit, den Bischof von Canterbury gesehen zu haben.« Sie legte gebratenen Fisch, Brot und Käse in eine flache Holzschale und kam damit zu ihm.

»Danke. Wie hieß der Priester? Wie ... wie ist dein Name?«

»Meara.«

Ein klangvoller Name, der zu ihr passte. »Meara, wir gehören nicht zur Kirche von Rom wie der Priester, der am Tod deiner Familie mitschuldig ist. Wir sind aus dem Clas von Bangor geflohen. Hast du nicht davon gehört?«

Sie schüttelte den Kopf.

»Unser Clas wurde auf Geheiß der römischen Kirche von König Æthelfriths Soldaten niedergebrannt und alle Mönche getötet. Über tausend Männer und Frauen sind den Schwertern und Flammen zum Opfer gefallen.« Das Sprechen erschöpfte ihn, und er stützte sich auf einen Ellbogen auf, den Teller setzte er vor sich auf den Boden.

Sie musterte ihn einen Augenblick. »Iss!«

Der Fisch war gut, das Brot und der Käse kräftig und sättigend. Sie nahm ebenfalls schweigend ihr Mahl ein und setzte sich dann mit den Kräutern und Wurzeln, die sie gesammelt hatte, an den Tisch, um sie zu zupfen und zu putzen.

Das reichhaltige Essen machte ihn müde, und er legte sich zurück und lauschte den Geräuschen in der Hütte, die sich mit denen der aufgewühlten Natur draußen vermengten. Hin und wieder klapperten die Fensterläden, die Zweige eines Baumes kratzten auf dem Dach. Die Stille, die sich nun über sie legte, war weniger feindselig. Er hatte das Gefühl, als schwiegen sie einträchtig, als hätte sein Schicksal sie ein wenig gnädiger gestimmt.

6

Das Angebot, Aberdaron 2016

Lilian wischte sich den Schweiß von der Stirn. Tapeten abzuziehen war anstrengend, auch wenn es ihr Spaß machte. Fizz' Einsatz war nur bedingt hilfreich, denn wenn er einen herunterhängenden Fetzen erwischte, versuchte er zwar, dem alten Papier knurrend den Garaus zu machen, verschwand aber, sobald er ein Stück als Beute abtransportieren konnte.

»Fizz! Ein wenig mehr Ausdauer, bitte!«, rief Lilian lachend. Sie war gut gelaunt, denn der Gutachter der Versicherung hatte sich umgesehen und ihr grünes Licht für das Einholen von Kostenvoranschlägen für Renovierungsarbeiten gegeben.

Heute Nacht wollte sie in einem Gästezimmer schlafen und dieses Haus zu ihrem neuen Heim machen. Sie strich über die unebenen Mauern und fragte sich, was sie wohl erzählen könnten. All die Menschen, die hoffnungsvoll hier genächtigt hatten, um auf der Insel vor der Küste – was zu finden? Glück, Erlösung, Heilung von Krankheiten oder Erleuchtung? Lilian zog ein Stück Tapete mit Blumenmuster herunter und fand unter einer Torf- und Lehmschicht eine Mauer aus Felssteinen. Diese Mauer war massiv und die ehemalige Außenwand des hinteren Cottageteils. Hier hatte der Einbrecher an mehreren Stellen die Tapete heruntergerissen und Löcher in die alte Dämmschicht geschlagen. Ob er etwas gefunden hatte?

Fizz rannte bellend hinunter, und gleich darauf hörte sie: »Hallo? Sind Sie da oben, Lilian? Ich bin's, Marcus Tegg!«

Lilian fuhr sich durch die Haare, um Staub und Tapeten-
reste zu entfernen, und lief nach unten, wo ein dunkelblonder
Mann in kariertem Arbeitshemd und Jeans mit Fizz um ein
Stück Tapete stritt.

»Hi, ich bin Marcus!« Er erhob sich.

Sie schüttelte die kräftige Hand und fand das offene Gesicht
auf Anhieb sympathisch. »Lilian. Freut mich, dass Sie gleich
kommen konnten. Haben Sie das Schloss gesehen? Könnten
Sie mir für heute vielleicht einen provisorischen Riegel von
innen davorsetzen?«

»Von innen? Sie wollen in dieser Bude wohnen?« Er runzelte die Stirn und warf einen skeptischen Blick durch den Raum,
schaute in die Küche und hinauf ins Treppenhaus. »Sieht es
da besser aus?«

»Eins der Gästezimmer ist okay. Das Wasser läuft, und
Strom habe ich auch. Ich lasse mich nicht verjagen. So ein
bisschen Farbe schreckt mich nicht ab.« Sie wischte sich mit
dem Handrücken über die Stirn.

»Collen erwähnte, dass hier eingebrochen wurde.« Marcus
kratzte sich das Kinn. »Haben die hier übernachtet?«

»Sieht nicht so aus, nein. Eher nach etwas gesucht.« Sie zeigte ihm die aufgerissenen Dielen und führte ihn in den ersten
Stock. »Und dann dieser Farbfleck. Als ich das erste Mal hier
hereinkam, habe ich einen Moment wirklich gedacht, es wäre
Blut.«

Marcus bückte sich, berührte die angetrocknete Farbe und
schnupperte an seinem Finger. »Stinknormale Wandfarbe.«

Er rüttelte an den Fenstern und klopfte Türen und Wände
ab. »Solide. Die Fenster müssen wohl mal erneuert werden,
aber das kann noch warten. Bei allen Holz- und Malerarbeiten
kann ich helfen. Die Elektrik sehe ich mir an, nur bei Klemp-
nerarbeiten muss ich passen.« Er sah sie erwartungsvoll an.

»Und was halten Sie von diesem Farbfleck? Ist das normal, dass hier in Häuser eingebrochen wird und man den Leuten Farbe auf den Boden kippt? Wissen Sie etwas über dieses Haus? Ist hier vielleicht jemand umgebracht worden?« Sie schlug mit der flachen Hand gegen eine Wand und sah ihn mit funkelnden Augen an. »Mit mir kann man es ja machen, ich bin eine Fremde.«

»Holla, immer langsam. Ich kann Ihren Ärger über den Einbruch ja verstehen, aber, soweit ich weiß, ist Ähnliches hier noch nicht vorgekommen. Eingebrochen wird selten, und wenn, dann meist im Winter in leer stehende Ferienhäuser.«

»Tut mir leid, ich wollte nicht unhöflich sein. Ich wüsste nur gern etwas mehr über dieses Cottage.« Sie ging an ihm vorbei zur Tür. »Wollen Sie ein Bier? Ich habe welches aus dem Supermarkt mitgebracht.«

»Gern. Haben Sie den Einbruch der Polizei gemeldet?«

Gemeinsam gingen sie die Treppe hinunter. »Ein junger Sergeant aus Nefyn hat den Einbruch aufgenommen. Er meinte, das wäre ein Betrunkener gewesen.«

»War das Tony Trevitt?«

»Kann sein, ja, ich glaube, so hieß er. Kennen Sie ihn?« Sie nahm zwei Flaschen aus dem Kühlschrank, den sie gesäubert hatte, und suchte nach einem Flaschenöffner, doch Marcus holte sein Taschenmesser hervor und öffnete beide Flaschen.

»Ist ein netter Kerl. Cheers oder lechyd da!« Marcus betrachtete die Flasche und nickte anerkennend. »Brenin Enlli. Wissen Sie, was das bedeutet?«

Sie lehnte sich an die Spüle und betrachtete das Etikett der walisischen Brauerei Cwrw Llŷn. »Nein. Aber irgendwie hat hier alles mit dieser Insel zu tun, oder?«

Marcus grinste. »Unsere heilige Kuh. Ich hab's nicht so mit der Kirche, aber ich kann die Leute verstehen, die Ynys Enlli besuchen wollen.« Sein Blick glitt durch das Fenster über die Klippen, hinter denen das Meer rauschte. »Die Insel hat etwas Magisches. Sie ist karg, nur ein Buckel in der See mit einer Kirche, einem Leuchtturm und ein paar Hummerfischern. Zwanzigtausend Pilger sollen dort begraben worden sein. Deshalb heißt sie auch die Insel der Seelen. Und dieses feine Bier wurde nach dem König der Insel benannt.«

»Es gibt einen König?« Sie sah, dass Fizz an der Terrassentür kratzte. »Fizz, lass das!« Sie öffnete die Tür, damit er in den Garten laufen konnte.

Marcus kam langsam nach und erzählte: »Kein richtiger König. Um 1800 kam jemand auf die Idee, den König von Bardsey zu krönen, also Brenin Enlli. Wahrscheinlich wurde die Idee aus einer Bierlaune heraus geboren. Auf der Insel wuchs hervorragende Gerste, und man braute ein so starkes Bier, dass die Flaschen in den Regalen von so manchem Cottage explodierten.« Er nahm einen großen Schluck. »Das hier wurde modifiziert …«

Lilian fand das Bier würzig und nicht zu stark. »Schmeckt sehr gut. Das Bier eines Königs. Aber was ist mit meinem Cottage? Hier hat doch jemand etwas gesucht, und diesen Farbfleck verstehe ich als Warnung.«

»Das waren Jungs, die sich einen Scherz erlaubt haben. Bis vor ungefähr einem Jahr hat jemand aus Llanbedrog das Cottage als Bed & Breakfast betrieben. Eine ältere Dame, glaube ich. Sie hatte nichts für den Garten übrig, was ein Jammer ist, denn der hat Potenzial. Es gab kein Verbrechen, keine ungewöhnlichen Vorkommnisse. Jedenfalls habe ich nichts mitbekommen, und ich bin oft hier in der Gegend. Carreg Cottage gilt seit ewigen Zeiten als das Pilgercottage. Nicht mehr und nicht weniger. In Aberdaron selbst gibt es die alte Suppenküche der Pilger. Das ist jetzt der Tearoom von Emma und Dewi.« Er trank einen weiteren Schluck und fügte hinzu: »Und wenn Sie mehr wissen wollen ...«

»Fragen Sie Pfarrer Olhauser«, ergänzte Lilian. »Habe ich schon versucht und seine Frau Cheryl kennengelernt. Sie war sehr nett.«

Draußen fuhr ein Wagen vor, und Lilian sah durch das Seitenfenster, doch Marcus' Transporter versperrte die Sicht auf die Einfahrt. Es dämmerte bereits, und so spät waren sicher keine Wanderer mehr unterwegs. Fizz rannte bellend um das Haus herum.

»Erwarten Sie noch jemanden? Gut, dass Sie den Hund haben, Lilian. Ich setze Ihnen jetzt den Riegel an, damit Sie zumindest zusperren können.« Marcus stellte das Bier ab, öffnete die Tür und blieb stehen. »Sie bekommen hohen Besuch, Lilian.« Seine Stimme troff vor Sarkasmus. »Hallo, Miles, du bist zu spät. Das Cottage hat bereits eine neue Besitzerin.«

»Marcus, mein Lieber, schön, dich zu sehen«, erklang eine geschäftsmäßige Stimme.

»Lass sie zufrieden, hörst du? Du kannst jemand anderen übers Ohr hauen mit deinen miesen ...«, zischte Marcus, doch Lilian, die ebenfalls zur Tür gekommen war, hatte ihn gehört.

»Ich kann ganz gut auf mich selbst aufpassen. Und wer sind Sie?«, fragte sie bestimmt.

Ein gut gekleideter Mittvierziger begrüßte sie mit einem gewinnenden Lächeln. Sein dunkles Haar war kurz geschnitten, und der Hauch eines teuren Rasierwassers hing in der Luft, als er ihr die Hand entgegenstreckte. »Miles Folland. Bitte verzeihen Sie mein Eindringen und entschuldigen Sie unser Gefrotzel. Marcus und ich kennen uns schon länger.«

»Lilian Gray. Sind Sie von der Versicherung?«

Marcus kehrte mit seiner Werkzeugkiste zurück und knallte sie auf den Boden. »Schlimmer, er ist Immobilienmakler.«

»Ach, Marcus, komm schon, willst du mir das wirklich ewig nachtragen? Dein Großvater hat freiwillig verkauft. Niemand hat ihn dazu gezwungen«, sagte Miles Folland und zückte eine Visitenkarte.

»Das nicht, aber du hattest zugesagt, den Garten zu erhalten. Und sieh es dir heute an … Ich nenne das Betrug«, knurrte Marcus und nahm an der Tür Maß.

Miles gab Lilian seine Karte. »Bitte. Falls Sie doch verkaufen möchten.«

Zögernd nahm Lilian die Karte und steckte sie in die Hosentasche. »Ich kann das Cottage gar nicht verkaufen. Es gehört mir nur auf Lebenszeit.«

Der Immobilienmakler sah sie erstaunt an. »Tatsächlich? Wie kommt man denn an so einen Vertrag?«

»Unverhofft durch eine Erbschaft.«

»Wirklich? Jetzt machen Sie mich aber neugierig«, begann Miles. »Alle hier in der Gegend rätseln schon lange, wem das Cottage gehört hat.«

Lilian hob die Schultern.

»Sie wissen es nicht, oder Sie dürfen es nicht sagen? Ein Geheimnis um Carreg Cottage, na, wenn das keine Geschichte ist. Zu schade, dass ich dieses Haus nicht verkaufen kann. Die Leute lieben solche Geschichten.« Miles spähte in das Wohnzimmer. »Sie haben noch eine Menge vor sich, bis die Gäste kommen können. Sie wollen doch vermieten, oder?«

Lilian fand den Immobilienmakler zwar aufdringlich, doch allzu unhöflich wollte sie als Zugereiste auch nicht sein. Man wusste nie, wann man sich wiedersah. »Ich werde vermieten, immerhin war das hier mal eine Pilgerraststätte. Und vor allem um den Garten werde ich mich kümmern. Mit dem Land kann man eine Menge machen.«

Als hätte man ihm einen Köder zugeworfen, hakte Miles

nach: »Land? Wie viel Land gehört Ihnen denn? Schaffen Sie das allein? Es gibt ja viele Möglichkeiten, so eine gute Lage zu nutzen. Ich habe da Investoren an der Hand, die …«

»Danke, Mr Folland. Ich habe Ihre Karte.« Mit einem freundlichen Lächeln nickte sie Richtung Tür. »Ich muss noch einiges mit Mr Tegg hier besprechen.«

Miles Folland sah ein, dass er so nichts ausrichten konnte. »Nicht, dass du dich übernimmst, Marcus. Ist ein Haufen Arbeit, und es soll ja auch den Ansprüchen der heutigen Gäste genügen. John Simcock hat eine große Firma. Da wären Sie rundum versorgt. Er kann alle Renovierungsarbeiten koordinieren.«

»Ich weiß, aber ich arbeite lieber mit kleinen Handwerksbetrieben zusammen«, erklärte Lilian, die sich bereits für Marcus entschieden hatte.

»Auf Wiedersehen, Mrs Gray. Ich wünsche Ihnen viel Glück, denn das werden Sie brauchen.« Kopfschüttelnd ging Miles davon.

Lilian trat in die frische Abendluft hinaus und sah zu, wie der Immobilienmakler mit seinem hochwertigen SUV davonfuhr. Fizz schnüffelte um sie herum und sprang schließlich auf die Eingangsstufen.

Marcus hielt einen Metallriegel an die Holztür und kennzeichnete die Bohrlöcher mit einem Bleistift. »Nehmen Sie sich vor dem in Acht. Der verspricht Ihnen sonst was, und am Ende haut er jeden übers Ohr.«

»Was war denn mit Ihrem Großvater?«, wollte Lilian wissen und sah ihm zu, wie er geschickt mit den Werkzeugen hantierte.

Marcus klemmte sich den Bleistift hinters Ohr und suchte in seiner Kiste nach den passenden Schrauben. »Er musste verkaufen, weil die Rente nicht reichte und er den Garten

124

nicht allein bewirtschaften konnte. Dieser Garten mit alten Apfelbäumen und Rosen, für die er mehrere Preise bekommen hat, war sein ganzer Stolz. Seine einzige Bedingung beim Verkauf war, dass der Garten erhalten bleibt. Aber er hat sich das nicht schriftlich bestätigen lassen, nicht richtig jedenfalls. Der Anwalt des neuen Besitzers hat eine Lücke gefunden, die ihm erlaubte, den Garten für eine Ferienhaussiedlung abholzen zu lassen.«

»Oh, wie schrecklich! Das hat Ihrem Großvater sicher das Herz gebrochen«, sagte Lilian voll ehrlichem Bedauern.

»Sie verstehen das?« Erstaunt hielt er den Riegel an die Tür und sah sie an. »Die meisten finden, dass hier noch mehr gebaut werden muss.«

Er hatte interessante graue Augen, und wenn er lächelte, wie jetzt, bildeten sich Grübchen neben seinem Mund. »O nein, ich nicht«, erwiderte sie. »Der einzige Ort, an dem ich mich immer geborgen fühlte, war der Garten meiner Großeltern. Nur in der Natur fühle ich mich ganz, wenn Sie verstehen? Sie ist so wahrhaftig, so rein, und wir sind ein Teil von ihr.« Sie hielt inne und grinste. »Was denken Sie von mir? Eine verrückte Ökospinnerin?«

In seinem Blick lag Verständnis, er sah kurz auf die Uhr, und seine Stimme klang warm, als er sagte: »Haben Sie heute Abend schon etwas vor? Ich treffe mich gleich noch mit Collen und ein paar Freunden in Abersoch. Wir essen bei einem Thai, und ich könnte Ihnen sagen, wie ich mir die Renovierung vorstellen würde. Falls Sie das möchten.«

Ein Essen mit Menschen, die sie als freundlich und hilfsbereit kennengelernt hatte, oder ein Sandwich inmitten von Chaos und Gestank?

»Sehr gern, danke.«

7

Abersoch

Lilian schaltete die Scheinwerfer ein und legte ihr Telefon in die Ablage unter dem Radio. Fizz hatte sich müde auf dem Beifahrersitz eingerollt. Die neue Umgebung und die Renovierungsarbeiten machten ihm genauso zu schaffen wie Lilian. Sie folgte Marcus, der langsam die engen Straßen entlangfuhr. Bevor sie aufgebrochen waren, hatte er innen den Riegel angebracht und auch das Schloss der Haustür so weit wieder in Stand gesetzt, dass man nicht ohne Gewaltanwendung hineinkonnte. Er hatte mit seinem Mitarbeiter gesprochen, der ein gebrauchtes Schloss gefunden hatte, das er ihr bei nächster Gelegenheit einsetzen konnte.

Lilian gefiel seine Art. Er war sparsam, freundlich und effizient. Wenn es mit dem Renovieren ebenfalls so gut funktionierte, wäre sie zufrieden. Ihr Telefon summte. Sie schaute auf das Display und entdeckte eine Textnachricht von Natasha. Sofort meldete sich ihr schlechtes Gewissen. Es wäre an ihr gewesen, sich bei ihrer Freundin zu melden, nachdem sie diese so kaltschnäuzig abgefertigt hatte.

»Tasha«, stand auf dem Display, nachdem Lilian die Rückruftaste gedrückt hatte.

»Hi, Lili!«, erklang die helle Stimme ihrer Freundin. Keine Spur von Ärger oder Distanziertheit.

Lilian räusperte sich. »Tasha, es tut mir leid, ich wollte nicht einfach so abhauen, aber ...«

»Dir stand das Wasser bis zum Hals, und dann beißt du um dich und wirst unausstehlich. Ich kenne dich, Lili. Und du solltest mich gut genug kennen, um zu wissen, dass du mir alles sagen kannst. Oder war das jemals nicht so?«

»Nein. Ach, Tasha, es ist so schön, deine Stimme zu hören.«

»Ist Fizz bei dir?«, fragte ihre Freundin. Im Hintergrund war leise Musik zu hören.

»Ja, mein kleiner Beschützer weicht mir nicht von der Seite. Wir sind gerade auf dem Weg nach Abersoch in Wales.«

»Du bist in Wales? Warum?«

»Ich habe ein Cottage geerbt. Stell dir vor, mir hat jemand eine alte Bruchbude und einen Haufen Kohle dazu vermacht, damit ich die Hütte renoviere und sie für Gäste öffne. Ist 'ne komische Geschichte.«

»Ja, so hört es sich an. Wer ist denn der spendable Gönner? Hast du reiche Verwandte?«

»Keine Ahnung. Das ist ja das Verrückte. Der Erblasser will anonym bleiben.« Marcus' Transporter verschwand hinter einer Kurve, und als Lilian um die Ecke bog, gab es zwei Abzweigungen.

»Mist«, murmelte sie, doch dann entdeckte sie die Rücklichter des weißen Transporters in der Straße, die nach Osten führte. »Tasha, ich ruf dich morgen an, sonst verliere ich den Typen und verfahre mich.«

»Welchen Typen? Wissen deine Großeltern, wo du bist?«

»Nein, und das sollen sie auch nicht! Erzähl ihnen ja nichts von dem Erbe. Ich muss das hier erst mal regeln. Es ist nicht so einfach, weißt du.«

»Das ist es nie bei dir, Lili. Aber du stehst dir selbst am meisten im Weg. Ich bin mir sicher, dass sie dich vermissen.«

»Ha! Die doch nicht! Die waren froh, als sie mich los waren. Meine Mutter war die erste Enttäuschung und ich die zwei-

127

te. Nein, Tasha, wenn ich hieraus etwas Vernünftiges machen kann, hören sie von mir. Vorher nicht.«

Eine Katze huschte im Halbdunkel über die Straße, und Lilian trat auf die Bremse, so dass Fizz beinahe von seinem Sitz gerutscht wäre. »Verflucht! Tasha, ich melde mich, versprochen. Und danke!«

»Wofür?«

»Für alles!« Lilian legte auf, bevor sie noch in Tränen ausbrach. Mit Tasha war das immer so. Ihre Freundin war eine erfolgreiche Zahnärztin und hatte stets die richtigen Entscheidungen getroffen. Es gab wohl kaum jemanden, der geradliniger und zuverlässiger war als Dr. Natasha Shaw, dachte Lilian und lächelte.

Abersoch lag malerisch auf der Südostseite der Llŷn Peninsula. Die Lichter rings um den Hafen und die belebte Hauptstraße zeigten einen Fischerort, der sich zum Seebad gemausert hatte. Marcus fuhr einen Parkplatz am Hafen an, und als sie mit Fizz ausgestiegen war, breitete er die Arme aus. »Ist das ein Blick?«

Er hatte recht. Die Lichter des Ortes spiegelten sich auf der leicht gekräuselten Wasseroberfläche. Nur ein leichter Wind wehte hier noch, und die Luft war mild, fast frühsommerlich. Segelyachten und Motorboote schaukelten auf den Wellen, und etwas weiter vorn lagen zwei Fischkutter. Aus einem Pub ertönte Livemusik, eine Folkband, Kinder spielten zwischen den Pollern, und Spaziergänger genossen den schönen Abend.

»Da hätte ich ja wirklich was verpasst. Sehr hübsch, viel größer als Aberdaron, nicht?«, sagte Lilian.

Marcus nickte. »Das *Coconut Kitchen* ist dort vorn. Der Ort profitiert vom großen Yachthafen, der weiter links liegt. Er gehört zu den größten Großbritanniens, und natürlich gibt es einen vornehmen Yachtclub dazu. Da hätten sie uns nicht reingelassen. Aber das *Coconut* ist sowieso viel besser. Ah!« Er winkte einer Gruppe von drei Leuten zu.

Lilian erkannte Collen und Phil, der den Arm um eine junge Frau gelegt hatte. Leicht nervös fuhr sie sich über die zusammengebundenen Haare.

»Helô, Lilian! Das ist ja eine schöne Überraschung!«, begrüßte Collen sie und schüttelte ihre Hand. Seine dunklen Augen musterten sie leicht amüsiert und gleichzeitig besorgt. »Marcus, der alte Charmeur, hat Sie überredet. Ist im Cottage alles in Ordnung?«

Sie verdrehte die Augen. »Soweit man das sagen kann. Aber Marcus scheint optimistisch, was die Renovierung betrifft. Danke noch mal für die Empfehlung.«

Phil drückte ihr ebenfalls die Hand und stellte seine blonde Begleiterin vor. »Maddison, aber alle sagen Maddie, meine Freundin, und das ist Lilian.«

Maddie hatte von Salzwasser und Sonne verblichene halblange Haare und wirkte sehr sportlich und unkompliziert. »Hi, freut mich, Lilian. Nicht Lili?«

Überrascht antwortete sie: »Doch, Lili und Fizz.« Sie deutete zur Kaimauer, wo Fizz die Poller abschnüffelte.

Maddie war entzückt. »Ist der nicht zum Knuddeln? Fizz, komm doch mal zu mir!«

Der Border Terrier hob den Kopf, als er seinen Namen hörte, widmete sich jedoch weiter den Hafendüften.

»Na kommt, lasst uns reingehen und bestellen. Mein Magen hängt schon durch!«, schlug Phil vor.

Vom Restaurant aus hatte man einen weiten Blick über den Hafen. Marcus und seine Freunde wurden herzlich von Paul und seiner thailändischen Frau begrüßt. Niemand schien sich an Lilian zu stören, und sie wurde in die Gespräche einbezogen, als wäre sie schon ewig mit allen bekannt. Langsam legte sich ihre Nervosität, und Lilian musste sich eingestehen, dass sie schon lange nicht mehr so viel gelacht hatte wie mit diesen Fremden.

Maddie schob ihr die Schale mit Seafood Fishcakes zu, die sie als Vorspeise bestellt hatte. »Lili, die musst du probieren, die sind der Hammer! Ups, sorry, ich hab's nicht so mit Formalitäten …«

Lilian lächelte. »Danke, Maddie. Ist okay, ich freue mich, dass ihr mich mitgenommen habt. Cheers!«

Sie hob ihr Bierglas, und die anderen stimmten ein.

»Viel Glück mit Carreg Cottage, Lili! Und wenn Marcus sich ranhält, kannst du vielleicht noch vor dem Winter vermieten …«, sagte Collen und lachte.

»Eh, Frechheit, Col! Den August kannst du bestimmt noch mitnehmen, Lili. Ich habe einen festen Mitarbeiter, Joseph, und einen Springer. Wenn du willst, schaue ich mal in unsere Aufträge und sage dir, wie schnell wir dir helfen könnten«, sagte Marcus.

»Gern. Ich brauche nur einen schriftlichen Kostenvoranschlag für die Versicherung.« Lili knabberte an den würzigen Fischcrackern.

»Versteht sich. Sollst mal sehen, in ein paar Wochen erkennst du das Cottage nicht wieder.«

Seine Freunde schnitten Grimassen, und Phil unkte: »Wenn dann noch ein Stein auf dem anderen steht …«

»Col hat erzählt, dass eingebrochen wurde, Lili«, sagte Maddie. »Hast du keine Angst, so allein da oben?«

»Nein. Das klingt vielleicht merkwürdig, weil das Cottage noch ziemlich mitgenommen aussieht, aber ich fühle mich wohl dort. Dabei habe ich mir schon lange nicht mehr vorstellen können, länger irgendwo zu bleiben.«

130

Lili fühlte, dass Fizz seinen Kopf unter dem Tisch auf ihre Schuhe legte.

»Wie meinst du das?«, wollte Maddie wissen.

»Ich war immer unterwegs, habe dies und das gemacht. Zuletzt hatte ich ein kleines Café in Greenock. Aber das wurde verkauft, die Miete erhöht, und ich war pleite. Eigentlich war es nur eine Notlösung nach meiner Zeit in Kanada.«

»Kanada? Da wollte ich auch immer hin. Phil, das sollten wir mal machen!« Maddie küsste ihren Freund auf die Wange, doch der verzog den Mund.

»Wohin denn nun? Gestern wolltest du nach Hawaii und jetzt Kanada? Wenn ich schon so viel Kohle ausgeben soll, will ich surfen. Hawaii«, beharrte Phil. »Ist mir zu kalt in Kanada.«

Lili lachte. »Kommt darauf an. Die Winter sind schon hart, aber im Sommer war es in Lunenburg wirklich schön.«

»Warum bist du zurückgekommen?« Collen trug einen dunklen Pullover und wirkte distinguierter als bei ihrer ersten Begegnung. Die Studentinnen lagen dem gutaussehenden Dozenten bestimmt reihenweise zu Füßen.

»Mein Vertrag mit der Reederei lief aus, und es war Zeit weiterzuziehen.« Sie würde hier nicht ihr verkorkstes Privatleben ausbreiten. Die Beziehung zu Mike, dem Kapitän des Whale-Watching-Bootes, war nach zwei Jahren in die Brüche gegangen. Zum größten Teil war es ihre Schuld, denn sie brauchte viel Zeit für sich allein, konnte zu viel Nähe nicht ertragen und hatte es in dem Haus zusammen mit Mike, seinem Bruder und dessen Frau einfach nicht mehr ausgehalten. Er hatte ihr vorgeworfen, dass sie keinen Familiensinn habe, und das stimmte sogar, aber sie fühlte sich eingeengt und beobachtet, und auch die Arbeit als Reiseführerin hatte ihr am Ende keine Freude mehr gemacht.

Die Art, wie Collen sie ansah, verunsicherte sie, weil sie

nicht wusste, ob er sie für eine Versagerin hielt, wie ihre Großeltern, oder im positiven Sinne nur für eine desorientierte Lebenskünstlerin. »Wie viel Zeit gibst du dir, wenn du irgendwo neu anfängst?«

»Col, jetzt lass sie doch, sie ist gerade erst angekommen«, sagte Marcus und reichte Schüsseln mit dampfendem Reis weiter.

Maddie machte sich hungrig über ihr Hühnercurry her. »Das ist so gut! Und jetzt sag noch mal, Lili, wieso bricht man denn in ein Cottage ein, das ewig leer stand?«

»Ich weiß es nicht. Jemand hat offensichtlich nach etwas gesucht. Jedenfalls waren Löcher in den Wänden und einige Dielenbretter aufgebrochen. Hat die alte Dame, die vorher das Bed & Breakfast dort geführt hat, vielleicht ihren Sparstrumpf versteckt?«

Col und Marcus wechselten rasch einen vielsagenden Blick. »Von wem weißt du denn eigentlich von der Erbschaft?«

»Ein Anwalt hat mir geschrieben. Stanley Edwards. Er ist sehr nett, wohnt in Llanbedrog, dort war ich zur Testamentsverlesung. Warum?«

»Edwards, hm? Was für ein Zufall. Seine Schwester war die alte Dame, die Carreg Cottage vermietet hat«, erklärte Marcus.

Collen schob sich mit finsterer Miene eine Garnele in den Mund.

»Oh, da fällt mir ein, ich habe Katie gesehen, Col«, säuselte Maddie und grinste bedeutsam.

»Hm«, erwiderte Collen einsilbig.

»Edwards Schwester? Warum hat er mir das nicht gesagt? Wie hieß sie denn?«, fragte Lili.

»Mae Lagharn. Sie kam mir immer vor wie einer dieser alten Stummfilmstars. Sehr geheimnisvoll und elegant«, sagte Marcus. »Sie war mit einem Amerikaner verheiratet, als sie sehr jung war, kam dann irgendwann verwitwet zurück, und als das Geld aufgebraucht war, hat sie im Cottage Zimmer an Gäste vermietet. Meine Eltern kannten sie vom Sehen. Sie hat mit kaum jemandem gesprochen. Zu vornehm.«

»Ihr Bruder hätte ihr doch finanziell unter die Arme greifen können. Sein Haus wirkte ziemlich nobel, und seine Tochter sah auch aus, als verdiene sie recht gut.« Lili goss sich noch etwas Wasser nach.

»Du hast Katie gesehen?«, fragte Collen.

»Mit ihrem Sohn, ein reizender kleiner Bursche. Sie waren gerade zu Besuch bei Mr Edwards.« Lili spießte eine Garnele auf. »Ihr kennt euch?«

Bevor Marcus antworten konnte, sagte Collen: »Wir sind zusammen zur Highschool in Porthmadog gegangen. Die Welt ist klein hier auf der Llŷn.«

»Und trotzdem haben die Leute ihre Geheimnisse. Mae Lagharn«, überlegte Lilian. »Denkt ihr, ich kann Mr Edwards nach ihr fragen?«

»Ich würd's nicht tun. Die haben sich nicht verstanden. Stanley ist ein netter Kerl, aber verschlossen wie eine Auster. Anwalt eben«, meinte Marcus.

»Erzähl mir von Kanada, Lili! Wo genau liegt Lunenburg?« Maddie lenkte das Gespräch in andere Bahnen.

Nach dem Essen standen sie vor dem Restaurant, um sich zu verabschieden. Die anderen wollten noch in einen Pub.

»Du meldest dich wegen eines Termins?«, fragte sie Marcus.

»Ich ruf dich morgen, spätestens übermorgen an. Versprochen. Pass gut auf dein Frauchen auf!« Der Tischler bückte sich und streichelte Fizz, der gähnend neben Lilian wartete.

Phil und Maddie waren schon vorgegangen, und Collen blieb einsilbig. »Bis dann«, war alles, was er zum Abschied sagte.

8

Llŷn

*»Beyond Lleyn there is a small island occupied
by some extremely devout monks, called
the Coelibes or Colidei. ... The island
has this peculiarity, that no one dies there
except in extreme old age, for disease
is almost unheard of. In fact, no one
dies there at all, unless he is very old indeed.
In Welsh the place is called Ynys Enlli.«*

Giraldus Cambrensis (1146–1228):
The Journey Through Wales

Die Morgenröte tanzte auf den Wellen und ließ das Meer
wie einen Höllenschlund erscheinen. Direkt vor ihr ragte ein
gischtumtoster schwarzer Fels auf und in der Ferne der Buckel, von dem sie wusste, dass es Ynys Enlli war. Zwei Bier
und das gute Essen hatten Lilian in einen tiefen, traumlosen
Schlaf fallen lassen, aus dem sie kurz vor Sonnenaufgang erwacht war. Ausgeruht und voller Tatendrang hatte sie sich angezogen und war mit Fizz an den Klippenrand spaziert, um
den neuen Tag zu begrüßen.

Diese Idee hatte anscheinend noch jemand gehabt, denn
Fizz stellte sich wachsam auf und knurrte drohend.

»Hallo! Ist dort jemand?«, rief Lilian nach unten, wo sich
der Küstenpfad entlangwand.

Jemand hustete, Steine rollten, und dann tauchte eine graue Mütze unter dem überhängenden Gesträuch auf. »Helô, guten Morgen!«

Einige Augenblicke später kam der Mann den Hügel herauf, mit dem sie bereits auf dem Kirchenparkplatz Bekanntschaft gemacht hatte. Und dabei hatte der Morgen so gut begonnen ...

»Guten Morgen! Was führt Sie denn schon so früh hier herauf?«, erkundigte sich Lilian freundlich.

Neugierige Augen blinzelten sie durch die Hornbrille an. Heute trug der Schwager von Pfarrer Olhauser keinen Mantel, sondern eine Fleecejacke, Trekkingschuhe und Walkingstöcke. »Das könnte ich Sie genauso fragen. Glauben Sie, nur weil Sie jetzt hier wohnen, sind Sie die Einzige, die hier sein darf?«

»Na, Sie sind wohl mit dem linken Bein zuerst aufgestanden. Ihre Schwester tut mir leid. Sie ist wirklich nett«, erwiderte Lilian, entrüstet über so viel Feindseligkeit.

Das zerknitterte graue Gesicht entspannte sich etwas. »Woher wissen Sie denn, wer meine Schwester ist?«

Lilian rollte mit den Augen. »Ich bitte Sie. Mr Raines, nicht wahr? So groß ist der Ort ja nun nicht. Sie waren das doch auf dem Kirchparkplatz?«

Er nickte erstaunt.

»Tja, dann sind Sie Cheryls Bruder. Ich bin Lilian Gray, die neue Bewohnerin von Carreg Cottage. Aber das wussten Sie sicher auch schon.«

Der morgendliche Wanderer stützte sich auf seinen Stöcken ab und verzog die schmalen Lippen zu einer Art Lächeln. »Wie Sie sagen, so groß ist der Ort nicht. Sie haben da einen magischen Ort gefunden, Mrs Gray. Dieses Cottage hat vielen Menschen Schutz gewährt. Menschen, die auf der Suche nach Gott herkamen. Sind Sie deshalb hier?«

»Was? Weil ich auf der Suche nach … Nein. Das Cottage hat mich gesucht, würde ich sagen, und da bin ich.« Es sollte scherzhaft klingen, doch Raines musterte sie abschätzig.

»Kein Gottloser sollte hier leben. Das hier ist heiliger Boden. Aber das wissen Sie wahrscheinlich nicht einmal. Ach, verkommene Zeiten sind das. Wen interessiert noch die Geschichte unseres Landes. Wenn ich an meine letzten Jahre als Lehrer denke, kommt mir die Galle hoch.« Verärgert starrte er auf die Hügelkette, die sich in der Ferne aufbaute.

»Die Zeiten ändern sich«, meinte Lilian. »Was ist das für ein Hügel dort hinten?«

»Anelog. Das ist der Berg Anelog. Wenn Sie mit Cheryl gesprochen haben, waren Sie schon in unserer Kirche?«, fragte er, sichtlich freundlicher.

»Ja. Ich habe mich nur kurz umgesehen, aber St. Hywyn ist von schlichter Schönheit.«

Er nickte zustimmend. »Das ist sie. Im fünften Jahrhundert gab es nur einen Holzbau an der Stelle, wo heute die Kirche steht. Haben Sie die beiden Steine gesehen?«

»Welche Steine? Nein, ich weiß nicht, was Sie meinen.«

»Im Raum hinter dem Altar stehen zwei Findlinge mit eingemeißelten römischen Schriftzeichen. Die Grabsteine von zwei frühchristlichen Priestern. SENACUS und VERACIUS. HIC IACIT steht dort, was so viel heißt wie ›liegt hier‹. Die Steine wurden am Berg Anelog gefunden und erst später in die Kirche gebracht.« Er deutete vage mit einem seiner Stöcke zum Berg, der ihnen am nächsten war.

»Waren das Römer?«

»Nein, nein, die Römer hatten Britannien schon früher verlassen.« Ungeduldig scharrte er mit den Stöcken auf dem Fels. »Das Ende der römischen Herrschaft in Britannien wurde eingeleitet, als Magnus Maximus, Maxen Wledig im Walisischen,

383 mit der Usurpation des weströmischen Kaiserreichs begann. Maximus heiratete übrigens eine walisische Prinzessin, um die Völker zu einen. Aber er war zu machthungrig, zog mit seinen Truppen aufs Festland, um den Kaiser zu stürzen. Um es kurz zu machen: Britannien wurde dadurch schutzlos, die Pikten stürmten den Hadrianswall, eine Weile ging es hin und her, doch 407 zog Kaiser Konstantin III. die römischen Truppen ab, und drei Jahre später waren auch die letzten Truppen aus Britannien verschwunden. Ohne Schutz war das Land leichte Beute für hungrige Eroberer. Die Angelsachsen fielen ein und eroberten Britannien von Süden her«, dozierte Raines.

»Aber die Leute sprachen noch Latein?«

Raines atmete hörbar aus, so als wolle er seinem Gram über ihre Unwissenheit Luft machen. »Einige wenige. Im fünften oder sechsten Jahrhundert nach Christus konnten nur wenige Menschen schreiben oder lesen, und wenn, dann war es Latein. Die walisische Sprache entwickelte sich, die Leute sprachen altes Bretonisch. Aber nun kamen die christlichen Priester ins Spiel. Die Christianisierung hatte unter den Römern begonnen, war zuerst nach Irland übergeschwappt und ...«

»Ach ja, der heilige Patrick!«, sagte Lilian.

»Eine ganze Horde von Heiligen schipperte von Irland nach Wales und Schottland und missionierte die Menschen. Aber bitte werfen Sie diese frühen Christen nicht mit den römischen Priestern in einen Topf. Britannien war zu der Zeit noch stark vom Keltentum geprägt, vor allem in Wales und Schottland. Diese Missionare waren von einem besonderen Schlag. Sie lebten asketisch nach den Regeln des heiligen Columban.« Er machte eine Pause und sah auf seine Uhr. »Das führt wirklich zu weit. Wir haben in der Kirche eine interessante kleine Sammlung an Büchern zu dem Thema. Wollen Sie Carreg Cottage eigentlich wieder für Gäste öffnen?«

»Äh, ja, das habe ich vor«, antwortete sie irritiert.

»Dann empfehle ich Ihnen die Lektüre in der Kirche. Wie wollen Sie den Leuten sonst erklären, warum das Cottage, Ynys Enlli und die Pilger untrennbar miteinander verbunden sind?«

»Da ich gerade erst hier eingezogen bin, werden Sie mir meine Unwissenheit vielleicht nachsehen können. Ich will Sie nicht aufhalten, Mr Raines. Einen schönen Tag noch.« Sie pfiff kurz nach Fizz und ging geradewegs auf ihr Cottage zu.

Das Kratzen der Stöcke auf den Steinen entfernte sich. »Was für ein unangenehmer Mensch, was, Fizz?«

Sie hatte die kleine Steinmauer erreicht, die einmal den Garten eingefasst hatte, und kletterte hinauf. Fizz sprang hinüber und begann die Maulwurfshügel zu kontrollieren. Von den Klippen wehte ein frischer Wind herüber und brachte den Geschmack des Meeres mit. Lilian stand auf den alten Steinen und fühlte eine Zugehörigkeit zu diesem Flecken Land am Ende der Welt, die sie sich nicht erklären konnte.

»Mynydd Anelog«, kam es ihr plötzlich über die Lippen, und sie wandte den Blick in die Ferne, wo sich eine mächtige, dunkle Erhebung gegen das Morgenrot abzeichnete. Der Berg schien sie magisch anzuziehen, ihr etwas mitteilen zu wollen. Ein ähnlich unbehagliches Gefühl wie bei ihrer Ankunft am Strand bemächtigte sich ihrer. Ihre Nackenhaare stellten sich auf, und sie fröstelte, bevor sie es hörte. Eine dunkle Frauenstimme sang in einer Sprache, die sie nicht verstand. Das Lied klang traurig, klagend und verhallte in einem Flüstern, das sich mit dem Rauschen des Meeres und dem Wind mischte. Vielleicht war es auch nur der Wind, der ihr die Tränen in die Augen getrieben hatte. Lilian fuhr sich mit dem Handrücken über die Augen und schluckte.

Fizz bellte und befreite sie aus ihrer Befangenheit. »Aye, du hast Hunger. Ich auch. Wir frühstücken, und dann fahren wir los und suchen uns einen Baumarkt und eine Gärtnerei. Dieser Garten hier will zum Leben erweckt werden, und ich weiß auch schon, wie ich es machen werde.«

Sie sprang ins Gras. »Die Apfelbäume brauchen ihren Platz, da hinten können Stachelbeeren wachsen und dort Rosen. Ja, dieses Cottage braucht den Duft von Rosen. Und Ginster. Der blüht zuerst.«

Noch führten nur Trampelpfade durch den Garten, aber er begann vor ihren Augen bereits Gestalt anzunehmen. »Ein duftendes Thymianbeet. Das würde dir auch gefallen, aye, Fizz?«

Hunde wälzten sich gern in Kräutern, und warum auch nicht, sie machten auf ihre Art eine Aromatherapie. Lilian ging durch die Terrassentüren ins Haus, gab Fizz seine Mahlzeit, kochte Tee und setzte sich mit einem Becher und einer Scheibe Toast an den Küchentisch. Noch war es alles andere als wohnlich, aber auch das Cottage sah sie bereits in hellen Farben und mit gemütlichem Mobiliar vor sich. Sie würde keine neuen Möbel kaufen, sondern antike Holzstühle, Dinge, die hierherpassten, eine Verbindung zum Land hatten.

Der Tee war noch zu heiß, und sie verbrühte sich die Lippe. Wieder verspürte sie eine unerklärliche Verbundenheit zu diesem Haus, das man ihr nur geliehen hatte. Als sie damals nach Kanada gekommen war, hatte sie sich fremd und unerwünscht gefühlt und wäre am liebsten sofort in den nächsten Flieger gestiegen. Nur hätte sie nicht gewusst, wohin, und Geld hatte sie auch keines mehr gehabt. Und dann war sie Mike in Lunenburg begegnet. Mike mit seinem Schiff und seiner Familie.

Aber sie gehörte nicht zu den Menschen, die der Vergangenheit nachtrauerten. Alles hatte seine Zeit, und sie war hier. Sie wusste zwar noch nicht, warum ausgerechnet sie für diese ungewöhnliche Erbschaft infrage gekommen war, aber das würde sie auch noch herausfinden.

Anfangen konnte sie mit Edwards, diesem Geheimniskrämer von Anwalt. Sie stellte Becher und Teller in die Spüle und wählte seine Nummer.

»Helô, Lilian, wie geht es Ihnen? Haben Sie mit der Versicherung gesprochen?«

»Ja, danke, scheint alles anerkannt zu werden. Ich reiche die Kostenvoranschläge ein, die Mr Tegg mir ausarbeitet, und dann kann es losgehen.«

»Mr Tegg? Ist das eine Firma? Warum nicht Simcock? Die sind zuverlässig und professionell.«

»Marcus Tegg hat eine Tischlerei und einen Malerbetrieb. Er scheint mir genau der Richtige für das Cottage. Außerdem konnte er mir etwas über Carreg Cottage erzählen, von dem ich erwartet hätte, es von Ihnen zu hören.«

Stanley Edwards Schweigen war eisig. »Und das wäre?«

»Nun, dass Mae Lagharn die alte Dame gewesen ist, die das Cottage vor mir vermietet hat. Sie ist doch Ihre Schwester?«

»Man kann sich seine Familie nicht aussuchen. Lilian, ich respektiere Ihre Privatsphäre und erwarte dasselbe von Ihnen. Kann ich Ihnen sonst irgendwie helfen?«

Lilian schämte sich für ihre Neugier. »Sie haben recht. Es tut mir leid. Ich wollte nicht unhöflich sein. Heute Morgen in aller Frühe wanderte Mr Rains oben bei mir vorbei. Er hat mir ein wenig über die Missionare erzählt, die damals nach Ynys Enlli gekommen sind. Ich muss noch eine Menge lernen, bevor die ersten Gäste einziehen.«

»Das werden Sie, Lilian. Sie sind ja erst ein paar Tage hier. Entschuldigen Sie mich, es klingelt auf der anderen Leitung. Machen Sie es gut.«

Sie verabschiedete sich und bereute ihre unbedachte Impulsivität. Wenn sie es sich hier nicht gleich mit allen verderben wollte, musste sie wirklich noch einiges lernen.

Mit einer Einkaufsliste für den Baumarkt und die Gärtnerei fuhr sie bald darauf los und kam erst gegen Abend mit einem vollgepackten Wagen zurück. Sie hatte bis nach Porthmadog fahren müssen, um alles zu bekommen. Die kleine Hafenstadt lag an den Ausläufern der Bergwelt von Snowdonia und gegenüber von Portmeirion, einer Sehenswürdigkeit. Nun, dafür würde sie irgendwann sicher Zeit finden. Sie stellte den Motor ab, kraulte Fizz, der auf der Fahrt eingeschlafen war, und stieg aus dem Wagen.

Als sie mit zwei großen Plastiktüten voller Pinsel und Abdeckplanen an die Haustür trat, entdeckte sie einen Zettel zwischen Tür und Mauer. Ob Marcus sie gesucht hatte? Sie zog den Zettel heraus und schloss auf.

Nachdem sie sich der Tüten entledigt hatte, entfaltete sie das zerknitterte Papier. Die Nachricht war von Collen!

»Hi, Lili, war gerade mit einer Gruppe hier. Wir fahren morgen früh nach Ynys Enlli. Ein Platz ist noch frei. Wenn du wissen willst, warum dreimal Bardsey eine Pilgerfahrt nach Rom ersetzt, sei morgen um acht Uhr in Porth Meudwy. Col.«

»Bist du seefest, Fizz?«

Der Border Terrier legte den Kopf schief und bellte.

9

Wo Zeit ohne Bedeutung ist

neud uchel gwendon gwyndir Enlli
(*White waves make loud the holy land of Enlli*)
Bleddyn Fardd (ca.1258–1284)

Zwanzig Minuten hatte Lilian vom Cottage bis hinunter zur Anlegestelle gebraucht. Die Bucht war nur einen Steinwurf breit und bot Raum für einen Bootstrailer, ein Dutzend Hummerreusen und zwei Fahrzeuge. Das Boot schaukelte bereits auf der kabbeligen See. Die Klippen zu beiden Seiten waren über zehn Meter hoch, und der Abstieg auf feuchten und im unteren Teil von Algen rutschigen Stufen forderte ihre Aufmerksamkeit.

»Helô, Lili!«, rief Collen von unten und bückte sich, um den aufgeregten Fizz zu streicheln.

»Guten Morgen!«, sagte Lilian in die Runde und erhielt ein müdes Gemurmel als Antwort.

Drei Studenten und ein Paar mittleren Alters standen mit ihren Rucksäcken auf dem Kies und starrten missmutig in den neblig-trüben Morgen.

Collen dagegen war gut gelaunt und schien sich auf den Ausflug zu freuen. »Hey, Leute, der Nebel lichtet sich gleich. Und ihr werdet mit einem phantastischen Ausblick belohnt werden.«

Er wiederholte den Satz auf Walisisch, und eine Studentin

stöhnte auf: »Col, hör auf, wir haben gestern gefeiert, und ich verstehe sowieso kein Wort.«

»Oliver, hast du die Tabletten gegen Seekrankheit verteilt?«, wandte sich Collen an den jungen Mann, dessen Gesichtsfarbe schon jetzt eher grünlich war.

Der Student nickte. Er trug eine Wollmütze, Regenjacke und robuste Schuhe wie alle anderen auch.

»Ich werde nicht seekrank«, meinte der ältere Mann selbstbewusst. »Wir haben erst vor einem Monat eine Kreuzfahrt nach Norwegen gemacht.«

Seine Frau sagte nichts, sondern zupfte an ihrem Schal, der farblich auf ihren Wachstuchmantel abgestimmt war.

Währenddessen hatte das Boot, das aus Fahrerkabine und langer Ladefläche bestand, gewendet, und der Kapitän kam nach vorn. »Col! Hilf mir mal!«

Collen lief über die Betonrampe ins knöcheltiefe Wasser und ließ die Klappe herunter, damit die Passagiere einsteigen konnten. »Bitte sehr. Am besten, ihr setzt euch gleich hin.«

»Bekomme ich eine Schwimmweste?«, fragte die zweite Studentin.

Wortlos warf ihr der Kapitän eine orange Weste zu, die so aussah, als wäre sie seit Generationen in Gebrauch.

Lilian sprang mit Fizz auf das Deck. »Aye, guten Morgen, Kapitän. Interessantes Schiff. Was verladen Sie sonst?«

Der grauhaarige bärtige Mann mit dem gegerbten Gesicht musterte sie überrascht und nickte, während er die Tür zum Fahrerhaus öffnete. »Schafe.«

Collen verriegelte die Rampe und kam zu ihnen. »Gerry, das ist Lilian, sie wohnt jetzt oben in Carreg Cottage.«

Die Augen des Seemanns leuchteten kurz auf. »Du wohnst da? Wurde auch Zeit, dass endlich wieder Leben in die alte Hütte kommt.«

»Man merkt es dem Cottage an, dass es so lange leer stand, ist noch viel zu tun. Aber es gefällt mir dort oben«, sagte Lilian.

Gerry fuhr den Motor hoch und steuerte das Boot langsam aus der kleinen Bucht. »Ist ein besonderer Platz da oben. Wir haben uns immer gefragt, wer wohl nach …« Er schwieg, sah auf die neblige See hinaus und betätigte das Schiffshorn.

Collen hatte recht gehabt, der Seenebel hob sich bereits, erste Sonnenstrahlen brachen durch und ließen die Wellen silbrig glitzern.

»Nach Mae Lagharn? Die meinen Sie doch, oder?« Was machte die alte Dame so geheimnisvoll?

»Musst mich nicht siezen, Mädchen. Mae, ja, so hieß sie. Sie hat da nicht hingehört, hat keiner verstanden, warum sie dort wohnen durfte.« Seine Miene blieb unbeweglich. Das Boot nahm Fahrt auf und wurde von den Wellen auf und nieder gehoben.

Von den Bänken ertönten erste Schreie, und Lilian hörte, wie Collen die Studentinnen beruhigte. Fizz drängelte sich an Lilian vorbei ins Fahrerhaus, sprang auf den erhöhten Sitz neben Gerry und schaute nach draußen, als wäre er der Kapitän.

»Deiner?«

»Ja, tut mir leid, Fizz, komm her.«

»Lass nur, hab selber einen auf der Insel.«

»Du lebst auf Ynys Enlli?« Lilian stieß einen bewundernden Ruf aus, als der Nebel plötzlich ganz verschwunden war und der dunkle Felsrücken von Enlli in der Ferne auftauchte.

»Ist ein Anblick, den man nicht vergisst. Ich fahre seit über fünfzig Jahren zwischen dem Land und der Insel hin und her, und trotzdem verschlägt es mir an Tagen wie diesen die Sprache.«

Der Dieselmotor wummerte im Rhythmus der Wellen, Gischt spritzte auf, und der Wind panierte ihr Gesicht mit salziger Luft. Lilian fuhr sich mit der Zunge über die Lippen und lächelte.

»Bist nicht zum ersten Mal auf 'nem Schiff«, stellte Gerry fest.

»Ich war einige Zeit in Lunenburg, Mahone Bay, und habe Whale-Watching-Touren geleitet.« Sie hätte hinzufügen können, dass ihr Großvater ein Boot besessen hatte und sie als Kind mit ihm zum Fischen rausgefahren war. Aber sie verdrängte die Gedanken an Fiona und Duncan Gray.

»Kanada, eh? Dann gefällt's dir hier. Enlli ist Teil eines Nationalparks. Unser kleiner Inselbuckel sieht unscheinbar aus, aber wir haben einen Haufen seltener Pflanzen und Tiere dort, die alle geschützt sind. Der Atlantische Seehund bringt hier seine Jungen zur Welt. Ah, das ist ein Anblick! Und Vögel kannst du beobachten. Seit den Fünfzigern gibt es ein Observatorium. Mittlerweile sehen wir Falken, Eulen, Austernfischer, Sturmtaucher, Tölpel und Krähen.«

Lilian war begeistert. »Hoffentlich kommen nicht zu viele Touristen …«

Gerry lachte. »Keine Sorge. Die Strömungen hier sind gefährlich. Überfahrten sind nicht immer möglich. Manchmal sitzt man zwei Wochen auf der Insel fest und kommt nicht weg. Und weil wir weder Strom noch ein Abwassersystem haben, überlegen sich die komfortverwöhnten Touris, ob sie das riskieren wollen.«

»Keinen Strom?«

»Noch schlimmer als in deinem Cottage, Lili.« Collen kam zurück. »Unser Norwegenfahrer hängt über der Reling.«

Gerry grinste. »Ha, das sind mir die Liebsten. Schau, Lilian, Carreg Ddu. Der Fels, nach dem dein Cottage benannt wurde.«

Ein zerklüfteter, dunkler Fels ragte aus der See. Die Wellen brachen sich in unermüdlicher Anstrengung an dem Gesteinsbrocken, der ihnen trotzig sein Gesicht entgegenzuhalten schien.

»Die Überfahrt ist nicht weit, und viele denken, was machen die so ein Gewese um die Strömungen«, sagte Collen. »Aber hier treffen sich drei starke Meeresströmungen und haben so manchen Seemann ins nasse Grab gezogen. Im sechzehnten Jahrhundert haben Piraten die Insel eingenommen und die gestrandeten oder untergehenden Schiffe geplündert. Die Überlebenden hatten keine Chance.«

»Okay, Col, wir sind gleich da«, sagte Gerry und steuerte sein Boot um einen Felsen in eine schmale Bucht.

Der Hügel, der die östliche Hälfte der Insel einnahm, lag rechts von ihnen. Westlich des Hafens erhob sich ein rot-weißer Leuchtturm auf einer schmalen Landzunge. Der Bewuchs dort war gelblich und erinnerte Lilian an Moose und Flechten, wie es sie auch in Kanada gab. Die Küste war durchweg felsig, das Land in der Mitte grün und flach.

Der Hafen sah nicht viel anders aus als die Bucht von Porth Meudwy, nur wartete ein Traktor auf sie.

»Es gibt noch eine bewirtschaftete Farm auf der Insel. Das dort ist Roberts, der sie mit seiner Familie führt. Er hat auch einen Betrieb auf dem Festland. Das Leben hier ist hart«, erklärte Collen und half den Passagieren beim Aussteigen.

Summer, eine der Studentinnen, schien mittlerweile etwas munterer und holte ihr Mobiltelefon aus der Tasche. »Kein Empfang!«

»Kannst du wegstecken. Kein Strom, kein Netz, nur wir und die Natur. Hältst du das aus, Summer?«, scherzte Collen. »Hier geht es lang. Wir folgen der Straße zur Klosterruine, und dann könnt ihr machen, was ihr wollt.«

»Als ob es viel zu tun gäbe«, meinte Oliver und sah sich missmutig um. »Ich hatte mir das größer vorgestellt.«

Das Ehepaar kam langsam zu ihnen. Der Mann war kreidebleich. »So was ist mir noch nie passiert. Was sind denn das für Wellen?«

»Strömungswellen, John. Muss man sich drauf einlassen.« Collen schulterte seinen Rucksack. »Toiletten sind oben am Farmhaus. Helô, Gareth!«

Er winkte dem Farmer zu, der in seinem Traktor wartete, bis sie vorbei waren. »Rosie hat Bara Brith gebacken. Wenn ihr Glück habt, ist noch was da.«

»Und wie backen die ohne Strom?«, fragte Summer.

Oliver gab ihr einen Schubs. »Gas, Kohle, Holz, Dummie! Was studierst du noch mal?«

Summer drehte sich zu ihm um und schnitt eine Grimasse. »Ich bin eben nicht der Campingtyp.«

Lilian leinte Fizz an, damit er nicht in Versuchung kam, die Vögel zu jagen. Sie sah, dass Gerry zum Traktor ging, und winkte ihm zu. »Bis nachher!«

Die Gruppe setzte sich in Bewegung, und Collen gesellte sich zu ihr. »Und?«

»Danke! Das war eine wunderbare Idee.« Sie sah die Straße entlang, die sich als einziger Weg über die zwei Meilen lange Insel zwischen Wiesen und Feldern hindurchschlängelte. Wenn sie die menschlichen Stimmen ausblendete, waren nur das Rauschen des Meeres, die Vogelstimmen und der Wind zu hören. Die wenigen Gehöfte lagen verstreut im Schutz des Hügels, kleine graue Steingebäude, gefertigt aus dem, was die Insel den Menschen gewährte. Lilian fröstelte und starrte in Richtung des Hügels, der sich düster aus dem Grasland herausschälte.

»Nur die Farm von Roberts ist noch bewohnt. Die anderen Häuser stehen leer und werden zeitweise vermietet. Künstler sind darunter und eine Dichterin, die mit einem Farmer vom

Festland verheiratet ist. Und Vogelbeobachter gibt es einige. Ist ein Paradies, was die Artenvielfalt angeht«, erzählte Collen, während sie die Straße entlangschritten.

Die grün bräunlichen Wiesen fielen sanft zu den Uferfelsen hin ab. Schafe grasten friedlich in der Morgensonne, und über ihnen schwebte ein Wanderfalke.

»Und wann kommen die Pilger?«

»Oh, du denkst, es ist so ähnlich wie in Lourdes oder Santiago de Compostela? Zum Glück nicht. Es ist lange her, dass tatsächlich Gläubige aus ganz Britannien den anstrengenden Weg auf sich genommen haben. Drei Pilgerfahrten nach Enlli wurden gleichgesetzt mit einer Reise zum Grab des heiligen Peter in Rom.«

»Zu Fuß durch Britannien. Allein der Weg muss voller Gefahren gewesen sein. Wozu diese Strapazen unter Lebensgefahr auf sich nehmen?« Sie bewunderte das Wolkenspiel und beobachtete den Falken, der regungslos in der Luft verharrte.

»Vergebung der Sünden. Viele Menschen glaubten, dass ihre Götter an bestimmten Orten lebten. Sie brachten ihnen Opfer in Form von Nahrung und Tieren. Meist war das mit den Jahreszeiten verbunden, die Ernte, das Schlachten des Viehs. Ich bin Historiker, kein Theologe, und betrachte die Überlebensstrategien und Rituale der Menschen ganz nüchtern. Wenn du mit Pfarrer Olhauser sprichst, wird er dir sicher eine etwas andere Variante der Geschichte erzählen. Aber du solltest unbedingt mit ihm sprechen. Er weiß sehr viel über die Mönche hier.«

Collen hatte die Hände in die Taschen seiner Jacke gesteckt und warf ihr hin und wieder einen Blick zu.

»Das werde ich bestimmt machen. Ich glaube, das erwartet er sogar. Es scheint ja so, als würde der Bewohner von Carreg Cottage mit Argusaugen geprüft. Von dieser Mae Lagharn schien bisher niemand begeistert. Warum nicht?«

Sie kamen an einem Gatter vorbei, vor dem sich ein paar Schafe niedergelassen hatten. Die Tiere wirkten robust, hatten keine Ohrmarken oder kupierte Schwänze.

»Sie war exzentrisch und ein wenig überheblich. Du hast ja den Garten des Cottage gesehen. Den hat sie verkommen lassen«, stellte Collen missbilligend fest.

»Und wenn sie nichts für Gartenarbeit übrighatte? Sie war schon alt, oder?« Lilian zog Fizz zurück, der sich den Schafen nähern wollte.

»Dann war das Cottage der falsche Ort für sie. Es hat immer Kräuter in dem Garten oben gegeben. Ich kann die Leute verstehen. Das Pilgercottage war ein Ort der Sammlung, des Luftholens, bevor man nach Enlli übersetzte. Viele kamen krank und erschöpft von der langen Reise dort an und fanden Hilfe. Unten in Aberdaron war die Pilgerküche, und oben gab es Salben für wunde Füße. Das blieb in den Köpfen der Bewohner. Und Mae hat sich nicht darum geschert.«

»Hm, deshalb verlangt mein Erblasser wohl auch, dass ich weiter an Gäste vermiete. Warum auch nicht.« Der Garten lag ihr ohnehin am Herzen. »Und der Einbruch? Hängt er vielleicht mit der alten Dame zusammen?«

»Nein, nein, sie ist doch schon lange raus aus dem Cottage. Vergiss es einfach, Lili. Ein dummer Jungenstreich. Aber ich glaube, die Leute mögen dich. Gerry jedenfalls, und das ist schon ein kleines Wunder«, schmunzelte Collen.

»Ist sie gestorben?«

Collen blieb stehen und sah sie ernst an. »Mae Lagharn ist vor zwei Jahren gestorben. Sie liegt auf dem Friedhof von St. Hywyn, wenn es dich interessiert. Manche Menschen sind besser vergessen, Lili. Wir sind gleich da. Magst du Bara Brith?«

149

Sie schaute in seine dunklen Augen und sagte innerlich nein, denn genau so hatte Mike sie angesehen. »Wenn das der Kuchen mit den vielen Rosinen ist, ja, immer her damit. Schlimmer als unser Black Bun kann es nicht werden.«

»Wie konnte ich das vergessen, und dabei ist meine Mutter Schottin. Iona. Ihre Eltern haben sie einfach nach der Insel benannt, auf der sie geboren wurde.«

Kurz darauf saßen sie in der Küche von Farmer Roberts, tranken starken schwarzen Tee und aßen ein dick gebuttertes Bara Brith, das Lilian jedes unerquickliche Rosinenkuchenerlebnis der Vergangenheit vergessen ließ.

Rosie erklärte ihren Gästen das Rezept und wirkte auch ohne moderne Küche sehr zufrieden. »Wir haben draußen einen Steinofen, und der alte Herd hier wird mit Kohle befeuert. Die Toilette ist auf dem Hof«, sagte sie zu Summer, die danach gefragt hatte.

»Wir haben eine Komposttoilette. In dem Holzbehälter daneben findest du das Abdeckmaterial«, erklärte sie.

»Was denn für Abdeckmaterial?«, fragte Summer irritiert.

»Anstelle des Spülwassers. Wasser ist knapp auf der Insel. Ist das nicht kurios?« Rosie stand auf und sammelte das Geschirr ein. Sie war nicht groß, aber kräftig und hatte ein hübsches, rundes Gesicht. Ihre rötlichen Haare waren zu einem kurzen Zopf gebunden.

»Alles wird hier wiederverwertet«, ergänzte Collen. »Regenwasser wird gesammelt, und gewaschen wird auf Waschbrettern.«

»Du meine Güte! Was für eine Arbeit!«, stöhnte Leah, Johns Ehefrau, und rieb ihre zarten, manikürten Hände.

Rosie lächelte. »Es gibt nichts Schöneres als frisch gewaschene Wäsche, die an der Luft getrocknet ist, Brot aus dem Steinofen oder wenn ich die Schafsmilch für den Käse ansetze. Ich weiß, woher mein Essen kommt und dass ich die Natur nicht verletze. Wir versuchen, ganz auf Plastik zu verzichten. Aber das ist nicht leicht. Besonders den Kindern fällt es schwer.«

»Sie haben Kinder?«, fragte Leah entgeistert.

»Die ersten Jahre haben wir sie hier unterrichtet. Jetzt leben sie mit meinen Eltern auf unserem Hof auf dem Festland. Wir wechseln uns ab, mein Mann und ich. Aber am liebsten sind wir alle hier.«

Lilian hörte der Farmersfrau zu und konnte verstehen, was sie an diesem Leben liebte. Es war einfach, ehrlich und verlangte alle Aufmerksamkeit. Für Probleme der industriellen Zivilisationsgesellschaft blieb schlicht keine Zeit.

Collen umarmte Rosie und küsste sie auf die Wangen. »Wir danken dir, Rosie, du bist die Beste. Leute, hier gebt ihr bitte eure Spende hinein.« Er reichte John einen Becher.

»Und jetzt gehen wir zur Kapelle.«

Die Wolken waren dunkler geworden, doch noch schien die Sonne hindurch und warf ihre Strahlen auf die Überreste der einstigen Klosteranlage. Ein graues Kirchlein neueren Datums schmiegte sich in den Schutz des Hügels. Collen erklärte, dass die Inselbewohner im neunzehnten Jahrhundert die Kapelle mit finanzieller Hilfe eines Adligen neu hatten errichten lassen. Lilian ging mit Fizz durch das rostige Tor der verwitterten Klostermauer. Zahlreiche alte Grabsteine standen oder lagen im hohen Gras, bewacht von einer Turmruine aus dem dreizehnten Jahrhundert. Ein keltisches Kreuz erhob sich in der Mitte des Friedhofs und lenkte den Blick auf das Meer.

Lilian war gefangen vom Anblick des stolzen Kreuzes und der verwitterten Steinhaufen auf dem kleinen Eiland inmitten des Meeres. Der Wind nahm zu, oder es kam ihr so vor, denn es raschelte und wisperte um sie herum. Uralte und gleichzeitig vertraute Worte stiegen aus den Steinen auf: »Gyda'r Tad yn y gadair, a'r Mab a'r Ysbry a Mair – Der Vater auf dem Thron, und der Sohn und der Heilige Geist und Mary.«

»Näher zu Irland als irgendein Teil von Großbritannien«, hörte sie Collen sagen und »die Gebeine von zwanzigtausend Pilgern sollen angeblich hier begraben liegen.«

»Sie haben sie vertrieben«, murmelte Lilian und streckte die Hand nach der See aus.

VII

Von Heiligen und Sternen
Mynydd Anelog, Anno Domini 615

Die Seele dessen nämlich, der Gott liebt,
erhebt sich in Wahrheit von der Erde zum Himmel
und wandelt beflügelt in die Höhe, in der Sehnsucht,
ihren Platz einzunehmen im Chor und in den
Bewegungen von der Sonne, Mond und den
anderen hochheiligen und in perfekter Harmonie
stehenden Sternen, unter der Führung
und der Herrschaft Gottes.

Philon von Alexandria (um 15 v. Chr.–40 n. Chr.)
De specialibus legibus I, 207

Eine Bewegung im Stroh ließ ihn erwachen. Seit das Fieber
verschwunden war, schlief er zwar tiefer, aber die Angst vor
einem Angriff saß tief. Sobald er ein ungewöhnliches Geräusch vernahm, spannte sich sein Körper wie der eines
Raubtiers bei drohender Gefahr. Es war dunkel in der Hütte, doch seine Augen gewöhnten sich daran, und er machte ihre schlanke Gestalt aus, die sich sicher zwischen Tisch
und Feuerstelle bewegte. Regungslos beobachtete er, wie sie
ihr Gewand ablegte, die Haare entflocht und lose über den
starken Rücken fallen ließ. Ihre kleinen, knospenden Brüste
hatten die Form von Äpfeln, und Cadeyrn schluckte.

Sie musste ihn gehört haben, denn sie griff nach ihrem
weißen Gewand, streifte es über und sagte: »Morgen wer-

den dich deine Brüder holen. Dann musst du dich nicht länger mit dem Anblick einer Frau quälen.«

»Morgen? Woher weißt du das?« Er sah zu, wie sie sich einen Ledergürtel um die Taille wand und die kleine Sichel hineinsteckte. Das halbrunde Schneidewerkzeug war ihr wertvollster und heiliger Besitz. Nicht, weil es aus Gold war, sondern weil es zum Schneiden von Misteln und Kräutern benötigt wurde und ihrem Vater, einem Druiden, gehört hatte.

Sie ging an seinem Lager vorüber, und er konnte sie riechen, die Wärme ihres Körpers spüren. Ihre Nähe versetzte alle seine Sinne in Aufruhr, in sündiges Chaos.

»Die Sterne haben es mir gesagt, Mönch. Schlaf jetzt. Heute ist die Nacht des dunklen Mondes und die letzte Nacht vor dem Winter, in der wir Kräuter schneiden dürfen. Danach haben die Pflanzen keine Kraft mehr und gehören den Feen. Für uns sind sie puca, tabu.«

»Kann ich dich begleiten? Du kannst doch nicht allein und ohne Schutz …«

»Nein. Nur Eingeweihte dürfen die Pflanzen sammeln. Ich brauche deinen Schutz nicht.« Ihre Worte troffen vor Verachtung.

In seinem Stolz verletzt drehte er sich auf die Seite und hörte noch, wie die Tür hinter ihr zufiel. Bald darauf sank er in traumlosen, tiefen Schlaf und erwachte erst, als kalte, feuchte Luft sein Gesicht traf und ihn frösteln ließ.

Die Tür der Hütte stand offen, und das weiße Gewand, das sie in der Nacht getragen hatte, lag verschmutzt über einem Stapel von Körben. Er stand auf und spähte nach draußen, wo die Morgensonne sich hinter dem Hügel zeigte. Kalter Nebel hing über dem Meer, das er nur hören, aber nicht sehen konnte. Es war beinahe unheimlich windstill, und er erschrak, als eine Krähe aufflatterte und krächzend ins Land flog.

Die Heilerin kam mit einem Eimer Wasser vom Bach zurück. Sie trug das dunkle Wollkleid und Schuhe, ihre Haare waren zum Zopf geflochten. So viele Nächte hatte er das Lager mit ihr geteilt, hatte ihr Körper ihn gewärmt, wenn er im Fieberwahn gezittert und geschrien hatte. Nur ihrer unermüdlichen Fürsorge und ihren heilkundigen Händen hatte er sein Leben zu verdanken. Durch Gottes Gnade, würde Braen sagen, und was für ein Mönch wäre er, wenn er ihm widersprechen würde?

Als sie näher kam, sah er die dunklen Schatten unter ihren Augen, die von den Strapazen der nächtlichen Jagd nach Heilkräutern zeugten. Er hatte sie nie beten sehen, und die Verse, die sie beim Zubereiten der Salben und Elixiere murmelte, konnte er nicht verstehen. Aber er hatte begriffen, dass das, was sie tat, eine Kunst war und auf jahrhundertealtem Wissen beruhte. Sie schrieb nie etwas auf, noch hatte sie irgendwelche Aufzeichnungen, nach denen sie sich richtete. Ihr Verstand war schnell, und sie ließ alles stehen und liegen, wenn jemand aus den umliegenden Siedlungen sie um Hilfe bat.

»Was stehst du da in der Kälte herum, hast du Feuer gemacht?«, begrüßte sie ihn knapp und stellte den Eimer vor ihm ab.

Als er den Kopf schüttelte, stöhnte sie unwillig. »Was tust du eigentlich in deinem Clas? Nimm das Wasser und wasch dich. Ich erhitze das Bier.«

Morgens trank sie gern warmes Bier. Erst später aß sie Brot oder Grütze und Käse, wenn sie welchen hatten. Zuerst mussten die Ziegen versorgt werden, und seit zwei Tagen hatte sie auch drei Hühner, die ihr ein dankbarer Fischer gebracht hatte. Sie hatte seiner Frau bei einer schweren Geburt beigestanden.

Gehorsam nahm er den Eimer, stellte ihn auf einen Baumstumpf und wusch sich Hände, Gesicht und Füße. Die Wunde war beinahe abgeheilt, die Entzündung hatte sich verzogen, nur eine wulstige Narbe würde ihn an den Schwerthieb erinnern. Die Narbe hatte er Elis grober Nähkunst zu verdanken, doch vorwerfen konnte er dem Bruder nichts. Er hatte alles in seiner Macht Stehende getan, ihm zu helfen. Anders als Braen. Seit er sich wieder klar an alles erinnern konnte, wuchs sein Unmut über das selbstherrliche Verhalten des Bruders.

Er goss den Rest Wasser ins Gras und trat in die Hütte, wo ein Feuer knisterte und den Raum mit Wärme zu füllen begann. »Was hast du heute Nacht geschnitten?«

»Beifuß. Ich habe nicht viel gefunden und auch keine Misteln. Irgendwann werde ich weiter ins Land gehen müssen, dort, wo Eichenwälder stehen. Hier gibt es andere Pflanzen. Sie kriechen über die Erde und sehen unscheinbar aus.« Sie rührte das Bier im Topf um und streute Rosmarin hinein. Dann nahm sie einen flachen Korb von einem Regal und stellte ihn auf den Tisch.

Er nahm krause, bräunlich grüne Blätter heraus und roch daran. »Hmm, ledrig. Wo wächst das?«

»An den Felsen dort hinten. Es schmeckt bitter und ist gut gegen Magengrimmen. Mein Vater hat ein ähnliches Kraut in ...« Sie schwieg und ging zur Feuerstelle.

»Meara«, sagte Cadeyrn. »Bevor die Brüder kommen, möchte ich mich bei dir bedanken. Du hast mir das Leben gerettet. Ich werde dir das nicht vergessen.«

Sie hatte das duftende Bier in zwei Holzbecher gegossen und reichte ihm einen. »Bist du sicher, dass es nicht dein Gott war, der dich gerettet hat?«

Er trank einen tiefen Zug des würzigen Getränks, das er schätzen gelernt hatte, genau wie die Gesellschaft der ungewöhnlichen jungen Frau. »Ich bin mir über viele Dinge nicht sicher. Das ist die Natur des Menschen.«

»Wer nur zweifelt, kann nie zufrieden sein.« Sie leerte ihren Becher und nahm den Korb mit den Flechten.

»Bist du zufrieden?«

Sie hob langsam den Kopf und betrachtete ihn aus unergründlichen, dunklen Augen. »Ich lebe. Meine Familie ist tot. Ich lebe und weiß, die Götter wollen, dass ich helfe. Wenn ich helfen kann, bin ich zufrieden.« Sie legte die zarten Pflanzen auf dem Tisch aus.

»Aber du bist allein.«

Sie hob die Brauen. »Nicht mehr allein als jeder Mensch. Du stellst viele Fragen, Mönch. Hat dein Gott keine Antworten?«

Schweigend tauchte er das feste Brot in sein Bier. Seit ihrer Flucht aus Deira hatte sein Leben unvorhersehbare Wendungen genommen, die ihn mit seinem Schicksal hadern ließen. Das Kloster und die Liebe zu Gott schienen ihm ein besserer Weg als der des Kriegers und der blutigen Rache. Doch wenn seine Entscheidung richtig gewesen war, warum hinterfragte er sie dann täglich?

Es gefiel ihm nicht, wenn sie ihn Mönch nannte. Sie sollte seinen Namen sagen, weil er den Klang ihrer Stimme mochte und die Art, wie sie ihn berührte, wenn sie seine Wunden versorgte. Unwillkürlich fasste er nach der Narbe.

»Hast du Schmerzen?«, fragte sie sofort.

»Nein, nein. Es spannt nur ein wenig.«

»Reib die Wulst mit der Salbe ein, die ich dir gegeben habe.« Sie hob das Kinn und lauschte Richtung Tür. »Es kommt jemand.«

Ihre scharfen Sinne überraschten ihn jedes Mal. Er stand auf und ging nach draußen, wo eine einzelne Gestalt leicht hinkend den Hügel heraufkam. Als Cadeyrn struppige rote Haare sah, die wie ein lodernder Kranz vom Kopf des Wanderers abstanden, lachte und winkte er. »Elis! Elis!«

Sein Freund beschleunigte seine Schritte, und bald lagen sich die beiden in den Armen. »Heiliger Vater, bin ich froh, dich so munter und erholt vorzufinden!«

Elis, der die Strapazen der Flucht aus Bangor ebenfalls überwunden hatte, hielt Cadeyrn an den Schultern und musterte ihn eingehend. »Du hast zugenommen und siehst gut aus, Bruder. Und wo ist die Heilerin? Braen meint, du hast sicher Unzucht getrieben, weil du wochenlang mit einer Frau allein warst. Oh, Cadeyrn, mach dich auf was gefasst! Diese Insel ist … ah, da kommt sie!«

Cadeyrn, der mit wachsender Verärgerung zugehört hatte, drehte sich um. Langsam und selbstsicher kam Meara auf sie zu. Sie hatte sich ein wollenes Tuch um Schultern und Kopf gewunden, und ihre Miene verriet nicht, was sie dachte. Wie alt sie war, hatte er noch immer nicht herausgefunden, doch auch wenn sie die Weisheit einer alten Frau besaß, konnte sie nicht mehr als siebzehn oder achtzehn Sommer erlebt haben.

Er stieß Elis an, der sie mit offenem Mund anstarrte. »Guten Tag, ehrenwerte Frau«, stammelte der junge Mönch.

Ihre Lippen kräuselten sich zu einem kaum sichtbaren Lächeln. »Elis, es freut mich, dich wiederzusehen. Wie geht es deinem Bein?«

Elis errötete und klopfte sich auf den linken Oberschenkel. Seine Kleidung war dieselbe wie auf ihrer Flucht, nur war sie geflickt und gereinigt worden. »So gut wie neu!«, prahlte er, obwohl sein Humpeln ihn Lügen strafte.

»Darf ich es sehen?« Sie beugte sich vor, doch Elis wich vor ihr zurück.

»Es ist das Knie. Da kann man nichts machen«, erwiderte er beinahe feindselig. »Der Vater Abt sendet seinen Dank und diesen Honig.«

Er holte einen kleinen Krug aus seinem Lederbeutel und gab ihn Meara.

Die junge Frau nahm das Geschenk entgegen und neigte leicht den Kopf. »Das ist sehr großzügig.«

»Wir, ich …«, begann Cadeyrn, der sich schämte, Meara nichts geben zu können. »Elis, warte, ich hole meine Sachen, und dann können wir gehen.«

Er gab Meara mit einem Blick zu verstehen, dass sie ihn begleiten sollte, was sie wortlos tat. Während sie Seite an Seite auf die Hütte zugingen, betrachtete er die kleine, windschiefe Hütte, den Ziegenstall und die Fichte, die ihren Ast schützend über alles legte, als würde er es zum letzten Mal sehen. Wehmut beschlich ihn, denn wenn er jetzt mit Elis ging, wartete nur das einsame karge Leben in einem insularen Clas auf ihn.

Die Tür stand offen, und Meara trat zuerst hindurch. Sie stellte den Krug ab und nahm seine Kukulle von einem Balken, an dem auch ihre Kräutersträuße zum Trocknen hingen. Als er sich das wärmende Kleidungsstück überwarf, nahm er den Duft der Kräuter und des Rauchs wahr. Aber da war noch etwas, es war ihr Duft, den er schwach riechen konnte. Sie hatte die Kukulle manchmal auf ihren Wanderungen zu den Kranken getragen.

Nachdem er sich den Gürtel umgebunden und den Salbentiegel in seine Tasche gesteckte hatte, stand er vor ihr und spürte, wie seine Augen feucht wurden. »Danke, Meara.«

»Mögen die Götter mit dir sein, Bruder«, sagte sie leise.

Er hob die Hand, ließ sie wieder fallen und stellte sich vor, er würde sie zum Abschied umarmen. Weil ihm die Stimme

159

versagen würde, ging er ohne ein Wort hinaus, drehte sich jedoch nach wenigen Schritten noch einmal um. Sie stand mit ausdrucksloser Miene in der Tür. Eine zarte Frauengestalt mit der Ausstrahlung einer Kämpferin.

»Was sagen die Sterne? Sehen wir uns wieder?«, fragte er.

Als er das Lächeln sah, das sich von ihren Lippen bis zu ihren Augen ausbreitete, löste sich das beklemmende Gefühl in seinem Magen.

»Komm schon, Cadeyrn! Das Boot wartet nicht!«, rief Elis.

VIII

Die Pilger von Llangwnnadl, Anno Domini 616

Der Februar hatte mit seinen mondlichten Nächten für das Ende der dunklen Zeit gesorgt. Die Sonne war in den Wassermann getreten, hatte den Schnee schmelzen lassen, und erste Lämmer tollten auf den Wiesen. Die Menschen kamen wieder gern nach draußen und kümmerten sich um ihre Felder. Es hatte einige Tote gegeben. Vor allem die Alten und Schwachen waren eine leichte Beute für die kalten Hände des Winters.

Meara richtete sich auf, drückte die Hände ins Kreuz und dehnte den Rücken. Die Frau auf dem Lager vor ihr hatte eine anstrengende Geburt hinter sich, und nun gerann die Muttermilch in den Brüsten. Ihr Mann Derfel, ein Cousin von Fychan, besaß ein Dutzend Kühe in Llangwnnadl und hatte alles versprochen, wenn nur jemand seine Frau und sein Kind rettete. Meara war auf Fychans Drängen mit ihm in das drei Stunden entfernte Dorf gewandert, in dem sich Gläubige um das Grab des heiligen Gwynhoedl niedergelassen hatten.

Elffins Worte eingedenk, hielt Meara sich mit Anrufungen ihrer Götter zurück und beschränkte sich auf die Versorgung von Mutter und Kind. »Du legst die Umschläge mit den Minzebündeln dreimal täglich auf und mehr, wenn es nicht besser wird.«

Die erschöpfte, doch glückliche Mutter nickte dankbar.

»Ich weiß nicht, wie ich das ohne deine Hilfe geschafft hätte. Du hast heilende Hände, Meara. Dich hat die gute Jungfrau gesandt.«

Meara lächelte und sammelte ihre Heilkräuter ein. Neben der Wasserschüssel lag ein aus Stroh geflochtenes Kreuz auf einem Stück Leder, das sie zum Verschließen eines Krugs verwendete. Sie hob das Kreuz auf und wollte es zur Seite legen, doch die Mutter, die sie beobachtet hatte, sagte: »Nimm es mit, ich schenke es dir. Meine Kinder und ich haben viele solcher Kreuze zu Ehren der heiligen Brigid geflochten. Die Mönche sagen zwar, wir sollen nur zur Heiligen Jungfrau beten, aber wir haben immer unsere schöne Brigid geehrt. Sie macht uns doch jung, weckt die Samen und rüttelt an den Bäumen!«

Obwohl Meara erleichtert über dieses Festhalten an der alten Göttin war, blieb sie dennoch auf der Hut. »Sie schenkt uns Licht und Reinheit«, murmelte Meara und legte das Kreuz mit in ihre Tasche.

Fychan steckte den Kopf in das Gebärzimmer. »Wir sollten bald aufbrechen, damit wir vor Einbruch der Dunkelheit zu Hause sind. Vorher gibt es noch eine warme Mahlzeit.«

Sie traten in die milde Mittagssonne hinaus auf einen Hof, in dem sich Schweine und Hühner tummelten. Auf einer Seite befand sich der Kuhstall, und auf der anderen ging es hinunter zum Fluss. In einiger Entfernung konnte man das Gotteshaus sehen. Die Wiese zwischen der Kapelle und dem Hof war zum Rastplatz für Reisende geworden, die am Grab des Heiligen beten wollten.

»Warst du in der Kapelle? Sie haben eine richtige Glocke dort!«, erklärte Fychan nicht ohne Stolz. »Die Leute dort kommen aus Segontium. Komm, wir essen alle zusammen.«

Ein Mönch, dessen Kukulle um seinen hageren Körper

schlotterte, sprach mit den Neuankömmlingen und bot
ihnen Brot, Käse und Suppe an. Die Reisenden waren einfach gekleidet. Ein Eselskarren stand am Rand der Wiese
und diente wahrscheinlich dem gebrechlich wirkenden alten Mann als Transportmittel, der gebeugt neben einem jüngeren auf einer Bank saß.

Fychan sagte: »Die Frauen haben gekocht. Sie versorgen
Bruder Tannwg, und der kümmert sich um ihr Seelenheil. Er
hat den Altar für Gwynhoedl fast allein gebaut.«

Mit leichtem Widerwillen näherte sich Meara der Men-
schengruppe. »Fychan, ich möchte lieber gleich zurück.«
Scheu zog sie ihren Schal tief ins Gesicht, doch Fychans Cousin hatte sie erspäht und sagte laut: »Und das ist die Heilkundige, die meiner Frau geholfen hat. Bitte, nehmt Platz und
esst euch satt, bevor ihr aufbrecht. Und das hier ist für dich.«

Derfel drückte Meara ein kleines Päckchen in die Hand.
Erstaunt faltete sie das Tuch auseinander und fand eine silberne Brosche darin. »Das kann ich nicht annehmen, Derfel. Das ist …«

Doch Derfel lachte und drückte ihre Hand sanft um die
Brosche. »Genau richtig. Ich weiß nicht, was ich ohne meine Frau machen würde. Ich hatte ein gutes Jahr. Die Kühe
sind gesund, und Fychan hat mir erzählt, dass du es brauchen
kannst. Also nimm, es kommt von Herzen.«

Verlegen wickelte sie die Brosche wieder ein und steckte sie in ihre Tasche. Sie bemerkte, wie der Mönch sie beobachtete, während er das Brot brach. Ein langer, grob ge-
zimmerter Tisch stand auf dem Platz. Zwei Bänke und mehrere Baumstümpfe dienten als Sitzgelegenheiten. Die Frauen
legten nach dem Verteilen der Suppe einen Holzdeckel auf
den Topf, denn die milde Luft wurde kalt, sobald die Sonne
hinter einer Wolke verschwand.

Der alte Mann wurde von einer jungen Frau und zwei Männern mittleren Alters begleitet. Einer der beiden wandte sich an Meara, die sich mit Fychan ans Ende der Tafel gesetzt hatte.

»Verzeiht, wir sind Pilger auf dem Weg nach der Insel Bardsey, wo mein Vater seine letzte Ruhe finden will. Er ist ein frommer Mann, und hätten seine Kräfte es erlaubt, wäre er nach Rom gereist. Seine Knochen bereiten ihm Schmerzen, und nun ist sein Fuß geschwollen. Könnt Ihr ihm helfen?«

Zweifelnd betrachtete Meara den alten Mann, dem die Jahre ihre Bürde auferlegt hatten. »Gegen die schmerzenden Knochen hilft Wärme. Wenn man die Wurzeln der Silberweide abkocht und den Sud trinkt, kann das lindernd wirken.«

Der Mann seufzte. Er trug das Haar kurz geschnitten, und die Fibel an seinem Umhang sowie sein Gürtel wirkten bei näherem Hinsehen kostbar. »Wir sind schon zu lange unterwegs. Er hat es warm zu Hause gehabt. Wir kommen aus der Nähe von Segontium, da betreibe ich einen Viehhandel und ein Gasthaus. Aber er ist mein Vater, und ich kann ihm diesen letzten Wunsch nicht verwehren, auch wenn ich um unsere Sicherheit besorgt bin.«

Das junge Mädchen meldete sich zu Wort. »Auf einer Fähre sind wir zwei Soldaten von König Æthelfrith begegnet. Wir sind schon viel herumgereist, und ich kenne die Sprache der Leute aus dem Norden.«

Der Vater warf seiner Tochter einen warnenden Blick zu, der sie anscheinend zum Schweigen bringen sollte, doch das Mädchen, ein aufgewecktes blondes Geschöpf mit einem kleinen Kirschmund, plapperte weiter: »Ich habe gelauscht. Sie sprachen von einem Königstreffen in Rhosyr, und einer sagte, dass ihnen jemand noch einen Gefallen schuldete, wegen dem Clas, das sie für den Bischof niedergebrannt hätten.«

Erschrocken packte Meara ihre Tasche fester und stellte zitternd ihre Suppenschale ab. »Welches Clas wurde niedergebrannt?«

»Es kann sich nur um die Mönche von Bangor-is-y-Coed handeln. Das war ein grausames Gemetzel. Niemand hat verstanden, warum Æthelfrith die wehrlosen Brüder töten musste. Ein Frevel, so ein Gottesfrevel. Dafür wird er in der Hölle braten!«, entrüstete sich der Vater des Mädchens, sah sich aber um, als fürchtete er, die feindlichen Soldaten könnten in der Nähe sein. »Wir sollten nicht mehr davon sprechen.«

Und es gab einen jungen Mönch, der allen Grund hatte, sich vor Gefolgsleuten von Æthelfrith zu fürchten. Seit jenem Oktobertag hatte sie Cadeyrn nicht mehr gesehen, was nicht bedeutete, dass sie nicht manchmal an ihn gedacht hätte. Obwohl sie es nicht wollte, hatte sie die Gespräche mit dem Mönch vermisst, und in manchen Nächten war sie frierend aufgewacht, hatte die Decke dichter gezogen und sich nach seiner Nähe gesehnt. Aber sie schob das den langen, kalten Nächten zu, in denen sie mit ihren Albträumen und der Trauer um ihre Familie allein war.

Fychan kannte das Land auf der Halbinsel wie seine Westentasche, und Meara hatte den Schäfer als zuverlässigen Mann kennengelernt. Er war der Erste gewesen, der sie am Berg Anelog willkommen geheißen hatte, und sie war ein gern gesehener Gast in seinem Haus. Sie mochte seine Familie, besonders die Kinder, nur seine Mutter strafte sie mit Missachtung und ließ sie spüren, dass sie nicht erwünscht war. Die Frau war sehr gläubig und täglicher Gast in Bruder Martins Kapelle.

Die Zeichen für diesen Tag waren gut gewesen, doch als Meara die abstoßende Form der Nachgeburt gesehen hatte, war sie auf eine düstere Wendung gefasst gewesen. Die Pilger hatten die Furcht mit sich gebracht. Und bei Bruder Tannwg spürte sie Abneigung, auch wenn er sich nichts anmerken ließ. Sie holte tief Luft. Er war freundlich zu ihr wegen Derfel und dessen Familie. Der Bauer versorgte den Heiligen und die Pilger. Man biss nicht die Hand, die einen fütterte.

Sie waren auf dem Heimweg, hatten die Flussebene hinter sich gelassen und waren höher gestiegen. Hinter ihnen lag ein Birkenwäldchen, doch hier oben war das Land karg. Die Wiesen waren noch nicht sattgrün, sondern bräunlich und teils nass. Flechten und Moose bedeckten umgebrochene Baumstämme und Felsen. Der Weg führte nur zwei Steinwürfe von den Klippen entfernt durch die Hügel der Llŷn.

»Dort unten ist der Hafen von Colmon. Einige Mönche sind von der grünen Insel bis hierher in einem Lederboot gefahren«, unterbrach Fychan ihre Gedanken. »Und wenn sie aus dem Norden kommen, zurück von Iona oder Lismore, verlassen sie die geschützte Passage des Menai Strait und gehen hier oder in Nefyn an Land. Der Weg über Land nach Süden zur nächsten Bucht ist sicherer, als um die Landspitze herumzusegeln. Viele Boote zerschellen zwischen Enlli und Carreg Ddu, dem schwarzen Fels.«

Meara stand oft am Klippenrand und schaute hinüber nach Ynys Enlli, diesem dunklen Buckel in der rauen See. Sie hatte großen Respekt vor den Fischern, die geschickt ihre Boote durch die trügerischen Strömungen zwischen den Felsen steuerten.

»Wenn das Wetter es zulässt, muss ich mit Elffin nach Enlli«, sagte sie mehr zu sich selbst.

»Haben die Brüder nach dir geschickt?« Fychan schritt

energisch neben ihr aus, ein kleiner, kräftiger Mann, dessen Gesicht von Sommersprossen übersät war. Seine Nase war nach einem Bruch schief zusammengewachsen.

»Wie? Nein, ich brauche etwas von ihrem Honig für meine Salben«, gab sie knapp zurück.

»Ist es wegen dem Mönch? Du warst lange mit Bruder Cadeyrn allein.«

Erschrocken warf Meara ihm einen Blick zu. »Was soll das? Er war in meiner Obhut, und ich habe mich um ihn gekümmert. Ich habe getan, was meine Aufgabe ist, oder ist das gegen euren Christenglauben?«

Fychan berührte sie sanft am Ärmel. »Nicht böse sein, Meara. Ich sage nur, was einige reden. Es gibt solche und solche. Bruder Martin ist ein guter Mensch, aber er wird alt. Dieser junge Mönch, Tomos, der seit einem Monat bei ihm ist, macht sich wichtig bei den Menschen und will sie mit Furcht vor Sünde und Hölle einschüchtern.«

Sie drückte kurz seine Hand und setzte ihren Weg fort. »Es hört nicht auf, nein, es wird immer wieder geschehen, Fychan. Warum tun sie das? Ich will doch niemandem Böses, nur helfen!«

»Es liegt nicht an dir. Die Menschen sind so. Wir sind einfache Leute, die Tiere und das Land sind unser Leben. Ein Dach über dem Kopf und genügend Brot machen uns glücklich. Jemand wie Bruder Tomos will mehr. Er erzählt dauernd, dass er mit dem heiligen Tysilio von Norden gekommen ist.«

»Wer ist Tysilio?« Sie traten aus dem Windschatten eines Hügels auf eine karge Ebene, wo ihnen eisiger Wind entgegenschlug. Frierend zog Meara ihren Umhang um sich.

Fychan spähte in die Ferne und stieß einen hohen Pfiff aus. »Ein Mitglied des Königshauses von Powys. Er besitzt

Land oben bei Caernarfon, hat mehrere Kirchen erbauen lassen und lebte auf einer kleinen Insel im Menai Strait. Nach dem Sieg Æthelfriths bei Chester im letzten Jahr wollte seine Familie Tysilio aus politischen Gründen dazu zwingen, eine verwitwete Prinzessin zu heiraten. Aber Tysilio weigerte sich, das Leben als Mönch aufzugeben, und ist mit einigen Anhängern nach Süden gezogen.«

Hundegebell näherte sich, und Fychan lächelte zufrieden. »Die zwei machen das gut. Ich hätte da vielleicht noch einen jungen Rüden für dich.«

»Ich bin länger geblieben, als ich dachte. Aber ein Hund? Ich weiß nicht.« Sie beobachtete, wie die beiden zotteligen Hütehunde die Schafherde über das Land trieben. Die Hunde waren intelligent und agierten selbstständig. Wenn sich Wölfe näherten, gelang es ihnen meist, sie in die Flucht zu schlagen.

Kurz vor Capel Anelog trennten sich ihre Wege. Die Sonne stand schon tief, und es begann zu regnen. Es war zwar kalt, aber nicht kalt genug, um die Wassertropfen gefrieren zu lassen. Meara beschleunigte ihre Schritte, verließ das Waldstück und war froh, als sie die vertrauten Umrisse ihrer Hütte unter der großen Fichte erblickte. Plötzlich hielt sie inne, denn eine unnatürliche Stille lag über der Lichtung.

Sie griff nach ihrem Messer und ging seitlich um den Stall herum, in dem sie die Ziegen wusste, die jedoch keinen Laut von sich gaben. Auch die Hühner waren weder zu sehen noch zu hören. Jetzt bereute sie, nicht schon eher einen von Fychans Hunden genommen zu haben. Der Regen tropfte auf das Dach der Hütte, durchnässte ihren Umhang und machte den Stoff schwer. Ihre dünnen Lederstiefel rutschten auf dem aufgeweichten Untergrund, und ihr Atem ging schnell und flach. Vorsichtig legte sie ihr Ohr an die Hauswand und schrak zurück. Sie war nicht allein.

IX

Schatten der Vergangenheit

»Hilf mir, große Dôn, beschütze mich vor meinen Feinden«, murmelte Meara, während sie langsam um ihre Hütte herumschlich.

Der kalte Regen lief ihr in den Kragen und übers Gesicht. Sie musste blinzeln, damit die dicken Tropfen von ihren Wimpern fielen. Hinter der Hütte hatte sie Holz neben alten Brettern, einem Trog und einem Rechen gestapelt. Eins der Hühner legte seine Eier bevorzugt in den löchrigen Trog und gackerte leise, als sie vorbeitappte. In der Hütte raschelte es, und instinktiv packte Meara ihr Messer fester. Sollte sie fliehen? Aber vielleicht wartete auch ein Bedürftiger auf sie. Hatte sie ein Zeichen übersehen? Schon länger war sie nicht mehr von Vorahnungen heimgesucht worden. Hatte das Leben hier ihre Sinne eingeschläfert?

Zu weiteren Überlegungen blieb keine Zeit, denn hinter ihr erklang eine allzu bekannte Stimme.

»Lileas, endlich!«

Pyrs, der Schafhirte! Sie wollte nach vorn springen, doch er hatte ihren Zopf gepackt und riss sie so hart zurück, dass sie auf dem nassen Boden das Gleichgewicht verlor und auf den Rücken fiel. Ein Stein bohrte sich ihr schmerzhaft in den Rücken, und sie verlor ihr Messer. Der Mann warf sich auf sie, drückte den Arm gegen ihre Kehle und blies ihr seinen fauligen Atem ins Gesicht.

Bei den Göttern! Die Flucht hatte sie unbeschadet überstanden, und nun sollte dieser widerwärtige Kerl sich an ihr vergehen? Meara versuchte, ihm das Knie in den Leib zu stoßen, doch ihr nasser Umhang hinderte sie daran. Röchelnd suchte sie mit der noch freien Hand im Schlamm nach ihrem Messer.

»Hör auf, du Hexe! Diesmal entkommst du mir nicht.« Sein kräftiger Körper drückte sich schwer auf sie, und sie spürte seine harte Erregung zwischen ihren Beinen.

Als er für einen Moment den Arm von ihrer Kehle nahm, krächzte sie: »Hier? Willst du mich hier im Dreck haben?«

Der Regen ging unaufhörlich auf sie nieder, kaum gebremst von den Ästen der alten Fichte. Immer matschiger wurde der Boden, und nur noch spärliche Lichtstrahlen des ersterbenden Tages drangen durch die dunklen Wolken. An die Sichel in ihrem Lederbeutel kam sie nicht heran. Wo war das verfluchte Messer? Ihre Nägel brachen beim Kratzen im aufgeweichten Boden zwischen Steinen und Holzstücken.

Mit aller Kraft drängte er ihr die Schenkel auseinander, riss ihr Kleid über den Brüsten entzwei und starrte gierig ihr weißes Fleisch an. Seine schiefe Nase erinnerte sie für den Bruchteil einer Sekunde an Dafydd, ihren Bruder, der sterben musste, weil Menschen wie Pyrs sich von einem Priester hatten aufhetzen lassen. Pyrs würde hier und jetzt vollenden, was er vor zwei Jahren auf dem Fest versucht hatte. Sie würgte und schluckte, als er über ihre Brüste leckte und sie küsste. Nein, ein Kuss war etwas anderes. Was Pyrs tat, war brutal und ohne Gefühl. Gewaltsam presste er seinen Mund auf ihre Lippen, wollte seine Zunge in ihre Mundhöhle drängen, doch sie wehrte sich, wand sich wie eine Schlange, trat und biss ihn, dass er wütend aufschrie und ihr den Arm erneut auf die Kehle drückte.

Diesmal drückte er fest zu, bis sie keine Luft mehr bekam und ihr schwindelig wurde. Sie durfte nicht ohnmächtig werden.

»Du verdammte kleine Druidenhure. Ich werde dir zeigen, wer der Herr ist.« Er griff zwischen sie, riss an seinen Beinkleidern, und plötzlich spürte sie seine haarigen Oberschenkel und etwas pulsierendes Festes an ihrem Unterleib.

Große Dôn, wenn du deine Tochter jemals geliebt hast, hilf mir, betete sie stumm, und da war es! Sie hatte das Messer gefunden, packte es am Griff und stieß es ihm mit aller Macht in den Rücken. Pyrs brüllte und wollte hinter sich greifen, doch sie stieß den Griff fester hinein und drehte das Messer, bis sie Sehnen knirschen hörte und fühlte, wie die Klinge an den Knochen der Wirbelsäule entlangfuhr. Der Körper auf ihr erschlaffte, und sie rollte sich unter ihm hervor. Keuchend erhob sie sich, spuckte aus und wischte sich die Haare aus dem Gesicht.

Im Zwielicht betrachtete sie ihren Peiniger, der auf dem Bauch lag und stoßweise atmete. Als sie sich bückte, um das Messer aus seinem Rücken zu ziehen, schnellte seine Hand vor und packte ihren Knöchel.

»Warum bist du nicht tot?«, schrie sie verzweifelt und stach ihm erneut in den Rücken. Sie hatte zahlreiche Opfertiere mit ihrem Vater getötet und den Göttern dargebracht. Wenn sie Tiere tötete, dann aus einem geheiligten Grund und in einer festlichen Zeremonie. Das galt für Opfertiere genauso wie für Schlachtvieh. Jedes Lebewesen hatte eine Seele und sollte auf friedlichem Wege in die Anderwelt gehen können.

Die Hand um ihren Knöchel löste sich, und ein letztes Zittern durchlief den Körper des Mannes. Meara stieß ihn mit dem Fuß an, um sicherzugehen, dass er tot war, und als er sich nicht bewegte, schluchzte sie.

171

»Verzeiht mir, ich wollte nicht töten, ich wollte es nicht ...«
Sie hob das blutige Messer mit gestreckten Armen gen Himmel und erwartete ihr Urteil.

Doch zu ihrem Erstaunen hörte es auf zu regnen, die dunklen Wolken rissen auf, und der Mond erhellte die grausame Szene mit silbernem Licht.

»Danke, große Dôn!« Meara ließ die Arme sinken und wischte das Messer an den Kleidern des Schafhirten ab.

Notdürftig schnürte sie ihr Kleid vor der Brust zusammen und entledigte sich des nassen Umhangs. Als Nächstes musste sie den Leichnam verschwinden lassen. Niemand durfte erfahren, dass sie einen Mann getötet hatte. Vielleicht verziehen ihr die Menschen, dass sie dem alten Glauben angehörte, weil sie ihnen mit ihrer Heilkunst half. Doch all jene, die sie ablehnten, würden sich auf sie stürzen wie die Krähen auf das Aas und sie als Mörderin verurteilen. Allen voran Bruder Tomos.

Sie musste den Leichnam ins Meer werfen! Aber der Kerl war zu groß und zu schwer. Sie brauchte einen Karren.

»Meara!«

Sie erstarrte. Ausgerechnet jetzt, was machte er hier? Sie wollte ihren Umhang über Pyrs' Körper werfen, doch die Wolle hatte sich im Holz verhakt.

»Was ist denn hier los? Meara!«, rief Cadeyrn und kam um die Ecke gelaufen, als das Holz krachend zu Boden fiel.

Mit hängenden Armen stand sie da, die Hände in den nassen Umhang gekrallt, der sich immer stärker in dem splitterigen Holz verheddere. Das Messer, dessen Holzgriff noch blutig war, hatte sie in ihren Gürtel gesteckt. Sie musste einen erschreckenden Anblick bieten.

Das Mondlicht erhellte sein Gesicht, das voller wirkte, die dunklen Augenringe waren verschwunden, und sein Haar war kurz geschnitten. Seine Miene war ernst, seine Augen voller Mitgefühl und Sorge. Er erfasste die Situation sofort und streckte ihr eine Hand entgegen. Sie ließ den Umhang los, stieg über den Leichnam und wankte unsicher auf ihn zu. Als er sie in die Arme nahm und fest an sich drückte, weinte sie lautlos.

»Schsch, ist ja gut. Was ist geschehen, Meara?« Er strich ihr beruhigend über den Rücken.

Sie machte sich von ihm los, holte tief Luft, räusperte sich und fragte: »Bist du allein?«

Als er nickte, fuhr sie fort: »Dieser Mann dort kommt aus meinem Heimatdorf, dem Ort, an dem sie meine Familie ermordet haben. Er hatte damals versucht, mir Gewalt anzutun, und mein Bruder hat ihn verprügelt und ihm die Nase gebrochen. Pyrs war ein Schafhirte, und er hatte mir Rache geschworen. Er wollte mir ...« Sie biss sich auf die zitternden Lippen und hielt ihr Kleid vor den Brüsten zusammen.

Cadeyrn ging zu dem Körper und drehte den Mann auf den Rücken. Pyrs' Augen starrten blicklos in den Nachthimmel. Der Mönch strich die Augen des Toten zu und sagte: »Herr, vergib diesem Mann seine Sünden und nimm ihn auf in dein Reich. In nomine Patris et Filii, et Spiritus Sancti, Amen.«

Meara konnte die kreisrund geschorene Stelle auf seinem Kopf sehen und schlang die Arme enger um ihren Körper. Was würde er tun? Er hatte sich seinem Orden verpflichtet, war Teil des Clas auf Ynys Enlli. Was sie getan hatte, war nach seinem Glauben eine Todsünde.

»Hätte ich mich nicht gewehrt, läge ich jetzt dort«, sagte sie leise.

Als der Mönch sie ansah, war sein Blick frei von Anklage oder Verachtung. Sie las nichts als tiefes Verständnis. »Ich sehe, was er dir angetan hat. Was wäre ich für ein Mensch, wenn ich das nicht verstehen würde.«

»Aber du bist ... die Priester werden mich ... die Leute hier ...« Hilflos brach sie ab.

Er sah sich um. »Weiß jemand, dass er hier war?«

»Ich weiß nicht. Ich war mit Fychan in Llangwnnadl und bin erst heute Abend zurückgekommen. Er wird nach mir gefragt haben. Und er hat mich mit meinem alten Namen, Lileas, angesprochen«, flüsterte sie und erschauerte.

»Dann darf er dich nicht gefunden haben«, stellte Cadeyrn sachlich fest. »Er ist weitergezogen, als er festgestellt hat, dass er sich getäuscht hat.«

Ungläubig sah sie ihn an. »Er ... liegt hier.«

Cadeyrn trat zu ihr und berührte ihren Hals, der mittlerweile dunkel verfärbt war. »Was denkst du, werden die Leute sagen, wenn sie das sehen? Du hast einen Mann getötet, der das von dir wollte, was viele Männer wollen. Ist dir Ähnliches noch nicht zugestoßen?«

Sie schüttelte vehement den Kopf.

»Du hattest Glück. Hier draußen allein zu leben ist gefährlich. Dein Ruf als Heilerin wird dich nicht immer schützen, Meara.«

»Ich kann auf mich achtgeben. Das hier war eine Ausnahme. Pyrs hat mich überrascht, weil er mich kannte, weil ...«
Sie gab auf und schlug die Augen nieder.

»Es werden andere kommen, wenn das hier die Runde macht. Bisher scheinen alle Respekt vor deiner Stellung als Heilerin zu haben.« Er sah ihr direkt in die Augen. »Du hast mir das Leben gerettet, Meara. Meine Brüder hätten mich verrecken lassen. Allen voran Braen.« Er klang verbittert und enttäuscht.

Meara fror und begann zu zittern. Plötzlich konnte sie den

Geruch von Blut und den Gestank des Toten, der ihr in allen Poren zu kleben schien, nicht mehr ertragen. »Bringen wir ihn fort«, flüsterte sie.

Der Mönch öffnete seinen Gürtel und zog sich die Kukulle über den Kopf. »Hier, zieh das an.«

Sie zog das noch warme Kleidungsstück an, während er sich bückte und sich den toten Schäfer über die Schulter legte.

»Zeig mir den kürzesten Weg zum Meer.«

Das Meer lag in westlicher Richtung und war im strammen Fußmarsch in einer halben Stunde zu erreichen. Mit der schweren Last benötigten sie die dreifache Zeit, doch es blieb trocken, und im Schutze der Dunkelheit gelangten sie unbeobachtet zum Klippenrand. Der Boden war zum Teil felsig, zum Teil mit Heidekraut und Kriechginster bewachsen. Nur Schafe verirrten sich manchmal hierher zum Grasen, doch die Menschen mieden das Gebiet rund um den Berg Anelog. Es haftete ihm der Ruf eines heiligen Ortes an, eines Ortes, an dem die alten Götter herrschten. Daran konnten auch die christlichen Priester nichts ändern.

Verschwitzt und außer Atem legte Cadeyrn den Körper an die Felskante und schlug murmelnd das Kreuzzeichen über dem Toten. »Bringen wir es hinter uns.«

Gemeinsam rollten sie den Toten über die Klippe und sahen zu, wie das aufgewühlte Meer den Körper verschlang. Gischt spritzte im Mondlicht gegen die Felsen, die Wellen rauschten in unsteten Wirbeln um die dunklen Gesteinsbrocken, welche diese Passage zu einer tödlichen Falle für Boote und Schiffe machten.

Cadeyrn stand mit vor der Brust verschränkten Armen und schaute in die Dunkelheit, dorthin, wo Ynys Enlli lag. »Sind deine Götter barmherziger als unser Gott, Meara?«

Sie stand dicht neben ihm und sah ihn kurz von der Seite an. Sein gerades Profil und die fein geschwungenen Lippen passten zum Antlitz eines Prinzen, nicht zu dem eines Mönchs. »Barmherzigkeit ist ein seltsames Wort. Meine Götter sind milde und nachsichtig mit den Menschen, wenn sie fehlen und bereuen. Aber sie sind auch grausam und rachsüchtig. Sie sind wie wir, nur mächtiger.«

»Ob ich nun in die Hölle komme?«

Sie glaubte nicht, dass er das ernst meinte, und tatsächlich umspielte ein zynisches Lächeln seinen Mund.

»Wenn die Hölle Krieg und Grausamkeit bedeutet, dann brauchen wir nicht auf sie zu warten«, meinte Meara. »Wie lebt es sich in deinem neuen Clas auf Enlli?« Sie dachte an ihre unangenehme Begegnung mit den Brüdern dort.

Eine Böe trieb salzige Luft herauf, und sie traten vom Klippenrand zurück. Seite an Seite schlugen sie den Rückweg ein. Mit dem Toten schien auch das lastende Schweigen im Meere versunken zu sein.

»Abt Mael ist streng. Askese und Gottesfurcht sind seine Lieblingswörter. Er ist davon überzeugt, dass wir Gottes Gnade nur durch Entsagung erlangen können. Es gibt für alles eine Regel und eine Strafe, wenn man sie bricht.«

Eine Eule schwebte lautlos über den nächtlichen Himmel. »Sie beobachten uns«, flüsterte Meara und sah nach oben. Niemand konnte sicher sagen, wessen Bote eine Eule war.

Cadeyrn nahm ihren Arm. »Nein. Niemand hat uns gesehen. Ich bin mit dem Fischer Elffin gekommen. Er scheint mir ein vertrauenswürdiger Mann.«

Sie lächelte schwach. Er konnte die Zeichen der Götter nicht lesen. »Elffin, ja.« Sie nickte. »Warum bist du gekommen?«

»Wir brauchen deine Hilfe, deine heilenden Hände,

Meara. Es geht um meinen Abt. Er leidet und wird sterben, wenn nichts geschieht.«

»Dein Abt wird mich weder anhören noch meinen Rat befolgen. Er hat mir sein Missfallen bei unserer letzten Begegnung deutlich zu spüren gegeben.«

»Oh, du meinst Abt Mael! Richtig, er steht dem Clas auf Enlli vor. Aber ich meine Abt Dinoot, der mit uns aus Bangor geflohen ist. Er ist alt, und Hunger und Kälte auf der Flucht haben ihn an den Rand seiner Kräfte gebracht. Er ist ein guter Mensch, Meara. Bitte, komm mit mir nach Enlli und sieh ihn dir an.« Dort wo seine Hand gelegen hatte, war es plötzlich kühl.

Wie konnte sie ihm diese Bitte abschlagen? Durch das Geheimnis dieser Nacht waren sie einander verschworen.

Das Terrain veränderte sich und wurde abschüssig. Ein leises Plätschern verriet den Bachlauf, und Meara verlangsamte ihren Schritt, ging am Ufer in die Hocke und spritzte sich frisches, kaltes Wasser ins Gesicht. Cadeyrn tat es ihr gleich und trank gierig das klare Wasser.

»Ich komme mit dir.« Sie wusch sich Arme und Hals und ließ Wasser über ihre Brüste laufen, um die Spuren des Übergriffs zu beseitigen. Schließlich stand sie auf und sagte: »Eines solltest du noch wissen. In Llangwnnadl waren Pilger aus dem Norden. Sie haben sächsische Soldaten getroffen, die auf dem Weg nach Rhosyr waren. Die Soldaten gehörten zu Æthelfriths Armee und waren in Bangor dabei.«

Er schüttelte sich wie ein nasser Hund und wischte sich das Gesicht mit einem Ärmel trocken. »Das ist nicht gut, muss aber nicht unbedingt etwas bedeuten. Was wollten sie in Rhosyr?«

»Ein Königstreffen, glaube ich.«

»Tatsächlich? Sucht Æthelfrith Verbündete für seine Eroberungsfeldzüge?« Er sprang über den Bach und reichte ihr die Hand, um sie hinüberzuziehen, doch Meara sprang leichtfüßig neben ihn.

»Ich verstehe nichts von politischen Ränkespielen. Ob Æthelfrith ein Interesse an den entflohenen Mönchen hat?«, überlegte sie.

»Æthelfrith bestimmt nicht. Obwohl ich mir sicher bin, dass sie uns niedermähen würden wie ein Kornfeld, wenn sie uns finden würden. Er beendet gern, was er begonnen hat. Ernsthafte Sorgen mache ich mir nur wegen Alpin, und mehr noch wegen Fercos, seinen ersten Kämpfer.« Cadeyrns Stimme wurde heiser. »Er war in Bangor, Meara. Fercos war dort und hat mich gesehen.«

»Aber er hat dich nicht erkannt.« Andernfalls wäre Cadeyrn kaum noch am Leben.

Er zögerte kurz. »Ich weiß es nicht. Wir haben uns nur einen Wimpernschlag lang in die Augen gesehen.«

»Wo ist Æthelfrith jetzt?«

»Genau weiß ich es nicht. Zuletzt war er mit seinem Heer auf dem Weg zum Fluss Idle bei Doncaster.«

»Dann habt ihr auf Enlli nichts zu befürchten.«

»Bei Gott, das hoffe ich.«

Sie waren in Sichtweite der Hütte angelangt, deren Anblick Meara einen Schauer über den Rücken jagte. Er schien ihre Abneigung gegen den Ort zu spüren, denn er sagte: »Es ist zu kalt, um draußen zu nächtigen. Ein Feuer wird dich wärmen und die bösen Geister vertreiben.«

»Uns. Oder wolltest du im Stall schlafen?«

X

Gewissenskonflikt

Schafft den Übeltäter weg aus eurer Mitte.
(1. Kor 5, 13)

»Was hast du mit Elffin vereinbart?«, fragte Meara, während sie die Reste des einfachen Mahles wegräumte.

Sie waren beide erschöpft von den Anstrengungen dieser außergewöhnlichen Nacht, und bis zum Morgen verblieben nur noch wenige Stunden. Cadeyrn beobachtete Meara, die bei jedem ungewohnten Geräusch ängstlich zusammenzuckte. Sie versuchte zwar, sich nichts anmerken zu lassen, doch ihre fahrigen Gesten und das nervöse Flackern ihrer Augen verrieten sie.

»Wenn das Wetter so bleibt, nimmt er uns bei ablaufendem Wasser mit auf die Insel.« Müde lehnte er sich gegen einen Stützbalken. »Lass uns noch ein wenig schlafen, Meara.«

Ihre Hände zitterten, als sie das Tuch mit dem Brot zur Seite legte.

»Vor mir musst du keine Angst haben, bei meiner Ehre«, sagte er sanft.

Ein Lächeln huschte über ihr Gesicht. »Das klingt mehr nach einem Edelmann als nach einem Mönch. Vielleicht bist du ein edler Mönch.«

Als sie sich nebeneinander auf das Strohlager legten, versuchte er, sie nicht zu berühren, und verharrte still am Rand.

Sie lag mit dem Rücken zu ihm, und nach einer Weile griff sie zaghaft nach seinem Arm. »Kannst du mich bitte festhalten, nur einen Moment, dann fühle ich mich sicher.«

Gehorsam legte er den Arm um sie, spürte, wie ihre Hand sich auf seine legte und ihr Atem nach wenigen Sekunden gleichmäßiger wurde. Als die Schwere des Schlafes ihren schmächtigen Körper entspannte, sank auch er in einen kurzen, unruhigen Schlaf.

»Ob sie die Leiche heute finden?«

Die Frage drang wie durch dichten Nebel an sein Ohr, und er brauchte einen Moment, um ihren Sinn zu verstehen. Sie lag noch neben ihm, hatte sich auf den Rücken gedreht und sah ihn an.

Er gähnte und streckte sich. »Nein, das wird einige Tage dauern. Die Strömung ist stark und wird den Körper mit sich nehmen. Wir können Elffin nachher fragen, wo Treibgut angespült wird. Er wird es genau wissen.«

Sie richtete sich auf und hielt die Hände vor sich. »Was habe ich getan? Ich kann das Blut noch riechen. Und du hast meinetwegen Schuld auf dich geladen.«

»Hör auf, Meara. Es ist geschehen, und wir können es nicht mehr ändern. Wäre es dir lieber gewesen, der Kerl wäre erfolgreich gewesen? Wahrscheinlich hätte er dich umgebracht, du bist ihm zuvorgekommen.« Er setzte sich ebenfalls auf und strich ihr sacht über die Wange. »Wir können Gott nur um Vergebung bitten.«

Sie runzelte die Stirn und stand auf. »Ich werde die Götter später befragen. Wir sollten uns beeilen, wenn wir mit Elffin fahren wollen. Sag mir genau, woran dein Abt leidet, damit ich die nötigen Heilmittel mitnehmen kann.«

Zwei Stunden später standen sie unten in der kleinen Bucht, aus der die Fischer mit ihren Booten hinausfuhren.

Meara trug ihre Tasche quer über der Schulter, und an ihrem Gürtel blitzte ihr Messer. Die goldene Sichel trug sie in einer Lederhülle bei sich, denn sie war zu kostbar, um sie in der Hütte zu lassen. Ihre rotbraunen Haare waren zu einem dicken Zopf geflochten, den sie unter der Kapuze ihres Umhangs verbarg. Sie besaß zwar Unterkleidung und einen Rock zum Wechseln, doch keinen zweiten Umhang. Sie hatte diesen nur notdürftig reinigen und trocknen können.

Elffin stand mit einem anderen Fischer neben seinem Boot und prüfte sein Netz. »Guten Morgen!«

»Hallo, Elffin«, sagte Meara und begrüßte auch den zweiten Mann, einen bärtigen Dunkelhaarigen. »Sessylt, was macht der Husten?«

Der Fischer brummte, hustete prompt und warf sich sein Netz über die Schulter. »Ist noch da. Den werde ich auch nicht mehr los, der bringt mich ins Grab.«

»Hast du den Efeusaft getrunken, den ich dir gegeben habe? Und hat deine Frau dir die Umschläge gemacht?«, wollte Meara wissen.

Cadeyrn konnte dem abweisenden Mann ansehen, dass er genau das nicht getan hatte.

»Bist ein nettes Mädchen. Aber die Arbeit muss getan werden. Wenn ich nicht rausfahre, hat meine Familie nichts zu essen. Elffin, wir sollten los, wenn wir genügend Krabben fangen wollen. Außerdem schlägt das Wetter bald um. Dann können wir euch nicht nach Enlli rudern«, stellte Sessylt fest.

Meara hob die Schultern. »Elffin, falls ich nicht gleich mit zurückkann, bittest du Fychan, nach meinen Tieren zu sehen, ja? Er macht das sowieso meist. Aber es wäre mir lieb.«

»Natürlich, mach dir keine Sorgen«, versprach der Fischer.

Die beiden erfahrenen Seeleute schoben mit Cadeyrns Hilfe das Boot ins Wasser und halfen Meara einzusteigen.

Es brauchte mindestens zwei Männer, um gegen die starken Strömungen anzurudern. Cadeyrn setzte sich neben Sessylt auf die Ruderbank, und bald tauchten die hölzernen Ruder, die von Lederriemen gehalten wurden, gleichmäßig in die Wellen.

Cadeyrn beobachtete die Heilerin, die aufrecht im Bug saß und nach vorn sah. Niemand konnte ihr ansehen, was gestern geschehen war. Die blauen Flecke an ihrem Hals hatte sie mit einem Schal verdeckt. Er musste sie überreden, zu den Leuten ins Dorf Anelog zu ziehen. Für eine Frau allein dort oben war es einfach zu gefährlich. Das musste sie doch einsehen.

Die Gischt spritzte auf, wenn das Boot die Wellen schnitt und bedenklich weit nach unten sackte. Doch die Fischer schien das nicht zu stören. Sie ruderten mit kräftigen Schlägen und verständigten sich mit knappen Worten. Sie bogen um die Landspitze und passierten den dunklen Fels, Carreg Ddu. Ein unheimlicher Gesteinsbrocken, der wie ein Seeungeheuer aus dem Meer ragte und unaufmerksame Seeleute verschlang.

Seit seine Familie bei einem Sturm ums Leben gekommen war, hegte Cadeyrn eine tiefe Abneigung gegen das Meer. Es war unberechenbar und tödlich. Wenn es sich vermeiden ließ, reiste er über Land, und ausgerechnet er war in einem Clas auf einer Insel gelandet.

Je näher sie Ynys Enlli kamen, desto mehr Widerstand bot ihnen die Strömung, und mehr als einmal wollte sich das Boot in eine andere Richtung drehen.

»Zieht!«, brüllte Elffin gegen den zunehmenden Wind an, der ihnen nun ins Gesicht peitschte.

Cadeyrns Armmuskeln begannen zu schmerzen, doch mit vereinten Kräften brachten sie das Boot schließlich sicher in den kleinen Hafen von Ynys Enlli. Die Männer sprangen ins Wasser, in dem sie bis zur Hüfte versanken, und zogen das Boot ein Stück höher, so dass Meara nicht ganz so tief einsank, als sie an Land sprang.

Ringsherum schlugen die Wellen gegen das felsige Eiland, der Wind fegte über den Hügel und zwischen den kleinen Erhebungen hindurch. Grau und feindselig kam Cadeyrn die Insel vor. Die Erleuchtung, welche einige der älteren Mönche hier erfahren hatten, war ihm noch nicht zuteilgeworden. Er wrang den Saum seiner durchnässten Kukulle aus und klopfte Elffin auf die Schulter. »Danke. Was mich interessiert, Elffin, wohin treibt man eigentlich, wenn einen die Strömung hier erfasst? Wird man hinaus aufs Meer gezogen?«

Elffin und Sessylt tauschten einen bedeutungsschwangeren Blick. »Von den Schiffbrüchigen hier hat so gut wie niemand überlebt, der sich nicht in ein Boot retten konnte. Ist ganz verschieden, wo die Leichen dann angetrieben werden. Kommt immer darauf an, wo das Unglück geschehen ist. Wenn sie am Carreg Ddu gesunken sind, kam schon mal eine Leiche drüben bei Ogof Morlas an, also hinter dem Hügel.«

Sessylt nickte. »Oder sie werden runtergezogen und treiben nördlich hoch bis Nefyn. Wenn man schwimmen kann, sollte man sich treiben lassen und irgendwann seitlich rausschwimmen. Aber die Strömungen bilden Strudel. Das ist tückisch.«

Cadeyrn entdeckte eine dunkle Gestalt, die vom Clas her durch die Wiesen kam und winkte. Der Himmel zog dunkel zu, und er fühlte erste Regentropfen auf seiner Stirn. »Wollt ihr nicht bleiben?«, wandte er sich an die Fischer.

Die beiden Männer schüttelten den Kopf und schoben das Boot wieder ins tiefere Wasser. »Wird nicht schlimmer. Wir brauchen die Krabben. Du hast mir Bier versprochen, denk nächstes Mal dran!« Elffin lachte und packte seine Ruder.

»Gottes Segen!«, rief Cadeyrn.

Meara, deren Lippen bläulich verfroren waren, schulterte ihre Tasche. »Abt Mael wird nicht erfreut über meine Anwesenheit sein.«

Cadeyrn und Meara schritten nebeneinander den schmalen Pfad hinauf. »Es geht um das Leben und Wohlsein meines geistigen Vaters. Mael wird es respektieren.«

»Hmm.« Tapfer stemmte sich Meara Regen und Wind entgegen.

»Elis!«, rief Cadeyrn, als der Mönch vor ihnen in Hörweite war. »Du erinnerst dich an ihn? Er ist der Einzige, dem ich hier vertraue.«

»Ich sollte mir sein Bein ansehen. Sein Hinken ist nicht weniger geworden.« Sie hielt inne, als der junge Mönch sie erreichte und Cadeyrn umarmte.

»Gott sei mit dir, Bruder, und mit dir, Schwester«, begrüßte er Meara und hob in segnender Geste die Hand, was Cadeyrn mit leichtem Befremden registrierte. Der ehemals offene und immer fröhliche Elis hatte sich seit ihrer Ankunft hier verändert. Er war meist ernst und in sich gekehrt und verbrachte jede freie Minute im Gebet.

»Wie geht es dem Vater, Elis?«, erkundigte sich Cadeyrn. Gemeinsam gingen sie zur Inselmitte, wo sich die Gebäude des Clas in den Schutz des Hügels schmiegten. Die Häuser waren einfach, klein und aus Flechtwerk, Holz und Steinen errichtet. Nur die Kapelle mit dem Altar war massiver, und auf dem steinernen Giebel hing eine Glocke.

Die Brüder mussten zwar keinen Hunger leiden, doch üppig war ihr Leben keineswegs. Zudem achtete Abt Mael peinlichst auf die Einhaltung aller Fastenregeln und hielt die

Mitglieder seines Clas ständig zur asketischen Lebensweise an. Zum Frühjahr sollte ein neues Gästehaus errichtet werden, weil immer häufiger Pilger auf die Insel kamen, die verköstigt werden mussten und eine Unterkunft benötigten.

»Er ist alt, und die Flucht und der Angriff auf Bangor mit all den Toten haben ihn gebrochen. Ich weiß nicht, warum du sie geholt hast. Du solltest mehr auf Gott vertrauen, Cadeyrn.« Elis schritt mit gesenktem Kopf neben ihnen her.

Der Wind schien stetig zuzunehmen. Eine kleine Schafherde drängte sich unter einer Weide zusammen, und die Möwen hatten Mühe, kreischend vom Meer zur Insel zu gelangen, wo sie sich sofort niederließen. Cadeyrn zog sich die Kapuze tief ins Gesicht und versteckte die Hände in den Ärmeln des Umhangs. Er nahm Elis am Arm und ließ sich mit ihm hinter Meara zurückfallen.

»Was soll das?«, zischte er Elis an. »Warum bist du so feindselig ihr gegenüber? Hast du vergessen, dass sie mich gerettet hat?«

»Gott hat dir dein Leben geschenkt. Nicht diese Heidin. Hast du es denn noch nicht gespürt, Cadeyrn? Hier auf dieser Insel herrscht ein anderer Geist. Vater Mael ist streng, aber ich verstehe jetzt, warum es so wichtig ist, dass wir uns den Regeln Columbans beugen. Sie führen uns zur Erleuchtung. Du musst deine fleischliche Schwäche endlich überwinden«, redete Elis auf ihn ein.

»Meine was? Was denkst du von mir?« Cadeyrn senkte seine Stimme und fuhr Elis scharf an. »Ich habe sie nicht angerührt.«

Elis sagte nichts, verzog aber vielsagend das Gesicht.

»Hör auf damit. Wir sind doch Freunde! Glaubst du mir etwa nicht?« Cadeyrn versuchte, seine aufkeimende Wut zu unterdrücken.

Elis schien das zu spüren und lenkte ein. »Tut mir leid, Bruder. Das hätte ich nicht sagen dürfen. Ein Urteil steht nur dem Abt zu. Wir sind seine demütigen Werkzeuge. Ich werde für dich beten.«

»Du bist sehr großmütig. Was ist mit den Plänen für das Skriptorium? Wollte der Abt das nicht gestern nach der Vesper besprechen?« Wenn er auf dieser Insel bleiben musste, wollte er sich zumindest einer erfüllenden und zugleich nützlichen Aufgabe widmen – dem Kopieren alter Schriften.

»Bruder Braen ist mit der Leitung des Skriptoriums betraut worden, weil er die Schriftrollen unter Einsatz seines Lebens in Bangor gerettet hat«, sagte Elis.

»Nein! Jeder, nur nicht dieser …« Cadeyrn biss sich auf die Zunge. »Der wertvollste Schatz des Skriptoriums ist das Buch meines Vaters, das Dinoot mit seinen Getreuen gerettet hat.«

»Und deshalb steht dir die Leitung des Skriptoriums zu?«, fragte Elis leicht spöttisch.

»Er ist kein so guter Schreiber wie ich, und er kann auch kein Griechisch!«, verteidigte sich Cadeyrn. »Und die meisten Texte sind in Griechisch verfasst! Soweit ich weiß, bin ich der Einzige auf der Insel, der diese Sprache in Wort und Schrift beherrscht.«

»Hochmut ist eine Sünde.«

»Und die falschen Leute auf den falschen Posten zu setzen ist Dummheit«, murmelte Cadeyrn und lief schneller, um Meara einzuholen.

Nach einigen Minuten schweigenden Marsches durch die Gerstenfelder deutete Cadeyrn auf ein abseits liegendes Gebäude. »Hier lebt der Schäfer mit seiner Familie. Bei ihnen kannst du nächtigen.«

»Ist mir sehr lieb«, meinte Meara und hob stolz das Kinn,

als sie an ein Tor traten. Es führte durch den Holzzaun, der den Clas mitsamt der Kapelle, dem Friedhof und einigen kleinen Häusern umgab.

Just in dem Moment, in dem Cadeyrn das in seinen rostigen Angeln quietschende Tor aufstieß, begann die Glocke zu läuten. Erschrocken zuckte Meara zusammen, und Cadeyrn verfluchte wieder einmal den Mönch, der ihre Familie an die Sachsen verraten hatte.

In einem der kleinen Häuser ging die Tür auf, und zwei Mönche eilten über den Platz zur Kapelle. Als sie die Ankömmlinge entdeckten, hielt der Kleinere der beiden inne und kam zu ihnen. »Gott segne euch!«

»Meical, erinnerst du dich noch an die Heilerin Meara?«, stellte Cadeyrn seine Begleitung vor.

Der kleine Mönch mit dem spitzen Gesicht eines Wiesels und ebenso schnell hin- und herhuschenden Augen nickte eifrig. »Ja ja, geht nur, wir dürfen der Mittagshore nicht fernbleiben. In der Küche findet ihr noch Reste vom Mittag.«

»Danke, Bruder.« Cadeyrn erwartete nicht, dass Elis sie begleitete, und ohne ein Wort strebte der junge Ordensbruder ebenfalls der Kapelle zu.

»Wird deine Anwesenheit nicht verlangt?«, fragte Meara.

»Beten kann ich auch später. Vater Dinoot braucht uns dringender. Komm, oder möchtest du erst etwas essen?«

Sie schüttelte den Kopf und packte energisch ihre Tasche. Das Haus für die Kranken sah nicht anders aus als die Küche oder das Dormitorium. Ein schlichtes, rechteckiges Gebäude mit kleinen Fensteröffnungen, die zum Meer hin mit Läden verschlossen waren.

»Erschrick nicht, Meara. Seit zwei Wochen liegen zwei Pilger hier und warten auf ihren Tod. Sie haben die Sakramente empfangen und die Beichte abgelegt und wollen ein-

fach nur hier sterben, weil sie hier dem Paradies näher sind.«
Er hieß sie in einen halbdunklen Raum eintreten, in dem
sechs Bettstätten entlang der Wände aufgereiht waren. In
der Mitte stand ein abgedeckter Bottich, aus dem ein bestia-
lischer Gestank entwich.

Meara schrak zurück, als wäre sie gegen eine Wand gelaufen. »Bei allen Göttern, das stinkt wie die leibhaftige Pestilenz!«

»Sie geben die Exkremente und Ausflüsse der Kranken
dort hinein. Alle drei Tage wird der Eimer gesäubert.« Cadeyrn trat an eines der Lager, auf dem ein alter Mann lag,
dessen kahler Schädel, eingefallene Wangen und von unzähligen Linien zerfurchtes Gesicht auf ein hohes Alter hindeu-
teten.

Als Cadeyrn sich neben ihn auf einen Hocker setzte und
seine Hand nahm, schlug der Alte die Augen auf, die von
überraschend klarem Blau waren.

»Vater Dinoot, ich bringe Euch die Heilerin, von der ich
gesprochen habe. Sie kann Eure Schmerzen lindern.« Cadeyrn winkte Meara näher.

Meara legte ihre Tasche ab und beugte sich vor. Ihre Nasenflügel bewegten sich wie bei einem Hund, der eine Fähr-
te aufnimmt, dachte Cadeyrn. Er ahnte, dass sie die Gerüche
und Ausdünstungen der Krankheit unterscheiden wollte. Er
erhob sich und überließ ihr den Hocker.

Es war nicht zu kalt in dem Raum, an dessen Stirnseite ein
Feuer glomm. Sie setzte sich und nahm sacht die Hand des
Kranken, streichelte sie und legte sie auf die Decke neben seinen Körper. Dann zog sie mit den Fingern ein Augenlid herunter und fühlte Dinoots Stirn. Der Alte hustete und legte
sich erschöpft zurück, doch seine Augen suchten interessiert
nach der jungen Frau.

»Bring das raus, Cadeyrn. Dieser Gestank ist widerlich. Dann hol heißes Wasser und eine Schale«, ordnete sie sachlich an.

Er sah noch, dass Dinoots Lippen sich zu einem kaum wahrnehmbaren Lächeln verzogen, und tat, wie ihm aufgetragen worden war.

XI

Abschied

Creawdr a'm crewys a'm cynnwys i
Ymhlith plwyf gwirin gwerin Enlli.
(Möge der Herr, mein Schöpfer, mich aufnehmen
unter den heiligen Bewohnern von Bardsey)

Meilyr Brydydd ap Mabon, 12. Jh., Marwysgafn

Cadeyrn goss den bestialisch stinkenden Inhalt des Holzbottichs in die Jauchegrube hinter der Küche. Ein kurzer Blick in die unappetitliche Brühe hatte ihm gezeigt, dass sich abgetrennte Zehen darin befanden. Einer der Pilger litt unter schwärenden Füßen, und die Amputation der Zehen war unvermeidlich gewesen.

Er spülte den Bottich mit Meerwasser, das eigens dazu in einer Tonne gesammelt wurde. Die Anwesenheit von Meara schenkte ihm ein ungewohnt beruhigendes Gefühl. Niemand, der sie heute sah, würde glauben, was gestern Nacht geschehen war. Sie wirkte gefasst, und ihre Augen waren voller Güte, wenn sie die Kranken betrachtete.

Der Krankenwärter hier auf Enlli war ein mürrischer Mönch mit Namen Tathan, der zum Kreis um Abt Mael gehörte. Der Abt rühmte sich persönlicher Bekanntschaft mit dem heiligen Columban, mit dem er einige gemeinsame Jahre in der Abtei von Bangor im irischen County Down verbracht hatte.

Seit dem Tod seiner Familie sehnte sich Cadeyrn nach einer Bestimmung, einer erfüllenden Aufgabe, der er sich mit Leib und Seele widmen konnte. Doch je länger er in der Ordensgemeinschaft lebte, desto schwerer fiel ihm der unbedingte Gehorsam dem Abt gegenüber. Im Grunde bewunderte er Elis, der sich hier neu gefunden zu haben schien. Ihm selbst war es zu wenig, das Denken dem Abt zu überlassen. Cadeyrn hatte zu allem Fragen und erwartete von seinem Abt tiefergehende Diskussionen, die dieser jedoch nicht zu führen bereit war.

Seufzend hob Cadeyrn den Eimer an und warf einen Blick zur Kapelle, aus der der Gesang der Mönche ertönte. Dieses wilde, einsame Eiland vor der felsigen Halbinsel war ein Ort, an dem man sich finden oder verlieren konnte, dachte er.

Als er in die *cella infirmorum*, das Haus der Kranken, trat, saß Meara an Vater Dinoots Bett. Sie hatte eine besondere Gabe, mit Menschen umzugehen. War jemand wie sie nicht ebenso heilig zu nennen wie ein Mönch, der sich Tag für Tag mit der ewigen Litanei der Gebete abmühte?

»Cadeyrn, was schaust du? Wo ist das heiße Wasser?«, unterbrach sie seine Beobachtungen.

Er stellte den Bottich wieder in die Mitte des Raumes und legte den Deckel auf. »Vater, es geht Euch besser! Meara, wie hast du das fertiggebracht?«

Der alte Mönch hatte ein wenig Farbe bekommen, und sein Atem ging gleichmäßiger. »Diese junge Frau ist bemerkenswert, Cadeyrn«, sagte der Alte heiser. »Sie sollte einen Orden für Frauen gründen und das Heilen lehren. Von ihr kann mancher viel lernen.«

Meara schmunzelte. »Ich nehme das Lob aus Eurem Munde an, doch aus gewichtigem Grund kann ich Euren Glauben nicht gutheißen.«

»Meara, es sind nicht alle wie dieser Brioc«, widersprach Cadeyrn.

»Nicht alle, aber viele. Was ist denn mit euch? Was trennt euch denn von den Christen, die dem Papst in Rom folgen? Ist das wirklich so viel, dass man euch dafür hinmetzeln musste?« Meara beugte sich zu ihrer Tasche und nahm einen Tiegel heraus. Als sie die Lederhaut löste, die mit einer dünnen Schnur befestigt war, entströmte dem Gefäß ein Duft nach Tannennadeln.

»Es war unsere eigene Schuld, Heilerin«, sagte Dinoot. »Ich war stolz und starrsinnig, genau wie die anderen. Wir hätten erkennen müssen, mit wem wir es zu tun haben. Stattdessen haben wir auf unseren Glaubenssätzen beharrt. Wir waren nicht besser als sie.«

»Aber die anderen haben getötet. Oder hättet ihr das auch getan?« Meara tauchte den Finger in die Salbe und rieb Hals und Brust des alten Mannes ein.

»Nein! Selbstverständlich nicht!«, entrüstete er sich.

»Dann seid Ihr besser als die Mörder.«

»Wir hätten klüger und vorausschauender sein müssen«, murmelte Dinoot und schloss die Augen. »Es riecht nach dem Wald meiner Kindheit.«

Meara wischte sich die Hände mit einem Tuch ab, verschloss den Tiegel wieder und wartete schweigend. »Er schläft«, stellte sie nach einer Weile leise fest und erhob sich. »Wenn du mir endlich das heiße Wasser holst, bereite ich die Umschläge vor. Für die Schmerzen habe ich noch etwas anderes.«

Anschließend schlug Cadeyrn vor: »Komm mit in die Küche, Meara. Meical hat das Essen vorbereitet.«

An das Küchenhaus angeschlossen war ein Raum für die Wäsche. Auf dieser Insel verrichteten die geistlichen Män-

192

ner alle anfallenden Arbeiten selbst. Die Frau des Schäfers war die einzige weibliche Bewohnerin auf Enlli.

In der Küche war es warm und roch nach Eintopf und Fisch. Cadeyrn nahm eine Schüssel und schaufelte einen großen Löffel Eintopf hinein. Die Suppe bestand aus Erbsen, weißen Bohnen, Haferflocken und Salz. Dazu gab es ein Stück Brot, das Meara hungrig in die Brühe stippte und verspeiste.

Cadeyrn schnupperte an dem zweiten großen Topf und tauchte einen Becher hinein. »Warmes Bier.«

»Danke. Sag mal, habt ihr noch Honig? Ich benötige noch welchen für meine Wundpaste.« Sie nahm einen großen Schluck des würzigen dünnen Bieres. »Hast du keinen Durst?«

»Ich warte, bis wir zu Tisch sitzen.« Man wusste nie, wer gleich zur Tür hineinkam und einen Regelverstoß beim Abt meldete.

Nachdem sie gegessen hatte, ging Meara wieder zu den Kranken, und Cadeyrn schloss sich den Mönchen zum Mittagessen an. Während des schweigsamen Mahls fing Cadeyrn immer wieder boshaft-herablassende Blicke von Braen auf. Elis saß mit gesenktem Kopf neben ihm und gab keine Silbe von sich.

Als das Essen beendet war und der Abt den Segen gesprochen hatte, winkte Braen ihn an den Kopf der Tafel.

»Der Abt möchte mit dir sprechen, Cadeyrn. Du weißt sicher, dass dir für dein Fehlverhalten eine Strafe droht.« Der große Mönch wirkte mit seinem halbverbrannten Gesicht furchteinflößender denn je.

Abt Mael saß mit ausdrucksloser Miene im einzigen Lehnstuhl der Tafel und hob kurz die Hand, um Braen zum Schweigen zu bringen. »Lass uns allein, Braen.«

Der Mönch verneigte sich und ging davon.

Cadeyrn hatte die Hände in den Ärmeln seiner Kukulle versteckt und stand mit gesenktem Blick vor dem Abt, der ihn fixierte und mit den Fingern auf der Tischplatte trommelte. »Bruder Cadeyrn, ich hatte dir nicht gestattet, die Insel zu verlassen.«

»Ich habe es nur getan, um Vater Dinoot zu helfen. Ihr wisst selbst, dass Bruder Tathans Heilkünste beschränkt sind. Und Vater Dinoot …«

»Schweig! Ich bin hier dein Vater. Hier unterstehst du mir und meinen Geboten. Wir haben euch aufgenommen, als ihr in Not wart, und so dankst du mir meine Güte?«

War der Abt eifersüchtig auf die noch immer größere Autorität von Dinoot, der unzweifelhaft einen guten Ruf als Gelehrter genoss? Cadeyrn schwieg.

»Hast du nichts zu sagen?« Mael verschärfte seinen Ton und beugte sich leicht vor, so dass Cadeyrn seine rissigen Lippen und die bläulichen Adern an seinen Schläfen sehen konnte.

Der Abt war nicht groß, sehnig, und seine Hände erinnerten Cadeyrn an Krallen. Ständig reckte er den Kopf mit dem fliehenden Kinn vor wie ein Aasgeier. Was ihm an Souveränität und Güte, die einen Abt ausmachen sollten, fehlte, ersetzte er durch Strenge.

»Nun gut, heute Nacht muss die Heidin auf der Insel bleiben. Aber morgen nimmt sie das erste Boot, das anlegt, und verschwindet.«

»Aber Ihr hattet sie doch selbst schon einmal bestellt. Was habt Ihr plötzlich gegen sie?«

»Mäßige deinen Ton, Bruder. Du bist unverschämt und hochmütig, setzt dich über meine Anordnungen hinweg, als ob ich nicht wüsste, was gut für meine Brüder ist.« Die kleinen Augen hefteten sich wütend auf den unnachgiebigen

Widersacher. »Du bist gebildet und hältst dich für besser als die anderen. Aber vor dem Herrn sind wir alle gleich.«

»Das mag sein. Aber hier auf Erden müssen wir Euch Rechenschaft ablegen. Und ich frage mich, warum jemand wie Braen die Leitung des Skriptoriums übertragen bekommt, wo er noch nicht einmal des Griechischen mächtig ist. Zum Wohle des Clas sollte doch derjenige eine Aufgabe übernehmen, der dafür am besten geeignet ist. Und genau das ist auch die Heilerin. Sie ist kenntnisreicher als Tathan und hat Vater Dinoot schon sehr geholfen.«

Abt Mael hatte sich bei Cadeyrns letzten Worten erhoben und zischte durch schmale Lippen: »Du stellst meine Urteilskraft infrage! Du wagst es, mir, der ich mit dem heiligen Columban in Irland im Clas von Bangor die Regeln studiert habe, zu widersprechen? Ich werde dich Demut lehren! Wenn du in diesem Clas bleiben willst – und ich denke, das willst du, denn sonst wärst du bereits verschwunden –, wirst du meine Worte dankend annehmen lernen und dem Herrn gehorsam dienen.«

Er holte tief Luft und fügte etwas milder hinzu: »Du bist ein intelligenter Mann, Cadeyrn, und könntest es weit bringen, möglicherweise bis zum Bischof. Überleg dir, welche Tore sich für dich öffnen würden. Aber du musst deinen Stolz und deine Eigenmächtigkeit beherrschen lernen. Du bist vom Abendessen ausgeschlossen. Und jetzt geh mit Gott.«

Enttäuscht verließ Cadeyrn das Refektorium und wäre vor der Tür fast mit Braen zusammengestoßen.

»Hast du dich amüsiert?« Cadeyrn konnte die Genugtuung im Blick des ungeliebten Bruders kaum ertragen. »Griechisch kannst du trotzdem nicht.«

Er ging weiter und wusste, dass er diesen letzten Satz bereuen würde.

10

Der Garten

Ambrosien, Rose, Lilien, Lavendel und Safran,
lieblich alle zumal.

Walahfrid Strabo (9. Jh.), Carmen 8,31

»Fizz, hör auf zu buddeln!« Lilian warf einen leeren Pflanzenbecher nach dem kleinen Hund, der sich davon nicht stören ließ und unbeirrt weitergrub. Fizz war zwar fleißig, jedoch nicht ganz so, wie es dem neuen Kräuterbeet gutgetan hätte.

»Ich geb's auf.« Lilian stieß weiter den Spaten in die Erde des Cottagegartens und hob Löcher für ihre Beerensträucher aus. Sie liebte es, Kuchen mit frischen Beeren zu backen, und plante das für ihr Terrassengeschäft.

Die Sonne schien von einem fast wolkenlosen Himmel, und es war so warm, dass sie in T-Shirt und Jeans draußen sein konnte. Die Terrassentüren standen offen, und sie hörte es hämmern, reißen und bohren, manchmal wurde auch geflucht. Marcus hatte Wort gehalten und war seit drei Tagen mit seinem Mitarbeiter dabei, die alten Tapeten herunterzureißen und die Dielen in den oberen Räumen zu prüfen und notfalls zu schleifen. Es gab noch viel zu tun, aber das Cottage nahm bereits Gestalt an.

Lilian strich sich Haare und Schweiß aus dem Gesicht und stützte sich auf ihren Spaten. Der Ausblick von hier war grandios. Welch ein Glück, dass die umgebenden Wiesen ihr gehörten und nicht bebaut werden durften. Da konnte Miles Folland sich noch so freundlich um sie bemühen, sie war doch nicht wahnsinnig und ließ ihn nebenan eine Ferienanlage errichten. Das Meer war verhältnismäßig ruhig heute, obwohl sie mittlerweile die Strömungslinien zu deuten wusste und erkannte, wie die Strudel unter der Wasseroberfläche arbeiteten. Gerrys Respekt vor dem Meer hatte sie beeindruckt, genau wie Ynys Enlli. Der Tag auf der Insel hatte sie verändert, sie aufgewühlt oder ihr Bewusstsein geschärft. Sie war sich nicht ganz klar darüber, was sie von den seltsamen Erlebnissen halten sollte, die sie hier seit ihrer Ankunft hatte. Selbst jetzt, wenn sie nur den schwarzen Buckel im Meer betrachtete, breitete sich ein warmes Gefühl in ihrem Innern aus. Eine dunkle Vorahnung auf etwas, das ihr bevorstand. Das war doch verrückt! Aber war nicht alles ziemlich außerhalb der Norm, was mit dieser Erbschaft zusammenhing?

Manchmal war es wohl besser, das Gute, was einem zuteilwurde, ohne große Fragen anzunehmen. Und dieses Cottage war nicht nur die beste, sondern auch die einzige Chance, die sie seit Jahren erhalten hatte. Sie hatte viele Fehler in ihrem Leben gemacht und würde sich das hier nicht verbauen.

»Helô, Mrs Gray!«, rief jemand vom Klippenpfad herauf. Es dauerte nicht lang, und eine graue Mütze tauchte auf.

Der hatte ihr noch gefehlt. »Mr Raines, was für eine Überraschung.«

Fizz stürmte auf die Steinmauer und stellte sich vor dem Besucher auf.

Raines kam mit seinen Walkingstöcken den Hügel herauf und blieb etwas außer Atem vor der Mauer stehen. »Schöner Tag heute.«

»Aye, traumhafter Tag für Gartenarbeit«, erwiderte Lilian knapp.

Er schob seine Hornbrille höher und nickte Richtung Cottage, aus dem lautes Krachen ertönte. »Sie kommen voran? Reißen Sie alles heraus? Das Cottage ist denkmalgeschützt. An der Grundsubstanz darf nichts verändert werden.«

»Wir halten uns genau an die Vorschriften, Mr Raines, keine Sorge. Die Gäste sollen sich ja auch wohlfühlen. Moderne Pilger haben moderne Ansprüche, meinen Sie nicht?«

»Das ist mir bewusst. Ich wollte Sie nicht kritisieren. Es wird nur so viel abgerissen und dann durch hässliche Betonklötze ersetzt. Und dieses Cottage gehört für mich zu den Juwelen von Llŷn. Ich habe Sie noch nicht in der Kirche gesehen. Mein Schwager hält einen durchaus unterhaltsamen Gottesdienst, wenn man das so sagen darf. Kommen Sie doch am Sonntagmorgen.«

»Danke, sehr freundlich. Ich will sehen, dass ich es einrichten kann.«

»Lili! Kommst du mal? Was sollen wir hier machen?«, rief Marcus von der Terrasse.

»Ich will Sie nicht aufhalten. Auf Wiedersehen!« Seth Raines tippte sich an die Mütze und spazierte davon.

Lilian verdrehte die Augen, stieß den Spaten in die Erde und ging zu Marcus, der sie verschmitzt angrinste. Die Zusammenarbeit mit ihm hatte sich als Glücksfall erwiesen. Er war nicht nur kompetent und zuverlässig, sondern hatte auch kreative Ideen zum Erhalt alter Fliesen oder Dielen, und es gab nicht einen Tag, an dem er schlecht gelaunt gewesen wäre. »Was wollte denn der? Der Schrecken der Schule war er früher. Ein halbes Jahr lang musste ich ihn in Geschichte ertragen. Ein Schleifer war das. Aber ich habe was gelernt, immerhin.«

»Sein Steckenpferd war auch da schon die Geschichte der Halbinsel?«

Sie folgte ihm ins Haus, in dem es chaotisch, aber heller aussah. Die Blumentapeten waren verschwunden.

»Das und Kirchengeschichte.«

»Oh, ich soll in den Gottesdienst kommen. Aber vielleicht mache ich das sogar. Cheryl war so nett. Ich will nur nicht, dass die denken, ich komme dann jeden Sonntag.«

Marcus lachte. »Die freuen sich über jeden Besucher. Und dann gibt es ja auch noch die Touristen und die Pilger. Wirst sehen, im Sommer ist hier einiges los.« Er klopfte gegen eine Wand im Erdgeschoss. »Das war mal eine Außenwand. Die ist massiv, hat aber Wasser gezogen. Feuchtigkeitsgehalt liegt stellenweise über sechzig Prozent.«

Marcus' Mitarbeiter kam die Treppe mit zwei Säcken voller Tapetenmüll herunter. »Der Putz muss runter, sonst wird sie das nie los.«

»Jo, wo du recht hast ... Oder?«

Lilian nickte.

Schwungvoll holte Marcus mit einem Hammer aus und schlug beherzt auf die Putzschicht, unter der sich ein Holzgerüst befand, dessen Felder mit Torf und Lehm ausgefüllt waren. Dabei bröckelte auch das Holz, und Jo rieb sich bedenklich das Kinn.

»Runter damit. Ich will keine halben Sachen. Meine Güte, die Vormieter haben immer nur drübergeschmiert.« Entschieden griff sich auch Lilian einen Hammer und holte die teils modrige Füllung aus dem Rahmen.

Jo, ein muskulöser junger Mann mit blonden Rastazöpfen, die unter einer bunten Wollmütze hervorsahen, holte sich eine Säge. Eine Zeit lang arbeiteten sie nebeneinander an der Wand. Lilian befreite eines der unteren Felder von der Lehm- und Torfschicht und bürstete die solide Steinmauer darunter sauber. »Gute, alte Feldsteine.«

Sie holte Besen und Schaufel und schob den staubigen Belag in einen Sack. Erneut kniete sie vor der freigelegten Mauer und bürstete die grauen Steine ab. »Die sind viel zu schön, als dass ich sie verputzen wollte. Können wir die nicht so lassen?«

Marcus bückte sich und begutachtete das Mauerwerk. »Warum nicht, scheint in Ordnung. Oh, schau, da wurde schon gekratzt, schade, na ja, lässt sich ausbessern …«

Lilian musterte den Stein genauer. »Da steht etwas! Marcus, Jo, das ist doch eine Inschrift!«

Jo holte eine Bauleuchte, so dass sie den rauen Stein genau untersuchen konnten.

»Das ist ein Kreuz, und das sieht aus wie ein keltisches Symbol, ein Knoten oder eine Blume?« Lilian fuhr mit den Fingerspitzen die ungelenk eingeschlagenen Kerben nach, die sie in ihrer Art an die Inschriften auf den Steinen in St. Hywyn erinnerten.

»Das hätte Raines gefreut. Der wüsste vielleicht sogar, was das bedeutet«, meinte Marcus.

»Nein!«, entschied Lilian spontan. »Dem erzählen wir davon nichts. Was ist mit Collen, der kennt sich doch auch aus? Lassen wir es erst mal einfach so, wie es ist. Wir erzählen bitte niemandem etwas, okay? Sonst kommen die noch vom Denkmalamt und wollen graben oder was weiß ich. Der Stein liegt hier gut, und ich werde ihn respektvoll behandeln.«

»Man muss ja nicht jedes mittelalterliche Graffito unters Elektronenmikroskop legen«, sagte Jo auf die für ihn typische trockene Art, und alle lachten.

Es war kurz vor fünf, als sie in Aberdaron vom großen Parkplatz am Meer zum Supermarkt hinüberging. Fizz schlief im Wagen, denn der Tag im Garten hatte ihn gefordert. In Gedanken sah Lilian den Garten bereits fertig und voller Pracht vor sich. Die Obststräucher brauchten natürlich länger, bevor sie Früchte trugen, aber das war es ihr wert. Jetzt war die richtige Zeit für duftende Frühjahrsstauden wie Traubenhyazinthe und Kuhschelle. Lilian liebte Blautöne. Aber auch die buschige Goldwolfsmilch konnte sich jetzt entfalten, und im Halbschatten würde sich der zartgelbe Hundszahn wohlfühlen.

»Helô, Lilian!«

Sie sah sich um und entdeckte Cheryl Olhauser in vertrauter Unterhaltung mit einem Mann auf der anderen Straßenseite vor dem *Sandcastle*. »Kommen Sie zu uns. Wir laden Sie auf ein Bier ein!«

Lilian erkannte den Pfarrer, den sie schon mehrmals gesehen hatte. Lewys Olhauser zog genüsslich an einer Pfeife. Es standen aber nicht nur Raucher draußen an den hohen Tischen und ließen den Tag bei einem Bier und einem Schwätzchen ausklingen. Lilian sah Miles Folland auf das Pendragon Hotel zugehen. Er hatte sie nicht entdeckt, so dass sie unbehelligt zu dem Pfarrerspaar stoßen konnte.

»Hallo, das ist sehr freundlich. Eigentlich wollte ich noch etwas fürs Abendessen einkaufen. Schließt der Supermarkt nicht gleich?«

Cheryl, die in ihrem hellblauen Pullover und einer roten Weste jünger aussah als bei ihrer letzten Begegnung in der Kirche, winkte ab. »Ach was, die Sandwiches hier sind hervorragend. Also, was möchten Sie?«

»Ein Pint und ein Thunfischsandwich, aber ich kann selbst ...«

»O nein. Ich mache das. Bin gleich zurück.« Cheryl verschwand nach drinnen, um die Bestellung an der Bar aufzugeben.

Lilian setzte sich auf einen der hohen Hocker und fand sich dem zufrieden paffenden Lewys gegenüber.

»Wie kommen Sie dort oben zurecht? Bereuen Sie es schon? Ist nicht leicht hier. Muss man mögen.«

»Für mich ist es gerade richtig. Marcus Tegg und seine Leute sind mir eine große Hilfe beim Renovieren, und der Garten wird. Das ist mein Baby, wissen Sie.«

»Hat Ihnen das Cottage schon mehr verraten?« Der Pfarrer musterte sie durch eine Tabakwolke.

Unangenehm berührt fragte sie: »Mehr?«

»Nun ja, so ein altes Haus birgt doch sicher Geheimnisse. Ich habe immer gedacht, viele der Pilger mit ihren Sorgen und Nöten im Gepäck müssen dort etwas zurückgelassen haben. Vielleicht sind solche Dinge auch schon längst gefunden worden.«

»Hm, ja, wird wohl so sein. Komisch, dass Sie das fragen. Dasselbe wollte Ihr Schwager heute Morgen auch wissen. Gibt es da etwas, was Sie mir sagen wollen? Ist da etwa etwas Furchtbares passiert? Ich meine, irgendwann finde ich es sicher heraus …« Lilian runzelte verärgert die Stirn.

Doch Lewys lachte dröhnend. »Liebes Kind, nein! Über das Cottage wurde nur schon immer viel geredet. Wahrscheinlich lag es an Mae Lagharn, unserer Dramaqueen. Gott hab sie selig.«

»Und wegen des Gottesdienstes. Ihr Schwager …«, begann Lilian, wurde jedoch von Cheryl unterbrochen, die sich neben sie setzte und ihr ein Pintglas reichte.

»Was hat mein Bruder schon wieder angestellt? Er ist ein schrecklich neugieriger Kerl und weiß einfach alles besser. Das ist eine Berufskrankheit. Nehmen Sie ihn nicht so ernst. Ich weiß, dass er manchmal etwas einschüchternd wirken kann. Cheers!«

»Cheers!« Das Bier war kühl und frisch und genau das Richtige nach einem langen Tag zwischen Erde und staubigen Tapeten.

»Kommen Sie in unsere Kirche, wann immer Sie möchten. Niemand erwartet das von Ihnen, Lilian.« Lewys wandte sich an seine Frau: »Sie will einen Garten anlegen.«

Cheryls Augen leuchteten. »Wundervoll! Das Cottage hat einen ganz besonderen Garten verdient. Ich bin selbst ein großer Fan von Gärten, vor allem von Kräutergärten.«

»Wem sagst du das …«, meinte Lewys und zog an seiner Pfeife.

»Von überall bringe ich Pflanzen mit, um zu sehen, wofür sie nützlich sind. Wir nehmen kaum Medikamente. Jede Pflanze hat eine Aufgabe. In der Natur und für uns.« Cheryls sanfte Stimme hatte etwas Hypnotisches.

»Da mag etwas dran sein. Ich habe mich noch nicht so sehr damit beschäftigt.«

Plötzlich nahm Cheryl ihre Hand und hielt sie für einen Moment zwischen ihren. Eine wohltuende Wärme strömte von ihren Händen aus, und Lilian sah sie überrascht an.

»Lass doch das arme Kind mit deinem Hokuspokus in Ruhe«, sagte Lewys.

Doch Cheryl schüttelte den Kopf, und Lilian bemerkte den warnenden Blick, den die beiden austauschten. Sacht gab Cheryl ihre Hand frei und sagte: »Sie gehören zu den Menschen, die starke innere Kräfte haben, Lilian. Sie müssen nicht daran glauben, und es hat nichts mit Esoterik zu tun. Sie haben heilende Hände. Was Sie damit machen, ist Ihre Sache. Oh, da kommt Ihr Sandwich.«

Während Lilian hungrig in das saftige Sandwich biss, fragte sie sich, was sie von alldem halten sollte. Die beiden beobachteten sie, als wäre sie ein Versuchskaninchen, und das gefiel ihr überhaupt nicht. Vielleicht gehörten sie einer merkwürdigen Sekte an?

»Seien Sie mir nicht böse, aber das geht mir zu weit. Ich

schiebe das mal auf Carreg Cottage. Ich bin nur Lilian Gray, die dort Zimmer an Gäste vermietet und Kuchen backt. Das kann ich nämlich gut.«

»Wir haben Sie verschreckt oder beleidigt?« Cheryl schien betrübt. »Nicht doch, das war nicht meine Absicht. Vergessen Sie einfach, was ich gesagt habe.«

Lewys lenkte das Gespräch auf unverfängliche Themen, erzählte von den Sommergästen und den Fans des Dichters, die hier häufig zu finden waren. »Wenn Sie das nächste Mal im Dorf sind, kommen Sie in die Kirche. Dann schenke ich Ihnen ein Buch von R. S. Thomas. Kaum einer hat die Besonderheiten von Aberdaron und der Llŷn so treffend in Worten gemalt wie er.«

Sie verabschiedeten sich herzlich, doch Lilian ging mit gemischten Gefühlen über die alte Brücke zum Parkplatz. Bevor sie am Parkwächterhaus vorbeikam, sah sie eine bekannte Gestalt an einem Geländewagen lehnen. Der dunkelhaarige Mann war unverkennbar Collen, und er war in ein vertrauliches Gespräch mit Katie vertieft, die dicht vor ihm stand und ihm die Haare aus der Stirn strich.

Lilian schluckte, hasste den Stich in der Magengrube, der ihre Schwäche für den Historiker offenkundig machte, und drehte sich auf dem Absatz um. Und wahrscheinlich war Elijah auch noch sein Sohn, dachte sie und spazierte energisch zum Strand. Vor den Häusern verlief ein schmaler, befestigter Weg, der sie in einem Bogen auf die andere Seite des Parkplatzes brachte. Sie musste zwar durch die Flussmündung waten, doch der Wasserstand war niedrig, und nasse Schuhe waren es allemal wert, eine Begegnung mit der attraktiven Katie zu vermeiden.

Sie gelangte unbemerkt in ihr Auto, wurde aufgeregt von Fizz begrüßt und fuhr so rasch vom Parkplatz, dass der Kies hinter ihr aufwirbelte. Als wäre der Tag nicht schon aufreibend genug gewesen, erwartete sie bei ihrem Cottage die nächste Überraschung. Kaum ließ sie Fizz aus dem Wagen, preschte dieser zur Haustür und bellte und kratzte wie wild.

»Fizz!«, rief sie, doch der Hund war nicht zu bremsen. Als sie vor die Haustür trat, stockte ihr der Atem.

Auf der Fußmatte lag eine tote Dohle.

11

Vorzeichen

Lilian schloss die Haustür auf, schaltete die Außenbeleuchtung ein und schob Fizz ins Haus, damit er nicht länger an dem Kadaver herumschnupperte. Sie holte einen leeren Karton und legte den toten Vogel hinein. Das Tier war kalt und steif und verströmte einen üblen Geruch, was bedeutete, dass es schon länger tot war. Und weil tote Dohlen nicht fliegen konnten, musste diese absichtlich hier vor ihrer Haustür platziert worden sein.

Ob Miles Folland so weit gehen würde, um an ihr Land zu kommen? Dachte er wirklich, er könnte sie auf diese kindische Weise verschrecken? Oder war es jemand anderes, derjenige, der das Cottage durchsuchen wollte, wie kurz vor ihrer Ankunft? Aber warum jetzt? Das Cottage hatte monatelang leer gestanden, und jeder hätte sich Zutritt verschaffen und ungestört jede einzelne Diele umdrehen können!

Lilian nahm eine Stablampe und den Karton und ging einmal um das Haus herum. An der Steinmauer ihres Gartens blieb sie stehen und sagte laut in die Dämmerung: »Wer immer sich diesen miesen Scherz ausgedacht hat, kann mich mal! Ich bin sauer, kapiert! Legt euch nicht mit mir an!«

Sie zog den Spaten aus der Erde und hob in einer Ecke ein Loch aus, in das sie die Dohle legte. Es wäre ihr nie in den Sinn gekommen, ein totes Tier einfach in den Müll zu werfen. Vielleicht wäre ein Haselstrauch hier passend, dachte Lilian, klopfte die Erde fest und schaute hinüber zum Berg Anelog. Hinter der Anhöhe lag das Farmhaus des Landwirts, der zwei ihrer Weiden gepachtet hatte. Sie hätte sich längst vorstellen sollen. Vielleicht war sogar er hinter dem Land her.

»Phh!« Lilian schulterte den Spaten, stellte ihn neben der Haustür ab und ging hinein. Sie könnte alle hier verdächtigen, paranoid werden und ihre Sachen packen oder weitermachen und hoffen, dass die oder der bald aufgaben.

Fizz erwartete sie schwanzwedelnd und sprang an ihr hoch, um an ihren Händen zu riechen. »Nein, ich wasche mich, und dann bekommst du dein Fressen.«

Als Fizz sich genüsslich über seinen Napf hermachte, setzte sich Lilian mit einem Becher Tee in einen Sessel, über den sie eine Decke gelegt hatte. Einige Möbel waren noch brauchbar und wurden während der Renovierung je nach Bedarf hin und her geschoben. Marcus und seine Leute waren flexibel und verlangten nicht, dass sie alles ausräumte und extra ein Lager mietete. Das Zimmer, in dem sie zurzeit schlief, würden sie sich zum Schluss vornehmen. Sie brauchte nicht viel Platz und beanspruchte nur den ausgebauten Dachboden über dem Wohnbereich für sich. Der bot eine herrliche Aussicht auf die Klippen und das Meer.

Marcus hatte ihr geholfen, die Satellitenschüssel und den Internetzugang einzurichten, so dass sie zumindest in medialer Hinsicht nicht isoliert war. Ihr altes Notebook tat es noch, und sie blätterte durch die Nachrichtenseiten, als ihr Telefon klingelte.

»Hi, Lili!«, meldete sich Marcus, und sie freute sich, die vertraute Stimme zu hören.

»Hallo. Was gibt es?«

»Wir können morgen erst ab vierzehn Uhr. Ich muss immer ein wenig schauen, wo es passt mit den Lieferungen und so, weißt du. Die Aufträge werden halt nach Eingang bearbeitet. Aber mach dir keine Sorgen, wir packen das.«

»Ich kann ja schon mit den Tapeten oben weitermachen. Und den Dachboden schaue ich mir auch an. Oh, Marcus, heute lag eine tote Dohle vor meiner Haustür. Kennst du jemanden, der einen sehr kranken Sinn für Humor hat und mich hier aus dem Cottage ekeln will?«

»Was ist denn das für ein Mist? Nein, kenne ich nicht, und wenn, würde ich demjenigen die Nase nach hinten drehen. Bist du okay? Soll ich vorbeikommen?«

Lilian lachte erleichtert über so viel Anteilnahme. »Nein, nein, mich kann so schnell nichts schocken. Da, wo ich herkomme, hat man Hexen verbrannt. Vielleicht stamme ich sogar von einer ab, meine roten Haare hätten jedenfalls Anlass zu Spekulationen gegeben.«

»Lili, das tut mir so leid. Ich sehe zu, dass wir morgen so schnell wie möglich bei dir sind. Verriegle die Türen. Zumindest die Schlösser sind jetzt sicher. Und vergiss das Schloss an der Terrassentür nicht. Du könntest es zumindest der Polizei melden, oder hast du schon?«

»Nein. Vielleicht mache ich das noch. Dann ist der Vorfall zumindest aktenkundig, obwohl man da kaum was machen kann.«

»Leider, aber wir sehen uns morgen mal um, versprochen. Hast du schon mit Collen wegen der Zeichen auf dem Stein gesprochen?«

»Dazu bin ich noch nicht gekommen. Im Dorf bin ich zufällig Cheryl und ihrem Mann begegnet, die mich auf ein Bier eingeladen haben.« Sie verdrängte die Szene auf dem Parkplatz.

»O ja, die zwei sind gesprächig, aber nett. Solange Seth Raines nicht dazukommt …« Er lachte.

»Ich hatte Glück.«

»Na gut, bis morgen dann. Pass auf dich auf!«

Lilian sah auf die Uhr. Es war noch nicht zu spät, um Collen anzurufen, aber wenn er noch mit Katie zusammen war, wollte sie ungern stören. Womöglich fanden sich im Internet Hinweise auf die Bedeutung der Zeichen. Nach einer Stunde erfolglosen Suchens gab sie auf und klappte das Notebook zu. Die Nacht war hereingebrochen, und in den dunklen Fenstern spiegelte sich das Zimmerlicht, denn die Gardinen hatte sie in allen Räumen abgenommen. Sie liebte die dunklen Nächte auf dem Lande und den oft klaren Sternenhimmel.

Plötzlich sprang Fizz auf und rannte knurrend zur Terrassentür.

»Was ist denn los, mein Kleiner?« In diesem Moment wünschte sich Lilian die alten Gardinen zurück, und als der Türklopfer schwer gegen das Messingschild fiel, erstarrte sie sekundenlang, sah sich um, packte ein Stück Metallrohr und ging zur Tür.

»Wer ist da?«, rief sie.

»Entschuldigung, wir wollten Sie nicht erschrecken! Wir kommen vom Coastal Path und wollten hier übernachten. Wir wollen morgen nach Bardsey rüber«, rief eine männliche Stimme.

»Pilger?«

»Ja, genau.«

Fizz stand neben ihr, knurrte und kratzte an der Tür. »Wenn du doch nur ein wenig größer wärst ...«, murmelte sie und öffnete kurzentschlossen die Tür, stellte jedoch den Fuß dahinter.

Eine junge Frau und ein Mann mittleren Alters standen in Wanderkleidung und mit Rucksäcken vor ihr. Lilian versteckte das Rohr hinter ihrem Rücken. »Ich vermiete nicht. Noch nicht.«

Enttäuschung trat auf die Gesichter der beiden nächtlichen

Besucher. Die Frau, die ziemlich erschöpft wirkte, sagte: »In unserem Wanderführer steht Carreg Cottage als Pilgerhaus drin. Wir hätten besser vorher anrufen sollen.«

»Ich habe befürchtet, dass diese Tour deine Kräfte übersteigt, Chris.« Der besorgte Blick, den er seiner Begleiterin zuwarf, sprach Bände.

»Ich renoviere gerade, kann Ihnen nicht einmal einen Sitzplatz anbieten. Tut mir sehr leid. Aber ich rufe Ihnen gern ein Taxi, das Sie nach Aberdaron bringt. Zum Laufen ist das zu weit, vor allem, wenn Sie erschöpft sind.«

In diesem Moment sackte die Frau zur Seite und konnte gerade noch von ihrem Begleiter aufgefangen werden. Sofort öffnete Lilian die Tür. »Kommen Sie, dort vorn auf den Sessel. Ich koche Ihnen einen Tee und rufe das Taxi.«

»Das ist sehr freundlich. Vielen Dank!« Der Mann streifte seinen Rucksack ab und stellte ihn neben die Tür. Falls die beiden Hintergedanken hatten, musste Lilian sich sehr täuschen, und auch Fizz hatte aufgehört zu knurren.

Die Augenlider der Frau flatterten, während ihr Begleiter sie zu dem Sessel führte, in dem Lilian eben noch gesessen hatte.

Lilian befeuchtete ein Tuch in der Spüle, drückte es aus und gab es dem Mann. »Legen Sie es ihr in den Nacken.«

»Verzeihen Sie. Ich bin Taylor Roberts, und das ist meine Frau Chris.« Leise fügte er hinzu: »Sie ist austherapiert, haben die Ärzte gesagt. Aber sie gibt nicht auf und hofft auf ein Wunder.« Er lächelte müde. »Ihre Tante hat ihr von Bardsey erzählt, und seitdem redet sie von nichts anderem. Sie war nie besonders gläubig, aber in der Not ...«

Lilian nickte verständnisvoll und beschloss, keine Fragen nach dem Gesundheitszustand zu stellen. Stattdessen brühte sie zwei Becher Tee auf, goss Milch hinein und stellte sie den ungebetenen Gästen auf den Tisch. »Manchmal hilft schon der Glaube an ein Wunder.«

Chris öffnete die Augen und atmete schwer. »Tut mir leid, diese Umstände. Oh, ein kleiner Hund. Ich habe mir immer einen Hund gewünscht.«

Ihre Hand hing vom Sessel herab, und Fizz stupste ihre Finger an. Lilian rief das Taxi und fragte Taylor: »Ein Hotel wäre okay? Nicht billig, aber gut.«

»Selbstverständlich. Sie braucht Ruhe und Wärme.«

Lilian rief im Pendragon Hotel an und meldete das Paar für die Nacht an. »Das Taxi dürfte in zwanzig Minuten hier sein, kommt aus Abersoch. Haben Sie die Überfahrt für morgen schon gebucht?«

»Nein. Fahren denn Fähren nicht täglich?«

Lilian schüttelte den Kopf. So würde es also sein, wenn die Gäste kamen. Sie lächelte. Es gefiel ihr, den Leuten zu helfen. »Die Strömungen hier sind tückisch und die Überfahrt gefährlich. Bei zu starkem Wind fährt Gerry nicht.«

Am nächsten Morgen rief Lilian zunächst den Anwalt an, um ihm von der Dohle zu berichten.

»Seien Sie deswegen nicht beunruhigt. Ich kann mir beim besten Willen nicht vorstellen, was jemand mit einem solch geschmacklosen Streich bewirken will. Einen Augenblick bitte.« Stanley Edwards sprach kurz mit seiner Tochter.

»Entschuldigung, das war meine Tochter. Sie fährt heute wieder. Ich sehe meinen Enkel leider zu selten.«

»Kinder werden schnell groß.« Wobei Lilian dachte, dass es für manche Kinder durchaus ein Glück war, wenn sie endlich auf eigenen Füßen stehen konnten. Das Bild ihrer Mutter, die betrunken aus dem Auto eines fremden Mannes stieg und ihr torkelnd zuwinkte, würde sie nie vergessen.

»Ich höre mich um, aber ein toter Vogel scheint mir so kindisch. Das passt zu Jugendlichen. Vielleicht die Nachbarskinder. Haben Sie mit Farmer Jones gesprochen?«

»Nein, das wollte ich heute tun.«

»Und sind Sie sonst zufrieden mit der Renovierung, die dieser, wie heißt er gleich …«

»Marcus Tegg. Ja, läuft alles nach Plan.« Sie erzählte ihm noch von ihren nächtlichen Besuchern.

»Die ersten Pilger, ein gutes Zeichen, finde ich. Sie scheinen mir genau die richtige Person für Carreg Cottage zu sein.«

Nach dem Gespräch ging Lilian in ihren Garten und harkte die Erde über dem Dohlengrab auf. Ein Kinderstreich? Nachdenklich schaute sie über die Wiesen und pfiff nach Fizz. »Na komm, jetzt sehen wir uns mal unsere Nachbarn an.«

Es war windig, und über dem Meer ballten sich dunkle Wolken. Lilian hatte eine leichte Regenjacke über ihren Pullover gezogen und nur ihr Telefon und die Schlüssel eingesteckt. Sie verfiel in einen leichten Laufschritt und hoffte, noch vor dem ersten Regen wieder in ihrem Cottage sein zu können. Der landwirtschaftliche Betrieb der Familie Jones lag nördlich von ihr. Man durfte die Hügel und Entfernungen nicht unterschätzen. Was nah erschien, konnte durchaus eine Stunde Fußmarsch bedeuten. Der Kriechginster blühte, und sie entdeckte verschiedene Flechten und Moose, die ihr interessant erschienen. Es gab so viel, was sie noch über die Wirkstoffe der ursprünglichen Pflanzen lernen konnte. Cheryls Bemerkung über ihre Hände hatte sie im ersten Moment unangebracht gefunden, aber was, wenn die Pfarrersfrau richtiglag?

Lautes Knurren und Bellen auf dem Hügel vor ihr ließ sie schneller laufen, und als Fizz aufjaulte, rannte sie das letzte Stück bis zum Gatter der Jones. »Fizz!«

Ihr Hund jaulte erneut auf, diesmal voller Schmerz und

Angst. »Fizz!«, brüllte sie und entdeckte ihren Hund neben einem Traktor im Schlamm. Ein grau gestromter Hofhund hielt Fizz gepackt und zerrte an seinem Nacken. Das sah nicht gut aus!

Entschlossen stürmte sie auf die Hunde zu und packte den Angreifer am Schwanz, riss diesen kräftig nach oben, so dass der größere Hund erschrocken von seinem Opfer abließ und dafür sie anknurrte. Doch ein Pfiff aus Richtung der Scheune hielt den wütenden Hund davon ab, sich auf sie zu stürzen. Lilian beugte sich zu ihrem Terrier und untersuchte seinen Nacken, in dem die Zähne des Angreifers blutige Bisswunden hinterlassen hatten. »O nein! Verflucht, der hat dich erwischt!«

Fizz wimmerte, als sie ihn auf den Arm nahm, und leckte ihr die Hand.

»Helô, Lady! Lassen Sie Ihren Hund nicht auf anderer Leute Land laufen. Sie sind selbst schuld. Aaron hat nur sein Revier verteidigt.« Ein großer kräftiger Mann in Latzhose und Gummistiefeln stapfte durch den Matsch auf sie zu. Unter einer speckigen Schirmmütze musterte er sie mit grimmiger Miene.

»Dann sind Sie wohl Mr Jones?«, fragte Lilian und taxierte den Mann, dessen breites Gesicht von einem Dreitagebart geziert wurde.

»Und wer will das wissen?« Breitbeinig baute er sich vor ihr auf und verschränkte die Arme vor der Brust.

Der Hof und die Gebäude wirkten ungepflegt und vernachlässigt. Hühner und Gänse liefen herum, und aus einem offenen Stall sahen zwei Ponys hervor, deren struppiges Fell lange weder Striegel noch Bürste gesehen hatte. »Ihre neue Nachbarin. Ich bin Lilian Gray und habe Carreg Cottage übernommen.«

Alles an seiner Haltung veränderte sich. Er ließ die Arme

fallen, grinste dümmlich und kratzte sich den Bart. »Sie sind das? Ach, das ist ja … Blöder Start, wirklich. Aaron ist manchmal etwas übereifrig, aber er ist ein guter Wachhund, und man kann nie wissen, wer sich hier so herumtreibt, nicht, dass ich Sie damit meine …« Er drehte sich zum Wohnhaus um und brüllte: »Dana! Komm her! Sofort!«

Fizz winselte kläglich, und Lilian sah das Blut über seinen Hals laufen. »Ich bin zu Fuß gekommen. Können Sie mich zu einem Tierarzt fahren?«

Eine kleine dunkelhaarige Frau kam aus dem Haus gelaufen. Sie wischte sich die Hände an einer Schürze ab, die voller Teig klebte. »Was gibt es denn? Ich backe gerade Scones …«

Sie brach ab, als sie den verletzten Hund entdeckte. »O nein! Aaron, du nichtsnutziger Köter!«

»Das ist Lilian Gray. Sie ist die Neue in Carreg Cottage«, sagte er mit einem dringlichen Unterton, der Lilian nicht entging.

Die Augen im rundlichen Gesicht der Farmersfrau hefteten sich neugierig auf Lilian. »Tatsächlich? Und dann gleich solch eine Begrüßung. Soll ich mir die Wunde mal ansehen? Wir machen das meiste hier draußen bei den Tieren selbst. Bis der Tierarzt hier ist, kann es oft zu spät sein. Kommen Sie mit ins Haus.«

Ein junger Bursche schob mit mürrischem Gesicht eine Schubkarre Mist über den Hof. Seine Stiefel schlurften bei jedem Schritt, und seine ganze Haltung drückte Widerwillen aus.

»Riley, beeil dich mal! Sonst kriegst du nur den halben Lohn!«, brüllte der Farmer. »Bei dem Tempo bist du ja übermorgen nicht mit dem Ausmisten fertig!«

Der Bursche spuckte aus und bewegte sich provozierend langsam weiter, wobei er Lili einen scheelen Blick zuwarf. Widerstrebend folgte Lilian der resoluten, kleinen Frau, die sie in ein traditionelles Farmhaus führte, das über eine beinahe historische Küche mit altem Herd und einer großen Feuerstelle verfügte. Ein langer Holztisch stand in der Mitte und war mit Mehl bestäubt. Ein etwa zehnjähriges Mädchen knetete eine Teigrolle.

»Meine Tochter, Elena.«

Das Mädchen trug Zöpfe und ein blaues Kleid und Strumpfhosen. Ihre Füße steckten in bunten Gummilatschen. Sie ließ den Teig auf den Tisch fallen, als sie den blutenden Hund entdeckte. »Mum, du musst ihm helfen!«

»Ja ja, geh, hol das Verbandszeug!«, befahl Dana Jones und wusch sich die Hände in einem steinernen Spülbecken. »Kommen Sie, setzen Sie ihn hier auf die Bank.«

Lilian stellte Fizz auf die Holzbank neben dem Becken und sprach beruhigend auf ihn ein. »Bitte, wie heißt denn der nächste Tierarzt? Ich kann ja schon anrufen und uns anmelden.«

Die Farmersfrau nahm ein Tuch aus dem Korb, den ihre Tochter gebracht hatte, und tupfte das Blut ab. »Ist nicht sehr tief. Etwas Jod und ein Verband, und in ein paar Tagen ist alles vergessen. Wozu den Halsabschneider von Tierarzt bezahlen?«

»Lassen Sie das bitte meine Sorge sein. Wenn Sie die Wunde verbinden, ist das genug. Fahren Sie mich zu einem Arzt, oder muss ich mir ein Taxi rufen?«

»Aber wir zahlen keinen Cent, damit das klar ist! Ihr Hund ist auf unser Land gelaufen«, beschwerte sich die Frau.

»Ja, darüber brauchen wir nicht zu diskutieren. Was ist jetzt? Fahren Sie mich oder nicht?«

Mrs Jones' runde Wangen plusterten sich spöttisch auf. »Sehen Sie sich mal um, sieht das hier aus, als ob ich mal eben eine Spazierfahrt machen kann?«

Lilian überhörte die bittere Bemerkung und sagte, während Mr Jones in die Küche trat: »Ach, bevor ich es vergesse, Sie haben nicht zufällig eine Idee, wer mir eine tote Dohle vors Haus gelegt haben könnte?«

12

Der Stein

There lies beyond Llŷn a small island where very religiously strict monks live, called Coelibes (unmarried men) or Colidei (worshippers of God)

Giraldus Cambrensis (1146–1223)

Fizz seufzte im Schlaf. Auf seinem Nacken glitzerte es blau und silbrig vom Wundspray des Tierarztes. Die Bisswunde war so tief gewesen, dass sie mit drei Stichen hatte genäht werden müssen. Aber Fizz hatte es tapfer über sich ergehen und sich den verdienten Kauknochen schmecken lassen.

Marcus und Jo hatten ihr versprochen, zuerst den Raum vor der Terrasse zu tapezieren, damit sie sich dorthin zurückziehen konnte. Die alten Steinfliesen waren noch in gutem Zustand, und die Deckenbalken mussten nur gesäubert werden. Lilian saß mit dem Notebook in ihrem Sessel und suchte nach Tapeten für die Gästezimmer. Sie wollte mit William-Morris-Entwürfen einen schottischen Touch in das Cottage bringen. Sie liebte die floralen Muster des schottischen Designers, die einen hübschen Kontrast zu modernen Möbeln bieten würden.

Die Männer hatten ein Radio angestellt, aus dem aktuelle Popmusik tönte. Marcus kam um die Ecke. »Weißt du, Lili, du solltest eine Alarmanlage einbauen. Ich könnte das für dich machen. Kein Problem, es gibt günstige Modelle, die vollkommen ausreichen.«

Sie hob den Kopf und lächelte. Farbe klebte an seiner Wange, und an seinem Pullover ein Stück Tapete. Wenn er lachte, bildeten sich Grübchen in seinen Wangen. »Das ist eine gute Idee, Marcus. Und Bewegungsmelder rund um das Haus wären auch gut. Die kleine Lampe hinten in der Einfahrt reicht nicht aus. Schau mal, wie findest du diese Tapeten?«

Sie hielt ihm das Notebook hin.

»Na ja, ziemlich viel Grün und mir zu wild, aber vielleicht an einer Wand. Warum nicht.« Er sah auf seine Uhr. »Wir sind fast fertig. Jo muss allerdings pünktlich Schluss machen. Eh, Jo!«, rief er vielsagend.

Doch der hörte ihn nicht und pfiff weiter, während er die Tapeten ausrollte.

»Er hat eine neue Freundin und ist heute verabredet.«

»Uh, alles klar. Ihr habt sowieso schon viel zu viel heute gemacht. Den Rest könnt ihr doch morgen fertig machen. Heute Abend brauche ich den Raum ja noch nicht.« Lilian klappte das Notebook zu und stand auf. »Jo, macht Schluss für heute!«

»Yup, gleich. Ich klebe noch eine Bahn«, rief der junge Mann.

Marcus wusch sich die Hände in der Spüle. »Wenn ich eine passende Alarmanlage finde, bestelle ich sie für dich. Das geht relativ schnell. In drei Tagen kann das Teil hier sein.«

»Das wäre großartig. Was würde ich nur ohne dich, äh, euch machen?« Lilian kniete sich neben den Hundekorb und strich Fizz über den Kopf. »Tapferer kleiner Kämpfer.«

»Genau wie du, Lili. Aber das würde ich Jones nicht durchgehen lassen. Er wird doch für die Tierarztrechnung aufkommen?«, wollte Marcus wissen.

Lilian erhob sich. »Wo denkst du hin! Und er hat sogar recht. Ich hätte Fizz anleinen müssen. Aber so unfreundlich, wie er und seine Frau waren ... Nein, auf eine Verlängerung des Pachtvertrags für die Weiden muss er nicht hoffen. Und so, wie die einander angesehen haben, als ich die Dohle erwähnte, wissen die mehr. Wahrscheinlich war das eins ihrer reizenden Kinder.«

Marcus rieb sich die Wange mit einem Tuch. »Du solltest trotzdem versuchen, gut mit ihnen auszukommen. Die Jones leben hier seit was weiß ich wie vielen Generationen und kennen jeden. Solche Leute sollte man sich nicht zu Feinden machen.«

»Habe ich vielleicht angefangen?«, entrüstete sich Lilian.

»Ich sag's ja nur.« Marcus sah sie an und schien noch etwas sagen zu wollen, unterließ es aber.

Nachdem die beiden Handwerker gegangen waren, trat Lilian in das Terrassenzimmer. Das Abendrot verglühte hinter den Klippen und tauchte die Wiesen, die kleine Steinmauer und ihren Garten in weiches rotviolettes Licht. Damit die Tapeten nicht gleich wieder von der Wand fielen, musste sie Fenster und Türen geschlossen halten. Hier hatte sie sich für schlichte beigefarbene Tapeten entschieden, denn der Garten und die Aussicht waren berauschend genug. Sie ging zurück in den Wohnraum, wo Fizz im Schlaf knurrte.

Draußen fuhr ein Wagen vor. Lilian dachte, dass einer der Männer vielleicht etwas vergessen hatte, öffnete die Haustür und schaltete die Außenbeleuchtung ein. Doch draußen stand nicht Marcus' Firmenwagen, sondern ein heller Combi.

»Helô, Lili!«, begrüßte Collen sie, nachdem er ausgestiegen war.

Sie dachte an ihre verdreckte Arbeitskleidung, den schlichten Zopf und sah Katies blonde Mähne und ihre gepflegte Erscheinung vor sich. Seufzend lehnte sie sich an den Türrahmen. »Hi, Collen, was führt dich denn her?«

Er hielt eine Tüte hoch. »Abendessen, aber das ist eigentlich mehr Bestechung, damit du mir den Stein mit den Zeichen zeigst, von dem Marcus mir erzählt hat.«

Sie hob die Augenbrauen. »Hat er das? Na prima. Dann weiß es sicher das ganze Dorf, und mein ganz spezieller Freund Mr Raines kreuzt auch bald hier auf.«

Collen runzelte kurz die Stirn. »Entschuldige. Ich wollte dich nicht überfallen, aber Marcus meinte, es wäre dir wichtig und …« Er sah nach unten. »Hey, was ist dir denn passiert?« Er drückte Lilian die Tüte mit dem Takeaway in die Hand und beugte sich zu Fizz hinunter, der noch etwas wackelig auf den Beinen auf ihn zukam.

»Na, komm rein. Tut mir leid. Ich wollte nicht unhöflich sein. Der Tag fing nicht ganz so gut an, wie du an Fizz sehen kannst. Was hast du mitgebracht?«

»Italienisch. Antipasti, Brot, Pasta. Ich hoffe, da ist etwas für dich dabei.« Collen hatte Fizz auf den Arm genommen, der sich das gerne gefallen ließ.

Lilian packte eine Flasche Rotwein und die Schachteln aus und schnupperte. »Hmm, gut. Wein oder Bier?«

Collen kraulte Fizz' Ohr und setzte den Hund auf den Boden. »Den Roten, bitte. Und wer hat Fizz so zugerichtet?«

Er fragte zuerst nach Fizz, wie konnte sie ihn nicht mögen? Sie reichte ihm die Weinflasche und einen Korkenzieher, holte Teller und Besteck und schilderte die Begegnung mit ihren Nachbarn. »Und dann habe ich mir ein Taxi bestellt. Mrs Jones hat Fizz notdürftig verbunden, und damit war die Sache für sie abgetan. Adieu Weideland, sage ich nur.«

Collen sog die Luft ein. »Leg dich nicht mit den Jones an.«

»Du auch? Marcus hat mich schon gewarnt.« Sie kam um die Theke herum und deutete auf die Mauer hinter dem Windfang. »Dort ist der Stein. Ganz unten.«

Sie holte eine Bauleuchte und stellte sie so auf, dass die Zeichen gut sichtbar waren.

»Zu Recht, Lili. Ein Einbruch, die tote Dohle und jetzt noch die Jones als Feinde?«

»Ach, ihr übertreibt. Schau, da unten ist es. Was bedeutet das?«

Collen antwortete nicht, sondern hockte fasziniert vor dem Stein mit den unregelmäßig eingetriebenen Symbolen. Er pustete den Staub aus den Rillen und tastete die Linien ab. »Das Kreuz von Enlli, aber das da ist ein unendlicher Knoten, ein keltisches Symbol, der eigentlich erst später auftaucht, und ...«

»Was murmelst du da? Kannst du mir das bitte erklären?« Sie stieß mit dem Fuß gegen die Mauer.

»Hey, vorsichtig, du hast hier einen historisch außergewöhnlichen Stein vor dir!«

»Warum?«

Er hob den Blick, aus dem jeglicher Humor verschwunden war. »Lili, das Kreuz von Enlli ist eine bestimmte Form, ein Kreuz, das nur ein Mal dargestellt wurde – auf der Insel! Es ist einzigartig und die älteste Darstellung eines christlichen Kreuzes hier in Nordwales.«

»Ja, verstehe ich. Enlli ist eine heilige Insel, die von irischen Mönchen entdeckt wurde. Warum soll nicht irgendein Mönch noch ein Kreuz auf dem Festland in einen Stein geritzt haben?«

»Nicht irgendein Mönch.« Sacht berührte er den heidnischen Knoten. »Es muss ein Mönch gewesen sein, der die alte Religion genauso ehrte wie das Christentum, denn das Kreuz wurde neben den Knoten der Unendlichkeit gesetzt. Ich habe so was noch nie gesehen. Es gibt spätere sogenannte keltische Kreuze, auf denen der Knoten ringförmig in die Mitte gesetzt wurde.«

Lilian nickte. »Auf Islay habe ich das Kildalton-Kreuz gesehen.« Als Jugendliche war sie in den Ferien auf den Hebrideninseln gewesen.

»Ein beeindruckendes keltisches Kreuz aus dem frühen Mittelalter. Und das sind sie alle, ob Säulenform oder Ringkreuz, aus einem Stein gefertigt – keines wird älter als das achte oder neunte Jahrhundert datiert. In Irland gibt es noch ein Kloster, Fahan, wo ein keltisches Reliefkreuz aus dem siebten Jahrhundert steht. Aber hier dieses Enlli-Kreuz und daneben der Knoten – das scheint mir eine ganz andere Bedeutung zu haben.«

»Da war kein Künstler am Werk. Vielleicht hat hier ein Handwerker geübt, kann doch sein?« Sie ging zur Theke und goss Wein in zwei Gläser. »Ich habe wirklich Hunger. Wäre doch ein Jammer, das gute Essen kalt werden zu lassen. Der Stein ist nachher auch noch da.«

Collen lachte und kam zu ihr. »Cheers! Auf dein Cottage und diesen denkwürdigen Stein!«

Der Rotwein war gut, auch wenn sie Bier bevorzugte. Sie stellte die Pasta zum Aufwärmen in den Backofen und probierte vom Brot und den Antipasti. »Hm, der Peccorino hat eine Chilinote.«

Er sah sie zufrieden an. »Freut mich, dass es dir schmeckt. Giorgios Ristorante liegt auf dem Weg von Nefyn nach Pwllheli und ist ein kleiner Geheimtipp.«

Fizz hatte sich wieder in sein Körbchen gelegt und kaute an seinem Knochen.

»Ich möchte den Stein hier im Cottage behalten, Collen. Er gehört hierher. Das müsste doch machbar sein, oder? Immerhin steht das Cottage unter Denkmalschutz. Ich kann ja auf der Website für mein Bed & Breakfast darauf hinweisen.«

Collen brach sich ein Stück Brot ab. »Das wäre sicher interessant. Die Informationen über das Cottage sind spärlich genug. Mae Lagharn hat sich überhaupt nicht darum gekümmert, und sie hat über vierzig Jahre hier gelebt.«

»Tatsächlich? Und Stanley Edwards macht so ein Geheimnis daraus.«

»Sie waren zerstritten, wohl deshalb. Aber ich muss da an einen Pfarrer aus dem achtzehnten Jahrhundert denken, Huw Price. Er leitete die Pilgerkirche St. Beuno's in Pistyll und pflegte einen regen Briefwechsel mit seiner Schwester in Aberdaron, die mit dem dortigen Dorfschullehrer verheiratet war.«

Lilian nahm die Pasta aus dem Ofen und stellte sie auf die Theke. »Ein Briefwechsel, und weiter?«

Er sah zu, wie sie ihm eine Portion Pasta mit Muscheln auffüllte. »Danke. Du musst unbedingt einmal nach Nant Gwrtheyrn kommen. Wir haben inzwischen eine Bibliothek und eine Ausstellung zur Geschichte der Mine und auch des sozialen Lebens. Der Pfarrer hat die Minenarbeiter betreut, und ein Teil seiner Briefe ist bei uns gelandet. Einige der alten Kirchen stehen heute leer.«

»Wenn sie so gut schmecken, wie sie riechen …« Lilian probierte die Nudeln und schloss genießerisch die Augen. »Besser! Gut, ja und was schreibt er denn nun, der Pfarrer?«

»Ich habe die Korrespondenz nicht vollständig ausgewertet, aber mir eine Notiz gemacht, weil von dem Manuskript eines Mönchs von Enlli aus der Zeit um sechshundert die Rede war. Das ist an sich schon ungewöhnlich, denn es gibt keine schriftlichen Aufzeichnungen von Geistlichen aus dieser Zeit. Der Erste, der sich der walisischen Geschichte annahm, war im späten siebten Jahrhundert Beda Venerabilis, ein angelsächsischer Benediktinermönch aus Northumbria.«

»Und wo ist dieses Manuskript?«, fragte Lilian.

»Niemand weiß es. Vielleicht existiert es auch gar nicht.

Schwer zu sagen. Ich werde mir die Briefe von Price heraussuchen. Aber etwas sagt mir, dass dieser Stein aus der Zeit der ersten Mönche von Enlli stammt. Und aus irgendeinem Grund hat man das Kreuz neben ein heidnisches Zeichen gesetzt. Es wirkt versöhnlich auf mich.« Collen rollte eine Gabel mit Nudeln auf, um sie sich in den Mund zu schieben.

»Versöhnlich? Haben sich Christen und Heiden denn bekämpft? Was heißt überhaupt Heiden? Das waren doch Anhänger des alten Glaubens mit ihren Druiden.« Lilian hatte schon immer eine Vorliebe für alles Keltische gehabt, allerdings ohne an Übersinnliches oder dergleichen zu glauben.

»In Wales und Schottland hat sich der alte Glaube am längsten gehalten, auch gleichzeitig mit den Christen. Wir wurden von den Iren, den keltischen Christen, missioniert. Der heilige Cadfan war einer dieser Missionare, die in ihren Booten hierhergeschippert sind. Er hat das Kloster auf Enlli gegründet. Die Wikinger haben die Insel übrigens Bardsey genannt, Insel der Barden. Worauf ich hinauswill: Diese Missionare waren tolerant und haben versucht, die alten keltischen Traditionen einzubinden.«

Lilian legte ihre Gabel auf den Teller und verzog den Mund. »Schlau waren die. Sie wollten die Bevölkerung nicht verprellen und haben sie mit kleinen Happen geködert. Was ist denn mit den Druiden passiert?«

»Schwer zu sagen. Sie haben nichts aufgeschrieben, obwohl sie gelehrt und einflussreich waren. Das hat schon Cäsar erkannt und sie als Erstes töten lassen, um den Widerstand des Volkes zu brechen. Was mir immer ein Rätsel war, ist das Massaker an den Mönchen von Bangor.«

Er erzählte von einer Schlacht bei Chester um 614 und dem machthungrigen König Æthelfrith aus Northumbria, der sich von einem römisch-katholischen Bischof hatte anstacheln lassen, die widerspenstigen Mönche, die sich nicht den Regeln Roms unterwerfen wollten, gleich mit niederzumetzeln, während Æthelfrith weiter gegen Powys zog. »Sir Walter Scott hat eine dramatische Ballade darüber geschrieben, die sogar vertont wurde, meine ich mich zu erinnern.«

Nachdenklich drehte Lilian ihr Weinglas. »Daraus kann man wohl schließen, dass die Mönche hier zu den toleranten keltischen Christen gehörten. Und einer von ihnen hat ein Manuskript hinterlassen. Meine Güte! Das wäre tatsächlich außergewöhnlich. Das muss man sich mal vorstellen, da erzählt jemand, was ihm sechshundert Jahre nach Christus zugestoßen ist!«

»Für einen Historiker ein Jahrhundertfund. Wer weiß, was der Mönch zu erzählen hat, was wirklich geschehen ist? Geschichtsschreiber Beda berichtet nur vom Hörensagen.«

»Wer kennt denn die Briefe des Pfarrers? Könnte das ein Grund für den Einbruch hier sein?«

Collen trat einen Schritt zurück und sah sich im Cottage um. »Jeder, der zu uns ins Zentrum von Nant Gwrtheyrn kommt. Ganz ehrlich, Lili, das Manuskript ist viel älter als das Cottage. Warum sollte es hier versteckt sein? Wenn die Frau eines Dorflehrers aus Aberdaron es im achtzehnten Jahrhundert gefunden hat, dann wird sie es vielleicht ihrer Kirche gegeben haben. Meinst du nicht?«

»St. Hywyn«, sagte Lilian. »Aber was sollte dann der Einbruch?«

»Die Briefe scheinen mir der Schlüssel.« Collen ging in den vorderen Raum. »Hier sieht es schon sehr gut aus!«

Sie war ihm zur Terrassentür gefolgt. »Mein Lieblingsraum. Wenn es warm ist, werde ich die Türen öffnen, und die Gäste können draußen und drinnen sitzen. In der Ecke, dort wo die Dohle liegt, wird ein Haselstrauch blühen.«

Er stand neben ihr und starrte in die Dunkelheit. »Das muss aufhören, Lili. Ich kann dir zumindest mit den Briefen weiterhelfen. Das ist für dich ein Anfang und für mich keine Mühe, weil ich ohnehin daran arbeite.«

Sie sah ihn von der Seite an und studierte sein Profil, als er sich ihr plötzlich zuwandte und sie von seinen dunklen Augen ertappt wurde. »Ich ...«, sagte sie verlegen. »Ja, das wäre nett.«

»Nett?« Er lächelte schief und reichte ihr die Hand. »Schließen wir einen Pakt, Lilian Gray. Ich helfe dir bei der Suche nach diesem Manuskript, und wenn es tatsächlich in Carreg Cottage versteckt wurde, darf ich es zuerst lesen. Bevor du es dem Trust übergibst, meine ich.«

Sie zögerte. »Und was habe ich davon?«

»Keine weiteren Einbrüche oder toten Tiere vor der Tür.«

»Marcus installiert eine Alarmanlage«, erwiderte sie.

Collen ließ die Hand sinken. »Das ist sowieso eine gute Sache für ein abgelegenes Cottage wie dieses. Na gut.«

»Warte. Ich möchte, dass du mir hilfst.« Diesmal hielt sie ihm die Hand hin, die er sanft drückte. »Weil du mich mit nach Enlli genommen hast.«

Er ließ sie los, was ihr gegen jede Vernunft missfiel. »Ich war mir sicher, dass du das Besondere dieses Ortes spüren würdest.«

Wenn er eine Ahnung hätte! Sie schwieg und schaute nach draußen, wo sich die Wellen an Felsen brachen, an denen unzählige Schiffe zerschellt waren, wo Wellen an die Ufer einer Insel spülten, die einsamer Sehnsuchtsort für Tausende verlorener Seelen geworden war.

»*When the heathen trumpet's clang round beleaguered Chester rang, veiled nun and friar gray, marched from Bangor's fair Abbaye; High their holy anthem sounds ...*«, zitierte Collen leise die Ballade von Sir Walter Scott.

13

Alte Briefe

They did not divine it, but
They bequeathed it to us:
Clear water, brackish at times,
Complicated by the white frosts
Of the sea, but thawing quickly.

R. S. Thomas (1913–2000)
Ffynnon Fair (St Mary's Well)

Seit Collens Besuch waren zwei Tage vergangen, in denen sie wie besessen gestrichen und geputzt hatte. Auf Marcus' Anraten hin hatte sie sich für eine neue Küche mit einer Theke aus Granit entschieden. Eine Granitplatte war pflegeleicht und konnte als Buffet für die Frühstücksgäste und am Nachmittag zum Aufstellen von Kuchen dienen. Zudem erinnerte der dunkle Granit an die ehemaligen Minen in Nefyn. Wo heute Nant Gwrtheyrn, das Zentrum für den Erhalt der walisischen Sprache und Geschichte, stand, hatten im neunzehnten Jahrhundert viele Menschen vom Granitabbau gelebt.

Den Garten hatte sie etwas vernachlässigt, plante jedoch in Gedanken weiter, welche Pflanzen wo ihren Platz finden sollten. Fizz hatte die Beißattacke erstaunlich gut weggesteckt und tollte ausgelassen umher wie zuvor. Von den Jones war keine Entschuldigung gekommen, und Lilian erwog nach wie vor, die Pachtverträge für das Weideland nicht zu verlängern.

Es wurde täglich milder, und die Sonne gewann an Kraft. Lilian spazierte an diesem Morgen mit Fizz die Klippen entlang und untersuchte eine natürliche Quelle, die mitten im Fels dicht an der Flutkante lag. Sie kostete das Wasser, das frisch und nur leicht salzig schmeckte.

»Guten Morgen, Lilian«, rief der Fischer und Bootsführer Gerry, der ein Stück weiter zwei Hummerreusen aus dem Meer zog.

»Guten Morgen, Gerry. Ist das hier eine echte Quelle oder nur Regenwasser?« Sie staunte über das von Algen und Moos begrünte Becken.

»Du hast die Quelle unserer heiligen Mary entdeckt. Dort haben sich die Pilger vor dem Übersetzen nach Enlli die Füße gewaschen. Bei Flut ist sie unter Wasser, und jetzt kannst du daraus trinken. Ein Wunder, oder nicht?« Er winkte und ging zu seinem Boot.

Lilian lachte. »Ein Wunder der Natur ...« Sie wollte ihn noch nach ihren beiden nächtlichen Besuchern, den Roberts, fragen, doch Gerry hörte sie schon nicht mehr, weil er den Motor seines Bootes angeworfen hatte.

Bis zur Ankunft von Marcus und Jo blieb ihr noch eine Stunde, die sie zum Laufen nutzen wollte. Vor den kleinen Möweninseln tauchte ein runder Kopf im Meer auf, eine Robbe. Lilian beobachtete das verspielte Tier und spürte ein Kribbeln im Nacken, das sich mit einem Mal in ein beklemmendes Angstgefühl verwandelte. Als sie dann eine Frauenstimme hörte, die ein unbekanntes, wehmütiges Lied anstimmte, tauchte sie die Hände ins Quellwasser und spritzte sich das kühle Nass ins Gesicht. Doch der Gesang brach nicht ab, sondern wurde lauter und vermischte sich mit dem monotonen Gesang von Mönchen. Die plötzlich einsetzende Stille kam so überraschend wie der seltsame Gesang. Lilian drehte benom-

228

men den Kopf und sah gerade noch, wie eine Frau in einem dunklen Kleid zwischen den Felsen verschwand.

»Fizz!«, rief sie und war dankbar, als ihr Hund kläffend auf einem Vorsprung erschien.

Von hier konnte sie bis zum Strand von Aberdaron mit dem Sandcastle Hotel und der Kirche dahinter sehen. Was trieb Menschen dazu an, bis ans Ende der Welt zu laufen und auf einer winzigen Felseninsel zu sterben? Hoffnung, dachte Lilian und sah Chris und Taylor Roberts vor sich.

Ihr Telefon klingelte. Sie schaute auf das Display. »Hallo, Tasha. Hast du schon den ersten Patienten zum Weinen gebracht?«

Ihre Freundin lachte. »So grausam bin ich nicht, das weißt du doch. Es gibt mittlerweile so feine Spritzen, da spürst du nicht mal den Einstich.«

»Hm, ja sicher. Euch macht das sogar Spaß. Was gibt es?«

»Nicht drum herumreden, das ist Lili. Ich wollte wissen, wie es dir geht?«

»Ganz gut. Ein Raum ist schon fertig, ich habe eine neue Küche bestellt, und heute fange ich mit dem Dachgeschoss an. Du musst mich unbedingt besuchen, wenn hier alles fertig ist. Oh, Fizz wurde gebissen!« Sie schilderte den Vorfall.

»Der arme, kleine Kerl. Aber leg dich nicht mit den Nachbarn an, Lili! Und lass denen bloß ihre Weiden! Du weißt ja nicht, wozu die fähig sind, wenn sie …«

»Ja, verstanden! Aber eine Entschuldigung wäre wohl das Mindeste!«

Es wurde kurz still, bevor Tasha sagte: »Vielen Menschen fällt es schwer, auf andere zuzugehen, nachdem sie einen Fehler gemacht haben.«

Lilian verspürte einen Stich in der Magengrube. »Was ist los?«

»Deine Großeltern haben nach dir gefragt. Duncan hatte einen leichten Schlaganfall und Fiona eine schwere Grippe überstanden. Sie werden alt, Lili«, fügte Natasha sanft hinzu.

Lilian seufzte. »Du weißt ja nicht, was alles vorgefallen ist. Es ist nicht leicht. Für keinen von uns.«

»Das mag sein, aber stell dir vor, ihr würdet nie wieder miteinander sprechen. Willst du das? Willst du die letzte Begegnung, die im Streit endete, ewig mit dir herumtragen? Ich könnte das nicht. Es klingelt, der nächste Patient ist da. Mach's gut, Lili.«

»Du auch, Tasha.«

Lilian steckte das Telefon ein und ging zurück zu den Stufen, die sie wieder nach oben brachten. Als sie leicht außer Atem oben in der Morgensonne stand und Fizz Richtung Cottage lief, zog sie erneut das Telefon hervor und suchte die Nummer, die sie seit Monaten nicht gewählt hatte. Es dauerte lange, bis der Hörer abgenommen wurde.

»Gray?« Die männliche Stimme klang etwas schleppend, zögernd, unsicher.

Lilian kämpfte mit den Tränen. »Grandpa, hier ist Lili. Wie geht es euch?«

»Lili?« Die Stimme brach ab, und sie hörte ihn schluchzen. Duncan Gray weinte. In ihrem ganzen Leben hatte sie ihn nur ein Mal weinen sehen, am offenen Grab seiner Tochter. Als Kind hätte sie ihn gern Pa genannt, um in der Schule erzählen zu können, dass sie auch einen Vater hatte. Doch das hatte Duncan stets abgelehnt, wie er alles von sich gewiesen hatte, das mit seiner Tochter Maude in Verbindung stand. Auch Lili.

»Alles in Ordnung, Grandpa?« Eine unnötige Frage, aber ihr fiel nichts Passenderes ein.

Er räusperte sich und klang wieder gefasst. »Sicher. Uns geht es gut. Wir werden alt, und es stellt sich das eine oder andere ein. Aber so ist das im Leben. Der Laden ist jetzt zu. Du wolltest ihn ja nicht.«

Nur wenige Worte hatten sie gewechselt, und schon traf sie der erste Vorwurf. »Nein, ich wollte ihn nicht. Ich wollte meinen eigenen Weg gehen.«

Je mehr er sich aufregte, desto schleppender wurde seine Sprache. »Wir hatten ein gutes Leben. Du hattest doch alles. Wir haben dich vor deiner Mutter beschützt. Warum konntest du nicht bleiben?«

»Ihr habt mich eingesperrt in eure Welt, mir jede Feder meiner kleinen Flügel gestutzt, wenn ich nur anfing, ein wenig zu flattern. Bitte, Grandpa, willst du nicht wissen, wo ich bin?«

Es blieb still, doch sie hörte ihn atmen.

»Ich bin in Nordwales, in Aberdaron. Ich, ich habe ein Cottage geerbt und werde ein Bed & Breakfast mit einem Café führen.«

»Café?«, schnarrte Duncan. »Dann gehst du wieder pleite. Und wer hat dir etwas vererbt?«

»Das frage ich dich. Wer könnte mir etwas vererben? Ich habe keine Verwandten. Jedenfalls habt ihr mir nie von ihnen erzählt.«

Erneut legte sich bleiernes Schweigen zwischen sie.

»Grandpa? Bist du noch dran?«

»Ich muss mit Fiona sprechen. Und du weißt nicht, wer dir das Cottage vermacht hat?«

»Nein! Es ist alles sehr geheimnisvoll. Aber du weißt etwas, das spüre ich. Bitte, Grandpa, sag es mir!«

Der gleichförmige Ton in der Leitung zeigte an, dass er aufgelegt hatte. Oh, Tasha, dachte Lilian, wie soll ich mich denn mit ihnen versöhnen, wenn sie nicht einmal mit mir sprechen wollen? Ihre Großeltern verheimlichen ihr etwas, und das hing mit ihrer Mutter zusammen. Warum sonst klappte

Duncan zu wie eine Auster, wenn sie das Gespräch auf Maude brachte? Ihre Mutter, Maude, diese kaum greifbare Frau, von der sie nur schemenhafte Erinnerungen hatte, weil sie meist unterwegs gewesen war. Es gab einige liebevolle Momente, in denen Maude sie am Strand von Skelmorlie im Arm gehalten hatte. Maudes Haare waren noch rötlicher als ihre, die Haut heller und mit Sommersprossen übersät.

»Zum Glück bist du nicht so ein Feuerkopf wie ich«, hatte ihre Mutter gesagt und ihr über die Haare gestrichen. »Ich sollte dir eine bessere Mutter sein, kleine Lili.«

Lilian hatte gespürt, dass ihre Mutter ein Schluchzen unterdrückte, und ihre Hand genommen. »Das ist schon in Ordnung, Mum. Wir haben ja uns. Kannst du nicht bleiben?«

»Ich wünschte, ich könnte, meine Lili. Sie hassen mich. Sie sagen es nicht, aber sie tun es. Aber dich lieben sie, und du hast es gut bei ihnen. Das ist wichtig. Als Kind muss man wissen, wohin man gehört.«

»Aber Mum, wir können doch zusammen weggehen. Wir ...«, hatte sie in ihrer kindlichen Naivität gedrängt.

»Nein! Ich mache alles kaputt, Lili. Das habe ich immer getan. Es ist, als säße ein böser Dämon in meinem Kopf und treibt mich an, Dinge zu tun, die schlecht sind, die ... Ach, meine Kleine, vergiss, was ich gesagt habe. Deine Großeltern sind gute Menschen, auch wenn sie streng sind. Sie meinen es gut mit dir!«

Lilian wischte sich eine Träne von der Wange und atmete tief die klare, salzige Luft ein, die der Wind vom Meer heraufblies. Fiona und Duncan hatten ihr ein sicheres Zuhause gegeben, aber gespielt wurde nach ihren Regeln. Dazu gehörte der regelmäßige Besuch der Messe und das Gebet am Abend und vor jedem Essen. Jeder Regelverstoß war mit einer Strafe geahndet worden, immer, ohne Ausnahme.

Und ausgerechnet sie erbte ein Pilgercottage. Eine Ironie des Schicksals, doch es war allein ihre Sache, wie sie mit der Geschichte des Ortes umging. Sie hatte sich vor langer Zeit gegen jede Art von ideologischem Korsett entschieden, und daran würde auch dieses Cottage nichts ändern. Sie strebte der Gartenmauer zu, sprang hinüber und hörte einen Wagen vorfahren. Als sie um die Hausecke trat, sah sie Jo aus einem grünen Kleinwagen steigen.

»Hallo, Jo«, begrüßte Lilian ihn.

»Guten Morgen. Oh, darf ich dir meine Freundin Gemma vorstellen. Genn, stell doch mal den Motor aus.«

Eine junge Frau mit blauen Augen und einem strahlenden Lächeln auf einem hübschen, herzförmigen Gesicht stieg aus und reichte Lilian die Hand.

»Freut mich, Gemma. Ohne Jo und Marcus wäre ich hier aufgeschmissen. Sie machen einen tollen Job«, begrüßte Lilian die sympathische Freundin des Handwerkers und überlegte, warum ihr das Gesicht bekannt vorkam. »Haben wir uns schon einmal gesehen?«

»Ich glaube nicht, aber du bist Cheryl Olhauser begegnet, oder?«

Jetzt fiel Lilian die Familienähnlichkeit auf. »Aber ja, dann bist du ...?«

»Ihre Tochter. Meine Mum ist ganz begeistert, dass du jetzt hier lebst. Sie hatte immer Angst, irgendein versnobter Stadtmensch würde hier seinen Flügel parken und das Cottage für die Menschen verschlossen bleiben.«

Lilian bemerkte florale Tätowierungen an Gemmas Unterarmen und mochte die unkomplizierte Art der jungen Frau auf Anhieb. »Flügel? Ernsthaft? Nein, ich will, dass die Leute hier ihre Pause genießen, am besten gleich übernachten und vielleicht wiederkommen.«

»Klingt schön. Mae Lagharn war ganz anders. Niemand mochte sie. Die Gäste blieben später auch aus.« Gemma zog an Jos Rastalocken. »Na, geh schon, wir sehen uns heute Abend. Wenn Marcus dich nicht fahren kann, ruf mich an, okay?«

»Willst du einen Blick ins Cottage werfen? Man kann zumindest ahnen, wie es aussehen wird«, lud Lilian sie ein.

Gemma fuhr sich durch die kurzen dunkelblonden Haare. »Gern! Ich muss aber gleich weiter, die Kids warten. Ich arbeite in der Vorschule.«

Lilian öffnete die Tür und ließ die beiden eintreten. Es roch nach Farbe und Kleister.

Jo zog seine Jacke aus und warf sie über einen Stuhl. »Da unten ist der Stein, von dem …« Verlegen hielt er inne, sah Lilian an und hob entschuldigend die Schultern. »Ich konnte meinen Mund nicht halten.«

Gemma grinste. »Mein Jo, die Plaudertasche. Aber es ist doch nichts Geheimnisvolles an so einem bekritzelten Stein, Lili. Der gehört zum Cottage und basta. Denk doch mal an die Steine bei uns in der Kirche. Da kräht auch kein Hahn mehr nach.«

Es war nicht zu ändern, und herausgekommen wäre es ohnehin irgendwann. »Was die Namen bedeuten weiß man nicht, oder?«

Gemma rollte mit den Augen. »Veracius und Senacus waren zwei Priester oder Heilige. Die Menschen hier haben sie verehrt und ihnen einen Grabstein gesetzt. Es gibt viele Steine hier auf der Llŷn, Kapellen, Steinkreuze und heilige Quellen. Ganz ehrlich, die Menschen waren damals genauso clever wie heute. Sie haben erkannt, dass man mit diesem Pilgerding Geld verdienen kann, und haben ordentlich was draus gemacht. Gibt ja hier auch sonst nichts.«

»Touristen«, stellte Jo nüchtern fest.

»Genau, und davon kommen viele wegen Enlli und dieser ganzen Pilgersache. Wenn's dir zu viel wird mit den Fragen, schick die Leute zu meinem Onkel!« Gemma lachte. »Den hast du sicher schon getroffen.«

Lilian grinste. »Ich hatte bereits das Vergnügen.«

»Er kann manchmal etwas anstrengend sein, aber eigentlich ist er in Ordnung. So, ich muss los, sonst verliere ich meinen Job, und es gibt nicht viele hier in der Gegend.« Sie hielt inne. »Tolles Cottage, Lili! Oh, du bekommst Besuch. Na, wenn das nicht der freche Jones-Junge ist. Na, was hast du wieder ausgefressen, Barti?«

Ein etwa vierzehnjähriger Junge stand mit einem Korb im Arm vor der Tür. Seine Miene war verschlossen. Fizz kam um die Ecke und kläffte ihn wütend an, weshalb Lilian ihren Hund in sein Körbchen schickte. Gemma winkte und fuhr davon.

»Den hat Aaron aber gut erwischt …«, meinte der Junge und hielt ihr den Korb hin. »Von meiner Mutter. Tut ihr leid, dass sie nicht fahren konnte.«

Eine wirkliche Entschuldigung war das nicht, doch Lilian nahm den Korb, sah unter das geblümte Küchentuch und fand ein Dutzend frische Eier. »Danke. Warte, ich nehme die Eier direkt heraus.« Sie legte die Eier in eine Plastikschüssel und gab dem Jungen Korb und Tuch zurück.

»Mein Vater will noch mit Ihnen reden. Wegen der Weiden.«

»Ach ja? Dann kann er mich anrufen.« Sie notierte ihre Handynummer auf einem Zettel und gab ihn dem Jungen.

»Was wollen Sie auch mit den Weiden. Die gehören uns. Schon immer«, meinte Barti frech.

Marcus' Lieferwagen fuhr vor, und Lilian war froh, als der Handwerker gut gelaunt wie immer die Treppen heraufstiefelte. »Hi, guten Morgen! Wen haben wir denn hier? Barti? Wieder was angestellt? Machst deinen Eltern ja nur Freude …«

Barti zog eine Grimasse und trollte sich.

»Die Jones sind ein Völkchen für sich. Ich kenne Alistair vom Football. Er hat es nicht leicht mit seiner Farm.« Marcus trug zwei Eimer Farbe herein. »Für die Decken. Wann kommt die Küche? Die muss ja vorher raus.«

»Ich werde heute noch mal nachfragen. Die Tapeten für die Gästezimmer sollen morgen oder übermorgen da sein. Die Dielen kann ich auch abschleifen. Habe ich schon mal gemacht.« Lilian dachte an ihr altes Café, in dem sie fast alles allein renoviert hatte.

»Alles okay bei dir? Du wirkst irgendwie gestresst. Hat Barti dich geärgert? Er kann ein Aas sein«, meinte Marcus, und Jo stimmte zu.

»Nein, nein. Eher Familiengeschichten«, erwiderte sie knapp.

»Verstanden. Konzentrieren wir uns auf das Wesentliche. Ich habe einen Klempner gefunden, der sich die Bäder ansieht. Es sei denn, du hast ...?«

»Nein. Ich bin dir für deine Hilfe sehr dankbar. Du kennst die Leute hier.« Ihr Handy klingelte. »Gray?«

»Lili, hier spricht Fiona. Du hast Duncan einen ganz schönen Schock versetzt!«

Lilian stieß innerlich einen Stoßseufzer aus und ging in das Terrassenzimmer, wo Fizz bereits vor der Tür saß. Primeln und knuffige Gänseblümchen warteten in Töpfen darauf, eingepflanzt zu werden. Für den Steingarten hatte sie echte Küchenschelle eingeplant, die altrosa Blüten zeigte.

»Fiona, jetzt übertreib bitte nicht gleich! Wie geht es Grandpa? Tasha hat erzählt ...«

»Ah, verstehe, du hast dich nur gemeldet, weil deine Freundin dir von Duncans Schlaganfall erzählt hat. Sie hat wenigstens Anstand! Ein feiner Mensch ist Natasha. Eine Freude für ihre Eltern.«

Lilian sah die resolute Fiona vor sich, wie sie kerzengerade an der Kommode stand, das Kruzifix abstaubte und den Schlüssel für die Standuhr vom Haken nahm. Sie hatte das dauernde Schlagen der Uhr genauso gehasst wie das Glockengeläut der Kirche nebenan. Die Kirche mit ihrem Priester, der sich als allwissende und einzige Instanz für Fragen jeglicher Art betrachtete. Dabei war der rundliche, kleine Mann in der schwarzen Soutane lebenslustiger als Fiona und hatte Lilian manches Mal vor Bestrafung geschützt, indem er sie mit einer Besorgung ins Nachbardorf schickte. Und dennoch, Lilian hatte immer das beklemmende Gefühl gehabt, dass sie dafür in seiner Schuld stand.

»Es ist schön, deine Stimme zu hören, Fiona. Jetzt weiß ich wieder, was ich vermisst habe.«

»Du bist undankbar! Genauso undankbar und zynisch wie deine Mutter!« Sie brach ab und schnäuzte sich. »Lili, lass uns nicht streiten.«

»Wie geht es Grandpa?«, überging sie die Bemerkung.

»Er hat sich einigermaßen erholt. Du kennst ihn ja. Unkraut vergeht nicht so schnell. Und jetzt erzähl doch, wo du bist und was es mit dieser Erbschaft auf sich hat. Es freut mich für dich, Lili!«

»Ich habe ein Cottage im Norden von Wales geerbt, und ich weiß nicht, von wem. Der Anwalt will es mir in einem Jahr verraten. Jedenfalls habe ich das so verstanden. Aber du musst doch wissen, wer das sein könnte. Welcher Verwandte kann denn infrage kommen? Oder doch Peter, immerhin ist er mein leiblicher Vater?«

Lilian kannte den Namen ihres Vaters. Ihre Mutter hatte ihr nicht verheimlicht, dass sie das Kind einer kurzen Affäre gewesen war. Genauso wenig hatte Maude ihrer Tochter die Ablehnung des Vaters vorenthalten, als er von der Schwangerschaft erfahren hatte. Als Teenager hatte Lilian einen Versuch unternommen, Kontakt mit Peter Ledford aufzunehmen, und rasch eingesehen, dass er die Mühe nicht lohnte.

Sie hörte Fiona trocken lachen. »Peter Ledford war ein Nichtsnutz und ist es immer geblieben. Nein, von dem hast du nichts zu erwarten. Da war ich mal einer Meinung mit Maude, der Mann taugte nichts, und du bist besser ohne ihn dran gewesen. Aber es gibt da etwas, das wir dir nie gesagt haben, Lili.«

Lilian lehnte sich an die Tür und hielt sich am Rahmen fest. »Ich bin adoptiert?«

»O nein. Du bist Maudes Tochter, daran besteht kein Zweifel. Aber Maude war nicht unser Kind.« Fiona Gray machte eine Pause.

Lilian war sprachlos. Nach einer Weile fragte sie leise: »Hat meine Mutter das gewusst?«

»Nein. Wir haben ihr das nie gesagt. Es waren andere Zeiten damals, Lili. Maude war das uneheliche Kind meiner Schwester Ruth.«

Lilian stutzte. Ruth, das kleine Mädchen mit den Zöpfen auf einem Kinderfoto. Die Schwester, über die nie gesprochen worden war.

»Du musst verstehen, dass ein Bastard eine Schande für eine junge, unverheiratete Frau war. Und Ruth war ganz anders als ich. Sie wollte die Welt sehen. Skelmorlie war ihr immer zu eng gewesen. Aber sie hat einen Fehler gemacht. Duncan und ich konnten keine Kinder bekommen, und wir haben uns über Maude gefreut.«

»Wenn ihr meine Mutter gewollt habt, warum konntet ihr sie nicht lieben? Und warum habt ihr meiner Mutter nie gesagt, wer sie war? Vielleicht wäre sie dann glücklicher gewesen«, sagte Lilian heiser.

238

»Oh, Lili, wir haben sie geliebt. Aber sie hatte so etwas Widerspenstiges an sich. Es schien mir immer, als wüsste sie, dass ich nicht ihre Mutter bin. Sie reizte mich bis zur Weißglut. Ich kann es nicht erklären, Lili. Wir haben alles versucht, aber es gab immer eine unsichtbare Mauer zwischen uns. Vielleicht war ich auch zu feige und hatte Angst, sie ganz zu verlieren. Und dann ist sie so früh gestorben. Ach, Lili. Ich hätte dir das früher erzählen sollen.«

Das hättest du, dachte sie und sagte: »Und was ist aus Ruth geworden?«

»Sie hat uns das Kind übergeben und ist noch in derselben Nacht weggefahren. Wir haben nie wieder von ihr gehört.«

»Das ist so furchtbar! Sie hat ihr Kind nie wiedergesehen! Und Maude wusste nichts von ihrer leiblichen Mutter. Das ist schrecklich traurig. Und du hast nie versucht herauszufinden, was aus deiner Schwester geworden ist? Ob sie noch lebt, wie es ihr geht?«

Es dauerte einen Moment, bis Fiona flüsterte: »Nein. Und es gibt nichts, was ich mir sehnlicher wünsche.«

Lilian schluckte. »Und dieses Erbe, du denkst, es könnte von Ruth sein?«

»Ich weiß es nicht, Lili. Ich weiß es wirklich nicht. Sie hat den Kindsvater nicht preisgegeben.«

»So viele Jahre. Wie konntest du damit leben?«

»Der Herr hat mir die Kraft gegeben.«

XII

Ynys Enlli,
Anno Domini 616

Mi af lunio fy medd
I'r ynys oddi ar Wynedd.
(I shall go to form my grave to the
island off the coast of Gwynedd)

Hywel ap Dafydd ab Ieuan ap Rhys (1450–1480)

Es war bereits dunkel, die Mönche hatten sich zu einem weiteren Gebet in die Kapelle zurückgezogen, und Meara nutzte die Ruhe, um noch einmal nach Abt Dinoot zu sehen, bevor sie ihr Nachtquartier bei der Schäfersfamilie aufsuchte. Leise trat sie in den Krankensaal, an dessen Eingang eine Ölleuchte brannte. Sie nahm die Lampe und ging zu dem alten Klostervorsteher, der die Augen aufschlug, als sie sich den Schemel heranzog.

»Guten Abend, Vater Abt«, begrüßte sie ihn höflich.

Die wachen Augen ruhten wohlwollend auf ihr. »Gottes Segen, Heilerin. Nicht einmal die Mönche hier sprechen mich mit meinem ehemaligen Titel an.« Er hustete, und Meara gab ihm etwas Gewürzwein zu trinken.

»Ihr solltet schlafen. Ich lasse Euch die Salbe hier. Mehr kann ich nicht tun. Aber Cadeyrn ist ja hier.« Der alte Mönch war schwach, die kranke Lunge machte ihm zu schaffen, und Kälte und Feuchtigkeit taten ein Übriges.

Mit zittrigen Fingern griff er nach ihrer Hand. »Ich werde

bald den ewigen Schlaf antreten und meinem Schöpfer begegnen. Cadeyrn ist ein besonderer Mensch, genau wie du. Ich habe es sofort gesehen, als er damals zu mir in den Clas von Bangor kam. Ein scharfer Verstand versteckt sich unter seinen widerspenstigen Locken.« Der Alte sah sie an, und als ein Lächeln über ihr Gesicht huschte, fuhr er fort: »Ich kenne die Menschen. Wenn ich eines in meiner langen Amtszeit gelernt habe, dann, wie man Menschen einschätzt. Ich kenne dein Schicksal nicht, Heilerin, aber ich kenne Cadeyrns. Er kam nicht als von Gott Berufener in unser Clas.«

»Ich kenne seine Geschichte«, flüsterte Meara und sah sich um. »Er fürchtet sich noch immer vor den Häschern des Königs aus Northumbria.«

Dinoot schloss kurz die Augen. »Und er hat allen Grund dazu«, sagte er heiser. »Æthelfrith und Alpin sind keine Männer, die vergeben und vergessen. Der Kampf ist ihr täglich Brot, ihr Lebenselixier, das Töten bereitet ihnen Lust, und Rache ist ihnen heilig. Cadeyrn ist als Sohn eines Edelmanns aufgewachsen, aber er ist nicht zum Soldaten geboren. Genauso wenig ist er für das mönchische Leben geschaffen. Er hadert und ringt mit sich, aber ich kann in seinen Augen lesen, wie er zweifelt und leidet. Wären wir im Clas von Bangor geblieben, hätte ich ihn mit Aufgaben betraut, die seinen Verstand fordern. Er könnte ein großer Gelehrter werden.« Vom Sprechen erschöpft machte Dinoot eine Pause.

Einer der Kranken stöhnte, und Meara stand auf, um nach ihm zu sehen. Der Mann hatte bandagierte Füße und fieberte. Sie strich ihm über die Stirn und murmelte einen beruhigenden Heilungsspruch, woraufhin die Atmung des Kranken gleichmäßiger wurde.

Der Abt hatte sie beobachtet, und als sie sich wieder zu

ihm setzte, sagte er: »Du hast eine Gabe. Gott wählt nur wenige aus, um sie mit solch einer Gabe zu segnen.«

»Ich bin eine Tochter der großen Göttin, und mein Vater war ein Druide«, sagte sie leise, doch mit Stolz.

Der alte Abt unterdrückte einen neuen Hustenanfall und antwortete: »Ich habe den Christenglauben der heiligen Männer offenen Herzens angenommen und seine Wahrhaftigkeit gegen die Bischöfe aus Rom verteidigt. Ich war so verbohrt, dass ich das Datum des Osterfestes über das Leben von tausend guten Männern und Frauen gestellt habe. Wie könnte ich da eine Frau nicht wertschätzen, die Menschen heilt, ohne darauf zu sehen, welchen Glaubens sie sind!«

Erstaunt betrachtete Meara den alten Mann, der mit unerwarteter Weitsicht sprach.

»Männer meines Glaubens haben deiner Familie großes Unrecht zugefügt. Cadeyrn hat es mir erzählt. Vergib ihnen ihre Schuld, und wenn dir das nicht möglich ist, übertrag deinen Hass nicht auf all jene, die sich gegen die alten Götter und für Jesus Christus entscheiden.« Seine Stimme war schwächer geworden und brach ab.

»Das sagt sich leichter, als es ist. Ich bin allein in einer Welt, die sich von allem, was meine Vorfahren geehrt haben, abwendet. Wie könnte ich nicht diejenigen hassen, die mir alles genommen haben, was ich liebte?« Sie beugte sich vor und flüsterte ihm ins Ohr: »Hass ist ein Feuer, das mich wärmt, wenn ich nachts allein in meiner kalten Hütte liege.«

Er griff nach ihren Armen. »Hass ist eine höllische Flamme, die dich vernichten wird. Ich sehe dir dein inneres Ringen an. Frag deine Götter, frag dein Herz, welchen Weg du gehen sollst, und frag Cadeyrn, der ein Mönch sein will, obwohl es ihn mehr Kraft kostet, als er am Ende aufbringen kann.«

Er wollte noch mehr sagen, doch Tathan, der Krankenwärter, kam herein und warf Meara einen bösen Blick zu.
»Gib mir die Lampe und verschwinde. Ich kümmere mich
hier um die Kranken.«

Demonstrativ schlug er das Kreuzzeichen und griff nach
dem Salbentiegel. »Was ist das für Teufelszeug?«

»Es hilft den Kranken beim Atmen. Wenn du dich mit
Heilpflanzen auskennen würdest, wüsstest du das.« Sie ent-
riss ihm den Tiegel und gab ihn dem Abt in die Hände, der
dankbar nickte und die Augen schloss.

»Geh mit Gott!«, flüsterte Dinoot, faltete die Hände auf
seiner Brust und begann eine Litanei lateinischer Gebete zu
murmeln.

Meara verließ den Krankensaal in der Hoffnung, dass Cadeyrn sich weiter um den sterbenden Abt kümmern würde,
denn von dem unfähigen Tathan hatte Dinoot nichts zu erwarten. Als sie vor die Tür trat, schlug ihr der kalte Seewind
entgegen, in den sich der Gesang der Mönche aus der Kapelle mischte.

Es hatte aufgehört zu regnen, und die Sterne standen hell
am nächtlichen Himmel. Ohne Schwierigkeiten fand sie den
Weg zum Haus des Schäfers, der ihr einen Schlafplatz auf
dem Stroh neben seiner Kuh zuwies. Mit den ersten Sonnenstrahlen war sie bereits auf dem Weg zur Anlegestelle.

Es gab hier für sie nichts mehr zu tun. Sie hatte dem Abt
so viel Linderung bereitet, wie ihr möglich war. Mehr noch
als die körperlichen Gebrechen schienen ihn die Lasten seiner Seele gequält zu haben, und obwohl sie es nicht wollte,
nagten seine Worte an ihr. Meara lief über die scharfkantigen
Felsen am Ufer bis zur Spitze der Insel und hielt nach einem
Boot Ausschau.

Die Feuchtigkeit setzte sich in ihrem Umhang fest, den sie

fröstelnd um sich zog. Um nicht zu frieren, lief sie zwischen den Felsen hin und her und kaute an dem Brotkanten, den sie am Abend eingesteckt hatte. Eine Möwe kreischte und flatterte auf, einmal, zweimal, dreimal, beäugte Meara und flog auf die kleine Landzunge, die sich gleich einem Haken um die Anlegestelle bog. Das Morgenlicht tauchte die graubraunen Wiesen in rötlichen Schimmer, und die Felsformationen rekelten sich wie Geschöpfe aus der Anderwelt am Meeressaum.

Die Schafe und wilden Ziegen erhoben sich nacheinander und begannen, nach Halmen und Kräutern zu suchen. Die krusseligen holzigen Kriechgewächse verwandelten sich mit der ersten Frühlingswärme in blühende Heidelandschaft. Das Land gab den Menschen, was es erübrigen konnte.

In der Ferne, auf der Höhe von Carreg Ddu, entdeckte sie die Spitze eines Bootes. Elffin, dachte sie und hüpfte von einem Felsen. Die Glocke der Inselkapelle verkündete das Ende des Gebets, und die dunklen Gestalten der Mönche strebten ihrem Tagwerk zu. Eine einzelne Gestalt sonderte sich ab und lief eilig den Pfad zur Anlegestelle hinunter.

Ruhig erwartete Meara den jungen Mönch, der immer wieder von ihr zu dem näher kommenden Boot sah.

»Meara!«, rief Cadeyrn und verkürzte die letzten Meter zwischen ihnen im Laufschritt.

Es lag ein Flehen in der Art, wie er ihren Namen rief. Sie umklammerte ihren Beutel und hielt den Umhang fester. Er hatte ihr mit Pyrs geholfen, und damit schuldeten sie einander nichts mehr.

Endlich erreichte er sie, sah sich um, doch sie waren allein. Er streckte eine Hand aus und berührte ihre Wange. »Meara, warum bist du einfach so fortgegangen?«

»Tathan hat mir unmissverständlich zu verstehen gegeben, dass ich nicht länger erwünscht bin, und für Dinoot kann ich nichts mehr tun. Sorg dafür, dass er mit der Salbe eingerieben wird. Tathan wird das nicht tun, er hält alles, was von mir kommt, für Teufelswerk.« Sie verzog den Mund.

Cadeyrn legte ihr die Hände auf die Schultern und stand so dicht vor ihr, dass sie die grünen Sprengsel in seiner grZblauen Iris sehen konnte. »Lass mich nicht allein, Meara.«

Sie schüttelte seine Hände ab. »Sieh dich an, Mönch! Du berührst eine Heidin, noch schlimmer, eine Mörderin. Ich werde von hier fortziehen. Das ist für uns beide besser.«

»Nein ...«, flüsterte er, und seine Augen füllten sich mit Tränen. »Du bist der einzige Mensch, der mir noch etwas bedeutet, Meara, und das weißt du. Dinoot hat mich verstanden, seinetwegen wollte ich ein guter Mönch sein, ein Gelehrter werden.«

Obwohl es ihr das Herz brach, sagte sie kühl: »Hör dich an, du sprichst in Angst um den Verlust eines Freundes. Und dabei sollte dir dein Gott mehr sein als jeder Mensch. Du solltest erfüllt von deinem Glauben sein und mit den anderen Mönchen singen und beten und ...«

Er trat von ihr zurück, wischte sich die Träne von der Wange und murmelte: »Das wäre wohl besser.«

Sie konnten die Ruder der Fischer hören, die klatschend ins Wasser fielen, und die Stimmen der Passagiere. Meara wandte sich um.

»Das sind die Pilger, die ich in Llangwnnadl getroffen habe.« Meara erkannte das Mädchen mit den blonden Locken.

Cadeyrn ignorierte die Ankömmlinge. »Sag mir nur eins, Meara, würde es etwas ändern, wenn ich kein Mönch wäre?«

Sie zögerte einen kurzen Augenblick und sagte bestimmt: »Nein.«

»Wohin willst du denn gehen, Meara?«

»Nach Norden. Das hatte ich ohnehin geplant. Ich bin nur geblieben, weil Fychan und Elffin mir die Hütte in der Not gegeben haben. Aber ...«

Er nickte. »Jetzt möchtest du dort nicht mehr leben. Ich verstehe das. Meara, bitte warte noch bis ...« Cadeyrn schluckte. »Spätestens bis Ostern. Ich brauche noch etwas Zeit. Dann begleite ich dich in den Norden. Nur das. Du hast gesehen, was dir zustoßen kann.«

Vielleicht hatte er recht. Zu zweit kämen sie schneller voran und konnten sich besser vor Feinden verstecken. Sie deutete ein Lächeln an. »Ich warte.«

Elffin und sein Begleiter halfen den Passagieren beim Aussteigen. Der Sohn trug seinen alten Vater durch das hüfttiefe Wasser. Der andere Mann hatte sich das Mädchen auf die Schultern gesetzt und setzte sie auf dem steinigen Ufer ab. Das Mädchen entdeckte Meara und rannte auf sie zu.

»Hallo! Wir haben es endlich geschafft. Erinnerst du dich an uns?« Blonde Locken umspielten das blasse Mädchengesicht. »Dem Baby geht es gut. Die Mutter hat gesagt, wir sollen dich grüßen, wenn wir dich sehen. So gut hat ihr noch nie jemand geholfen.«

Verlegen erwiderte Meara: »Ich danke dir. Aber das habe ich gern getan. Wie geht es deinem Großvater?«

»Oh, er lebt noch.« Das Mädchen grinste. »Mein Vater ist froh, dass wir es geschafft haben. Gott zum Gruße, Bruder.«

Cadeyrn war zu ihnen getreten und hob eine Kiste auf, die Elffin ausgeladen hatte.

»Willst du mit zurückfahren, Meara? Wir machen uns gleich wieder auf den Weg.« Elffin und Sessylt nahmen ihren Lohn für die Überfahrt aus der Hand des zweiten männlichen Passagiers entgegen.

246

»Du fährst wieder weg? Schade.« Das Mädchen wirkte zutiefst enttäuscht.

»Das ist keine Insel für Frauen. Habt ihr noch mehr Nachrichten aus dem Norden erfahren oder gar sächsische Soldaten getroffen?«, wollte Meara wissen.

Die kleine Gruppe stand fröstelnd an den Gestaden der unwirtlichen Insel, die für einige Gottessuchende das Paradies verkörperte.

»Onkel, wie war das noch mit Edwin? Ich habe das nicht alles verstanden«, wandte sich das Mädchen an den Bruder ihres Vaters, einen mürrisch dreinblickenden jüngeren Mann.

Cadeyrn setzte die Kiste ab und hing gespannt an den Lippen des Fremden. »Ihr meint Edwin aus Northumbria, den rechtmäßigen König?«

»Ebender«, bestätigte der Pilger. »König Æthelfrith herrscht durch eine Übermacht an brutalen Kriegern, die ihm treu ergeben sind. Seine Grausamkeiten haben sich bis in die hintersten Winkel des Reiches verbreitet. Irgendwann wird sich auch für ihn das Blatt wenden. Edwin up Deira hat viele heimliche Getreue und mehr Freunde, als Æthelfrith lieb sein kann. Es heißt, Edwin habe bei Raedwald von East Anglia Zuflucht gefunden. Und weiter haben wir gehört, dass Æthelfrith Raedwald viel Geld geboten hat dafür, dass er Edwin meuchelt oder ausliefert.«

»Wo habt ihr das erfahren?«, fragte Cadeyrn angespannt.

Der Reisende hob die Schultern. »Von einem fahrenden Händler in einem Gasthaus. Was kümmert dich das Schicksal von Edwin, Bruder? Ihr lebt hier doch weitab vom Krieg. Man kann über die Insel geteilter Meinung sein, aber die Sorgen der Welt erreichen diesen traurigen Fels im Meer nicht.« Er schlug sich die Arme um den Körper. »Sollen wir

247

hier Wurzeln schlagen? Wo ist das Kloster? Gibt es ein anständiges Gästehaus?«

Meara winkte dem Mädchen nach, warf Cadeyrn einen letzten Blick zu und stieg mit Elffins Hilfe in das Fischerboot, auf dessen Boden das Wasser knöcheltief stand.

XIII

Verrat unter Brüdern

Die Ankunft der kleinen Pilgergruppe verursachte einen mittleren Aufruhr, denn das Mädchen konnte nicht im Dormitorium unterkommen und wollte nicht allein bei der Schäfersfamilie schlafen. Schließlich räumte Abt Mael widerwillig seine Kammer und zog zu den Brüdern in den Schlafsaal. Cadeyrn und Elis hatten ihre Strohlager dichter aneinandergerückt, damit der Abt am Kopf der Behausung genügend Raum fand.

»So etwas hat es noch nie gegeben!«, beschwerte sich Mael, bevor sie sich zur Nachtruhe begaben. »Sofort morgen früh beginnen wir mit dem Bau eines Gästehauses, in dem es getrennte Schlafräume für Männer und Frauen gibt. Lasst uns beten! O sel'ges Licht, Dreifaltigkeit, du ein'ger Gott von Anbeginn ...«

Cadeyrn murmelte automatisch die erforderlichen Antworten, während seine Gedanken bei Edwin und Meara weilten. Vielleicht war diese Nachricht ein Fingerzeig Gottes? Warum erfuhr er ausgerechnet im Moment des größten Zweifels von der Flucht seines ehemaligen Herrn, dem rechtmäßigen König von Deira? Und wenn er den Weg des Kriegers einschlug, würde Meara ihn begleiten? Doch er kannte die Antwort und presste die Hände umeinander.

Als er am nächsten Morgen nach der Laudes in den Hof trat, wurde er von Braen aufgehalten. »Vater Abt möchte, dass du mit dem Steineklopfen beginnst. Das Gästehaus soll ein solides Fundament erhalten. Elis wird dir mit dem Boden helfen. Ach, und lass dir nicht einfallen, wieder vertraulich mit Elis zu werden. Er hat den reinen Weg gefunden und seinen Geist ganz Jesus Christus zugewandt.« Braen rieb sich über die verbrannte Wange. »Und wenn du deine Arbeit gut machst, darfst du mir im Skriptorium helfen. Ich benötige neue Tinte.« Seine Worte waren voller Genugtuung.

»Die Wege des Herrn sind voller Weisheit«, sagte Cadeyrn und beobachtete, wie Braen krampfhaft überlegte, was er damit meinte.

»Ich werde dich noch Demut lehren!«, zischte Braen und ging davon.

Dicke graue Regenwolken ballten sich am Himmel zusammen, und schon prasselten die ersten Tropfen auf die Insel. Cadeyrn lief zur *cella infirmorum*, dem Krankenraum, und war erleichtert, als er Dinoot wach vorfand.

»Wo ist die Salbe, Vater?«, fragte er leise und beugte sich über das Lager des Siechenden.

Der Abt machte eine schwache Handbewegung, doch Cadeyrn konnte nichts finden.

»Der Mönch hat sie mitgenommen.«

»Tathan hat Euch die Salbe genommen?«, entrüstete sich Cadeyrn.

»Lass nur, lass. Wo ist die Heilerin? Ist sie schon fort?«, flüsterte Dinoot. Die Haut auf seinen Händen war so dünn wie Pergament und die Gelenke geschwollen. Er hustete schwer, und das Atmen bereitete ihm Mühe.

Cadeyrn nickte und fühlte die heiße Stirn des Abtes. »Es gibt Neuigkeiten von Edwin. Er hat Unterschlupf in East Anglia gefunden. Wenn er ein neues Heer aufbaut, sollte ich ihm vielleicht meine Dienste anbieten.«

»Du willst Blut mit Blut vergelten?« Weiter kam Dinoot nicht, denn er wurde von einem heftigen Hustenanfall geplagt.

Als Tathan zur Tür hereinkam, verlangte Cadeyrn die Salbe von ihm, doch der Mönch erwiderte aufgebracht: »Das war Teufelszeug. Ich habe es in die Jauchegrube geworfen! Da kann es niemandem mehr schaden!«

Außer sich vor Wut schlug Cadeyrn dem verbohrten Bruder ins Gesicht, so dass dieser taumelte und gegen den Eimer in der Raummitte fiel. Der stinkende Inhalt des Bottichs ergoss sich in den Raum und verursachte Cadeyrn Würgereflexe.

»Du dämlicher, vernagelter ...«, brüllte er, doch dann sah er, wie Dinoot ihm verzweifelt zu verstehen geben wollte, dass er seine Wut zügeln sollte.

»Es tut mir so leid, Vater!« Er setzte sich zu Dinoot und nahm dessen Hand, während das Inferno um sie herum losbrach.

Schmerzen und Kälte machten ihm nichts aus, was ihn quälte war die Ungewissheit, ob Dinoot noch leben würde, wenn sie ihn aus seinem Gefängnis herausließen. Abt Mael hatte ihn mit einem Dutzend Stockhieben strafen und ohne Essen fünf Tage in einen leeren Ziegenstall einsperren lassen. Während dieser fünf Tage hatte keiner der Brüder mit ihm gesprochen. Nicht einmal Elis war zu ihm gekommen. Der Stall war zugig, und es leckte durch das Dach, so dass ihm nach drei Tagen nur noch eine kleine trockene Ecke blieb, in die er das Stroh und seine Decke schob.

»Pst!«, kam es von draußen. Jemand kratzte an der hölzerner Rückseite.

Durch die Ritzen des roh gezimmerten Stalles konnte er

sehen, dass es bereits dunkelte, vor wenigen Minuten hatte es zur Komplet geläutet. Vorsichtig kroch Cadeyrn zu der Stelle, an der er das Geräusch gehört hatte. »Ist da jemand?«

»Ich bin Venia, wir sind die Pilger aus Segontium«, flüsterte das Mädchen.

»Geh fort, niemand darf mit mir sprechen.« Er wollte nicht, dass das junge Mädchen seinetwegen in Schwierigkeiten geriet.

»Mir können sie nichts. Ich kann dich rauslassen. Mein Großvater liegt in der Krankenstation, deshalb bin ich hier. Es geht ihm nicht gut, aber deinem Freund geht es schlechter. Diese Nacht überlebt er nicht. Er fragt dauernd nach dir. Du bist doch Cadeyrn, oder?«

»Ja. Bitte, ich bin dir ewig dankbar!« Er musste Dinoot noch einmal sehen und sich von ihm verabschieden. Dass Mael und die Brüder so wenig Mitgefühl zeigten, überstieg Cadeyrns Verständnis für ein Dasein als Mönch.

Es raschelte und tappte leise um den hölzernen Verschlag herum, dann wurde an dem Riegel gerüttelt und die Tür knarrend aufgezogen. Das blonde Mädchen hielt sich die Hand vor das Gesicht. »Was für ein Gestank!«

»Ich fühle mich auch wie eine Ziege. Danke, Venia, du bist ein Engel der Barmherzigkeit.« Vorsichtig richtete er sich auf und musste sich zwingen, nicht zu stöhnen, denn seine Glieder schmerzten von der andauernden gebückten Haltung, und sein Rücken brannte. Niemand hatte die Wunden der Stockhiebe versorgt, die sich entzündet zu haben schienen. Er schlug sich die Kapuze über den Kopf.

Das Mädchen sah ihn mitleidig an. »Ich bin froh, wenn wir hier wegkönnen. Die Brüder sind unfreundlich, und der mit dem verbrannten Gesicht macht mir Angst.« Sie hielt ihm ein kleines, in Tuch gewickeltes Bündel hin. »Nimm, das ist von heute Abend. Hammel. Ich mag das nicht.«

Cadeyrn, der durch das Fasten geschwächt war, riss das Tuch auf und biss gierig in das kalte Fleischstück. Dabei beäugte er lauernd die umliegenden Gebäude, doch die Mönche waren allesamt in der Kapelle. Der Regen hatte den Boden in eine Schlammwüste verwandelt, und seine Füße machten bei jedem Schritt schmatzende Geräusche, die ihm viel zu laut erschienen.

Das Mädchen begleitete ihn zum Haus der Kranken. »Ich sage dir Bescheid, wenn jemand kommt.«

»Gott segne dich dafür!« Mit gesenktem Kopf betrat er die *cella infirmorum*, deren Luft von den sauren und fauligen Ausdünstungen der Kranken geschwängert war.

Cadeyrn brauchte einen Moment, ehe seine Augen sich an die Dunkelheit gewöhnt hatten. Mit ausgestreckten Händen tastete er sich bis an das Bett von Dinoot vor, das sich an der gegenüberliegenden Wand unter einem Fensterschlitz befand. Der Körper des alten Mannes schien eingefallen. Doch noch hob und senkte sich der Brustkorb mit jedem röchelnden Atemzug.

Cadeyrn kniete sich auf den Boden, nahm die Hand des Abtes und presste sie an seine Wange. »Vater, verzeiht mir. Ich war so zornig«, flüsterte er und horchte in den Raum.

Doch die anderen Kranken gaben neben Seufzern nur die gleichmäßigen Geräusche von Schlafenden von sich und schienen ihn nicht zu hören. Dinoot reagierte nicht, und seine Augen blieben geschlossen. Am nächtlichen Himmel verschoben sich die Wolken und gaben den vollen Mond frei, dessen silberne Strahlen durch die Fensteröffnung auf Dinoots Gesicht fielen. Gebannt beobachtete Cadeyrn, wie sich eine Aureole um das Gesicht des verehrten Mannes legte.

»Helft mir, Vater, ich weiß nicht, was ich tun soll ... In mir steckt so viel Zorn, ein Zorn, den meine Suche nach Gott nicht bändigen kann. Die Regeln, die sie predigen, verlangen sinnlosen Gehorsam und eine Demut, die nichts mit dem Mitgefühl zu tun hat, das ich von guten Christenmenschen erwarte. Warum kann ich nicht sehen, was sie sehen? Nicht glauben, was geschrieben steht? Warum muss ich immer zweifeln?« Schluchzend barg Cadeyrn das Gesicht in Dinoots Gewand, bis er spürte, wie sich die Finger seines geistigen Vaters in seiner Hand bewegten.

»Ich werde den Weg des Schwertes gehen, Vater. Edwin wird mich aufnehmen.«

»Nein!«, raunte Dinoot mit der ihm verbleibenden Kraft. »Finde deinen eigenen Weg. Sie wird dir dabei helfen ...« Dinoots Stimme versiegte in heiserem Stammeln.

Cadeyrn hielt das Ohr dicht an den Mund des Sterbenden. »Die Heilige Jungfrau?«

»... Heidin ...« Ein ächzendes Stöhnen entrang sich dem Brustkorb des ehemaligen Abtes von Bangor-is-y-Coed.

Cadeyrn bekreuzigte sich, faltete Dinoots Hände über der Brust und strich seine Augenlider herunter. Der ewige Schlaf hatte ihm Frieden geschenkt. Langsam erhob sich Cadeyrn und murmelte: »Gyda'r Tad yn y gadair, A'r Mab a'r Ysbryd a Mair. Im Namen des Vaters und des Sohnes und des Heiligen Geistes und der Jungfrau Maria. Amen.«

Benommen von dem Verlust seines väterlichen Mentors und seinem geschwächten Körper tappte Cadeyrn durch die Dunkelheit zum Ausgang, stieß dabei gegen einen Schemel und hörte Venia aufgeregt hüsteln. Als er in die kalte Nacht hinaustrat, war er nicht überrascht, in die vorwurfsvollen Gesichter der Brüder zu sehen, allen voran Mael und Braen. Das Mädchen war verschwunden.

Abt Mael stand mit unerbittlicher Miene vor ihm. Der Richter und sein göttliches Schwert, dachte Cadeyrn, als er in Braens entstelltes Gesicht sah. Seine Lippen waren durch die Verbrennungen zu einem dauerhaften höhnischen Grinsen verzogen. Elis verharrte mit geneigtem Kopf hinter dem größeren Braen, als wollte er den direkten Blickkontakt mit Cadeyrn vermeiden.

»Ich bitte um Vergebung, Abt, aber Vater Dinoot ist gestorben, und ich musste mich von ihm verabschieden«, verteidigte sich Cadeyrn.

»Du denkst noch immer, dass du über uns stehst und besser bist als wir, weil du des Griechischen mächtig bist, aber Bruder Dinoot war genauso unser Abt wie deiner. Er hat dich nicht mehr geliebt als uns!« Speichel lief aus Braens schiefem Mund, und als der Mönch den Arm ausstreckte, wich Cadeyrn zurück.

»Bruder, nicht!«, versuchte Mael den aufgebrachten Mönch zu zügeln. »Dein Verhalten ist nicht weniger schändlich als das dieses Unglückseligen hier. Du musst verstehen lernen, Cadeyrn, dass niemand dir näher sein kann als Gott, unser Herr. Niemand kann deinen Geist mehr erfreuen und dich besser leiten als das Wort des Herrn, das in den Evangelien geschrieben steht. Anscheinend hat dir die Zeit des Nachdenkens, die wir dir geschenkt haben, nicht zur Erkenntnis verholfen.« Der Abt musterte Cadeyrn im fahlen Licht des Mondes. »Geh dich waschen und komm zurück in die Gemeinschaft. Morgen früh entscheiden wir über deine Vergehen.«

»Und wer hält Totenwache bei Vater Dinoot?«, fragte Cadeyrn vorsichtig.

»Braen wird das übernehmen«, entschied der Abt.

Am nächsten Morgen blies ein frischer Wind über die Insel. Die Wolken hatten sich verzogen, und Venia, ihr Vater und ihr Onkel waren zu einem Spaziergang aufgebrochen. Dem Großvater ging es von Tag zu Tag besser, und man begann von einem Wunder zu sprechen. Cadeyrn freute sich für Venia und ihre Familie, fragte sich aber, ob diese Genesung vielleicht nur ein Aufflackern war.

Alle Brüder des Clas von Enlli saßen auf den Holzbänken der Kapelle und sahen Abt Mael an, der vor dem Altar stand, einem grob behauenen Stein mit einem schlichten Kreuz darauf.

»Wir haben uns hier versammelt, um über einen unserer Brüder zu entscheiden. Cadeyrn, erhebe dich und knie vor dem Altar des heiligen Cadfan nieder!«, befahl Mael mit lauter Stimme.

Der Kummer über den Verlust von Dinoot und seine innere Zerrissenheit hatten Cadeyrn die ganze Nacht wachgehalten, und er fühlte sich müde und zerschlagen. Die Steine waren kalt und feucht, als er auf die Knie fiel und sich vorbeugte, die Hände in einer Demutsgeste vor sich auf den Boden streckend. Die Gemeinschaft zu verlassen wäre leicht, niemand hielt ihn hier, aber wenn er das tat, zerschnitt er das Band seines Glaubens und verlor alles, was ihn mit seiner Vergangenheit verband. Er zweifelte, ob er stark genug war, sich einer Welt zu stellen, in der er ein besitzloser Niemand war. Und er zweifelte an der Richtigkeit, das Schwert zu ergreifen. Nur für einen Menschen würde er alles hinter sich lassen, doch er wusste nicht, ob sie überhaupt einen Gefährten wollte.

»Cadeyrn!«, donnerte Maels Stimme durch die Kapelle.

»Vater Abt?« Er hob den Kopf und legte sich die Hände auf die Knie.

Der Abt stand vor ihm und sah mit einer Mischung aus

256

Strenge und Mitgefühl auf ihn herab. »Ihr Brüder aus Bangor habt eine Zeit der schweren Prüfungen durchlitten. Enlli ist zu eurer Zuflucht geworden, und wir freuen uns über den Zuwachs an Brüdern, die sich dem entbehrungsreichen Inseldasein stellen. Diese Insel ist eine Enklave der Demut, des Lernens, der Selbstfindung durch unseren Herrn Jesus Christus. Nicht allen von uns ist ein gerader Weg beschieden. Aber Gott ist barmherzig und allgegenwärtig. Er verurteilt nicht, sondern verzeiht.«

Cadeyrn sah aus den Augenwinkeln, wie Braens Ausdruck sich veränderte.

»So müssen auch wir verzeihen können.« Mael breitete seine Arme in einer großmütigen Geste aus. »Erhebe dich, Cadeyrn.«

Langsam stand Cadeyrn auf, blieb aber mit gesenktem Kopf und in den Ärmeln gefalteten Händen stehen.

»Wir wollen einen so regen Geist nicht verlieren. Jeder Bruder sollte zwar jede Aufgabe klaglos übernehmen, doch wir sehen auch, dass es dem Clas zum Vorteil gereicht, wenn Brüder mit besonderen Fähigkeiten diese auch ausüben. Cadeyrn, du arbeitest ab heute mit Braen an der Abschrift der griechischen Manuskripte. Und wenn deine Schrift sich als kunstvoll genug erweist, übertragen wir dir weitere Aufgaben.«

Ein Ruck ging durch Braens große Gestalt, und es zuckte unter der vernarbten Haut. »Vater Abt, verzeiht mir.«

»Schweig, Bruder! Wir haben entschieden. Ihr arbeitet gemeinsam an den Schriften. Aber heute werden wir alle mithelfen, das Dach des Gästehauses zu errichten.« Nach einem gemeinsamen Gebet und der Erteilung des Segens verließen sie die Kapelle.

Kurz vor dem Ausgang drängte sich Braen neben Cadeyrn

und flüsterte ihm ins Ohr: »Ein räudiges Schaf soll nicht die ganze Herde anstecken.«

Cadeyrn erwiderte nichts, denn er wollte sich das Wohlwollen des Abtes nicht sofort wieder verscherzen. Stattdessen stürzte er sich in die Arbeit und hievte mit Elis die Reetbündel aufs Dach. Das Einlenken des Abtes hatte ihn überrascht und ihn gelehrt, Menschen nicht sofort zu verurteilen. Abt Mael erlaubte sich und anderen keine Gefühle, aber er war klug genug zu erkennen, wann Strafen einen Mann weder brechen noch ändern, sondern höchstens zum Verlassen des Ordens bewegen konnten. Im Gegensatz zum seligen Dinoot, der weise und voller Herzenswärme gewesen war, leitete Mael sein Clas mit kühl kalkulierendem Geist und richtete seine Entscheidungen nach dem, was dem Clas am meisten nutzen konnte. War das christlich oder schon berechnend und damit eine hochfahrende Sünde?

Er fing ein schweres, regenfeuchtes Reetbündel von unten auf und zog es schnaufend über die Dachsparren. Elis balancierte neben ihm auf einem Balken und sagte: »Es freut mich für dich, dass du im Skriptorium arbeiten darfst, Bruder.«

Cadeyrn sah auf und wischte sich den Schweiß aus dem Gesicht. »Fass mit an, hier ist so viel Feuchtigkeit drin.«

Elis beugte sich zu ihm hinunter. »Es tut mir leid, dass ich dich nicht besucht habe, aber wir durften nicht. Braen beobachtet uns alle wie das Sühneschwert Gottes.« Seine Stimme sank zu einem Flüstern herab. »Er ist noch schlimmer geworden, seit die Narben sein Gesicht entstellt haben. Ich glaube, er träumt davon, Abt zu werden.«

»Mael wird uns hoffentlich noch lange erhalten bleiben.« Gemeinsam zogen sie das Reet auf die Sparren und wanden Hanfstricke darum.

»Willst du denn bleiben?« Er sprach ohne Argwohn.

»Warum fragst du mich das?« Cadeyrn beobachtete das Mienenspiel des jungen Bauernsohns, den er einmal seinen Freund genannt hatte und von dem er nicht mehr wusste, auf wessen Seite er stand.

»Ich dachte nur, wenn ich dich und die Heilerin sehe …« Elis sah ihn von unten an.

»Hör auf damit. Ich habe kein Gelübde gebrochen, aber sündige Gedanken habe ich schon. Ich bin ein Mann und du auch, also erzähl mir nichts. Was tust du denn, wenn dich die Fleischeslust überkommt?«

Elis wurde rot und riss an einem Strick. »Ich bete.«

Cadeyrn konnte nicht anders, er lachte laut auf, so dass die anderen zu ihnen hinsahen.

»Du machst dich über mich lustig. Und was tust du?«

»Ich habe meine Hände nicht nur zum Beten, Bruder.« Cadeyrn grinste und sah nach unten, wo Venia mit ihrem Onkel stand und ihm zuwinkte.

»Mein rettender Engel …«, murmelte Cadeyrn und schenkte dem Mädchen ein Lächeln.

»Es sollte überhaupt keine Weiber auf der Insel geben«, murrte Elis.

Es gefiel Cadeyrn nicht, wie Elis sprach, doch er schrieb es dem Kampf des jungen Mannes mit den naturgegebenen menschlichen Schwächen zu.

Nach zwei Tagen war das Gästehaus fertig, und die Pilger konnten umziehen, was besonders Abt Mael freute, der nun seine Kammer wieder beziehen konnte. Cadeyrn stand zum ersten Mal seit langer Zeit wieder vor einem Schreibpult und strich liebevoll über das Manuskript vor ihm. Mael hatte ihm aufgetragen, die Schriftrolle aus dem Griechischen ins Lateinische zu übersetzen. Eine verantwortungsvolle Aufgabe, die Cadeyrn mit Stolz erfüllte. In dem Text von Plutarch ging es darum, Körper und Geist von zügellosen Lastern und Genüssen zu reinigen, um sich Gott annähern und sich vervollkommnen zu können.

In den folgenden Tagen war Cadeyrn so in seine Arbeit vertieft, dass er kaum registrierte, was um ihn herum geschah, und auch die neuen Gäste nicht bemerkte, die in das Besprechungszimmer des Abtes geführt wurden. Cadeyrn reagierte verärgert, als Elis ihn aufforderte, ihm zu folgen.

»Ich bin mitten in einer komplizierten Passage, Elis!«

Elis betonte die offizielle Anrede: »Bruder, jegliche Tätigkeit steht vor den Wünschen unseres Vater Abtes zurück. Er wünscht deine Anwesenheit im Haupthaus.«

»Sofort?« Mit gerunzelter Stirn legte Cadeyrn die Feder zur Seite und wischte sich die tintenverschmierten Finger an einem Lappen ab.

Elis stand wartend neben seinem Pult. »Du hättest mir ruhig sagen können, dass du uns verlassen willst.«

Beunruhigt hob Cadeyrn den Kopf. »Wieso? Nein, noch nicht, ich meine …«

»Dann weiß ich nicht, was die Männer von dir wollen. Sie sagen, Edwin habe sie geschickt, um dich an deine Pflichten als Sohn eines Edelmanns zu erinnern.«

»Was? Aber es weiß doch niemand, dass ich hier bin!« Ein bedrohliches Gefühl nahm von Cadeyrn Besitz. Seine Hände zitterten, während er sich die Kukulle überwarf, den Gürtel knotete und Elis folgte.

Als er hinter Elis in das Zimmer des Abtes trat und die hochgewachsenen muskulösen Gestalten der bewaffneten Männer erblickte, war sein erster Impuls zu fliehen. Doch die Insel machte das unmöglich. Abt Mael saß in seinem Armlehnstuhl und starrte sorgenvoll auf ein Pergament mit dem offiziellen Siegel des Königs von Gwynedd.

Der größere der beiden Männer drehte sich zu ihm um. Eng stehende Augen und eine vielfach gebrochene Nase über einem grauschwarzen Bart ließen Cadeyrn rückwärtstaumeln. Fercos!

Die eigene Vergangenheit holt jeden irgendwann ein.

XIV

Blutiger Frühling,
Anno Domini 616

Sie vereinten die Blüten der Eiche,
Ginster und Wiesenkönigin
und erschufen mit Hilfe der Magie
die schönste und vollkommenste Jungfrau der Welt.

Mabinogion

Meara saß in der Mittagssonne vor ihrer Hütte und summte eine alte Weise, die ihre Mutter immer beim Flechten des Frühlingskranzes gesungen hatte. Die frischen grünen Zweige dufteten, und ihr Saft klebte an ihren Fingern. Der Kranz für die Göttin Brighid musste aus sieben verschiedenen Zweigen gewunden und an einem Holunderkreuz befestigt werden. Sie hatte weit laufen und lange suchen müssen, um alle Bäume zu finden. Ein Zweig vom Buchs gehörte dazu, genau wie von der Tanne, dem Sadebaum, der Eibe, der Fichte, der Thuja, dem Weidenkätzchen und der Buche.

Seit jener schrecklichen Nacht, in der Pyrs sie überfallen hatte, saß die Angst tief in ihr. Bei jedem Geräusch schreckte sie auf und fand nur selten wenige Stunden erholsamen Schlafes. Am sichersten fühlte sie sich im Wald, wo sie jedes Geräusch zuordnen konnte und sich wie ein Wanderer zwischen den Welten fühlte. Das leise Flüstern der Feen, die unter den großen Farnen hockten, zauberte ihr ein Lächeln auf die Lippen, und der Fuchs, der hier sein Revier hatte, hatte sie als Wesen des Waldes akzeptiert und verharrte sekundenlang, wenn sie einander begegneten.

Sie schälte die Holunderzweige mit großer Sorgfalt, damit sich zwischen Rinde und Stamm keine Feen einnisten konnten, um ihre bösen Scherze zu treiben. Seit ihrem Besuch auf Ynys Enlli waren mehr als drei Wochen vergangen. Wochen, in denen sie oft an den jungen Mönch gedacht hatte. Einige Tage nach ihrer Rückkehr hatte sie eine beklemmende Vision gehabt, in der sie fremde Männer in einem Boot und eine Festung gesehen hatte. Doch sie wusste die Bilder nicht zu deuten und schob sie den Erzählungen der Pilger zu. Cadeyrn bereitete sich jetzt mit seinen Brüdern auf das Osterfest vor. Die Christen feierten die Kreuzigung und Auferstehung ihres Gottessohns, während sie dem Beginn des wiedererwachenden Lebens in der Natur huldigte.

Wenn der Ginster voll erblüht war, ging es auf das Äquinoktium, die Tagundnachtgleiche, zu. Der lichte Tag und die Nacht dauerten genau gleich lang, und das Sternbild des Widders zeigte sich am Himmel. Meara liebte es, in klaren Nächten die Himmelsgestirne zu beobachten, und fragte sich, warum sie im Frühjahr jene und im Herbst andere Sternkonstellationen sehen konnte.

Die Hühner gackerten aufgeregt, ein Hund bellte, und Meara musste nicht aufsehen, um zu wissen, dass Fychan sie besuchte. Tatsächlich trat der drahtige kleine Mann zwischen den Bäumen hervor und pfiff, woraufhin ein großer und ein kleinerer Hund zu ihm stürmten.

»Helô, Meara!« Er stützte sich auf seinen Schäferstab, einen stabilen Stock mit dickem Knauf, den er auch als Waffe nutzte.

»Fychan, schön, dass du mich besuchst. Wie geht es euch?« Der Schäfer schob seinen Filzhut aus der Stirn und kratzte sich den Bart. »Uns geht es gut. Gesegnet sei die Heilige Jungfrau.« Er bekreuzigte sich. »Sessylts Frau hatte sich beim Netzeflicken geschnitten, aber sie hatte Glück. Nein, in den vergangenen Wochen meinte der Herr es gut mit uns.«

Der kleinere Hund, der jung und verspielt wirkte, kam zu ihm und leckte ihm die Hand ab.

»Gof, aus dir wird nie ein Hütehund, und Meara braucht einen Beschützer. Aye, das kannst du doch, oder?« Er tätschelte den schwarz-weißen Hund mit dem zotteligen Fell und warf Meara einen verschmitzten Blick zu.

»Gof?«, fragte Meara und klopfte auf ihre Oberschenkel, woraufhin sich der Hund begeistert auf sie stürzte. »Huch, du machst mir ja meinen Kranz kaputt. Dann kommen dich die Feen holen.« Doch sie lachte, als die weiche Hundenase sie immer wieder anstupste, bis sie endlich einen Zweig warf, dem er hinterherjagen konnte.

»Gofannon, aber er benimmt sich nicht wie der Sohn einer großen Göttin.« Gofannon war der Name eines der Kinder der großen Dôn.

Meara nahm einen der Holunderzweige, um damit auf Fychan zu tippen. »Du hast deinem Hund einen unchristlichen Namen gegeben. Das wird den Mönchen nicht gefallen.«

Fychan grinste. »Er ist ja auch nicht mein Hund, sondern deiner. Als ich die Welpen sah, war mir sofort klar, dass Gof dir gehören sollte. Du brauchst einen Beschützer, Meara.« Seine Miene verfinsterte sich. »Wir leben in gefährlichen Zeiten. Dir wird kein Wunder des heiligen Beuno helfen …«

»Was meinst du damit?« Sie hatte von einem Mönch mit diesem Namen gehört, der sich in Clynnog, an der Nordküste der Llŷn Peninsula, niedergelassen hatte und von König Iago ap Beli unterstützt wurde. »Von den Mönchen erwarte

264

ich gar nichts, das weißt du. Ich bin zufrieden, wenn sie mich in Ruhe lassen.«

»Du hast es nicht gehört, nicht wahr?« Fychan stocherte im Gras herum und pfiff nach den Hunden, die sich in den Wald trollen wollten. Seine grob gewebte Hose war ausgefranst, und seine Füße steckten in Riemenschuhen. »Er braucht noch etwas Erziehung, aber er ist eine treue Seele.«

»Fychan, jetzt sag schon, was ist denn geschehen?«

»Zwei Wochen muss es her sein, dass zwei Fremde nach Enlli gekommen sind. Sie haben sich von einem Fischer aus Nefyn übersetzen lassen. Ich habe es auch erst vor wenigen Tagen von Derfel in Llangwnnadl erfahren. Die Männer sahen aus wie königliche Botschafter und waren bewaffnet. Sie trugen ein offizielles Schreiben vom Hof in Gwynedd bei sich, mit dem sie sich überall Durchlass verschafften.«

Mearas Mund wurde trocken, und mit jedem Wort des Schäfers wuchs ihre Furcht. Das Boot in ihrer Vision!

»Die Fremden gehörten aber zu Æthelfriths Gefolgsleuten. Es hatte wohl Unterredungen am Königshof auf Ynys Môn gegeben, und Æthelfrith hatte sich die Herausgabe eines Gefolgsmanns von Edwin ap Deira erbeten. Edwin ist nicht länger in Gwynedd und ...«

»Ja, ich habe gehört, dass er in East Anglia bei Raedwald Schutz gefunden hat.«

Fychan räusperte sich. »Gut. Dann kannst du dir vorstellen, wie wütend Æthelfrith sowieso schon ist, weil ihm Edwin entwischt ist. Er drohte Iago mit Krieg, doch der ließ sich nicht einschüchtern, machte aber wohl einige Zugeständnisse, um sich Æthelfrith vom Hals zu halten. Eines betraf diesen Gefolgsmann, ein junger Edelmann mit Namen Davydd up Dyfnallt. Dieser Davydd soll den Tod des Sohnes von Æthelfriths Heerführer, Alpin, verschuldet haben. Soweit

265

ich das verstanden habe, wusste selbst König Iago nicht, wo sich dieser Davydd aufhält, aber er erteilte Æthelfriths Männern eine Vollmacht, den Flüchtigen festzunehmen und vor ein ordentliches Gericht zu stellen.« Fychan hielt in seinem Bericht inne, als er bemerkte, wie Meara erbleichte. »Du weißt, wer Davydd ist, nicht wahr?«

Meara nickte stumm.

»Es tut mir leid, Meara. Einer der Brüder auf Enlli muss Cadeyrn verraten haben, anders ist es nicht zu erklären, dass Æthelfriths Männer ihn dort aufgespürt haben. Die Pilgergruppe mit dem Mädchen ist von Enlli zurückgekehrt, nachdem der Großvater dort seinen Frieden gefunden hatte, und hat erzählt, wie ehrenhaft Cadeyrn sich verhalten hat. Sie kamen an dem Tag ins Haus von Derfel, als ich dort weilte, und waren ganz außer sich über das, was geschehen war.«

»Ich verstehe das nicht, niemand wusste um seine wahre Identität ...« Meara rang die Hände.

»Anscheinend doch. Die Angelsachsen verlangten vom Abt vor versammelter Runde die Auslieferung des Mönchs, der sich auf Enlli vor ihnen versteckte. Der Abt hat sich erst geweigert, denn er selbst wusste nichts von Cadeyrns Vergangenheit, und auch die anderen Brüder sagten nichts. Doch dann zog einer der Männer sein Schwert, packte einen der Mönche und drohte, ihn zu töten. Da gab Cadeyrn sich zu erkennen. Es soll ein großes Aufhebens gegeben haben. Der Abt war enttäuscht, dass Cadeyrn die anderen mit seiner Vergangenheit in Gefahr gebracht hatte, und schloss ihn aus dem Clas aus.«

Meara umklammerte den Holunderzweig. »Bei allen Göttern, was haben sie mit Cadeyrn gemacht?«

»Sie haben ihn mit nach Nefyn genommen. Von dort wollten sie weiter nach Osten. Ihm kann niemand helfen, Meara.«

»Waren die Männer zu Pferd unterwegs?«

»Das weiß ich nicht. Der eine soll Clynnog erwähnt haben, wo sie Station gemacht hatten. Meara, du kannst nichts tun! Sei vernünftig!«

Sie warf den Zweig zur Seite und starrte auf den begonnenen Kranz. »Denkst du, dass ihm Kränze und Gebete helfen?«

»Bruder Martin sagt, man muss nur wahrhaftig glauben, dann wird einem Hilfe durch den Herrn zuteil.« Doch seinen Worten mangelte es an Überzeugungskraft.

»Du bist ein guter Mann, Fychan. Was würdest du tun, wenn deine Freunde in Gefahr wären? Würdest du nur beten und hoffen?«

Fychan blickte kurz zu Boden. »Ich habe eine Familie. Deshalb würde ich nicht mein Leben riskieren.« Er schwenkte geschickt seinen Stab. »Aber nur beim Beten würde ich es auch nicht belassen. Dennoch, gib auf dich acht, Meara. Was ist mit Gof? Willst du ihn behalten oder abholen, wenn du …« Er seufzte und hob die Schultern.

Meara hatte den Hund sofort ins Herz geschlossen. »Ich würde ihn gern behalten, Fychan. Und ich kann dir gar nicht genug danken!«

Der Schäfer winkte ab. »Du hast mir und den meinen schon so oft geholfen. Meine Tochter wäre ohne deine Hilfe am Husten gestorben.«

Sie musterte ihre begonnene Arbeit. »Wenn ich den Kranz geflochten und am Haus aufgehängt habe, breche ich nach Clynnog auf. Die Männer haben zwei Wochen Vorsprung, aber irgendwo muss ich beginnen. Was ist mit den Mönchen von Enlli? Ich habe in letzter Zeit keinen von ihnen hier gesehen.«

»Elffin hat nur die Pilger zurückgebracht. Ansonsten war

keiner der Fischer drüben, zu gefährlich. Nach dem Mond-
wechsel beruhigt sich das Meer wieder. Unten am Daron
wartet ein Mönch schon seit Tagen darauf, übergesetzt zu
werden.« Er hob den Stab zum Himmel, an dem sich in der
Ferne graue Wolken ballten. »Er wird den Sturm abwarten
müssen, der noch über uns hinwegziehen wird.«

Der junge Hund hatte sich Meara zu Füßen gelegt und ließ
sich den Bauch kraulen.

»Verwöhn ihn nicht zu sehr.«

»Ach, woher denn. Fychan, wenn ich fortgehe, siehst du
dann nach meinen Tieren?«

»Mein Sohn wird das übernehmen. Er ist alt genug und
muss lernen, Verantwortung zu tragen. Oh, fast hätte ich es
vergessen. Vor drei Tagen ist bei Porth Ysgaden eine Leiche
gefunden worden. Sah übel aus und muss wohl ein Fremder
sein, denn hier im Umkreis wurde niemand vermisst.«

Meara fröstelte, sie dachte sofort an Pyrs.

»Das kann ein Fischer aus dem Norden gewesen sein
oder ein Reisender, der über Bord gegangen ist. Hier treibt
sich eine Menge Gesindel herum. Deshalb erzähle ich's dir.
Schließ dich einer Reisegruppe an. Allein solltest du nicht
auf der Straße unterwegs sein«, meinte der besorgte Schäfer.

»Du machst dir zu viele Gedanken um eine heidnische
Kräuterfrau«, erwiderte sie und zupfte eine Klette aus Gofs
Fell.

»Wir schätzen dich, Meara. Mehr als das, du gehörst zu
uns, und ich bin stolz darauf, dein Freund zu sein, wenn ich
das sagen darf.«

Seufzend stand Meara auf und umarmte Fychan kurz.
»Danke. Grüß deine Frau und deine Kinder und Elffin und
Sessylt. Sie sollen mir ein paar schöne Heringe trocknen.«

Noch in derselben Nacht verließ Meara mit Gof das Tal

von Anelog. Ihren wertvollsten Besitz, die goldene Sichel und die Brosche von Derfel, trug sie versteckt in einem Lederbeutel am Gürtel bei sich. Fychan hatte nicht zu viel versprochen. Gof erwies sich als kluger und treuer Begleiter, der schnell lernte, was sie von ihm erwartete, sich furchtlos gegenüber Wildtieren und anderen Hunden zeigte und sich jedem, der ihr zu nahe kam, in den Weg stellte. Nach eineinhalb Tagen war sie in Nefyn, am Abend des dritten Tages erreichte sie Clynnog.

Wenn sie ihren Zopf unter der Kapuze verbarg, wirkte sie mit ihrer knabenhaften Figur und den herben Gesichtszügen auf den ersten Blick wie ein junger Bursche. Das karge Leben allein am Fuße des Anelog hatte ihren Körper abgehärtet und ihre Sinne noch mehr geschärft. Es prickelte in ihrem Nacken, wenn sie jemand beobachtete. Doch sie wusste auch, dass die große Dôn sie bisher vor bösem Übel beschützt hatte. Irgendwann würde sich das ändern. Niemand durfte die Götter zu sehr herausfordern.

Gof lief dicht neben ihr, während sie über den Platz vor der Kapelle von Clynnog schlenderte. Es war Markttag, und Händler und Bauern verkauften ihre Waren. Das Angebot war überraschend vielfältig. Ein fahrender Pelzhändler bot Felle von Hasen, Zicklein, Füchsen und Eichhörnchen an, während in einigen Körben Stockfisch, Makrelen und Neunaugen lagen. Es gab Schaffelle, Lederhäute, Färberwaid, Wein, Wolle, Nüsse, Salz, Reisig und Hufeisen.

Mearas Magen knurrte, und sie starrte hungrig auf Brot und den Speck, der dazu angeboten wurde. Eine Frau mit roten Wangen und einer Lederschürze schnitt eine dicke Brotscheibe von einem Laib ab, hielt sie anpreisend hoch und rief: »Frisches Brot und guter, fettiger Speck! Greift zu, nur einen halben Pence für eine Portion!«

Gof schnüffelte und wedelte mit dem Schwanz. »Nein, lass, wir haben kein Geld«, sagte Meara und ging mit gesenktem Kopf weiter.

»Geh zum Kloster, Bürschchen, da geben sie allen was. Siehst aus, als hattest du eine lange Reise. Woher kommst du?«, fragte die Frau und schnitt ein weiteres Brotstück ab.

Clynnog war größer als die Dörfer auf der Llŷn, die Meara bisher gesehen hatte. Die Häuser drängten sich um den Platz vor der Kapelle, an die sich das Kloster anschloss, vor dessen Mauer sich eine Menschenmenge drängte.

»Llangwnnadl«, antwortete Meara ausweichend.

Beim Klang ihrer Stimme sah die Frau sie aufmerksamer an. »Bist allein unterwegs, Mädchen? Na hier, komm, nimm ein Stück. Schnell, bevor mein Alter es sieht.« Sie legte ein Stück Speck in die Brotscheibe und hielt sie Meara hin, die sie hastig ergriff und in ihrem Umhang versteckte.

»Danke, gute Frau! Tausend Dank!« Mearas Augen leuchteten.

»Ja ja, und jetzt verschwinde!« Die gutmütige Frau scheuchte sie weiter.

Meara lief durch die bunte Menge. Reiche Händler waren genauso vertreten wie Soldaten, Viehtreiber, Bettler, Gaukler, einfach gekleidete Reisende und Mönche. Da es in den letzten Tagen trotz des Sturms kaum geregnet hatte, war der Boden trocken, und sie konnte sich unter eine Buche hocken, deren zartes Grün sich langsam zu zeigen begann.

Sie brach das Brot und den Speck in zwei Teile und gab Gof die eine Hälfte. »Lass es dir schmecken.«

Der Hund, der ein weißes und ein schwarzes Ohr hatte, legte sich neben sie, vertilgte seine Ration mit wenigen Bissen und beobachtete sie danach, bis sie ihm die fettigen Finger hinhielt, damit er sie abschlecken konnte. Die Nächte unter freiem Himmel waren noch kalt, und wenn sie die Nacht in einem Stall oder dem Kloster unterkommen konnte, wäre das eine willkommene Abwechslung. Aber zuerst musste sie erfahren, wohin Æthelfriths Männer mit ihrem Gefangenen gezogen waren.

Die Kapuze tief ins Gesicht gezogen, ging sie zu den Menschen, die vor dem Kloster standen. Zwei junge Mönche waren unter den Wartenden, von denen einige einen Stock trugen, wie die Schäfer ihn benutzten.

»Willst du auch zum heiligen Beuno?«, wurde sie von einem Mönch angesprochen.

Meara nickte. »Äh ja. Ich habe so viele Dinge über ihn gehört.«

Der Mönch bekreuzigte sich ehrfürchtig. »Er ist noch jung und hat schon Blinde sehend gemacht und Krüppel von ihrer Lahmheit geheilt. Er ist ein großer Heiliger. Der König von Gwynedd gewährt ihm Schutz und Protektion, was diesem Kloster Bedeutung einträgt. Beuno ist bei einem Kranken in den östlichen Hügeln. Du musst nicht betrübt über Beunos Abwesenheit sein. Man kann in der heiligen Quelle baden. Du findest sie auf dem Weg nach Llanaelhaern.«

»Danke, Bruder, das ist sehr freundlich.« Sie hatte nicht vor, in einem Tümpel zu baden, nur weil irgendein christlicher Priester seine Verse darüber aufgesagt hatte. »Oh ...«, entfuhr es Meara in ehrlichem Erstaunen, als die Menge sich teilte und sie den Grund des Auflaufs entdeckte. Ein mannshoher glatter Stein, der breiter als tief war, erregte ihre Aufmerksamkeit.

Auf dem oberen Ende des Steins war ein Halbkreis mit vier gleich großen Feldern eingeritzt, und in dem Stein steckte ein Holzstab, dessen Schatten einen Punkt auf dem Halbkreis markierte. Die Menschen betrachteten den Stein mit großer Ehrfurcht, und einige fielen betend davor auf die Knie.

»Das ist auch ein Wunder, nicht wahr? Niemand weiß, wer den Stein aufgestellt hat. Beuno hat erkannt, dass Gott durch die Sonne darauf die Zeit zum Gebet anzeigt.« Der Mönch war sichtlich stolz auf die Sonnenuhr.

Mearas Vater hatte ihr gezeigt, wie man mithilfe der Sonne die Zeit lesen konnte, doch einen solchen Stein hatte sie noch nicht gesehen. »Bei allem, was mir heilig ist. Sag, Bruder, kommen auch Krieger her, um zu beten?«

Er sah sie verwundert an, so dass sie rasch hinzufügte: »Nun, ich meine, kommt es vor, dass jemand sein Schwert ablegt und sich nur noch dem Dienen Gottes widmet?«

Die Miene des jungen Bruders erhellte sich. »Aber ja, das gibt es, und es ist immer ein großes Fest, wenn eine Seele zu unserem Herrn findet.«

Meara versuchte es direkter. »Mir sind unterwegs zwei angelsächsische Krieger mit einem Mönch begegnet. Das kam mir seltsam vor. Waren sie vielleicht hier?«

»Ich erinnere mich gut, denn mir gefiel nicht, wie sie den Bruder behandelten, von dem sie behaupteten, er wäre gar kein Mönch.« Der Ordensbruder breitete hilflos die Hände aus. Er trug nur seine ärmliche schlichte Tunika mit Kukulle. »Was sollen wir diesen Männern entgegensetzen außer unseren Glauben? Und dabei weiß ich sogar, dass der Mönch einer von uns ist, denn ich habe ihn im Clas von Bangor-is-y-Coed gesehen. Vor dem Unglück.« Er senkte die Stimme. »Das war eine schreckliche Sache. Das Kloster wurde von angelsächsischen Kriegern niedergebrannt.«

»Ich habe davon gehört«, sagte Meara. »Und wohin wollten die Soldaten mit dem Mönch? Sind denn keine Männer des Königs hier?«

»Nein. Wir können froh sein, wenn die Banden uns in Ruhe lassen. Die nächste Festung ist in Dinas Dinlle, und gelegentlich schickt Cranog seine Männer herunter, um nach dem Rechten zu sehen. Was nichts anderes bedeutet, als dass sie die Abgaben einfordern.«

»Ob sie dorthin unterwegs sind?« Meara hörte Pferdehufe, und die Menschen drehten sich neugierig nach einem Reiter um, der mitten durch die Stände preschte und erst vor dem Kloster sein verschwitztes Tier zum Stehen brachte.

Das Sattelzeug des Pferdes war aus gutem Leder, und der Reiter trug das königliche Wappen. Seine Waffen waren aus edlem Stahl, seine Lederstiefel gefettet und der Umhang aus feinster Wolle. Dieser Mann gehörte zum engeren Kreis des königlichen Hofes. »Heda! Macht Platz! Ich will zu Beuno. Wo ist der heilige Mann? Er soll sofort mit mir nach Ynys Môn kommen!«

Das Pferd schnaufte und stampfte mit den Hufen im Kreis, während der Bote sich herrisch umsah. »Was ist, Leute? Wo ist der Heilige?«

Ein älterer Mönch hob besänftigend die Hände. »Gemach, guter Mann. Wir helfen dir gern, aber Bruder Beuno ist nicht hier. Was ist denn geschehen?«

»Ihr wisst es nicht? Der König wurde verraten und schwer verletzt! Mit einer Axt wollte ihn der Meuchler töten. Nur Beuno kann ihn retten!«, rief der aufgebrachte Bote.

Ein Anschlag auf den König von Gwynedd bedeutete in diesen unsicheren Zeiten einen möglichen Krieg und konnte das Reich in die Hände des gierigen Æthelfrith treiben. Meara griff nach dem Arm des jungen Mönchs neben ihr. »Wohin sind sie gezogen, Bruder?«

Abgelenkt antwortete der Mönch: »Sie wollten nach Osten und durch die Berge. Wrecsam war ihr Ziel.«

Die Route führte durch die Berge nach Bekelert am Moel Hebog. Vielleicht hatte sie Glück. Zu Fuß war sie schneller auf den Felspfaden unterwegs und könnte die Angelsachsen und ihren Gefangenen am Moel Hebog einholen.

14

Nefyn, Nant Gwrtheyrn, 2016

Zu aufgewühlt, um länger in Carreg Cottage zu bleiben, und mit dem Wunsch, Marcus' fragenden Blicken zu entfliehen, war Lilian mit dem Wagen nach Norden gefahren. Fizz lag neben ihr und döste vor sich hin. Die Bisswunde verheilte gut, wenigstens das, dachte Lilian und fuhr langsamer, als sie ein Straßenschild nach Nefyn entdeckte. Vielleicht konnte Collen ihr einige Fragen zu ihrem Cottage und Mae Lagharn beantworten, denn von Stanley war in dieser Hinsicht kaum Hilfe zu erwarten.

Die schmale Straße führte direkt an der Küste entlang, und je höher sie kam, desto karger und abweisender wurde die Landschaft. Sanfte grüne Hügel wurden von scharfkantigen Felsgebilden ersetzt, und immer öfter sah sie Kiefern, deren hohe, kahle Stämme sich gegen den Wind stemmten. Die südliche Küste mit Abersoch, Llanbedrog und Pwllheli hatte sie mit geradezu mediterranem Flair und lieblich verspielten Orten überrascht. Doch hier tauchte sie in eine beinahe archaisch anmutende Welt, in der nichts leicht schien, die Häuser kleiner und düsterer waren und die Menschen mit ausdruckslosen Gesichtern durch teilweise ausgestorbene Straßenzüge gingen.

»Schau dir das an, Fizz. Der Tourismus hat dem Süden einen Aufschwung beschert, aber die Leute hier haben hart zu kämpfen.«

Fizz hatte sich aufgesetzt und beobachtete eine junge Frau,

die müde einen Kinderwagen an einer Häuserreihe vorbei-
schob.

Lilian hatte das Ortsschild von Llithfaen gerade noch gesehen und das Tempo weiter gedrosselt. Die kleinen Häuser aus
grauem Stein stammten aus dem neunzehnten Jahrhundert,
und Lilian fiel wieder ein, dass Collen von einer Mine unten
in Nant gesprochen hatte. Gegenüber dem Postoffice sah sie
ein Hinweisschild nach Nant Gwrtheyrn und bog in die ein-
spurige Straße, die sich steil und in gefährlich engen Kurven
zwischen den Häusern hindurchwand. Als sie den höchsten
Punkt erreicht und das Dorf verlassen hatte, lag eine lange,
an den Rändern unbefestigte Straße vor ihr, die durch felsige
Hügel Richtung Meer führte. Nach ihren bisherigen Erfahrungen mit der walisischen Llŷn Halbinsel hatte sie es sich
abgewöhnt, hinter der nächsten Kurve einen weiten Blick zu
erwarten. Meist musste man geduldig drei oder vier weitere
Hügel umrunden, bis man an sein Ziel gelangte.

Sie war allein in der uralten Felslandschaft. Nur Schafe be-
völkerten die wenigen unergiebigen Grünflächen, gelegentlich
wiesen Holzgatter und Schilder auf die Wanderwege hin. Lilian
entdeckte selbst in dieser öden Kargheit ein vielfältiges Farben-
spiel in den Moosen und Flechten und begann die Verse des
Dichters R. S. Thomas besser zu verstehen, der voller Verständnis und Verbundenheit für sein Land und die Menschen geschrieben hatte. Sie erreichte den öffentlichen Parkplatz oberhalb der Bucht und hielt an. Der Ausblick war spektakulär.

Sie stieg kurz aus und ließ Fizz laufen. Dunkle Wolken hatten sich zu ihrer Rechten über einem dichten, dunklen Wald
aus riesigen Nadelbäumen aufgebaut, und sie spürte erste Regentropfen. Wie hoch sie sich über der Bucht befand, war
schwer zu sagen, doch die Straße wand sich vor ihr in Haar-
nadelkurven steil hinunter in die Bucht von Nant, vor der

sich die See erstreckte. Die Hänge waren terrassenförmig abgebaut worden, Relikte der Minentätigkeit, teils begrünt und von Steinwällen gehalten. Aus diesen Steinen waren mehrere kleine und ein größeres Gebäude unten am Strand errichtet, in der sich das Zentrum für walisische Kultur befand.

Aufgrund des Regens entschied sich Lilian gegen den Spaziergang und fuhr direkt hinunter. Auf dem Parkplatz standen mehrere Wagen, am Haupthaus lehnte eine junge Frau und rauchte. Sie winkte, als sie Lilian entdeckte.

»Hallo, Lili!«

Fizz lief zu ihr und ließ sich streicheln. »Summer! Du bist immer noch hier?«, begrüßte Lilian sie lächelnd.

»Yeah«, sagte das Mädchen mit breitem amerikanischen Akzent und drückte ihre Zigarette aus. »Das war so geplant, und jetzt ziehe ich das auch durch. Das ist irgendwie so abgefahren hier. Ich meine, wer in Missouri kann schon Walisisch?«

»Tja, da bist du sicher ein Exot. Und die anderen sind schon abgereist?«

»Hey, komm hier unter das Dach. Wirst ja ganz nass.« Summer machte Platz und zeigte auf Fizz' Wunden.

»Der Nachbarshund, aber Fizz hat Glück gehabt«, erklärte Lilian.

»Tapferer kleiner Hund. Äh ja, Oliver ist schon weg, Stella ist noch hier, und das Ehepaar hat sich nach der Bootsfahrt nur noch gestritten und ist gestern abgefahren.« Summer verdrehte die Augen. »Sollen die doch wieder eine Kreuzfahrt machen!« Sie legte den Kopf schief. »Du willst bestimmt zu Collen, oder?«

Lilian nickte. »Ja, er hat gesagt, dass ihr hier eine Bibliothek habt und alles sammelt, was es über die Llŷn zu wissen gibt.«

»Das stimmt. Komm mit. Ich zeig dir, wo es ist. Fizz darf nicht mit hinein, aber ich passe gern so lange auf ihn auf.« Das quirlige junge Mädchen lief in Jeans, Turnschuhen und einem pinkfarbenen Sweater vorweg.

Lilian beneidete sie um ihre jugendliche Energie und die pure Lebensfreude, die sie ausstrahlte. War sie jemals so frei und ungezwungen gewesen? Parallel zur Fensterfront folgten sie einem langen Gang bis zu einer Flügeltür mit der Aufschrift »Bibliothek«.

»Danke. Wo finde ich dich nachher?«, fragte Lilian und streichelte Fizz.

»Siehst du das Haus da am Ende der Kurve? Da teile ich mir ein Zimmer mit Stella. Okay, na komm, Fizz, wir finden bestimmt was Leckeres.«

Der Border Terrier wartete, bis Lilian ihm zunickte, bevor er Summer folgte. Lilian stieß die Schwingtüren zur Bibliothek auf und war von deren Größe überrascht. Dunkle Holzbalken und Laminat in Holzoptik verliehen dem schmalen, langgestreckten Raum eine Atmosphäre, die zu den historischen Gebäuden passte. In den Fensternischen waren Arbeitsplätze mit Bildschirmen eingerichtet, und an einem saß Collen in ein Buch vertieft. Es gab keine Anmeldung, und das Ausleihen der Bücher schien nicht vorgesehen. Lilian nickte einer älteren Dame hinter dem Tresen in Eingangsnähe zu und ging zu Collen, ohne die anderen Lesenden stören zu wollen.

»Hallo, Collen«, begrüßte sie ihn leise.

Wenn er überrascht war, ließ er sich nichts anmerken, sondern lehnte sich zurück und lächelte. »Gut, dass du da bist. Ich habe da etwas für dich, das dich interessieren könnte.«

Er trug eine schmale dunkle Brille.

»Was denn? Ich will dich nicht stören, es hat sich nur einfach ergeben. Ich war gerade in der Gegend«, entschuldigte sie ihr unangemeldetes Auftauchen lahm.

»Wir liegen auch direkt am Weg«, grinste er. »Ist kein Problem. Ich muss nur noch korrigieren und etwas für einen Vortrag suchen. Aber das ist nicht eilig.«

Lilian begann ihren spontanen Besuch zu bereuen. Er hatte etwas an sich, das sie anzog und gleichzeitig einschüchterte, obwohl das sicher nicht seine Absicht war, sondern an ihrer eigenen, tief verwurzelten Unsicherheit lag. Früher hatte sie Fiona die Schuld daran gegeben, manchmal ihrer Mutter, die sich immer aus der Verantwortung gestohlen hatte. Letztlich spielte es keine Rolle. Sie war alt genug, sich zu behaupten und ihrer Fähigkeiten bewusst zu sein. Wenn sie das nicht schaffte, konnte sie niemandem außer sich selbst die Schuld dafür geben. Ihr Blick schweifte aus dem Fenster über die kleinen grauen Häuser zum Meer. Nebelschwaden zogen über den Steinwall und das Stallgebäude, der Mast eines kleinen Seglers erschien in der Bucht. Das Schiff hatte eine merkwürdige Form, fremdartig und wie aus einer anderen Zeit.

»Lili, komm, wir trinken einen Tee oder einen Kaffee. Du siehst blass aus. Ich denke, du bist nicht ganz zufällig hier, oder?«

Er stand vor ihr und sah sie aufmerksam an.

Sie blinzelte, und der Nebel verschwand genau wie das Schiff und der Stall. »Ich werde verrückt …«, murmelte sie und sah erneut aus dem Fenster.

»Was ist los, hast du jemanden gesehen, Lili?« Collen legte ihr den Arm um die Schulter und drückte sie sanft. »Komm, gehen wir.«

Als sie am Empfang vorbeikamen, sagte die ältere Dame: »Collen, wolltest du den Ordner mit den Briefen noch haben?«

»Ja bitte, gib sie mir doch eben mit. Ich bringe sie gleich zurück.« Collen ließ sich einen Ordner aus festem Karton aushändigen, der mit einem Band verschnürt war.

Collens Büro lag im ersten Stock, hatte eine schräge Wand, Deckenbalken und bot gerade Platz für einen Schreibtisch, eine Sitzecke und ein großes Bücherregal. »Setz dich doch. Tee oder Kaffee?«

»Tee. Tut mir leid, ich stehe wohl etwas neben mir. Es ist nur, meine Großmutter hat mich angerufen und mir mitgeteilt, dass meine Mutter gar nicht ihre leibliche Tochter war, sondern das Kind ihrer Schwester. Und ihre Schwester hat das Kind damals abgegeben und ist nie wieder aufgetaucht. Was sagst du dazu?« Sie ließ sich in einen Kunstledersessel fallen und ordnete ihre Haare mit der Spange neu.

Collen hantierte mit dem Teekocher, der anfing zu zischeln, und stellte einen Teller mit Schokoladenkeksen auf den Tisch. »Nervennahrung.«

Lilian griff nach einem Keks, der nach Kakao duftete, und biss ein Stück ab.

»Wusste deine Mutter davon? Warum erzählt sie es dir jetzt?«

»Das Erbe. Ich habe sie gefragt, wer aus unserer Familie dafür in Betracht käme. Und da kam sie auf einmal mit diesen unglaublichen Geschichten heraus! Ich hasse Geheimnistuerei. Und meine Mutter wusste es anscheinend nicht. Tja, nun gibt es also eine neue Großmutter in meinem Leben und den Vater von meiner Mutter, Maude, dessen Name unbekannt ist.«

Das Wasser kochte, Collen goss den Tee mit Milch auf, reichte ihr einen Becher und setzte sich ihr gegenüber. »Solch eine Nachricht würde jeden erst mal umhauen. Andererseits bleibt Maude deine leibliche Mutter. Es wäre also wesentlich dramatischer für sie gewesen zu hören, dass die Frau, die sie für ihre Mutter hält, ihre Tante ist. Und du fragst dich jetzt, ob dein Erbe mit diesem neuen Familienzweig verbunden ist?«

»Möglich wäre es doch.«

»Ist es so schlimm für dich, ein Jahr zu warten? Ich habe es doch richtig verstanden, dass Stan dir nach einem Jahr die Identität des Erblassers offenbaren wird, nicht wahr?«

»Hm, ja.« Sie aß den restlichen Keks auf.

»Mach dich nicht verrückt deswegen. Das Cottage hat eine Geschichte, und du hast die Möglichkeit, sie offenzulegen. Das ist doch eine spannende Sache. Hier in diesem Ordner sind die Briefe von Pfarrer Price. Die Handschrift ist leserlich, du kannst gern selbst einen Blick hineinwerfen.« Er legte den Ordner auf den Tisch.

Als sie zögerte, sagte er: »Da ist noch mehr, oder? Hoffentlich nicht wieder ein totes Tier!«

Sie schüttelte den Kopf. »Nein, das nicht. Es ist eigentlich dumm. Manchmal sehe und höre ich Dinge. Seit ich hier bin, ist das so. Es kommt mir vor, als wäre ich schon einmal hier gewesen und müsste mich an etwas erinnern ...« Verlegen griff sie nach ihrem Teebecher. »Was musst du nur denken. Ich meine, warum erzähle ich dir das. Es ist nur, irgendwie glaube ich, dass du es verstehst. Marcus ist sehr nett und immer freundlich, aber er packt die Dinge an, als Realist eben und ... Sonst kenne ich hier niemanden, und ich bin eine Fremde und ...« Sie holte tief Luft. »Eigentlich ist es nicht meine Art, so viel zu reden.«

Collen lächelte nicht, sondern sah sie mit einem seltsamen Ausdruck an. »Lili, du hast mir eben ein großes Kompliment gemacht, und ich hoffe, ich bin deines Vertrauens würdig. Du bist nicht verrückt. Die Llŷn und Enlli sind magische Orte. Das lässt sich nicht wissenschaftlich erklären. Ich weiß von vielen Menschen, die ein besonderes persönliches Erlebnis von hier mitnehmen konnten, eine Art von Erkenntnis oder Findung, und oft hat es nichts mit dem Glauben zu tun.«

»Aber so meine ich es nicht. Ich suche ja gar nichts! Dieses Erbe hat mich hergebracht. Und jetzt höre ich Stimmen, und meine Großeltern haben mich all die Jahre belogen und ...« Sie unterbrach sich. »Und Fizz ist vom Hund der Jones gebissen worden. Reizende Nachbarn habe ich! Aber das Weideland soll ich ihnen weiterhin verpachten. Glauben sie ...«

»Was willst du sonst damit machen?«

»Es brachliegen lassen. Ist doch schön, wenn dort wächst, was dort wachsen will.«

Ernst erwiderte Collen: »Überleg es dir. Einem alteingesessenen Farmer die Weiderechte zu entziehen ist nicht ohne ... Aber das musst du selbst wissen. Was ich eigentlich sagen wollte, Lili, es gibt Orte, die einem etwas mitzuteilen haben. Vielleicht solltest du genau hierherkommen. Ich bin Wissenschaftler, halte mich an Fakten und bin kein religiöser Mensch. Aber es gibt Dinge, die wir nicht erklären können. Nimm zum Beispiel die stehenden Steine. Sie sind dir bestimmt schon aufgefallen – große Steine, wie man sie aus Steinkreisen kennt, stehen hier an verschiedenen Orten, und bisher ist es niemandem gelungen, ihre Bedeutung eindeutig festzulegen. Bei Llanaelhaern gibt es einen, bei Llangwnnadl oder Sarn Mellteyrn. Sie stehen einfach da, seit über dreitausend Jahren, und die Archäologen sprechen von Landmarkern oder neuerdings auch von heiligen Steinen, die die Lebenden vor den bösen Geistern der Toten beschützen sollten. Der Mathematiker Alexander Thom will herausgefunden haben, dass die Steine astronomischen Berechnungen gedient haben. Und außerdem haben die frühen Christen die Steine als heilig auf ihren Friedhöfen eingebunden.«

Collen machte eine Pause, denn sein Telefon summte. Er zog es aus der Tasche und legte es auf den Tisch.

»Geh nur ran, ich habe es nicht eilig«, sagte Lilian.

»Entschuldige.« Er stand mit dem Telefon auf. »Hallo, Katie.«

Lilian ignorierte den kleinen Stich, den die Erwähnung des Namens bei ihr verursachte, und öffnete den Karton mit den Briefen. Die Handschrift war verschnörkelt und stark nach rechts geneigt. Wenn man sich einmal an die großen Anfangsbuchstaben gewöhnt hatte, erschlossen sich die Zeilen. Der Brief war am zweiten Juni 1796 in Pistyll verfasst worden. Pfarrer Huw Price schrieb:

»Meine verehrte, liebste Schwester,

ich hoffe, diese Zeilen finden Sie bei guter Gesundheit, denn nach Ihrem letzten Brief habe ich mir doch große Sorgen um Sie gemacht. Aber Sie wissen, wie es hier zugeht, wenn die Pilger eintreffen. Dazu die andauernde Blockade und Schreckensnachrichten vom Kontinent. Es mag nicht im christlichen Sinne sein, und Gott der Herr möge mir verzeihen, aber ich hege Verständnis für die Männer, die ihr Leben für den Schmuggel von Salz und vor allem der Bibeln aufs Spiel setzen. Warum auch müssen die Bibeln in unserer Sprache in Dublin gedruckt werden? Haben wir denn keine guten Drucker hier in Wales? Wir bauen Schiffe in Pwllheli, die in die ganze Welt auslaufen, und sind nicht in der Lage, den heiligen Text in walisischer Sprache hier zu drucken.

Ich kann Sie direkt vor mir sehen, wie Sie die Stirn runzeln und den Finger heben, um mich zu mehr Ausgeglichenheit zu ermahnen. Es liegt leider in meiner Natur, schnell aufzubrausen und mir Sorgen um alles zu machen. Das Weißdornelixier von Doktor Williams soll der Stärkung meines Herzens dienen, und ich nehme es brav ein. Große Linderung spüre ich itzo nicht ...«

Der Pfarrer beschwerte sich weiter über diverse Krankheiten, die ihn plagten, schimpfte auf die Franzosen und den jungen General Napoleon, den er für noch kriegswütiger als dessen Vorgänger hielt. Lilian blätterte durch die Briefe und überflog sie.

»Hast du etwas Interessantes entdecken können?« Collen zog sich einen Stuhl neben sie und schaute mit auf die Briefe.

»Nein, jedenfalls nichts, was das Manuskript betrifft. Von wann soll es sein, sagtest du?«

»Um sechshundert, würde ich schätzen. Jedenfalls werden die Steine in St. Hywyn auf die Zeit datiert. Der Brief, in dem er es erwähnt hat, war, glaube ich, vom Dezember 1797. Findest du den?«

Er war ihr so nahe, dass sie einen Hauch Rasierwasser wahrnehmen konnte und ein wenig stärker einatmete als notwendig. Collen war ganz auf die Briefe konzentriert und schien nicht einmal zu bemerken, wenn sich ihre Hände berührten, während sie die Briefe weiterreichte.

»Ah ja, das ist es. Schau hier«, sagte er. »Kalter Winter, bla bla bla, war schon arg damals, aber das brauchen wir nicht zu wissen. Der gute Price hatte einen ausschweifenden Stil:

... Um auf Ihre Entdeckung zurückzukommen, liebste Schwester, belassen Sie es dort, wo Sie es gefunden haben. Zumindest vorerst, denn wie ich Ihren Gatten kenne, ist er imstande und vernichtet das Manuskript, weil er es für Teufelswerk hält.

Ich hatte mir für Sie ein erfülltes Leben an der Seite eines Geistlichen erhofft, wissend, dass Sie selbst eine von Gott erfüllte Frau sind, und bin über die Maßen enttäuscht von Gruffydd. Ein Seelsorger soll für seine Gemeinde da sein, sich kümmern und die Nöte und Leiden der Menschen lindern helfen, nicht verschlimmern durch seine drakonischen Strafen! Wenn die Wege wieder frei sind und meine Gesundheit es erlaubt, komme ich Sie in Aberdaron besuchen und werde eine ernste Unterredung mit Gruffydd führen.

Was das Manuskript betrifft, so bin ich noch immer voller Freude über Ihren extraordinären Fund! Was für ein erhebendes Gefühl wird es sein, die Zeilen eines der ersten Mönche von Enlli lesen zu dürfen. Ich kann Sie seufzen hören. Ja, seufzen Sie und bedauern Sie, dass Sie in der Schule nicht besser beim Lateinunterricht aufgepasst haben, sonst hätten Sie jetzt das Privileg gehabt. Unser Herr Vater, Gott sei seiner Seele gnädig, hat uns keine irdischen Reichtümer hinterlassen, aber den Reichtum des Geistes, und dafür bin ich ihm täglich dankbar.«

Collen machte eine Pause. »So geht es weiter. Das Manuskript wird nicht wieder erwähnt.«

»Wie hieß die Pfarrersfrau?«

»Rebecca Morris. Sie war mit Gruffydd Morris, dem Pfarrer von Aberdaron, verheiratet. Ich habe nachgesehen. Sie starb leider im Frühjahr 1798 an der Schwindsucht.«

»Ohne ihrem Bruder das Versteck des Manuskripts mitzuteilen?«

Collen gab ihr die Briefe, stand auf und ging zu seinem Schreibtisch, wo er in einem Notizblock blätterte. »Tja, das ist die große Frage. Ich glaube nicht, denn dann hätte der gute Huw sicher mit jemand anderem darüber korrespondiert. Er unterhielt Briefkontakte mit Literaten und Theologen in York und Carnaervon. Und nirgendwo wurde ein Manuskript aus dem sechsten Jahrhundert erwähnt. Wenn es tatsächlich jemand gelesen hätte, wäre das nicht unbemerkt geblieben. Auf keinen Fall, denn es gibt keine Aufzeichnungen aus der Zeit.«

»Schön, verstehe. Sogar ich als Laie begreife die Bedeutung

eines solchen Schriftstücks für die Historiker. Kein Wunder, dass Seth Raines so scharf darauf ist.« Und du auch, fügte sie in Gedanken hinzu. »Wie geht es Katie eigentlich? Ist sie noch hier?«

»Sie kommt am Wochenende zurück. Katie geht es gut. Ich kenne sie gar nicht anders, eine Powerfrau, die nichts aus der Fassung bringt. Es ist schwer, mit ihrem Tempo Schritt zu halten.« Er grinste. »Wir wollen mit Elijah nach Plas yn Rhiw. Vielleicht hast du Lust mitzukommen? Der Ort ist wirklich was Besonderes, und es gibt dort preisgekrönte Scones.«

»Äh, danke gern, aber ich kann nicht. Das Cottage muss fertig werden. Es gibt so viel zu tun.«

Er kam zurück und deutete auf ihren Becher. »Möchtest du noch einen Tee?«

»Nein, danke. Sehr lieb von dir, dass du dir die Zeit genommen hast. Ich muss los. Fizz ist bei der amerikanischen Studentin, und ich weiß nicht, was er anstellt.« Lilian hatte sich die Namen und Daten notiert und legte die Briefe in den Ordner zurück. »Faszinierend, solche alten Briefe. Es ist, als ob man durch ein Fenster in die Vergangenheit blickt.«

Er wartete, bis sie aufgestanden war und ihm den Ordner reichte. »Ich bringe dich hinunter. Du kannst jederzeit wiederkommen, Lili. Ich freue mich. Und das meine ich ehrlich. Und, wie gesagt, du bist herzlich bei unserem Ausflug willkommen. Aber ich zeig dir Plas yn Rhiw auch gern ein anderes Mal.«

Collen öffnete die Tür für sie und ließ sie zuerst hindurchtreten. Es gab genügend Männer, die gern mehrere Eisen im Feuer hatten. Was wusste sie von Collen? Sie würde sich nicht von seinem Charme einwickeln lassen.

»Ach, das hatte ich noch vergessen. In einem der Briefe spricht Rebecca von Druiden, die sich am Berg Anelog treffen. Das Aufflackern heidnischer Gebräuche kam bei ihrem

Gatten nicht gut an, und er entfachte wohl eine regelrechte Hexenjagd auf die Leute.«

Seite an Seite gingen sie die Treppen hinunter. »Druiden? Zu der Zeit? Ich dachte, die gab es nur bis zu Cäsar. Und seine Legionäre haben den letzten Druiden den Garaus gemacht.«

»O nein! Das alte Wissen wurde durch die Jahrhunderte überliefert. In Schottland lebt das Keltenwissen doch ganz stark wieder auf. Gibt es bei euch denn nicht auch ein ähnliches Festival wie das Eisteddfod?«

»Nein, was ist das?«

»Das Eisteddfod findet alljährlich in Llangollen statt und wird von der walisischen Bardenvereinigung veranstaltet. Die Barden waren früher auch Druiden. In erster Linie ist es ein Fest der walisischen Literatur und Musik. Es ist Ausdruck unseres Nationalbewusstseins, und der Preis, der dort verliehen wird, ist ein hohe Auszeichnung.«

Collen blieb vor der Bibliothekstür stehen. In seinem Blick lag eine unausgesprochene Frage, die er mit einem Lächeln verdrängte. »Nun, ich erzähle dir das, damit du deine Empfindungen vielleicht besser einordnen kannst. Deine Visionen, meine ich. Dieses Land ist so alt und voller Mythen, die viel lebendiger sind, als wir annehmen. Und du lebst in einem Pilgercottage am Berg Anelog. Wer da keine Geister sieht, muss total unsensibel sein.«

Sie lachte. »Schon gut. So wie du es sagst, gibt es sicher auch noch Druiden hier irgendwo.«

»Sicher gibt es die. Aber das sind ganz normale Leute, denen du nicht ansiehst, dass sie sich dem alten Wissen verschrieben haben.« In seinen Worten klang kein scherzhafter Unterton mit.

»Ernsthaft? Bist du etwa ein Freizeitdruide?«

Er runzelte verärgert die Stirn. »Du machst es lächerlich.

Nein, ich bin keiner, aber ich kenne Menschen, die die alten Lehren pflegen. Das sind keine Spinner, Lili, darunter sind Leute aus allen Berufssparten.«

»Entschuldige. Das war heute alles etwas viel. Gib mir Zeit, das zu verdauen. Ich rufe dich an, ja?«

»Mach das, Lili.« Er beugte sich vor und küsste sie flüchtig auf die Wange.

Die Tür wurde aufgestoßen, und eine Studentin kam heraus. »Hallo, Collen! Kannst du mir mit meinem Essay helfen?«

Lilian nickte ihm verabschiedend zu und ging davon.

15

Heimlichkeiten

Lilian trat aus dem Haupthaus von Nant Gwrtheyrn und wurde von einem Regenschauer begrüßt. Der Wind trieb ihr die Nässe direkt ins Gesicht und die Gischt unten an die Felsen. Man vergaß so leicht, was die Menschen vor einem auf demselben Land erlebt hatten. Lilian zog die Kapuze ihres Windbreakers über die Haare und blickte die steilen, nur teilweise begrünten Felswände hinauf, an denen sich in einer schmalen Schlucht die unverwüstlichen Tannen und Kiefern am feindlichen Untergrund festklammerten. Hatten sich dort die Schmuggler mit ihrem kostbaren Gut versteckt und auf die Franzosen geschimpft, deretwegen sie Leib und Leben riskierten? Die versteckten Felsbuchten rings um Llŷn waren ideal für heimliche Übergaben und hatten sicher manchen Flüchtigen vor seinen Häschern bewahren können.

Der Regen wurde stärker und durchnässte ihre Hose, so dass Lilian rasch auf das kleine Haus zuging, in dem Summer wohnte. Die Amerikanerin musste sie erwartet haben, denn die Tür ging auf, und Fizz stürmte ihr freudig wedelnd entgegen. »Hey, mein Kleiner!«

Lilian nahm ihren Hund in den Arm und streichelte ihn ausgiebig, bevor sie ihn wieder absetzte.

»Hi, Lili!«, begrüßte sie die Studentin. »Uh, nur dieses Wetter geht mir auf den Keks. Missouri ist zwar auch Provinz, aber wenigstens scheint da öfter die Sonne. Komm rein!«

Das Ferienhaus hatte einen gemütlichen Wohnraum mit offener Küche und vier Schlafräume, wie Summer erklärte. »Die anderen sind unterwegs. Na, wolltest du wegen deinem Cottage zu Collen? Ich finde das total spannend, die Geschichte, meine ich. Ein Haus, das über fünfhundert Jahre alt ist, wow! Das fällt bei uns unter Archäologie!« Summer lachte.

»Tja, ich find's auch interessant, bis zu einem gewissen Grad zumindest. Wenn die Gäste kommen, will ich ihnen sagen können, was Carreg Cottage so besonders macht, und …« Sie hielt inne, von den Briefen wollte sie ihr nichts erzählen, aber über die Vorbesitzerin konnte sie durchaus sprechen. »Dann war da die alte Dame, Mae Lagharn, die vor mir dort gelebt hat, über die ich gern mehr in Erfahrung bringen würde. Aber niemand hier kannte sie besonders gut, und ihr Bruder, Anwalt Edwards, schweigt sich aus. Familienstreit.«

»Lagharn? Das klingt wie einer dieser alten Stummfilmstars, weißt du, Lillian Gish oder Louise Brooks. Die waren so geheimnisvoll und ätherisch.« Summer setzte sich mit ihrem iPad aufs Sofa und tippte etwas ein.

Fizz lief durch den Raum und kratzte an einer Kiste, die unter dem Küchentisch stand. »Fizz, lass das!«

»Ist schon in Ordnung, die kriegt er nicht auf. Also über Lagharn finde ich nichts. Es gibt einen Vertrieb für landwirtschaftliche Maschinen in Porthmadog, der einem Trevor Lagharn gehört. Scheint ein seltener Name zu sein. Sollen wir da mal anrufen? Ich finde so was total spannend.« Mit leuchtenden Augen sah Summer sie an. Schon hatte sie die Nummer in ihr Telefon eingegeben und hielt es der perplexen Lilian hin.

»Lagharn, Landmaschinen und Reparaturen. Was kann ich für Sie tun?«, meldete sich ein junger Mann.

»Äh, oh, entschuldigen Sie, ich möchte keinen Traktor kaufen, aber ich hätte eine Frage.« Sie sah Summer leicht verärgert an, doch die machte eine ermunternde Handbewegung.

»Ja, gern. Worum geht es?«

»Es ist mehr privater Natur, wissen Sie. Ich wohne jetzt in Carreg Cottage, und das hat vorher einer Mae Lagharn gehört. Jetzt wundere ich mich, ob Sie eventuell …«

»Moment!« Der Hörer fiel auf eine Tischplatte, und sie hörte Schritte und Stimmen im Hintergrund.

»Was sollen die denn denken?«, zischte Lilian leise.

»Dass du etwas über den Vorbesitzer wissen möchtest, ist doch ganz normal«, meinte Summer.

»Trevor Lagharn, mit wem spreche ich?«, erklang eine ältere, energische männliche Stimme.

»Lilian Gray. Bitte verzeihen Sie, aber ich würde so gern wissen, wer vor mir im Carreg Cottage in Aberdaron gelebt hat. Es gibt sonst niemanden mit dem Namen Lagharn.«

»Nein, unsere Familie ist klein. Sie meinen die alte Mae Lagharn? Das ist Ewigkeiten her, warten Sie, ja, die war kurz mit einem meiner Großonkel in den Vierzigern verheiratet. Sie soll sehr schön gewesen sein, aber hochnäsig. Das war ein kleiner Skandal damals. Sie hat ihrem Mann Hörner aufgesetzt und ist nach Amerika gegangen. Irgendwann ist sie kleinlaut und ohne einen Penny zurückgekommen und hat sich in dem Cottage am Ende der Welt verkrochen. Rhys hieß er, ja genau. Er wollte sich scheiden lassen, aber dazu kam es nicht, weil er einen tödlichen Unfall hatte. Tragische Geschichte.«

»Hatten die beiden Kinder?«, wollte Lilian wissen.

»Nein, jedenfalls weiß ich davon nichts. Auf dem Friedhof hier liegt nur er. Sie wurde in Llanbedrog beigesetzt. Da lebt ihr Bruder, ein reicher Anwalt. Der hat ihr wohl das Cottage verschafft, nehme ich an. Gearbeitet hat sie jedenfalls nie.«

»Sie hat Zimmer an Gäste vermietet.«

»Tatsächlich? Na, immerhin. Wenn das alles ist, Mrs Gray?«
Es klingelte im Büro des Firmenchefs.

»Nur eine Frage noch. Wissen Sie, mit wem Mae damals
nach Amerika gegangen ist?«

»Nein, tut mir leid. Komisch eigentlich. Jetzt, wo Sie das sagen, nein, den Namen des Liebhabers haben wir nie erfahren.
Und im Grunde spielt es keine Rolle. Die Ehe war zerstört.«

»Vielen Dank, Mr Lagharn.« Lilian gab Summer nachdenklich das Handy zurück und fasste das Gehörte für die Studentin zusammen.

»Das ist ja Stoff für einen Film! Wenn wir nur wüssten, wer
der Liebhaber war. Ein amerikanischer Tycoon vielleicht? Ein
Soldat, der hiergeblieben ist und der walisischen Schönheit
den Kopf verdreht hat?«

Lilian schüttelte lachend den Kopf. »Mir langt es. Du warst
mir eine große Hilfe, Summer. Wie lange bist du noch hier in
Wales?«

»Hier in Nant nur noch zwei Wochen. Dann gehe ich an
die Uni in Cardiff. Und darauf freue ich mich ehrlich gesagt
auch. Ist schon recht einsam und düster, wenn die Sonne nicht
scheint.«

»Vor allem in dieser Bucht, das stimmt. Wenn du Veränderung brauchst, komm mich gern besuchen, Summer.«

»Danke. Bye, bye, Fizz!«

Lilian kehrte mit einem schlechten Gewissen in ihr Cottage
zurück, wo sie Marcus und Jo einfach hatte stehen lassen. Sie
stellte ihren Wagen hinter Marcus' Transporter ab und wäre
beinahe mit Jo zusammengestoßen, der mit zwei Eimern Müll
aus dem Haus kam. Er trug wie immer eine bunte Mütze über
seinen Rastazöpfen und pfiff zu einem Song, der im Haus aus
einem Radio tönte.

»Helô, Lili. Die Installateure waren da, kommen nächste Woche wieder und machen zwei Bäder oben. Willst du, dass jedes Zimmer ein Bad hat? Irgendwie geht das nicht, wegen dem Platz. Musst mal mit Marcus sprechen.« Pfeifend ging er zu einem Container vor dem Haus.

Lilian sah Fizz um die Ecke in den Garten rennen und trat ins Haus, wo sie überrascht stehen blieb. Marcus hatte die Bodendielen ausgebessert und die alte Zwischenwand mit dem keltischen Stein komplett gesäubert. Im Treppenhaus waren die Stufen ebenfalls ausgebessert worden, und eine Wand strahlte frisch tapeziert.

»Wow, das sieht klasse aus! Meine Güte, ihr wart so fleißig!«, rief sie und suchte nach Marcus, der von oben heruntergelaufen kam.

Seine Augen leuchteten auf, als er sie sah. »Schön, dass du wieder da bist, Lili! Ja, sieht gut aus, oder? Wir kommen prima voran. Für nächste Woche habe ich noch einen zusätzlichen Mann eingeplant, dann sind die Gästezimmer oben ruck, zuck! fertig und wir den Installateuren aus dem Weg.«

»Das ist wundervoll, danke, Marcus! Wenigstens das hier wird schön.« Sie stand vor ihm und wurde plötzlich von Zweifeln und einer großen Traurigkeit überfallen. Verschämt wischte sie sich eine Träne aus dem Auge.

»Hey, Lili, was ist denn los?« Er legte den Zollstock ab, nahm ihren Arm und ging mit ihr in den Wintergarten. Dort zog er ein Taschentuch aus seiner Hosentasche, reichte es ihr wortlos und wartete, bis sie sich die Nase geputzt hatte.

»Der Anruf heute früh?«

»Hm, ja.« Sie erzählte von Fiona und dass sie nach Nant Gwrtheyrn gefahren war.

Marcus fuhr sich durch die dichten Locken. »Du machst ganz schön was mit hier, oder?«

»Es gibt plötzlich so viele Fragen in meinem Leben. Ich war nie zufrieden, aber auch nie wirklich unglücklich, verstehst du? Wenn etwas schiefgegangen ist, bin ich weitergezogen, weil ich niemandem verpflichtet war. Jetzt ist das irgendwie anders. Ich wollte dieses Cottage zu meinem Heim machen, neu anfangen, und plötzlich ist alles zu kompliziert geworden.« Sie sah ihn an und fühlte eine Welle von Wärme ihren Körper durchfluten, als er ihre Hände nahm und festhielt.

»Das Leben ist kompliziert, Lili. Wenn man glaubt, gerade läuft alles rund, lässt dich dein Firmenpartner sitzen und macht zum Abschied noch die Kasse leer, und deine Schwester bekommt ein Kind mit einer Behinderung.« Er ließ ihre Hände los und ging zur Terrassentür, wo Fizz kratzte. »Na, komm rein, aber wenn der Rahmen gestrichen ist, machst du das nicht mehr.«

Fizz nieste, schüttelte sich und setzte sich zwischen ihnen auf den Boden.

Lilian kam sich mit ihren Problemen plötzlich albern vor. »O Mann, Marcus, das ...«

»Wir kommen klar. Der Kleine ist ein Sonnenschein, obwohl meine Schwester und ihr Mann 'ne Menge Mehrarbeit haben. Und meine Firma konnte ich retten. Jo und die anderen haben viel umsonst gearbeitet. Richtige Freunde sind was Besonderes, Lili. Freunde, denen du bedingungslos vertrauen kannst, weil du weißt, dass sie dich nicht im Stich lassen, egal, in was für einem Mist du gerade steckst.«

Sie dachte an Natasha und nickte. »Ja, das stimmt.«

»Du bist noch nicht lange hier, Lili, aber wir mögen dich wirklich sehr. Wenn du reden willst oder nur ein Bier trinken, sind wir da. Okay?«

Er wirkte so solide und vertraut, wie er da vor ihr stand, mit den kräftigen Schultern, die sich unter dem karierten, verstaubten Arbeitshemd abzeichneten, und dem offenen, kantigen Gesicht mit den freundlichen graublauen Augen.

»Okay, danke. Da ist tatsächlich noch etwas, was Collen erwähnt hat. Sag mal, kennst du Leute, die in ihrer Freizeit Druiden spielen?«

Marcus stutzte. »Sein Vater ist ein Druide. Doktor Bryn Thomas gehört zum höchsten Orden der Druiden auf Môn, also der Insel Anglesey. Hat Collen das nicht erzählt?«

Überrascht und enttäuscht, dass Collen ihr das verheimlicht hatte, erwiderte Lilian: »Nein, hat er nicht.«

»Liegt wahrscheinlich daran, dass er damit nichts am Hut hat. Collen ist Historiker durch und durch, und er liebt sein Land. Deshalb unterrichtet er auch Walisisch in Nant.«

»Aber die Steine und Quellen hier auf der Llŷn sind doch alle mit christlichen Heiligen verbunden, oder habe ich das falsch verstanden? Enlli ist doch die Insel der Mönche, nicht wahr?« Lilian spürte die Anstrengung des nervenaufreibenden Vormittags und rieb sich die Augen. Es gab noch so viel zu tun. »Der Garten, ach, wann soll ich denn …«

»Der Garten kann warten, ist zu nass heute. Mach dir nicht zu viele Gedanken, Lili. Carreg Cottage war immer ein Pilgercottage, und Druiden hat es auf der Llŷn seit dem ersten Kloster auf Enlli nicht mehr gegeben. So haben wir das in der Schule gelernt.« Er sah auf seine Uhr. »Ich bin noch eine Stunde hier, Jo etwas länger. Aber wenn etwas ist, ruf mich an.«

»Solange mir keine toten Tiere mehr vor die Tür gelegt werden …«, scherzte sie halbherzig.

»Das war bestimmt Barti Jones. Passt zu ihm und seinem Alten.« Marcus nickte und ging zu seinem Mitarbeiter.

Lilian bückte sich und nahm Fizz auf den Arm. Es tat gut, ihre Nase in das struppige Hundefell zu drücken. Wenn sie allein war heute Abend, wollte sie Natasha anrufen. Ihre Freundin würde aus allen Wolken fallen. In ihrem Leben war alles gradlinig und bis ins Kleinste perfekt geplant. Das gab einem Sicherheit. Und bei ihr? Lilian stellte den strampelnden Fizz auf den Boden. Ich will Antworten, dachte sie und nahm ihr Telefon zur Hand.

»Hallo, Cheryl, ja, ich bin's, Lilian Gray.«

16

Rebecca Morris' Briefe

Das Haus der Olhausers lag gegenüber der Kirche auf einem Hügel. Es war windschief und weiß getüncht und wirkte so alt wie die Kirche. Vor dem Haus war nicht viel Platz, doch dahinter erstreckte sich ein weitläufiger Garten, den Cheryl voller Stolz ihr kleines Paradies nannte. Lewis Olhauser hatte bei diesem Ausdruck die Nase gerümpft und war mit seinem Buch ins Wohnzimmer verschwunden.

Die Pfarrersfrau ließ sich davon nicht ihre gute Laune vertreiben, sondern bot Lilian einen Platz am Küchentisch an. Die Küche war groß und verfügte über einen modernen Gasherd, andere technische Geräte suchte man jedoch vergeblich. Eine steinerne Spüle und verschiedene manuelle Küchengeräte verrieten Cheryls Vorliebe für alles Handgemachte. Cheryl stellte eine Kanne Kräutertee auf den Tisch. »Was genau führt Sie zu mir, Lilian?«

Mit dem Blick auf Cheryls dunkles, bodenlanges Kleid sagte Lili: »Ich wollte nicht stören, wenn Sie einen Termin haben?«

»Wegen dem Kleid, meinen Sie? Ach woher. Ich nähe selbst, wissen Sie, und manchmal ist mir eben nach einem Kleid. Außerdem macht sich das gut bei unseren Veranstaltungen. Sie erwähnten Briefe?« Cheryl goss Tee in zwei Becher und setzte sich zu ihr.

Fizz lag unter dem Tisch und legte seine Schnauze auf Lilians Fuß.

»Die Briefe von Rebecca Morris, ja. Sie hat Ende des achtzehnten Jahrhunderts an ihren Bruder Huw Price geschrieben. Collen meinte, dass die Briefe im Kirchenarchiv sein müssten.«

»Collen, aha. Warum interessieren Sie sich dafür?«, fragte Cheryl.

»Vielleicht finde ich darin den Grund für die Einbrüche ins Cottage. Es gibt etwas, das vor langer Zeit dort versteckt wurde.«

Cheryl hob neugierig die Augenbrauen. »Und das ist bisher noch niemandem aufgefallen? Schwer zu glauben. Warten Sie.« Die Pfarrersfrau stand auf und ging in das anliegende Wohnzimmer.

Als sie zurückkam, hob sie entschuldigend die Schultern. »Mein Mann hat erst vor einigen Tagen meinem Bruder eine Schachtel mit Briefen gegeben. Wenn es dringend ist, müssen Sie mit Seth persönlich sprechen. Ich schreibe Ihnen seine Nummer auf.«

Lilian seufzte enttäuscht. »Sind Sie sicher, dass es die Briefe waren?«

»So riesig ist unser Archiv nicht. Wenn überhaupt Korrespondenz der ehemaligen Pfarrer vorhanden ist, ist sie hiergeblieben, oder die Nachkommen haben sie aufbewahrt. Es ist ja nichts historisch Wertvolles darunter, aber sicher amüsant zu lesen, was man einander vor zweihundert Jahren geschrieben hat. Wie geht es voran mit der Renovierung?«

»Sehr gut, danke. Marcus und Jo verstehen ihre Sache.« Lilian bemerkte, dass Cheryl bei der Erwähnung von Jos Namen kurz die Stirn runzelte.

»Meine Tochter Gemma hatte leider schon immer einen etwas ungewöhnlichen Geschmack, was junge Männer betrifft.«

»Jo macht einen sehr netten und fleißigen Eindruck auf

mich«, sagte Lilian und nahm ihre Tasche. »Ich muss dann auch wieder los.«

Während sie aufstand, klingelte es, und Lewis öffnete die Haustür. Kaum hörte Fizz die Stimme von Seth Raines, stürzte er bellend in den Flur.

»Fizz! Komm her!«, rief Lilian und eilte ihrem Hund nach. »Oh, hallo, Mr Raines!«

Cheryls Bruder trug eine gelbe Fliege zu einem Tweedjackett und wirkte geschäftig. »Dass Sie es sind, habe ich an Ihrem aufdringlichen Hund erkannt.«

»Entschuldigung. Wo wir uns schon zufällig begegnet sind, darf ich Sie nach den Briefen von Rebecca Morris fragen?«, fragte Lilian höflich.

»Dürfen Sie, aber ich arbeite noch damit«, kam die abweisende Antwort.

»Oh, wie schade. Kann ich nicht vielleicht mal einen Blick hineinwerfen? Nur kurz? Sie soll etwas über Carreg Cottage geschrieben haben. Zumindest hat Collen das gesagt und mir empfohlen, in dieser Richtung nachzulesen.«

Cheryl war zu ihnen getreten und gab ihrem Bruder einen sanften Stoß. »Na, gib dir einen Ruck, Seth. Du kriegst sie ja wieder. Ich finde es sehr schön, dass Lilian sich so viel Mühe gibt, um alles über ihr neues Heim zu erfahren. Das hat bisher noch niemand getan.«

Der zerknitterte Gesichtsausdruck blieb, doch Raines sagte: »Ja ja, ich bringe die erste Hälfte in den nächsten Tagen zurück, dann können Sie hineinsehen. Haben Sie das überhaupt schon mal gemacht? Historisches Material gesichtet, meine ich?«

»Seekarten aus dem neunzehnten Jahrhundert in Lunenburg. Zählt das auch?« Unter den Vorfahren von Mikes Familie waren Kapitäne gewesen, deren Karten und nautische Instrumente Eingang ins örtliche Museum gefunden hatten.

Raines sah sie leicht konsterniert an und schnarrte: »Und was sagen Sie zu dem Stein in Ihrem Cottage? Haben Sie dafür auch eine flapsige Erklärung? Ach, sehen Sie sich die Briefe ruhig an, mir soll es recht sein. Lewis, wir wollten noch über das nächste R.-S.-Thomas-Symposium sprechen …«

Sein Schwager hielt ihm die Wohnzimmertür auf und ließ ihn hindurchtreten, ohne Lilian weiter zu beachten.

»Gemma hat von dem Stein erzählt, nicht wahr? Hoffentlich lassen mich die Leute deswegen in Ruhe«, sagte Lilian zu Cheryl, die wieder in die Küche gegangen war.

»Seth macht sich gern wichtig. Achten Sie nicht weiter auf ihn. Wenn Sie möchten, rufe ich Sie an, wenn die Briefe zurück sind. Dann können Sie die hier in aller Ruhe durchsehen. Und vielleicht wollen Sie dann sogar noch etwas über die Heilkraft erfahren, die in Ihren Händen steckt.« Alles, was Cheryl tat, schien von einem tieferen Sinn durchdrungen, oder es war die Würde, mit der sie sich bewegte, versuchte Lilian sich ihre kraftvolle, warme Ausstrahlung zu erklären.

»Was genau ist das für ein Stein?«, wollte Cheryl wissen.

»Ein Stein aus den hiesigen Bergen, so behauen, dass er in die Mauer passt. Besonders ist er wegen dem Kreuz und dem Knoten darauf. So ein keltischer Knoten, wie man ihn aus Schmuckstücken kennt.« Lilian nahm ihr Telefon zur Hand. »Schauen Sie, ich hab's fotografiert.«

Konzentriert betrachtete Cheryl das Bild. »Das Bardsey-Kreuz und ein Endlosknoten. Schwer zu sagen, welche Symbole noch darin stecken, dafür ist er zu verwittert. Das Bardsey-Kreuz gehört zu den ältesten Darstellungen hier und wird eng mit den ersten Mönchen auf Enlli oder Bardsey, wie die Insel im Englischen heißt, verbunden. Aber Sie als Schottin kennen sich wahrscheinlich mit der keltischen Symbolik aus?«

»Eigentlich nicht«, musste sie eingestehen. »Der Endlos-knoten steht für den Kreislauf des Lebens oder so ähnlich ...«

Cheryl schmunzelte. »Belege gibt es nicht, aber man kann schon noch etwas mehr sagen. Der Knoten basiert auf einem Flechtmuster und kommt aus dem Bereich des Textilen. Frü-he Beispiele findet man in Teppichen von koptischen Chris-ten aus dem arabischen Raum. Das Grundmuster ist immer geometrisch und beruht auf der Form des Dreiecks. Das wie-derum passt zur Trinität oder zu den Triaden bei den Kelten, also der Dreifaltigkeit.«

»Gottvater, sein Sohn und der Heilige Geist, danke, das musste ich als gute Katholikin dauernd wiederkäuen«, be-merkte Lilian sarkastisch.

In Cheryls Blick lag Verständnis. »Sie verbinden keine gu-ten Erinnerungen mit der Kirche. Bei mir war das anders, und dennoch habe ich meinen eigenen Weg gesucht.«

»Inwiefern?« Interessiert horchte Lilian auf, hatte sie doch eine von Frömmigkeit durchdrungene Pfarrersfrau für selbst-verständlich erachtet.

Aber Cheryl überging die Frage. »Die alten Flechtmuster wurden von den Kelten mit vielerlei Symbolik verbunden, mit Tieren und Pflanzen. Die Bäume spielten eine zentrale Rolle in der keltischen Religion. Sie wurden verehrt, weil sie Früch-te trugen, Schutz boten und eine Verbindung zur Anderwelt darstellten.«

»Zur Anderwelt, Sie meinen die Geister?«

»Feen und ja, die Seelen der Verstorbenen. Aber ich will Sie wirklich nicht langweilen. Es fasziniert mich, dass ein Stein mit solch einem Symbol in Ihrem Cottage zu finden ist. Die Mönche damals sind weit gereist, und einer wird das Zeichen gesehen und bildlich festgehalten haben. Obwohl ...« Sie legte den Kopf schief. »Für die Kelten waren Anfang und Ende untrennbar miteinander verbunden. Das Knotensymbol konnte Krankheit und Unglück abwehren. Leben und Tod bildeten einen Kreislauf, der sich in der Natur fortsetzte. Ist das nicht tröstlicher als die Wahl zwischen Paradies und Hölle?«

»Hatten die Menschen damals denn überhaupt eine Wahl? Wurden sie nicht bestraft, wenn sie den Priestern widersprachen?« Lilian steckte ihr Telefon wieder ein.

»Und trotzdem gab es zu allen Zeiten Querdenker, nicht wahr? Was wissen wir schon über die ersten Mönche. Vielleicht standen sie dem Keltenglauben viel näher, als wir wissen. Immerhin hat sogar St. Columban Eichen verehrt und seine Klöster gern in der Nähe von Eichenwäldern bauen lassen. Und wenn Sie mich fragen, nicht nur wegen des Holzes.« Cheryl zwinkerte ihr zu.

»Cheryl!«, rief ihr Mann aus dem Wohnzimmer, und Lilian nutzte den Moment, sich zu verabschieden.

Erst als sie mit Fizz in ihrem Wagen saß, atmete sie wieder befreit auf. Sie wusste nicht, was sie von Cheryl und deren Bruder halten sollte. Seth Raines war so abweisend, dass sie annehmen musste, er missgönnte ihr jegliche Information zum Cottage. Hatte er die Briefe schon gelesen und war bei ihr eingebrochen? Er mochte kein sympathischer Mensch sein, aber das traute sie ihm dennoch nicht zu. Leute anschwärzen und sich wichtig tun passte zu ihm, aber ein Einbruch? Oder interpretierte sie in alles zu viel hinein? Was wusste man überhaupt von einem Menschen? Fionas Geständnis hatte ihr schmerzlich gezeigt, dass man sich nie sicher sein konnte, mit wem man zusammenlebte. So viele Jahre, und nie ein Wort über die verlorene Schwester, die leibliche Mutter von Maude. Nur ein Kinderfoto mit zwei kleinen ernsten Mädchen vor einer Kirche zeugte von der Existenz der Schwester. Fragen zu Ruth hatte Fiona stets abgeblockt, und irgendwann hatte

Lili nicht mehr gefragt. Konnten einen Gebete wirklich über diese schreckliche Ungewissheit hinwegtrösten? Fiona augenscheinlich schon.

Lilian startete den Wagen und fuhr auf den Parkplatz unten am Strand. Kaum öffnete sie die Tür, schlug ihr eine frische salzige Brise entgegen, und sie hörte das Meer rauschen. Fizz sprang auf den Boden und lief auf den Ausläufer des Daron zu, der sich unter der alten Brücke bis an den Strand wand. Nur wenige Autos standen noch auf dem Parkplatz vor dem Infozentrum des National Trust. Aus dem Tearoom schallte Musik, und vor dem Sandcastle standen Gäste an den hohen Tischen, aßen Pubfood und ließen den Abend ausklingen.

Das sollte sie auch tun, und sie hätte diesen Abend gern mit einem vertrauten Menschen geteilt. »Fizz!«

Möwen kreischten und schienen den kläffenden Hund auszulachen, dem es nicht gelang, sie zu fangen. Lilian zog ihre Schuhe aus und watete langsam durch das flache Wasser an den Strand, wo andere Hundebesitzer ihre Vierbeiner ausführten und Kinder Ball spielten. Nebenbei wählte sie Natashas Nummer. Nach längerem Klingeln nahm ihre Freundin ab und hörte sich an, was Lilian erlebt hatte.

»Puh, das ist ja ein starkes Stück! Unsere Fiona hat also das Kind ihrer Schwester aufgenommen, und niemand hat es gewusst. Nicht zu fassen!«

»Was soll ich denn jetzt tun? Ich weiß gar nichts mehr! Aber einfach so hinnehmen werde ich das nicht. Ich will herausfinden, wer die Eltern meiner Mutter waren. Vielleicht kann ich ihre tiefe Traurigkeit dann besser verstehen.« Und meine eigene Zerrissenheit, dachte Lilian.

»Das würde ich an deiner Stelle auch wissen wollen. Und Fiona weiß wirklich nicht, was aus ihrer Schwester geworden ist?«

»Nein, zumindest behauptet sie das. Mit Duncan brauche ich gar nicht erst zu sprechen. Wenn sie nichts sagt, dann er erst recht nicht. Könntest du dich vielleicht mal umhören? Deine Eltern erinnern sich vielleicht an jemanden, der Fiona und ihre Schwester kannte. Ich bin schon so lange weg aus Skelmorlie. Gibt es den Priester noch? Wie hieß er gleich?«

Natasha überlegte. »Vater Martin? Ich habe ihn lange nicht gesehen. Aber ich werde einfach mal nach Skelmorlie fahren und einen langen Spaziergang machen. Ich bin schrecklich sentimental und möchte unsere gemeinsamen Kindheitserinnerungen auffrischen.«

Lilian lachte. »Du und sentimental? Lass das bloß niemanden hören!«

»Das ist aber nicht nett, Lili«, sagte Natasha mit scherzhaftem Unterton.

»Doch, das ist sogar ein Kompliment. Ich mag dich so sehr, weil du immer sachlich bleibst, deine Argumentation absolut logisch ist und du überhaupt der klügste Mensch bist, den ich kenne.« Lilian sah ihre zierliche Freundin mit den kurzen blonden Haaren vor sich, die so manchen mit ihrer Durchsetzungskraft überrascht hatte.

»Jetzt hör aber auf, Lili. Du machst mich ja ganz verlegen.«

»Ist doch so, und ich habe dich oft genug enttäuscht und kann gar nicht verstehen, dass du mir meine Ausfälle immer nachsiehst.«

Natasha lachte leise. »Na ja, alles hat seine Grenzen, aber vielleicht bist du einfach so, wie ich manchmal gern wäre. Dann möchte ich ausbrechen aus meinem geordneten, durchstrukturierten Leben und einfach mal nur in den Tag hineinleben. Andererseits würde mir etwas fehlen, wenn ich nicht morgens um sieben Uhr die erste Wurzelbehandlung durchführen könnte.«

»Sadist!«

Sie lachten beide.

Lilian spazierte nach dem Telefonat noch eine Weile am Strand entlang, der sich mehr und mehr leerte. Sie liebte die Zeit des Zwielichts, wenn sich der Tag verabschiedete und Dunkelheit und Stille langsam von der Welt Besitz ergriffen. Als Kind hatte sie sich oft heimlich aus dem Haus geschlichen und war in den Wald an den Klippen gelaufen, wo sie im Schutz eines Holunderbusches die Lichter auf dem Meer beobachtet und den Geräuschen der Natur gelauscht hatte. Die Tiere der Nacht waren beinahe lautlos, riefen mit gedämpften Stimmen, und oft war der raschelnde Flügelschlag einer Eule das Einzige, was den Jäger verriet.

Lilian grub die nackten Füße in den weichen Sand am Spülsaum und beobachtete die weißen Schaumkronen, die auf den Wellen tanzten. Das Meer war hier immer in Bewegung, brach sich an den kleinen Inseln, die noch als dunkle Buckel sichtbar waren, und schützte Ynys Enlli vor zu viel Gegenwart. Die karge Pilgerinsel lag hinter dem Felsen, doch vor ihrem inneren Auge erschien das felsige Eiland mit seinen grauen Steinhäusern, dem verfallenen Kloster und dem verwitterten Steinkreuz und war so präsent, dass sie nur die Hand auszustrecken brauchte, um die bemoosten Steine zu spüren. Der Boden unter ihren Füßen erzitterte, der Wind wurde stärker, und Lilian öffnete die Lippen, um stumm einen Namen zu formen. Wer bist du? Was willst du von mir? Sie hatte Angst, ihr Puls raste, und sie wusste, dass sie sich nicht helfen konnte. Allein, dachte Lilian, sie war allein.

Der unwirkliche Augenblick verflog, ihre Füße waren plötzlich kalt und die Jeans nass und schwer. Fizz bellte, und Lilian drehte sich um. Ein Mann kam vom Sandcastle heruntergelaufen und winkte.

»Helô, Lilian«, rief Marcus.

Erfreut winkte sie zurück und ging ihm entgegen.

»Gibt es etwas zu feiern?«, fragte Lilian. Er sah gut aus in seinem dunklen Pullover, der Jeans und den Bootsschuhen.

»Warum? Weil ich sauber aussehe?« Marcus grinste und hielt Fizz einen Stock hin, den er im Sand gefunden hatte.

»Tut mir leid, so war das nicht gemeint.« Es war leicht, ihn zu mögen, und sie war so unsensibel wie einer dieser schwarzen Felsen im Meer.

Er schaute auf ihre Füße. »Du holst dir einen Schnupfen. Ist noch zu kalt abends. Wir haben oben im Sandcastle gegessen. Die anderen sind schon nach Abersoch gefahren. Da spielt heute eine Band am Hafen. Kommst du noch auf einen Drink mit?«

Sie schüttelte den Kopf. »Ich bin nicht umgezogen, und gegessen habe ich auch noch nicht.«

Er lächelte. »Ich leiste dir Gesellschaft, wenn du möchtest. Man soll nicht allein essen, sagt meine Großmutter immer.«

17

Mond über Llŷn

> In cities that have
> outgrown their promise
> people are becoming pilgrims again,
> if not to this place,
> then to the recreation of it
> in their own spirits.
>
> R. S. Thomas (1913–2000)
> The Moon in Lleyn

»Wusstest du, dass R. S. Thomas ein Gedicht über den Mond von Llŷn geschrieben hat?« Marcus ging neben ihr und blickte zum Abendhimmel, an dem sich die Mondsichel zeigte. »*Religion is over, and what will emerge from the body of the new moon, no one can say*«, zitierte er.

»Was aus dem neuen Mond entsteht, wenn die Religion vergangen ist ... Ein kluger Mann, dieser Thomas. Ich schätze, wenn ich hierbleibe, werde ich mich mit den Gedichten dieses Pfarrers vertraut machen müssen. Alles andere wäre wohl ein Affront den Menschen hier gegenüber.« Sie trat auf einen Stein. »Autsch!«

»Willst du lieber deine Schuhe anziehen?« Marcus blieb stehen.

»Ich bin doch kein Püppchen. Eh, Fizz, komm!«, rief sie, denn ihr Hund stromerte zwischen den Felsen herum.

»Das habe ich bemerkt. Du bist so verdammt selbstständig und stark, dass du das Gefühl vermittelst, niemanden zu brauchen.«

Der Wind wirbelte ihre Haare auf, die nur noch locker im Zopf gebunden waren. Warum sagte er das? Er hatte die Leichtigkeit aus ihrem Gespräch genommen. »Ist das falsch? Ich lebe gut damit. Außerdem brauche ich zum Beispiel dich und Jo für die Renovierung. Ich kann nicht alles selbst machen, oder?«

»Du weißt genau, was ich meine. Warum weichst du mir aus?«

»Sicher weiß ich das, und wenn du mit mir essen willst, reden wir über etwas anderes. Mein Gefühlsleben steht nicht zur Diskussion, und du willst auch gar nicht wissen, was für ein verkorkster Mensch ich bin, denn dann würdest du das Weite suchen.« Sie hielt ihm die Hand hin. »Freunde?«

Er grinste und ergriff die dargebotene Hand. »Freunde. Aber so schlimm kann es nicht um dich stehen. Ich kenne Leute, die wesentlich durchgeknallter sind.«

»Hören die auch Stimmen und sehen Dinge, die andere nicht sehen?« Es war ihr herausgerutscht, und sie bereute es sofort, doch Marcus schien sich nicht daran zu stören.

»Bist du schizophren? Den Eindruck habe ich eigentlich nicht. Ich habe einen Kumpel, der verbringt jedes Jahr zwei Monate in einer Klinik. Den Rest der Zeit hält er sich mit Joints auf Kurs.«

Lilian lachte und knuffte ihn in die Seite. »Erzähl keinen Mist!«

»Doch, das stimmt! Ben ist ein super Typ, Grafiker, und die Joints hat ihm sogar sein Arzt empfohlen.«

»Sollte ich ernsthafte Probleme entwickeln, will ich zu diesem Arzt. Aber ehrlich, Marcus.« Sie hielt ihn am Arm fest.

»Seit ich hier bin, habe ich manchmal das Gefühl, als wäre ich schon einmal hier gewesen oder als ob die Vergangenheit lebendig wird und ich ein Teil von ihr bin. Und dann sind da Cheryls seltsame Andeutungen von wegen, ich hätte heilende Hände.«

Er musterte sie interessiert. »Cheryl hat das gesagt? Dann ist da was dran. Sie kennt sich mit Kräutern und Handauflegen aus. Meine Großmutter hatte mal Warzen an den Füßen. Dreimal hat Cheryl die Füße besprochen, und dann war sie die Warzen los.«

»Hm, ja, solche Menschen gibt es, aber … Ach, lass gut sein, Marcus. Ich will das nicht. Ich möchte nur friedlich in meinem Cottage leben und für meine Gäste da sein. Mein Kräutergarten soll schon auch von Nutzen sein, aber ich will nicht die Kräuterhexe des Pilgercottages werden.«

»Hexen gab es hier nie, keine Sorge.«

Sie hatten die Stufen zur Terrasse vom Sandcastle erreicht, und Lilian ließ Fizz vorlaufen.

»Da, wo ich herkomme, schon. Die Hexen von Skelmorlie. Die armen Frauen wurden verbrannt.«

Er führte sie draußen zu einem Tisch neben einem Heizstrahler. »Hier oder lieber drinnen?«

Auf den Stühlen lagen Decken, und Lilian fand die Brise vom Meer zu schön, um nach drinnen zu gehen. »Hier ist es schön, danke.«

Kaum saß sie und hatte sich die Schuhe angezogen, da klingelte ihr Telefon.

Summer meldete sich. »Hi, Lili, du wolltest doch was über Mae Lagharn wissen, nicht wahr?«

»Unbedingt! Du hast etwas in Erfahrung bringen können?«

»Meine Freundin studiert an der Filmakademie und hat Zugang zu alten Archiven. Mae Lagharn hat tatsächlich in einigen Hollywoodstreifen mitgespielt, nur kleine Parts, Tänzerin meistens, aber immerhin. Der Name war geändert worden in Mary Lagrange. Sie war gar nicht schlecht, aber als Ausländerin und ohne Mittel hatte sie wenig Chancen dort. Und, jetzt kommt's: Sie ist mit einer Gruppe von Landsleuten auf der RMS Queen Mary Ende der Vierzigerjahre von Southampton nach New York gereist. So steht es in einem Zeitungsartikel von 1950.«

»Und mit wem ist sie gefahren?«

»Tja, das steht da nicht, nur, dass es Waliser waren. Es gab damals eine große Ausreisewelle. Ob sie mit jemandem mitgegangen ist oder ihr Liebhaber schon dort war, kann ich nicht sagen, aber ich bleib dran, wenn es dir wichtig ist.«

»Ja, ist es. Vielen Dank, Summer!«

»Ist mir eine Freude, dann habe ich doch was zu tun. Nur Walisisch lernen ist auf die Dauer auch nicht erfüllend. Mach's gut, bis bald!«

Marcus hatte Getränke und Brot bestellt. »Gute Nachrichten?«

Lilian nickte. »Ich weiß jetzt, dass Mae Lagharn als Tänzerin in Hollywood war. Sie nannte sich dort Mary Lagrange.«

»Ich werde meine Großmutter nach Mae fragen. Oh, verdammt, da kommt Miles. Hi!« Marcus nickte dem Immobilienhändler zu, der in Begleitung von Hotelbesitzerin Elen Rynallt war.

Miles trat zu ihnen, und seine Lippen verzogen sich zu einem gewinnenden Lächeln, das seine Augen jedoch nicht erreichte. An seinem Handgelenk blitzte eine teure Uhr unter einem mit Designerlogo bestickten Pullover hervor. Rein äußerlich passten er und die Hotelbesitzerin gut zusammen. »Marcus, hallo, und da ist ja auch Mrs Gray. Schön, Sie zu sehen!«

Lilian kaute an einem Brotstück. »Hm, hallo! Ich verkaufe nicht.«

Elen Rynallt lachte. »Richtig so, zeigen Sie ihm die Zähne, aber er gibt trotzdem nicht auf, da ist er wie ein Terrier, der sich in eine Ratte verbeißt.«

Lilian verschluckte sich und hustete. »Kein schöner Vergleich! Armer Fizz, er hat noch nie eine Ratte gebissen.«

»Ich will Sie ja auch nicht schon wieder nach Ihrem Land fragen, aber Sie wissen ja …«, begann Miles und wurde von Elen weitergezogen.

»Lass es sein, Miles. Kommen Sie mich mal wieder auf einen Kaffee besuchen, Mrs Gray, denn wenn die Saison erst begonnen hat, haben wir alle keine Zeit mehr. Sie werden es erleben, dann freuen Sie sich zum ersten Mal in Ihrem Leben auf den ruhigen, nasskalten Winter!«

Die beiden gingen über die Terrasse hinunter an den Strand, und Lilian sagte: »Die passen wirklich gut zusammen.«

»Die sind kein Paar, wenn du das meinst. Sie ist zwar seit Jahren hinter ihm her, aber er hält sich alle Türen offen. Ich glaube, er hatte sogar mal was mit Katie Edwards.«

»Ach was, ich dachte, sie ist mit Collen …?«

»War, ist, keine Ahnung. Col und Katie – das war mal, aber dann ist sie nach Italien gegangen. Das hat ihn ziemlich verletzt.« Marcus leerte sein Bierglas. »Du magst unseren Collen, nicht?«

Sie hoffte, dass er ihre sich rötenden Wangen nicht sah. »Nein, also nicht so, wie du wieder meinst. Herrje, ich mag dich auch. Warum muss immer alles kompliziert sein?«

Marcus stellte sein Glas ab und sah sie mit einem Blick an, der sie verunsicherte und auf überraschende Weise berührte. »Ist es nicht. Nur muss man sich irgendwann entscheiden. Irgendwann geht jeder Tanz zu Ende.«

»An dir ist ja ein Poet verloren gegangen«, erwiderte sie schnippischer als beabsichtigt.

Er legte eine Zehnpfundnote auf den Tisch und stand auf. »Es ist später, als ich dachte. Mach's gut, Lili.«

Sie hob das Gesicht, streckte die Hand nach ihm aus und hielt ihn zurück. »Marcus, es tut mir leid, ich wollte nicht unhöflich sein.«

»Ich weiß. Du bist immer in Verteidigungsstellung. Vielleicht erzählst du mir irgendwann, warum du niemandem vertrauen kannst. Aber für heute reicht es mir.«

Er machte sich von ihr los, und sie befürchtete schon, er würde einfach so gehen, doch dann strich er ihr über die Wange. »Wir sehen uns, Lilian Gray.«

Am nächsten Morgen erschien Marcus zwar, jedoch nur, um ihr seinen Mitarbeiter Tim vorzustellen, einen erfahrenen älteren Allrounder, der sich den Dachboden vornehmen wollte. Marcus wirkte reserviert und entschuldigte sich mit anderen Baustellen und Bestellungen, die auf ihn warteten, und da die Installateure kamen, war Lilian zu beschäftigt, sich weitere Gedanken über sein Verhalten zu machen.

Die Tage vergingen, und nach weiteren zwei Wochen war das Cottage kaum wiederzuerkennen. Zumindest das Erdgeschoss erstrahlte in frischem Glanz mit neuer Küchenzeile, einer Sitzecke und vier Tischen mit Stühlen für Gäste. Lilian schlief noch immer in einem der Gästezimmer, das tapeziert und mit neuen Gardinen ausgestattet worden war. Das Bad im Erdgeschoss war runderneuert worden, und die alten Leitungen hatten sich als solide erwiesen. Marcus hatte eine weitere Firma für das Ausbessern des Dachs engagiert, denn der Dachboden, den Lilian bewohnen wollte, durfte nicht länger Regeneinbrüchen zum Opfer fallen.

Nebenbei hatte Lilian sich intensiv mit ihrem Garten beschäftigt und Skizzen angefertigt, in denen sie die Pflanzen eingetragen hatte, die sie nach und nach einsetzen wollte. Ihr Garten sollte das ganze Jahr über reizvoll und grün sein, und um dies zu erreichen, musste man überlegt vorgehen. Sie bezog auch die Mauer in ihre Gestaltung mit ein, denn die brüchigen Steine boten besten Lebensraum für Sonnenröschen und Efeu. Schopflavendel und Schnittlauch pflanzte sie in Kübeln; Minze, Salbei, Fenchel und Sauerampfer fanden sich in einem der Beete zusammen. Die Terrasse vor dem Wintergarten sah mit dem neuen gusseisernen Gestühl einladend aus, die heruntergekommenen Plastikmöbel der Vorbesitzerin waren im Müll gelandet. Nur eine hölzerne Regentonne hatte Lilian behalten.

Die warmen Maitage waren eine Wohltat für Mensch und Natur, und Lilian genoss die frühen Morgenstunden, in denen sie allein mit Fizz über die Klippen streifte. Oft ging sie zu Marys Quelle, fasziniert von dem Quellwasser, das ein Teil von Fels und Meer war und dennoch klar seit Jahrhunderten sprudelte. Und immer wieder zog es sie an den Berg Anelog, Mynydd Anelog, der sich über den Klippen gegenüber von Ynys Enlli erhob. Auch heute war sie mit Fizz unbewusst dorthin gewandert, hatte sich ihren Lieblingsplatz neben einer riesigen, windschiefen Fichte an einem Felsen gesucht und sah zu, wie die Sonne sich langsam erhob und die Erde mit ihrem lebensspendenden Licht erwärmte.

Noch hingen Nebelschwaden um Enlli, doch die Sonnenstrahlen verdampften die Feuchtigkeit, und Lilian stellte sich vor, wie der alte Friedhof mit dem keltischen Kreuz auf Enlli von den Strahlen erfasst wurde. Wenn sie an Enlli dachte, beschlich sie ein tröstliches und zugleich beängstigendes Gefühl, weil die Insel auf sie zu warten schien.

Möwen flogen in der Ferne zu den kleinen Inseln vor Aberdaron, während hier oben ein roter Milan kreiste. Der majestätische Raubvogel drehte zwei weite Kreise und verschwand hinter dem nächsten Hügel. Unterhalb von Anelog erstreckten sich Felder und Wiesen mit kleinen Gehöften und einem Campingplatz. Die Glut des Morgenrots färbte das Meer violett, und Enlli und Carreg Ddu stachen wie bizarre Kunstgebilde aus den Fluten heraus. Doch dieses Schauspiel währte nicht lange, denn kaum erhob sich die Sonne aus dem Meer, strahlte die Gischt weiß, die See irisierte in Tausenden Grün- und Blautönen und erwachte zum Leben.

Lilian hielt Fizz im Arm, dessen Fell über der Bisswunde schon wieder nachwuchs. »Was uns dieses Land erzählen könnte, hm, Fizz . .«

Als ihr Telefon klingelte, antwortete sie, ohne auf das Display zu sehen: »Guten Morgen Tasha!«, denn nur ihre Freundin war schon so früh munter wie ein Seehund in der Irischen See.

»Lili, ich habe nicht viel Zeit, aber bevor die Praxis sich füllt, wollte ich dir sagen, dass ich Vater Martin Grant ausfindig gemacht habe. Er lebt jetzt in einem Stift der Aberdeen Greyfriars. Das sind Franziskaner. Ich schicke dir die Nummer gleich. Mein freundliches Herumfragen nach deiner Tante Ruth in Skelmorlie war erfolglos, aber vielleicht ist der Priester hilfreich. Viel Erfolg.«

»Danke, Tasha, und sei nett zu deinen Patienten!«

Zwei Sekunden später erschien die Nummer der schottischen Abtei auf ihrem Display, und Lilian startete einen Versuch.

»Einen gesegneten guten Morgen, Greyfriar House, hier spricht Bruder Nathan, wie kann ich helfen?«

Lilian stellte sich vor und fragte nach dem pensionierten Priester.

»Bruder Martin, ja, der lebt seit fünf Jahren bei uns. Er ist ein Pfeiler der Gemeinschaft. Allerdings haben unsere Brüder kein Telefon auf den Zimmern. Ich notiere mir gern Ihre Nummer, und er ruft Sie später zurück?«

»Vielen Dank, das ist sehr freundlich von Ihnen.«

Lilian erhob sich, stützte sich am rauen Stamm der Fichte ab und sprang von den Felsen herunter ins Gras. Der stetige Wind vom Meer hatte die Fichte gebeugt, doch ihre Wurzeln waren tief in den Boden gedrungen und hatten sich im Kampf ums Überleben um die Felsen geklammert. Lilian hob den Blick und betrachtete die ausgedünnte Krone und die unregelmäßig abstehenden Äste. »Eine Schönheit bist du nicht, aber du hast sicher einige hundert Jahre auf dem Buckel«, murmelte sie und strich über die harzige Rinde.

Es gab Fichten in Schweden, die achttausend Jahre alt waren, das musste man sich einmal vorstellen! Was war dagegen die Spanne eines Menschenlebens – winzig!

Seit sie hier war, hatte sie sich verändert. Sie hatte begriffen, dass das Leben ein Geschenk war, sie war gesund, sie durfte an einem Ort leben, der voller Schönheit und Mystik war, und sie würde es nicht vermasseln, diesmal nicht. Hoffnungsvoll spähte sie durch die Terrassentüren von Carreg Cottage, doch Marcus war auch heute nicht da. Sie winkte Jo zu, der die Flure im ersten Stock streichen wollte.

Die Sonne schien in ihren Garten, und Lilian betrachtete gedankenverloren den Haselstrauch, unter dem die Dohle ruhte. Mit den Jones würde sie sich später auseinandersetzen. Ihr Telefon meldete sich, die Nummer hatte eine schottische Vorwahl.

»Hier spricht Vater Martin, jetzt im Ruhestand. Lilian Gray?«

»Ja, hallo, Vater Martin, sehr freundlich, dass Sie mit mir

sprechen wollen. Wenn Sie sich nicht an mich erinnern, dann sicher an meine Großmutter, Fiona Gray!«

»Liebes Kind, selbstverständlich weiß ich, wer Sie sind. Ich habe Sie getauft und Ihre selige Mutter Maude zu Grabe getragen. Was wäre ich für ein Hirte, wenn ich meine Schafe nicht kennen würde.«

»Ja, Sie waren immer sehr nett und haben mich nicht verpetzt. Aber es geht nicht um mich, nicht direkt, sondern um die Schwester meiner Großmutter, Ruth. Ich habe erfahren, dass Ruth die leibliche Mutter von Maude war. Wussten Sie davon?«

Es dauerte einen Moment, bis der ehemalige Priester antwortete: »Was mir Fiona und Ruth anvertraut haben, fällt unter das Beichtgeheimnis. Und das besteht über den Tod hinaus.«

»Bitte, Vater, was für einen Nutzen hat denn das Schweigen? Ich lebe, und ich möchte verstehen, möchte meine Wurzeln kennen. Mir könnte dieses Wissen helfen, den Toten nicht mehr. Und außerdem hat diese Ruth selbstsüchtig gehandelt, uns einfach so im Stich zu lassen!«

Sie hatte ihre Stimme erhoben, und Fizz, der auf der Gartenmauer stand, sah zu ihr herüber.

»Mein liebes Kind, seien Sie versichert, dass Ruth sich nicht leichtfertig von ihrem Kind getrennt hat. Ich weiß um ihr Ringen mit dieser Entscheidung. Sie hat gesündigt und sich noch schwerer an Gott versündigt. Das war nicht recht, aber wie viel Verzweiflung war nötig, sie zu einem solchen Schritt zu treiben? Arme Seele!«

»Wie meinen Sie das? Was bedeutet, sie hat sich noch schwerer an Gott versündigt? Wer war denn Maudes Vater? War er verheiratet?«

»Ach, meine liebe Lilian, wenn ich nur all Ihre Fragen beantworten könnte. Nein, ich weiß nicht, wer der Vater ist. Im

316

Geburtsregister wurde er als unbekannt verzeichnet. Ruth war sehr stolz, ein hübsches Mädchen, voller Esprit. Ihr muss wahrhaftig Furchtbares widerfahren sein, dass sie sich zu diesem Schritt entschlossen hat. Immerhin hat sie das Kind nicht mitgenommen.«

»Aber, ich verstehe nicht …«

»Ruth hat sich gegen das Kostbarste versündigt, was Gott uns schenkt – unser Leben.«

Lilian entfuhr ein leiser Schrei. »Sie hat sich umgebracht!«

»Ruth kam zu mir in die Beichte, und ich hätte es sehen müssen, verzweifelt wie sie war.« Der alte Priester klang hörbar erschüttert.

»Aber warum haben Sie ihrer Schwester nichts gesagt? Ich verstehe das nicht«, klagte Lilian.

»Ich wusste es ja selbst lange nicht. Wie gesagt, geahnt habe ich es, aber Gewissheit erhielt ich erst, als ich hier zu den Greyfriars kam und mit einer Schwester aus dem Hospital sprach. Sie hat den tragischen Vorfall nie vergessen.«

»Aber Sie haben Fiona nichts gesagt. Warum nicht?«

»Hätte Fiona mich gefragt, vielleicht. Aber Ruth hatte einen Schlussstrich unter ihre Vergangenheit und Skelmorlie gezogen. Es stand mir nicht zu, ihr Vertrauen zu brechen.«

Lilian seufzte. »Aber …«

»Sie mögen das nicht verstehen, Lilian, aber als Priester oder Ordensschwester lernt man schweigend zu bewahren, was Menschen einem in ihrer Not anvertrauen.«

»Nein, das werde ich nie verstehen. Wie heißt die Schwester, Vater Martin? Ich würde gern mit ihr sprechen.«

»Lassen Sie mich überlegen, herrje, ich werde nicht jünger. Ich werde mich erinnern, glauben Sie mir. Und zur Not gehe ich selbst ins Hospital. Geben Sie mir etwas Zeit, Lilian. Es tut mir sehr leid, das müssen Sie mir glauben. Gott segne Sie.«

Lilian starrte auf ihr Telefon und schüttelte den Kopf. Wer hätte das gedacht? Da musste sie erst nach Wales kommen, um die Heimlichkeiten in ihrer Familie aufdecken zu können. Verdammte Geheimnisse, von denen sie nicht einmal gewusst hatte, dass sie existiert hatten. Sie dachte an Fiona und verschob den traurigen Anruf auf später. Ihre Großmutter hatte sich so lange nicht um ihre Schwester gesorgt, da kam es auf ein paar Tage nicht an.

18

Der Arm Gottes

Endlich hatte sie die Briefe von Seth Raines erhalten und sie auf einem Tisch im Wintergarten von Carreg Cottage ausgebreitet. Der pensionierte Pädagoge hatte ihr die Kiste mit einem müden, wenn nicht gar mitleidigen Lächeln übergeben. So als wolle er ausdrücken, dass sie sich die Mühe sparen könne, weil es nichts zu finden gab, oder er hielt sie schlicht für zu ungebildet, um die Korrespondenz zu lesen.

Seit die Handwerker gegangen waren, las sie die Briefe von Rebecca Morris und tauchte ein in eine Welt, in der die Uhren langsamer tickten und das Leben nach gottgegebenen Regeln verlief. Geburt, Leben und Tod bildeten einen natürlichen Kreislauf für die Menschen, und Zeit hatte eine andere Bedeutung. Lilian mochte die praktische Pfarrersfrau, die einen so regen Briefwechsel mit ihrem Bruder pflegte, weil ihr eigener Mann allem Anschein nach ein erzkonservativer Prediger war, an dessen Seite sie ein freudloses Leben fristete. Arme Rebecca. Kein Wunder, dass sie der Fund des Manuskripts in helle Aufregung versetzt hatte!

Das Leben damals war karg und einfach. Rebecca sprach von einer Truhe, die sie mitgebracht hatte. Eine große blaue Truhe mit Eisenschlössern, in denen sie ihre Bücherschätze aufbewahrte. Bücher, von denen ihr Mann, der Pfarrer, behauptete, sie seien des Teufels, weil in ihnen von Romantik und Liebe die Rede war. Aber Rebecca hätte einen persönlichen Schatz nicht dort aufbewahrt, nicht an einem Ort, zu dem ihr Mann den Schlüssel besaß oder zumindest verlangen konnte. Nein, die Pfarrersfrau musste ein anderes Versteck für ihre kleinen Kostbarkeiten gehabt haben.

»Ich wandere viel, lieber Bruder«, schrieb Rebecca Morris. »Was das Leben mir abverlangt, ertrage ich mit Geduld und Ergebenheit. Nie wird er ein Wort der Klage von mir hören, und ich verlange nichts, nur diese Zeit für mich. Mittags oder abends, wenn die anderen ruhen, wandere ich über die Klippen und lasse meine Gedanken fliegen. Sie ziehen aus zu Ihnen und über das Meer hinüber nach Enlli. Ich wünschte, ich könnte öfter mit einem der Fischer hinübersetzen. Aber er will nicht, dass ich dort festsitze und womöglich für Tage nicht zurückkann. Erst kürzlich war er furchtbar zornig, weil ich die Wäsche über die Hecke zum Trocknen gelegt habe, wie ich es immer tue. Doch ein plötzlich aufkommender Wind fegte seine weißen Hemden in den Sand, und ich musste sie erneut waschen. Er nannte mich ein dummes Frauenzimmer, weil ich die Hemden hätte befestigen müssen. Und er züchtigte mich. Die Striemen an meinem Rücken schmerzen, aber er sagt, dass er nur der Arm Gottes sei, um mir die Dummheit auszutreiben.

Das ist es, nicht wahr, mein geliebter Bruder? Das ist der Grund, warum wir Frauen gezüchtigt werden müssen. Wir sind dumm und sündig. So steht es in der Heiligen Schrift. Mein Gemahl nimmt sie wörtlich, er schreibt mir die Psalmen auf die Haut. Nur Ihnen kann ich mich anvertrauen. Sie wissen um meine Neugier auf das geschriebene Wort, meine Sehnsucht nach Gedanken, die meiner Seele Flügel verleihen und mich vergessen lassen, dass ich nur ein lästiger Klumpen Fleisch aus der Rippe eines Mannes bin.

Ich muss keinen Hunger leiden, und unser Haus ist trocken. Dafür bin ich dankbar. Ich bete täglich für die armen Seelen in unserer Gemeinde. Erst vor einer Woche ist wieder ein Fischer ertrunken, als er von Enlli zurück ruderte. Ein Fremder war dabei, der sich bei dem üblen Wetter hatte übersetzen lassen. Alle hier haben sie gewarnt, doch der Fremde zahlte gut. Immerhin hat die Fischersfrau die Hälfte des Entgelts vorab erhalten. Davon muss sie nun die Beerdigung ihres Mannes bezahlen. Aber ich plappere über unsere täglichen Nöte und Sorgen, und dabei beschäftigt sich Ihr scharfer Geist mit höheren Dingen.

Ich sehe Sie vor mir, mit Ihren hellblauen Augen und den weichen blonden Haaren, die ich so gern gebürstet habe, als wir Kinder und unschuldig waren. Wir hatten unsere geheimen Orte, an denen uns Vater und Mutter nicht finden konnten, an denen wir in unserer kleinen Welt glücklich sein durften. Seien Sie mir nicht gram, liebster Bruder, nennen Sie mich albern, ja, aber ich trage dieses Glück von damals bei mir. Es ist eine kleine Schachtel, mit einem seidenen Band verschnürt, das ich mit dem Flügelschlag meines Gedankens lösen kann. Dann schwebt es auf, und die Schachtel gibt einen goldenen Schimmer frei, der sich warm von innen um mein Herz legt.

Heute Abend habe ich mich fortgeschlichen, denn er sitzt über seiner Predigt und wird nicht nach mir fragen. Der Wind geht noch kalt und stark über die Felsen, und die Wellen brechen sich vorn an Carreg Ddu. Ich höre ihr Rufen und Brüllen, ihr Wimmern und Heulen, wenn sie nach den Menschen fassen, sie hinunterreißen in die eisige Dunkelheit. Genug, rufe ich ihnen entgegen, aber meine Stimme verhallt ungehört. Über allem Geschwätz vergesse ich noch den Grund dieses Briefs.

Mein Lieblingsplatz am Berg Anelog wird seit einigen Nächten von Schmugglern genutzt. Ich weiß nicht, wer es ist, und ich will es nicht wissen. Morgens finde ich Spuren

von Schuhen und Hufen, und einmal habe ich einen kleinen
Sack Salz gefunden, den ich mit nach Haus genommen habe.
Die Steuer auf Salz ist so unerhört hoch geworden, dass man
die Leute zum Schmuggeln zwingt. Wenn dieser französische
Froschfresser und Kriegstreiber nur endlich in seine Schran-
ken gewiesen wird.«

Lilian ließ den Brief sinken. Am Berg Anelog hatte die Pfarrersfrau ihren Lieblingsplatz gehabt. Ein schwaches Lächeln
umspielte ihre Lippen. War das der Berg der unglücklichen
Frauen, Ort ihrer Zuflucht? Aber war sie unglücklich? Sie
schüttelte energisch den Kopf und erhob sich, um die Glieder
zu strecken und in den abendlich stillen Garten zu schauen,
den die goldroten Strahlen der untergehenden Sonne in einen magischen Ort verwandelten. Sie mochte diese unwirk-
lichen Zeiten zwischen Werden und Vergehen, zwischen Tag
und Nacht, und schien hier auf diesem entlegenen Zipfel Land
zu größerem inneren Frieden finden zu können als irgendwo sonst.

Das Telefon riss sie aus ihren Gedanken. »Ja, hallo?«

»Summer hier, hi, Lili, ich will gar nicht lange stören. Wenn
ich selbst zu Hause suchen könnte, wäre es leichter. Meine
Freundin hat herausgefunden, dass Mae Lagharn ein Verhältnis mit einem Landsmann gehabt hat. Sie war wohl ganz
scharf auf das Filmbusiness und alles, aber so richtig groß
rausgekommen ist sie nicht, weil sie sich spröde gab und nicht
auf die Besetzungscouch wollte.«

»Mit einem Landsmann ist ein Waliser gemeint?«

»Ja, vielleicht sogar jemand hier aus der Gegend, aber kein
Name, tut mir leid.«

»Und der war auch im Filmgeschäft?«

»Ich glaube nicht. Dann hätte sicher mehr über ihn dort
gestanden. Mae sprach nur von ihrem Geliebten oder sogar

Zukünftigem. Der hat sie in Hollywood sitzen lassen, und sie ist zurück nach Wales. In der Zeit damals war das sicher eine bittere Entscheidung. Stell dir mal die Schmach vor!«

Lilian dachte an den Anwalt, korrekt und verschwiegen und sicher wenig begeistert über seine flatterhafte Schwester, die einige Jahre älter als er gewesen sein musste und für die er oder seine Eltern letztlich hatten aufkommen müssen. Und wenn Mae schwanger gewesen war? »Ist von einem unehelichen Kind die Rede?«

»Nein. Danach habe ich auch sofort gefragt. Womöglich hatte sie Glück im Unglück.« Im Hintergrund rief jemand nach Summer. »Lili, bis bald. Ich melde mich noch vor meiner Abreise.«

»Danke, ja, bitte mach das unbedingt!«

Lilian öffnete die Terrassentür für Fizz, der sie bittend anschaute. »Na, lauf, aber nicht so weit!«

Sie überlegte, ob sie Fiona anrufen sollte, als ihr Telefon sich erneut meldete. Diesmal war es Collen.

Seine Stimme klang warm, und ihr Nacken prickelte. Lilian rief sich Katie ins Gedächtnis, und die freudige Erregung verschwand. »Collen, wie geht es dir? Gibt es Neuigkeiten?«

»Mit dem Stein bin ich nicht weiter, erwarte aber eine Antwort zum Wochenende. Und wenn du nichts vorhast, würde ich dich am Freitag gern zu einem Konzert nach Portmeirion einladen. Du warst noch nicht dort, oder? Es lohnt sich, das verspreche ich dir.«

»Was denn für ein Konzert? Ich bin eher ein Kulturbanause, und wenn nur eine Lady singt und jemand das Klavier malträtiert, ist das nicht meins!«

Collen lachte. »Irgendwie habe ich das erwartet. Keine Sorge. Es ist ein Folkabend mit walisischen Künstlern. Es wird dir gefallen.«

Erleichtert stieß Lilian die Luft aus. »Keine traurigen Lieder, gut. Aber wolltest du dich nicht mit Katie treffen?«

»Lili«, er räusperte sich. »Ich kenne Katie seit Ewigkeiten. Sie ist ein feiner Mensch, aber wir haben es einmal miteinander versucht, und es hat nicht funktioniert. Heute sind wir einfach gute Freunde. Und der Vater ihres Sohnes ist überraschend aus Mailand zu Besuch gekommen. Also, wie sieht es aus? Ich bin ab nachmittags in Porthmadog. Treffen wir uns auf dem Parkplatz von Portmeirion unten vor dem Haupteingang?«

Er hatte ihre Bedenken zerstreut, und sie antwortete: »Ja, sehr gern. Tut mir leid, dass ich dachte …«

»Ich bin auch für klare Verhältnisse, und ich freue mich auf den Abend, Lili!«

Nach dem Gespräch ging sie in den Garten hinaus und pfiff nach Fizz, der mit sandiger Schnauze auftauchte. Sie ging in die Hocke, fuhr mit der Hand durch das struppige Fell, und der kleine Hund schüttelte sich. »Ach, Fizz, warum freue ich mich nicht so, wie ich es noch vor einigen Tagen getan hätte, wenn Collen mich eingeladen hätte?«

Die treuen braunen Augen sahen sie neugierig an, und Fizz stützte sich mit den Pfoten auf ihre Knie, um mit seiner Nase gegen ihre zu stupsen. Er roch nach Erde, Gras und Hund. »Wir gehen duschen. Beide!«

Bald konnte sie ihren Dachboden beziehen und war glücklich, dass Marcus ihr zu den größeren Fenstern geraten hatte, die noch im Rahmen der Auflagen vom Denkmalschutz waren. Sie würde ihr Bett so stellen, dass sie morgens auf das Meer und Enlli sehen konnte. Seufzend ließ sie Fizz vorlaufen. Marcus. Sie vermisste seine unkomplizierte, warmherzige Art und die Gespräche mit ihm während der Arbeit. Seit jenem Abend, an dem sie sich einfach zu dumm benommen hatte, machte er sich rar, und etwas Unausgesprochenes hing zwischen ihnen. Warum hatte er auch von Entscheidungen sprechen müssen? Sie hasste es, sich entscheiden zu müssen, was gleichbedeutend mit sich festlegen und dem Verlust von Freiheit war. Oder machte sie sich schon viel zu lange etwas vor?

19

Die Schmugglerhöhle

Am nächsten Morgen wartete Lilian auf die Handwerker und war enttäuscht, als nur Jo und Tim aus dem Lieferwagen stiegen.

»Guten Morgen, Kaffee steht dort auf dem Tisch«, begrüßte sie die beiden Männer, die einen Schwall Regen mit ins Haus brachten.

Jo trug seine Rastazöpfe wie immer unter einer bunten Mütze und schenkte ihr ein schiefes Grinsen. »Alles okay, Lilian? Du siehst müde aus. Das Wetter? Obwohl das in Schottland nicht besser ist.«

Tim trug eine Kiste nach oben. »Eine Woche noch, dann können die Gäste kommen«, rief er im Gehen.

»Hey, danke, ihr seid spitze«, erwiderte Lilian, und zu Jo sagte sie: »Was ist mit Marcus, Jo? Hat er etwas zu dir gesagt? Ist er wirklich so beschäftigt, oder geht er mir aus dem Weg?«

»Äh.« Der junge Mann kratzte sich den Kopf. »Das müsst ihr selbst regeln. Aus solchen Sachen halte ich mich raus. Zu mir hat er nichts gesagt. Nur, dass das Haus in Abersoch Vorrang hat. Ist ein reicher Kunde, den wir nicht verlieren wollen. Mal haben wir viel zu tun, mal wenig. Das verstehst du doch, Lili?«

Lilian schob mit ihren Wanderschuhen ein Holzstück zur Seite. »Sicher. Danke, Jo.« Dabei fiel ihr Blick auf den Stein mit dem Bardsey-Kreuz. »Sag mal, der Stein dort unten, hast du mal geprüft, ob man den herausnehmen kann?«

»Wäre mir beim Verputzen aufgefallen. Saß alles fest. Ich meine, richtig eingemauert. Der wurde seit ewigen Zeiten nicht bewegt.«

»Aber man kann doch einen Stein herausnehmen und mit frischem Mörtel wieder befestigen?« Sie dachte an die Pfarrersfrau und deren Streifzüge.

»Das würdest du sehen. Selbst nach zig Jahren sieht man den Unterschied. Ich meine, wir können es gern probieren. Soll ich den Stein rausholen? Du denkst, dahinter ist was versteckt?« Grinsend schob er seine Mütze aus der Stirn.

»Ich weiß es nicht. Ach, lass gut sein, Jo. Braucht ihr noch was aus dem Baumarkt? Von der weißen Farbe ist noch genügend da?«

»Yup, alles da, Chef. Übrigens mag ich, was du mit dem Garten machst. Eigentlich müsstest du so dicke mit Cheryl sein. Die liebt ihren Garten genauso und kennt jeden Stängel, der irgendwie grünt oder blüht.«

Lilian schmunzelte. »Sie ist nett, aber sehr, wie soll ich sagen – intensiv?«

Jetzt lachte Jo aus vollem Hals. »Das erzähle ich Gemma, die kriegt sich nicht mehr ein. Ich habe anfangs sogar Angst vor Cheryl gehabt, weil ich dachte, sie hext mir Warzen ans Bein oder so. Manchmal hat sie so eine komische Art. Inzwischen haben wir uns aneinander gewöhnt. Sie knirscht noch mit den Zähnen, aber Gemma lässt sich nicht reinreden.«

»Gut so. Ich bin in einer Stunde zurück. Falls irgendetwas …«

»Keine Sorge, läuft schon.«

Inzwischen vertraute Lilian dem unkonventionellen jungen Mann, der für fast jedes Problem eine Lösung fand und maßgeblich dazu beigetragen hatte, dass das Cottage bald den ersten Gästen die Türen öffnen konnte. Lilian griff nach dem

Autoschlüssel, und Fizz sprang sofort vom Sessel und lief zur Tür. Sie wollte nach Aberdaron hinunter und dort im Infozentrum des National Trust ihr Cottage listen lassen. Und wenn das nicht ging, fand sich vielleicht eine andere Möglichkeit der Bewerbung.

Sie steuerte den Wagen die enge Straße hinunter, bog jedoch nicht nach rechts, sondern nach links ab, für einen kurzen Abstecher zum Berg Anelog, an dessen Fuß es einen Parkplatz gab. Über den Klippenpfad dorthin zu laufen war wesentlich eindrucksvoller, aber dafür fehlte ihr heute einfach die Zeit, und außerdem regnete es noch immer. Der Parkplatz war nichts weiter als ein abgetrenntes Stück Wiese, von der man in den Wald oder direkt zu den Klippen unterhalb des Berges gehen konnte. Wie immer, wenn sie hierherkam, überkam sie ein Gefühl tiefer innerer Zufriedenheit. Daran änderte auch der Regen nichts, der ihr vom Meer her ins Gesicht schlug. Graue Wolken hingen über der sattgrünen, hügeligen Landschaft. Hier und dort ragte nackter Fels hervor, und im Wald ließ der Regen die Blätter leise rascheln, was wie ein fernes Flüstern klang.

Fizz nahm eine Spur auf, vielleicht ein Kaninchen, und verschwand im tiefen Gras. Sie war allein. Weder ein Auto noch ein Wanderer war zu sehen. Zielstrebig ging sie bis zu der alten Fichte, die dicht an einem überhängenden Felsen stand, als Fizz wie aus dem Nichts hinter den Bäumen zu ihrer Rechten hervorschoss.

»Wo kommst du denn her?« Lilian hatte die Kapuze ihrer Regenjacke übergezogen und musste sich ein wenig drehen, um zu sehen, woher Fizz gekommen war.

Sie trat um die Fichte herum, vor der einige Steine eine Art Rechteck bildeten, wenn man in Gedanken die Querverbindungen schuf. Ein Archäologe hätte gewiss zu sagen vermocht, ob sich hier einmal ein Haus befunden hatte. Vielleicht eine Einsiedelei, denn irgendwo hier in der Nähe waren die beiden Steine aus St. Hywyn gefunden worden. Veracius und Senacus und andere Mönche waren hier zur letzten Ruhe gebettet worden. Die Mönche hier waren vermutlich bettelarm gewesen, zumindest in den frühen Jahren. Mit den Pilgern kam auch etwas Geld auf die karge Halbinsel, aber bis dahin mochten sich die Mönche mit dem beschieden haben, was die Natur ihnen bot. Von Einsiedlern in Höhlen gab es Gemälde, daran erinnerte sich Lilian. Und Rebecca hatte in ihren Briefen die Schmuggler erwähnt …

Suchend ging Lilian am Felsmassiv entlang und schob hier und dort das Buschwerk zur Seite, Fizz dicht auf den Fersen. Als sie zu einem dicht am Fels stehenden Ginster kam, jaulte Fizz und zwängte sich unter dem verzweigten Geäst hindurch, um kurz darauf kläffend im Berg zu verschwinden. Lilian begutachtete die niedrige Öffnung, in die sie hätte hineinkriechen müssen, und kroch so weit hindurch, dass sie in einen schmalen, modrig riechenden Raum spähen konnte. Fizz kam ihr aus dem Dunkel wedelnd entgegengelaufen.

»Du kannst dich besser im Dunkeln orientieren als ich, mein Kleiner. Aber warte mal …« Sie zerrte ihren Schlüsselbund aus der Tasche. Alles war nass und ihre Hände erdverschmiert. Irgendwann hatte sie eine Minitaschenlampe angehängt, und wenn die noch funktionierte …

»Schau an …« Lilian richtete den schwachen Lichtstrahl in die Höhle, die nur wenige Fuß in Breite und Höhe maß. Ein mittelgroßer Mann konnte sich darin aufrichten. Vielleicht hatte es mal einen weiteren Raum gegeben, doch soweit sie das vom Eingang aus sehen konnte, gab es nur diesen Hohlraum mit moosigen Felswänden und feuchtem Boden. In einer Ecke lag Plastikmüll, den sie nicht näher ansehen wollte.

Sollte hier irgendetwas versteckt sein, war es über die Jahre vermodert oder längst entdeckt worden.

»Hey, was machen Sie da?«, rief jemand von draußen.

Lilian fuhr zurück, ratschte sich die Hand an den Ginsterzweigen und stieß sich den Kopf am Fels. Fluchend sah sie sich um und fand sich Alistair Jones, ihrem Nachbarn, gegenüber.

Der Farmer trug eine Schirmmütze und verschmutzte Regenkleidung und stützte sich auf einen dicken Stock.

»Und was machen Sie hier?«, fauchte sie und hielt sich den Kopf. Der Regen lief ihr über das Haar in den Nacken und trug nicht zur Verbesserung ihrer Stimmung bei.

»Ich suche nach einem entlaufenen Schaf und Sie?«

»Nach meinem Hund.« Und tatsächlich kam Fizz neugierig aus der Höhle heraus, blieb jedoch stehen, als er Jones entdeckte.

»Den sollten Sie besser erziehen. Auf dem Land lässt man Hunde nicht einfach herumstrolchen, könnte tödlich enden.« Jones lugte in den Hohlraum. »Seien Sie vorsichtig. Es gibt viele alte Höhlen aus der Zeit der Napoleonischen Kriege hier. Ist schon mal ein Kind da drinnen verschüttet worden. Und glauben Sie ja nicht, Sie wären die Erste, die dort nach vergessenen Schätzen sucht …« Er schnaubte abfällig. »Hier waren schon Leute von den Universitäten und meinten, sie fänden weiß ich was. Siedlungen und natürlich Kirchenreste. Wegen der heiligen Steine. Die kennen Sie, ja?«

Lilian nickte. »Die Grabsteine in St. Hywyn.«

Jones verzog den Mund. Mit seinem Stock stocherte er im Ginster herum und pikte den Rest einer kleinen Chipstüte auf. »Überall lassen sie ihren Müll liegen, verdammtes Pack. Ja ja, die und viele andere. Steine, Kreuze, Steinwälle finden Sie überall auf der Llŷn. Ich sage immer, das haben Menschen gemacht, wie du und ich, nur eben in ihrer Zeit. Da wussten sie's nicht besser, genau wie wir heute vieles nicht besser wissen und es dennoch tun.«

Lilian musterte den Farmer aufmerksam. »Was meinen Sie genau?«

Ein Hund bellte, und kurz darauf blökte ein Schaf. »Na, taugt der Köter doch zu was.« Jones hob den Stock. »Nicht vergessen – die Höhlen sind tückisch. Und wegen der Pachtverträge sprechen wir noch miteinander. Ich kann nicht so viel zahlen wie ein Investor, aber dafür haben Sie nur Kühe als Nachbarn und auch sonst keinen Ärger.«

Obwohl sie die Drohung heraushörte, musste sie ihm im Stillen Recht geben. Eine Ferienhaussiedlung wollte sie nicht auf den Wiesen sehen. »Davon gehe ich aus, Mr Jones. Wir werden uns sicher einig.«

Er nickte mit grimmiger Miene und stapfte davon. Der Regen ließ ein wenig nach, und die Sicht wurde besser, so dass sie den Pfad am Klippenrand erkennen konnte, auf dem ein Mann und eine Frau entlangliefen. Die beiden kamen ihr bekannt vor, und als die Frau sich zu ihr umdrehte, erkannte sie die überraschenden nächtlichen Besucher. Lilian winkte, und die junge Frau winkte zurück, zog ihren Begleiter am Arm, und schon nahmen die beiden Kurs auf Lilian und Fizz.

Die junge Frau hatte rosige Wangen und wirkte dynamisch und voller Energie. Auch ihr Mann schien guter Dinge, seine Augen leuchteten, auch wenn die Sorgenfalten um seinen Mund sich tief eingegraben hatten.

»Das ist aber eine schöne Überraschung! Sie erinnern sich noch an uns? Chris und Taylor. Wir haben Sie vor einiger Zeit aus dem Schlaf geklopft. Wie geht es mit dem Renovieren voran? Wir sind nur ein Mal bei Ihnen vorbeigelaufen, wollten aber nicht stören, und ein Bauwagen stand vor der Tür«, plauderte Chris und strahlte Lilian durch den Regen an.

331

»Im Sommer können Sie bei mir auf der Terrasse den ersten Kaffee trinken. Ich hatte Glück mit der Firma. Waren Sie noch auf Enlli? Damals war es ziemlich stürmisch.« Lilian freute sich für das Paar, und als Chris Fizz streichelte, fiel ihr wieder ein, dass die junge Frau Hunde liebte.

Ihr Mann, dessen Regenparka mit einem namhaften Firmenlogo bestickt war, nickte. »Wir mussten zwei Tage warten. Danke übrigens für den Hoteltipp. Und dann wurden wir mit Sonnenschein auf der Insel begrüßt und sind dort vier Tage geblieben. Wir haben eigentlich nichts getan, außer am Meer spazieren zu gehen. Mein Handy ging nicht ...«

Seine Frau lachte und strich ihm über die Wange. »Das war das Beste. So hatten wir die Zeit für uns. Wir kommen wieder. Ich habe mir vorgenommen, jedes Jahr einmal nach Bardsey Island zu fahren. Nicht wahr, Taylor, das machen wir.«

»Ja, mein Schatz, das machen wir.« In seinem Blick lag so viel Liebe und Zuversicht, dass Lilian verlegen zum Meer sah.

»Man hat uns erzählt, Pilger mussten in früheren Zeiten oft Tage warten, bis sie übersetzen konnten, genau wie wir«, sagte Chris. »Und Piraten gab es. Um 1340 haben dreißig Männer Bardsey Island überfallen und den Mönchen alles genommen.«

»Der arme Abt des Klosters beschwerte sich beim Chamberlain von Gwynedd, denn die Mönche hatten nur Pfeile, aber keine Bögen. Es gab keine Bäume auf der Insel«, ergänzte Taylor.

»Ach ja, und wussten Sie, dass im Mittelalter jeder Pilger bei seiner Ankunft in Aberdaron ein Essen in der Suppenküche frei hatte? Das ist das kleine Haus, in dem heute der Tearoom ist.« Chris war sichtbar begeistert von den alten Bräuchen.

»Ich mache mich langsam mit der Geschichte vertraut. Und wenn Sie wieder hier sind, besuchen Sie mich. Dann gibt es einen Kaffee aufs Haus«, sagte Lilian und wurde von Chris zum Abschied umarmt.

Hand in Hand ging das Paar davon, die Wolken rissen auf, und die Sonne hüllte Ynys Enlli in weißes Licht.

Nass und schmutzig, wie sie war, wollte Lilian nicht weiterfahren und fuhr zum Cottage zurück. Die Begegnung mit Chris und Taylor hatte sie aufgewühlt. Liebe konnte alles überwinden, selbst den Tod, dachte sie und griff nach ihrem Telefon.

»Gray?«

»Hallo, Duncan, wie geht es dir?«

Es dauerte einen Augenblick, bis ihr Großvater, das würde er immer für sie sein, leicht schleppend antwortete: »Lili, wie schön, von dir zu hören! Mir geht es gut. Wie gefällt es dir in Wales? Wann kommst du uns besuchen?«

Sie lächelte. »Grandpa, ich komme euch besuchen, wenn hier alles fertig ist. Es gibt noch eine Menge zu regeln und ein paar Probleme. Äh, eines davon betrifft Fionas Schwester.«

Sie machte bewusst eine Pause.

»Ruth?«, fragte er schließlich.

»Gibt es noch eine Schwester? Möglich ist ja alles. Ihr scheint mir eine Menge verschwiegen zu haben.«

»Warte, ich hole Fiona.« Der Hörer knallte hart auf Holz, und es dauerte einige Minuten, bis ihre Großmutter sich leicht außer Atem meldete.

»Lili, was gibt es? Ich war im Garten. Was ist mit Ruth?«

»Komisch, dass du fragst. Dass du jetzt fragst, meine ich. Hättest du nicht schon viel früher nach ihr suchen sollen? Ich meine, wenn ich eine Schwester gehabt hätte, die mir noch dazu ihr Kind gegeben hat, hätte ich wohl Kontakt zu ihr halten wollen.« Lilian saß in ihrem Wagen, dessen Scheiben langsam beschlugen, und öffnete ein Fenster.

»Ich habe dir schon gesagt, dass du nicht weißt, wie es damals war, Lili«, erwiderte Fiona scharf. Sie war ganz die alte, strenge Fiona, immer das Schwert des Gerechten in der Hand.

»Deine Schwester hat sich umgebracht. Was sagst du dazu? Sie hat dir ihr Kind gegeben und sich kurz darauf umgebracht. Aber vielleicht wusstest du es und hast es verdrängt, weil Selbstmord eine Todsünde ist?«

Ein Krächzen drang durch die Leitung. Fiona rang nach Luft und flüsterte: »Ich habe es nicht gewusst. Bei der Heiligen Jungfrau, ich habe es nicht gewusst. Das musst du mir glauben, Lili!«

Lili wartete ab.

»Lili!«

»Ich bin noch da.«

»Wie ... und wo liegt sie begraben?« Fiona Gray klang gebrochen.

Lili glaubte ihr und sagte mit mehr Wärme: »Ich habe es von Vater Martin erfahren. Dem Priester hat sich Ruth anvertraut, und er hat es geahnt, aber nichts gesagt. Nicht einmal dir. Er lebt heute oben in Aberdeen bei den Greyfriars. Du kennst sicher die Klöster und Stifte der Gottgefälligen.« Ihre Stimme troff vor Sarkasmus.

»Mir gibt mein Glauben Stärke. Du hast kein Recht, so herablassend zu sprechen.«

»Das tue ich nicht, Fiona. Ich hätte mir nur etwas mehr Zuneigung und Wärme von dir gewünscht. Weniger Gebete und dafür eine Umarmung, das hätte genügt. Vielleicht hätte sich auch meine Mutter darüber gefreut.« Lilian streckte die Hand nach Fizz aus, der sie aufmerksam ansah, denn er kannte ihre Stimmlage genau.

Ein leises Wimmern zog durch die Leitung. »Tu mir das nicht an, Lili. Du weißt nicht, was damals geschehen ist. Ruth

334

stand mit diesem Bündel im Arm vor der Tür, mitten in der Nacht. Sie sah aus wie ein Gespenst, nur Haut und Knochen und mit furchtbaren dunklen Rändern unter den Augen. Sie muss schrecklich geweint haben und drückte mir ihr Kind in den Arm, mich anflehend, für ihre Tochter zu sorgen. Das habe ich getan, ohne Fragen zu stellen, Lili. Duncan und ich konnten keine Kinder bekommen, und es erschien uns wie ein Zeichen des Himmels. Ich habe Maude wie mein eigenes Fleisch und Blut aufgezogen, und im Laufe der Jahre habe ich gehofft, dass Ruth nicht mehr zurückkehrt.« Fiona schluchzte. »Für diese Schlechtigkeit in meinen Gedanken habe ich täglich Buße getan.«

»Glaubst du denn wirklich, dass dir ein Priester die Vergebung erteilen kann, die du dir wünschst? Du wolltest Ruth niemals wiedersehen, und das ist geschehen.«

»O Lili, so wollte ich es doch nicht, nicht so! Sie ist aus eigenen Stücken fortgegangen und hat sich mit einem Mann eingelassen, der sie entehrt hat. Damit hatte ich nichts zu tun. Ich habe sie immer vor diesen gutaussehenden Lebemännern gewarnt, für die Frauen nur Trophäen sind.« Fiona hatte sich wieder gefasst.

»Wer war der Mann, Fiona?«

»Das weiß ich nicht! Sie hat ihr Geheimnis mit ins Grab genommen. Wo finde ich sie, Lili?«

»Vater Martin wird es herausfinden, und dann sage ich es dir.«

»Bitte, Lili, und sei nicht so streng mit mir. Wir alle müssen einen Weg für uns finden, und meiner ist eng mit der Kirche verbunden. Daran ist nichts Schlechtes.«

»Aber du wolltest mir deinen Weg aufzwingen, wie du ihn Maude aufzwingen wolltest, weil du sie nicht verstanden hast. Meine Mutter war anders, genau wie ich. Etwas mehr Liebe und Verständnis und weniger Strenge und Frömmigkeit hätten aus Maude vielleicht einen glücklicheren Menschen gemacht.«

»Aber das ist es doch! Sie war genauso verderbt wie Ruth! Vor diesem Schicksal wollte ich sie bewahren. Und war Maude dir eine gute Mutter? Was hättet ihr ohne mich getan?«

Ohne auf die Stimme zu hören, die noch aus dem Telefon plätscherte, legte Lili es zur Seite und weinte.

XV

Clynnog,
Anno Domini 616

Die strengen Ausdünstungen von ungewaschenen Leibern, die auf engem Raum genächtigt hatten, hingen im Stall des Klosters von Clynnog. Meara kroch aus dem Stroh, das sie sich mit zahlreichen Pilgern und Gof über Nacht geteilt hatte. Der Hund hatte jeden, der ihr zu nahe kam, leise, aber drohend angeknurrt, was ihr einen leidlich ruhigen Schlaf verschafft hatte. Erstes Morgenrot fiel durch die schmalen Fensteröffnungen, und die Reisenden erwachten langsam, husteten, spuckten aus und kratzten sich.

Auch Meara juckte es, sie fluchte leise und beeilte sich, um als Erste am Brunnen zu sein. Draußen wurde sie von kalter Morgenluft empfangen, schlug sich fröstelnd die Arme um die Schultern und lief zum Brunnen, an dem ein Mönch den Eimer hinabließ.

»Gottes Segen«, sagte er, wartete, bis der Eimer unten ins Wasser tauchte, und hievte ihn wieder hinauf. Er füllte einen großen Krug und überließ Meara den Eimer.

Gof war hinter den Gebäuden zwischen den Bäumen verschwunden, und Meara spülte ihren Mund, wusch Hände und Füße und goss sich den Rest Wasser über den Kopf. Für eine gründliche Wäsche hatte sie keine Zeit, denn müde Reisende schlurften nach und nach in den Hof. Sie schüttelte die Haare aus, band sie zusammen und schlug die Kapuze ihres Umhangs über den Kopf. Aus der Küche des kleinen

Klosters drang der Duft von frischem Brot, und ihr Magen meldete sich lautstark. Hungrig strolchte sie an den Klostermauern entlang und lugte in die Küche.

Erste Brotfladen wurden von zwei Frauen auf einem Mauervorsprung gestapelt. Die Ältere hatte eine grimmige Miene und machte eine Handbewegung, mit der man Tauben oder lästige Fliegen verscheuchte, doch die Jüngere zwinkerte Meara zu, als diese entmutigt davontrottete. Sie hatte kaum fünf Schritte getan, da hörte sie, wie etwas hinter ihr zu Boden fiel. Sie drehte sich um und entdeckte ein Brotstück, klaubte es hastig vom Boden auf und versteckte es in ihrem Umhang. Das Leben in ihrer Hütte am Rande des Dorfes hatte sie vergessen lassen, wie schmerzhaft Hunger sein konnte.

Sie ging zur Klostermauer und hockte sich unter die ausladenden Äste einer Eiche, um ihr Brot zu verzehren. Es dauerte nicht lange, und Gof kam von seinem morgendlichen Erkundungsgang zurück. Sie gab ihm den Rest Brot und kraulte sein dichtes Fell. »Hoffentlich hast du noch eine Maus oder eine fette Ratte gefangen, damit dein Magen voller ist als meiner.«

Ein ausgetretener Sandweg führte vom Kloster zum Marktplatz, auf dem es so früh am Tag noch ruhig war. Ach, Vater, dachte Meara und wünschte sich den Rat des weisen Druiden, der die Sterne gedeutet, ein Opfer gebracht und gewusst hätte, was zu tun war. Ruan hatte wie kein anderer die Wege der Sonne und des Mondes verstanden, jene der Plejaden, welche Gebiete sie regierten und vor allem, wie man sie günstig für die eigenen Unternehmungen stimmte. An der Mauer lehnte ein Wanderstock, den einer der Reisenden gestern vergessen haben musste. Meara griff sich den mannshohen Stab und machte sich entschlossen auf den Weg nach

Osten. Wenn das Wetter sich hielt, konnte sie es am selben Tag noch bis in die Berge schaffen.

Es war gegen Mittag, die Sonne blitzte immer wieder hinter grauen Regenwolken hervor, und ein leichter Wind war aufgekommen, als Meara und Gof einen Weiler am Rand des großen Waldes erreichten. Fünf Häuser lagen an einem Bach, der munter über sein steiniges Bett plätscherte. Bei anschwellendem Wasser konnten sich selbst kleine Wasseradern zu bedrohlichen Strömen ausweiten, doch heute zwitscherten die Vögel in den Weiden, deren lange Äste sich verträumt am Ufer wiegten. So friedlich konnte das Leben sein, dachte Meara und verharrte im Anblick des kleinen Idylls, von dem sie wusste, dass es in der nächsten Sekunde zerbrechen konnte. Plötzlich ertönte ein Schrei, und ein Junge kam aus dem hohen Ufergestrüpp herausgesprungen. Als er sie sah, hielt er unschlüssig inne. Meara hörte ein Wimmern im Gras und rannte los.

»Nein, nein, tu ihr nichts. Ich hole meinen Vater!«, schrie der Junge, der keine sieben Jahre alt sein konnte. Seine schmächtigen Gliedmaßen steckten in zerrissenen Kleidern.

Meara schlug die Kapuze zurück, damit er sehen konnte, dass sie eine Frau war, und seine angstvoll geweiteten Augen hefteten sich etwas neugieriger auf sie und ihren Hund. »Was ist passiert? Ich kann vielleicht helfen.«

Er brach in Tränen aus und sprang zurück zum Ufer. »Meine Schwester ist beim Fischen ausgerutscht und mit dem Kopf auf die Steine gefallen. Ich sollte doch auf sie aufpassen.«

Meara trat zu ihm und fand ein kleines Mädchen auf dem Rücken im seichten Wasser liegend. Aus einer Platzwunde am Kopf floss Blut. Das Mädchen war leicht, als Meara es auf den Arm nahm, und erinnerte sie an ihre kleine Schwester Beca. Sie trug das verletzte Kind ans trockene Ufer auf eine Lichtung und untersuchte es. Der Herzschlag ging schwach wie der eines Vogels, doch die Augäpfel rollten unter den geschlossenen Lidern, die zu flattern begannen. Vorsichtig tastete Meara in den Haaren nach der Wunde, die nicht tief war.

»Ist nicht schlimm, Junge.« Sie suchte in ihrer Tasche nach dem blutstillenden Pulver. Es gab Pilze, die sich zu einer runden Kugel aufplusterten, in der sich die Sporen befanden. Wenn die Sporen entwichen, gab es ein charakteristisches Geräusch, das den Pilzen den Namen Fuchsfurz eingetragen hatte, was Meara schon als Kind begeistert hatte. Wichtiger aber war, dass diese Pilze, zu einem Mehl zerrieben, blutstillende Wirkung hatten.

Sie murmelte beruhigende Worte, während sie die Wunde versorgte, und es dauerte nicht lang, und die Kleine öffnete die Augen, die so blau wie ein wolkenloser Sommerhimmel waren und sich sogleich mit Tränen füllten. »Na, ist doch gut, meine Kleine.«

Der Junge hatte sie gebannt beobachtet und sagte nun: »Du kannst ja zaubern!«

»Nein, ich weiß nur, welche Pflanzen helfen. Kannst du aufstehen, Kleine?«

Die Farbe kehrte in die tränennassen Wangen des Mädchens zurück. Die Kleine war eine Kämpfernatur und stemmte die schmutzigen Füße in den Boden, während Meara ihr aufhalf. Mit dem Mädchen an der Hand ging sie auf die Häuser zu. Der Bruder war vorausgelaufen und kam mit seiner Mutter zurück, die ein Kleinkind in einem Tuch auf dem Rücken trug. Die einfache Bauersfrau lud Meara voller Dankbarkeit zum Essen ein, nachdem sie erfahren hatte, was passiert war.

Wie die meisten Häuser hatte auch dieses Wände aus gekalktem Strohlehm und ein weit heruntergezogenes Reetdach, das mit Moos und Flechten überzogen war. Aus einem der Luftlöcher quoll Rauch. Hinter einem niedrigen Zaun tummelten sich Schweine, Ziegen und Hühner. In dem großen Wohn- und Schlafraum, in dem sich die Feuerstelle befand, lag ein weiteres Kind in einem Strohbettchen. Die Frau trug ein vielfach geflicktes Wollkleid und ein braunes Kopftuch. Alles wirkte ärmlich, doch leidlich sauber, und das Essen kam Meara fürstlich vor.

Hungrig tauchte sie das dunkle Brot in die Brühe, vertilgte die Eier und trank das dünne Ale. Für Gof gab es ebenfalls eine Portion.

»Ich kann dir gar nicht genug für das gute Essen danken«, sagte Meara. »Nur eine Frage noch, bevor ich weiterziehe. Sind hier zwei sächsische Krieger mit einem Mönch vorbeigekommen?«

Die Miene der Mutter verdunkelte sich. »Vor zwei Nächten. Brutale Männer, die uns ein Zicklein genommen haben. Und den Mönch haben sie übel zugerichtet. Wahrscheinlich ist er schon tot. Die Berge überlebt er gewiss nicht.«

»Große Göttin, lass ihn nicht sterben!«, entfuhr es ihr, und die Frau musterte sie argwöhnisch.

»Was hast du mit denen zu schaffen? Halt dich bloß fern. Die tun dir Gewalt an und werfen dich in den Fluss, solche Kerle sind das.« Die Bauersfrau wiegte ihr Jüngstes in den Armen. »Schlimm genug, dass der König tödlich verwundet wurde. Wenn er stirbt, gibt es wieder Machtkämpfe, und wir müssen darunter leiden. Es ist doch immer dasselbe. Wer zahlt die Zeche? Wir.«

»Welchen Weg haben sie genommen?«

»Mein Sohn kann dir den Pfad in die Berge zeigen. Ist der

Mönch dein Bruder?« Die Mutter gab dem Säugling ihren Finger zum Saugen und betrachtete liebevoll ihre verletzte Tochter, die an einer Brotrinde nagte.

»Er ist alles, was ich habe«, flüsterte Meara.

Ein mitleidiges Lächeln glitt über das Gesicht der Bauersfrau. »Überleg es dir. Aber wenn ich dich ansehe, du bist eine starke Frau. Nimm dir das Brot dort mit und den Rest Käse auch. Die Heilige Jungfrau soll dich beschützen!«

Der kleine Junge führte sie zum Waldrand. »Sie wollten nach Bekelert, aber die Flüsse führen viel Wasser, und letzte Nacht gab es ein Unwetter in den Bergen. Vater glaubt, dass sie nicht weiter als bis zum Hebog gelangt sein können, denn der Mönch konnte kaum noch laufen, und das Pferd des großen Mannes lahmte.«

Mearas Magen krampfte sich angstvoll zusammen, doch sie hieß dieses Gefühl auf eine traurige Weise willkommen, weil es bedeutete, dass sie innerlich noch nicht gänzlich abgestorben war. Unvermittelt hob Gof witternd die Nase, bellte und jagte davon. »Wie muss ich gehen, Junge?«

»Du folgst dem Pfad in den Wald eine Stunde, dann kommst du an eine Gabelung, wo du am Druidenstein nach rechts gehst und dann bis zum Fluss. Weiter bin ich noch nicht mit Vater gegangen. Es gibt eine Furt, südlich, glaube ich, durch ein Tal. Dahinter liegt der Hebog, von dem aus man Bekelert sehen kann.« Er sah sie prüfend an und senkte die Stimme. »Bist du eine Druidin? Ich mag die Priester nicht. Großvater kannte einen Druiden und erzählt mir von ihm. Sie kennen die Sterne und alles.« Seine wachen Kinderaugen leuchteten. »Bei den Priestern dürfen wir nichts fragen.«

Sie unterdrückte ein Schmunzeln. »Ich weiß, was du meinst, aber ich bin keine Druidin, nur eine Heilkundige.«

Der Junge lief die Böschung hinauf zurück auf den Weg und winkte. »Da kommen zwei Männer und zwei Hunde!«

»Was?« Sie folgte ihm durch das feuchte Gras und traute ihren Augen nicht. Fychan und ein Mönch kamen mit schnellen Schritten auf sie zu. Der Mönch hinkte und mühte sich verbissen, das Tempo zu halten. Sie erkannte den jungen Bruder, der ihr so abweisend gegenübergetreten war, und stützte sich abwartend auf ihren Stock.

»Meara!«, rief Fychan und umarmte sie freudig, als er sie erreicht hatte. »Du bist schnell, Mädchen. Wir dachten schon, wir holen dich nicht mehr ein. Du brauchst Unterstützung. Kennst du Bruder Elis noch?«

»Hm, ja. Hallo. Was will er denn hier, ich meine …« Ihr Blick streifte das lahme Bein. »Sie haben Cadeyrn misshandelt, und es bleibt nicht viel Zeit, um …« Sie tätschelte dem Jungen den Kopf. »Lauf heim, Kleiner, und sag deiner Mutter meinen Dank für das Essen!«

Der Junge wäre offensichtlich lieber geblieben und hätte erfahren, was die Fremden planten, doch er lief folgsam zurück zum Weiler. Meara nahm Fychans Arm und zog ihn mit sich, die Böschung hinunter zum Pfad. »Komm! Kann er noch mithalten?«

Fychan schien mit seinen langen braungrauen Haaren, dem Bart, seinen braungrünen Hosen und dem dunklen Wollumhang mit dem Wald zu verschmelzen. Er verstand die Natur und die Tiere genau wie sie, aber der Mönch verströmte etwas Störendes, etwas Feindseliges.

Fychan war dicht hinter ihr, die Hunde schlossen sofort auf. »Meara, er ist zu mir gekommen und hat mich gebeten, seinem Bruder zu helfen. Er wusste nicht, dass du schon aufgebrochen warst …«

Sie zischte: »Er ist einer dieser selbstherrlichen Priester, einer von denen, die ihren Glauben über die alten Götter stellen und alles vernichten, was sich nicht unterwerfen lässt. Wir sollten ihn hier zurücklassen und allein weitergehen. Fychan, ich bin so froh, dass du hier bist, aber ...« Verzweifelt rang sie die Hände und ging immer schneller, doch der Schäfer legte ihr die Hand auf die Schulter und zwang sie, stehen zu bleiben.

Sie standen auf dem Pfad, umgeben von dichtem Grün, Eichen, Nadelbäumen und sattem Farn im Unterholz. Der Wald war heilig, gehörte den Feen, war das Tor zur Anderwelt, und seine Baumriesen bildeten ein Heer, das den Eingeweihten Schutz bot. Die Eichen waren die Wächter der Pforte. Meara stand neben einem dicken, borkigen Stamm und legte eine Hand darauf, um die Kraft des Baumes zu spüren. Mit geschlossenen Augen sagte sie leise: »Er bringt uns Unglück, Fychan.«

Der Unerwünschte hatte sie eingeholt und rang nach Luft. »Hör mich an, Heilerin.«

Meara öffnete widerwillig die Augen und maß kritisch den Mönch mit dem breiten, verschlossenen Gesicht. »Ihr habt euren Bruder verraten, ausgeliefert. Cadeyrn ist zehnmal so viel wert wie euer ganzer armseliger Clas«, sagte sie anklagend.

»Das Geheimnis seiner Herkunft hat uns alle in Gefahr gebracht. Die beiden Sachsen hätten uns Gewalt angetan. Es war nur recht, dass er sich zu erkennen gegeben hat.« Elis hob trotzig das Kinn, räusperte sich und fuhr fort: »Aber sie hätten ihn niemals gefunden, wenn nicht einer von uns ihn verraten hätte. Und das war das größere Unrecht. Ich habe Schuld auf mich geladen, weil ich Braen vertraut habe. Er ist neidisch auf Cadeyrn, weil der Griechisch und Latein beherrscht, schon in Bangor war das so. Und ich ...« Er knetete

344

seinen Stock. »Die Verletzung hat mich wütend gemacht. Ich war immer stark und konnte anpacken, zumindest das, wo ich kaum schreiben kann. Und Cadeyrn übersteht selbst die schlimmste Verletzung unbeschadet und durfte im Clas die Schreibstube leiten. Ich bin nicht stolz auf mich, Gott verzeih mir, und verraten habe ich ihn nicht. Das war Braen ...« Er holte tief Luft und sagte kaum hörbar: »Als ich es erfahren habe, war es zu spät, und ich schäme mich, dass ich nicht für Cadeyrn eingetreten bin. Deshalb bin ich jetzt hier.« Hastig fügte er mit Blick auf Fychan hinzu: »Und ich wäre nicht bis hierher gelangt, wenn dieser gute Mann sich nicht bereit erklärt hätte mitzukommen.«

»Ich hätte dich gleich begleiten sollen, Meara. Aber nun ist es so«, murmelte Fychan.

Elis schwieg, denn er wusste genau wie Meara und Fychan, die ihn stumm ansahen, dass sein Schweigen genauso schwer wog wie der eigentliche Verrat von Braen.

»Und jetzt willst du es wiedergutmachen, deine Sünde abwaschen.« Meara hatte kein Mitleid mit dem Mönch. »Dann bete zu deinem Gott, dass es nicht zu spät ist.«

XVI

Am Moel Hebog,
Anno Domini 616

Der Mond stand beinahe voll und hell am nächtlichen Himmel und wies ihnen den Weg vom Berg hinunter. Von unten klang das Rauschen des Flusses zu ihnen herauf. Meara schärfte ihre Sinne, um die Geräusche der Dunkelheit in sich aufzunehmen, den Klang des Wassers von den Tieren der Nacht und den Menschen, die sich dort unten versteckten, zu unterscheiden.

»Sie sind dort«, flüsterte Meara Fychan zu, der neben ihr stehen geblieben war.

»Ich kann nichts sehen.« Fychan schnalzte mit der Zunge, und die Hunde kamen sofort zu ihm. Er stellte keine Fragen, denn er kannte Mearas Fähigkeiten und vertraute ihren Instinkten.

Sie nahm den Geruch von Blut und Schweiß wahr und konnte die Pferde hören, die unruhig waren. Und da war noch etwas anderes, jemand anderes. »Wir sind nicht allein hier oben, Fychan«, flüsterte sie.

»Verflucht, ich hab's geahnt. Was denkst du, sind es Sachsen?« Der Schäfer packte seinen Stock, mit dem er besser kämpfte als mancher mit dem Schwert, und in seinem Gürtel steckte ein Messer, das er ebenfalls einzusetzen verstand.

»Ich weiß es nicht, aber ich habe schon länger das Gefühl, dass sich zwei oder mehr Männer von Süden dem Fluss nähern. Vielleicht wollen sie rauf zur Königsfestung«, sagte Meara.

Elis, der tapfer mit ihnen Schritt gehalten hatte, schaltete sich ein: »Wenn sich die Sachsen jetzt noch verbünden, können wir gar nichts mehr ausrichten. Wir sollten nach unten und Cadeyrn sofort befreien.«

»Und wie? Hattest du eine Eingebung vom Heiligen Geist?«, spöttelte Meara.

»Streit bringt uns nicht weiter«, ging Fychan bestimmt dazwischen und beobachtete seinen Hund, der in angespannter Haltung in die Dunkelheit witterte. Gof hielt sich nervös zurück.

Die Männer mussten sich ungefähr einen Steinwurf entfernt am Waldrand befinden. Meara flüsterte: »Ihr wartet hier.«

Lautlos, das Messer in einer Hand, bewegte sie sich zwischen Gestrüpp und Bäumen hindurch. Es dauerte nicht lang, und sie war in Hörweite der Fremden. Erleichtert stellte sie fest, dass es sich nur um zwei Männer handelte, die in der Sprache des alten Volkes aus dem Norden miteinander sprachen. Ihre Gesichter waren wenig vertrauenerweckend, ihre Kleidung abgerissen, und ihre Waffen blitzten im Mondlicht. Einer trug einen Schnauzbart, und die langen Haare waren im Nacken zusammengebunden. Eine tiefe Narbe zog sich quer übers Gesicht und hatte seine Nase mit einer tiefen Kerbe versehen. Sein Kumpan trug eine ärmellose Kutte, aus der muskulöse Arme hervorsahen, die mit archaischen Tätowierungen bedeckt waren. Diese Männer sahen ganz so aus, als wäre das Morden und Rauben ihr Geschäft, und Meara fand, dass diese Gesellen genau die richtigen Verbündeten für ihr Vorhaben waren. Sie schlug die Kapuze zurück, damit ihr langer Zopf sichtbar wurde, hängte die goldene Sichel sichtbar an ihren Gürtel, wartete, bis das Mondlicht vor den Männern das Gras erhellte, und trat lautlos in den silbernen Strahl.

347

Die beiden verloren für einen kurzen Moment die Fassung und starrten sie entgeistert an. »Eine Fee …«, murmelte der Schnauzbärtige.

Ihr Vater hatte die alte Sprache gesprochen, und sie war seine aufmerksame Schülerin gewesen. »Bei der heiligen Dôn, ich habe mich nie so gefreut, Männer des alten Volkes zu sehen, wie heute Nacht.«

Der Tätowierte taxierte sie skeptisch und stieß seinen Kumpan, der vortreten wollte, zurück. »Wer bist du? Eine Hexe?« Seine Stimme war rau und kehlig, und er sprach genauso leise wie sie.

Von ihrem Vater hatte sie ebenfalls gelernt, die Menschen durch selbstbewusstes Auftreten und ihren Blick einzuschüchtern.

»Sie ist eine Druidin, Auley, das sieht man doch. Herrin, wir sind Eure Diener«, murmelte der Schnauzbärtige.

»Gillis, sei still. Ist das wahr? Seid Ihr eine Druidin?« Auley, der Tätowierte, war nicht so leicht zu beeindrucken, doch die Furcht vor der Macht der Druiden saß tief.

»Mein Vater war der große Meister Ruan ap Boduan. Ein römischer Priester und ein Haufen Sachsenkrieger haben meine Familie ausgelöscht. Und bei dem mächtigen Arawn, mich dürstet nach dem Blut meiner Feinde.« Sie reckte einen Arm in die Höhe, auf dem sich die Schlangen dunkel umeinanderwanden. Im silbrigen Licht und mit dem Spiel ihrer Muskeln schien das Bild auf ihrer Haut sich zu bewegen.

Gillis und Auley starrten sie wie hypnotisiert an, und Meara nutzte den Augenblick. »Ihr wollt doch die beiden Sachsenkrieger dort unten töten und ausrauben, nicht wahr?«

»Nur tote Angelsachsen sind gute Angelsachsen, aye!«, antwortete Auley.

348

»Dann haben wir dasselbe Ziel. Meine Freunde warten dort drüben, aber einer ist verletzt. Allein können wir sie nicht überwältigen. Sie haben einen von uns gefangen genommen.« Meara blickte zu Fychan und Elis, deren Gestalten sich schemenhaft zwischen den Bäumen abzeichneten.

»Das Mönchlein ist Euer Freund? Ihr werdet nicht mehr viel an ihm haben, so wie die Sachsenhunde ihn zugerichtet haben«, meinte Gillis und wischte langsam sein langes Messer im Stoff seines Überwurfs ab.

»Er lebt noch …«, murmelte Meara kaum hörbar.

»Zumindest hat er noch geatmet, als sie ihn heute Nachmittag in den Wald schleppten. Gillis ist manchmal etwas voreilig und wollte sie schon da angreifen, aber wie es scheint, sind uns die Götter gewogen.«

Meara nickte nachdenklich. »Wir helfen euch. Ich lenke ihre Aufmerksamkeit auf mich, dann könnt ihr sie überraschen, töten und ausplündern. Wir nehmen unseren Freund und ziehen unseres Weges.«

Gillis verzog den Mund und zeigte lange gelbe Zähne. »Mir scheint, Herrin, wir erweisen Euch einen großen Dienst.«

»Ihr hättet die Sachsen so oder so überfallen. Mit meiner Hilfe wird es weniger risikoreich sein, und vielleicht tragt ihr nicht einmal einen Kratzer davon. Ihr versteht euer Handwerk und ich das meine.« Sie machte eine rituelle Armbewegung, und das Messer blitzte kurz im Mondlicht auf, woraufhin Gillis zurückzuckte.

»Sie hat recht. Los jetzt, sonst hören die Hundesöhne uns am Ende noch, und diese Nacht endet blutiger als gedacht.« Auley packte sein Schwert und nickte mit dem Kopf nach unten.

»Gebt mir so lange, wie man braucht, um fünfzig Fuß zu

gehen«, sagte Meara und verschwand zwischen den Bäumen. Während sie zu Fychan und Elis schlich, fragte sie sich, was die Mörder nach der Tat davon abhalten sollte, auch über sie herzufallen. Allein die abergläubische Furcht vor der Macht der Druiden?

Nervös trat Elis von einem Bein aufs andere. »Was sind das für Männer?«

Fychan drängte ihn zur Seite. »Mörder, Räuber ... oder was denkst du, wer sich nachts hier herumtreibt?«

Meara erklärte kurz, was sie mit den Männern vereinbart hatte, und sagte im Gehen: »Kommt mit zum Fluss. Ich weiß noch nicht, wie wir es machen, aber wir müssen mit Cadeyrn ins nächste Dorf. Bekelert liegt doch auf der anderen Flussseite. Kannst du schwimmen, Elis?«

»Hm, wird schon gehen«, murmelte der Mönch.

»Oder hast du eine bessere Idee, Fychan?« Sie tasteten sich leise den Abhang hinunter, dorthin, wo Meara die Sachsen und ihren Gefangenen vermutete.

»Nein. Da vorn sind sie.« Fychan gab den Hunden ein Zeichen, und Elis blieb stehen. »Gott mit dir, Meara.«

Sie schickte ein Stoßgebet zur großen Göttin, löste ihre Haare, und als sie die Sachsen flüstern hören konnte, öffnete sie ihr Oberkleid und streifte es von den Schultern. Das silberne Mondlicht fiel auf ihre helle Haut und modulierte ihre Brüste, die von ihren langen Locken umspielt wurden. Den Männern musste sie wie die Inkarnation einer Nymphe erscheinen, als sie in einem Abstand von wenigen Metern zwischen den Bäumen entlangtänzelte.

»Hast du das gesehen?«, sagte einer der Soldaten. Die Männer hockten an einem verloschenen Feuer und putzten ihre Waffen.

Im Vorbeigehen suchte sie nach Cadeyrn und entdeck-

350

te ein Bündel Mensch, das zusammengekrümmt vor einem Busch lag.

»Das war eine Frau! Eine wunderschöne nackte Frau!«

»Ros, du bist ein Idiot. Wo soll denn hier mitten im Wald eine Frau herkommen? Halt den Mund und leg dich endlich hin. Wir haben morgen eine lange Strecke vor uns«, meinte der andere, dessen breite, platte Nase und eng stehende Augen ihn als Fercos auswiesen.

Meara stand schnell atmend hinter einem Eichenstamm und drehte sich noch einmal ins Mondlicht, diesmal etwas langsamer. Sie wiegte den Kopf, so dass ihre Haare wie ein Schleier um sie herum glitten, und machte mit den Armen geschmeidige Bewegungen.

Ros starrte sie an und streckte eine Hand nach ihr aus. »Da«, stammelte er. »Schlangen sind an ihren Armen …«

Jetzt sah auch Fercos sie, ließ das Schwert fallen, das er eben noch auf seinem Schoß liegen hatte, und erhob sich. »Wenn das kein Weib aus Fleisch und Blut ist … Na los, Idiot, schnapp sie dir. Jeder von einer Seite!«

Meara stieß einen schrillen Schrei aus und sprang in den Schutz der Dunkelheit, duckte sich und zog rasch ihr Kleid über die Schultern. Kaum hatte sie sich wieder aufgerichtet, hörte sie Äste knacken, und das knirschende Geräusch von Stahl, der durch Fleisch und Sehnen fuhr. Sie rannte zu der Stelle, an der sie Cadeyrn wusste, sah, wie Fychan und Elis ihn bereits mit sich schleppten, und gab den Pferden, die schnaubten und nervös tänzelten, einen Schlag auf die Hinterteile, damit sie zumindest ein Stück weit fortliefen.

Das Stöhnen und die erstickten Schreie der Kämpfenden drangen durch den Wald, während Meara voraus zum Fluss lief. »Hier entlang, Fychan!«, rief sie, denn sie konnte sich in der Dunkelheit besser orientieren als die Männer.

351

Sie stolperten, fielen, rafften sich wieder auf, während der halb benommene Cadeyrn stöhnte und nach Kräften versuchte, seine Beine zu benutzen. Ihre Hände bluteten, die Knie schmerzten, doch endlich erreichten sie das Flussufer. Das Wasser lag schwarz und glitzernd im Mondlicht. Man konnte nicht erkennen, wie stark die Strömung war, aber sie hatten ohnehin keine Wahl und stiegen allesamt in das kalte Wasser. Die Hunde wurden sofort von ihnen weggetrieben und paddelten verzweifelt gegen die Strömung an, um sie nicht zu verlieren. Auf der gegenüberliegenden Seite waren die Umrisse von Häusern zu erkennen. Von einigen Dächern stieg Rauch auf.

Meara lag auf dem Rücken und hielt Cadeyrns linken Arm, während Fychan den jungen Mönch unter der rechten Schulter gepackt hielt und mit sich durch die Fluten zog. Mit jedem Stoß bewegten sie sich weiter vom Moel Hebog weg und auf das rettende Ufer zu. Das Gurgeln und Rauschen des Wassers um sie herum schluckte alle anderen Geräusche, das Röcheln der Sterbenden, das Wiehern der Pferde, die aufgebrachten Rufe von Auley und Gillis, die suchend zwischen den Bäumen umherirrten, bis einer der Männer ans Ufer trat. Meara erkannte die Umrisse von Auley, dem tätowierten Hünen, der minutenlang regungslos auf den Fluss starrte.

Erschöpft, zitternd und nass erreichten sie das Ufer. Bekelert war eine winzige Siedlung, die sich im Schutz des Hebog zwischen Fluss und Wald schmiegte. Die Hunde kletterten aus dem kalten Fluss und schüttelten sich. Cadeyrn stöhnte, als sie ihn ins hohe Ufergras legten, und Meara beugte sich besorgt über ihn. »Nicht sterben, hörst du? Wir sind alle hier, Fychan und sogar dein Freund Elis.«

Sie strich dem Verletzten über die Stirn, und Cadeyrn öffnete die Augen. Über seiner Augenbraue klaffte eine Wunde, die von einem Schlag herrührte. Das Flusswasser hatte die Kruste aufgeweicht, und Meara stellte erleichtert fest, dass die Wunde nicht tief war. Es dauerte einen Augenblick, bis Cadeyrn sich orientiert hatte und seine Hand nach ihr ausstreckte. Geschundene Finger berührten ihre Wange, zärtlich wie eine Vogelfeder, dann sackte sein Arm kraftlos zurück, doch ein Lächeln huschte über sein Gesicht.

»Du«, war alles, was er sagte, bevor ihm die Lider zufielen.

Meara schluckte und versuchte mit klammen Fingern sein zerschlissenes Hemd zu öffnen, das verräterische dunkle Flecken aufwies. »Was haben sie dir angetan ...«

XVII

Unter dem Schlangenmond

An die Rückreise hatte Cadeyrn nur vage Erinnerungen. Fychan und Elis hatten ihn die meiste Zeit getragen, bis seine Freunde ein Pferd auftrieben. Das sanfte Schaukeln auf dem warmen Pferderücken ließ ihn die Schmerzen in Beinen und Händen vergessen. Seine Entführer hatten ihn mit nicht enden wollender Freude und Ausdauer getreten und geschlagen. Dabei hatten sie ihm einen Fußknochen und mehrere Finger gebrochen, von den Platzwunden und Prellungen ganz zu schweigen.

Doch sein Martyrium lag hinter ihm. Fychan und Elis und … Cadeyrn riss die Augen auf und starrte in die Dunkelheit. Sie war dort gewesen. Sein rettender Engel, die Schlangenfrau, die Druidin, seine Göttin. Eine Frau aus Fleisch und Blut, sanft, weich, zärtlich und warm, und sie lag neben ihm. Wie damals, als der Schwerthieb ihn dem Tod nahegebracht hatte. Ohne ihre Hilfe wäre er gestorben. Seine Brüder hätten ihn der Gnade Gottes überlassen, einer Gnade, an der er in den vergangenen Jahren oft gezweifelt hatte. Aber war Gott nicht gnädig genug gewesen, ihm Meara über den Weg zu schicken?

Er bewegte sich nicht, wollte sie nicht wecken, die gleichmäßig atmend auf dem Strohlager vor ihm lag. Seitlich hatte sie sich zusammengerollt wie eine Katze, ihre dichten braunroten Locken flossen ihr offen über den Rücken, und er sog den süßlichen Duft ihres Haares ein. Langsam und sacht berührte er eine Strähne des glänzenden Haares. Seide, dachte er, himmlische Seide, wie es sie nur im Paradies gab. Ein Ort, an den er nicht mehr hatte glauben können.

Wie lange er geschlafen hatte, hätte er nicht zu sagen vermocht. Endlose Tage zwischen Wachen und Träumen, Fieber und Wahn und die Sehnsucht nach einem Erwachen ohne Schmerzen. Seine Hände! Er hob die Hand in einen silbrigen Streifen Mondlicht und erschrak. Das war nicht seine Hand, nicht seine kräftige, gewandte Hand, die kunstvolle Schriftzeichen hervorbrachte. Das hier war die Hand eines Krüppels, eines unnützen Überrestes Mensch. Er schluckte und versuchte, die verkrümmten Finger zu bewegen, was große Schmerzen verursachte und ihm ein Stöhnen entlockte.

Der Rhythmus ihrer Atmung veränderte sich, sie drehte sich langsam um und schlug die Augen auf. Dunkle, geheimnisvolle, weise Augen. Nicht die Augen eines jungen Mädchens, sondern die einer Frau, einer göttlichen Dienerin, wissend und mitfühlend. Ihre Lippen kräuselten sich. »Wie geht es dir, Bruder?«

Er starrte sie an, stumm, mit durstigem Blick. Ihr wohlgeformter Körper zeichnete sich unter dem dünnen weißen Hemd ab, dessen Ärmel aufgerollt waren, so dass er die Schlangen an ihren Oberarmen sehen konnte. Sie wanden sich ekstatisch umeinander, und er spürte, wie ihm das Blut in die Lenden schoss. Beschämt senkte er den Blick und wollte seine verkrüppelte Hand fortziehen, die wie anklagend zwischen ihnen lag.

Doch sie lächelte, streichelte zuerst seine Hand und dann sein Gesicht. »Kein Fieber mehr, Bruder.«

Seine Stimme klang fremd und heiser, als er antwortete: »Nicht. Ich bin kein Bruder. Nicht mehr.«

»Du meinst, weil sie dich aus deinem Clas verstoßen haben?« Sie hielt seine Hand und begutachtete die gebrochenen Finger. »Den mittleren kann ich dir richten. Das tut weh, aber dann kannst du wieder schreiben. Sie warten auf dich, auf Ynys Enlli.«

Er zitterte, als sie seine Finger an ihre Lippen führte und küsste. »Warum?«

»Ich mag den Geschmack deiner Haut.« Ihre langen Wimpern senkten sich, und als sie sie hob, waren ihre Augen unergründliche dunkle Seen.

»Nein«, murmelte er. »Warum hast du mich gepflegt? Zum zweiten Mal?«

»Ich bin eine Heilerin, das ist meine Aufgabe.«

Sein Atem ging schneller. »Was, was tust du …?«

Sie drückte ihn sanft auf den Rücken und öffnete sein Hemd. Dann streifte sie sich ihres über den Kopf und setzte sich rittlings auf ihn. Ihr starker und dennoch sanft gerundeter weiblicher Körper wurde in kühles Mondlicht getaucht, und die Schlangen an ihren Armen tanzten. »Heute Nacht herrscht der Schlangenmond, und wir sind nichts als Geschöpfe der Erde.«

Mit jeder ihrer Bewegungen und Liebkosungen schien ein Teil seiner schmerzhaften Last von ihm abzufallen. Sie zu beobachten, wie sie sich wand und bog, ihre knospenden Brüste zu berühren, den festen Bauch zu küssen und ihr Gesäß zu spüren, wie es sich rhythmischer bewegte und ihm langsam jeden Gedanken aus dem gemarterten Hirn trieb, war seine Erlösung. Trotz des ekstatischen Rausches ihrer Leidenschaft spürte er den Widerstand in ihr, zögerte, wollte sie nicht verletzen, ihr keinen Schmerz zufügen, doch für ein Zurück war es längst zu spät, sie hatte lange vor ihm entschieden.

Erschöpft sackte er schließlich zurück und hielt ihren Körper fest umschlungen. Er strich ihr über den Rücken, die Wirbel, die festen Gesäßmuskeln und wollte nicht, dass sie sich je wieder von ihm löste. Sie war warm und tröstlich, weich und verschlingend und hatte ihm gezeigt, wonach er all die Jahre gesucht hatte und was kein Gott ihm jemals schenken konnte. Er hatte schon früher Erfahrungen mit Frauen gehabt und den Akt der Vereinigung genossen, eine körperliche Verausgabung, ein kurzer Moment der Leidenschaft, der verglühte und ihn mit dem schalen Nachgeschmack einer gewissen Unzufriedenheit zurückgelassen hatte. Sie zu berühren, sie halten zu dürfen, ihren Herzschlag an seiner Brust zu spüren durchflutete ihn mit einer nie gekannten inneren Ruhe und einem Gefühl nicht enden wollenden Glücks.

Obwohl er es hätte sein müssen, der sie vor den bösen Kräften der Welt schützte, war sie es gewesen, die ihn gerettet hatte, erneut. Er schluckte, und eine Träne stahl sich aus seinem Auge. Sie rutschte neben ihn und stützte sich auf einen Ellbogen, um ihn anzusehen.

Mit gerunzelter Stirn sagte sie: »Wolltest du es nicht? Tut es dir leid, weil du deine Gelübde gebrochen hast?«

Cadeyrn schüttelte den Kopf. »Das ist eine Träne des Glücks, Meara. Ich kann meine Gelübde nicht brechen, weil sie mir nie das bedeutet haben, was sie einem wahrhaft Gläubigen bedeuten sollten. Ich liebe Gott nicht so sehr, wie ich dich liebe, Meara.«

Ihre Augen weiteten sich, und ein Lächeln trat auf ihr schönes Gesicht, das heute Nacht weich und lieblich schien. »Dann gehst du nicht zu den Mönchen zurück?«

»Willst du das denn?« Ihr Arm lag auf seiner Brust, und ihre Haare umflossen ihren Körper.

357

»Ich verlange nichts von dir. Was ich dir gebe, ist ein Geschenk der großen Göttin, der ich diene. Ich unterwerfe mich nur ihrem Willen und werde niemals einem fremden Gott huldigen. Kannst du das akzeptieren?« Ihr Blick war ernst geworden.

»Wir finden einen Weg für uns, Meara, denn alles könnte ich ertragen, nur nicht, dich zu verlieren.«

Diesmal füllten sich ihre Augen mit Tränen, und als er sie küsste, schmeckte er das Salz ihrer Liebe.

Die Sonne des sich neigenden Maimonats brannte warm auf die Lichtung am Mynydd Anelog, während Cadeyrn Feuerholz hackte. Der Tag schien friedlich. Doch die Angst vor den Sachsen saß tief, auch wenn er wusste, dass die beiden Wegelagerer sie getötet hatten. Meara war zu Fychan ins Dorf gegangen, um Neuigkeiten zu erfahren. Der König lag im Sterben, und alle warteten darauf, dass er seinen Nachfolger bestimmte. Und wo stand Æthelfriths Heer jetzt? Denn wo Æthelfrith war, da war auch Alpin, Cadeyrns erklärter Todfeind.

Mit einem letzten kräftigen Schlag spaltete er ein Scheit, wischte sich den Schweiß von der Stirn und schlug die Axt in den Baumstumpf. Er streckte sich, wobei einige Partien seines geschundenen Körpers noch immer schmerzten, doch er hatte überlebt. Er konnte sein Glück noch immer nicht fassen. Diese ungewöhnliche, schöne und geheimnisvolle Frau hatte sich auf den Weg gemacht, um ihn zu retten. Inzwischen wusste er, wie sich alles zugetragen hatte, und konnte noch weniger verstehen, warum sie diese Gefahr auf sich genommen hatte. Aber er wollte alles in seiner Macht Stehende tun, um sich ihre Zuneigung zu verdienen. Sie, die Ungläubige, die Barbarin, hatte ihm gezeigt, was Treue, Ehre und Liebe bedeuteten. Mit ihrer Brosche hatte sie das Pferd bezahlt. Und waren es nicht ebendiese Werte, die der Großteil der Vertreter seines Glaubens predigte, aber nicht lebte? Es gab Ausnahmen wie den seligen Abt Dinoot, aber viele andere hatten ihn bitter enttäuscht.

Er wusste noch immer nicht, was er von Elis halten sollte. Anfangs hatte er ihm vertraut wie einem Bruder, einem Freund. Dann hatte er mitansehen müssen, wie sich der junge Mann unter dem Einfluss von Braen verändert hatte. Doch mit dem selbstlosen Einsatz zu seiner Rettung hatte Elis ihn wiederum überrascht. Und dennoch blieben Zweifel an seinen Motiven. Cadeyrn konnte Elis nicht durchschauen, die Zeit würde zeigen, was für ein Mensch er wirklich war.

Cadeyrn sog tief die Luft ein, schloss die Augen und hörte die Enten, die Hühner und Ziegen, die Möwen, die über den Klippen kreisten, und die Krähen, diese dunklen Gesellen des Waldes. Die See schlug hinter dem Hügel gegen die Klippen, rumorte, wütete, liebkoste die Felsen und den Strand. Er liebte das ewig neue Spiel der See, die Urgewalt des Wassers, über die sich niemand jemals zum Herrn aufspielen sollte, weil er diesem Gegner nicht gewachsen war.

Hier am Berg Anelog, in der Hütte der Druidentochter, hatte er seine Heimat gefunden, eine Heimat für seine gequälte Seele und den gemarterten Leib, und für beides war seine Geliebte die einzige Heilung.

Langsam schritt er durch das saftige Gras zu dem kleinen Bachlauf. Am steinigen Ufer sank er auf die Knie, biss die Zähne zusammen, als ihm der Schmerz durch die Beine fuhr, und tauchte die Hände in das kühle, klare Wasser. Das Wasser schmeckte süßlich, und er ließ es über Gesicht und Oberkörper rinnen.

Ein langer Schatten fiel vor ihm über den Bach.

Erschrocken warf Cadeyrn den Kopf nach hinten, so dass das Wasser spritzte. Er schüttelte sich wie ein Hund und stand etwas mühsam auf. »Braen«, murmelte er.

Der große Mönch stand regungslos auf der anderen Seite des Baches und starrte ihn aus zusammengekniffenen Augen an. Die vernarbte Gesichtshälfte zuckte, und sein von Natur aus schiefer Mund verzog sich hässlich nach unten. »Man spricht von einem Wunder ...«, sagte er, und sein hämischer Blick streifte Cadeyrns verkrüppelte Hände.

Zorn wallte in ihm auf, doch Cadeyrn wollte ihm diese Genugtuung nicht gewähren. Stattdessen fuhr er sich mit den Händen durch die Haare, die dicht und lang geworden waren. »Ein Wunder wiegt einen Verrat auf.«

Der Mönch schob das Kinn vor. »Ich habe dich nicht verraten. Das meinst du doch?«

»Wer dann? Elis und der Abt sicher nicht, und sonst weiß niemand von meiner Herkunft. Nur du hast immer wie ein Dieb hinter den Türen gelauscht.« Cadeyrn taxierte seinen Gegner. Trotz seiner Verletzungen war er dem grobschlächtigen Mann an Gewandtheit und Kampferfahrung überlegen. Unbewusst machte er sich bereit, einen Angriff abzuwehren.

Doch Braen machte einen Schritt nach hinten. »Gewalt ist gegen die Worte des Herrn, Cadeyrn.«

»Lüge und Verrat ebenfalls!«

»Ist es Verrat, wenn ich ausspreche, was die Wahrheit ist, und ist es eine Lüge, wenn ich diese Wahrheit dem Vater Abt offenbare, damit er das Wohl der Gemeinschaft schützt? Bist nicht du es, der uns in Gefahr gebracht hat, weil du dich bei uns versteckt hast?« Erhobenen Hauptes stand Braen am Rande der leicht abfallenden Wiese.

Von der Waldseite waren Pfiffe und Rufe zu hören. Fychan

kam mit seinen Schafen und in Begleitung von Meara zurück. Cadeyrn schämte sich seiner Erleichterung.

»Die Männer hätten nie erfahren, dass ich auf Enlli war, wenn du es ihnen nicht gesagt hättest, das ist der entscheidende Punkt. Durch deinen Verrat hast du die Brüder erst ins Visier der Mörder gebracht. Du wusstest, dass sie vor nichts zurückschrecken würden, und hast Opfer in Kauf genommen. Und das hast du nur getan, weil du neidisch auf meine Schreibkunst und meine Sprachkenntnisse bist.«

Die Narben auf Braens Wange zuckten unkontrolliert. »Nein! Der Herr sei mein Zeuge, das ist nicht wahr!« Es mangelte seinen Worten jedoch an Überzeugungskraft.

»Und doch ist es so, Bruder Braen. Du warst schon in Bangor eifersüchtig. Abt Dinoot hat mich aufgenommen und war mir ein Vater, als ich einen mitfühlenden Menschen am meisten brauchte, und er war mir ein geistiger Lehrer, als ich in einer Sinnkrise steckte. Er hat mir den Weg gewiesen, aber mich nie den anderen vorgezogen. Das hast du nicht begriffen, weil du immer ein ichbezogener Geist sein wirst. Du sündigst in Gedanken und in deinen Handlungen, Bruder.« Cadeyrn schleuderte seinen letzten Trumpf aus. »Und ich schwöre beim Grab meiner Mutter, dass du den Sachsen aufgetragen hast, mir die Hände zu zerschlagen.«

Braen sog zischend die Luft ein, stolperte, fiel zu Boden, raffte seine Kukulle und stierte Cadeyrn an. »Und wenn es so ist. Nichts davon kannst du beweisen, und du wirst mich nicht von Enlli vertreiben! Niemals! Elis wird bestraft werden für seinen Ungehorsam, dafür werde ich sorgen!«, kreischte er. »Du bist ein Ausgestoßener, und du treibst Unzucht mit einer Barbarin!«

Cadeyrn lachte. »Und du glaubst, deine Widerwärtigkeiten verletzen mich? Die Regeln der Mönche haben ihre

Macht über mich verloren, Braen. Schnell, lauf zurück und wirf dich vor dem Kreuz auf den Boden, bete, bis deine Knie wund sind, und hoffe auf Erlösung von deinem ärmlichen Dasein. Und ich müsste mich sehr in Abt Mael täuschen, wenn er einen Mönch bestraft, der sein schuldbeladenes Gewissen durch eine gute Tat erleichtern wollte.«

»Ich werde dafür sorgen, dass du von hier verschwindest, denk an meine Worte, Cadeyrn«, murmelte Braen drohend.

Die Rufe kamen näher, und ein schwarz-weißer Hund sprang über den Bach auf Cadeyrn zu. »Gof, du zotteliges Untier.« Freundlich tätschelte Cadeyrn den Hütehund.

Meara hatte ihren Schritt bereits beschleunigt, doch bevor sie zu ihnen stoßen konnte, eilte Braen bereits den Hügel in entgegengesetzter Richtung hinunter.

Atemlos sprang sie über den Bach und Cadeyrn in die Arme. »Was wollte der Teufel von dir? Bist du verletzt?«

Cadeyrn presste sie kurz an sich und küsste sie auf die Stirn. »Nein. Er hat sich nur aufgeplustert und wollte mich einschüchtern. Sollte ich nach Enlli gehen, dann nur, um Elis zu helfen, aber ich glaube nicht einmal, dass er meiner Fürsprache bedarf.«

»Elis hat sich geändert seit unserer ersten Begegnung. Anfangs hatte ich den Verdacht, er wolle dafür Sorge tragen, dass die Befreiung scheitert, aber er hat sich als Freund erwiesen. Braen hat seinen Einfluss auf ihn verloren.« Sie warf sich ihren langen Zopf über den Rücken und strich über seinen rechten Arm. »Wie geht es deiner Hand?«

»Ich habe Holz gehackt, und die Axt lag fest in meinen Händen. Vielleicht ist ein erneutes Brechen des Fingers nicht notwendig. Schließlich will ich keine Abschriften mehr machen.«

Der Schäfer trat mit einem großen Sack zu ihnen. »Ich

bring dir das Zeug in die Hütte, Meara. Ey, Cadeyrn. Hat sie es dir gesagt? Hier bist du sicherer als sonst wo.«

»Fychan, ich danke dir!«

Der Schäfer nickte nur und trollte sich mit seiner Last, gefolgt von seinem Hund. Die Schafe begannen auf der Wiese zu grasen.

»Was meint er, Meara?«

»Der König ist seinen Verletzungen erlegen und wurde auf Ynys Môn beigesetzt. Sein Sohn, Cadfan ap Iago, ist der neue König, und er ist treuer Anhänger deines Glaubens. Er wird sich Æthelfrith nicht unterwerfen, sondern hat sich mit Raedwald von East Anglia verbündet, und es wird zu einer großen Schlacht kommen. Dein König Edwin wird siegen.« Die letzten Worte sprach sie leise und mit Bedacht aus.

»Wie kannst du das wissen?«

Ihre großen dunklen Augen blickten ihn an. »Die Zeichen haben es mir gesagt. Was wirst du tun? Du hast deine Glaubensgemeinschaft verlassen. Willst du zum Schwert greifen?«

Schweigend griff er nach ihrer Hand, zog sie an sich und schlang die Arme um sie. »Ich werde den Weg gehen, der mir vorherbestimmt ist.«

Ein Schwarm Krähen zog über ihnen vorbei, zerstob jedoch, als ein Raubvogel dazwischenstieß.

»Danke, große Göttin«, murmelte Meara an seiner Brust.

XVIII

Tochter des Mondes,
Anno Domini 617

Nicht sterblich ist die Seele;
von dem früheren Sitz geschieden,
lebt sie fort und bezieht
die neu ihr verliehene Wohnstatt.

Ovid

»Große Göttin, schenke uns die Kraft des Himmels, das Licht der Sonne und den Strahl des Mondes, segne uns mit dem Glanz des Feuers, der Schnelligkeit des Windes, der Festigkeit der Erde und der Standhaftigkeit des Felsens«, murmelte Meara ihren morgendlichen Schutzzauber, während sie ihre kleine Tochter säuberte und ankleidete.

Cadeyrn saß derweil an seinem Pult, auf dem eine Schriftrolle lag, und beobachtete seine kleine Familie voller Liebe und Stolz. »Du bist wunderschön, Meara, und unsere Tochter auch, weil sie dein Ebenbild ist.«

Das Kind machte leise Schmatzgeräusche, spitzte die Lippen und streckte die Ärmchen nach seinem Vater aus. Meara erhob sich und reichte ihm lächelnd das kleine Bündel. »Sie weiß, dass du sie vergötterst. Wie soll das nur werden. Du wirst Eirlys zu einer kleinen Prinzessin verziehen.«

Sie hatten ihre Tochter Eirlys, Schneeflocke, genannt, weil bei ihrer Geburt im Februar große Schneeflocken sanft zur Erde geschwebt waren. Eirlys war unter dem Schlangenmond gezeugt und bei ihrer Geburt von den Schneegeistern beschützt worden. Meara hatte für ihre Tochter in die Zukunft gesehen und wusste, dass die Götter ihr wohlgesinnt waren. Doch was für Eirlys galt, traf nicht zwangsläufig auch auf ihre Eltern zu.

Mehr als ein Jahr war vergangen, seit sie Cadeyrn aus den Händen der Sachsen befreit hatten, und vieles war geschehen. Raedwald von East Anglia hatte seine Truppen gesammelt und war mit Edwin, der bei ihm Schutz gesucht hatte, gegen den Usurpator Æthelfrith gezogen. Am Fluss Idle war es im Sommer des vergangenen Jahres zur entscheidenden Schlacht gekommen. Auf seinem Weg in den Norden hatten sich Edwin zahlreiche Getreue angeschlossen, denn der grausame Æthelfrith war bei allen westlichen Königreichen verhasst.

Jede neue Nachricht über den Verlauf des Krieges hatte Cadeyrn erblassen lassen, und Meara spürte, wie gern er seinem einstigen König mit dem Schwert zur Seite gestanden hätte. Doch Cadeyrns Gesundheit war noch immer angeschlagen, und er sagte mehrfach, dass er Gewalt verabscheute. Nein, Cadeyrn war weder ein Krieger, noch war er länger Mönch. Auf Enlli war er nicht wieder gewesen, doch eines Tages hatte Elis ihm mit dem Segen von Abt Mael die Schriftrolle überreicht, an deren Übersetzung Cadeyrn zuletzt im Clas gearbeitet hatte. Daran geknüpft war die Bitte, Cadeyrn möge mit der Übersetzung fortfahren, auch wenn er den Brüdern von Enlli nicht länger angehörte. Diese Geste hatte den Abt in Mearas Achtung steigen lassen. Die geistige Arbeit erfüllte Cadeyrn, stundenlang konnte er sich mit vertrackten Formulierungen des Griechischen oder Lateinischen befassen.

Eine entscheidende Wende in ihrem Leben hatte der Tod König Æthelfriths im letzten Spätsommer gebracht. Ein tödlicher Schwerthieb hatte die Herrschaft und den Bann

Æthelfriths gebrochen. Doch erst, als auch die Nachricht vom Tod seines Heerführers Alpin bis zum Mynydd Anelog drang, hatte Cadeyrn sich verändert. Eine tiefsitzende Furcht war endlich von ihm gewichen. Nun musste er nicht länger die Rache Alpins fürchten und sich schuldig fühlen, dass er Gefahr über seine junge Familie brachte.

Edwin war weiter nach Norden gezogen und hatte mit Raedwalds Hilfe die Herrschaft über Deira und Bernicia gewonnen, während Æthelfriths Söhne Oswald und Eanfrith sich in den wilden Norden zu den piktischen Stämmen hatten flüchten müssen. Der Eroberungsdrang des einstigen Exilanten war noch nicht gestillt, doch es schien, dass die südlichen Könige ihm wohlgesinnt waren.

Eirlys brabbelte vor sich hin, und Cadeyrn hielt sie verzückt auf dem Schoß. »Ich bin neugierig, in welcher Sprache sie ihr erstes Wort sagt.«

»In der alten Sprache. Ich werde sie zur Druidin ausbilden.« Für Meara war diese Entscheidung selbstverständlich und unantastbar. Ihre Tochter würde das Erbe ihrer Familie weitertragen.

»Aber sie soll auch Latein lesen und schreiben können. Das wird ihr in der Welt helfen. Sie ist ein kluges Mädchen, unsere Eirlys, nicht wahr?« Cadeyrns blonde Locken fielen ihm über die Schultern, und er sah seiner Tochter, die noch die rötlich blonden Kinderlocken hatte, sehr ähnlich.

Meara legte ihm die Arme um die Schultern. »Du bist ein guter Mann, Cadeyrn. Du schätzt kluge Frauen und verdammst den alten Glauben nicht.«

Er drehte leicht den Kopf und küsste sie. »Ich wäre ein dummer Mann, wenn ich das täte. Leider gibt es in jeder Gemeinschaft solche und solche. Man kann nur hoffen, dass die Fanatiker keine Machtstellung erlangen.«

»Du denkst an Braen?« Sie strich ihrer Tochter über die runde Wange und ging zu ihren Kräutern, die an einem Balken zum Trocknen hingen. Es bereitete ihr Freude, die Dornenzweige der Schlehen zu schneiden und ihrem Gefährten bei der Zubereitung der Tinte zu helfen.

Er war ihr Gefährte und ihr Geliebter, ihr Freund und Vertrauter und der Vater ihrer Tochter. Sie bedurften keiner Zeremonie, um ihre Verbindung rechtsgültig zu machen, denn sie würde seinen Glauben nicht anerkennen, und obwohl er nicht abgeneigt war, ihren Göttern zu huldigen, verlangte sie es nicht von ihm. Die Dorfbewohner hatten akzeptiert, dass die Heilerin und der Mönch zusammenlebten, und kamen zu ihnen, wenn sie Hilfe benötigten. Mearas Ruf lockte zahlreiche Kranke an den Berg Anelog. Und es sprach sich ebenso herum, dass es dort einen schriftkundigen Gelehrten gab, der den Menschen beim Lesen und Schreiben von Nachrichten behilflich war.

»Nicht nur an Braen. Die Brüder werden ihn wohl nicht zum Abt wählen, denn er ist nicht beliebt. Er verbreitet Angst und sät Zwietracht, ein solcher Mensch ist kein guter Vater für eine Gemeinde.« Cadeyrn seufzte und drückte seine Nase in Eirlys Bäuchlein, woraufhin sie juchzte und kicherte. »Mehr Sorgen bereitet mir die römische Kirche, die immer größeren Einfluss gewinnt. Sogar Edwin hat verlauten lassen, dass er sich ganz dem neuen Glauben zuwenden will. Er herrscht im Norden, und keiner weiß besser als du, dass dort der alte Glaube noch weit verbreitet ist. Das wird zu Hass und Blutvergießen führen.«

»Warum können nicht alle Götter nebeneinander existieren?« Meara erwartete keine Antwort auf diese Frage, und Cadeyrns Blick sagte mehr als Worte.

Die Monate vergingen. Sie feierten die Wintersonnenwende, den Beginn des lang ersehnten Frühlings, und Beltane hatte vor wenigen Wochen das Sommerhalbjahr eingeläutet. Eirlys konnte bereits laufen, und ihr erstes Wort war Gof gewesen, sehr zur Freude von Fychan, der sie noch immer regelmäßig besuchte.

Meara hatte die Nacht vor dem diesjährigen Mittsommerfeuer im Wald verbracht und die Rituale ihrer Vorväter zelebriert. Doch die heutige Nacht gehörte den Menschen und ihrer unbändigen Freude und Dankbarkeit für die Kraft der Sonne, die ihnen Leben und am Ende des Sommers eine reiche Ernte und fette Tiere bescheren würde. Sie hatte die Menschen am Anelog dazu ermuntert, die alten Bräuche aufleben zu lassen und das Leben zu feiern. Bruder Martin war im vergangenen Winter verstorben, und sein Platz war von Veracius, einem jungen Mönch aus dem Süden, übernommen worden.

Hand in Hand gingen Meara und Cadeyrn von ihrer Hütte, in der Eirlys' Schlaf von Gof bewacht wurde, durch die warme Juninacht, um sich die Feuer anzusehen. Sogar Elffin und die anderen Fischerfamilien waren vom Daron zu ihnen heraufgekommen, um die brennenden Räder von der Spitze des Anelog ins Tal zu rollen. Es war seit jeher Brauch, große Holzräder mit Stroh zu umwickeln, um sie anzuzünden und dann die glühenden Scheiben durch die Nacht schnellen zu sehen. Von Ynys Enlli war nur Elis herübergekommen. Der Mönch erwartete sie am Fuße des Berges direkt neben dem Bierfass, das Fychan mit Anryn, dem Schmied, hergeschafft hatte.

Elis' rote Wangen ließen darauf schließen, dass er dem Inhalt des Fasses bereits zugesprochen hatte. Fröhlich winkte er ihnen zu. Aus dem verschüchterten, den alten Bräuchen eher feindselig gesinnten Mönch war ein freundlicher junger Geistlicher geworden, dem sich die Menschen gern anvertrauten.

»Sieh dir Elis an, Meara. Das ist der Bauernsohn, mit dem ich in Bangor befreundet war. Bei Gott, ich freue mich, dass er sich von Braens teuflischem Einfluss befreit hat.« Cadeyrn ließ ihre Hand nicht los, denn in dieser Nacht gab es keine Grenzen.

Die Menschen tanzten, sangen, berauschten sich an Starkbier und süßen Kräutern. Manch ein Liebespaar sprang Hand in Hand durch eines der großen Feuer. Der Sprung durch die Lohe sollte Leib und Seele reinigen und Gesundheit bringen.

Meara spürte Cadeyrns bewundernde Blicke, die sie immer wieder streiften, und war sich ihrer Schönheit bewusst. Seit sie Eirlys zur Welt gebracht hatte, war ihr Körper runder und weiblicher geworden, und sie liebte es, wenn Cadeyrn zu ihr kam und ihr seine Liebe auf jede nur erdenkliche Weise zeigte. Eine neue Kraft war in ihr erwacht, die Stärke der wissenden, liebenden Frau und Mutter. Ein neues Gefühl, das sie erfüllte, sie aber gleichzeitig ihre Mutter Nimne noch schmerzlicher vermissen ließ.

Mearas lange Haare fielen offen über ihr weißes Gewand, das von einer Brosche gehalten wurde. An ihrem Gürtel trug sie die goldene Sichel und ihren Dolch, und ein Ring, den Cadeyrn ihr geschenkt hatte, zierte ihre Hand. Elis' Blick machte sie verlegen und stolz zugleich.

»Eh, Mund zu, Bruder!« Cadeyrn versetzte Elis einen leichten Klaps auf die Wange, so dass dieser errötete.

»Cadeyrn, Meara, Gott segne euch! Bei der Heiligen Jungfrau, du bist die schönste Frau, die ich je gesehen habe, und der Blitz treffe mich, wenn das nicht die Wahrheit ist.« Ängstlich schaute Elis zum Sternenhimmel.

»Hör sich einer unser Mönchlein an. Er schämt sich nicht, die Schönheit der Weiblichkeit zu rühmen.« Cadeyrn lachte.

In der Nähe wurden Trommeln geschlagen, und jemand begann zu singen. Eine Flöte gesellte sich dazu, und der Tanz um eines der Feuer begann. Elis schaute sehnsuchtsvoll den ausgelassenen Leuten zu, verharrte jedoch an seinem Platz. Er hinkte noch immer und verweigerte nach wie vor jede Hilfe von Meara, die nicht ganz klug aus dem jungen Mann wurde, der sich dem geistlichen Leben verschrieben hatte und oft zerrissen und melancholisch wirkte.

»Der Vater Abt sendet seine Grüße, Cadeyrn, und lässt dir sagen, dass er einen weiteren Auftrag für dich hat. Er erwartet eine Schenkung von einem Edlen aus Caernarfon und wünscht sich, dass du dir die Schriften ansiehst. Er bedauert sehr, dass du nicht in die Gemeinschaft zurückkehren willst«, versicherte Elis mit Nachdruck.

Cadeyrn legte die Hand um Mearas Hüfte und zog sie an seine Seite. »Solange Braen dort ist, werde ich Enlli nicht besuchen. Und für das Leben als Mönch bin ich nicht geschaffen, Elis, das war ich nie. Meine Liebe zu Gott ist deshalb nicht geringer geworden, auch wenn ihr das nicht verstehen könnt. Man kann Gott oder den Göttern auf vielerlei Weise dienen.«

Elis bekreuzigte sich hastig bei der Erwähnung der Götter.

»Macht dir die große Muttergöttin Angst, Elis? Warum, frage ich mich, wo wir doch alle ihrem Schoß entkriechen.« Meara lächelte ihn freundlich an, spürte jedoch, wie er sich von ihr distanzierte.

Meara berührte mit den Fingern leicht sein Kinn. Er zuckte zurück, als hätte man ihn mit einer Fackel gebrandmarkt. »Sieh in das Feuer, Elis, und sag mir, was du fühlst«, murmelte sie mit dunkler Stimme.

Der Mönch atmete schneller und machte einen ungelenken Schritt auf die Tanzenden und das lodernde Feuer zu. Die Trommeln und Gesänge schwollen an, und Elis warf den Kopf nach hinten. Sie sah, dass seine Augäpfel unter den geschlossenen Lidern hin und her rollten, und ein Stöhnen entrang sich seiner Kehle. Sein Unterkörper machte zuckende Bewegungen, und fast schien es, als wollte er sich den Tanzenden anschließen, doch plötzlich erwachte er aus dem tranceähnlichen Zustand, und ein böses Flackern glomm in seinen Augen auf. Nur für einen winzigen Moment, doch lange genug, dass Meara es erkennen konnte und wusste, wovor Elis sich fürchtete.

Cadeyrn, der von alldem nichts mitbekommen hatte, weil er begeistert den Tanzenden zusah, schlug seinem ehemaligen Bruder auf die Schulter. »Ist es nicht schön zu sehen, wie die Menschen sich freuen? Bei aller Mühsal des Lebens haben sie es verdient, diese Sommernacht zu feiern und alles andere zu vergessen. Gott versteht das, Elis.«

»Gott kennt seine Sünder, und Gott verlangt Gehorsam, Cadeyrn. Nur der Demütige erlangt Erleuchtung und findet Eingang in das Paradies.« Elis' Worte klangen hart und wirkten fehl in dieser Umgebung.

»Ach, jetzt spiel nicht den Erzengel, Elis, das passt gar nicht zu dir. Ich dachte, wir wären wieder Freunde, wie damals in Bangor. Komm, trink noch ein Bier!« Cadeyrn ging zum Fass und tauchte einen Becher hinein, den er Elis reichte.

Der Mönch zögerte, griff dann jedoch zu und grinste. »Gottes Segen!« Er leerte den Becher in einem Zug, wobei das Bier an seinen Mundwinkeln herablief und auf sein Gewand tropfte, wo sich die Tropfen zu einer totenkopfähnlichen Maske verbanden.

Meara blinzelte, um die Vision zu vertreiben, doch die düstere Vorahnung blieb.

20

Das Bardsey-Kreuz

Die Schlechtwetterfront hatte sich gehalten, und für das Wochenende war sogar ein Sturm angekündigt worden. Lilian hatte überlegt, nicht nach Portmeirion zu fahren und die Verabredung mit Collen zum Konzert abzusagen. Doch dann war sie dem noch immer mürrischen Marcus begegnet und hatte beinahe trotzig verkündet, dass sie sich trotz der Unwetterwarnung auf den Weg machen werde. Die Bäder waren bis auf eines fertig geworden, und auch ihr Dachboden sah der Vollendung entgegen. Nur mit dem neuen Fenster hatte es Probleme gegeben, denn eine Scheibe war bei der Anlieferung gesprungen und provisorisch durch eine Spanplatte ersetzt worden. Der Fußbodenbelag in zwei Gästezimmern entsprach nicht ganz der bestellten Qualität, aber dafür hatte es eine Preisreduzierung gegeben. Dennoch war Lilian mit den Arbeiten in ihrem Cottage hochzufrieden.

Die Freude über die baldige Eröffnung ihres kleinen Refugiums überwog auch den Kummer über Fionas Verhalten und die unangenehmen Spannungen zwischen ihr und Marcus. Sie wusste einfach nicht, ob sie sich über sein Interesse an ihr freuen sollte oder nicht, und das lag nicht an ihm, sondern an ihr. Die Signale, die sie aussendete, waren anscheinend nicht eindeutig, und das war nicht fair. Dazu kamen das Geheimnis von Mae Lagharn und die Briefe von Rebecca Morris, die Lilian sehr berührt hatten. Sie hatte noch keine Zeit gefunden, erneut zur Schmugglerhöhle zu gehen, und im Grunde erwartete sie sich von einer Suche dort nichts. Sie war nicht die Erste, die die Höhle entdeckt hatte, und ein Manuskript wäre dort sicher irgendwann gefunden worden.

Es hatte zu regnen begonnen, und der Wind trieb die Tropfen gegen die Scheibe. Die Scheibenwischer flogen bald auf höchster Stufe hin und her, um freie Sicht zu schaffen, und Lilian musste ihre Gedanken ganz auf die regennassen, engen Straßen konzentrieren. Es war lange her, dass sie sich so viel Mühe mit ihrem Äußeren gegeben hatte. Die dichten braunroten Locken fielen ihr über den Rücken, und sie trug ein schwarzes Shirt und dunkle Jeans. Auf dem Rücksitz lag ihre Lederjacke im Bikerstil, eine Erinnerung an Kanada.

Im Radio lief ein Bericht über den Dichter R. S. Thomas. Jemand las das Gedicht über den Mond von Llŷn, das auch Marcus zitiert hatte. »*Why so fast, mortal?*« Warum so schnell, und Lilian musste an Chris und Taylor denken, die auf Enlli heilende Entschleunigung gefunden hatten. Wenn man anfing, über das Vergehen von Zeit nachzudenken, wurde man verrückt oder depressiv oder … Lilian war gerade durch Sarn Mellteyrn gefahren, sah ein Ferienhaus, an dessen Wintergarten eine Windböe gefährlich rüttelte, und nahm den Fuß vom Gas. Sie hatte die Terrassentür nicht verschlossen! Fizz war noch draußen gewesen, aber zur Haustür hereingekommen, und jetzt stand die Tür offen.

Sie seufzte und sah zu ihrem Hund, der entspannt auf dem Beifahrersitz lag. »Ist nicht deine Schuld, aber ich bekomme keine Ruhe, wenn ich weiß, dass die nächste Böe vielleicht die Tür aufstößt und den Regen in unser hübsches Cottage treibt. Also, zurück.« Der Umweg würde sie eine gute halbe Stunde kosten, aber mit etwas Glück schaffte sie es gerade noch rechtzeitig zum Konzertbeginn.

Durch den wolkenverhangenen Himmel war es dunkler als normalerweise am frühen Abend. Das Meer donnerte rund um die Halbinsel gegen die Felsen, und die Luft war würzig und salzgetränkt. Es fuhren einige Wagen nach Aberdaron, denn das Restaurant vom Sandcastle genoss einen guten Ruf. Doch je näher sie ihrem Cottage kam, desto seltener begegnete sie einem Fahrzeug. Entlang der einspurigen Straße, die mehr ein Feldweg war, hingen Zweige und lange Gräser auf die Fahrbahn und streiften ihren Wagen. Eine riesige dunkelgraue Wolke stand direkt über ihrem Cottage, dunkles Donnergrollen erklang. Gleich würde es blitzen. Zurückzukehren war eine gute Entscheidung gewesen, dachte Lilian grimmig und parkte vor dem Cottage. »Du bleibst so lange hier, Fizz.«

Sie zog sich die Jacke über den Kopf und rannte durch den Regen zur Haustür. Kaum hatte sie die Diele betreten, spürte sie bereits den Luftzug. Sie fluchte und lief durch das Wohnzimmer in den Wintergarten, wo die Sprossentür im Wind hin und her schwang. Natürlich fegte der Wind vom Meer herüber und hatte die Nässe bereits ins Haus getrieben. Auf dem Fußboden hatte sich eine Wasserlache gebildet, die dem neu verlegten Bodenbelag nicht guttun konnte. Lilian sah sich nach einem Tuch um und ging in die offene Küche. Und da spürte sie es. Sie war nicht allein!

Und waren da nicht nasse Fußabdrücke im Wohnzimmer gewesen? »Hey, Jo? Marcus? Seid ihr das?«

Es hatte kein Wagen vor dem Haus gestanden, und keiner der beiden würde zu Fuß hier heraufkommen. Nur jemand, der seine Anwesenheit verbergen wollte, hätte seinen Wagen versteckt geparkt und sich Zutritt zum Cottage verschafft. Die offene Tür war eine regelrechte Einladung gewesen!

Lilian griff nach einem Küchenmesser und horchte ins Haus – alles blieb ruhig. Ihre Nackenhaare stellten sich auf, kalter Schweiß rieselte ihren Rücken hinunter. Ihr Notebook lag auf dem Tisch. Sonst gab es nur noch Farbeimer und Werkzeuge, auf die es wohl kaum jemand abgesehen hatte. Der Stein! Sie ging in den Durchgang hinter der Küchenzeile und sah es sofort: Jemand hatte tatsächlich versucht, den Stein herauszubrechen, war jedoch an dem soliden Mauerwerk gescheitert. Sie ging in die Hocke, sah den herausgeschlagenen Mörtel und tastete den Stein ab, der jedoch unverrückbar an seinem Platz saß. Verflucht, warum hatte sie Fizz im Wagen gelassen, der Terrier hätte den Einbrecher sofort aufgestöbert.

Das Unwetter übertönte alle Geräusche im Haus. Es war schwer zu sagen, ob nur der Wind am Dach rüttelte, die Äste an den Fensterscheiben kratzten oder jemand oben herumschlich. Lilian wollte sich erheben, doch ein dumpfer Schlag auf den Kopf ließ sie zu Boden sacken. So fühlt es sich also an, wenn man das Bewusstsein verliert, dachte sie, verspürte einen kurzen, heftigen Schmerz, glaubte, vor ihren Augen ein Feuerwerk explodieren zu sehen, und versank im Dunkel des Vergessens.

Es roch beißend, und die Luft war heiß. Ihre Hände fühlten sich taub an, und ihre Kehle war trocken, die Zunge klebte am Gaumen. Ihre Wange lag auf staubigem Untergrund und schmerzte, genau wie ihr Kopf. Sie hörte Pfeifen und Trommeln, wie man sie spielte, um die Soldaten vor der Schlacht zu ermutigen. Oder waren es die Räder eines Pferdefuhrwerks auf unebener Straße? Lag sie nicht vielmehr auf einem Karren und wurde von dem ungefederten Fuhrwerk durchgerüttelt, wurde ihr Kopf nicht hin und her geschleudert und tat höllisch weh? Dieser Gestank! Neben ihr lagen die nackten Beine eines Körpers, der in stinkenden Lumpen steckte. Die Haut an den Beinen war graugrün. Sie konnte nicht an sich halten und rollte auf die Seite, um sich zu erbrechen.

Da spürte sie eine Hand unter ihrem Kopf, und ein kühles

Tuch legte sich auf ihre Stirn. Die Gerüche verschwanden, das Rattern wich einem dumpfen Pochen in ihrem Schädel. Nur die Trockenheit in ihrer Kehle war geblieben, und sie würgte und hustete.

»Da bist du ja wieder. Meine Güte, Lili, das hätte verdammt schiefgehen können!«, sagte eine freundliche, vertraute Stimme an ihrem Ohr.

Ihr Körper fühlte sich schwer und fremd an, und in ihren Eingeweiden rumorte es, als wehrten sich ihre Innereien gegen etwas. Ihre Gliedmaßen wollten ihr noch nicht gehorchen, und ihre Augenlider fühlten sich bleiern an. Etwas Feuchtes berührte ihre Wange, und ein kleiner, warmer Körper kuschelte sich gegen sie. Fizz!

»Hey, ist gut, Fizz, gib ihr einen Moment. Streng dich nicht an, Lili. Hier, trink mal einen Schluck.«

Ein Becher wurde an ihre Lippen gedrückt, und sie nippte gierig an dem frischen Wasser, das ihre Speiseröhre befeuchtete und ihren Magen beruhigte. Ihr Atem ging langsamer, und sie hatte nicht länger das Gefühl, als läge eine Tonne Steine auf ihrem Brustkorb. Mit aller Kraft holte sie tief Luft, stieß sie langsam wieder aus und öffnete die Augen.

Braune Hundeaugen waren das Erste, was sie sah, gefolgt von besorgten grauen Augen. Marcus lächelte und nahm das Tuch von ihrer Stirn. »Hallo, Lili.«

Sie wollte etwas sagen, brachte jedoch nur ein heiseres Krächzen hervor. Nachdem sie sich geräuspert hatte, stützte sie sich auf und wurde von Marcus in eine sitzende Position gezogen. »Geht's?«

Sie nickte, streichelte Fizz und sah sich ungläubig um. Es roch tatsächlich nach Rauch, und beißende Schwaden hingen in der Luft. »Was ist passiert?«

»Ich hatte noch in Aberdaron zu tun, und weil ich wusste,

dass du nach Portmeirion fährst und das Wetter hier ziemlich heftig werden kann, wollte ich nachschauen, ob das Dachfenster hält, und dann sah ich Rauch aus dem Cottage kommen! Kurzschluss, Blitzeinschlag – alles möglich, ist ein altes Haus. Aber dein Auto stand in der Einfahrt, und Fizz saß darin und gebärdete sich wie ein Wahnsinniger.« Marcus strich ihre Haare nach hinten, die ihr offen über die Schultern fielen. »Ich habe noch nie solche Angst gehabt, Lili. Du lagst auf dem Boden, das Blut, und alles war voller Rauch …«

»Blut?« Sie tastete nach ihrem Kopf und zuckte zusammen. »Au!«

»Ist zum Glück nicht schlimm, aber Feuerwehr und Krankenwagen sind auf dem Weg.«

Sie stöhnte. »O nein! Ich will nicht ins Krankenhaus, nicht wegen einer Beule und ein bisschen Rauch! Ruf an und sag, die können wieder umdrehen.« Sie machte sich von ihm los und wollte aufstehen, doch die Beine gehorchten ihr nicht.

Marcus legte ihr die Hände auf die Schultern und drückte sie sanft. »Du hast eine Rauchvergiftung. Damit ist nicht zu spaßen. Und mach dir keine Sorgen. Oben ist tatsächlich der Blitz eingeschlagen und hat die Dachverkleidung in Brand gesetzt. Ich hab's aber löschen können. Das Feuer muss gerade erst ausgebrochen sein. Trotzdem muss geschaut werden, dass kein Schwelbrand entstanden ist.«

In der Ferne waren die Sirenen der Rettungsfahrzeuge zu hören, und Lilian seufzte. »Danke, Marcus, danke, aber ich habe einen Schlag auf den Kopf bekommen! Hast du jemanden gesehen? Ich bin nicht gestürzt! Jemand hat mich von hinten niedergeschlagen.«

Langsam kam die Erinnerung an den Verlauf des Abends zurück, und ihre Erschöpfung wich der Wut über den Angreifer.

»Nein, hier war niemand. Ich dachte schon, du wolltest den

Stein allein herausklopfen und bist vielleicht nach hinten gestürzt. Aber das ist natürlich eine ganz andere Geschichte. Ah! Entschuldige.« Sanft löste er sich von ihr und lehnte sie mit dem Rücken gegen die Mauer, um die Rettungsmannschaft zu begrüßen.

Als die Sanitäter mit einer Trage zu ihr kamen, stützte Lilian sich an der Wand ab, um auf wackeligen Beinen zu stehen. »Ich kann allein gehen, und ich will nicht ins Krankenhaus. Mein Hund …«, begann sie, wurde jedoch von Marcus unterbrochen, der ihr den Arm um die Schultern legte.

»Hey, Lili, das ist kein Spaß gewesen. Du warst ohnmächtig, hast eine Kopfverletzung und womöglich auch eine Rauchvergiftung. Ich nehme Fizz mit zu mir und komme dich gleich morgen früh besuchen. Wohin bringen Sie sie?«

»Ins Ysbyty Alltwen in Tremadog. Das hat eine Notfallstation«, antwortete der Notarzt. »Und Ihr Freund hat recht, Miss. Es wäre sehr dumm, sich nicht untersuchen zu lassen. Wenn wir Sie durchgecheckt haben, und alles ist in Ordnung, können Sie morgen schon wieder nach Hause.«

Lilian sah sich ermattet um. »In das, was von meinem Zuhause übrig ist, verdammt, das ist so unfair! Wir waren schon so weit!«

»Sieht schlimmer aus, als es ist, Lili. Mach dir um das Cottage keine Sorgen, das lässt sich alles richten. Hauptsache, du kommst wieder auf die Füße.« Marcus schob sie zur Trage, und Lilian ließ sich seufzend darauf nieder.

Als sie sich hinlegte und zugedeckt wurde, sprang Fizz auf ihren Bauch, und sie lachte. »Ja, ich möchte dich auch mitnehmen, mein Freund, aber Marcus passt auf dich auf. Am besten, du leinst ihn an, Marcus.«

»Okay.« Er nahm den Hund auf den Arm und klopfte auf die Trage. »Mach dir keinen Kopf, sondern werd nur gesund.«

»Der Stein, Marcus, du musst dafür sorgen …«

»Niemand wird dir den verfluchten Stein stehlen, und wenn ich ihn eigenhändig herausschlage und in einen Safe lege.«

Zu schwach, um zu widersprechen, schenkte Lilian ihm zum Abschied ein dankbares Lächeln. Was für ein Tag, dachte sie. Im Regen hatte er begonnen und im Rauch geendet.

21

Ysbyty Alltwen, Tremadog

»Sie hatten viel Glück, Miss Gray, oder einen sehr aufmerksamen Schutzengel«, sagte Doktor Atwell, eine energische Mittvierzigerin mit kurzen dunklen Haaren und drahtiger Figur.

»Eher der Schutzengel …«, grinste Lilian, dachte an Marcus und wollte sich nicht ausmalen, was ohne seine Hilfe geschehen wäre.

»Die Wunde am Hinterkopf war klein und oberflächlich, und wir haben sie mit zwei Stichen genäht. Das heilt schnell ab. Keine Gehirnerschütterung und keine Rauchvergiftung. Ihr Blutdruck ist normal, und von meiner Seite spricht nichts gegen eine baldige Entlassung.«

»Baldig heißt heute?« Lilian saß aufrecht in ihrem Krankenhausbett und konnte von ihrem Fenster auf den Parkplatz sehen, auf dem Marcus' Lieferwagen vorgefahren war.

»Leben Sie alleine? Dann würde ich vorschlagen, dass Sie noch eine Nacht hierbleiben, nur zur Sicherheit, falls doch noch Schwindel auftritt.« Die Ärztin horchte in den Flur und lächelte. »Ich glaube, da kommt schon Besuch für Sie. Besprechen Sie alles mit Ihren Angehörigen, und dann geben Sie mir Bescheid, wie Sie sich entscheiden. Und wer auch immer Ihnen den Schlag verpasst hat, sollte dafür zur Rechenschaft gezogen werden.«

»Hm, danke, Doktor!«

Die Ärztin ging zur Tür und öffnete sie gerade rechtzeitig, um Marcus hereinzulassen.

»Guten Morgen«, begrüßte Doktor Atwell ihn und sagte, als sie seine besorgte Miene sah: »Es geht ihr gut, aber sie sollte nicht allein sein. Zumindest nicht in den nächsten ein bis zwei Tagen. Dann steht einer Entlassung nichts im Wege.«

Marcus warf Lilian einen raschen Blick zu und nickte. »Wird sie nicht. Wir passen auf sie auf.«

Doktor Atwell nickte. »Schön, dann lasse ich Sie allein, und Sie können sich die Papiere nachher abholen, Miss Gray.«

Marcus legte leicht verlegen einen kleinen Strauß Tulpen auf den Tisch. »Hallo, wie geht es dir?«

Er trat ans Fußende ihres Bettes und musterte ihren Kopf. »Kein Verband?«

»Zwei Stiche, ist nicht wild. Die haben es wie bei Fizz gemacht, kannst ja mal schauen, ob da auch Blauspray drauf ist ...« Sie lächelte und war glücklich, ihn zu sehen, was ihr wiederum Bauchschmerzen bereitete, denn er schien ihr viel zu besorgt.

Die Anspannung wich aus seiner Haltung, und er fuhr sich durch die Haare. »Du und dein Hund, ihr seid ein komisches Gespann. Aber ich mag deinen Hund. Er wartet im Auto auf dich.«

Sie schlug die Decke zurück und schwang die Beine über die Bettkante. »Ich möchte mich anziehen, Marcus. Bringst du mich dann nach Hause, bitte?«

Er schüttelte den Kopf. »Nein. Das kann ich nicht verantworten. Du wohnst erst mal bei mir. Keine Sorge, ich habe ein großes Haus, und nebenan wohnt meine Schwester, die wird sich um dich kümmern. Das kann sie hervorragend. Kannst den Mund schließen. Das haben wir schon besprochen. In deinem Cottage stinkt es nach Rauch. Das dauert mindestens ein bis zwei Wochen, bis der größte Gestank raus ist. Außerdem hat die Feuerwehr den Schwelbrand oben – ja, war leider ein Schwelbrand in der Verkleidung des Dachgeschosses – mit Schaum gelöscht. Ist also noch nass und nicht sehr hübsch. Eine Scheibe im Wintergarten ist bei den Arbeiten zu Bruch gegangen …«

»O nein, hör auf! Das klingt furchtbar! Mein schönes kleines Cottage!« Entmutigt ließ Lilian den Kopf in die Hände sinken, hob ihn jedoch ruckartig, was keine gute Idee war, denn ein stechender Schmerz fuhr in ihren Schädel. »Der Stein?«

»Ich hatte es dir versprochen und habe den Stein vorsichtig aus dem Mauerwerk gelöst. Da ist nichts weiter dran. Es ist ein alter Stein mit einem Kreuz und einem Knoten drauf. Und er liegt jetzt bei mir zu Hause, wo ihn sicher niemand stehlen wird.«

»Und?«

»Was und?«

»Hast du noch etwas gefunden?« Sie stand vorsichtig auf und hielt dabei das Krankenhaushemd fest, das auf dem Rücken nur lose zugeschnürt war.

Er wollte ihr zu Hilfe kommen, doch sie winkte ab. »Ich schaffe das. Alte Papiere, ein Buch?«

»Nur jede Menge Staub und Dreck. Ach ja, die Polizei hat alles untersucht und Fingerabdrücke genommen. Aber der Einbrecher muss Handschuhe getragen haben. Er hat dich mit einem Heizungsrohr niedergeschlagen. Nicht sehr elegant, und es spricht dafür, dass du ihn überrascht hast und er unerkannt fliehen wollte. Die Polizei konnte sonst nichts finden. Du musst natürlich selbst kontrollieren, ob du etwas vermisst, aber wie es aussieht, war der Stein sein Ziel. Hattest du einen Computer?«

»Hatte? Ein Notebook, ja. Und das ist weg?«

Er nickte bedrückt. »Ich fürchte, ja. Waren wichtige Informationen drauf?«

»Ach was, im Grunde nicht. Und alt war es noch dazu. Ist nur schade um die Fotos, die ich von Kanada hatte. Harter Schnitt, was soll's.« Sie verzog schmerzhaft den Mund, denn ihr Kopf brummte.

»Da kommt Collen. Willst du dich erst anziehen? Ich gehe raus.« Marcus beobachtete sie, bereit sie aufzufangen, sollte sie stolpern.

»Collen, o Mann, den hatte ich völlig vergessen. Du hast ihn angerufen? Danke! Und ja, das wäre sehr lieb. Ich will endlich raus aus diesem OP-Fummel. Da wird man ja erst krank, wenn man so ein Teil anhat.«

Sie wartete, bis die Tür hinter Marcus ins Schloss fiel, bevor sie das Hemd abstreifte und nach einem kurzen Besuch im Badezimmer ihre eigenen Sachen anzog. Der Spiegel hatte ihr ein blasses Gesicht mit hohlen Wangen gezeigt, das ihr seltsam fremd vorkam. Lilian war stark und unverwüstlich. Die Frau dort im Bad war nur ein Schatten ihrer selbst. Das lag sicher an den Beruhigungsmitteln, die sie ihr verpasst hatten.

Ihr altes Notebook war doch kaum noch etwas wert. Da musste schon jemand sehr verzweifelt sein, wenn er das mitgehen ließ. Ein Junkie vielleicht, aber der hätte nicht an dem verdammten Stein gekratzt, sondern nach Geld oder Schmuck gesucht und frustriert aufgeben müssen, denn in der Hinsicht gab es bei ihr nichts zu holen. Lilian hatte sich nie an Dinge klammern wollen. Besitz belastete nur. Je mehr Werte man um sich scharte, desto größer wurde die Angst, sie zu verlieren. Fizz war ihr wertvoll, an ihn hatte sie ihr Herz gehängt, und das war schlimm genug. Sie musste nur an den Angriff von Farmer Jones' Hund denken, und ihr wurde übel vor Angst.

In den Kleidungsstücken, die sie am Abend für das Konzert getragen hatte, stand sie nun im Krankenzimmer und sah sich um. Keine Handtasche, kein Telefon. Marcus schien sich um die Formalitäten gekümmert zu haben. Er war ein umsichtiger, mitfühlender Mann, einer, der eine Familie und Kinder haben sollte. Sie wollte weder das eine noch das andere, und deshalb sollte er sich besser von ihr fernhalten, denn sie würde ihn unglücklich machen.

Lilian hatte die Haare notdürftig mit einem Gummiband zusammengebunden und trat auf den Flur hinaus. Eine Schwester kam zu ihr. »Kann ich Ihnen helfen, Miss Gray?«

»Doktor Alltwen hat gesagt, dass ich gehen kann, und wollte meine Papiere fertig machen.« Lilian gewann mit jedem Schritt ihre Selbstsicherheit zurück, nur der Kopf fühlte sich dumpf an.

»Vorne rechts, das letzte Zimmer. Auf Wiedersehen, Miss Gray«, sagte die Schwester.

»Ich hoffe nicht …«, witzelte Lilian, und die Schwester lachte.

Mit den Entlassungspapieren in der Hand trat Lilian kurz darauf in eine kleine lichtdurchflutete Eingangshalle.

Collen und Marcus standen draußen und waren in eine Unterhaltung vertieft. Beim Anblick der beiden attraktiven Männer, die noch dazu befreundet waren, ging ein unangenehmes Ziehen durch ihren Magen. Sie mochte jeden auf seine Art und wollte keinen von beiden verletzen. Collen sah zweifelsohne gut aus, wie er da mit einem prachtvollen Blumenstrauß in der Hand stand. Die Blumen! Rasch wandte sie sich um, doch die Schwester kam ihr schon mit den Tulpen entgegen.

»Die wollten Sie doch sicher mitnehmen, nicht wahr?«

»Vielen Dank!«

Als sie sich erneut der Eingangstür zuwandte, stand Fizz

bellend davor, und sie schluckte gerührt beim Anblick ihres Hundes.

»Hallo, mein Kleiner.« Die automatische Tür glitt auf, und Lilian ging in die Hocke, um Fizz zu begrüßen, der sie beschnupperte und ihr über die Wange schleckte. Erst als er sich ein wenig beruhigt hatte, erhob sie sich und sah Collen und Marcus an.

»Schön, dass ihr da seid! Tut mir sehr leid wegen gestern, Collen.«

»Machst du Witze?« Besorgt nahm er sie in den Arm, drückte sie vorsichtig, um sie sogleich wieder loszulassen. »Du hattest Glück im Unglück. Marcus hat mir alles erzählt. Hier, die sind für dich.«

Sie nahm den üppigen Blumenstrauß etwas verlegen an und legte ihn zusammen mit Marcus' Tulpen in ihren Arm. »Danke, sehr lieb. War doch nicht nötig.«

Collen runzelte die Stirn. »Doch, Lili, du hast eine Menge durchgemacht. Habt ihr schon etwas von der Polizei gehört? Gibt es Hinweise auf den Täter?«

Lili schaute zu Marcus, der die Schultern hob. »Nicht wirklich, nein. Sie gehen jetzt ihre Datenbanken nach bekannten Dieben und Kleinkriminellen hier in der Region durch. Aber viel Hoffnung haben sie nicht. Allerdings gibt der Stein ein Rätsel auf. Wer zum Henker kann so sehr daran interessiert sein?«

»Seth Raines«, murmelte Lilian.

Zwei Augenpaare hefteten sich auf sie. »Seth?« Marcus schien skeptisch.

Doch Collen nickte nachdenklich. »Er hat zumindest ein Motiv, kennt sich in der Gegend aus und könnte deinen Aufbruch beobachtet haben. Hast du erzählt, dass du nach Portmeirion wolltest?«

»Na ja, schon, weil wir ja auch zeitiger Schluss gemacht haben an dem Abend. Jo konnte früher nach Hause gehen. Du meinst, er hat es Gemma erzählt, und ihr Onkel hat es mitbekommen?«, überlegte Lilian zweifelnd.

»Möglich wäre es«, sagte Collen.

»Und dann hat der alte Pauker sie mit einem Rohr niedergeschlagen? Komm schon, Collen. Ich mochte ihn auch nie, aber das traue ich ihm nicht zu.« Marcus hatte die Wagentür geöffnet, und Fizz sprang hinein, als wäre es ganz selbstverständlich für ihn.

»Hast du eine Ahnung. Ich habe mal von einem Lehrerpaar gehört, das sich gegenseitig an die Gurgel gegangen ist. Und dann gab es mal einen Chemielehrer, der ein Drogenlabor geleitet hat, und ...«, zählte Collen auf.

»Ja, schon verstanden. Na gut, dann sollten wir versuchen herauszufinden, wo Seth Raines gestern Abend war. Aber am besten, ohne dass er Verdacht schöpft. Denn wenn er es nicht war, wird er uns das Leben zur Hölle machen«, gab Marcus zu bedenken.

Collen grinste. »Auf jeden Fall.«

Und was ist mit dir, dachte Lilian im Stillen und verwarf den Gedanken sofort wieder. Doch Collen hatte sie beobachtet und schien ihre Gedanken gelesen zu haben, denn er sagte: »Und ich interessiere mich für den Stein, das wisst ihr, aber ich hoffe, dass ihr mich nicht auf der Liste der Verdächtigen habt ...«

»Hey, Col, hör schon auf. Lili, du siehst jetzt ziemlich fertig aus. Ich bringe dich am besten zu mir. Meine Schwester Peg erwartet uns schon«, schlug Marcus vor.

Collen nickte. »Mach's gut, Lili. Ich hör mich um, und wenn ich irgendetwas erfahre, melde ich mich.«

Er küsste sie flüchtig auf die Wange und ging zu seinem

Wagen. Lilian ließ sich von Marcus in den Lieferwagen helfen und nahm Fizz auf den Schoß. Sie starrte nach vorn, während Marcus neben ihr auf den Fahrersitz kletterte und den Motor startete. Doch er fuhr nicht sofort los. Schließlich sah sie zu ihm und wurde von seinem prüfenden Blick erwartet.

»Warum fährst du nicht los?«, fragte sie heiser.

»Was ist mit dir? Du bist plötzlich ganz verändert. Die ganze Situation ist verworren und merkwürdig, aber eins steht fest, Lilian Gray, ich habe dir nicht das Rohr über den Kopf gezogen, und den Stein kannst du dir einrahmen.« Seine Kiefermuskeln zuckten, und er wirkte leicht verärgert.

Tränen stiegen ihr in die Augen, und sie flüsterte: »Es tut mir leid, Marcus. Ich weiß überhaupt nicht mehr, was ich glauben soll. So viele Geheimnisse, meine Familie, der Anwalt, die Höhle, ach, es ist einfach zu viel, und mein Kopf tut weh, verdammt!«

Er beugte sich zu ihr und legte zärtlich eine Hand um ihre Wange. »Wenn du mir nicht vertraust, Lili, bringe ich dich zurück ins Krankenhaus, wo man sich um dich kümmert. Was willst du?«

Eine Träne rollte über ihre Wange, und sie sah, dass auch seine Augen verdächtig schimmerten.

»Fahr bitte los, Marcus.«

Er stieß hörbar die Luft aus und legte seinen Sicherheitsgurt um.

»Marcus?«

»Ja?«

Erst jetzt bemerkte sie, dass er unrasiert war und müde aussah. Er hatte sich die Nacht mit Polizei und Feuerwehr um die Ohren geschlagen, und sie verdächtigte ihn. »Du solltest dich rasieren.«

Er gab Gas und lenkte den Wagen vom Parkplatz des Krankenhauses. »Ich hatte andere Sorgen, Lili. Aber es freut mich, wenn du Anteil an meinem Äußeren nimmst.« Sein Blick unterstrich die Doppeldeutigkeit seiner Worte.

»Du steckst voller Überraschungen, Marcus Tegg.«

»Wenn das ein Kompliment ist, gebe ich es gern zurück, Miss Gray.«

22

Das Geheimnis der Diva

Marcus' Firma und sein Haus lagen am Ende einer einspurigen Sackgasse oberhalb von Porth Neigwl. Nur ein Schild an der Hauptstraße verwies auf den Handwerksbetrieb, der aus einer Werkstatt und einer Lagerhalle bestand. Peg war eine warmherzige junge Frau, die Lilian umsorgte, wie weder Fiona noch ihre Mutter es je getan hatten. So viel Aufmerksamkeit und besorgte Blicke war Lilian nicht gewohnt, doch sie ließ leicht verlegen alles über sich ergehen.

Der kleine Felix war ein intelligenter Junge, der mit seinem Rollstuhl verwachsen zu sein schien. Marcus hatte geholfen, das Haus seiner Schwester rollstuhlgerecht umzubauen, so dass die Familie ein weitgehend normales Leben führen konnte. Eddie, Felix' Vater, arbeitete in einer Autowerkstatt in Pwllheli und kam erst am Abend nach Hause. Lilian schloss alle sofort in ihr Herz und war erleichtert, dass Fizz die Katze des Jungen nicht jagte.

Sie hatten in Pegs Haus gegessen, und Lilian wollte der Hausfrau in der Küche helfen, doch Peg hatte ihre eigenen Regeln.

»Du hast Küchenverbot, Lili. Du solltest jetzt schlafen gehen. Ich an deiner Stelle wäre wahrscheinlich schon erschöpft zusammengebrochen.« Die junge Frau räumte das schmutzige Geschirr in die Spülmaschine. Peg und Marcus waren einander sehr ähnlich, fand Lilian. Sie hatten dieselben Augen und dasselbe ansteckende Lachen.

»Danke für alles, Peg. Ihr seid wunderbar!«

Peg sah sie lächelnd an. »Ich glaube, Marcus findet, dass du ziemlich nett bist, Lili. Was glaubst du wohl, wie oft er von Carreg Cottage und dessen neuer Besitzerin gesprochen hat.«

Lilian errötete. »Herrje, und jetzt auch noch dieser zusätzliche Ärger. Bitte, mach dir meinetwegen keine Umstände. Morgen bin ich wieder weg.«

»Das glaubst du! In deinem Cottage hat es gebrannt. Das würdest du gar nicht aushalten. Und Marcus hat doch genug Platz da drüben. Ich war immer neidisch auf seinen schönen Wintergarten. Wenn Eddie Zeit hat, bauen wir auch einen.« Peg wischte sich die Hände in einem Tuch ab und schob Lilian zur Tür, wobei sie den fachmännischen Blick einer ausgebildeten Pflegerin auf die Kopfverletzung warf. »Sieht gut aus die Wunde, alles sauber. Hast du Schmerzen? Hat dir die Ärztin genug mitgegeben? Wir haben sonst auch noch etwas da.«

»Nein, nein, es geht. Danke!«

»Schlaf dich aus. Marcus muss sicher früh weg, aber du kommst einfach zu uns herüber. Felix und ich sind hier.«

Marcus lehnte an der Kommode im Flur und zog eine Grimasse. »Na komm, Lili. Und wir sprechen uns noch, Peg!«

Lilians Gästezimmer lag im ersten Stock des Hauses und bot einen atemberaubenden Blick über die Bucht. Sie hatte die Fenster geöffnet und ließ die noch milde salzige Abendluft herein. Marcus trat neben sie und schaute auf den weiten Strand, an dem Wellenreiter ihre Bretter einpackten.

»Die Bucht heißt auch Hell's Mouth, weil der Atlantik sich jedes Jahr ein Stück Land holt. Es sind schon einige Häuser vorn an den Klippen verloren gegangen. Außerdem war das hier die Schmugglerhochburg. Hier haben sie die guten Sachen an Land gebracht und weitertransportiert.«

Das Meer rauschte noch aufgewühlt vom gestrigen Sturm

unten in der Bucht. Entgegen der Voraussage war es heute nicht ganz so windig, und die Wolkenberge waren aufgerissen und ließen den Rest Abendlicht hindurch. Die Buchten verströmten einen archaischen Zauber, dem man sich nicht entziehen konnte. Lilian fühlte sich an ihre schottische Heimat erinnert. Vielleicht mochte sie dieses Land deshalb so gern, es war ihr vertraut.

»Hast du etwas gesagt?« Sie hatte nicht zugehört und berührte um Entschuldigung suchend seine Hand.

»Nicht wichtig. Hier, die Sachen sind von Peg. Damit du morgen früh in frische Kleidung schlüpfen kannst. Geh schlafen, Lili. Morgen fühlst du dich besser. Und wenn irgendetwas ist, ich bin nebenan. Und Peg kannst du auch jederzeit wecken. Sie ist Notfälle gewohnt.« Er drückte ihr einen Kuss auf die Stirn und zog leise die Tür hinter sich zu.

Fizz hatte es sich schon am Fußende bequem gemacht, und Lili schlief tief und traumlos. Zum ersten Mal seit Tagen. Sie merkte erst hier, dass sie in Carreg Cottage immer eine gewisse Anspannung in sich trug, immer auf der Lauer vor einem möglichen Eindringling war. Nun, das musste jetzt ein Ende haben. Alles würde sich aufklären, dessen war sie gewiss.

Am nächsten Morgen war Marcus bereits aus dem Haus, er hatte ihr einen Zettel hinterlassen mit der Bitte, zum Frühstück zu Peg zu gehen. Vielleicht hatte er geahnt, dass sie sich nicht hatte aufdrängen wollen. Doch für Peg schien es selbstverständlich, wie Lili sich zu ihr in die Küche gesellte, wo Felix in seinem Rollstuhl am Tisch saß und in einem Bilderbuch malte.

»Hallo, Lili!«, rief der kleine Junge und zeigte stolz auf sein Malbuch. »Guck mal, was ich gemacht habe! Da ist nichts drübergekritzelt, alles sauber.«

»Wow, das sieht toll aus, Felix! Aus dir wird mal ein richtiger

Künstler.« Lilian streichelte dem Jungen über die flachsblonden Haare und erntete einen liebevollen Blick von seiner Mutter.

»Möchtest du gebratenes Ei mit Speck? Ansonsten haben wir Joghurt vom Biobauern, Erdbeeren, Müsli und mein Brot. Ich backe selbst, weil Felix gegen viele Sachen allergisch ist.«

»Ja, aber ist nicht schlimm. Mum kann supergut kochen«, sagte Felix und malte weiter.

»Joghurt und Erdbeeren wären wunderbar, und danke für deine Sachen!« Das T-Shirt und die Jeans waren nur ein wenig zu weit. Außerdem kochte Peg einen ausgezeichneten Kaffee, so dass Lili rundum glücklich war.

»Ein Biobauer, sagst du? Könnte ich von dem auch etwas für mein Café beziehen?«, fragte sie und legte den Löffel in ihre Schale.

»Aber ja, Joy und Patrick betreiben Milchwirtschaft im kleinen Stil, ein paar Ziegen und Hühner haben sie auch. Sie produzieren hervorragenden Käse. Es gibt eine Reihe von biologisch geführten Höfen auf der Llŷn und hinauf bis Caernarvon. Wenn du so weit bist, mache ich dich gern mit ihnen bekannt. Warst du schon in der Galerie von Llanbedrog? Das Café dort ist überregional für seine Kuchen und kleinen Speisen bekannt«, empfahl Peg. »Oder Marcus nimmt dich mal mit runter.«

»Der Arme hat sicher genug zu tun. Da braucht er nicht noch den Babysitter für ein krankes Huhn zu spielen.«

Peg ließ Handtuch und Schüssel sinken. »Er würde das gern tun. Aber ich habe das Gefühl, dass du niemanden an dich heranlässt und es dir unangenehm ist, wenn man sich um dich kümmert. Liege ich da richtig?«

Lilian stand auf und trat neben Peg an die Spüle. »Hm, irgendwie. In meinem Leben steht gerade alles kopf, und bisher war die Flucht nach vorn meine Strategie.«

»Und wie bist du damit gefahren?«, fragte Peg mit gesenkter Stimme, doch Felix war beschäftigt.

»Ehrlich?«

»Natürlich.«

»Katastrophal.«

Die beiden Frauen sahen einander an und lachten. »Habe ich mir fast gedacht, Lili. Vielleicht ist es Zeit, etwas zu ändern.«

Lili sah in den Garten hinaus. »Der Garten sieht aus, als könnte er eine helfende Hand gebrauchen. Wenn du magst? Ich liebe Gärten!«

»Oh, sehr gern, Lili. Dafür fehlt mir wirklich die Zeit. Ich habe versucht, ein Kräuterbeet anzulegen. Die kläglichen Überreste siehst du dort vorn. Immerhin haben wir einen Apfelbaum und ... Warte, da fällt mir ein, dass Marcus dir unsere Großmutter vorstellen wollte. Nana war mit Mae Lagharn befreundet. Na ja, was man so Freundschaft nennen kann, wenn eine von beiden eine verschrobene Diva ist. Nana hat Apfelbäume, deshalb fällt es mir jetzt ein.« Sie sah auf die Küchenuhr. »Marcus wollte zum Lunch zurück sein. Ich mache euch Sandwiches und Kuchen, das nehmt ihr mit zu Nana. Sie freut sich über Besuch.«

Die Stunden bis zum Mittag verbrachte Lilian in Pegs Garten, jätete ein wenig Unkraut und überlegte, welche Pflanzen wo gut gedeihen konnten. Nach zwei Stunden fühlte sie sich erschöpft, setzte sich in einen Liegestuhl auf der Terrasse und überließ ihre Gedanken dem Wind und dem Gesang der Wellen. Das hatte etwas ungleich Beruhigendes, und sie musste eingeschlafen sein, denn Fizz sprang auf ihren Bauch und stupste sie energisch an. »Hey, hast du mich erschreckt!«

Die Wunde tat noch ein wenig weh, doch der Schreck über den dreisten Überfall und der Ärger überwogen den physischen Schmerz.

»Danke, dass du sie geweckt hast, Fizz, braver Hund.« Marcus saß neben ihr auf einem Stuhl. Er trug ein frisches Poloshirt, nur an seiner Jeans klebten noch einige Holzspäne. »Wie geht es dir heute?«

Lili setzte sich auf und ließ Fizz auf den Boden springen, wo er sofort zu Marcus lief und an seinen Händen schnupperte. »Na, ihr scheint ja schon richtig Freundschaft geschlossen zu haben. Muss ich eifersüchtig werden?«

»Er ist einfach nur ein kluger Hund. Immerhin habe ich dich gerettet, und deshalb habe ich was bei ihm gut.«

Lilian schmunzelte. »Das ist akzeptabel. Hast du extra meinetwegen deine Mittagspause nach Hause verlegt?«

Marcus klopfte sich auf die Oberschenkel und stand auf. »Auch, aber ich hatte dir ja versprochen, Nana wegen Mae zu fragen, und nun können wir das gemeinsam machen. Bist du bereit? Ist nicht weit von hier.«

Nachdem sie in den Lieferwagen eingestiegen waren, fragte Lilian vorsichtig: »Wie sieht es denn im Cottage aus? Ich mag es mir gar nicht vorstellen. Wir waren fast fertig!«

»Jo und Tim sind dabei, das Gröbste unten zu bereinigen. Offiziell steht fest, dass der Blitz eingeschlagen hat, was schon mal gut ist, damit wir weitermachen können. Der Dachboden ist die größere Baustelle. Da wirst du noch etwas warten müssen.«

»Wahrscheinlich muss ich einfach froh sein, dass das Cottage nicht ganz abgebrannt ist. Da hat es Hunderte von Jahren jedem Unwetter getrotzt, und dann schlägt der Blitz ein ...«

»Vielleicht ist das früher auch schon vorgekommen. In alten Zeiten waren die Häuser mit Torfsoden gedeckt. Reet gibt es hier nicht viel, das brennt ja auch wie Zunder.«

Lilian streichelte Fizz und murmelte: »In alten Zeiten ...« Sie dachte an ihre Träume, die sie in die Vergangenheit zogen und ihr Bilder von einem Leben zeigten, das voller unwägbarer Gefahren und Kämpfe gewesen zu sein schien.

Die Straße fiel jetzt steil zur Küste ab, um sich gleich darauf wieder den Berg hinaufzuwinden. Die Vegetation war üppig und der Wald dicht und ursprünglich. Lilian drehte die Fensterscheibe herunter und sog den Duft von Ginster und Frühblühern ein.

»Ist das schön hier! Als wäre die Zeit stehen geblieben.«

Nur vereinzelt schimmerten kleine graue oder weiße Häuser zwischen dem grünen Bewuchs hervor.

»Dort oben liegt Plas yn Rhiw, ein Schmuckstück von einem Haus. Es hat mal drei Schwestern gehört, die dort in den Dreißigern oder Vierzigern illustre Partys gefeiert haben. Sie waren große Naturfreunde und haben mit dem Geld ihres Vaters den ganzen Wald hier gekauft. Recht exzentrische Damen waren das. Nana kann dir mehr erzählen. Sie kannte sie noch persönlich. Nanas Haus liegt gleich dort vorn.«

Die schmale Straße wurde vom dichten Grün des Waldes wie ein Tunnel eingehüllt. Hinter einer Kurve bog Marcus scharf nach links durch eine schmale Lücke in einer Steinmauer. »Blue Heaven« stand auf einem verwitterten Schild. Der Weg führte zwanzig Meter steil hinunter und endete direkt vor einem kleinen Steinhaus. Wie viele alte Häuser hier war auch dieses einstöckige Häuschen aus hiesigem Stein erbaut. Weiße Fensterrahmen und ein mit Efeu überwucherter Überstand vor dem Eingang wurden von mit blauen und weißen Blumen bepflanzten Töpfen zu einem harmonischen Ganzen ergänzt.

»Wie hübsch!«, sagte Lilian.

»Der Blick ist eigentlich unbezahlbar. Vom Rosengarten schaust du über die gesamte Bucht von Hell's Mouth. Aber eher erschießt Nana den nächsten Immobilienmakler, der wieder an ihrer Tür klopft, als dass sie ihr geliebtes Haus ver-

kauft.« Er nahm den Korb mit Pegs Proviant von der Rück-
bank und drückte die Klingel.

Lilian war derweil kurz in den Garten gegangen und be-
staunte die Aussicht.

Marcus' Großmutter war eine kleine, gebeugte Frau mit
schlohweißem Haar und wachen blaugrauen Augen. Sie
stützte sich auf einen Gehstock, war jedoch beweglich und
hieß sie herzlich willkommen. Die alten Steinfliesen und antike Möbel verliehen dem Haus den Charme des alten Wales.
Und die höfliche und bedächtige Art der alten Dame trugen
ein Übriges zu diesem Eindruck bei. Weiße Spitzendecken
lagen auf den Sessellehnen, und in einer Ecke des sonnen-
durchfluteten Wohnzimmers zwitscherte ein Kanarienvogel
in einem Käfig.

»Marcus, mein lieber Junge, wie schön, dass du deine alte
Nana besuchst. Und Peg hat gebacken, liebes Kind, sie denkt
immer an mich. Setzt euch, bitte. Der Hund scheint gut erzo-
gen. Er kann dort liegen. Nur bellen darf er nicht, sonst er-
schrickt Buster.« Die alte Dame spitzte die Lippen und pfiff
dem Vogel eine Melodie vor, die er sofort imitierte.

Marcus holte das Teegeschirr aus einem Schrank. Als Tee
und Milch in den Tassen dampften, und Nana den Kuchen
gewürdigt hatte, brachte er das Thema auf Mae Lagharn. »Lili
ist die neue Besitzerin von Carreg Cottage, Nana, und sie würde gern mehr über Mae erfahren und wie sie damals an das
Haus gekommen ist. Hat sie mal von einem alten Dokument
gesprochen? Und mit wem ist sie eigentlich nach Hollywood
gegangen? Das war doch ein ziemlicher Skandal, oder?«

Die alte Dame gab ein Stück Zucker in ihre Tasse und überlegte. »Dass du danach fragst. Das hat schon ewig niemanden
interessiert.« Ihre Augen musterten die Besucherin. »Sie sehen
erschöpft aus, Kind.«

»Oh, das ist eine lange Geschichte. Ein Einbrecher war im Cottage und hat mir eins übergezogen«, sagte Lilian. »Es gibt dort einen alten Stein, wissen Sie?«

Ohne eine Spur von Überraschung erwiderte Nana: »Den Stein mit dem Bardsey-Kreuz. Ja, wer kennt den nicht. Jeder Pilger, der dort war, hat ihn berührt, weil er heilig ist.«

»Ja? Das hat mir noch niemand erzählt!«, entfuhr es Lilian.

»Ach, heute interessiert die Menschen das alles nicht mehr. Sie sind immer in Eile, hetzen mit dem Auto von A nach B und beachten nicht den Weg. Wissen Sie, dass wir hier früher nur mit dem Fahrrad oder dem Pferd unterwegs waren? Drüben im Haus von den Keating-Schwestern haben wir wundervolle Gartenfeste gefeiert, und berühmte Künstler, Musiker und Schriftsteller sind aus London gekommen, um hier zu sein! Waren Sie in Rhiw?«

»Nein, wir waren noch nicht im Dorf oben, Nana«, erklärte Marcus schnell.

»Da lebt heute kaum noch jemand, weil es keine Arbeit mehr gibt. Aber stellen Sie sich das in den Vierzigern und Fünfzigern vor – da gab es hier eine Poststelle, oben die Kirche war jeden Sonntag voll besetzt, und drei Geschäfte verkauften Lebensmittel, Bücher und Kleider. Es gab ein Pub und ein Gästehaus, weil Honora nicht alle Gäste im Haus unterbringen konnte.«

»Wirklich?« Die wenigen Häuser und der ausgedehnte Wald hatten nicht ahnen lassen, was hier in der Vergangenheit an gesellschaftlichem Leben stattgefunden hatte.

Die alte Dame sah aus dem Fenster und winkte kurz. Ein junger Mann in der Arbeitskleidung eines Gärtners schob einen Rasenmäher durch den Garten.

»Das ist Ioan, der Gärtner von Rhiw. Er hilft mir aus. Feiner Kerl«, erklärte Nana. »Wo war ich stehen geblieben? Die

Feste … Ach ja, Mae war auch dabei, natürlich! Ich war jünger als sie und durfte erst mit vierzehn das erste Mal zu einem der Gartenfeste bei den Keating-Schwestern. Ach, das waren herrliche Zeiten damals! Skandal sagst du, Marcus? So ein Unsinn! Das waren alles Verrückte, Wahnsinnige – Künstler eben. Hätte ich deinen Großvater nicht kennengelernt, Gott hab ihn selig, ich wäre auch nach London an die Slate School gegangen. Wie habe ich Honora darum beneidet, dass sie dort Kunst studiert hatte. Aber so war das eben. Wir hatten wenig Geld, und Andrew war ein guter Mann.«

Lilian musste etwas erstaunt ausgesehen haben, denn die alte Dame sagte: »Ich habe mit siebzehn geheiratet. Auf dem Land war das normal. Ein Esser weniger im Haus. Deshalb habe ich dieses bunte Leben bei den Keatings so genossen. Ich wusste, dass es für mich nach der Heirat damit vorbei sein würde. Die Kinder kamen. Fünf Totgeburten, und vier haben wir durchgebracht. Die Arbeit als Bauersfrau verlangt einem körperlich viel ab, zumindest damals.« Die alte Frau wirkte trotz ihres harten Lebens nicht verbittert, sondern erzählte lebhaft und mit warmer Stimme.

»Und wenn ich überlege, was aus Mae geworden ist, hätte ich nicht tauschen mögen. Damals natürlich schon!« Sie lachte leise. »Stellen Sie sich das vor, da erzählt die ältere Freundin, die Sie bewundern, dass ein Verehrer ihr die Überfahrt nach Amerika bezahlt und sie in Hollywood ganz groß rausbringen will!«

»Ein Verehrer? Wer war das?«, unterbrach Lilian sie aufgeregt.

»Daraus hat Mae immer ein großes Geheimnis gemacht, aber ich bin davon überzeugt, dass es Brynmore Bowen gewesen ist.«

»Einer von den Bowens, denen halb Llanbedrog gehörte?«, entfuhr es Marcus.

»Aber ja.«

»Was ist das für eine Familie? Sind das Adlige, so ähnlich wie Clanleute bei uns?«

Nana kicherte. »Das hätte ihm gefallen, Clanchef zu sein. Brynmore Bowen war der älteste Sohn der Bowens von Llanbedrog. Die Familie ist im neunzehnten Jahrhundert sehr reich und mächtig gewesen, Landbesitz, Spekulationen ... Sie hatte einen schlechten Ruf. Zumindest die Männer der Familie. Sie waren allesamt notorische Schwerenöter. Und es soll einige dunkle Geheimnisse geben. Aber mit Geld und Einfluss ließen sich hässliche Vorfälle immer wieder vertuschen. Honora kannte sich da besser aus. Ich war zu jung, aber nicht so jung, dass ich nicht erkannt hätte, was für ein attraktiver Mann dieser Brynmore war.« Der Blick der alten Frau wurde schwärmerisch, und sie drückte unbewusst ihr Haar in Form.

»Auf einem Sommerfest habe ich ihn im Garten der Keating-Schwestern gesehen. Das muss kurz nach Kriegsende gewesen sein. Bald darauf ist er für immer ausgewandert. Brynmore wurde von allen Frauen angehimmelt, auch von Mae. Sie war sehr schön, so eine ätherische Schönheit, wie man heute sagt, zerbrechlich, kapriziös, eigentlich nicht geschaffen für das einfache Leben auf dem Land. Und so wie Mae und Brynmore einander angesehen haben ...« Sie machte eine bestätigende Kopfbewegung. »Sie war einige Jahre fort. Ihre Eltern waren sehr konservativ, ihr Bruder Anwalt.«

»Stanley Edwards, den kenne ich. Er wickelt die Erbschaftssache mit dem Cottage ab«, sagte Lilian.

»Ah ja, dann muss ich nicht viel sagen. Sehr korrekt, sehr auf seinen Ruf bedacht, so war die ganze Familie. Über Mae haben sie nie wieder ein Wort verloren. Ich habe eine Karte von ihr erhalten. Warten Sie.« Nana erhob sich langsam und zog die Schublade eines Wandschranks auf, die mit alten Briefen und Karten gefüllt war. Es dauerte nicht lang, und sie zog eine Schwarzweißfotografie heraus.

»Bitte, das ist sie. Als sie zurück war, wollte Mae, dass ich die Karte vernichte, aber ich finde sie sehr hübsch.«

Lilian nahm die vergilbte Karte aus festem Karton, deren Ränder abgestoßen waren. Sie zeigte das Porträt einer im Stil der frühen Hollywoodstars geschminkten jungen Frau. Die blonden Locken waren in perfekte Wellen gelegt, die Augenbrauen ein schmaler hoher Bogen und die Lippen dunkelrot. Zumindest ließen die Grautöne das vermuten. Die junge Frau auf dem Foto wirkte selbstbewusst und verlegen zugleich, und ihr Blick unter langen Wimpern war von einer verführerischen Melancholie.

»Eine bemerkenswerte Frau. Und wenn er sie sitzen gelassen hat, hätte sie doch leicht einen anderen Mann finden können«, meinte Lilian und gab Marcus die Karte.

»Mae war stolz, und jemand muss ihr sehr wehgetan haben. Ich denke, dass Brynmore ihr das Herz gebrochen hat. Er hatte diesen Ruf und hat sich genommen, wonach ihm der Sinn stand. Sie wollte mir nie sagen, was genau passiert ist, aber was gab es damals Schlimmeres, als wenn eine Frau sich hingab und sitzen gelassen wurde? Andere Frauen waren stärker und haben neu angefangen, Mae nicht. Sie hat sich aus Scham oder Verzweiflung von der Welt in das alte Pilgercottage zurückgezogen.« Nana sah Lilian direkt an. »Aber Sie vergraben sich doch hoffentlich nicht dort oben? Es ist ein schöner Ort, magisch beinahe, wie so viele Plätze hier auf der Llŷn. Aber die Menschen haben zu allen Zeiten hier gelebt. Man sollte nichts auf einen Sockel stellen. Das ist meine Überzeugung. Gehen Sie doch nur hier zur Tür hinaus. Da finden Sie zehn Meter weiter einen Kreuzstein. Was das war? Ein Wegweiser, ein Grabstein, Teil einer Sonnenuhr? Wenn es Sie glücklich macht, umarmen Sie ihn oder verbringen Sie Wochen auf Enlli und zählen Sie die Schafe und die Möwen.«

Marcus ließ seine Großmutter noch ein wenig erzählen, bevor er zum Aufbruch drängte. »Nana, ich muss noch auf eine Baustelle. Du bist unglaublich. Danke für deine Zeit.« Er umarmte und küsste sie liebevoll.

»Zeit habe ich genug. Die könnt ihr mir gern stehlen. Und grübeln Sie nicht so viel, Lilian, das bringt nur Falten. Manche Dinge sind so, wie sie sind. Umarmen Sie das Leben.« Die alte Dame tätschelte ihre Hand und sah suchend in den Garten. »Wo ist denn Ioan? So ein hübscher junger Mann …«

23

Alte Geschichten

Der Angriff auf Lilian schien sich wie ein Lauffeuer in Aberdaron herumgesprochen zu haben, denn keiner der drei Tage, die sie nun schon bei Marcus verbrachte, verging ohne einen Besucher. Nach Gemma und Jo war sogar Summer vorbeigekommen, um sich von Lilian zu verabschieden. Lilian mochte die quirlige Amerikanerin, und sie versprachen, in Kontakt zu bleiben.

Marcus hatte Lilian einmal mit zum Cottage genommen, und sie war entsetzt über das Chaos gewesen. Zudem hing der beißende Gestank des Qualms noch in den Räumen, doch Marcus hatte sich mit einer Dachdeckerfirma beraten, welche die angekohlten Holzbalken austauschen wollte. Nur so ließe sich der Gestank aus dem Gebäude verbannen. Obwohl Lilian täglich betonte, dass sie am liebsten sofort zurück in ihr Cottage wollte, war sie insgeheim froh über die Gesellschaft von Marcus und seiner Familie. Alle kümmerten sich rührend, aber nicht aufdringlich um sie, und den kleinen Felix hatte sie liebgewonnen wie einen kleinen Bruder.

Stanley Edwards hatte sich für heute angemeldet und stand pünktlich um fünfzehn Uhr mit einem Blumenstrauß vor dem Haus. Lilian öffnete selbst, denn Marcus war unterwegs und Peg mit Felix zum Einkaufen nach Pwllheli gefahren.

»Stan, bitte, treten Sie doch ein. Mir geht es gut, machen Sie sich keine Gedanken«, versicherte sie dem besorgt dreinblickenden Anwalt und nahm die duftenden Frühlingsblumen entgegen. »Wunderschön, vielen Dank!«

Die Sonne schien noch warm auf die Terrasse, wohin sie sich setzten und den Blick auf Hell's Mouth genossen.

»Ein schönes Haus hat Ihr Freund«, stellte Stanley fest.

»Wir sind nur gute Freunde. Marcus ist ein hilfsbereiter Mensch, genau wie seine Schwester. Ich wüsste gar nicht, was ich ohne ihn gemacht hätte.« Sie goss Wasser in Gläser und ärgerte sich über ihre Unsicherheit dem Anwalt gegenüber. Er konnte denken, was er wollte, und ihre Beziehung zu Marcus ging niemanden etwas an. »Tee oder Kaffee?«

»Nichts, danke. Ich komme gerade von einer Besprechung. Ja, er war zur Stelle, als Sie ihn am nötigsten brauchten, ein Schutzengel, würde ich sagen.« Der Anwalt lächelte unter seinem gestutzten Schnurrbart. »Aber jetzt erzählen Sie mir bitte genau, wonach der Einbrecher gesucht hat, damit ich verstehe, was vor sich geht, und Ihnen helfen kann. Finanzielle Mittel zur Renovierung sind ausreichend vorhanden. Darüber müssen wir nicht sprechen.«

Er trug ein hellblaues Hemd und Sakko, und seine Lederschuhe waren blank poliert. Fizz schnupperte nur kurz daran und legte sich unter Lilians Stuhl. Seit dem Überfall ließ er sie noch weniger aus den Augen.

Stanley lauschte ihren Ausführungen und wirkte sehr nachdenklich. »Der Stein mit dem Bardsey-Kreuz und dem Endlosknoten war schon zur Zeit meiner Schwester dort im Cottage. Die Briefe von Rebecca Morris waren nie ein Geheimnis – und Seth Raines? Nein, wirklich, das ist abwegig, nein! Liebe Lilian, dahinter muss etwas anderes stecken. Wissen Sie was, ich rufe Seth direkt an und frage ihn nach einem Alibi. Er wird überrascht sein, und ich höre, wenn jemand lügt.« Selbstsicher nahm er sein Telefon zur Hand.

»Seth? Ja, hallo, hier Stan.« Sie tauschten Höflichkeiten aus, und dann fragte Stanley: »Sag mal, hilf mir doch bitte kurz in einer Sache. Es wird so viel geredet. Nur fürs Protokoll, du verstehst. Wo warst du, als das Pilgercottage brannte?«

Er wartete kurz und nickte. »Danke, habe ich mir gedacht. Nichts für ungut, ich melde mich wieder.«

Der Anwalt sah Lilian an. »Sein Alibi ist wasserdicht. Die R.-S.-Thomas-Society hatte ein Treffen in St. Hywyn. Cheryl und Lewis waren dabei, genau wie zehn weitere. Raines kommt nicht infrage.«

»Er könnte ja auch jemanden bezahlt haben ...«

Stanley hob amüsiert die Augenbrauen. »Dafür ist er viel zu geizig. Sie sollten die Polizei ihre Arbeit machen lassen und schnell gesund werden.«

Lilian dachte, dass er wahrscheinlich recht hatte, aber ihr missfiel sein bestimmender, leicht herablassender Ton. Und wenn er selbst ein Interesse an irgendetwas hätte, das noch im Cottage verborgen war? Was wusste sie schon über ihn und seine Familie, über Mae und den mysteriösen Brynmore Bowen? Andererseits hätte er vor ihrer Ankunft genügend Zeit gehabt, sich in dem Cottage umzusehen.

»Wer war eigentlich Brynmore Bowen? Marcus' Großmutter hat mir erzählt, dass er mit Ihrer Schwester befreundet war.«

Die Gesichtszüge des Anwalts verhärteten sich. »Marcus Teggs Großmutter mag eine reizende alte Dame sein, aber sie weiß nichts über meine Schwester. Ich hatte schon erwähnt, dass wir kein gutes Verhältnis hatten. Sie hat einige falsche Entscheidungen in ihrem Leben getroffen und sich die falschen Freunde ausgesucht. Aber sie war auch unbelehrbar.«

»Wir haben Marcus' Großmutter besucht. Das Haus liegt sehr idyllisch in der Nähe von Plas Yn Rhiw ...«

Er unterbrach sie ungeduldig. »Sicher hat sie von den Keating-Schwestern angefangen. Ach ja, die guten alten Zeiten. Damals war alles besser und das Dorf noch voller Leben. Vielleicht war es das – in gewisser Weise. Aber es gab auch kaum medizinische Versorgung, und nur die Begüterten hatten ein Auto. Verzeihen Sie, ich möchte nicht negativ klingen, aber die Verklärung der Vergangenheit liegt mir einfach nicht.«

»Ich glaube, dass jede Zeit ihre guten und schlechten Seiten hat.« Lilian hatte die erzwungene Ruhepause genutzt, sich intensiver mit der Geschichte ihrer neuen Heimat zu beschäftigen. »Durch die kulturellen und gesellschaftlichen Aktivitäten der Keating-Schwestern kam die Wirtschaft im Dorf in Schwung. Außerdem waren sie große Naturschützer. Den Wald gäbe es dort heute in dem Ausmaß bestimmt nicht mehr. Aber ich kann gut verstehen, dass viele Menschen hier keine Perspektive sahen und ihr Glück anderswo gesucht haben. Männer wie Brynmore Bowen, die nach Amerika auswanderten.«

Stans Schnurrbart zuckte. »Sie sind hartnäckig, Lilian«, sagte er lächelnd. »Das Leben hier auf der Llŷn war nie leicht. Die Bewohner haben ihre heilige Insel nicht ausgebeutet. Die Pilger kamen, und man hat sich gekümmert und Unterkünfte gebaut, wie Carreg Cottage. Aber die Menschen sind dieselben geblieben, bescheiden und mit ihrem Land und dessen Geschichte verwachsen. Die Bowens waren eine Ausnahme. Vor allem Brynmore hatte immer verrückte Geschäftsideen im Kopf. So jemand konnte hier nicht glücklich werden.« Er räusperte sich. »Brynmore hat sich mit vielen angelegt. Er ließ sich nichts vorschreiben und war rücksichtslos. Das muss man wohl so sagen.«

Hier machte er eine Pause, und Lilian sah ihn erwartungsvoll an. »Ja?«

»Eigentlich hatte ich Ihnen das ersparen wollen, aber nun sind wir beim Thema, und erfahren werden Sie es sowieso bald. Miles Folland erhebt Anspruch auf Ihr Erbe.«

»Was?« Lilian wurde aschfahl. »Warum denkt er denn ...« Und dann dämmerte ihr der Zusammenhang. »Brynmore Bowen?«

Stanley nickte unglücklich. »Die Weiden rund um Carreg Cottage haben früher zwei Farmern gehört – Jones und Folland. Beide haben nach dem Zweiten Weltkrieg spekuliert. Jones konnte seine Farm retten, verlor aber das Land. Folland lieh sich Geld bei Bowen, spekulierte weiter und verlor alles. Emrys Folland hat die Halbinsel verlassen und ist nach England gegangen. Miles ist sein Enkel und will jetzt herausgefunden haben, dass die Aktien, in die sein Großvater investiert hat, Anteile einer Flugzeugfirma waren, die Bowen gehörte. Und Bowen soll gewusst haben, dass die Firma pleitegeht.«

Lilian nippte an ihrem Wasser. »Immer wieder Bowen. Hat Bowen mir das Cottage vererbt? Miles Folland ... aber das ist doch alles sehr weit hergeholt und sicher verjährt, oder? Miles will doch nur eine Ferienanlage auf den Klippen bauen!«

»Lilian, Sie sollen alles erfahren, aber erst nach Ablauf der Jahresfrist. Ich werde alles tun, um Miles' Forderungen für haltlos zu erklären. Es gibt keine Beweise für seine Behauptungen. Und wenn er etwas aus dem Hut zaubert, werden wir es prüfen, bis nichts mehr bleibt.«

Stanley erklärte ihr anhand einer Reihe von ähnlichen Fällen, die alle kompliziert und verworren schienen, dass solche Forderungen fast nie zum Erfolg führten. »Fast« war das einzige Wort, das Lilian verstand, und je öfter sie es hörte, desto verzweifelter wurde sie. »Ach, Stan, bitte geben Sie sich keine Mühe, ich verstehe diese ganzen juristischen Feinheiten nicht, und in meinem Kopf dreht sich alles.«

Sie hörte ein Geräusch, Fizz war schon aufgesprungen und kam kurz darauf mit Marcus zurück. Seine Haare waren vom Wind zerzaust, er wirkte leicht abgekämpft, doch seine Augen leuchteten auf, als er Lili sah. »Oh, du hast Besuch! Hallo, Mr Edwards.«

Er schüttelte dem Anwalt, der sich erhoben hatte, die Hand und erfasste sofort, dass etwas nicht stimmte. »Geht es dir gut, Lili? Du bist so blass.«

Lilian winkte ab. »Gesundheitlich fehlt mir nichts, aber Stan hat mir gerade mitgeteilt, dass Miles versucht, mir das Cottage und das Land wegzunehmen.«

»Das Cottage ist unantastbar, Lilian«, versicherte Edwards. »Dem Trust kann er das nicht streitig machen. Mit dem Land verhält es sich anders, aber wir finden eine Lösung. Machen Sie sich keine Sorgen.« Er wandte sich an Marcus. »Ich kann Ihnen gar nicht genug danken, Mr Tegg. Und ich sehe, dass Lilian bei Ihnen gut aufgehoben ist. Das freut mich. In schwierigen Situationen braucht man Freunde, auf die man sich verlassen kann.«

Marcus fuhr sich über das Kinn und stieß hörbar die Luft aus. »Wie kommt der Kerl denn auf so eine Idee? Jetzt geht er aber wirklich zu weit. Der schreckt ja vor gar nichts zurück!«

Der Anwalt nickte. »Lassen Sie mich der Sache nachgehen. Und das werde ich am besten noch heute tun.«

Lilian begleitete Edwards zur Tür, bedankte sich bei ihm und versuchte, seinen beruhigenden Worten zu glauben. Doch die Ereignisse der letzten Zeit hatten ihr zugesetzt, und sie betrachtete ihre zitternden Hände.

»Lili.«

Sie hob den Blick und fand sich Marcus gegenüber, der ihr langsam gefolgt war und sanft ihre Hände in seine nahm. »Was bedeutet dir das Land?«

Überrascht sagte sie: »Die Klippen gehören dem Wind und den Kühen und Schafen, aber sie dürfen nicht durch Betonklötze erstickt werden.«

Ein warmes Lächeln breitete sich auf seinem Gesicht aus. »Miles hat nicht den Hauch einer Chance und wenn ich ihm jeden Knochen einzeln breche.«

Sie stand dicht vor ihm und grinste. »Ich mag Männer mit schlagenden Argumenten.«

»Du magst mich also ein wenig?« Er zog sie an sich und legte die Arme um sie, so dass sie den Kopf zurücklegen musste, um ihn ansehen zu können.

»Ich bin dir dankbar für alles und …«

Er wollte sie loslassen, doch sie hielt ihn fest und presste ihr Gesicht an seine Brust. »Und ich mag dich sehr, Marcus Tegg.«

Als er sie erneut an sich drückte, seufzte sie erleichtert. »Ich dachte schon, du wolltest mich gehen lassen.«

»Keine Chance, Lili. Du brauchst jemanden, der auf dich aufpasst, und ich finde, ich mache meinen Job ziemlich gut.« Seine Hände glitten ihren Rücken hinauf, und ein wohliger Schauer ging durch ihren Körper.

»Mmh, ziemlich gut, aber eins würde ich schon gern wissen …« Sie sah ihn an.

Und als er fragend die Augenbrauen hob, fuhr sie sich mit der Zungenspitze über die Lippen. »Wie du küsst …«

Das Lächeln verschwand aus seinen Augen, und als seine Lippen zuerst sanft über ihre Wange glitten, bevor sie ihren Mund fanden, hörte Lilian auf zu denken und überließ sich ihren Gefühlen. Als sie nach einer Weile die Augen öffnete und wieder zu Atem kam, lag sie in seinen Armen, spürte seinen Herzschlag, sog den Duft seiner Haut am Hals ein und wunderte sich, wie lange sie sich dagegen gesperrt hatte. Vielleicht genau deswegen, dachte sie. Innerlich hatte sie gespürt, dass

Marcus mehr für sie empfand und dass sie ihn nicht so einfach aus ihrem Leben würde verbannen können wie ihre verflossenen Partner. Es würde nicht leicht werden, das wusste sie, aber zum ersten Mal hoffte sie, dass er derjenige war, der sie verstehen würde.

»Was grübelst du schon wieder, Lili?« Er legte einen Finger unter ihr Kinn und musterte sie mit amüsiert-besorgter Miene.

»Ach, mir gehen so viele Dinge durch den Kopf.«

Die Muskeln an seinem Nacken spannten sich. »Ich hoffe, sie haben nur mit dem Cottage zu tun. Sollten andere Männer darin eine Rolle spielen ...«

Meinte er das ernst? Sie ließ die Arme sinken, doch er hielt sie weiter fest.

»Nein, Lili, lass uns das klären. Ich mochte dich sofort, mehr als das. Eine Zeit lang dachte ich, du und Collen ... Aber da ist nichts, oder?«

Sie biss sich auf die Lippe. Er kannte sie wirklich gut. »Nein, Marcus. Vielleicht lag es daran, dass ich ihn zuerst kennengelernt habe und er mir Bardsey gezeigt hat. Er weiß so viel über die Geschichte der Pilger und die Steine hier. Und dann hatte ich diese merkwürdigen Visionen.«

Sie wartete auf seine Reaktion, doch er strich ihr über die Haare und nickte verständnisvoll. »Richtig, davon hat er mir erzählt. Das ist sicher nur eine Reaktion auf das geheimnisvolle Cottage und Bardsey. Menschen, die sehr empfindsam sind, passiert das hier ...«

So fühlte man sich, wenn ein Eiskübel über einem ausgegossen wurde, dachte Lili, stieß seine Hände von sich und trat von ihm zurück. »Wie war das? Collen hat mit dir über mich gesprochen? Er hat dir erzählt, was ich ihm im Vertrauen gesagt habe?«

Entgeistert starrte Marcus sie an. »Wir sind Freunde. Er hat sich Gedanken gemacht, und weil ich dich öfter sehe, wollte er wissen, ob es dir gut geht.«

»Das hätte er mich persönlich fragen können. Oh, ich hab's doch geahnt. Das war keine gute Idee!« Lilian riss die Hände in die Luft, stöhnte und stob wütend in ihr Zimmer, wo sie ihre wenigen Sachen zusammenpackte, sich ihren Autoschlüssel schnappte und nach unten lief. »Fizz!«

Marcus stand mit vor der Brust verschränkten Armen in der Diele und schien ebenfalls vor Wut zu kochen. »Es ist wirklich besser, wenn du erst mal mit dir selbst klarkommst, Lilian Gray. Du bist so verbohrt und verkorkst, du erkennst gar nicht mehr, wenn dich jemand liebt.«

Doch Lilian war so in Rage, dass sie ihm gar nicht richtig zuhörte. »Was habt ihr denn noch so ausgetauscht? Ob ich schon mit dir im Bett war und wie es war? Macht ihr das immer so?«

Marcus presste zwischen zusammengebissenen Zähnen hervor: »Unter anderen Umständen würde ich sagen, scher dich zum Teufel und sieh dich vor, dass sich unsere Wege nicht noch einmal kreuzen.« Er holte tief Luft und fuhr sich über das Gesicht. »Aber du hast eine Menge durchgemacht. Das ist keine Entschuldigung, aber ich kann dich sogar verstehen.« Er ging zur Tür und zog sie auf. »Auf der Baustelle werden wir uns erst mal nicht sehen. Willst du überhaupt, dass Jo und Tim weitermachen?«

Fizz stand zwischen ihnen und sah von einem zum anderen, und Lilian begriff trotz ihrer Wut, dass sie wahrscheinlich den größten Fehler ihres Lebens machte, aber sie konnte ihm einfach nicht vertrauen. »Wo ist der Stein? Ich möchte ihn gern mitnehmen.«

Marcus lehnte lässig an der Tür. »Collen wollte ihn untersuchen. Ich dachte, du hättest nichts dagegen. Das tut mir leid, wirklich, Lili. Ich hätte dich fragen müssen. Aber …«

»Aber es war ja unter Freunden, und die teilen eben alles«, ätzte sie und sah in die Abenddämmerung hinaus. Es hatte zu regnen begonnen. In Pegs Haus brannte Licht, und die Gardinen im Küchenfenster bewegten sich. Ihr Streit war nicht zu überhören gewesen.

»Grüß deine Schwester und ihre Familie von mir. Ich habe nichts gegen Jo und Tim und …« Ihre Stimme zitterte und brach ab, und sie rannte mit ihrer Tasche und gefolgt von Fizz durch den Regen zu ihrem Wagen.

Als sie den Motor anließ und Fizz wie immer neben ihr auf seiner alten Decke saß, schniefte sie: »Wir zwei, hm?«

Der struppige, kleine Hund schüttelte sich, nieste und rollte sich auf seiner Decke zusammen.

XIX

Mynydd Anelog,
Anno Domini 619

Seit drei Tagen regnete es unaufhörlich. Die Straßen hatten sich in schlammige Hindernisse verwandelt, die Bäche schwollen an, und Flüsse waren bereits über die Ufer getreten. Hier oben auf der Llŷn waren sie von Erdrutschen und Überschwemmungen verschont geblieben, und Meara hoffte, dass der aufkommende Wind die dunklen Regenwolken endlich vertreiben würde. Sie hielt Eirlys fest an der Hand. Das dreijährige Mädchen war fröhlich, aufgeweckt und wollte überall dabei sein.

Meara wusste, dass Cadeyrn sich weitere Kinder wünschte, und sie wollte ihn nicht der Hoffnung berauben, doch während der schweren Geburt war etwas in ihr geschehen, von dem sie ahnte, dass es ihr weitere Kinder verwehren würde. In ihrem Kapuzenmantel hüpfte Eirlys neben ihrer Mutter durch die Pfützen und sang ein Kinderlied, das Meara von ihrer Mutter gelernt hatte.

Capel Anelog lag beschaulich vor ihnen, eingebettet zwischen dem Wald, Wiesen und dem Berg. Das erste Haus am Dorfrand gehörte Fychans Familie, dahinter lag das Haus des Schmieds Anryn, mit dessen Frau Gaenor sich Meara gut verstand. Meara wurde von fast allen Dorfbewohnern gern gesehen. Nur Fychans Schwiegermutter war unbelehrbar und bekreuzigte sich noch immer bei jeder Begegnung, als sei Meara eine Abgesandte des Teufels.

Trotz des Regens waren die Menschen guter Stimmung, denn das Osterfest war gerade erst vorüber, und von den Festtagen waren noch reichlich Speisen und helles Brot übrig.

Kaum erreichten sie Fychans Haus, hörte es auf zu regnen, und die Sonne blitzte durch die Wolken. Eine Windböe fegte Eirlys die Kapuze von den rotblonden Locken, und das Mädchen lachte. »Mam, Sonne! Und da fliegt ein Vogel!«

Wann immer ihre Tochter sie Mam nannte, fuhr ihr ein trauriger Stich durch die Brust, denn sie dachte an ihre Mutter Nimne. Gleichzeitig freute sich Meara über das Glück, eine eigene Tochter zu haben, und versuchte, ihr alles beizubringen, was sie von ihren Eltern gelernt hatte.

»Eine Möwe, Eiri, das ist eine Möwe. Die kommt vom Meer und sagt uns, dass ein Sturm aufzieht.«

»Wieso weiß sie das?«, fragte das Mädchen und heftete die großen, dunklen Augen neugierig auf sie.

»Die Möwe kennt das Meer, so wie wir das Land kennen. Sie fliegt über dem Wasser und kann die Zeichen des Himmels deuten. Und weil es bei Sturm gefährlich auf dem Meer ist, kommt sie rechtzeitig aufs Land und schreit den anderen ihre Warnung zu«, versuchte Meara zu erklären.

Eirlys nickte ernsthaft. »Möwe. Sie passt auf. Oh, kann ich zu Bethi?«

Die Tür war aufgegangen, und ein Mädchen in Eirlys Alter und eine Frau mittleren Alters schauten heraus. Bethi war die vierjährige Tochter von Fychan und seiner Frau Bronmai.

»Geh nur. Hallo, Bronmai. Ich hole sie auf dem Rückweg ab. Fychan wollte mir noch eine Schafshaut mitgeben«, sagte Meara.

Bronmai war blass und hustete. »Hast du noch von dem

Tannensaft? Dieser verfluchte Regen legt sich auf meine Lunge.«

»Nicht dabei, aber ich koche dir nachher einen Tee, der dir helfen wird.« Meara konnte die Erleichterung in Bronmais Gesicht lesen und setzte ihren Weg fort.

Vor Tagen war ihr ein Gerücht zu Ohren gekommen, das ihr große Sorge bereitete. Ein junger Mönch, der auf dem Weg nach Enlli gewesen war, hatte von einem fanatischen Priester gesprochen, der aus dem Süden kam und die Menschen gegen den alten Glauben aufwiegelte. Das hatte Mearas Überlegungen neue Nahrung gegeben, ob es nicht an der Zeit war, die Halbinsel Llŷn zu verlassen und im Norden eine neue Heimat zu suchen. Cadeyrns Feinde waren tot, und von Edwin waren keine Schreckensbotschaften zu vernehmen. Hier im Königreich Gwynedd jedoch stritten seit König Iago ap Belis Ermordung die Fürsten um ihre Territorien. Iago hatte seinen Sohn Cadfan ap Iago zum Nachfolger ernannt, doch noch war seine Herrschaft nicht gesichert. Immer wieder strolchten marodierende Banden durch die Lande und beanspruchten für sich, was der König ihnen angeblich schuldete. Zudem hatte Iago sich zum Christentum bekannt, und Meara ahnte, dass die Zeit des alten Glaubens endgültig zu Ende ging.

Ihren Gedanken nachhängend stapfte Meara über die matschige Dorfstraße. Die dunklen Zeichen mehrten sich seit Wochen und bereiteten ihr schlaflose Nächte. Seit jener schrecklichen Nacht, in der ihre Familie ermordet worden war, hatte sie keine so deutlichen Vorahnungen mehr gehabt. Sie musste lernen, ihre seherischen Kräfte zu steuern. Ihr Vater hätte ihr dabei helfen können, und sie vermisste seinen Rat. Es half nichts, sie musste ihre Familie schützen, und eine rechtzeitige Flucht schien die beste Lösung.

Als sie zu der winzigen Kapelle am Ende des Dorfes kam,

in der Veracius seinen Dienst tat, schnürte sich ihr Magen zusammen. Sie hasste die Gotteshäuser der Christen, die düster und furchteinflößend waren. Wie konnten die Menschen nur vergessen, dass die Götter in den Wäldern, im Meer und in den Lüften herrschten?

Im Gegensatz zu Bruder Martin war Veracius jedoch ein junger Mann mit offenem Gesicht und einem freundlichen Lächeln. Ihm haftete nichts Arges an, und er versuchte, den Menschen in ihrem täglichen Kampf des Überlebens zu helfen, indem er ihnen Mut zusprach. Er drohte nicht mit Höllenqualen, sondern predigte Mitgefühl. Seine Familie stammte von römischen Besatzern und dem alten Volk im Norden ab.

Der schmächtige dunkelhaarige Mann trat aus der Kapelle und begrüßte Meara. »Gott segne dich, Heilerin. Deine Kenntnisse sind uns höchst willkommen. Wir haben zwei Fieberkranke und einen faulenden Fuß. Aber bevor du wieder gehst, möchte ich dir erzählen, was ich heute Morgen erfahren habe.«

Nachdem Meara sich um die Patienten gekümmert hatte, fand sie Veracius vor der Kapelle, die sich nur durch den halbrunden Anbau mit dem Altar von den übrigen Häusern des Dorfes unterschied. Die Konstruktion aus Balken, Stroh und Lehm war die Norm, Steine waren schwerer zu verarbeiten und den größeren Anwesen vorbehalten. In der Schmiede ging der Hammer nieder, und die Hühner schienen die Sonne ebenfalls zu genießen und scharrten vor den Häusern.

Veracius lud sie ein, ihm zu folgen, und Meara trat in das Gotteshaus. Er versteckte die Hände in den weiten Ärmeln seiner Kukulle und sah sie ernst an. »Ich möchte dir keine Angst machen, aber ich könnte mir nicht verzeihen, dich nicht gewarnt zu haben. Mein Heimatkloster liegt in Glastonbury, und dort bin ich vor einigen Jahren einem fanatischen Mönch mit Namen Brioc begegnet.«

Meara hielt den Atem an.

»Er ist dir bekannt?«

Sie beschrieb grob das Aussehen jenes Brioc, der für den Tod ihrer Familie verantwortlich war.

»Das klingt nach ihm. Du verbindest keine guten Erinnerungen mit diesem Priester?«

»Bruder Veracius, verzeih mir, aber ich misstraue allen Priestern, denn von ihnen kam großes Leid über meine Familie.« Meara schwieg, und ihre Lippen wurden schmal.

Veracius nickte bedächtig. »Brioc ist von fanatischem Missionseifer durchdrungen und sieht sich als Schwert Gottes.« Der Mönch machte eine Pause. »Er wurde in Porth Oer gesehen, wo er sich nach Ynys Enlli einschiffen will.«

Panisch umklammerte Meara ihren Dolch und erwiderte heiser: »Das ist nur einen halben Tagesmarsch von hier entfernt. Ich muss sofort gehen. Danke, Bruder Veracius.«

»Gott beschütze dich!«

Kaum hatte sie die Kapelle verlassen, rannte sie durch den Schlamm zurück zu Fychans Haus. Sie hörte nicht auf das Rufen des Schmieds und übersah Gaenors Winken.

»Eirlys!« Meara stürmte in Fychans Haus, wo Bronmai überrascht von ihrem Webstuhl aufsah. »Was ist denn, Meara? Du siehst aus, als hättest du den Teufel persönlich gesehen.«

»Wo ist Eirlys? Wo ist meine Tochter?« Außer sich vor Angst packte Meara die Schäfersfrau an den Schultern.

»Sie sind in den Wald, Tannennadeln sammeln, für den Saft ... Aber bei der Heiligen Jungfrau, Meara, was ist denn in dich gefahren?« Bronmai hustete und hielt das Schiffchen mit der Wolle fest.

»Und wo ist dein Mann?«

»Bei den Schafen auf der Weide am Wald. Deshalb dachte ich ja, dass die Mädchen dorthin gehen können, weil Fychan und die Hunde in der Nähe sind.«

»Gut, ich erklär's dir später. Ich muss weg!« Meara ließ die verdutzte Frau stehen, rannte wie von Furien gehetzt davon und wusste, dass es kein Später geben würde.

Während Meara lief, wurde sie von Bildern heimgesucht, die sie nicht sehen wollte.

»Nein!«, brüllte sie und rannte, bis ihre Lunge brannte und bersten wollte, ihr Atem stockte und sie zu fallen drohte. Doch sie fiel nicht, sie rannte weiter, sprang über Steine, umgestürzte Bäume, duckte sich unter Ästen hindurch, bis sie die Wiesen vor sich sah, auf denen Fychans Schafe weideten.

Da standen sie beieinander, als wäre alles wie immer. Die kleine Bethi nahm Eirlys Hand und sang mit ihr ein Kinderlied, während Fychan lächelnd auf seinen Hirtenstab gestützt lauschte und die Hunde um sie herumliefen und die Schafe zusammenhielten. Werde ich wahnsinnig, fragte sich Meara und fuhr sich mit den Händen über das verschwitzte Gesicht.

»Kinder! Fychan!«, rief sie mit letzter Kraft und stolperte aus dem Wald auf die Wiese. »Ist alles in Ordnung?«

Plötzlich ging eine Wandlung mit dem Schäfer vor, sein Lächeln verschwand, er schaute angespannt um sich und kam zielstrebig auf sie zu. Sein Gesicht war voller Sorge, tiefe Falten hatten sich über seiner Nase eingegraben. »Meara, nicht erschrecken, ich habe erfahren, dass der Priester Brioc mit bewaffneten Männern hier ist und nach einer Druidentochter sucht.«

Sie seufzte beinahe erleichtert auf, hatte sie doch befürchtet, er hätte eine neue Hiobsbotschaft für sie. »Ich habe es gerade von Bruder Veracius erfahren. Deshalb bin ich so schnell gekommen. Weißt du, wo sie hin sind?«

»Sie haben sich nach Ynys Enlli übersetzen lassen. Das verschafft euch einen Vorsprung von mehreren Tagen, denn ein Sturm zieht auf und wird sie dort eine Weile festhalten. Cadeyrn erwartet dich. Am schnellsten könnt ihr mit dem Boot von hier verschwinden. Elffin wird euch gewiss helfen. Oh, Meara, ihr werdet mir fehlen. Aber ihr dürft nicht länger bleiben und euch in Gefahr bringen. Der Priester verspricht jedem eine Belohnung, der dich verrät, und du weißt, wie die Menschen sind.« Betrübt sah er sie an.

»Für ein paar Silberlinge …«, murmelte sie und umarmte Fychan. »Was hätte ich nur ohne dich gemacht. Danke, Fychan, die große Göttin möge dich beschützen.«

Er verdrückte eine Träne und nickte in Richtung der Mädchen. »Sie wissen nichts. Lass sie denken, es ist ein Spiel.«

Eine Windböe fegte über die Ebene, und das Meer donnerte hinter den Klippen gegen die Felsen. »Hoffentlich können wir heute überhaupt noch von hier fort.«

Fychan winkte die Mädchen zu sich. »Bethi, deine Freundin muss jetzt gehen.«

Bethi und Eirlys umarmten sich, und Gof gesellte sich ebenfalls zu ihnen. Schweren Herzens nahm Meara die Hand ihrer Tochter und warf Fychan einen langen letzten Blick zu. Der Schäfer hatte ihr in den schwierigsten Stunden ihres Lebens zur Seite gestanden und ihr eine neue Heimat am Berg Anelog ermöglicht. Doch sie hatte immer gewusst, dass sie diesen Ort irgendwann wieder verlassen würde. Nur nicht so bald, dachte sie, und nicht auf diese Weise.

XX

Mein ist die Rache

*Der Herr ist ein eifernder
und vergeltender Gott,
ja, ein Vergelter ist der Herr
und zornig.*

Nahum 1:2

Cadeyrn saß unter dem Vordach ihres kleinen Hauses und bearbeitete mit Hammer und Meißel einen Stein. Als er Gof bellen hörte, ließ er das Werkzeug sinken und stand auf. Eirlys lief in seine ausgebreiteten Arme.

»Tad!«, rief das kleine Mädchen und ließ sich von ihrem Vater durch die Luft schwingen. Eine Welle des Glücks durchflutete ihn und wurde vergiftet von drohendem Unheil. Es war nicht nur die Furcht vor dem fremden Priester, auch sein schwächer werdender Körper bereitete ihm Sorgen. Die inneren Verletzungen, die ihm die Sachsen zugefügt hatten, mussten schwerwiegender sein, als er gedacht hatte. Doch er sagte nichts, um Meara nicht zu beunruhigen.

Sacht setzte er seine Tochter ab und sah zu, wie sie mit kräftigen kleinen Beinchen ins Haus lief, wo Meara immer ein Stück Brot oder getrocknete Früchte in einer Schüssel bereithielt. Meara, seine Geliebte, seine Sonne, ohne sie wäre er nicht mehr am Leben, und ein Leben ohne sie konnte er sich nicht vorstellen. Er suchte ihren Blick, versank in ihren unergründlichen dunklen Augen und nahm jede ihrer Bewegungen in sich auf, bis sie vor ihm stand, dicht genug, dass er ihren Duft wahrnehmen konnte. Nicht dicht genug. Er zog sie in seine Arme und küsste sie. Er konnte nicht anders und erkundete ihre Rundungen, die ihn entzückten und erregten, weil er alles an ihr liebte.

Meara schmiegte sich an ihn und seufzte. »Was tun wir, Geliebter? Du hast von Briocs Ankunft gehört, sagt Fychan.«

»Hm.« Er vergrub das Gesicht in ihren Haaren und drückte sie mit verzweifelter Sehnsucht an sich.

Der Wind hatte weiter zugenommen und rüttelte an den Ästen der alten Fichte. Die Tiere waren unruhig und hielten sich in der Nähe ihrer Verschläge auf, und die dunklen Wolken verhießen nichts Gutes. Meara nahm seine Hand und ging mit ihm hinein.

»Eirlys, mein Schatz, ich mache dir einen Becher Honigmilch warm, und dann legst du dich schlafen. Wir müssen heute vielleicht noch einen langen Spaziergang machen.«

Furcht und Wut auf die Menschen, die sie nicht in Frieden leben lassen konnten, schnürten ihm die Kehle zu. Er stürzte einen Becher Gewürzbier hinunter und ging zu seinem Pult. Mit tränenfeuchten Augen rollte er die Pergamente zusammen, an denen er gearbeitet hatte, und strich liebevoll über die eng beschriebenen Seiten. Die griechischen Gelehrten hinterfragten die Welt, diskutierten und suchten nach Antworten. Der neue Christenglaube beanspruchte für sich die alleinige Wahrheit. Er hatte lange gebraucht, um zu erkennen, dass dieser Weg nicht zur Erkenntnis, sondern in die Dunkelheit führte. Und nun kam ausgerechnet ein Priester und wollte ihm sein Liebstes nehmen! Ein Fluch entrang sich seinen zusammengepressten Zähnen.

Meara warf ihm einen besänftigenden Blick zu, während

sie ihrer Tochter die Milch reichte und sie schließlich die Stiege hinauf zu ihrem Schlafplatz begleitete. Cadeyrn hatte eine halbe Etage eingezogen, auf der Eirlys schlief und spielte, wenn Meara Kranke empfing und Cadeyrn an seinen Manuskripten arbeitete. Er hörte, wie sie ein Schlaflied summte, und räumte die Federn und die Dornentinte in ein Kästchen.

»Wir müssen noch heute fort, nicht wahr?« Sie trat neben ihn und schlang ihm die Arme um die Hüfte.

»Der Sturm wird Brioc auf der Insel festhalten, und wir sollten den Vorsprung nutzen. Er hat dich bis hierher verfolgt, Meara, und der junge König wird dich nicht schützen. Sein Reich steht auf wackligen Füßen, er wird es sich nicht mit den Vertretern des neuen, mächtigen Glaubens verderben. Es gibt keinen anderen Ausweg. Wir müssen in den Norden, wo das alte Volk noch Macht hat. Im Süden herrscht die Kirche Roms, und der Bischof von Canterbury ist bald mächtiger als König Raedwald.« Er strich ihr übers Haar. »Schau, dieser Stein sollte Teil unseres neuen Heims werden.«

Cadeyrn nahm ihre Hand, ging mit ihr vor die Tür und hob den Stein auf, der neben seinem Werkzeug lag. »Siehst du das? Ein Kreuz und ein endloser Knoten. Auf dem nächsten Stein wollte ich die Symbole vereinen. Es ist möglich, wenn die Menschen nur wollen.«

Meara fuhr mit den Fingern die reliefartigen Formen nach. »Wenn sie nur wollten ... Cadeyrn ...« Sie sah ihn an und umfasste sein Gesicht mit den Händen. »Eirlys schläft.«

Ihre dunklen Augen versprachen ihm Trost, Liebe und Hoffnung, und er folgte ihr willig zurück ins Haus. Sie liebten sich mit verzweifelter Leidenschaft, voller Hoffnung auf einen Neubeginn in fremden Ländern und Furcht vor dem Unbekannten.

Bei Einbruch der Dämmerung begab sich die kleine dreiköpfige Familie hinunter zum Meer. Ihre Habe war in zwei Säcken verstaut, Meara trug zusätzlich ihre Kräutertasche. Gof hatten sie bei den Tieren zurückgelassen, die er hütete, bis Fychan am nächsten Tag nach ihnen sehen würde. Meara hielt die Hand ihrer Tochter fest.

»Warum darf Gof nicht mit?«, fragte das Kind, das müde und quengelig neben ihnen hertrottete.

Eine Windböe fegte über die Hügel und brachte feinen Regen mit sich, doch die Luft war warm und verhieß den Sommer.

»Gof passt auf die Ziegen auf, Eiri. Die sind heute Nacht allein, weil wir doch eine Reise machen. Und Gof kann nicht Boot fahren«, erklärte Meara.

»Wohin fahren wir? Ich muss morgen wieder hier sein, weil Bethi Geburtstag hat.«

Cadeyrn strich Eirlys tröstend über die Schulter. »Das feiern wir nach, Kleines. Du fährst doch gern Boot, oder?«

»Aber nicht, wenn die Wellen so hoch sind. Dann wird mir schlecht!«, maulte Eirlys, und Cadeyrn musste schmunzeln.

»Kann ich verstehen, aber du bist ja ein großes Mädchen und wirst das schon schaffen.«

Der feine Nieselregen legte sich wie ein Film über Gesichter, Haare und Kleider und drang langsam durch die Wolle. Die Felsen wurden nass und rutschig, und sie mussten sich beim Abstieg vorsehen, um nicht auf losem Geröll auszurutschen.

»Fychan und Elffin sind gute Männer. Wie können wir ihnen das nur je danken«, sagte Meara, als sie den Hügel über der Bucht erreichten. Von hier sah man direkt auf das aufgewühlte Meer, den Strand und die Flussmündung, um die sich die wenigen Fischerhütten schmiegten.

»Auf Fychan und Elffin ist Verlass. Solche Freunde sind selten. Bei Sessylt bin ich mir nie so ganz sicher, was er denkt«, meinte Cadeyrn.

»Mmh, da magst du recht haben, aber er hat uns nie geschadet.« Sie packte Eirlys fester, als sie auf einem steilen Klippenpfad nach unten stiegen.

Die Gischt tanzte auf den dunklen Wellen, am Strand lagen zwei Boote, und eine Gestalt hockte im Sand. Als sie näher kamen, erkannten sie Elffin, der ein Netz flickte.

»Meara, Cadeyrn!« Der Fischer erhob sich und umarmte sie kurz. »Morgen segelt ein großes Boot von Porth Cadlan nach Ynys Môn. Heute kann ich euch nicht mehr hinbringen.«

Sie schauten auf die aufgewühlte See, die in die Bucht drängte und sich an den Felsen der kleinen Möweninsel Ynys Gwylan-fawr brach. Selbst bei ruhiger See waren die Strömungen gefährlich, bei Dunkelheit konnten sie schnell zur tödlichen Falle werden.

»Bleibt heute Nacht bei uns. Wir rücken alle zusammen und essen Makrele. Die bereitet meine Frau zu wie keine Zweite«, schlug Elffin vor und steckte sein Messer in den Gürtel.

Cadeyrn hielt das für einen guten Vorschlag. Mit dem Kind würden sie zu Fuß nicht weit kommen. Meara jedoch sah sich unruhig um und deutete plötzlich in die dunkle Bucht von Porth Meudwy, von wo die Fischer nach Ynys Enlli ablegten. »Sie sind zurück! Ihr Götter helft uns, sie sind zurück …«, flüsterte sie und umklammerte ihre Tochter.

»Mam, was ist denn?«, rief Eirlys.

Cadeyrn konnte nichts sehen, doch er vertraute Mearas

Instinkten. »Kann das sein, Elffin? Ist heute ein Boot ausgelaufen?«

Elffins Hände zitterten, als er das Netz zusammenraffte, um es sich über die Schulter zu legen. »Sessylt ist zum Fischen raus. Ich habe mich gewundert, dass er bei dem Wetter überhaupt noch rauswollte, aber er meinte, da würde er die besten Heringe fangen. Aber ...«

»Was?« Cadeyrn packte ihn am Arm.

»Aber er war irgendwie merkwürdig. Jetzt wird es mir klar. O Gott, er hat den Priester und die Soldaten abgeholt! Sie haben ihre Pferde oben bei Colwyn eingestellt. Wir müssen hier weg!« Elffin sah sich am Strand um.

Die Bucht stellte eine tödliche Falle dar. Der einzige Weg in die Hügel führte über die Flussmündung zwischen den Häusern hindurch. Wenn die Männer in Porth Meudwy gelandet waren, würden sie über den Klippenpfad zum Strand oder direkt zu den Häusern gehen. Kräftige Männer benötigten dafür nicht mehr als den vierten Teil einer Stunde. Plötzlich wusste Cadeyrn, was er tun musste. Es gab nur einen Weg, Meara und ihre Tochter zu retten.

»Elffin, ist es wirklich unmöglich, jetzt nach Porth Cadlan zu rudern? Du bist ein erfahrener Seemann. Der Sturm ist noch nicht angekommen, du kennst jede Welle, jede Strömung.« Cadeyrn ergriff Elffins Arm und sah ihm in die Augen.

Das vom Wetter gezeichnete Gesicht des Fischers war eine Landkarte des Lebens, die Kämpfe, Verluste und Mut zeigte. Elffin verstand. »Du willst sie ablenken, in die Hügel locken, während wir in die nächste Bucht fahren. Ja, mein Freund, ich bringe deine Frau und deine Tochter nach Porth Cadlan. Bei allem, was mir heilig ist, ich schwöre es.«

Weißer Schaum spritzte auf den Strand, während hinter

den Klippen die letzten Sonnenstrahlen im Meer versanken. Die schroffen Felsen der Möweninseln waren nur noch als dunkle Schatten in der Ferne zu erahnen, und nur, wer die Bucht kannte, würde die tödlichen Blöcke in der rauen See umschiffen können.

Meara, die Eirlys an sich gedrückt und das aufgeregte Kind beruhigt hatte, erhob sich und schüttelte den Kopf. »Das machen wir nicht. Ich lasse dich nicht hier zurück, Cadeyrn. Sie werden dich töten, wenn sie mich nicht finden. Nein!«

Cadeyrn ließ seinen Sack zu Boden gleiten und fasste Meara sanft bei den Schultern. Ihre Tochter stand zwischen ihnen und hielt sich am Rock der Mutter fest. »Meara, du hast mir mehr als ein Mal das Leben gerettet, und jetzt ist es an mir, dasselbe für dich zu tun. Wenn sie bei der Hütte niemanden antreffen, werden sie hier herunterkommen und nach uns suchen. Sie werden herausfinden, dass morgen ein Schiff geht, und uns vielleicht noch heute Nacht aufspüren. Und wenn sie uns nicht heute aufspüren, wird dieser verrückte Brioc uns weiterverfolgen wie ein Bluthund, und wir werden niemals Frieden finden. Wir haben weder Mittel noch mächtige Freunde hier in der Gegend. Uns wird niemand helfen. Willst du das Leben unserer Tochter riskieren?«

Ihre Augen füllten sich mit Tränen. »Nein«, flüsterte sie. »Nein, aber ich will dich nicht verlieren, Cadeyrn, mein Geliebter, ich liebe dich, mein Herz.«

Er küsste sie und drückte sie an sich, kurz und fest.

»Ich hätte es sehen müssen, aber ich konnte die Zeichen nicht deuten. Du folgst uns nach Ynys Môn. Ich werde dort auf dich warten.« Sie streichelte seine Wange, sein Kinn, strich sein Haar zurück. In ihrem Blick mischten sich Trauer, Furcht und Verzweiflung. Er kannte sie gut genug, um zu wissen, dass ihre Ruhe nur äußerlich war. Sie war klug, eine Heilerin, und wusste, wie es um ihn stand.

»Nein, ihr reist sofort weiter nach Norden. Hier seid ihr nirgends sicher. Ich finde dich, Meara, egal, wo du bist, ich finde dich«, sagte er unter Tränen.

»Es gibt ein kleines Dorf im Westen des Piktenlandes, Grianaig. Dorthin werden wir gehen, da findest du uns. Wir warten auf dich, Geliebter, und wenn du kommst, werden wir tanzen und singen und uns lieben ...«, flüsterte sie heiser und erstickte ihr Schluchzen, indem sie ihre Lippen auf seine presste.

Er schmeckte das Salz ihrer Tränen, das sich mit dem Salz des Meeres vermischte, und musste sich gewaltsam von ihr losreißen, um sich zu seiner Tochter zu bücken. »Komm her, kleine Eiri. Gib deinem Tad einen Kuss, der lange vorhält.«

Das Mädchen legte ihm die Ärmchen um den Hals und gab ihm schmatzende Küsse auf die Wangen und auf die Nase. »Der ist für Gof. Vergiss nicht, ihn mitzubringen. Er ist traurig, wenn ich nicht da bin, und ich bin auch traurig, wenn ich nicht mit ihm spielen kann.«

»Ja, Eiri, das mache ich, und jetzt geh mit deiner Mam und sei ein tapferes Mädchen.« Er konnte seine Tränen nicht länger zurückhalten, wandte sich ab und klopfte Elffin auf die Schulter. »Danke, mein Freund.«

Der Fischer nickte und zeigte auf eines der Boote, das bereits zur Hälfte im auflaufenden Wasser schwamm. »Los, kommt jetzt!«

Cadeyrn half ihnen beim Einsteigen, schob das Boot mit ins Wasser und sah seiner Familie nach, bis das Boot im Schutz der Dunkelheit verschwand. Dann warf er sich den Sack über die Schulter und begann im Laufschritt auf die

Häuser zuzulaufen. Es musste ihm nur gelingen, vor dem Priester und den Soldaten an der Hütte zu sein, dann konnte er ihnen glaubhaft versichern, dass Meara Krankenbesuche in Clynnog Fawr machte. Bis die Häscher von dort zurückkamen, waren Meara und Eirlys bereits auf dem Weg nach Grianaig.

24

Schlangenköpfe in Llangwnnadl

Die Maisonne fiel warm in den Garten. Lilian stand auf der Steinmauer und betrachtete zufrieden ihr Werk. Der Haselstrauch war gut angewachsen, genau wie das Heiligenkraut, der Thymian und eine Wilde Karde. Es gab Rosen, die noch zur Blüte kommen würden, Lavendel, Zitronenverbene, Sauerampfer und Kreuzkümmel, Basilikum und Mutterkraut. Und viele weitere Pflanzen sollten noch ihren Platz finden. Der Garten war schon jetzt eine Freude, doch wenn alles blühte und üppig grünte, würde er Spaziergänger und Gäste gleichermaßen erfreuen und anlocken.

Sie hatte sich in die Gartenarbeit gestürzt, um sich abzulenken. Ihr Streit mit Marcus tat ihr leid – und doch wieder nicht, denn sie konnte den Vertrauensbruch nicht verzeihen. Marcus hatte gewusst, wie wichtig der Stein für sie war, und ihn dennoch einfach Collen gegeben. Natürlich hatte sie ihn nicht sofort zurückverlangt. Sie wollte sich nicht lächerlich machen, und vielleicht fand Collen ja tatsächlich etwas heraus.

Die Polizei hatte keine Hinweise auf den Angreifer finden können. Sergeant Trevitt, der auch den ersten Einbruch aufgenommen hatte, gab sich große Mühe, doch im Grunde war klar, die Sache würde im Sande verlaufen. Lilian hoffte, dass endlich Ruhe in ihr Leben einkehren würde, doch sie wusste selbst, es war noch ein weiter Weg bis zu einem normalen Alltag in Carreg Cottage.

Die Dachdeckerfirma hatte gute Arbeit geleistet und alle angebrannten Holzbalken und die Innenverkleidung ausgetauscht. Der Brandgeruch war nur noch schwach wahrzunehmen, im hinteren Haus gar nicht. Im nächsten Monat würde das neue Dachfenster fertig sein, und dann könnte sie endlich aus ihrem Gästezimmer in ihr kleines, privates Dachgeschoss umziehen.

Jo kam auf die Terrasse, um eine Flasche Wasser zu trinken. Er war freundlich wie immer, doch man spürte, dass ihn die angespannte Situation zwischen ihr und Marcus belastete.

»Hey, Jo! Wie geht's Gemma?« Sie sprang von der Mauer und kam über einen gewundenen Pfad auf ihn zu.

Heute wurden seine Rastazöpfe von einem bunten Tuch gehalten. Er wischte sich mit dem Handrücken Wasser vom Kinn. »Gut, danke. Cheryl will dich wohl noch anrufen. Gemma hat einen alten Brief erwähnt, den ihre Mutter gefunden hat. Egal, wird sie dir selbst sagen. Ich muss dann wieder.«

Lilian nickte. »Jo, hast du mit Marcus gesprochen?«

Der junge Mann spielte mit seiner Wasserflasche. »Sicher.«

»Mach es mir doch nicht so schwer. Kommt er gar nicht mehr her?« Die Frage war ihr herausgerutscht.

»Nein. So wie er momentan drauf ist, eher nicht. So habe ich ihn noch nicht erlebt.« In seiner Stimme schwang ein leiser Vorwurf mit, und Lili senkte beschämt den Blick.

Ihr Telefon lag auf dem Gartentisch und begann zu vibrieren. »Ich spreche mit ihm.«

Jo grinste und sagte im Gehen: »Ist nie einfach, den ersten Schritt zu machen …«

Lilian nahm das Gespräch entgegen. »Gray?«

»Greyfriars Konvent, Bruder John. Sind Sie Lilian Gray aus Skelmorlie?«

»Ja. Ist etwas mit Bruder Martin Grant?«

»Es tut mir leid, Miss Gray. Er ist verstorben. Es kam ganz plötzlich. Sein Herz.«

Sie schluckte und atmete schneller. »Das ist furchtbar. Er war ein guter Mensch und ein besonderer Seelsorger.« Die Bilder ihrer Kindheit in Skelmorlie zogen an ihr vorbei. Sie hätte ihn besuchen sollen. Jetzt war es zu spät!

»Wir alle vermissen ihn sehr. Aber Gott ist gnädig und sein Reich ohne Leid. Bruder Martin hat einen Brief für Sie hinterlassen, auf dem nur Ihre Telefonnummer stand. Deshalb rufe ich an. Ich würde Ihnen den Brief gern schicken, fand aber keine Adresse.«

Ihr Herz machte einen hoffnungsvollen Satz. »Er hat an mich gedacht …«, flüsterte sie gerührt. »Er hat es nicht vergessen. Ja, das ist sehr freundlich.« Sie nannte ihm die Anschrift.

»Sie leben auf der Llŷn? Dann waren Sie sicher auf Bardsey? Ich habe vor vielen Jahren eine Pilgerreise unternommen, und eine Station führte mich nach Bardsey Island. Ich habe diesen Ort nie vergessen und mir immer gewünscht, noch einmal dorthin zu gehen«, erzählte der Geistliche. »Gott segne Sie, Miss Gray.«

Lilian schaute noch auf das Telefon, als der Anrufer längst aufgelegt hatte. Der Priester hatte ihr einen Brief hinterlassen. Ob er gespürt hatte, dass seine Tage gezählt waren? Fizz kam mit einem Holzstück zu ihr und legte sich auf die Steine, um an seiner Beute zu knabbern, doch plötzlich sprang er auf und lief bellend um die Hausecke.

»Ja, ist doch gut. Du kennst mich doch«, erklang Cheryls freundliche Stimme. »Lilian, sind Sie da?«

»Ja, ich bin auf der Terrasse.« Lilian ging Cheryl entgegen, die in einem grünblauen Kleid mit wehendem Seidenschal und in Stegschuhen zu ihr kam.

Sie stellte ihre große Schultertasche auf den Boden, um

Lilian herzlich zu umarmen. »Liebes, Sie sehen noch viel zu mitgenommen aus! Essen Sie überhaupt etwas? Mager nenne ich das, und gesund ist das nicht. Kommen Sie zum Essen zu uns. Morgen oder übermorgen? Sie müssen nicht gleich zusagen. Rufen Sie mich an. Aber das müssen Sie mir versprechen, ja?« Die Pfarrersfrau drehte sich und schlug begeistert die Hände zusammen. »Ihr Garten ist wundervoll! Schau sich das einer an! Zauberhaft, oh, wenn ich mehr Zeit habe, müssen Sie mir genau erklären, was Sie gepflanzt haben.«

Lilian musste bei so viel positiver Energie lächeln. »Möchten Sie sich setzen? Tee oder Wasser?«

»Nein danke, sehr lieb. Passen Sie auf, was ich für Sie habe. Die Briefe von Rebecca Morris haben Sie doch so interessiert, und dann diese furchtbare Sache mit dem Stein und der Brand und … Ach, das hat mir alles keine Ruhe gelassen. Ich mag es nicht, wenn hier in meinem Dorf jemand Böses umherschleicht.« Cheryl ließ sich schwungvoll auf einem Stuhl nieder und hob die Tasche auf ihren Schoß. »Wo ist es …«

Fizz legte sich wieder unter den Tisch und beschäftigte sich mit seinem Holz.

»Sie wundern sich womöglich, dass ich damit zu Ihnen komme, aber mein Bruder steckt seine Nase in alles hinein, und ich finde, Sie haben es verdient, diesen Brief als Erste zu lesen. Hier, ich bin ganz stolz, ihn gefunden zu haben. Unser Gespräch ging mir nicht aus dem Kopf.« Sie reichte Lilian einen Ordner, der mit einem Gummi zusammengehalten wurde.

Lilian klappte den Pappordner auf und fand zwei eng beschriebene Bögen in der ihr mittlerweile vertrauten altertümlichen Handschrift. Ehrfürchtig strich sie über das alte Papier. »Rebecca Morris.«

»Es muss einer ihrer letzten Briefe an ihren Bruder gewesen

sein. Ich habe das gesamte Kirchenarchiv auf den Kopf gestellt und bin schließlich darauf gestoßen, dass Rebeccas Verwandte unter anderem nach Llangwnnadl gezogen sind. Um es kurz zu machen, ich habe mit dem Vikar von Gwynhoedl gesprochen.«

»Gwynhoedl? Ist das die Kirche?«

Cheryl nestelte an ihrem Seidenschal. »Eine der wichtigsten Pilgerkirchen auf dem Weg nach Ynys Enlli oder eben Bardsey, wie es im Englischen heißt. Fahren Sie unbedingt hin. Es sind drei gleich große Kirchenschiffe, die sich dort malerisch am Fluss ins Grün schmiegen. Seit dem sechsten Jahrhundert gibt es ein Kirchlein dort. Die beiden anderen Schiffe wurden später angebaut. Gwynhoedl soll angeblich dort begraben sein. Er ist auch als Seithenin bekannt. Der Edelmann aus der Sage um Cantre'r Gwaelod, der die Schleusentore nicht bewacht hat.«

Von der Legende hatte Lilian gelesen. »Erstaunlich, wie sich hier die Geschichte überall miteinander verbindet.«

»Nicht wahr? Jedenfalls gibt es dort auch eine keltische Handglocke mit zwei Schlangenköpfen. Das Original steht im Museum in Cardiff. Ich mag Gwynhoedl wegen seiner alten Kraft. Sie spüren es, wenn Sie dort am Fluss stehen. Und warum ich überhaupt alles erzähle – es gibt dort einen ganz ähnlichen Stein wie den aus Carreg Cottage. Das Kreuz ist identisch, nur der Endlosknoten fehlt. So, und jetzt lasse ich Sie lesen. Na, komm doch mal her, Fizz.« Sie beugte sich vor und kraulte den Terrier, der sich sofort auf den Rücken legte und genüsslich grunzte.

Der Brief war im Januar 1798 verfasst worden, also nicht lange, bevor die Pfarrersfrau an der Schwindsucht gestorben war.

»Lieber verehrter Bruder,
unsere Korrespondenz hat mir gefehlt. Viel zu lange waren Sie fort. Ein wenig beneide ich Sie um Ihre Reisen, auch

wenn es viel Mut erfordert, den man aber doch mit der Zeit gewinnt. Afrika! Allein der Klang erweckt die Sehnsucht nach den unbekannten Weiten.

Wie verkraften Sie den Wintereinbruch nach dem Leben unter der Äquatorsonne? Der Husten ist bei mir so hartnäckig, und die Kälte in diesem Winter macht es nur schlimmer. Zwei Kinder mussten wir schon zu Grabe tragen. Nun fällt seit Tagen Schnee, und der Frost beißt in Nase und Hände, wenn ich spazieren gehe. Aber ich muss hinaus in die frische, klare Luft. Nur so kann ich die Enge im Haus ertragen. Hugh spricht von der Strafe des Herrn, die uns alle trifft, weil wir sündige Seelen sind. Ich kann ihm nicht zustimmen, denn unser seliger Herr Vater war doch auch Pfarrer und hat die Menschen ermutigt in ihrem harten täglichen Lebenskampf. Und es ist ein Kampf. Was schreibe ich, Sie haben mir doch erst kürzlich von den vielen Kranken in Nefyn berichtet, und nun höre ich vom Ausbruch der Cholera. Als ob es nicht genug Leid gäbe.

Vielleicht erfreut Sie die Lektüre der lateinischen Handschrift. Ich will sie Ihnen endlich geben, wenn Sie mich besuchen kommen, wie Sie es versprochen haben. Es scheint mir zu gefährlich, die Schriftrolle im Haus aufzubewahren. In der Stimmung, in der Hugh ist, würde er sie ins Feuer werfen. Ich habe sogar den Stein mit dem Kreuz entfernt, unter dem das Versteck ist. Es war zu auffällig. Wenn das Eis taut, zeige ich Ihnen meinen geheimen Ort, meine Zuflucht, in der ich Zwiesprache mit Gott halte. Manchmal kann ich ihn spüren, seine Nähe tröstet mich. Ist es nicht seltsam, dass ich ihm dort oben am Berg näher bin als in St. Hywyn? Aber Sie werden es ja selbst sehen können, dort oben muss es eine Einsiedlerklause gegeben haben. Die heiligen Männer waren Gott näher, als wir es je sein werden.

Überhaupt denke ich oft, in den alten Fichten dort steckt eine Weisheit, die wir nicht begreifen, die wir vergessen haben. Die frühen Christen haben es verstanden, denn sie haben den alten Glauben nicht verdammt, wie es heute getan wird. Der Stein mit einem Kreuz und einem keltischen Knoten rührt mich so an, dass ich weinen muss.

Oh, denken Sie bitte nicht, dass ich von Sinnen bin. Wahnsinnig, würde Hugh sagen und mich schlagen, bis mir der Verstand wieder gehorcht, nein, seinem Willen entspricht. Liebster Bruder, zeigen Sie meine Briefe niemals meinem Gatten, nicht einmal nach meinem Tod, denn dann würde er unsere Kinder für meine ketzerischen Gedanken bestrafen. Die armen kleinen Seelen sind so schwach in diesem Winter. Es liegt etwas in der Luft, das nach Tod riecht.

Sie erinnern sich, dass ich schon früher diese Ahnungen hatte. Verzeihen Sie mein Geschwätz, aber wem sonst kann ich mich anvertrauen? Ich würde gern hier oben begraben werden, hier am Berg Anelog, wo meine Seele Frieden findet. Aber er wird es nicht zulassen. Selbst über den Tod hinaus wird er über mich verfügen. Doch in mir ist eine stille Hoffnung, dass meine Seele sich befreien wird, sich aufschwingt über die Hügel und über das Meer fliegt. Vielleicht darf sie auf Enlli verweilen, vielleicht nimmt ein Adler sie mit, zieht mit ihr seine Kreise, bis sie einen Garten findet, in dem sie ruhen darf.«

Lilian blinzelte und wischte sich verschämt die Augen. »Das ist ergreifend. Die arme Frau, was muss sie gelitten haben. Ihr Geist war so wach und beweglich, und ihr Mann hat sie kleingehalten und ihr jede Freude genommen. Grausam.«

Cheryl schaute auf. »So war das damals. Nicht viele Frauen hatten einen Mann, der sie als Mensch wahrgenommen und respektiert hat. Aber was sagen Sie zu der Passage über die Schriftrolle? Haben Sie eine Idee, welchen Ort sie meint?«

Lilian dachte an eine Fichte am Berg Anelog, ein uralter Baum, unter dessen kahlen Ästen einmal eine Behausung gestanden haben musste. »Vielleicht.«

Zufrieden nickte Cheryl und stand auf. »Gut. Ich überlasse es Ihnen, was Sie mit dieser Information machen. Mein Bruder weiß nichts davon. Ich wollte, dass Sie ganz allein es finden, falls es existiert, und darüber entscheiden. Ich glaube nicht an Zufälle, Lilian. Dieses Cottage ist Ihr Schicksal.«

Sie legte ihre Hand auf Lilians und drückte sie kurz. Für einen winzigen Moment verspürte Lilian eine Welle kraftvoller Wärme und eine Verbundenheit mit Cheryl, die sie tief bewegte.

Noch am späten Nachmittag desselben Tages warf Lilian einen Spaten und eine Taschenlampe in ihr Auto und fuhr mit Fizz zum Berg Anelog. Die Sonne versteckte sich hinter aufziehenden Regenwolken, und der Wind hatte aufgefrischt, was am auflaufenden Wasser lag.

Der Parkplatz am Fuße des Berges lag verlassen, denn Anelog gehörte wegen seiner Kargheit nicht zu den beliebtesten Ausflugszielen. Die meisten Wanderer sahen den Berg vom Klippenpfad aus, und nur wenige entschieden sich für einen Aufstieg. Lilian band die Haare im Nacken zusammen, zog einen Windbreaker über und griff sich ihren Rucksack und den Spaten. Fizz rannte den Pfad entlang auf den Berg zu, der sich düster und abweisend vor den Klippen erhob.

Lilian schulterte den Spaten und folgte ihrem Hund, wobei ein unheilvolles Kribbeln ihren Nacken hinaufkroch. Das Rauschen der Wellen wurde lauter, und sie hörte Schreie. Erschrocken sah sie sich um, doch sie war allein.

435

Rechter Hand erstreckte sich der alte Nadelwald, zu dessen Ausläufern die alten Fichten am Berg gehörten. Und zur Spitze der Landzunge hin lagen die Weiden, auf denen friedlich Schafe grasten. Sie entdeckte eine einsame männliche Gestalt an einem Gatter, der Mann hatte einen Futtersack geschultert und ging zu einem entfernt parkenden Traktor.

Lilian stellte den Spaten ab und fixierte den Waldrand, doch es regte sich nichts. Nur der Wind ließ die Zweige ächzen und knarren, und die Wipfel neigten sich, als flüsterten sie miteinander. Und doch hörte sie etwas! Das Singen! Dasselbe alte Lied, das sie schon einmal vernommen hatte, unten am Strand. Es klang herzzerreißend, ein Flehen und Schluchzen, das leiser wurde, je näher Lilian der alten Fichte am Fels kam. Die Schmugglerhöhle lag in einiger Entfernung um den Fels herum, und Lilian war überzeugt, dass Rebecca die Schriftrolle nicht dort verborgen hatte. In einer solchen Höhle hätte man zuerst gesucht. Nein, hier musste es sein. Sie betrachtete konzentriert den Boden. Ein Archäologe hätte mit geschultem Auge gleich erkannt, dass hier einmal ein Gebäude oder ein Altar gestanden haben konnte. Und dann entdeckte auch sie die kaum sichtbaren Erhebungen, welche Grundmauern markierten – ein kleines rechteckiges Haus oder eine Kapelle, die Klause eines Einsiedlers. Direkt neben der Fichte musste das Gebäude gestanden haben.

»Wenn du nur erzählen könntest …«, murmelte Lilian und betrachtete den Baum, der wie ein abgekämpfter, greiser Krieger wirkte. Sie stellte sich vor, wo die Feuerstelle gelegen haben könnte, und ging langsam, den Blick auf den Boden gerichtet, die Seiten ab. An einer Ecke blieb sie stehen, weil sie unter dem Gras einen Widerstand fühlte. Sie ging auf die Knie und tastete den weichen Boden ab. Unter dem Gras war eine quadratische

Erhebung zu fühlen, die in etwa der Größe des Bardsey-Steines aus ihrem Cottage entsprach.

Die Pfarrersfrau hatte solche Angst vor der Entdeckung der lateinischen Handschrift durch ihren fanatischen Gatten gehabt, dass sie den Stein fortgenommen hatte und wahrscheinlich durch einen schlichten Stein ersetzt hatte. Ob der Bardsey-Stein so ins Cottage gelangt war? Lilian erhob sich und nahm den Spaten zu Hilfe. Systematisch stach sie Soden rings um die quadratische Erhebung aus. Es hatte zu regnen begonnen, doch sie war so in ihre Suche vertieft, dass sie Fizz' Bellen zwar hörte, jedoch nicht weiter beachtete.

»Nicht erschrecken, Lili. Hast du Fizz nicht gehört?«

Ihr wäre fast der Spaten aus der Hand gefallen. »Collen!«

Sie wischte sich eine nasse Haarsträhne aus dem Gesicht und starrte ihn entgeistert an. »Was machst du denn hier?«

Er stand lässig vor ihr, das Gewicht auf ein Bein verlagert, die Hände in den Taschen seiner Regenjacke. »Ich komme gerade von einer Wanderung mit ein paar Studenten. Und was machst du hier?«

Neugierig kam er näher und betrachtete mit dem kundigen Blick des Historikers ihre Arbeit. »Sieht aus wie eine Grabungsstelle, na ja, fast. Du gehst etwas zu forsch vor. Wenn du weiter so kräftig in den Boden stichst, kannst du mehr Schaden anrichten, als dir lieb sein dürfte.« Mit einem schiefen Lächeln maß er die Lage ab.

»Komm schon, Lili, verkauf mich nicht für dumm. Wir wissen beide, dass du hinter dem her bist, was die Einbrecher in deinem Cottage bisher nicht gefunden haben. Anscheinend bist du einen Schritt weiter und weißt genau, wo du suchen musst. Hey, tut mir übrigens leid, dass Marcus mir den Stein mitgegeben hat, ohne dich zu fragen. Ich dachte, das wäre okay. Ich meine, du weißt ja, ich will ihn dir nicht wegnehmen, sondern nur wissenschaftlich untersuchen. Ist doch auch in deinem Sinn, oder?«

Er ging in die Hocke und strich mit den Fingern in dem Loch herum, das Lili bereits ausgehoben hatte.

»Ich glaube, dass es hier eine Kapelle gegeben hat oder zumindest eine Behausung.« Erfahren würde er es ohnehin, also konnte sie es ihm auch hier sagen. »Die Umrisse im Gras. Ist dir das nie aufgefallen?«

Er stand auf und besah sich die Stelle. »Hm, ja, das ist möglich. Du hast eine gute Beobachtungsgabe, Lili. Respekt!«

Sein Lob besänftigte ihren Ärger noch nicht. »Warum hast du mit Marcus über das gesprochen, was ich dir erzählt habe?«

Erstaunt kam er zu ihr und strich ihr über die Wange. »Entschuldige. Ich habe mir nur große Sorgen um dich gemacht, Lili. Wir alle hier haben dich ins Herz geschlossen. Du bist allein und wirkst so verletzlich. Da ist es doch normal, wenn man sich erkundigt.«

Sie konnte nichts Falsches darin erkennen, und seine dunklen Augen nahmen diesen durchdringenden Blick an, den sie so anziehend fand. »Vielleicht habe ich überreagiert. War alles etwas viel. Also, was meinst du? In Rebeccas Brief stand, dass sie den Bardsey-Stein weggenommen hat, weil er zu auffällig war. Sie wollte nicht, dass jemand anderes ihr Versteck entdeckt, das sich bei ihrem Lieblingsplatz ...«

»Warte mal! Rebeccas Brief? Welche Briefe denn?«, unterbrach Collen sie. »Da stand doch nichts Hilfreiches drin, nur diese Andeutung, dass es ein lateinisches Manuskript gibt. Welcher Stein?«

»Nein, das kannst du nicht wissen. Cheryl hat mir den Brief heute gebracht.« Sie erklärte ihm den vagen Hinweis, und Collen hörte gebannt zu.

»Phantastisch. Das wäre eine Sensation. Gott, wenn ich dieses Manuskript in die Finger bekomme, könnte mir das einen …« Er hielt inne, als er ihren skeptischen Gesichtsausdruck bemerkte. »Die wissenschaftliche Neugier geht manchmal mit mir durch. Gib mir den Spaten, ja? Ich weiß, wie man gräbt, ohne etwas zu zerstören. Viel Zeit haben wir nicht mehr, wenn es weiter so regnet. Dann rutscht uns die Erde dauernd nach.«

Er sagte uns, was Lilian nicht gefiel, denn es war ihr Fund, ihr Stein, ihre Idee. »Nein, ich grabe.«

»Herrgott, jetzt sei doch nicht so stur! Gib mir den verdammten Spaten, oder …«

»Oder was?« Und plötzlich dämmerte ihr, dass er vielleicht viel mehr wusste und aus einem ganz bestimmten Grund hier war. Sie umklammerte den Spaten und machte einen Schritt nach hinten. »Warum bist du plötzlich hier aufgetaucht? Ich habe keine Gruppe gesehen.«

»Ich …« Er blieb stehen und schüttelte den Kopf. »Aber Lili, was denkst du denn von mir? Du bist ja verrückt! Das muss ich mir nicht anhören. Sieh zu, wie du klarkommst, aber bitte mich nicht wieder um Hilfe! Marcus hat wohl noch mal Glück gehabt!« Er drehte sich um und schritt mit hochgezogenen Schultern davon.

Wahrscheinlich hatte er sogar recht. Sie wartete, doch er sah sich nicht um. Der Regen wurde immer stärker, und sie musste sich tatsächlich beeilen, denn der Sand wurde klebrig und schwer. Entschlossen grub sie weiter und stieß bald darauf auf einen Widerstand. Tatsächlich! Dort lag etwas! Und es war keine Wurzel. Lilians Herz begann schneller zu schlagen.

Unter einer schmalen Steinplatte befand sich ein Hohlraum, in dem Reste von Holz und Eisenscharnieren lagen, soweit sie das beurteilen konnte. Darin eingebettet war ein runder Behälter, der in Ölhaut eingeschlagen war. Seinem Zustand nach zu urteilen lag er hier schon einige hundert Jahre. Collen hätte ihr sicher mehr sagen können, und sie griff nach ihrem Handy, um ihn anzurufen. Sie hatte sich unmöglich benommen, und er verdiente es, dabei zu sein.

»Fizz, komm her, du bist ja schon klatschnass!« Sie lief zur Felswand und nutzte die Fichte und einen Vorsprung als Schutz gegen den Regen, um ihr Telefon aus dem Rucksack zu holen. Mit klammen Fingern fand sie Collens Nummer im Speicher und wartete nervös, dass er sich meldete. Tatsächlich antwortete er nach mehrfachem Klingeln.

»Ja?«, erklang es unfreundlich.

»Collen, ich bin ein Idiot, es tut mir leid, bitte komm zurück. Das musst du dir ansehen!«

»Du hast tatsächlich etwas gefunden?«, rief er. »Unfassbar!«

»Ja, na los, wo bist du? Ich will nichts kaputt machen. Es sieht wirklich alt, also antik aus.«

»Okay, obwohl ich richtig sauer auf dich bin. Dass du mich überhaupt verdächtigt hast, ist schon übel.«

»Herrje, man hat mir eins über den Schädel gezogen. Das hinterlässt Spuren. Kommst du jetzt? Sonst nehme ich es mit und lasse es dich nicht sehen!«

Er lachte, und sie atmete erleichtert aus. »Verrücktes Frauenzimmer. Bin gleich bei dir«, sagte Collen und legte auf.

Zufrieden steckte Lili ihr Handy ein und gab Fizz einen Hundekeks. Der kleine Terrier sah schmutzig und nass aus und wirkte abgekämpft. »Ich bring dich zum Wagen, Fizz. Da kannst du ein Nickerchen machen, während wir Indiana Jones spielen.«

Sie schaute zu ihrer Grabungsstelle, was sich viel besser anhörte als Erdloch, legte den Spaten darüber und sah sich um, doch bei dem Wetter war niemand mehr unterwegs. Kaum war sie einige Meter Richtung Parkplatz gegangen, entdeckte sie jedoch zwei Männer, die vom Waldrand auf sie zukamen.

Sie wollte schon winken, erkannte aber, dass Collen nicht dabei war. Unentschlossen betrachtete sie das Loch, bückte sich schließlich und wühlte die Rolle heraus. Schnell verstaute sie das Fundstück in ihrem Rucksack und nahm den Spaten. Die beiden hielten direkt auf sie zu. »Verflucht noch eins, was ist denn heute hier los? Rushhour am Anelog?«

Sie erkannte Seth Raines und verzog das Gesicht. Der hatte ihr gerade noch gefehlt. Der jüngere Mann kam ihr bekannt vor, und dann erinnerte sie sich an das mürrische Gesicht des Mitarbeiters auf der Jones-Farm.

Raines und sein Begleiter blieben vor ihr stehen. »Hallo, Miss Gray. Was führt Sie denn bei diesem Wetter heraus?«, fragte der ehemalige Lehrer, sah sich um und zeigte auf den Spaten. »Haben Sie hier unerlaubt gegraben? Es ist nicht gestattet, hier irgendetwas mitzunehmen, was von historischer Bedeutung sein könnte. Riley hat mir gesagt, dass jemand am Anelog gräbt. Da bin ich gleich heraufgekommen. Allerdings hätte ich nicht vermutet, Sie hier zu treffen. Sie sollten es doch besser wissen.«

»Äh nein, ich war nur mit dem Hund hier, und er hat einen Knochen vergraben, und ich habe alles wieder zugeschaufelt.«

Der junge Mann stellte sich breitbeinig auf. »Klar. Deshalb nimmt man zum Gassigehen im Regen heutzutage einen Spaten mit.«

Raines, der Gummistiefel und Regenkleidung trug, zeigte auf ihren Rucksack. »Öffnen Sie den und zeigen Sie uns, dass Sie nichts Verbotenes mitgenommen haben.«

»Nein! Wie käme ich dazu! Sie sind weder von der Polizei noch vom Nationalpark, und jetzt lassen Sie mich bitte vorbei.« Sie machte einen Schritt zur Seite, doch der junge Mann tat es ihr gleich.

»Riley, los, sehen Sie nach!«, befahl Raines.

Fizz knurrte drohend und stellte sich vor Lili.

»Rufen Sie Ihren Hund zurück!«, forderte Riley sie auf und machte einen Schritt auf sie zu. Doch das war entschieden zu nahe für Fizz, der in Rileys Schienbein biss und sich nicht einfach abschütteln ließ.

Der junge Mann brüllte vor Schmerz, doch Raines trat zur Seite, er hatte anscheinend Angst vor Hunden. »Helfen Sie mir doch! Verdammt, Sie Feigling, lassen mich die Drecksarbeit machen und ...«

Raines herrschte ihn an: »Halt die Klappe, Dummkopf. Niemand sollte zu Schaden kommen!«

Lilian rief ihren Hund zurück und stellte sich mit abwehrend erhobenem Spaten neben das Erdloch. »Sie waren das also doch! Verflucht, das wird Folgen haben!«

Raines kniff die Augen zusammen: »Ich habe die Briefe zuerst gelesen und suche schon seit Jahren nach dem lateinischen Manuskript, und dann kommen Sie und machen mir alles kaputt!«

Aus den Augenwinkeln sah Lilian, wie Collen über die Wiese gelaufen kam, und ließ erleichtert den Spaten sinken.

»Hey, was ist denn da los?«, rief Collen, bevor er sie mit wenigen großen Sätzen erreichte.

Riley wimmerte und zog sein Hosenbein hoch. »Scheiße, der Köter hat richtig zugebissen!«

»Und Sie haben mich niedergeschlagen, oder etwa nicht? Wir sind wohl quitt!«, erwiderte Lilian wütend.

Collen stellte sich zwischen Lilian und die beiden Männer und sah von einem zum anderen. »Was geht hier vor?«

Lilian gab ihm in wenigen Sätzen eine Kurzfassung der Vorkommnisse. Währenddessen sackten Raines' Schultern immer tiefer, und Rileys Jammern nahm zu.

»Na, das ist ja ... Mir fehlen die Worte, Mr Raines!« Vorwurfsvoll sah Collen den ehemaligen Lehrer an. »Haben Sie sich bei Lilian entschuldigt?«

Doch Raines geiferte los: »Sie hat hier unerlaubt gegraben. Ich will wissen, was sie gefunden hat! Das hier ist öffentliches Land!«

»Ich rufe die Polizei, Lili«, entschied Collen.

»Und was machen wir, bis die hier sind?« Sie wischte sich das regennasse Gesicht. »Ich verzichte auf eine Anzeige gegen Riley, wenn er nichts gegen Fizz unternimmt.«

Collen pfiff durch die Zähne. »Mann, Riley, du hast ja Glück.«

Der junge Mann sah sie feindselig mit schmerzverzerrtem Gesicht an, nickte aber. »Okay.«

»Und wir sehen dich hier nicht wieder. Wir haben uns verstanden?«, sagte Collen scharf. »Und Sie, Mr Raines, sollten auch ganz schnell verschwinden, bevor Lilian es sich anders überlegt. Und wenn Sie wieder bei Sinnen sind, überlegen Sie sich mal, wie Sie wiedergutmachen, was Sie ihr angetan haben.«

»Cheryl wird sehr enttäuscht von Ihnen sein, Mr Raines. Sie kennt Sie besser als ich. Deshalb hat sie mir von dem Brief erzählt und nicht Ihnen. Das ist doch bitter für Sie, nicht wahr?« Lilian begann zu frieren und umklammerte zitternd ihren Rucksack.

»Die R.-S.-Thomas-Society wird auch nicht erpicht darauf sein, so jemanden wie Sie im Vorstand zu haben … Ts ts, Mr Raines, so schnell kann es gehen, wenn man vom rechten Weg abkommt.« Collens Worte troffen vor Sarkasmus, und ohne den Wind und das Meeresrauschen hätte man das Knirschen von Raines' Zähnen gehört, der wie ein begossener Pudel davontrottete.

25

Das Manuskript

Lilian parkte ihren Wagen vor dem beleuchteten Cottage. Jo und Tim waren zwar schon weg, doch sie hatten die Außenbeleuchtung eingeschaltet und die Alarmanlage scharf gestellt. Sie gab gerade den Code ein, als Collen in die Einfahrt bog. Es regnete noch immer, und sie war dankbar, sich endlich der nassen, verschmutzten Sachen entledigen zu können.

»Hier ist ein Handtuch!«, begrüßte sie Collen, der genauso nass war wie sie. »Und das Badezimmer unten links kannst du benutzen.«

Lilian stellte ihren Rucksack auf den Küchentisch und gab Fizz einen seiner Lieblingskauknochen. »Den hast du dir verdient, mein Freund!«

Sie ging nach oben, säuberte sich und wechselte ihre Kleidung. Sie bürstete einmal grob durch ihre nassen Haare und drehte sie zu einem losen Knoten auf. In Jeans, einem alten Sweatshirt und dicken Wollsocken eilte sie anschließend die Treppe hinunter, denn sie wollte endlich wissen, was sie aus der Erde geholt hatte.

Collen hatte Teewasser aufgesetzt und bereitete Sandwiches zu. »Du musst etwas essen, Lili.« Er stapelte Käse, Tomaten und ein Salatblatt zwischen zwei Brotscheiben und hielt ihr den Teller mit dem zerteilten Sandwich hin.

»Da ist Wein im Schrank. Ich könnte einen Schluck vertragen, und dann öffnen wir die verdammte Rolle!«

Obwohl er sicher genauso neugierig war wie sie, ließ er sich Zeit und beobachtete sie. Erst als sie den leeren Teller zur Seite stellte, sagte er: »Dann los. Bist du auch wirklich in Ordnung? Haben sie dir nichts getan?«

Lilian biss sich auf die Lippe. »Raines hätte nicht zugelassen, dass Riley mir wehtut.« Sie öffnete den Rucksack und zog das erdverschmierte Paket heraus. Es hatte die Form einer Rolle, wie man sie für Plakate benutzte.

Sie saßen einander am Esstisch gegenüber, und Collen sah sie ernst an. »Lili, das war kein Spaß da draußen. Riley ist unberechenbar, das hast du ja selbst erlebt. Ich habe unterwegs mit Sergeant Trevitt gesprochen. Riley ist kein unbeschriebenes Blatt. Diebstahl und Tätlichkeiten. Schlimm genug, dass Raines so einen engagiert hat.«

»Ich wollte die Polizei da rauslassen!«, beschwerte sie sich.

»Er wird nichts unternehmen, aber ich finde, er sollte ein Auge auf Riley haben. Und wenn Trevitt ihm zufällig begegnet, wird er ihm schon klarmachen, dass er hier nichts mehr verloren hat.« Collen strich mit den Fingern über die undefinierbare Oberfläche, die beinahe schwarz war. »Tierhaut, mit Öl oder Teer verschmiert. Wir dürfen das nicht einfach so öffnen.«

Doch Lilian gab ihm das Messer. »Na los, sonst mache ich es. Du kannst mir die Schuld geben. Sag einfach, dass ich es schon geöffnet hatte. Wir machen doch nichts kaputt!«

Collen zögerte nur kurz. »Dann fotografiere bitte jeden Schritt.« Er gab ihr sein Handy und schnitt vorsichtig die obere Seite ein, klappte das über die Jahre hart gewordene Material auf und zog eine Tonröhre heraus. Sie hatte die Größe einer dicken Blockflöte. Gebannt beobachtete Lili, wie Collen den Rand einritzte und den Deckel sacht abbrach.

»Wir sollten das hier nicht tun, sondern es Experten über-

lassen, aber wir schauen nur so weit, wie wir nichts zerstören.«
Er grinste. »Das war nur die Verpackung. Wow!«

Behutsam zog er eine schmale Pergamentrolle aus dem
Tonröhrchen und legte sie auf den Tisch. »Wir sollten das
nicht mal anfassen.«

»Ich habe Wegwerfhandschuhe, die wir zum Malen benutzen.«

Nachdem sie sich die Handschuhe übergestreift hatten,
begann Collen, das Pergament an einem Ende auseinander-
zurollen. Man sah ihm sein Alter zwar an, und doch war es
erstaunlich gut erhalten. »Nur den Anfang, ganz kurz, dann
legen wir es zurück und bringen es in die Uni, okay?«

Zum Vorschein kamen dunkelbraune, teils verlaufene lateinische Schriftzeichen. »Was bedeutet das?«, flüsterte Lilian
ergriffen.

»Ich, Davydd up Dyfnallt, genannt Cadeyrn, spreche von
den Dingen, die waren. Die Gnade des HERRN möge mir er-
lauben, diese Geschichte zu vollenden, damit die Welt erfahre
von einer Frau, deren Mut und Liebe stärker ist als die Gnade GOTTES, denn göttliche Kraft erscheint in zahlreichen
Gestalten. Ihr Name ist Lileas, genannt Meara, Tochter des
großen Druiden Ruan, gemordet von Brüdern meines Glaubens …«

Collen sah auf und ließ das Pergament in seine ursprüng-
liche Form zurückfallen. »Lili?«

Doch sie hörte ihn nicht, sondern stand auf und wanderte
ziellos umher. Endlich erkannte sie das Gesicht der Frau aus
ihren Visionen – ihr Gesicht, Lileas, Lilian – und begann zu
begreifen, warum sie hier war.

Stimmen rissen sie aus ihren Gedanken, und als sich eine
Hand auf ihre Schulter legte und sanft drückte, öffnete sie die
Augen und fokussierte ihren Blick. »Du?«

Marcus stand vor ihr. Seine Augen waren voller Sorge, Ärger und Sehnsucht. War das möglich? »Lili.«

Mehr brauchte es nicht, und sie sank in seine Umarmung. Und während er sie hielt und leise tröstende Worte sprach, brachen die Tränen aus ihr heraus. Tränen der Anspannung und der Erleichterung, dass es vorbei war. Keine Einbrüche, keine toten Vögel und keine falschen Verdächtigungen mehr. »Es tut mir leid, Marcus.«

»Mir auch, Lili.« Er war unrasiert, und als er sie küsste, kratzten seine Barthaare über ihre Wange.

»Du hast mir gefehlt, obwohl ich das nicht wollte.« Sie sah ihn an und strich ihm übers Gesicht, vergrub die Finger in seinem Haar, dort im Nacken, wo es sich so dicht und lockig wellte.

Erst jetzt fiel ihr auf, dass sie im Wintergarten von Carreg Cottage standen und die Dunkelheit bereits eingesetzt hatte. Der Regen hatte aufgehört, und über den Klippen erhob sich der Nachthimmel mit einem vollen Mond und unzähligen Sternen.

»Wie bist du ... Wo ist Collen?«

»Er hat mich angerufen, und jetzt sei bitte nicht wieder sauer, ja? Er meinte, du wirktest ganz apathisch, und er mache sich Sorgen und dass ich mich um dich kümmern solle, weil ich das besser könne als er und weil ...« Er hielt inne, und seine grauen Augen nahmen einen sanften Ausdruck an.

»Weil du mich magst, trotz allem«, beendete sie seinen Satz.

»Nein, Lili, weil ich dich liebe, vom ersten Tag an.«

Sie starrte ihn verwirrt an. »Das ist ... Ich kann dir nicht versprechen ...«

»Du musst mir gar nichts versprechen, außer dass du nicht wieder wegläufst. Wäre das ein Anfang?« Er zog sie dichter an sich.

»Hm, ja.« Sie wollte ihn küssen, als ein lautes Räuspern zu hören war.

»Ich will nicht unhöflich sein, Leute, aber dann ist jetzt alles klar?« Collen kam aus dem Wohnzimmer herüber und grinste schuldbewusst, aber sehr zufrieden mit sich.

Lilian sah von Marcus zu Collen und lächelte verlegen. »Ihr habt eine Menge Geduld mit mir gehabt, und ich kann euch nicht genug danken ...«

»Keine Sentimentalitäten, Lili. Wir sind Freunde, und ich freue mich für Marcus und dich. Ich kriege immerhin das Manuskript, Ruhm und Ehre, wenn ich das mit der Übersetzung gut hinbekomme. Also, dann mache ich mich auf den Weg. Denn die bösen Buben haben wir erst mal in ihre Schranken gewiesen«, sagte Collen.

Lilian umarmte ihn fest. »Danke!«, flüsterte sie und küsste ihn auf die Wange.

Sie spürte, wie er schluckte und sich ein wenig zu abrupt von ihr losmachte.

Sehr viel später in dieser Nacht erwachte sie aus einem unruhigen, traumlosen Schlaf, doch das Gefühl, noch etwas zu Ende bringen zu müssen, war so stark, dass sie sich rastlos hin und her drehte, bis ihr eine warme Hand über den Rücken strich.

»Schlaf, Lili, morgen ist auch noch ein Tag«, murmelte Marcus.

»Ich kann nicht, mir geht so viel durch den Kopf und ...« Ihre Worte wurden von Marcus' weichen Lippen erstickt, die sich zärtlich auf ihre legten. »Vielleicht gelingt es mir, dich abzulenken ...« Er küsste ihr Schlüsselbein, und Lilian schlang seufzend ihre Arme um seinen Nacken.

»Die beste Therapie, die ich mir vorstellen kann ...«

Vier Wochen später saß Lilian an einem lauen Sommerabend auf der Terrasse von Carreg Cottage und überflog mit wachsendem Staunen, und sich hin und wieder eine Träne fortwischend, die von Collen übersetzten Manuskriptseiten. Er hatte ihr die Rohfassung unter Vorbehalt gegeben, es war noch eine Überarbeitung geplant, und später sollte das Manuskript in der National Library of Wales ausgestellt werden. Mit den Worten, dass sie nun alles verstehen würde, hatte er ihr den Ordner überreicht.

Fizz lag in der Abendsonne unter dem Haselstrauch und wedelte ab und an im Schlaf mit dem Schwanz. Vielleicht träumte er vom Strand und von den Krebsen, die er so gern aus dem Meer holte. Das Cottage war noch immer nicht ganz fertig, und Lili genoss die Ruhe. Es gab so vieles zu bedenken und zu verarbeiten, und dieser Ort schien ihr wie ein Hafen, in dem sie anlegen und sich erholen durfte.

Sie strich über die Seiten. Meara und Cadeyrn. Zwei junge Menschen, deren Liebe in Zeiten von Krieg, Verrat und Not bestanden hatte. Die ersten Zeilen des Manuskriptes hatten das Drama bereits angedeutet, das sich vor ihr entfaltete. Warum nur hatte der verfluchte Brioc sie weiter mit seinem Hass verfolgen müssen? Cadeyrn hatte die Hütte tatsächlich knapp vor der Ankunft seiner Verfolger erreicht:

»Ich warf meine Sachen auf die Schlafstatt, entfachte ein Feuer und spannte ein Pergament auf meinem Pult, so dass es aussah, als arbeitete ich an einem Text«, schrieb Cadeyrn im siebten Jahrhundert nach Christus. »Meine Gedanken begleiteten meine Geliebte und unser Kind, und ich betete, dass der gute Elffin sie sicher in die nächste Bucht brachte. Der Sturm heulte um die Hütte, und Gof kratzte an der Tür. Er hörte die Männer bereits kommen. Ich legte meine Axt griffbereit und wartete, bis es herrisch klopfte.

›Öffnet! Im Namen des Herrn, der Abgesandte des Bischofs verlangt Einlass!‹, rief einer von Briocs Soldaten.

Ich sammelte mich, verwies Gof auf seinen Platz und entriegelte die Tür. ›Gott segne euch! Was führt euch so spät noch her? Seid ihr Pilger auf dem Weg nach Ynys Enlli?‹

Ein Soldat stieß mich zur Seite und drängte in die Hütte, wo er sich gebieterisch umsah. Ihm folgte ein hagerer Mann in einer braunen Kukulle. Ein silbernes Kreuz baumelte anklagend auf seiner Brust, und ein schmaler grauer Haarkranz zierte den Schädel und wies auf den geistlichen Stand des Mönchs hin.

›Im Namen des Bischofs von Canterbury verlange ich die Herausgabe der Druidin, die hier unter dem Namen Meara lebt!‹ Eine knochige Hand zeigte anklagend auf die Kräuterbündel, die noch an den Balken unter der Decke hingen. ›Sie betet zu den alten Göttern und betreibt die schwarzen Künste. Diese Frau ist des Teufels!‹, schrie der Mönch mit schriller Stimme.

›Wer seid Ihr, dass Ihr Euch anmaßt, eine Heilkundige zu verurteilen, die Ihr nicht einmal kennt?‹ Voller Abscheu musterte ich den Mann, der die Familie meiner Frau hatte hinschlachten lassen.

Der Priester machte eine Handbewegung, und der Soldat schlug mir mit voller Wucht in den Magen. Gof war aufgesprungen, doch der Soldat stieß ihn mit dem Fuß zurück, dass der Hund gegen die Wand flog und jaulend zusammenbrach. Ich stöhnte, sackte zusammen und musste mich am Tisch festhalten. Keuchend rang ich nach Luft, konnte nicht verhindern, dass mir der Speichel aus Mund und Nase rann, hielt dem Blick meines Widersachers jedoch trotzig stand.

›Feiglinge wie ihr haben den Clas von Bangor-is-y-Coed niedergemetzelt, Glaubensbrüder! Und nun wollt ihr eine unschuldige Heilerin töten? Ihr nennt euch Christen?‹ Ich spuckte Blut auf den Boden.

Die Erwähnung von Bangor schien den Priester unangenehm zu berühren, denn er winkte den Soldaten zurück, der erneut zuschlagen wollte. ›Das war nicht recht, doch es ging im Kern um die Anerkennung des wahrhaftigen Osterfests, und wenn das Wort nicht Klarheit schaffen kann, muss das Schwert sprechen.‹ Er sah sich in unserer Hütte um. ›Wo ist sie?‹

›Sie macht Krankenbesuche in Clynnog Fawr‹, erwiderte ich fest.

Der Priester sah mich mit einem hinterhältigen Ausdruck an und gab dem Soldaten ein Zeichen. Dieser packte mich und schlug mir in Magen und Nieren. Die Sinne schwanden mir, und als ich wieder zu Atem kam, stand der verhasste Priester über mir.

›Stimmt das? Wenn du mich anlügst, lasse ich dich töten.‹

Ich spuckte erneut Blut und hob gequält den Blick. ›Eher fresse ich Heu, als dass ich einer Missgeburt wie dir verrate, wo Meara ist.‹

Die bösen Augen verengten sich, und Brioc nickte. ›Das sollst du haben. Los, stopf ihm das Maul!‹

Was dann folgte, war so abscheulich, dass es mir noch jetzt im Angesicht meines nahenden Endes den Magen umstülpt. Ich musste Ziegenpisse trinken, Hühnerkot essen und wurde mit Schlägen malträtiert, die mir die Eingeweide durcheinanderwarfen. Sie töteten Gof, der mich mit letzter Kraft verteidigen wollte. Als Fychan, der treue Freund, mich am nächsten Tag fand, war ich mehr tot als lebendig. Er nahm mich mit zu seiner Familie, wo ich bei schwindender Lebenskraft unsere Geschichte niederschrieb.

Ein Trost in diesen schweren Stunden waren mir Fychan

und Elffin, der mir von der glücklichen Überfahrt berichtete. Meine geliebte Frau und meine Tochter sind mit dem Segler abgefahren und haben die sicheren Gestade von Ynys Môn erreicht. Vielleicht sind sie bereits in Grianaig angekommen. Meara ist klug und wird ihren Weg gehen. Sie wird unserer Tochter die beste Mutter sein, denn sie hat ein großes Herz.

Seit Tagen spucke ich Blut, und mein Stuhl ist schwarz. Es geht dem Ende zu. Ich habe Fychan gebeten, mich zurück in unser Haus zu bringen. Hier sind meine Liebsten mir nahe. Manchmal träume ich von Eiri, und manchmal sehe ich meine Eltern. In dieser Nacht ist mir meine Geliebte begegnet. Wie der Hauch eines Schmetterlingsflügels war die Berührung ihrer Lippen, und das Salz unserer Tränen vermischte sich. Sie weiß, dass ich vorausgehen muss in die Welt der Schatten, aber die Zeit wird kommen, wo wir wieder vereint sind. Diese Gewissheit gibt mir Kraft, dem Tod entgegenzusehen.

Einmal kam Elis herauf, er überbrachte mir die Einladung von Abt Mael, nach Ynys Enlli zu kommen. Beinahe hätte ich gelacht. Zum Sterben darf ich zurückkehren! Nein, bei Gott und allen Göttern, ich werde hier sterben, wo meine Geliebte allgegenwärtig ist. Keinen meiner ehemaligen Brüder will ich noch sehen, denn sie haben sich gegen mich gestellt, mir den Rücken gekehrt, als ich sie gebraucht hätte.

Heute früh bekam ich überraschend Besuch von Bruder Veracius, dem Nachfolger von Bruder Martin. Dieser Mann versöhnt mich mit der Kirche, die so viel Leid über die Menschen bringt, wo sie doch Liebe und Frieden predigt. Veracius ist voller Güte und Mitgefühl, und ich verstehe, dass die Pilger seinen Segen erbitten.

In seiner Gegenwart fühlte ich mich mit meinem Glauben versöhnt und Gott näher, und ich ließ zu, dass er mich mit geweihtem Öl salbte und dabei sprach: ›*Per istam sanctam unc-*

*tionem et suam piissimam misericordiam adiuvet te Dominus
gratia Spiritus Sancti, ut a peccatis liberatum te salvet atque pro-
pitius allevet.* Nun wirst du gesegnet im Namen unseres Herrn
Jesus Christus. Er erbarme sich deiner, er sei dir gnädig und
nehme dich auf in sein ewiges Reich.‹

Ich habe meinen Frieden gefunden, auch wenn mein Herz
gebrochen ist, weil ich meine Liebsten nicht bei mir haben
kann. Veracius versteht meinen Hader mit Gott und der Kirche, und er will sich hier oben eine Einsiedelei bauen. Der
Stein, in den ich das Kreuz und den Knoten geschlagen habe,
soll ihm als Fundament dienen. Wenn es jemandem gelingen
kann, die Menschen versöhnlich zu stimmen, dann ihm.

Fychan und sein Sohn sind ständig in der Nähe. Wenn es
so weit ist, werden sie bei mir sein, und Fychan wird mein
Manuskript sicher verwahren. Es ist mein Vermächtnis. Die
Geschichte eines Mannes, der weder Soldat noch Mönch sein
konnte, der ein Gelehrter sein wollte und doch nur ein ein-
facher Mann war, den die Menschen vergessen werden. Wenn
sie ihn nicht vergessen, dann weil er die Heilerin lieben durfte – Lileas, Tochter des Druiden Ruan ap Bodnan, genannt
Meara, eine Tochter der großen Göttin, die unsterblich ist.
Amen.

Anno Domini 619«

Die letzten Zeilen hatte sie durch einen Tränenschleier gelesen. Sie blinzelte und strich über das Papier. Lileas, Lilian,
Grianaig war der gälische Name von Greenock, dem Ort ihrer
Vorfahren. In Skelmorlie hatten sie Hexen verbrannt, Kräu-
terfrauen, intelligente Frauen mit Heilkräften wie Lileas. Ein
Gefühl tiefen inneren Friedens strömte durch Lilian. Sie stand
auf, ging durch ihren Garten bis zur Steinmauer und kletterte hinauf.

Vor ihr breiteten sich satte grüne Weiden aus, rollten die Hügel sanft bis an die schroffen Klippen, die vom Meer umspült wurden. In der Ferne erhob sich der schwarze Fels Carreg Ddu, und dahinter wölbte sich der bucklige Rücken von Ynys Enlli aus den Wogen. Die Insel der tausend Heiligen. Sie wandte den Blick zum Berg Anelog, der sich dunkel und geheimnisvoll im Norden erhob und von einer alten Fichte bewacht wurde.

In St. Hywyn in Aberdaron gab es den Stein mit Veracius' Namen. Die Menschen hatten ihm ein Denkmal gesetzt, damit er nicht vergessen würde. Und Veracius hatte Cadeyrns Stein bewahrt. Die Guten wurden nie vergessen, weil ihre Taten in den Herzen der Menschen fortlebten.

Ich bin ein Teil dieses alten Landes und seiner Geschichte, dachte Lilian und fühlte eine Mischung aus Stolz und Verantwortung, die sie nun mittrug.

»Lili!«, rief Marcus durch das Haus. Fizz sprang auf und rannte ihm bellend entgegen.

Als sie ihn mit ihrem Hund auf die Terrasse kommen sah, die Haare vom Wind zerzaust, die Augen voller Liebe und Freude, sie zu sehen, sprang sie von der Mauer und ging ihm entgegen.

Sein Blick fiel auf die Papiere, und er runzelte besorgt die Stirn. »Alles in Ordnung?«

Sie lief die Stufen hinauf und umarmte ihn. »Jetzt schon.«

26

Tag der Wahrheit

»Lilian, vielen Dank für alles! Sie haben diesen Aufenthalt für uns zu etwas ganz Besonderem gemacht. Das Cottage ist einfach traumhaft, vor allem der Garten, aber Sie sind die Seele, wenn ich das sagen darf.« Chris umarmte Lilian und strahlte sie glücklich an.

»Danke, das ist sehr lieb von Ihnen!« Lilian war ein wenig verlegen, doch sie freute sich sehr für Chris und ihren Mann Taylor. Die beiden hatten in einer stürmischen Nacht vor einem Jahr erstmals an die Tür von Carreg Cottage geklopft. Seitdem war viel geschehen.

Mit der Hilfe von Marcus und seinen Mitarbeitern war das Cottage im September des vergangenen Jahres bezugsfertig geworden. Die ersten Gäste hatten nicht lange auf sich warten lassen, und mit Unterstützung des National Trust und eines professionellen Webauftritts konnte sich Lilian vor Anfragen kaum noch retten. Sie verköstigte ihre Hausgäste mit einem ausgedehnten Frühstück. Ihr kleines Café öffnete sie am Wochenende auch für Wanderer, und schon bald verbreitete sich der Ruf ihrer hausgemachten Kuchen, so dass Wochenendurlauber nur deswegen den Weg zu ihr herauf auf sich nahmen.

Chris' Mann trat zu ihnen in den hellen Aufenthaltsraum. Er stellte eine Reisetasche ab und reichte Lilian die Hand. »Bis zum nächsten Mal, Lilian. Haben Sie vielen Dank für alles. Bist du so weit, mein Schatz?« Liebevoll sah er seine Frau an, die braungebrannt und erholt aussah.

Chris nickte, und Lilian begleitete ihre Gäste zur Tür. Auf einer Weide hatte sie einen Parkplatz eingerichtet, so dass die Durchfahrt nicht blockiert wurde. Ein Junge kam mit einem Korb vorn auf seinem Fahrrad auf sie zugeradelt.

»Hallo, Barti.« Lilian grinste, denn der Sohn der Farmersfamilie Jones brachte ihr einmal in der Woche frische Hühnereier.

»Helô, Lilian, sind nur zwanzig dieses Mal, der Hund hat wieder welche gefressen.« Der Teenager hob die Schultern und gab ihr den Korb, der mit einem rot-weißen Tuch abgedeckt war. Dana Jones, Bartis Mutter, gab sich große Mühe, die nachbarschaftliche Beziehung zu pflegen, die so holprig begonnen hatte.

Lilian war das nur recht, denn sie wollte keinen Streit, weder mit den Jones noch mit sonst jemandem.

»Sag deiner Mutter einen lieben Gruß, am Sonntag gibt es Kirschkuchen, da seid ihr eingeladen.« Sie wusste, dass Dana und die Kinder nicht viel Freizeit hatten und sich über die kleine Auszeit in ihrem Café freuten.

Der Junge wendete sein Rad. »Ja, danke, das wird Mum freuen!«

Der Wagen der Roberts rollte langsam die Straße hinunter, und Lilian winkte den beiden nach. Sie hatten drei Tage bei ihr verbracht, nachdem sie eine Woche auf Ynys Enlli gewesen waren. Chris war davon überzeugt, dass die Insel ihr die Kraft zur Genesung geschenkt hatte, und wer würde ihr widersprechen, wenn das Ergebnis so positiv war?

Collen hatte eine Dozentenstelle an der Universität von Bangor angenommen und kam nur noch selten zu Besuch. Doch wenn er hier war, trafen sich alle wie früher mit Jo und

456

Gemma, und Lili war froh, dass ihre Beziehung mit Marcus die Freundschaft der Männer nicht getrübt hatte. Allerdings hatte sie das unbestimmte Gefühl, dass ihre Freundin Tasha einen nicht unerheblichen Anteil an Collens gelassener Haltung hatte. Die schottische Zahnärztin war im Oktober letzten Jahres das erste Mal in Wales gewesen und hatte Collen kennengelernt. Es war sehr ungewöhnlich für die arbeitswütige Tasha, dass sie nun jede Gelegenheit für ein Wochenende in Wales nutzte ...

Lili hingegen war nur ein Mal nach Schottland gefahren – um mit Fiona das Grab ihrer Schwester Ruth im Greyfriar Convent von Elgin, zwischen Inverness und Aberdeen, aufzusuchen. Der Brief von Bruder John hatte über drei Monate gebraucht, bis er endlich im Cottage angekommen war, denn der Geistliche hatte den Postcode falsch notiert. Es war Bruder Martin vor seinem Tod gelungen, die Grabstelle von Ruth ausfindig zu machen. Die junge Ruth hatte sich nach der Geburt ihrer Tochter Maude in den Convent der barmherzigen Schwestern in Elgin geflüchtet. Von den Schwestern, die heute dort lebten, kannte niemand Ruth, doch eine Schwester zeigte ihnen den Teil des Gartens, der für Selbstmörder reserviert war, die auf dem offiziellen Friedhof keinen Platz fanden. Ein knorriger Goldregen stand dort an der Klostermauer und schien sein goldenes Blütenwerk tröstlich über den verlorenen Seelen auszubreiten. Fiona hatte geweint und Lilian um Verzeihung gebeten, doch wahre Reue hatte Lilian nicht bei ihr entdecken können. Noch immer verurteilte Fiona ihre Schwester für deren Handeln, das aus Not und Verzweiflung geboren und den gesellschaftlichen Umständen geschuldet gewesen war.

Es gab Menschen, die sich nie ändern würden, die so von ihrem gottgefälligen Tun überzeugt waren, dass sie die Fehler der anderen von oben herab verurteilten und nicht sahen, wie klein sie sich selbst dadurch machten. Ob sich ihr Verhältnis zu Fiona jemals wieder bessern würde? Lilian wünschte es sich dennoch.

Viel Zeit verbrachte Lilian in Marcus' Haus und liebte es, mit dem kleinen Felix zu spielen. Der Junge, den der Rollstuhl weniger zu stören schien als seine Eltern, war so voller Energie und Lebensfreude, dass es ansteckend war und viele Sorgen relativierte.

Wenn sie für sich sein wollte, weil sie von ihren alten Ängsten und Unsicherheiten geplagt wurde, was immer seltener vorkam, blieb sie im Cottage und schaute von ihrem Bett im Dachgeschoss auf die Klippen, das Meer und bis hinüber nach Enlli. Und jedes Mal überkam sie ein Gefühl tiefen inneren Friedens. Dann dachte sie an die Druidentochter aus längst vergangenen Zeiten und den jungen Mönch, der die Liebe zu einer Frau über die Liebe zu Gott gestellt hatte.

Sie ging ins Cottage und zog die Tür hinter sich zu. Das Frühstücksgeschirr musste abgeräumt und die Zimmer der Gäste gereinigt werden. Seufzend sah Lili auf die Uhr. Eigentlich sollte Gemmas Freundin Zoe längst hier sein, um ihr zu helfen und sie zu vertreten, denn heute hatte sie einen wichtigen Termin.

Über ein Jahr war vergangen, seit sie nach Wales auf die Llŷn Peninsula gekommen war. Auf dieser Halbinsel im Norden von Snowdonia, die rau, romantisch und lieblich sein konnte, hatte sie ein neues Zuhause gefunden. Begonnen hatte alles mit einer unerwarteten Erbschaft, und heute war der Tag, an dem Stanley Edwards ihr die Hintergründe verlesen würde.

Als sie diesmal ihren Wagen in Llanbedrog parkte, waren ihr die kleinen Straßen, die hinunter zum Strand führten, bereits vertraut. Hinter ihr, im Schutz eines weitläufigen Parks, erhoben sich die neugotischen Türmchen der Galerie Plas-Gelli-wen. Ein großes Schild wies auf eine bevorstehende Ausstellung von Glaskunst hin, doch Lilian war viel zu nervös, um auf die Namen der Künstler zu achten. Fizz schnüffelte im Gras und sah auf, als er die Stimme eines Kindes hörte.

Vor dem Haus des Anwalts fuhr Katies Sohn Elijah mit einem Minitraktor herum und quietschte vergnügt, als er Fizz sah. Katie löste sich aus dem Schatten des Eingangs und winkte.

»Helô, Lilian, mein Vater erwartet Sie bereits. Wenn Sie Elijah eine Freude machen möchten, lassen Sie Ihren Hund ruhig bei uns. Ich passe auf«, sagte die Anwältin freundlich.

»Gern, ich weiß doch, wie sehr Elijah Hunde mag. Sei brav, Fizz.« Der kleine Terrier sah sie kurz an und blieb stehen, bis der inzwischen fünfjährige Junge ihn erreicht hatte und seine Ärmchen um ihn legte.

»Kinder und Hunde …« Lächelnd ging Lilian durch die offen stehende Tür ins Haus.

Stanley Edwards trat aus dem Wohnzimmer zu ihr und begrüßte sie mit einem Wangenkuss. »Bitte, meine liebe Lilian, nehmen Sie Platz. Was darf ich Ihnen anbieten? Kaffee und ein Glas Port vielleicht?«

»Gern.« Sie wusste nicht, was sie erwartete, und ein Glas Portwein wäre vielleicht hilfreich, um den ersten Schock zu lindern.

Lilian setzte sich mit einem flauen Gefühl in einen der Sessel. Durch die Fensterfront hatte sie einen weiten Blick über den Garten hinunter zum Meer, wo sich die bunten viktorianischen Ankleidehäuschen an den Dünen aufreihten. Zu einer Seite war die Bucht offen, zur anderen erhob sich der bewaldete Fels, der zum Park des Herrenhauses gehörte.

Während Stanley mit Tassen und Gläsern hantierte, sagte Lilian: »In der Galerie gibt es eine Glasausstellung. Sehr ungewöhnlich, oder nicht? Ich meine, hier wird doch eher getöpfert, dachte ich.«

Stan stellte ein Tablett mit Espressotassen und einer Weinkaraffe auf den Tisch. »Ja, und es gibt einen besonderen Grund dafür.« Er goss den dunklen Port in zwei kleine Gläser und reichte ihr eins. »Cheers!«

»Cheers und vielen Dank für alles, Stan!« Sie nippte an ihrem Glas.

Schmunzelnd ließ sich Stan ihr gegenüber nieder. »Oh, danken Sie nicht mir, sondern Ihrem Gönner, Brynmore Bowen. Nun ist es offiziell, und ich darf Ihnen mitteilen, dass Bryn der Erblasser ist. Ich habe Bryn in meiner Funktion als Anwalt kennen und schätzen gelernt. Soweit das bei einem Mann wie Brynmore möglich war, waren wir befreundet. Er war, nun, ein schwieriger Mensch.«

Stanley strich sich über den sorgfältig gestutzten weißen Schnurrbart und schien kurz zu überlegen. »Schwierig, kontrovers, ein Machtmensch, naturgemäß hatte er viele Feinde. Lassen Sie mich kurz erklären, wer die Bowens sind. Oder sind Sie im Bilde?«

»Nein, im Grunde weiß ich nur das wenige, was mir Marcus Teggs Großmutter erzählt hat. Sie kannte die Keating-Schwestern und erwähnte, dass Ihre Schwester, äh ...« Lilian brach ab.

Die Miene des Anwalts verdüsterte sich kurz. »Ein Stachel im Fleisch meiner Familie. Meine Schwester hat sich in der Tat auf eine zum Scheitern verurteilte Affäre mit Bryn eingelassen. Sie war um einiges älter als ich, das lag also vor meiner Zeit, aber ihr Verhalten hat meine Eltern sehr unglücklich gemacht. Damals war das eine Schande für traditionelle Familien. Als ich mein Auskommen als Anwalt bestreiten konnte, habe ich mich um Maes Unterhalt gekümmert, und Bryn hat ihr das Cottage überlassen.«

Lilian hielt den Atem an. »So war das also.« Sie nickte.

»Tja, Sie haben es sicher geahnt, aber wie gesagt, Bryn hat mich zum Schweigen über seine persönlichen Angelegenheiten verpflichtet, und es geht ja auch niemanden etwas an. Mae kam als gebrochene Frau aus Amerika zurück. Sie war nie wieder dieselbe, und sie hat mir nie erzählt, was alles vorgefallen war. Aber aus den wenigen Andeutungen entnehme ich, dass Bryn sie benutzt und fallen gelassen hat, wie er das mit allen Frauen getan hat. Und wissen Sie, ich mache ihm nicht einmal einen Vorwurf. Die Mädchen wussten, wie er war. Er hatte einen Ruf als rücksichtsloser, gerissener Geschäftsmann und charmanter Herzensbrecher. Er hat nie geheiratet. Natürlich haben sie alle gehofft, er würde sie heiraten, denn er war schwerreich, einer der großen Tycoons in New York, wie man die Millionäre damals nannte.« Stan nahm die Mappe zur Hand, die auf dem edlen Kirschholztisch bereitlag, und öffnete sie.

»Brynmore Bowen gehörte zu den Bowens aus Pwllheli. Die Familie lebt seit vielen Generationen hier. Bryns Großvater Lawrence hat im neunzehnten Jahrhundert ein Vermögen durch Eisenbahnspekulationen und den Kauf von Minen in Übersee gemacht. Die alten Eisenbahnschienen führten damals bis zum Herrenhaus! Das war eine Sensation. Nun, Bryn hat sich früh mit seinem Vater zerstritten und ist noch vor dem Zweiten Weltkrieg in die Vereinigten Staaten ausgewandert. Er hat dort sein eigenes Vermögen gemacht. Durch Miles Folland wissen Sie, dass Brynmores Methoden und Geschäftspraktiken nicht immer astrein waren, aber das unterschied ihn nicht von den anderen Spekulanten. Das Herrenhaus Plas-Gelli-wen ist der Stammsitz der Familie.

Bryn selbst hat keine Nachkommen, und die Nachfahren seines Bruders verwalten das Haus und die Galerie. Aber faktisch gehörte alles Bryn, denn seine Familie hier in Wales hat schlecht gewirtschaftet und stand kurz vor dem Ruin. Hätte Bryn nicht alles aufgekauft, gäbe es das Herrenhaus und den Park nicht mehr.« Stan räusperte sich. »Gedankt hat es ihm keiner seiner Verwandten, aber das ist eine andere Geschichte. Im Alter wird man milde, heißt es, oder nicht?«

Er sah sie an. »Vielleicht sieht man die Dinge auch nur gelassener und erkennt seine Fehler. Bryn war ein Hitzkopf, und es gibt zwei Dinge in seinem Leben, die er zutiefst bereut hat. Das eine war, dass er Ruth hat gehen lassen.«

Lilian presste sich eine Hand gegen die Lippen. »Ruth, meine Großmutter ... Ich habe ihr Grab in Schottland gefunden.«

»Am Ende seines Lebens war Brynmore allein und krank und sehnte sich nach seiner Heimat Wales. Er kehrte hierher zurück und setzte alles daran wiedergutzumachen, was er in all den Jahren in Amerika versäumt hatte. Man kann den Stab über ihn brechen, aber wer ist schon ohne Fehler? Und ich rechne ihm hoch an, dass er nicht um Vergebung bitten wollte. Er hat durch eine Detektei herausfinden lassen, was mit Ruth geschehen war. Glauben Sie mir, Lilian, er hat geweint, als er erfuhr, dass er eine Tochter mit Ruth gehabt hat und sie niemals kennenlernen durfte. Er hatte Fotos von Maude und von Ihnen.«

»O Gott.« Lilian schluckte. »Er wusste es, aber ... warum ...«

»Er dachte, Sie wären glücklich bei Ihrer Großtante, und wollte Ihre Familie nicht zerstören.«

Bitter sagte Lilian: »Das hat meine Großtante schon selbst besorgt.«

Stan nahm ein altes Schwarzweißfoto aus seiner Mappe und schob es Lilian zu. Es zeigte ein junges Paar auf dem Empire

State Building. Der schlanke, gutaussehende Mann im Smoking sah die junge Frau im eleganten Abendkleid verliebt an, und die Frau lachte in die Kamera. Das Bild musste in den Fünfzigerjahren aufgenommen worden sein. Die Frau hatte dichte dunkle Locken und Lilians Augen.

»Das sind Ruth und Brynmore Bowen?«, flüsterte Lilian.

Stan nickte. »Ihre Großeltern. Und ich erkenne Sie in beiden, Lilian. Das energische Kinn haben Sie von Bryn und vielleicht auch seine Stärke, aber ohne seinen skrupellosen Ehrgeiz.« Er lächelte. »Das Bild ist für Sie.«

Sie wischte sich die Tränen aus den Augen. »Ruth. Sie sieht so glücklich, so jung und lebendig aus. Warum nur hat sie sich gegen das Leben entschieden?«

»Sie hat ihm nichts von dem Kind gesagt. Ich habe Bryn so verstanden, dass sie ihn kurz nach dieser Aufnahme Hals über Kopf verlassen hat. Er hatte eine Affäre mit einer Revuetänzerin begonnen. Ruth war als Sekretärin eines schottischen Textilhändlers nach New York gekommen und hat dort eine Affäre mit Bryn begonnen. Für sie war es mehr, und er hat Angst bekommen, wollte sich nicht binden. Aber – und das glaube ich ihm –, er hat mir gesagt, dass er sie geheiratet hätte, wenn er von dem Kind gewusst hätte. Ruth war die einzige Frau, für die er seine Freiheit aufgegeben hätte.«

Lilian rümpfte die Nase. »Hm, er hätte sicher weiter Verhältnisse mit anderen Frauen gehabt, so wie er gestrickt war.«

»Das mag wohl sein, aber er hätte zu Ruth gestanden. Viele Ehen funktionieren so. Er war außer sich, als er erfuhr, dass sie schwanger und mittellos nach Schottland abgereist war, ohne ihm von ihrem Kind zu erzählen. Aber das war Jahrzehnte später.«

»Und da war es zu spät«, murmelte Lilian und musste jenem Brynmore Bowen, der ihr Großvater war, insgeheim recht geben – es gehörten Stärke und Selbstbeherrschung dazu, der schweigende Beobachter zu bleiben, wenn man doch sehnlichst seine Familie kennenzulernen wünschte. Zumindest diese Entscheidung hatte er im Sinne der Betroffenen fällen wollen. Ob es letztlich richtig und gut gewesen war? Sie hätte diesen unbeugsamen, skrupellosen und charismatischen Mann gern kennengelernt.

»Nun, hier hat er etwas für Sie aufgeschrieben.« Stan reichte ihr einen versiegelten Umschlag.

Ohne Zögern erbrach Lilian das Siegel und zog den Briefbogen heraus, der mit einer schwungvollen Handschrift gefüllt war.

»Für Lilian Gray, meine Enkelin, der ich kein Großvater sein konnte und deren Mutter ich kein Vater sein durfte.

Ich bitte dich nicht um Verzeihung, denn dafür ist es zu spät. Ich habe viele Fehler gemacht, Lili, denn so hätte ich dich gerufen. Wenn ich jemanden um Verzeihung bitten möchte, dann Ruth, deine Großmutter. Ich habe sie geliebt wie keine andere Frau. Das kannst du einem alten Mann glauben, der keine Zeit mehr hat für Lügen und Spielchen, der auf ein reiches, brutales, zügelloses und sicher nicht immer gutes Leben zurückblickt. Auf meine geschäftlichen Erfolge bin ich stolz, aber nicht auf die Art, wie ich sie errungen habe. Wenn ich die Chance bekäme, etwas anders zu machen, ich wüsste, wo ich anfinge – dort auf dem Empire State Building hätte ich Ruth Ardowan einen Heiratsantrag gemacht.

Ich habe deinen Weg verfolgt, Lili, du bist mir in vielem ähnlich, aber besser, denn du bist voller Mitgefühl, eine Eigenschaft, die ich nie besaß, wie ich voller Scham gestehen muss. Das Cottage ist dein Heim, deine Sicherheit, und es macht mich glücklich, dass ich dir wenigstens das noch mitgeben kann.

Das Leben ist nicht vorhersehbar, aber wir können Spuren hinterlassen, und ich hoffe, dass du mit ein wenig Wehmut an einen alten Mann denkst, der stolz auf dich ist, denn du bist eine Bowen, wie ich es mir gewünscht hätte.

In Liebe, Brynmore«

Lilian schluchzte und faltete den Brief zusammen. »Danke, Stan. Es ist so, wie Sie es mir erklärt haben.«

»Meine Liebe, seien Sie nicht traurig, sondern freuen Sie sich, dass er Sie gefunden hat. Das hat ihm viel bedeutet. Er hat sich große Mühe gegeben, die beiden Häuser entsprechend zu vererben.«

Lilian horchte auf. »Die beiden Häuser? Dann gibt es noch einen Erben?«

»Die Ausstellung der Glaskünstler. Eine der Künstlerinnen ist ebenfalls eine Erbin. Ich werde Sie miteinander bekanntmachen, wenn es so weit ist.« Er lächelte.

»Ist sie mit mir verwandt?«

Stanley erhob sich. »O nein. Das ist eine andere Geschichte.«

Epilog

The sand is waiting for
the running back of the grains
in the wall into its blond
glass. Religion is over, and
what will emerge from the body
of the new moon, no one
can say.

R. S. Thomas (1913–2000)

Am Abend nach dem Gespräch mit Stanley wanderte Lilian mit Fizz zum Mynydd Anelog hinauf. Der Wind rauschte in den Fichten, und das Meer schlug unten gegen die Felsen. Schafe grasten friedlich auf den Weiden, und ein Schwarm Krähen flog krächzend über sie hinweg. Der Stechginster blühte und verströmte seinen herbsüßen Duft. In die beschauliche Stimmung mischte sich leise eine melancholische Frauenstimme. Der Gesang war kehlig und in einer alten Sprache, die Lilian inzwischen vertraut war. Vergangenheit und Gegenwart waren einander näher, als die Menschen wussten, dachte sie und fragte sich, was wirklich war und was nicht.

Was auch immer ihr Großvater, Brynmore Bowen, für ein Mensch gewesen sein mochte, sein Erbe hatte sie hierhergeführt. Die Vergangenheit war nicht länger wichtig. Was Ruth zu ihrer schrecklichen Entscheidung getrieben hatte, würde sie niemals verstehen können. Doch Lilian sah ihre Mutter jetzt mit anderen Augen. Maude war eine verzweifelte, zerrissene Seele gewesen, ein selbstzerstörerischer Mensch, und die strenge, bigotte Fiona hatte dazu beigetragen, dass Maude sich viel zu früh zu Tode getrunken hatte. Ruth und Maude hatten das Blut einer keltischen Heilerin in sich getragen, genau wie sie, Lilian. Aber erst Lilian war es gelungen, ihr mystisches keltisches Erbe als das anzunehmen, was es war – ein Geschenk.

»Ich dachte mir, dass ich dich hier finde, Lilian.«

Die weiche Frauenstimme schreckte Lilian aus ihren Gedanken. »Cheryl!«

Fizz kam heran, umkreiste die beiden Frauen, um gleich darauf wieder den Düften der Natur zu folgen. Cheryl Olhauser, die Pfarrersfrau, trug wie meist ein langes, wehendes Kleid und schien einer anderen Epoche zu entstammen. Ihre blauen Augen waren durchscheinend und unergründlich wie das Meer.

Sie sprachen nicht mehr über Seth, den unsäglichen Bruder, der Lilian wegen des Manuskripts bedrängt und in Gefahr gebracht hatte. Der pensionierte Lehrer hatte alle seine Ämter niedergelegt, sich aus dem öffentlichen Leben zurückgezogen und seine Wanderungen in eine andere Gegend verlegt. Niemand vermisste ihn.

Lilian hatte Cheryl das Manuskript zu lesen gegeben, denn ohne die Briefe von Rebecca Morris aus dem achtzehnten Jahrhundert läge das Manuskript womöglich noch immer unentdeckt am Fuße des Anelog. Für Lilian hatte dieser Ort einen besonderen Zauber, hier fühlte sie sich Meara näher als sonst irgendwo.

»Hast du dich entschieden, Lilian?«, fragte Cheryl unvermittelt und breitete die Arme aus, um die Energie des Berges in sich aufzunehmen.

»Was meinst du?« Doch sie wusste, worauf Cheryl anspielte – auf ihr keltisches Erbe.

Cheryl ließ die Arme sinken und legte ihre Hand gegen den Stamm der alten Fichte, die über tausend Jahre schon den Elementen auf der Llŷn trotzte. »Hierfür, für deine Bestimmung. Das nächste Druidentreffen findet am einundzwanzigsten Juni auf Ynys Môn statt. Collens Vater wird die Weihen vollziehen.«

Ein Schauer überlief Lilian. Sommersonnenwende. Neun Holzarten musst du sammeln, Strohräder die Hügel hinabrollen und Johanniskraut winden. Ein blonder Mann und eine junge Frau mit langen rotbraunen Haaren tanzten ums Feuer.

Als sie die Augen aufschlug, sah sie Cheryls zufriedenes Lächeln.

Nachwort

Gibt es Ynys Enlli? Natürlich. Die Insel der tausend Seelen oder Bardsey Island, wie sie im Englischen heißt, liegt vor der felsigen Küste der Llŷn Halbinsel im Norden von Wales. Drei starke Strömungen trennen die Insel vom Festland und machen sie heute noch genauso schwer erreichbar wie vor tausend Jahren. Ich hatte meine Überfahrt, die mit dem Motorboot eigentlich nur zwanzig Minuten dauert, schon lange vorher gebucht. Trotzdem musste ich drei Tage warten, bis der Sturm sich gelegt hatte und wir von Porth Meudwy, der Hummerbucht, aus ablegen konnten.

Ich werde nie vergessen, wie wir an den schwarzen Felsen von Carreg Ddu vorbeischipperten und der Buckel von Ynys Enlli aus den Wellen auftauchte. Die Nebelwand riss auf, und die Sonne tauchte das winzige Felseiland in magisches Licht. Ynys Enlli war die Zuflucht der ersten Mönche, die aus Irland herüberkamen und den Glauben nach den Regeln des heiligen Columbans lebten. Diese Männer, die im sechsten und siebten Jahrhundert lebensgefährliche Strapazen auf sich nahmen, um ihren Glauben in die Welt zu tragen, fanden auf Ynys Enlli einen Ort des Friedens und der Einkehr. Und das ist noch heute so.

Fernab unserer zivilisierten, übertakteten, digitalisierten und materialistischen Welt findet man auf Enlli Natur pur und fühlt sich im Einklang mit dem Meer, den Tieren und sich selbst. Alles wird auf das Wesentliche reduziert, und manch einem mag bewusst werden, wonach er so lange gesucht hat. Und auch wer einfach nur die Natur genießen und wandern will, findet hier ein unberührtes Paradies.

Ich habe mich in Aberdaron einquartiert und konnte von meinem Zimmer aus direkt auf den Strand und das Meer sehen. Bei meiner Ankunft bin ich tatsächlich auf den Parkplatz vor der kleinen Kirche St. Hywyn gefahren und wurde, allerdings sehr freundlich, darauf hingewiesen, dass alle Gäste nahe dem Strand vor dem National Trust Zentrum parken.

Während in Aberdaron eigentlich immer eine steife Brise weht, wie wir Norddeutschen sagen, braucht man nur etwas ins Innere zu fahren und findet schon in der nächsten Bucht liebliche Strandidylle. Muss ich weiter schwärmen? Abersoch ist vor allem wegen seines Hafens sehenswert, dann Plas Yn Rhiw, das wundervolle Haus der Keating-Schwestern – einer meiner erklärten Lieblingsplätze auf der Llŷn. Und natürlich Llanbedrog mit dem neugotischen Herrenhaus Plas Glyn-Y-Weddw, das im nächsten Roman eine große Rolle spielen wird. Auf der Nordseite der Halbinsel fährt man über abenteuerlich schmale Feldwege nach Nefyn und sollte unbedingt das Welsh Language Centre Nant Gwrtheyrn aufsuchen. Allein der Ausblick über die Tannen und Fichten und die düsteren Berge am Meer ist sehenswert.

Carreg Cottage gibt es nicht, aber es gibt Mynydd Anelog und den Tearoom in Aberdaron. Der Tearoom war tatsächlich die Suppenküche für die Pilger. Berühmt wurden die Llŷn und Enlli als Pilgerziel im Mittelalter. Mittelalterliche Barden sagten über Bardsey, es sei »*the land of indulgences, absolution and pardons, the road to Heaven and the gate to Paradise*«. Im zwölften Jahrhundert erklärte ein Papst eine Reise nach Bardsey als gleichwertig zu einer Reise nach Jerusalem. Viele

Pilger kamen nach Bardsey/Enlli, um dort zu sterben, und der Mythos von der Insel der zwanzigtausend Seelen war geboren.

Wandert man über die Halbinsel, trifft man überall auf Spuren keltischen Lebens – Hünengräber, Hügel mit Höhlen, die einst als Kultstätten dienten, oder Sonnensteine. Druiden haben lange auf der Llŷn gelebt und gewirkt. Heute ist Ynys Môn/ Anglesey, die große Insel nördlich der Llŷn, hauptsächlich als Druideninsel bekannt, als Feeninsel, als mögliches Avalon der Artussage. Und Druiden leben noch heute in Wales. Da es keine schriftlichen Aufzeichnungen der gelehrten Druiden gibt, ist es umso erstaunlicher, dass das Wissen über die Jahrhunderte bewahrt werden konnte. Wir können uns heute nur auf Spurensuche begeben.

In Wales feiert man das keltische Erbe, die walisische Sprache, in einem jährlichen Festival – dem Eisteddfod, ein Fest der Literatur, der Musik und des Gesangs. In dem idyllischen Örtchen Llangollen am Dee wurde 1946 das International Eisteddfod neu ins Leben gerufen und dort seitdem jährlich abgehalten.

Warum ich mich für die sogenannten Dark Ages entschieden habe? So nennt man die Jahrhunderte in Britannien, die zwischen dem Abzug der Römer um 450 nach Christus und dem Beginn des Mittelalters liegen. Es gibt kaum Aufzeichnungen aus dieser Zeit. Die britische Geschichtsschreibung beginnt erst mit Beda Venerabilis, einem angelsächsischen Benediktinermönch aus dem siebten Jahrhundert. Was Beda über das Massaker im Kloster von Bangor-is-y-Coed weiß, wurde ihm zugetragen. Seine Aufzeichnungen sind christlich geprägt, einseitig und wertschätzen nicht die untergegangene Kultur der Kelten und ihrer Druiden.

Dabei waren die Druiden wichtige geistige und politische Führer und Lehrer ihrer Gemeinschaften. Das hat sogar Cäsar in seinem »De bello Gallico« anerkannt und die geistigen Köpfe seiner Feinde deshalb vernichten lassen. Die Druiden wohnten in den Tiefen der Wälder, zelebrierten barbarische Rituale, beteten ihre Götter an, ohne Tempel zu benutzen, und gaben ihr Wissen nur mündlich weiter.

Die Menschen jener Jahrhunderte waren fest mit dem alten Götterglauben verbunden, und lange existierten alte Traditionen neben den neuen Einflüssen. Das Massaker im Kloster von Bangor am Dee wird je nach Quelle zwischen 604 bis 616 angesiedelt. Da für meine Geschichte König Æthelfrith wichtig ist, sein Todesjahr um 616 liegt und er eine aggressive Eroberungspolitik betrieb, zu der die Vernichtung eines Klosters, das von seinen Feinden geschützt wurde, passt, scheint mir 614 als Datum plausibel. Bei aller Unterschiedlichkeit in den Darstellungen der Umstände, die zum Massaker an Hunderten von wehrlosen Mönchen in Bangor führten, ist allen die unbeschreibliche Grausamkeit gemein. Im achtzehnten Jahrhundert bewegte den Poeten Sir Walter Scott dieser Vorfall zum Verfassen der Ballade »The Monks of Bangor's March«. Und Ludwig van Beethoven vertonte die Ballade als Nr. 2 seiner walisischen Lieder 1809–10.

Das Pilgern auf der Llŷn ist ein individueller Weg der Einkehr, nicht kommerzialisiert und gleicht einer Wanderung. Es gibt keine offiziellen Stempel und Hefte, die beweisen, dass man auf Enlli war. In St. Hywyn, Aberdaron, sprach ich mit dem dortigen Pfarrersehepaar und lernte offene, tolerante Menschen kennen. Die Frau des anglikanischen Pfarrers war katholisch, und in seinen Gottesdiensten mischte der Pfarrer die liturgischen Elemente. Die beiden Erinnerungs- oder Grabsteine aus dem sechsten Jahrhundert mit den Inschriften VERACIUS und SENACUS CUM MULTITUDINEM FRATRUM stehen in der Apsis und haben mich sofort in ihren

Bann gezogen. Vorn im Eingangsbereich der Kirche gibt es eine kleine Bücherei, in der man alles über den geschätzten Dichter und ehemaligen Pfarrer R. S. Thomas findet. Religion, Poesie und die Liebe zu Wales, der walisischen Kultur und Sprache – das wird dort auf unaufdringliche Weise vermittelt.

Ich fand auf der Llŷn und auf Enlli den Zauber vergangener Zeiten, die Faszination einer uralten, noch heute lebendigen Sprache und eine Landschaft, die so atemberaubend schön ist, dass sie aus Pfarrern Poeten macht.

Danksagung

Ich danke allen, die mich bei der Arbeit an diesem Roman unterstützt haben! Ganz besonders danke ich Barbara Heinzius vom Goldmann Verlag, die hinter meinen Wales-Projekten steht und sich schon auf einige Abenteuer mit mir eingelassen hat. Barbara Henning und Manuela Braun und dem Team von Goldmann danke ich herzlich für die unermüdliche freundliche und kreative Hilfe bei allem rund ums Buch. Ich freue mich bei jedem Roman auf die Zusammenarbeit mit meiner geschätzten Lektorin Regine Weisbrod. Und ich könnte mir mein Schriftstellerleben nicht ohne meinen wunderbaren Agenten Harry Olechnowitz vorstellen.

Mein großer Dank gilt auch an dieser Stelle meiner Familie und meinen fellnasigen Musen – ohne eure Liebe und Unterstützung hätte ich nicht die Energie zu tun, was ich tue. DANKE!

Liebe Leserinnen und Leser, wenn Sie mehr über Wales und meine Bücher erfahren möchten, schauen Sie gern auf meiner Seite vorbei www.constanze-wilken.de

Tara a Croeso y Cymru

Constanze Wilken,

geboren 1968 in St. Peter-Ording, wo sie auch heute wieder lebt, studierte Kunstgeschichte, Politologie und Literaturwissenschaften in Kiel und promovierte an der University of Wales in Aberystwyth. Als Autorin ist sie sowohl mit großen Frauen- als auch mit historischen Romanen erfolgreich.
Weitere Informationen unter constanze-wilken.de

<u>Mehr von Constanze Wilken:</u>

Die Tochter des Tuchhändlers. Roman
(Als E-Book erhältlich.)
Die Malerin von Fontainebleau. Roman
(Als E-Book erhältlich.)
Die Lautenspielerin. Roman
(Als E-Book erhältlich.)
Blut und Kupfer. Historischer Roman
(Als E-Book erhältlich.)
Der Duft der Wildrose. Roman
(Auch als E-Book erhältlich.)
Ein Sommer in Wales. Roman
(Auch als E-Book erhältlich.)
Sturm über dem Meer. Roman
(Auch als E-Book erhältlich.)

Unsere Leseempfehlung

576 Seiten
auch als E-Book
und Hörbuch
erhältlich

Maia und ihre Schwestern wurden von ihrem Vater adoptiert und kennen ihre wahren Wurzeln nicht. Als er überraschend stirbt, hinterlässt er jeder seiner Töchter einen Hinweis auf ihre Vergangenheit – und Maia fasst zum ersten Mal den Mut, das Rätsel zu lösen, an dem sie nie zu rühren wagte. Ihre Reise führt sie nach Rio de Janeiro, wo sie auf die Spuren von Izabela Bonifacio stößt, einer jungen Frau aus den besten Kreisen der Stadt, die in den 1920er Jahren dort gelebt hat. Maia taucht ein in Izabelas faszinierende Lebensgeschichte – und fängt an zu begreifen, wer sie wirklich ist und was dies für ihr weiteres Leben bedeutet ...

www.goldmann-verlag.de
www.facebook.com/goldmannverlag